달빛조각사

달빛 조각사 5

ⓒ 남희성, 2007

발행일 2024년 12월 10일 초판 2쇄 | **발행인** 김명국 | **발행처** 주식회사 인타임 출판 등록 107-88-06434 (2013년 11월 11일) **주소** 서울시 구로구 디지털로31길 38-21 이앤씨벤처드림타워 3차 507호 **전화** 070-7732-2790 **팩스** 02-855-4572 **이메일** in-time@nate.com | **ISBN** 979-11-03-33042-2 (04810) 979-11-03-32686-9 (세트) | 이 책은 주식회사 인타임이 저작권자와의 계약에 따라 발행한 것이므로 내용의 전부 또는 일부를 사용하려면 반드시 양측의 동의를 받으셔야 합니다. 잘못된 책은 구매처에서 바꿔 드립니다.

달빛조각사 5

남희성 게임 판타지 소설

The Legendary Moonlight Sculptor

INTIME

contents

하이엘프의 활

위드가 베르사 대륙으로 돌아왔을 때에는 현실 시간으로 이틀이 지난 후였다. 베르사 대륙의 시간으로는 엿새나 지났다.

"으으, 그렇게 마셔 댈 줄이야."

술은 어릴 때부터 막노동을 하면서 마셔 보았다.

고된 일과 후의 술 몇 잔은 속을 풀어 준다. 술병들이 하나둘 늘어날 때까지만 해도 화기애애한 분위기였다.

하지만 밤새도록 마시는 술에는 장사가 없었다.

위드가 이 정도인데 주량이 약한 페일이나 메이런, 제피 등은 말할 것도 없으리라.

"소주가 추가로 들어올 때는 끔찍했지."

4시간 정도 술을 마셨을 무렵, 무려 소주 200박스가 새로 추가되었다. 그때의 두려움은 무어라 형용할 수가 없었다.

수련생들의 숫자가 아무리 많다고 해도, 이건 술이 인간을 먹어 갈 수준! 아무리 술꾼이라고 해도 그 무식한 술을 보고는 질리지 않을 수 없을 것이다. 차라리 기절하고 싶을 정도였다.

"숙취로 고생을 좀 했지만, 아무튼 무사히 돌아왔으니 됐다."

위드는 주위를 둘러보았다.

죽음의 계곡에서 멀지 않은 장소의 안전한 동굴. 알베론이 조용하게 기도를 올리다가 일어났다.

"위드 님, 이제 오셨습니까?"

"그래."

위드는 근원의 스켈레톤에서 다시 인간으로 돌아왔다. 밤이 지났으니 당연한 결과였다.

동굴 안에는 알베론뿐이었다.

이 장소는 잘 감추어진 곳이라서 여간해서는 찾지 못한다.

"그보다도… 원정대는 현재 어디쯤 가 있으려나?"

위드는 마녀 세르비안의 깨진 구슬이 어찌 되었을지 조금 궁금했다.

❧❧❧❧❧❧

오베론과 베로스를 비롯한 원정대원들은 벅차오르는 가슴을 주체할 수 없었다.

신의 제단이 있는 에데른이라는 마을.

밤을 새워 걷고, 움직이면서 식사를 했다.

그러한 노력 끝에 드디어 결실을 거둘 수 있었다.

부서진 집들과 성벽.

그들은 폐허로 변해 버린 이 황량한 마을을 찾아왔다.

삭풍이 부는 에데른은 을씨년스럽기 그지없었지만, 원정대는 그간의 고생이 모두 사라지는 기분이었다.

키 작은 드워프 오베론이 바위 위에 올라섰다.

"여기가 에데른. 원정의 마지막이 될 장소다. 모두들 부족한 나를 믿고 따라와 줘서 고맙다."

"대장, 우리 모두 같이해서 성공했던 거야. 조금 고생은 했어도 보람이 있었어."

베로스의 말에 원정대는 모두들 고개를 끄덕였다.

'이 추운 북부에 괜히 왔다고 후회했던 적이 한두 번이 아니었지.'

'정말 이렇게 오랜 시간 동안 고생한 퀘스트는 처음이야.'

과정이 힘들었던 만큼 지금의 감격은 이루 말할 수 없는 것. 원정대원들의 눈은 앞으로 일어날 일에 대한 설렘으로 반짝거리고 있었다.

오베론은 말을 길게 끌지 않았다.

"다들 수고가 많았다. 그러면… 드럼."

"예, 대장."

"물건을 복원하도록 하지."

드럼은 소중하게 간직해 온 물건을 품에서 꺼냈다.

마녀 세르비안의 깨진 구슬!

중앙 대륙에서 출발하여, 추운 북부를 헤매며 무수한 전투 끝에 얻어 낸 보물.

원정대원들의 눈길이 한곳에 모였다.

그 중심에는 물론 깨진 구슬이 있었다.

균열이 일어나서 볼품없는 구슬. 끊임없이 한기를 뿜어내고 있는 구슬.

원정대원들은 추위에 몸을 떨어야 했다. 그나마도 드럼이 구슬의 힘을 약화시키지 않았더라면 다들 얼어 죽었을 것이다.

드럼은 그 구슬을 길드의 마법사인 케론에게 내밀었다.

"수고해 주게."

케론은 감히 구슬을 건드리지도 않았다. 보석을 주로 다루는 인챈터인 그에게는 구슬의 저주가 그대로 영향을 주기 때문이었다.

"알겠습니다."

"미안허이."

"나중에 밥이나 거하게 사 주세요."

"그렇게 하겠네."

케론은 마녀 세르비안의 깨진 구슬을 살폈다.

"감정!"

띠링!

마녀의 깨진 구슬

알 수 없는 재질로 만들어져 있다. 본래는 대단한 물건이었을 것으로 짐작된다. 하지만 균열로 인하여 그 힘이 외부로 분출되고 있다. 끊임없는 한기의 원천이 되는 구슬.

내구력: 1

옵션: 구슬을 복원함으로써 추위를 봉인할 수 있다.

인챈터는 보석이나 광물에 마법적인 권능을 부여하는 직업이다. 매우 희귀할뿐더러, 경지에 오르기까지는 지난한 노력이

필요하다. 그런 수준에 오른 마법사가 케론이었다.

"젠장! 이것도 영광이라면 영광이지."

케론은 깨진 구슬을 만졌다.

"구슬 복원!"

손이 눈부시게 빛나며 균열이 일어난 부분들이 말끔하게 고쳐졌다.

인챈터의 직업 스킬.

마법적인 복원력을 이용하여 보석과 재료들을 원래대로 되돌리는 능력이었다.

그 순간 구슬로부터 무한정 뻗어 나오던 한기가 감쪽같이 사라졌다.

"휴우!"

"이제야 길게 숨을 쉴 수 있겠네."

그때부터 원정대원들은 훨씬 편하게 호흡할 수 있었다.

빠른 속도로 대기의 추위가 물러갔다.

하지만 마지막에 세르비안의 깨진 구슬을 만졌던 케론은 손에서부터 시작되어 몸이 그대로 얼음으로 변했다.

"살려. 어떻게든 살려야 돼!"

"이런 젠장!"

성직자들이 나서 보았지만 이미 목숨을 잃은 후였다.

그때부터 원정대는 제단 주변의 풍경이 변하는 것을 보았다.

벨소스 왕의 저주로 인하여 대륙은 무덥게 변했다. 하지만 구슬의 균열이 고쳐지자, 이제 북부에도 따뜻한 바람이 불고 있었다.

하늘에서 약간씩 내리던 눈들은 빗방울로 변했다.

조금씩 따뜻한 비.

영영 녹지 않을 것 같던 얼음들이 녹아내렸다.

대지에 갇혀 있던 푸른 생명력들이 살아나고 있었다.

"나중에 밥은 꼭 사지."

드럼은 그렇게 말하면서, 이제는 조금의 균열도 없이 매끄럽게 변한 마녀의 구슬을 확인했다.

그 순간 구슬 안에서 어떤 장면들이 흘러갔다.

주위의 풍경은 두껍게 눈이 쌓인 설원이었다.

어린 소녀가 마법을 배우고 있었다.

소녀가 마법을 펼칠 때마다 작은 눈송이들이 생겨났다. 때론 주먹만 한 얼음 덩어리들이 만들어지기도 했다.

마법을 성공시킬 때마다 천진난만한 웃음을 터트리는 소녀.

마녀 세르비안.

아마도 소녀의 정체이리라.

소녀는 점점 자라났다.

어리고 귀엽던 소녀가 로브를 입기 시작했다.

처음에는 맞지 않은 옷을 뒤집어쓴 듯이 작았지만 점점 로브에 익숙해졌다. 그리하여 어엿한 숙녀가 되었을 때에는, 마도사들만이 가질 수 있는 지팡이까지 들었다.

그 후 평화로운 설원에 침략자들이 발을 디뎠다.

몬스터 군단과 인간 병사들.

마녀 세르비안은 적들과 맞서 싸웠다.

그녀가 마법을 펼칠 때마다 몬스터들이 얼어붙었다. 인간 병사들은 추위를 이기지 못하고 땅 위로 쓰러졌다.

설원 위에 펼쳐진 마녀 세르비안의 전설!

베르사 대륙의 역사 중 빙계 마법 마스터의 전설이었다.

비바람을 몰고 거친 폭풍이 다가오고 있었다.

세르비안이 두 손을 활짝 펼쳤다. 그러자 주변의 모든 것들이 그대로 얼어붙었다.

폭풍마저 얼려 버리는 빙계 마법!

> 빙계 마법의 비기, 프로즌 웨더가 마녀의 구슬에 복원되었습니다.
> 주변의 기후를 강제로 조절하여 적들을 제압하는 마법으로, 빙계 마법을 고급까지 익히면 사용할 수 있습니다.

"아아!"

드럼은 탄식했다.

세르비안의 깨진 구슬. 그것을 복원하고 나니 마녀의 구슬이 나왔다. 새로운 마법을 습득할 수 있는 마법서와 비슷하지만 차원이 다른 물건.

빙계 마법 마스터의 비기가 수록된 구슬이다. 빙계 마법을 전문적으로 익힌 드럼에게는 보물과도 같은 물건이었다.

오베론이 다가와서 어깨를 두들겼다.

"다음에 또 기회가 있을 거야."

드럼은 울상을 지었다.

"정말 다시 기회가 있겠죠?"

"아마도……."

원정대의 수고가 있었기에 얻을 수 있었던 구슬이다.

드럼은 어쩔 수 없이 마녀의 구슬을 신의 제단에 올렸다.

※⁓◈⁓※

원정대가 마지막에 구슬을 바치는 장면은 인터넷을 통해서 생중계되었다.

그뿐만이 아니었다. 베르사 대륙의 선술집에서도 설치된 마법 유리를 통해 영상을 볼 수 있었다.

"정말 이 더위가 사라지는 건가?"

"그럴 수 있을까?"

이제 더위에 적응해 버린 사람들이었다.

지긋지긋한 더위가 어느 한순간 물러간다는 것은 믿을 수 없는 일. 그럼에도 미약한 기대를 품었다.

적어도 이 순간만큼은 이보다 더 중요한 사건이 없었다.

제단 위에 오른 마녀의 구슬이 그대로 먼지처럼 분해되었다. 하지만 그 구슬에 담긴 힘은 대륙 전체에 영향을 주기 시작했다.

스콜피온 킹, 벨소스 왕의 저주로 인하여 무더워졌던 대륙이 변화하고 있었다.

대기의 온도가 예전처럼 낮아졌다. 후덥지근하던 바람이 상쾌하게 바뀌고, 미지근하던 맥주가 시원하게 변했다.

"브라보!"

"건배!"

사람들은 흥겨움에 빠져서 축제를 벌였다.

베르사 대륙의 어떤 도시나 마을에서도, 즐거움에 소리 지르는 사람들을 볼 수 있었다.

❧

위드는 알베론과 같이 와이번을 타고 하늘을 날았다. 빙룡이 주변을 호위했다. 베르사 대륙을 떠난 사이에, 죽음의 계곡에 남은 사람이 있는지를 확인하기 위해서였다.

사람들로 북적거리던 장소에는 다시 몬스터들이 들끓었다.

"캬우. 인간이다!"

"죽여!"

"디베스께서는 가장 악랄한 자에게 축복을 내리시니……."

위드는 고개를 저었다.

"모두 떠난 모양이군."

얼음과 눈으로 뒤덮여 있던 죽음의 계곡.

하지만 하늘의 햇볕이 뜨겁게 느껴지고, 따뜻한 바람이 불었다. 마녀 세르비안의 깨진 구슬이 복원되어서 더 이상 한기가 생성되지 않았다.

벨소스 왕의 저주.

대륙을 덮은 무더위가 위력을 발휘하고 있었다.

절대로 녹지 않을 것 같던 눈과 얼음이 순식간에 물로 변해서 흘러내린다. 그 때문에 죽음의 계곡에는 급류가 생겼다. 하지만 척박한 대지는 금세 수분을 빨아들였다.

"크아아! 열기! 이놈의 열기에 내 몸이 타오른다, 주인!"

빙룡이 하늘에서 몸부림을 치며 괴로워했다. 얼음으로 이루어진 몸에서 물방울이 뚝뚝 떨어졌다.

온도가 높아지는 것이 북부에는 축복이었지만, 빙룡에게는 힘의 약화를 불러왔다.

"사, 살려 다오. 주인."

빙룡이 괴로워하며 눈물을 머금었다. 산 채로 삶기고 있는 것처럼 애처로운 눈빛을 하면서.

위드는 냉정하게 말했다.

"이 쓸모없는 놈!"

그는 빙룡의 엄살을 대번에 꿰뚫어 보았다. 실제로 숨이 넘어갈 정도는 아니었으니까. 하지만 이렇게 더운 날씨에는 더 이상 부려 먹을 수 없었다.

막대한 체력과 생명력을 가진 빙룡이다. 그만큼 다시 회복되기 위해서는 많은 시간이 필요하다. 본 드래곤과의 전투가 끝나고 얼마 되지 않았다는 점을 감안하더라도 빙룡은 약해져 있었다.

'이런 마당에 전투까지 한다면 회복이 더욱 느려지겠지.'

빙룡이 위드를 따라다니면서 전투를 벌이기란 도저히 무리라는 판단이 들었다.

빙룡이 슬프게 말했다.

"주인, 이제 내가 떠날 때가 된 것 같다."

"그건……."

위드의 눈가에 아픔이 스쳤다.

얼마 부려 먹지도 못했다. 그런데 어떻게 자신을 떠나겠다고 하는 것인가.

"주인, 나는 느낄 수 있다. 저 먼 곳에, 몇 날 며칠을 날아도 도착하기 힘든 곳에 내가 살아갈 수 있는 세상이 있다. 아직 더워지지 않은 땅. 눈과 얼음이 영영 녹지 않는 땅. 그곳에서 힘을 길러서 돌아오겠다."

"반드시 가야만 하는 것이냐? 다른 방법이 있지 않을까? 호수나 강물 속에서 몸을 식히며 지내는 것도 괜찮을 것 같은데. 좀 힘들더라도 어떻게든 나와 같이 지내면서 방법을 찾아보는 편이……."

"아니다, 주인. 나는 가야 한다."

위드는 빙룡을 보내고 싶지 않았다. 하지만 어쩔 수 없이 빙룡이 떠나는 것을 허락해야만 했다.

그렇지 않아도 힘이 약한 빙룡이 더욱 비실거린다면, 있으나 마나 한 존재가 되어 버리는 것이다.

끊임없이 몸의 온도를 낮추어야만 온전한 활약을 할 수 있는 빙룡! 사실 호수나 강물을 이용하는 것도 무리가 많은 계획이다. 언제나 주변 지형을 익히고 있으면서 그런 곳만 다닐 수도 없기 때문이다.

"그래. 가거라. 그리고 강해져서 돌아와라."

"고, 고맙다. 주인."

빙룡은 짧게 인사를 하고 저 먼 북쪽을 향해 날아갔다.

파닥파닥! 파다다다다닥!

조금 전까지는 힘겨워하던 날갯짓을 엄청난 속도로 하고 있었다.

쏜살같이 도주하는 빙룡!

와일이 듣은 그를 부러워하며 탄식했다.

"착취하는 주인에게서 떠날 수 있다니……."

"우리도 얼음으로 만들어질 것을."

"이렇게 아쉬웠던 적이 없어!"

금인이도 한마디 했다.

"역시 빙룡이 우리의 형이었다. 골골골! 저 잔머리는 정말 부럽다."

어떻게든 그들을 혹사시키고 부려 먹는 위드에게서 벗어나 자유를 쟁취한 빙룡!

그는 한순간 영웅으로 떠오르고 있었다.

빙룡이 작은 점으로 사라져 갔다.

그 후로는 다시 날씨가 약간 선선해졌다.

원정대가 마녀 세르비안의 구슬을 바쳤기 때문이다.

띠링!

대륙 퀘스트가 수행되었습니다.
북부를 동토의 대지로 만들었던 마녀 세르비안의 구슬이 신의 제단에 봉헌되었습니다. 추위로 인하여 봉인되어 있던 왕국들과 마을들이 잠에서 깨어납니다. 척박한 땅에 살던 북부의 인간들은 마녀 세르비안의 구슬을 회수하는 데 도움을 준 사람들에게 친절을 아끼지 않을 것입니다.
북부의 모든 마을에서 생산력이 증가합니다.
북부의 모든 마을에 대한 공헌도가 763 상승합니다. 북부에서는 명성이 15% 증가합니다. 프레야 교단에 대한 공헌도가 1,300 올랐습니다.

레벨이 올랐습니다.

> 레벨이 올랐습니다.

> 레벨이 올랐습니다.

> 레벨이……

레벨이 한꺼번에 7개나 오르고 보상으로 상당한 공적치를 받았다. 마녀 세르비안의 구슬을 찾기 위해서 본 드래곤과 싸웠다. 그러면서 상당한 역할을 했기 때문이리라.

"그렇다면 원정대에 속한 이들 모두가 공적치를 받았겠군."

위드가 무심한 눈길로 지상을 살펴보고 있을 때였다.

죽음의 계곡 절벽 위에는 무성하게 자란 식물들이 있었다.

모라타 마을에 있는 프리나의 부탁으로 심고 가꾸어 놓은 엘프의 식물들!

냉혹한 자연환경에서도 꿋꿋하게 뿌리를 내리고 자라던 식물들이었다.

그런데 더 이상의 성장을 막던 얼음들이 녹아내렸다. 햇빛은 따사롭고, 바람은 아직 서늘하지만 식물들이 자라기에는 나쁘지 않다.

파사사삭!

식물들은 가공할 기세로 자라났다. 잠깐 사이에 죽음의 계곡 전체로 퍼져 나가더니, 평원 너머로 뻗어 갔다.

얼음이 녹아서 붉은 흙이 휜히 보이던 곳에 불과 몇 분 사이에 숲이 우거지고 들판이, 초원이 펼쳐졌다. 비옥한 대지를 식물들이 덮어 버린 것이다.

엘프의 씨앗, 거기에 프레야 교단의 교황 후보인 알베론의 축복까지 받은 식물들이었다.

아마도 죽음의 계곡에서 시작된 푸른 물결들은 빠른 속도로 북부 전역으로 퍼져 나가리라.

"아, 프리나의 부탁이 이런 결과로 나타날 줄이야……."

그 순간 위드에게 묘한 감흥이 일어났다.

추위로 인하여 잠들어 있던 북부가 이제는 대개발의 시대로 접어들리라.

식물들이 자라난다는 것은 북부에 큰 의미를 가지고 있었다.

일차적으로 식량의 확보가 손쉬워진다. 벼와 밀, 야채, 열매들이 자랄 수 있게 되었다. 마을에서 식량의 구매가 쉬워질 것이고 가격도 저렴해진다. 아울러 마을 주민들도 증가하게 될 것은 불을 보듯이 뻔한 일이었다.

모험가들의 발길이 끊이지 않고, 사람들이 찾아올 날도 머지않았다. 번성한 마을들, 왕국들이 세워지리라.

중앙 대륙에서 온 여행자들과 상인들, 전사들이 활약할 새로운 대지가 열렸다.

알베론이 기도했다.

"프레야 여신님의 가호가 이 땅에 내리기를!"

위드는 전율했다.

애초에 이 퀘스트의 발단이 무엇이었던가.

'사냥만 하고 있는 나를, 성기사들과 사제들이 데려왔지.'

프레야 교단으로 인하여 퀘스트가 거의 강제적으로 개시되었다.

'이것도 연계 퀘스트였던 거야.'

죽음의 계곡을 조사하여 니플하임 제국의 몰락에 대해 알아내고, 씨앗을 뿌린다.

씨앗을 뿌리는 것은 상대적으로 쉬운 퀘스트였다. 몬스터들만 제압하면 가능한 수준이었으니, 난이도 A급의 퀘스트치고는 거의 거저먹는 정도라고 해도 과언이 아니다.

"시간은 걸려도 실패할 여지는 현저히 낮은 퀘스트였지. 웬만해서는, 한두 번 죽더라도 다시 도전하면 되니까."

위드는 고개를 끄덕였다.

하지만 만약에 그렇게 씨앗을 뿌리고 식물들만 자라게 했다면 그 보상은 그리 크지 않았으리라.

죽음의 계곡을 조사하면 필연적으로 부딪치게 될 본 드래곤!

그 본 드래곤을 넘어서 니플하임 제국 황제의 명예를 되찾아 주고, 부수적으로 얻는 마녀 세르비안의 깨진 구슬을 복원한다. 이것이야말로 난이도 A급 2개의 연계 퀘스트가 가진 의미였던 것이다.

위드는 소름이 쫙 끼쳤다.

"이런 퀘스트라면… 그 보상은 막대할 게 틀림없어!"

연계 퀘스트의 보상은 일반 퀘스트의 서너 배가 넘는다.

난이도 B급이나 C급의 퀘스트도 상당히 쏠쏠한 보상을 해준다. 난이도 A급의 퀘스트라면 말할 필요도 없는 것!

북부 전체의 지형을 바꾸고, 마을들과 왕국들을 깨워 냈다. 그 엄청난 파급효과를 감안한다면 웬만한 보상으로 끝나진 않으리라.

"가자, 모라타 마을로!"

위드는 와이번을 타고 쏜살같이 모라타 마을을 향해 날았다. 이미 눈은 시뻘겋게 충혈되어 있었다.

✲✦✧✦✲

죽음의 계곡으로 걸어갈 때에는 상당히 많은 시간이 걸렸다. 감기에 걸려서 고생하고, 혹독한 추위에 시달리면서 몇 날 며칠을 걸어야 했다.

하지만 이제 와이번을 타고 날아가기에 불과 몇 시간이면 충분했다.

모라타 마을!

얼마 전까지만 하더라도 뱀파이어들이 살던 흑색의 거성을 뒤로한 채로 폐허가 되어 있던 마을이었다.

설원 속에 고립무원처럼 지어져 있던 마을.

지금은 주변의 눈과 얼음들이 모두 녹았다. 아직 식물들이 자라고 있지는 않아도, 금세 이곳까지 녹색의 물결들이 퍼지게 되리라.

위드는 마을에 도착하고 나서야 서윤의 생각이 났다.

'그러고 보니 서윤도 나와 같은 퀘스트를 받았는데.'

프리나의 부탁은 함께 해결했다. 하지만 니플하임 제국의 몰락에 대한 비사는 위드 혼자만 퀘스트에 대한 정보를 입수했다. 서윤은 본 드래곤과 싸우던 와중에 죽었기 때문이다.

마침 친구 목록을 살펴보니 서윤이 접속해 있었다.

그 사악한 음모, 마지막에서야 말을 걸던 음침함을 떠올리면 절대로 연락하고 싶지 않았다. 하지만 최소한의 동료 의식은 있었다.

'그래도 퀘스트를 하면서 많은 도움이 되긴 했지. 그녀가 없었다면 훨씬 더 많은 시간이 걸렸을 거야.'

위드는 짧게 심호흡을 하고 귓속말을 보냈다.

—위드입니다.

대답이 돌아올 때까지 잠시 기다렸다. 그런데 아무 말도 없었다.

—지금 중요한 일을 하고 계십니까?

이번에도 묵묵부답이었다.

위드는 잠시 후에 다시 말을 걸었다.

—어디 계세요?

—퀘스트를 해결할 수 있는 물건을 가져왔습니다.

—흑돼지 가죽 옷도 주워 놨는데.

서윤으로부터는 한마디의 대답도 돌아오지 않았다.

'역시 사악한 여자. 다시 말을 하지 않는 거야!'

위드는 드디어 서윤을 인정했다.

보통 인간으로서는 혀를 내두를 정도의 악독함과 치사함!

"아주 좋은 사냥터를 발견했거나, 퀘스트를 진행하고 있겠지. 그러니까 대답도 하지 않는 거야."

위드는 고개를 끄덕였다.

추측이었지만, 그동안 봐 온 서윤의 인간성을 생각하면 틀림없을 것이다. 위드의 인간성도 가히 좋은 편은 아니었지만, 아픈 사람에게 독을 먹이는 짓은 사람으로서 도저히 할 수 있는 짓이 아니다.

"아쉬우면 먼저 연락하겠지."

위드는 서윤에 대한 미련을 접어 버리고 모라타 마을로 들어갔다.

마을 안에는 분주하게 사람들이 돌아다니고 있었다.

"날씨가 따뜻해졌어."

"이제 우리 마을도 조금 살 만해지려나? 더 이상 추위에 맞는 옷은 안 만드는 편이 낫겠군."

"이런 날씨라면 몬스터들도 더욱 활발하게 돌아다닐 게야. 마을의 벽을 보수해서 몬스터들의 침입을 막아야겠는데."

주민들이 떠들면서 일을 하고 있었다. 농기구를 제작하거나, 아니면 실을 짜서 옷을 제작했다.

모라타 마을의 축제로 인하여 생산력이 대폭 늘어났기에 부서졌던 집들도 그동안 상당수 복구되어 있었다.

알베론이 공손하게 인사했다.

"위드 님, 이렇게 마을에 돌아왔으니 저는 사제들과 함께 주민들을 보살피도록 하겠습니다."

"알아서 하도록 해. 수고가 많았다."

"예. 몬스터들이 침입하면 언제든지 불러 주시기를."

모라타 마을은 프레야 교단의 보호를 받고 있다. 성기사들과 사제들이 머물고 있으니 그들과 함께 어울릴 모양이었다.

홀가분해진 위드는 마을 장로의 집으로 들어갔다.

고구마를 구워 먹고 있던 마을 장로는, 위드가 들어온 것을 보고 황급히 그것을 뒤로 감추었다.

"용사여, 어서 오십시오."

"다녀왔습니다."

"수고가 많으셨습니다. 제가 부탁드렸던 니플하임 제국 황제의 비겁한 죽음에 대해서는 알아 오셨습니까?"

"예. 그보다도 제가 배가 고픈데……."

위드는 음식도 아꼈다.

맛이 있더라도 지나칠 정도로 먹어 대지 않았다. 너무 많이 먹을 경우에는 포만감이 과도하게 상승해서 오히려 체력이 빨리 소진된다. 그러므로 적당히 음식을 조절했다.

하지만 얻어먹을 수 있는 상황에서는 절대 빼지 않았다.

빈대 본능!

어디서든 간편하게 얻어먹는 방식으로 식사를 해결했다.

"마, 마을의 용사에게 어찌 고, 고구마 따위를……."

"괜찮습니다."

"이런 음식을 대접하는 것은 예의가 아니니……."

"감사히 먹겠습니다."

"드, 드십시오."

마을 장로는 눈물을 머금고 고구마를 내놓았다.

위드는 죽음의 계곡에서 자란 식물들을 이용해 담근 겉절이와 함께 고구마를 먹었다.

> 포만감이 기분 좋게 채워졌습니다.
> 체력이 10% 늘어납니다.

고구마는 단순한 요리였다.

위드처럼 중급 요리사가 만든 음식도 아니기에 효과는 그리 뛰어나지 않았지만, 어차피 포만감을 채울 용도였기에 따질 필요는 없었다.

고구마를 빠른 속도로 먹어 치운 후에야 위드는 용건을 이야기했다.

"니플하임 황제는 비겁하게 도망치지 않았습니다. 그는 몬스터들을 계곡으로 끌어들여서, 마녀 세르비안의 깨진 구슬을 이용해 놈들을 제압하려고 했습니다."

띠링!

> **진실과 영광 퀘스트 완료**
> 황제 이벤 니플하임 6세는 진정한 기사였다. 그는 몬스터들로부터 제국민들을 지키기 위하여 자신을 희생했다. 하지만 그 결과가 썩 좋게만 작용한 것은 아니었다. 니플하임 제국은 분열과 혼란을 거듭하면서 쇠락해 버렸고, 북부는 동토의 대지가 되고 말았다. 마녀 세르비안의 깨진 구슬을 복원할 수 있는 용기 있는 자들이 나타나지 않았기 때문이다.

> 명성이 3,200 올랐습니다.

모라타 주민들과의 우호도가 100이 되었습니다.

모라타 마을의 공적치가 3,200 상승했습니다.
모라타 마을의 공적치는 지역 상태 창을 통해 확인할 수 있습니다.

모라타 마을의 공적치: 9,800

레벨이 올랐습니다.

레벨이 올랐습니다.

레벨이 올랐습니다.

레벨이……

9개의 레벨과, 엄청나다고 해도 과언이 아닐 정도의 명성!

위드는 생각했다.

'제국의 명예와 관련된 퀘스트라 보상이 큰 모양이로군.'

마을 장로는 서랍 깊숙한 곳에서 보자기에 싸인 무언가를 꺼
내 가져왔다.

"용사여, 저번에도 말했지만 나는 니플하임 제국의 귀족이었
습니다."

위드는 솔직히 조금 믿기 어려웠다. 아무리 제국이 망했다고

해도, 어찌 귀족이 고구마나 아끼려고 한단 말인가! 물론 위드는 그마저도 빼앗아 먹었지만, 썩 신뢰가 가지 않는 것도 사실이었다.

위드가 무슨 생각을 하는지도 모르고 마을 장로가 말했다.

"제국이 몰락하던 시절, 제국 황실의 보물들이 여기저기로 흩어졌습니다. 제가 가졌던 것은 바하란의 팔찌. 이제 주인을 찾은 것 같으니 용사님에게 드리도록 하겠습니다."

> 의뢰에 대한 보상으로 아이템을 획득하였습니다.

팔찌나 목걸이, 반지 등의 액세서리는 질 좋은 물건을 구하기 힘들다. 그런 만큼 희소성이 있고, 가격도 비싼 편이었다.

위드는 서둘렀다. 가슴이 벅차오르고 심장이 두근거렸다.

"감정!"

띠링!

> **바하란의 팔찌**
> 니플하임 제국의 보물. 극상의 아름다움과 함께 다양한 마법적인 능력을 가지고 있다. 믿을 수 없을 정도로 정교하게 세공된 보석들로 만들어진 팔찌.
> 내구력: 30/30
> 제한: 레벨 450. 명성 10,000.
> 옵션: 마나 최대치 55% 상승. 전 스탯 +15. 마나 회복 속도 20% 증가. 매력, 기품 +30.

일반적으로 공격과 관련된 옵션을 제외하고 가장 귀한 것이 마나 회복 속도를 높여 주는 것. 특히 마나 회복 속도가 붙은 팔찌는 너무나 귀해서 부르는 게 값이었다.

위드는 할 말을 잃어버리고 말았다.

'설마 이런 대박을 얻을 줄이야.'

본 드래곤을 잡고 얻었던 물건은 다소 아쉬움이 있었다. 그러나 퀘스트의 보상은 결코 그를 실망시키지 않았다.

위드가 가지고 있는 탈로크의 갑옷과도 비교가 되지 않을 아이템!

'이 팔찌가 아이템 거래 사이트에 올라간다면 그곳이 한차례 뒤집히겠군.'

사려는 사람들의 입찰 경쟁이 치열할 것이다.

마나가 빨리 회복될수록 더 많은 스킬을 사용할 수 있다. 그만큼 사냥 속도가 빨라지고, 스킬 숙련도를 올리기에 좋다.

라비아스에서 얻은 패로트의 링.

잠시 대신관의 반지를 찰 때도 있었으나, 마나 회복 속도를 10% 높여 주는 이 반지를 위드가 아직도 차고 있을 수밖에 없는 이유인 것이다.

마을 장로의 용건은 끝나지 않았다.

"용사여, 이제 이 마을의 운명은 그대의 든든한 어깨에 지워진 것 같습니다."

"예?"

"마을의 구원자, 새로운 희망의 빛. 우리는 그대에게 운명을 맡기려고 합니다. 부디 거절하지 말아 주시기를."

띠링!

> 장로의 제안: 모라타의 백작

모라타 지방은 예로부터 양질의 천과 가죽의 생산지로 유명한 곳이었다. 한 때 진혈의 뱀파이어들이 차지한 영토였지만, 이제 다시 인간들이 살고 있다. 마을 장로는 놀라운 공을 세운 명성이 대단한 모험가에게 지배자의 자리를 제안했다. 주민들과의 친밀도가 대단한 모험가는 이 제안을 거부할 수 없을 것이다. 매달 거두는 세금으로 기술과 상업의 발달, 군사력의 강화를 이룩할 수 있다. 다른 도시나 성을 무력으로 점령하는 것도 가능하며, 일정 규모 이상 인구와 영토를 넓히면 국왕이 될 수도 있다.

모라타의 백작이 되었습니다.

호칭 '모라타의 신임 백작'을 새롭게 사용할 수 있습니다.

명성이 2,500 올랐습니다.

카리스마가 30 상승하였습니다.

통솔력이 20 상승하였습니다.

거부할 수 없는 제안!

친밀도와 우호도, 공적치까지 너무 높여 놓은 부작용이었다. 얼떨결에 한 지방의 지배자가 되어 버린 것이다.

❧

마을 장로의 집을 나온 위드는 길가에서 프리나를 만났다.

그녀는 매우 작은 옷을 만들고 있었다.

"오셨어요?"

"그래. 그런데 그 옷은 뭐지?"

"아기들이 입을 옷이에요. 들었어요? 우리 마을에 아이들이 많이 태어날 거예요. 제 꿈은 농부지만, 우리 마을 사람이라면 기본적으로 옷을 만들 수 있어야 하거든요."

위드는 고개를 끄덕였다. 모라타 마을은 역사적으로 재봉으로 유명했던 지역이니…….

"그렇구나. 그보다도 나는 죽음의 계곡에 심어 놓은 꽃의 이야기를 해야겠다."

"죽음의 기운이 가득한 곳에 희망의 꽃이 심겼나요?"

"그윽한 향기를 머금은 꽃들이 자랐다. 냄새를 맡고 있으면 평화롭고, 잠이 솔솔 올 것만 같은 곳이 되었지. 네가 준 씨앗으로부터 아주 화사한 꽃들 그리고 싱싱한 나무들과 풀들이 성장했다."

"고마워요. 정말 고맙습니다."

띠링!

프리나의 꽃 퀘스트 완료

센데임 계곡의 꽃과 나무 들은 몬스터의 위협에도 불구하고 무사히 자랐다. 바람을 따라 날리는 씨앗이 널리 퍼져서 숲을 만들고 들을 이루어, 인간들과 동물들을 살찌우게 될 것이다.

명성이 1,600 올랐습니다.

모라타 주민들과의 우호도가 1200이 되었습니다.
주민들은 위드 님의 말을 어느 정도 귀담아들을 것입니다.

모라타 마을의 공적치가 600 상승했습니다.
모라타 마을의 공적치는 지역 상태 창을 통해 확인할 수 있습니다.

모라타 마을의 공적치: 10,400

레벨이 올랐습니다.

레벨이 올랐습니다.

레벨이 올랐습니다.

이번에도 3개의 레벨이 올랐다.

조금은 실망스러웠다.

연계 퀘스트라고 해서 엄청난 기대를 했다. 어떤 누구도 난이도 A급의 연계 퀘스트를 했던 사람은 없으니까.

'그런데 레벨이 겨우 3개밖에 오르지 않다니.'

위드는 한숨을 푹 쉬었다.

"내 운이 그렇지, 뭘."

레벨은 어디까지나 부가적인 수단에 불과할 뿐이다.

레벨이 높으면 스탯과 스킬의 효과가 약간씩 오르기는 한다.

하지만 숙련도가 낮으면, 쉽게 올린 레벨은 나중에 탈이 나기 마련!

위드도 이 사실을 잘 알고는 있었지만, 그래도 연계 퀘스트였다. 명성이든 공적치든 뭐든 화끈하게 올라 줄 것이라고 설레었는데 예상 밖으로 평범했던 것이다.

그때 프리나가 말했다.

"잠시만 기다리세요."

"응?"

"드리고 싶은 것이 있어요."

프리나는 서둘러 자신의 집에 다녀왔다. 잠시 후 그녀가 가져온 물건은 2개였다.

고색창연한 지도와 활!

"약속했던 제 친구가 사는 곳의 지도예요. 그리고 이 활은 부탁을 들어주신 데 대한 보답이에요."

의뢰에 대한 보상으로 아이템을 획득하였습니다.

지도는 조악하게 그려져 있었다. 어린애가 그린 것처럼 알아보기 힘들 정도였다.

"감정!"

프리나의 지도
어떤 장소가 그려진 지도. 지형을 보고 찾아가야 할 듯하다.
내구력: 3

문제는 삼각형의 산들 그리고 마구 그어 댄 것 같은 선들이었다.

"이걸 보고 찾아가라니."

위드는 한숨이 나올 것만 같았다. 그런데 다른 하나인 활은 왠지 느낌이 달랐다.

나무의 재질과 시위가 일반적인 활과는 차이가 있었다.

고급 아이템의 느낌!

"감정!"

하이엘프 예리카의 활

하이엘프가 평생에 한 번 만드는 활. 그 희소성으로 인하여 진귀하기 짝이 없다. 엘프들은 세상 밖으로 잘 나오지 않아 구경하기 힘들지만, 가끔 절친한 인간 친구에게 활을 선물로 주기도 한다. 정령의 힘이 깃들어 있다.

내구력: 65/65

공격력: 98

사정거리: 18

제한: 레벨 400. 민첩 1,000. 궁수 계열 직업.

옵션: 명중 확률 +40%. 사정거리 +40%. 매우 빠른 속도로 연사가 가능하다.
     화살의 데미지에 정령의 공격력이 추가된다. 정령과의 친화도 +5%.

한마디밖에 나오지 않았다.

'대박이다!'

무기로서는 최상급!

하이엘프의 활은 모든 궁수들이 꿈에도 바라는 물건이었다.

〈빛의 탑〉

이현은 캡슐을 나오자마자 곧바로 아이템 거래 사이트에 접속했다.

—엘프의 활 삽니다.
—우드 엘프의 활, 다크 엘프의 활, 가리지 않고 삽니다.
—좋은 활 어디 없을까요? 어디서 사야 되는지라도 알려 주세요.
—레어나 유니크 이상, 레벨 300대가 쓸 만한 활. 무조건 시세보다 높게 삽니다.

궁수 게시판에 들어가 보니 활을 사려는 사람들이 올린 글이 도배되어 있었다. 수요는 많은데 공급이 적으니 가격 또한 엄청나게 비싸다.

이현은 회심의 미소를 지었다.

"역시!"

하이엘프 예리카의 활.

경매 사이트에 판다면 굉장히 높은 값을 받을 수 있으리라.

레벨 400대가 쓸 수 있는 무기. 연사 능력은 말할 필요도 없고, 뛰어난 공격력과 긴 사정거리까지 고루 갖추고 있다. 거기에 엘프의 무기였으니 활로서의 장점은 다 가진 셈이다.

"적어도 2달, 3달은 저축하고 먹고살 수 있을 정도의 돈이 생길 거야."

이현은 신이 났다.

하지만 충동적으로 경매 사이트에 바하란의 팔찌와 예리카의 활을 등록하진 않았다.

유니크 아이템은 언제라도 현금으로 바꿀 수 있는 수표라고 해도 과언이 아니다. 그렇지만 아이템을 판매하는 것은 그만한 대가가 따르는 일이다.

"남들 좋은 일만 할 수는 없지."

좋은 아이템을 착용하는 목적은 궁극적으로 더욱 강해지기 위함! 남들보다 빠른 성장을 위해서라도 당분간은 자신이 직접 써야 했다.

대신 이현은 벌떡 자리에서 일어났다.

"이렇게 기분 좋은 날에는 가만있을 수 없어."

이현은 그대로 대형 마트로 향했다.

⚜

대형 마트는 백화점식으로 지어진 무려 5층의 건물에, 장을 보러 온 손님들로 북적이고 있었다.

평소에는 이런 상황을 매우 냉소적으로 보던 이현이었다.

'겉으로는 할인 마트를 표방하고 있지만 값이 싸진 않지.'

평상시의 이현은 절대로 대형 마트를 이용하려고 하지 않았다. 일반적으로 야채나 채소류의 값은 엄청나게 비싸다. 고기나 계란과 같은 식품들도 재래시장과 비교할 바가 아니었다. 그나마 싼 물건이 있다면, 1개를 사면 1개를 더 주는 행사 품목들.

'그래도 무턱대고 사다 보면 쓸모없는 것들투성이야. 평소보다 가격을 올려서 팔 때도 많고.'

믿을 놈 하나 없는 세상이다.

할인점이라고 해서 이것저것 사다 보면 오히려 예산을 초과하는 경우가 많다. 구매가 편리하다는 장점은 있어도, 따지고 들면 재래시장만큼 돈이 절약되지는 않았다.

그런 할인 마트에 이현이 온 것이다.

이현은 카트를 끌었다.

"좋아. 쇼핑이다!"

대박 아이템을 건진 기념으로 하는 쇼핑!

평소라면 상상도 못 할 물건들을 골라 담았다. 값이 싸고 양이 많은 물품들 대신에 브랜드에 신경 썼다.

"초콜릿파이는 쫀득쫀득하니까 두 상자. 아니, 세 상자는 사 둬도 괜찮을 테지. 세 상자. 후후. 확 네 상자 사 버릴까?"

이현은 잠시 갈등하다가 고개를 저었다.

"아니야. 물론 충분히 네 상자를 살 수 있지만, 혹은 다섯 상자를 사도 괜찮지만 구태여 그럴 필요까진 없어. 후후후후! 과자는 새우깡이 맛있지."

그러면서 식료품들도 구입했다.

식용유 대신에 가격이 2배나 비싼 올리브유!

소금도 대용량으로 파는 싸구려가 아니라 따로 통에 담긴 것을 샀다. 무려 200원이나 더 비싼 소금을 사면서 느끼는 뿌듯함이란!

"역시 인생은 럭셔리 프리미엄이야."

⋇⋇⋇

차은희는 얼마 전부터 서윤의 플레이 영상을 하나도 빠짐없이 놓치지 않고 보고 있었다.

"부럽다. 나도 저런 모험을 즐길 수 있다면 좋을 텐데."

그녀 나름대로 위드에 대해서도 조사해 보았다. 워낙에 인터넷에서 유명한 인물이라 별로 어렵지 않았다.

예전부터 이름은 들어 알고 있었지만, 보다 심층적으로 면밀한 조사를 해 본 것이다. 〈마법의 대륙〉에서의 믿기지 않는 기록들과, 〈로열 로드〉에서 벌인 퀘스트에 대해서 살폈다.

정보를 알아보기 전까지만 해도 차은희는 냉소적이었다. 어쩌다 운이 좋아서 유명해지는 사람이 널린 세상이다.

"위대한 유저라… 명성이란 쉽게 거품이 끼기 마련이야."

까다로운 노처녀답게 직접 눈으로 보지 않은 것은 인정하고 싶지 않았다.

그러다가 동영상과 퀘스트에 대한 정보들을 찾아냈다. 진혈의 뱀파이어, 피라미드 제작, 장안의 화제가 되었던 절망의 평원 전투!

차은희도 〈로열 로드〉의 마니아다. 그렇기에 더욱 열광했다.

"위드. 정말 마음에 드는 모험가인데."

노가다에 대한 열정!

퀘스트를 해결하기 위해서 보여 주는 끈기 있는 모습들은 차은희도 흠뻑 빠져들게 만들었다.

위드의 모험들은 대단한 것들이 많다.

진혈의 뱀파이어, 절망의 평원 전투 등은 여간해서는 경험하기 힘든 퀘스트들이긴 했다. 하지만 그렇다고 해서 베르사 대륙의 중요 퀘스트들을 독식하고 있는 것은 아니었다.

왕국 탐사대의 정글 탐험도 있었고, 새로운 유적과 던전을 발굴하는 모험가들도 있었으며, 귀족의 의뢰를 받아 마굴을 퇴치하는 토벌대가 꾸려지기도 했다.

신왕국을 개척하던 시기에는 아찔한 모험들이 셀 수도 없었다. 요즘도 모험과 퀘스트는 베르사 대륙을 구성하는 중요 요소 중의 하나다.

하지만 위드의 모험에는 남들에게서는 느낄 수 없는 특별한 게 있다.

차은희는 알 수 있었다.

"목표가 정해지면 차근차근 노력하는 거야. 어떤 돌발적인 상황에서도 혼신의 힘을 다하지. 그리고 모든 것을 던져 버리는 열정. 그게 사람들을 흥분시키는 거야."

무수히 많은 퀘스트들이 실패로 돌아간다. 난이도가 어려운 의뢰일수록 실패 확률도 그만큼 높다. 위드도 인간인 이상 실패는 얼마든지 있을 수 있다.

그런데 사람들은 그의 퀘스트를 보면서 빠져든다.

위드 특유의 예상치 못하는 행동이 있다. 기존에 가지고 있던 레벨이나 전투 스킬을 이용해 퀘스트를 해결하는 대부분의 사람들과는 달리, 참신한 무언가를 보여 준다.

그 흥미진진함과 긴장감.

오크와 다크 엘프 들을 지휘하면서 보여 주었던 열정.

놀랍다는 말로도 표현되지 않을 정도의 동작과 기술을 보여 주는 전투 능력, 어떤 의뢰에도 부딪치는 도전 정신 등이 사람들을 매료시켰다.

"인기를 끄는 데에는 이유가 있었던 거야. 과거 〈마법의 대륙〉에서 절대적인 존재였던 그가 〈로열 로드〉에서도 새로운 기록을 써 내려가고 있는 거지. 사람들은 즐거워하고, 좋아할 수밖에 없어."

차은희는 인정해야 했다.

본 드래곤과 위드의 전투 장면을 몇 번이나 돌려 봤는지 모른다. 대부분의 사람들이 최소 10회 이상은 보았으리라.

그러면서 위드는 더욱 유명인이 되어 가고 있었다.

그런데 차은희는 캡슐에 저장된 서윤의 영상을 보면서 깜짝 놀라고 말았다.

―친구…….

단 두 음절에 불과하였지만 서윤이 드디어 입을 연 것이다. 누구에게도 사랑받지 못한다고 자학하고 있던 그녀가, 위드와 헤어지고 싶지 않아서 침묵을 깨 버렸다.

하지만 그 후에 위드가 말을 걸었을 때에는 아무 대답도 하지 못했다.

서윤은 말을 하고 싶지 않았던 게 아니다.

"너무 오래 말을 하지 않아서, 대답도 하지 못했구나."

차은희는 애처로움을 느꼈다.

서윤은 너무 긴 시간 동안 누군가와 대화를 나누는 법을 잊고 살았다. 누가 말을 걸어서 이야기를 한다는 것 자체가 어색해서, 당황만 하다가 아무 말도 하지 못한 것이다.

⁂

유로키나 산맥에 온 이후 유린은 페일이나 이리엔, 로뮤나의 사랑을 듬뿍 받았다.

'위드 님의 여동생이니 잘 보여야지.'

가족이 될지도 몰랐으니 화령도 각별히 유린을 아꼈다.

그러면서도 유린이 파티에 가입하는 것에는 다들 회의적이었다.

페일은 머리를 긁적였다.

"여긴 너무 위험한데… 유린아, 우리랑 같이해도 괜찮겠어?"

화령도 자존심에 상처를 받지 않도록 조심스럽게 말했다.

"저기… 우리도 유로키나 산맥에서 사냥을 하는 게 쉽진 않아. 솔직히 몬스터들이 한꺼번에 몰리거나 하면 우리도 가끔 죽는다고. 차라리 내가 도와줄 테니까 초보들이 있는 장소로 갈까?"

유린은 잠시 생각하더니 고개를 저었다.

"아니에요. 힘들어도 같이하고 싶어요."

"우린 상관없지만, 위험할 텐데……."

"안전한 곳에서 조용히 구경만 할게요. 몬스터들의 그림이라도 그리면서요."

"그래. 그러면 그렇게 해. 위험하면 언제든 말하렴. 우리가 지켜 줄게."

"네."

유린은 그림 그리는 도구를 꺼낸 뒤에 공터에 앉았다.

잠시 후, 페일이 몬스터를 화살로 끌어왔다.

샤샤샤샥!

유린의 연필이 빠르게 도화지 위에서 움직여 갔다. 흉악한 오우거가 달려오는 것을, 그대로 재현하듯이 그려 냈다.

띠링!

> 그림 그리기 스킬을 사용하였습니다.
> 오우거를 그렸습니다. 대성공!
> 오우거에게 이름이 부여됩니다. 더욱 잔인해진 오우거 트롬펜!

> 그림 그리기의 숙련도가 향상되었습니다.

오우거가 이름을 가진 네임드 몬스터로 진화했다.

이름을 가진 몬스터는 20% 이상 강해진다. 하지만 더 많은 경험치와 아이템을 떨어뜨리기 때문에 일부러라도 찾아다니는 편이다.

화가들이 가진 스킬인 그림 그리기의 숨겨진 효과!

"오오, 네임드 몬스터다!"

"수르카, 강한 마법을 준비할 테니 덤벼들어서 시간을 끌어!"

"알았어, 언니."

일행은 트롬펜과 맹렬히 싸웠다.

그사이에 유린은 트롬펜을 그린 도화지 위에 낙서를 했다. 흉악한 오우거의 얼굴에 번듯한 수염을 그리고 상처를 만들어 주었다. 안경과 함께 책을 들고 있는 모습도 연출했다.

> 낙서하기 스킬을 사용하였습니다.
> 오우거 트롬펜이 게으르고 온화한 성품으로 변합니다. 트롬펜은 옆구리에 있는 상처로 인해 고통스러워합니다. 상처가 있는 부위는 그의 중요한 약점이 될 것입니다.

유린은 직접적인 전투에는 가담하지 않았지만 그림으로 상당히 도움이 되었다. 고깔모자를 깊숙하게 눌러쓴 채로 묵묵히 그림을 그리는 그녀의 자태는 꼭 껴안아 주고 싶을 정도로 귀여웠다.

하지만 그녀가 그리는 그림은 상당히 살벌했다.

숲의 제왕이라고 할 수 있는 오우거가 토끼에게 맞고 있는 모습. 머리가 3개 달린 뱀은 꼬치에 꿰여 노릇노릇 구워진다.

그림을 그리고 있는 유린을 보면 예쁜 소녀지만, 그 실체는 잔인하기 짝이 없었다.

페일은 미미하게 고개를 끄덕였다.

'역시 위드 님의 동생이야.'

유린에게도 위드의 피가 흘렀다.

⁂

시청률이 더욱 급등하여 완전한 독주 체제를 갖추게 된 〈베르사 대륙 이야기〉.

신혜민과 오주완이 진행하는 이 프로그램에서는 전문가들 사이에 난상 토론이 벌어졌다.

"며칠 전까지만 해도 성이나 마을을 차지한 주인은 모두 전투 계열 직업들이었습니다."

"대중적인 워리어나 기사, 전사 등이 주로 성의 주인이 될 수 있었죠. 마법사도 몇 명 있지만, 그 숫자가 많진 않습니다."

"사람들, 세력을 이끌기 위해서는 아무래도 직접 싸우는 직업이 좋으니까 말입니다."

"하지만 처음으로 게르돈이라는 대장장이가 밀리암 요새의 성주 자리에 올랐습니다."

거기서부터 베르사 대륙의 전문가들은 목에 핏대를 세웠다.

"이해할 수 없는 일입니다."

"도무지 납득할 수 없어요."

"우연의 일치일까요? 아니면 특별한 의미가 있는 걸까요?"

게르돈이 성주에 오르고 나서부터 밀리암 요새 주변에 변화가 생겨났다. 마을의 주민들이 쇠를 다루는 대장일에 관심을 가졌다. 주민들은 금속에 대해서 이야기하고, 퀘스트도 그와 관련된 것들을 내었다. 제련 재료를 구해 달라거나, 아니면 특수한 무기를 제작해 달라는 식으로.

대장장이들의 퀘스트는 제한적이었다. 대도시에 있는 대장간이 아니라면 의뢰 자체가 많지 않았다. 대장장이의 특성상 초보 때에는 명성이 낮아 의뢰를 받기도 힘들었다.

그 때문에 거의 퀘스트를 하지 않고 스킬 숙련도를 올리면서 물건을 찍어 내는 것이 대장장이들의 일과였다.

하지만 밀리암 요새에서는 아주 기초적이긴 하지만 퀘스트들이 발생하고 있었다. 보상도 수고에 비해서는 제법 쏠쏠한 편이었다.

어차피 만들어야 할 무기나 방어구다. 의뢰를 통해 만들면서 적절한 보상도 받을 수 있고, 명성도 키울 수 있다. 의뢰자의 주문에 따라서, 처음 시도하는 방식의 무기들은 더욱 많은 숙련도를 올려 주기도 한다.

원래 열악하던 대장장이들의 의뢰에 비한다면 꽤나 할 만한 수준이었다.

이용한이 무겁게 말했다.

"대장장이들을 우대해 주는 변화들… 어쩌면 이것은 성주의 직업 때문이 아닐까 싶습니다."

"성주의 직업요?"

한길섭이 눈을 크게 떴다.

그건 정말 보통 일이 아니기 때문이다.

"예. 저의 추측으로는 게르돈이란 대장장이가 성주에 오르면서부터 밀리암 요새의 대장일 관심도가 높아진 것입니다."

"그렇다는 말씀은……."

전문가들이 눈을 찡그렸다.

"역시 성주의 직업이 영향을 미친다는 거지요."

결론은 한쪽으로 모이고 있었다. 그렇지 않다면 현재의 상황을 납득할 수 없기 때문이다.

신혜민이 이용한을 향해 조심스럽게 물었다.

"그렇다면… 대장장이가 성주라면, 구체적으로 어떤 변화들이 생겨날 수 있을까요?"

"아직은 초기라서 단정 지어 말씀드리기 어렵습니다."

이용한은 잠시 뜸을 들이면서 머릿속의 생각들을 정리했다. 그러고 나서 말했다.

"우선 기술 발전도가 다른 곳들보다 조금은 빠르게 높아질 겁니다. 양질의 대장간들이 많이 세워지고, 그럼에 따라 무기점이나 방어구점에서 판매하는 물품들의 질도 좋아지겠지요."

"밀리암 요새가 대장일에 특화될 거란 말씀인가요?"

"그건 아닙니다. 다만 현재까지 입수된 정보로 미루어 볼 때, 표준보다는 약간 더 대장장이와 관련된 분야에 긍정적인 효과가 생기는 것 같습니다. 기존에 전사들이 성주로 있던 곳에서는 병사들을 마법사보다 전사로 키우기가 쉬웠던 것처럼 말입니다."

신혜민이나 전문가들은 고개를 끄덕였다.

성주가 워리어라면 성의 병사들의 체력과 맷집이 다른 곳보다 뛰어났다. 그리고 마법사라면 마법력이 조금 늘었다.

아직까지는 전투 계열 직업만 관련이 있는 줄 알았는데, 대장장이의 경우도 비슷한 영향이 있었던 것이다.

위드가 다시 베르사 대륙으로 돌아왔을 때는 해가 저물고 있었다. 맑은 하늘에 보석 같은 별들이 반짝인다.

하지만 위드의 속마음에는 먹구름이 끼었다. 거친 뇌성벽력이 치기도 했다.

텔레비전을 통해 〈베르사 대륙 이야기〉를 보았다.

"망할! 이 썩을 놈의 직업이 백작 자리에까지 악영향을 미칠 줄이야."

이놈의 직업에 대한 원망과 한탄은 사라질 수가 없었다.

예술가들의 도시 로디움.

실체는 거지들로 들끓는 도시였다.

위드가 다스려야 하는 모라타도 나중에는 그러한 꼴이 나지 않는다고 누가 장담할 수 있겠는가!

높은 세율의 착취!

모라타 주민들을 쥐어짜서 많은 세금을 뜯어낸다.

병사들을 소집하여 몬스터들을 퇴치하고 거기서 나오는 아이템과 돈을 독식하는 것!

악덕 군주야말로 위드의 진정한 꿈이었다.

"솔직히 평화니 뭐니, 다 필요 없지. 나만 배부르고 등 따뜻하면 되는 거 아냐!"

위드는 독재자가 되길 원했다.

하지만 모라타는 상인들이 많이 찾아오는 대도시가 아니었다. 접경지대의 유명한 요새들처럼 사냥터가 많이 개발된 장소도 아니고.

"그래도 백작인데 어느 정도는 돈이 들어오지 않을까? 지역 정보 창!"

위드는 백작에게 허용된 명령어를 이용해 정보를 확인했다.

모라타 지역

니플하임 제국에 소속되어 있던 지방. 과거에는 황후를 배출하였을 정도로 영화를 누리던 곳이지만, 현재는 그 흔적을 찾기가 매우 어렵다. 정상적인 건물이 많지 않다. 주민들의 생활도 피폐한 상태. 과거부터 재봉 산업의 기술들이 면면히 이어져 내려왔지만 상인들이 방문한 지가 매우 오래되었다. 신속하게 주민들의 삶을 개선시켜 주어야 할 필요성이 있다.

지역 신앙으로 프레야를 믿고 있다. 주민들의 믿음은 쉽게 변하지 않을 것으로 보이며, 차후 신앙의 중심지로 떠오를 가능성이 있다.

축제와 조각품이 주민의 삶을 행복하게 해 주고 있다. 무자비한 현실을 잊기 위하여 주민들은 더 많은 문화시설을 필요로 한다.

병사와 기사가 존재하지 않는다. 자경대조차도 만들어지지 않았다. 다만, 1년 동안 프레야 교단의 약속된 보호를 받고 있다.

군사력: 20   경제력: 90   문화: 120
기술력: 190   종교 영향력: 80   도시 발전도: 62
치안: 98%
특산품: 가죽과 천.
영토 전체 인구: 7,863
1달 세금 수입: 2,300골드.
마을 운영비 지출 내역: 군사력 20%, 경제 발전 20%, 마을 보수 45%, 프레야 교단 헌금 15%

대략적인 정보로는 암울 그 자체였다.

"이건 로자임 왕국의 바란 마을 수준도 되지 못하잖아!"

몬스터들이 침략했던 로자임 왕국의 남부 마을!

하기야 뱀파이어들에 의하여 폐허로 변했던 것이 얼마 되지 않으니 발전도를 바라는 자체가 무리였다.

위드는 금세 후회했다. 보통 잘못했다는 후회가 아니라 뼈저린 후회였다.

"역시 소금을 200원이나 비싼 걸 산 게 잘못된 거야. 그래서 내가 벌을 받는 거야."

군사력과 기술, 산업을 발전시키려면 많은 액수의 돈이 든다. 수십만 골드, 수백만 골드를 써야 모라타를 다른 곳 부럽지 않은 발전된 도시로 만들 수 있으리라.

하지만 위드에게는 그럴 여유도 시간도 없었다.

"다크 게이머에게 직위는 사치일 뿐이야."

베르사 대륙의 시간으로 76일이 지나면 밤의 귀족들의 왕국 토둠으로 가야 한다. 게다가 얼마 후면 대학에 입학해야 했다.

마을을 다스리고 발전시켜서 명예와 부를 얻는 것! 이는 쉬운 일이 아니다.

"그렇다고 해서 이대로 내버려둘 수도 없고… 뭔가 하긴 해야 하는데."

마을이 더 이상 몰락한다면 위드의 명성에도 악영향이 있을 수밖에 없다. 백작이란 직위에는 혜택뿐만 아니라 무거운 책임도 있었던 것이다.

위드는 그만의 방식을 택했다.

⁂

모라타 마을 주변의 바위산들!

쌓여 있던 얼음들이 녹아서 바위의 표면을 드러내고 있었다.

위드는 자하브의 조각칼을 들고 그 산에 올랐다.

"몸으로 때우는 수밖에!"

극단적인 노가다!

위드는 낮도 밤도 잊고 조각품을 만들었다.

해가 떠오르고 있을 때는 바위에 남자들을 조각했다. 건장한 체구의 사내들이 창과 검 같은 무기를 들고 춤을 추었다.

달이 떠오를 때는 여자들을 조각했다.

위드는 거기서 그치지 않았다.

"달빛 조각술!"

스스로 빛을 발산하는, 조각사 고유의 스킬.

동일한 조각품이라고 해도 달빛 조각술을 사용하면 난이도가 훨씬 올라간다.

쩌저적!

가녀린 팔을 표현하기 위해 심하게 깎아 낸 바위들에 금이 갔다.

과거에 조각했던 바위들과는 달리 단단하지 않고 무른 편이었다. 그렇기에 조각품들을 온전한 모습으로 유지시키기 위해서는 재질에 대해서도 세심하게 신경을 써야 했다.

서윤.

그녀 한 사람을 만들 때와는 달랐다.

다양한 사람들이 취하는 서로 다른 동작들, 춤을 추고 있는 모습들은 조각하기가 굉장히 어려웠던 것이다.

한쪽 다리를 들고 춤추는 여자들.

긴 창을 휘두르고 있는 사내들.

부서지기 쉬울 수밖에 없다.

실패작들이 나오는 것도, 달빛 조각술이 숙달되지 않은 이상 어쩔 수 없는 일이었다.

"실패하는 것들은 어쩔 수 없다."

위드는 과감하게 손실을 감수했다. 하지만 그만한 가치는 있었다.

웃통을 벗은 남자들이 모닥불을 돌며 용맹을 뽐낸다.

여인들도 도발적이고 관능적인 춤을 춘다.

그녀들의 생기에 찬 춤!

추억이 되어 버린 모라타의 밤 축제를 재현한 것이다.

조각상들은 열흘가량에 걸쳐서 완성되었다.

> 만든 조각품의 이름을 정해 주십시오.

위드는 미리부터 생각해 두었던, 나름대로 고상한 이름을 말했다.

"모라타의 하룻밤."

어쩐지 어릴 적에 보았던 비디오를 떠올리게 만드는 제목!

상당히 심사숙고해서 지었지만 위드가 떠올리는 이름들에는 한계가 있었다.

> 〈모라타의 하룻밤〉이 맞습니까?

"그래."

띠링!

달빛 조각 명작! 〈모라타의 하룻밤〉을 완성하였습니다!

사람들의 춤을 표현한 작품! 열정으로 가득한 춤이 경악을 금치 못할 손재주를 가진 이에 의하여 탄생하였다. 다만 아쉽게도 조각품 몇 개가 만들어질 때부터 파손되었다. 미완성의 조각품. 명성이 뛰어난 조각사답지 않은 실수임은 틀림없지만, 조각사의 무궁무진한 발전 가능성을 감안한다면 사람들에게 두고두고 회자될 만한 작품이다. 창조적이고 예술성이 높은 조각사가 달빛 조각술이라는 잊힌 기술을 습득하고 복원해 냈다. 이 작품은 대륙의 조각 역사에 이름을 남기게 될 것이다.

예술적 가치: 뛰어난 조각사 위드의 작품. 6,300

옵션: 〈모라타의 하룻밤〉을 본 이들은 생명력과 마나 회복 속도가 하루 동안 15% 증가한다. 생명력 최대치 30% 상승. 전 스탯 10 상승. 조각상의 주변에서 요리사와 댄서, 바드의 스킬이 한 단계씩 올라간다. 다른 조각품과 중복해서 적용되지 않는다.

지금까지 완성한 달빛 명작의 숫자: 1

조각술 스킬의 숙련도가 향상되었습니다.

고급 손재주 스킬의 레벨이 4가 되었습니다.
도구나 손을 이용하는 능력이 추가로 8% 증가하며, 다양한 분야에 걸쳐서 영향을 주게 됩니다.

조각품에 대한 이해의 스킬 레벨이 1 상승하였습니다.

명성이 110 올랐습니다.

예술 스탯이 5 상승하였습니다.

지구력이 1 상승하였습니다.

달빛 명작 조각품을 만든 대가로 전 스탯이 2씩 추가로 상승합니다.

"크흐흐흐흐흐!"

위드는 음흉한 미소를 터트렸다.

고급 손재주 레벨 4!

스킬의 레벨이 오를 때마다 공격력이 8%나 오르고, 만들어 낸 장비들의 내구력도 향상된다.

남들보다 좋은 게 별로 없는 조각사에게는 금쪽같은 기술이었다. 모든 생산 스킬을 섭렵할 수 있게 해 주는 손재주의 성장 속도가 여타 직업의 2배라는 점이 유일한 낙이라고 할 수 있다.

〈로열 로드〉 평균 이하인 직업의 희망!

진정한 노가다를 가능해 주는 스킬!

손재주!

최근에 알게 된 사실이 있다.

조각술은 손재주를 빨리 올리게 해 주지만, 매번 그런 것은 아니다. 다양한 경험들이 손재주의 한계를 넓힌다.

대장일을 비롯해서 생산 스킬도 연마하고, 약초를 캐낼 때의 조심스러운 손동작도 필요했다. 바느질할 때의 꼼꼼함이나 내구력이 한계까지 하락한 검을 수리할 때의 신중함도 필요했다. 심지어는 마법사들이 수인을 맺을 때에도 손재주가 약간씩은 숙련도를 얻는다고 한다.

하나의 기술만 집중해서 쓴다면, 반복적인 행동으로 인하여 손재주가 성장하지 못하고 정체되고 마는 것.

그러므로 모든 스킬과 행동, 다양한 경험이 상승작용을 일으켜서 성장하는 스킬이 손재주라고 할 수 있었다.

다른 말로 표현하자면 노가다의 꽃!

노가다의 상징이나 다를 바가 없는 스킬이었다.

고급 손재주가 오를 때마다 위드는 순수하게 기쁨의 미소를 터트렸다.

"손재주가 또 더 늘었어. 노가다가 더 빛을 발했던 거야. 쿠헤헤헬."

주변에 보는 사람이 없으니 위드는 기쁨의 발광을 했다. 땅을 구르고 조각칼을 휘저으며 천박한 춤을 추었다.

"로또 1등에 당첨되고 나서도 평이하게 '암, 그렇군.' 하며 납득해 버리고 말면 인생의 재미가 없는 것이지."

저열하고 단순하게, 미친 인간처럼 환희를 표현했다. 이런 방식의 위안과 해소라도 없다면 매번 같은 일을 반복할 수 없으리라.

"204시간의 노가다. 하지만 그건 잘못된 방식의 오만에 불과했어."

위드는 멍청했던 지난날을 뼈저리게 반성했다. 잠도 제대로 자지 않고 밥도 먹지 않으면서 했던 노가다로 인해 몸이 축났다. 노가다를 위해서는 몸부터 멀쩡해야 한다.

"이번 달에 6,000시간 동안 노가다를 했다면, 다음 달에는 6,001시간을 목표로 해야지. 진정한 노가다란 끊임없는 정진에 있는 거야."

돈만 많이 준다면 100년이라도 인형 눈을 꿸 수 있는 재능!

그렇지만 이번에 완성된 작품은 노력에 비해 성공적이진 않았다.

위드가 만들어 낸 것은 많은 조각품들이 모여서 이루어진 대규모 작품이었다. 그런데 중간에 몇 개의 조각품이 실패작이 되어서 전체의 가치를 떨어뜨리고 말았다.

"그래도 아직 시간이 남아 있어."

위드는 그걸로 멈추지 않고 다른 바위들로 향했다.

토둠으로 가야 할 시간. 아직은 여유가 있었다.

그때부터 베르사 대륙의 시간으로 60일간 위드는 산에 있는 바위들을 마음껏 조각했다. 그 결과 10개가 넘는 걸작과 4개의 명작 그리고 1개의 대작을 완성해 냈다.

그러면서 조각술 스킬도 고급 3레벨로 올릴 수 있었다.

❀⟡❀

모험가들이 대규모로 모라타 마을 인근에 도착했다.

혹독한 추위로 인하여 발길을 들이지 않던 북부! 하지만 이제는 그 추위가 물러갔다. 더없이 상쾌한 공기와 하늘 그리고 몬스터와 모험으로 가득한 이 땅에 사람들이 몰린 것은 당연한 일이었다.

"마을이다!"

"지도상으로는 여기가 모라타 마을인 것 같아요."

"모라타 대공이 다스렸다는 마을!"

모험가들은 신기하다는 듯이 마을을 쳐다보았다.

　　북부에 있는 대부분의 마을들은 황폐화되었다. 발전이 이루어지지 않아서 인구도 적고, 치안 상태가 엉망이라 몬스터들이 마을 안까지 들어왔다.

　　마을이 아예 사냥터인 경우도 있었다.

　　인간을 노예로 부려 먹으며, 마을에 죽치고 있는 몬스터들!

　　"뭐가 튀어나올지 모르니 모두들 긴장을 놓지 마! 잭퍼슨, 선두에 서라."

　　"알았어. 트로이드, 치료를 부탁해."

　　5명으로 구성된 파티가 조심스럽게 마을로 다가갔다.

　　베르사 대륙에서도 제법 유명한 파티였다.

　　그들의 뒤에는 모험가들이 300명도 넘게 따라붙었다.

　　북부를 탐험하기 위해서 나선 사람들이다. 트로이드의 파티가 안전을 확인하고 나면 마을로 들어갈 생각인 것이다.

　　마침 아직 해가 완전히 떠오르지 않은 새벽녘이라, 사위가 어두컴컴했다.

　　몬스터들의 능력이 최고조로 발휘되고 있을 시기!

　　경계심을 가득 끌어 올린 트로이드의 파티와 모험가들이 마을의 경계선을 넘었을 때였다.

　　"어서 오세요!"

　　"우리 마을에 오신 것을 환영합니다."

　　모라타 마을의 주민들이 마중을 나와 있었다.

　　"모라타에서 짜낸 질긴 천을 팝니다. 옷으로 만들면 좋아요."

　　"다 만들어진 여성용 가죽옷, 체형을 예쁘게 살려 주고 방어력도 뛰어난 옷 팔아요."

주민들은 모험가들을 상대로 모라타의 특산품을 판매했다. 일부 소년들은 땅바닥에 앉아 나무를 깎는 모습이었다.

트로이드가 얼떨떨해서 물었다.

"이게 뭐지?"

보통 마을들에서는 볼 수 없는 광경이었다.

그 이유는 곧 밝혀졌다.

마을의 귀염둥이 소녀 프리나가 소년들이 만든 조각품을 잔뜩 들고 모험가들에게 왔던 것!

"조각품 팔아요. 작은 꽃, 토끼, 사슴, 여러 종류가 있답니다! 고급 조각품도 있어요. 우리 모라타에서만 나오는 몬스터들, 늑대들을 조각한 것이랍니다."

어떻게든 돈을 벌기 위하여 애쓰는 주민들. 위드가 초창기에 했던 것처럼 조각품을 기념품처럼 나누어 주며 푼돈이라도 벌어 볼 작정이었다.

그리고 그들이 보는 마을의 공터에는 위드가 앉아 있었다.

"방어구 팝니다. 만들어진 지 오래된 유물들이지만 역사와 전통을 자랑하는 니플하임 제국의 철제 갑옷과 옷! 고풍스러운 문양이 여러분의 품격을 올려 드릴 것입니다!"

위드는 방어구 옆에 검도 수북하게 쌓아 놓았다.

"검! 아무나 만들면 쇠붙이일 뿐이지만, 명장이 만들면 다릅니다. 니플하임 제국의 유서 깊은 대장장이들이 만든 명검! 검사님들, 이런 기회 정말 흔치 않아요. 날이면 날마다 오는 기회가 아니야!"

니플하임 제국의 보물들. 하지만 세월이 많이 흘러 가치가 줄어든 골동품 무기와 방어구를 팔아 치우는 것이다.

"남자분들, 이 검으로 사랑하는 여인을 지켜 주세요. 그리고 여자분들, 이 옷들로 말하면 과거 모라타 대공의 셋째 딸이 무도회장에서 즐겨 입었을 것으로 추측되는 드레스인데, 남자들의 프러포즈가 끊이지 않았을 것으로 충분히 상상이 되는……."

위드는 믿거나 말거나 이야기를 지어내서 옷들을 설명하고 있었다.

"뭐야, 저 사람?"

"상인 같은데."

"가 보자!"

모라타 마을에 있는 사람이라는 것만으로도 관심을 끌 수밖에 없었다.

모험가들은 녹이 슨 검과 먼지가 두껍게 쌓인 방어구의 성능이 예상외로 좋은 것을 보고는 크게 놀랐다.

"녹슨 장검이 이렇게 공격력이 좋다니! 원래는 대체 얼마나 명검이었던 거지?"

"저 검 주세요!"

"저는 이 드레스 주세요."

사람들이 몰려들었다.

유별나게 오래되었다는 점만 제외하면 성능은 괜찮았기에 서로 사려고 들었다.

"아저씨, 이 옷은 얼마예요?"

위드는 아저씨란 말을 들으면서도 환하게 웃었다.

가식적인 썩은 미소!

"3,600골드입니다."

"애걔! 중앙 대륙에서는 비슷한 옷을 3,200골드면 살 수 있는데… 그리고 이것들은 너무 오래되었잖아요."

가격을 알아본 사람들은 구매가 썩 내키지 않았다.

성능이야 괜찮지만 바가지였던 것!

오래된 물건이라서 내구력도 20% 이상 낮은 편이었다.

위드는 옷을 집어 들었다.

"아직 수선이 끝나지 않아서 그렇게 보이는 겁니다. 수리, 방어구 닦기, 다림질!"

헌 옷 수선!

재봉 스킬, 대장장이 스킬을 총동원했다. 낡은 옷의 가치가 원래대로 돌아갈 수 있도록 말이다.

물론 세월에 따라 노후한 것이기에 완전한 수리는 불가능했다. 아무리 빨래나 방어구 닦기를 해도 때가 잘 빠지지 않았다.

일반적인 아이템의 경우에는 수리를 하면 내구력이 원래대로 돌아오지만, 니플하임의 보물들은 달랐다. 이미 너무 긴 세월이 지나서, 수리하더라도 외형과 내구력의 한계가 크게 차이 나지는 않았다.

"좀 싸게 깎아 주세요."·

"옷이 너무 허름하잖아요."

어떻게든 불만을 토로하면서 가격을 후려치려는 손님들!

위드는 조각술도 적극적으로 활용했다.

자하브가 평생을 사랑한 여인에게 가장 아름다운 조각품을 만들어 주었던 조각술. 황제 게이하르 폰 아르펜이 대륙을 통일했던 조각술이 물건을 팔아먹는 데에 이용되고 있었다.

"원래 요즘 유행이 오래된 물건들을 다시 쓰는 것이죠! 이렇게 자연스럽게 낡은 물건들에서 나는 우아한 정취! 뭐든 원하는 걸 새겨 드리겠습니다."

검과 방어구에 조각술을 펼쳐서 아이템의 가치를 올렸다.

장비는 성능만이 아니라 자신을 드러내는 도구이기도 하다. 아무리 좋은 성능을 가지고 있더라도 후줄근하면 사람들이 잘 찾지 않는다.

멋진 조각이 새겨져 있는 장비는 더욱 선호되기 마련이고, 조각술로 약간씩의 스탯도 더해졌다.

"자, 자! 쌉니다, 싸요! 모라타에 오신 기념으로 새로운 장비를 맞춰 보세요! 이 모라타가 아니라면 북부에서 이런 장비를 구입하시기란 굉장히 어려울 겁니다. 기회는 순식간에 지나가는 법!"

위드는 입으로는 연방 속사포처럼 말을 쏟아 냈지만 손은 결코 쉬지 않았다.

"이 정도라면 살 만한데!"

"나쁘지 않은 것 같아. 이런 장비는 상점에서는 구입하기 힘드니까."

"무게 좀 봐. 가벼워서 활동하기가 편해."

몇 명이 구입을 하니, 위드의 말이 은근히 바뀌었다.

"빨리 구입하지 않으면 기회가 없습니다! 자, 자, 예약 손님들이 생겨나네요. 물량이 얼마 남지 않았으니 서두르세요!"

한정된 물품이야말로 가치를 더욱 올려 주는 법이다.

위드는 그렇게 성공적으로 방문자들에게 니플하임의 장비를 모두 팔아먹을 수 있었다.

⁂

모라타 마을의 모험가들!

그들의 특징은 한결같이 고색창연한 갑옷과 검을 착용하고 있다는 것이었다.

묵은때가 단단히 끼어서 알록달록한 옷과 더러운 갑옷!

검에는 균열이 가 있어서 나무나 제대로 자를 수 있을지 의심스러운 지경이었다.

그럼에도 모험가들은 모두 만족했다.

"적당한 값에 좋은 장비를 잘 산 것 같아."

"응. 내구력이 낮은 걸 빼면 나쁘지 않네."

"수리석도 같이 샀으니 한동안 쓰기에는 부족함이 없겠군."

위드는 사악하게도 내구력이 낮은 물품들을 판매하면서 일시적으로 내구력을 올려 주는 수리석까지 팔아 치웠던 것. 상점에서 파는 것보다 더욱 고가에 판 것은 물론이었다.

빈털터리가 된 모험가들은 몸이 달았다.

"나 이제 돈이 별로 없어."

"그럼 어서 사냥이나 하자."

"퀘스트는 받아야지."

모험가들은 각자 흩어져서 주민들과 이야기를 나누었다.

마을 밖에는 어떤 위험이 있을지 모른다. 주변 지역에 대한 정보를 모으면서 지형과 사냥터를 파악하는 것이 일반적이었다. 때론 아무도 들어가 본 적이 없는 던전에 대한 단서나 보상이 짭짤한 퀘스트도 얻을 수 있으니, 주민들과의 친밀도를 올리기 위해 노력했다.

다행스럽게도 모라타의 주민들은 모험가들에게 친절했다.

"저 마을 뒤에 있는 흑색 거성? 백작님의 성이지. 그런데 관리를 하지 않아서 가끔 몬스터들이 나온다고 해."

"마을의 동쪽에 있는 강물은 참 맑고 깨끗하지. 눈과 얼음이 녹아서 흐르는 물이라 서늘하긴 한데, 자네들도 몸을 한번 담가 볼 텐가? 그 물에 목욕을 하면 매력적으로 보인다는 소문이 있다네."

"사냥터? 많지. 동서남북 어디로 가도 몬스터가 들끓는다네. 니플하임 제국이 망하고 나서 여긴 온통 몬스터 천지야! 그 몬스터들을 잡아서 가죽을 벗겨다 주면 섭섭하지 않게 사례를 하겠네. 꼭 좀 부탁하네. 어서 가죽을 구해 주게."

"서북쪽 로메인 산에는 예전에 유명했던 우렘 도적단이 있었지. 그들 때문에 상단들이 자유롭게 이동을 못 했어. 할아버지들은 좋은 천을 바치고 나서야 마차를 지나가게 할 수 있었다더군. 지금 로메인 산에는 아마 다른 몬스터들이 있을 거야. 그래도 그 몬스터들을 제압하고 우렘 도적단의 근거지에 간다면 좋은 천들을 구할 수 있겠지."

모라타의 특산품은 천과 가죽이었으니 그에 대한 퀘스트들이 많이 나오는 편이었다. 재봉용 재료들은 언제나 돈으로 바꾸기 쉬운 편이었기에 열렬한 환영을 받았다.

어떤 주민들은 말했다.

"마을 동쪽에 있는 바위산에 대해서 들어 봤는가? 그곳에는 위대한 작품들이 있어. 우리에게 긍지와 자신감을 심어 주는 조각품들이지."

"조각품요?"

"저런. 아직도 보질 못했나? 한밤중에 보면 일품이라네! 위험하니 밤에는 가지 못하더라도, 아침에라도 보도록 하게."

모험가들의 호기심이 발동했다.

"대체 뭐가 있기에 주민들이 이렇게까지 이야기하지?"

"어디, 가 볼까?"

모험가들은 주변의 지형도 익힐 겸 조각품이 있다는 곳으로 향했다.

수십만 개의 바위들이 쌓여 있는 산!

놀랍게도 그 바위들의 상당수는 자연적으로 만들어진 것이 아니었다.

바위에 조각이 되어 있다. 거대한 산의 규모에 비하면 일부에 불과하지만, 제법 많은 바위들이 형태를 이루고 있었다.

마을 주민들이 즐겁게 축제를 벌이는 조각품!

베르사 대륙의 교단들에 있는 성기사들을 상징화하여 새겨 놓은 조각상!

바위를 일렬로 높이 쌓아 올린 다음, 층마다 섬세한 세공을 한 9층 석탑!

그 외에도 무수히 많은 조각품들의 행렬이 이어졌다.

〈모라타의 기원〉을 보았습니다.
마을의 안녕과 발전을 위하여 세워진 탑! 무엇이든 만들 수 있을 정도로 손재주가 뛰어난 조각사의 정성 어린 손길이 그 가치를 크게 높였습니다.
생명력과 마나가 10% 늘어납니다. 마을의 생산력이 3% 증가합니다. 조각상 인근에서 몬스터들의 공격적인 성향이 감소합니다.

〈모라타의 전사들〉을 보았습니다.
강인한 생명력과 투쟁 본능! 베르사 대륙의 몬스터들과 싸우는 전사들의 모습은 용기를 일으키기에 충분합니다.
체력과 힘이 3% 늘어납니다. 몬스터들에 위축되지 않습니다. 강한 몬스터를 이길 때마다 명성을 얻을 확률이 증가합니다.

다양한 조각품의 효과들!

사냥에 상당한 도움을 주는 조각품들이 바위산 여기저기에 잔뜩 있었다.

모험가들은 입을 떡 벌렸다.

"이렇게 많은 조각품들이 어떻게 이곳에 있지?"

"대체 어느 누가 이런 조각품들을 만들 수 있었을까?"

모두 경악을 금치 못하는 가운데 의문이 생겨났다.

건축물이나 작품 들은 시간이 지남에 따라 조금씩 노후된다. 즉, 상식적으로 니플하임 제국의 유적지라면 이토록 멀쩡할 리가 없는 것이다.

조각한 지 얼마 되지 않은 것처럼 조각품들이 생생했던 것!

그것은 조각사가 이 조각품들을 만든 후 시간이 얼마 지나지 않았다는 걸 의미했다.

그러던 와중에 누군가가 한 사람의 이름을 떠올렸다.

"위드! 위드다!"

"조각사 위드?"

"맞아. 그가 아니라면 이런 노가다는 못 할 거야."

어느새 위드는 가장 뛰어난 조각사라는 명성 대신에 노가다 꾼으로 소문이 나 있었다. 로자임 왕국에서 피라미드를 제작한 덕분(?)이었다.

모험가들 중에도 위드에 대해서 들어 본 사람이 많았다.

"장비들을 팔던 사람이 위드였구나."

"로자임 왕국에서 볼 수 없다더니, 여기서 조각품을 만들고 있었던 모양이야."

"거의 6개월 가까이 사라졌던 것치고는 조각품의 숫자가 좀 적은데?"

"그야 중간에 오베론 님이 이끌었던 원정대에도 속해 있었잖은가."

"아, 그랬군. 그러면 그 방어구들과 검들은?"

"직접 만드는 모양이야."

원정대에 속해 있던 대장장이 트루만과 재봉사 카드모스를 통해서 위드에 대한 소문은 더 퍼졌다.

"조각사인데 대장장이 스킬과 재봉 스킬도 함께 올리고 있다더군."

"하나만 해도 지겨운 작업을……."

"바느질에, 망치질에, 조각까지 하나 봐."

"진정한 노가다의 신이로군."

사람들은 그 끈기에 진심으로 혀를 내둘렀다.

몇 명은 의문을 제기하기도 했다.

"그런데 모라타 마을이라면 진혈의 뱀파이어들이 있던 곳이잖아. 전신 위드가 퀘스트를 했던 장소!"

"그러게."

"하필이면 왜 이곳에 조각사 위드가 있는 거지? 단순한 우연의 일치일까?"

"무슨 말을 하고 싶은 건가?"

"이름도 같고, 하필이면 모라타에 있었으니까……."

심각한 얼굴로 의혹을 제기하는 이들을 향해 대부분의 사람들은 피식 웃음을 터트렸다.

"말도 안 돼! 조각사 위드와 전신 위드가 동일인이란 소리를 하고 싶은가?"

"원, 별생각을 다! 위드라는 이름은 흔하디흔하잖아."

"조각사에 재봉사에 대장장이가 설마 그 위드겠나?"

"하긴. 직업 스킬들을 익히는 것만으로도 바빴겠지. 그렇다고 해도……."

"그런 말은 하지도 말게. 네크로맨서 바라볼로부터 불사의 군단과 싸우는 퀘스트를 받을 때 위드의 겉모습이 잠깐 나왔잖은가. 그땐 성기사용 갑옷을 입고 있었어."

사람들은 대장장이 스킬이 향상되면 무기와 방어구의 직업 제한이 사라진다는 사실을 잘 몰랐다. 아직 중급 대장장이들이 극소수였던 탓이다.

그렇게 치열한 논쟁이 벌어지려던 차에 마침표를 찍는 이가 등장했다.

"난 전신 위드의 행적을 쭉 따라왔는데, 그가 최초로 나타난 것은 진혈의 뱀파이어들을 굴복시킨 모라타에서였고 당시의 직업은 성기사였어. 의심할 여지도 없는 일이지. 그 후로 특수한 퀘스트를 받아서 오크 카리취가 되었다가, 최근에는 네크로맨서로 전직했거든. 그러니까 자네들의 말은 모두 틀렸어."

"그 전쟁의 신 위드가 이 모라타 마을에 쭉 머물렀다는 증거도 없고, 무엇보다 저렇게 돈이나 밝히는 쪼잔한 인간일 리가 없잖아."

"흠. 그렇긴 하군."

"맞아, 맞아. 절대 동일인일 수가 없지."

의혹을 제기했던 이들은 입을 다물 수밖에 없었다.

단돈 1쿠퍼도 안 깎아 주는 치사함!

위드를 기억하는 이들은 절대 동일인이라고 여길 수 없었다.

CTS미디어와의 전화 인터뷰에서 쪼잔한 면모를 상당히 보이기도 했지만, 그것은 모두 방송이기 때문에 작가가 그런 식으로 컨셉을 잡은 것으로 여겼던 것이다.

"위대한 전쟁의 신 위드!"

"베르사 대륙의 더위를 물리치는 데도 결정적 공헌을 했지."

"그럼. 북부 원정대가 고생을 한 건 사실이지만, 위드 님이 없었더라면 그 원정은 성공하기 어려웠을 거야."

"대륙의 은인이 저런 모습일 리가 없어. 절대로!"

"어딘가 알려지지 않은 던전에서, 가공할 몬스터들과 자웅을 겨루고 있을 테지. 누구도 성공하지 못한 퀘스트를 수행하면서 말이야.”

“사람들이 머무르는 곳은 피하는 은둔자인 그는, 이렇게 사람들이 많은 장소에서는 절대 찾을 수 없을 거야.”

“맞아. 맞아.”

위드는 이렇게 많은 이들에 의하여 미화되고 있었다. 설마하니 위드가 돈을 밝히고, 지지리 궁상을 떨리라고는 상상도 할 수 없는 것이다. 예쁜 여자 연예인들은 화장실도 안 간다는 생각을 은연중에 하는 것처럼!

그러면서도 모험가들은 각자 자신에게 맞는 뛰어난 조각품을 찾았다.

사냥을 하면 어떤 위급 상황이 생길지 모르는 일이다. 그런 상황에서 조금이라도 도움이 될 수 있도록, 자신이 원하는 조각품이 있는지를 살폈다.

모여 있는 다수의 조각품들 중에는 소위 최고의 옵션들을 가진 것들도 몇 개 있었다.

체력 회복 속도 증가!

생명력 회복 속도 증가!

마나 회복 속도 증가!

이런 옵션들은 사냥 속도와 직접적으로 관련이 있기 때문에 절대로 놓칠 수 없었다.

그렇게 조각품을 찾아다니던 와중이었다. 모험가들은 바위산의 정상에 있는 탑을 발견했다.

아름다운 문양과 은은한 광채.

영롱한 빛무리가 어려 있는 7개의 탑이었다.

〈빛의 탑〉을 보았습니다.

절정에 이른 조각술로 만든 위대한 대작! 재능이 많은 조각사는 때때로 대륙을 열광에 빠뜨릴 만한 작품을 남깁니다. 빛의 특성을 최대한 활용하여 만들어진 이 탑은 밤이면 그 위대한 존재감을 더욱 강하게 드러냅니다. 생명력과 마나, 체력의 회복 속도가 25% 높아집니다. 전 스탯 15 상승. 생명력과 마나 최대치 15% 증가. 이동속도가 20% 늘어납니다. 행운이 100 오릅니다. 신성 마법과 정령술의 위력이 커집니다. 조각상 근방에서는 어둠의 힘이 약화되어 몬스터들이 심하게 위축됩니다. 해가 지고 난 후에는 빛의 군무를 볼 수 있습니다. 빛의 조각술로 탄생한 빛의 군무 동안에는 조각품의 효과가 1.5배 증가합니다.

이것을 본 사람들은 사냥을 떠날 수가 없었다. 해가 질 때까지 그 자리에 앉아서 기다렸다.

"빛의 군무가 무엇일까?"

"빛의 조각술? 그런 조각술도 있었나?"

"어쨌거나, 조각품의 효과가 50%나 늘어난다니 기왕이면 보고 가야지."

사람들은 같이 대화도 나누면서 느긋하게 시간을 때웠다.

그렇게 밤이 되었다.

칠흑처럼 어두운 밤. 하늘에는 구름이 끼어 달도 별도 보이지 않았다. 그럼에도 탑들은 은은하게 빛을 발하고 있었다. 보석으로 이루어진 등대처럼 주변을 밝히는 것이었다.

"예쁘네."

"조금은 몽환적인 것 같기도 하고……."

"뭐가 좋은지는 잘 모르겠는걸."

사람들은 생각처럼 조각술에 대해서 잘 알지 못하였다.

"그래도 평가가 높으니 괜찮은 거겠지."

"어. 꽤나 인정받는 조각품인 것 같아. 조각하기도 상당히 어려웠을 것 같고 말이지."

예술이란 아무 사전 지식 없이 그냥 보아서는 감흥을 느끼기 어렵다. 세계적인 거장의 조각품이라 하더라도 일반인이 보아서는 특별함도 없고 감동도 주지 못하는 경우가 많다. 거장이 주려고 하는 느낌을 받아들이지 못하기 때문이다.

〈빛의 탑〉을 보면서도 사람들은 그러려니 했다.

'심오한 예술 작품이겠지.'

'오, 굉장한 작품이야. 알아볼 수는 없지만……'

'이런 게 조각품이구나. 조각품을 가까이에서 본 건 오늘이 처음이지만… 가끔 데이트할 때 조각품이 많은 미술관에 가 보는 것도 나쁘지 않겠군.'

'그런데 바위산에 널려 있는 다른 조각품들과 뭐가 다르지?'

〈빛의 탑〉.

7개의 탑들은 차갑고 오연한 달빛처럼, 엄숙하고 숙연한 분위기를 자아냈다. 영롱한 빛깔이 한없이 투명하고 맑았다.

그런데 갑자기 모라타 마을 위의 구름이 걷혔다. 그리고 달빛이 쏟아졌다. 빛이 탑의 표면에 부딪쳐서 산란되었다. 미묘하게 어긋나게 깎인 탑의 경계 면들이 달빛을 흩뜨려 놓았다.

"아!"

누군가의 입에서인지 모를 탄성이 터져 나왔다.

7개로 이루어진 탑들이 빛을 분산시키고 집중시킨다. 작은 탑들에서 어우러진 빛들이 중앙의 큰 탑으로 모인다.

빛의 집중!

중앙 탑의 경계 면을 통해 반사된 빛들은 작은 탑들에로 돌아왔다.

빛의 환원!

작은 탑들은 더욱 다양한 각도로 빛을 흐트러뜨렸다.

일그러짐, 변화.

수없이 많은 빛의 광선들이 밤하늘을 수놓고 있었다.

탑들에서 생성된 빛이 점점 퍼져 나간다.

마침내 바위산 전체를 뒤덮은 빛들!

그 빛을 접한 조각품들이 따라서 광채를 뿜어내었다.

빛이 춤을 춘다!

구름이 움직일 때마다, 달의 위치가 바뀔 때마다 빛들이 춤을 추듯이 변화했다.

이것을 빛의 군무라고 표현하지 않는다면 무엇이라고 하겠는가! 가히 환상적인 광경이었다.

보통 조각술은 어떤 사물을 조각하여 직접적으로 그 형체를 보여 준다. 하지만 빛의 조각술은 그 형체들이 만들어 낸 빛 자체가 조각품이 되었다.

눈으로 볼 수 있지만 만질 수는 없는 조각 예술!

사람들은 그 자리를 떠날 줄 몰랐다.

<hr />

위대한 조각사가 만들어 낸 〈빛의 탑〉!

"모라타에 굉장한 조각품이 있다!"

"빛의 군무. 〈빛의 탑〉! 누구라도 한번 보면 매료되지 않을 수가 없는 아름다움이야."

"빛으로 만들어 낸 장관."

"지금까지 본 것 중에 가장 멋진 광경이었어."

"던전과 마굴에서 열심히 레벨을 올리는 여러분! 〈빛의 탑〉을 보지 않는다면 분명히 후회하게 될 것입니다."

소문이 베르사 대륙 전역으로 퍼져 나가는 데에는 긴 시간도 필요하지 않았다.

본래 평범한 것들 중 조금 나은 것들은 이름이 알려지기 어려웠다. 하지만 위드라는, 나름대로 조각술에서는 명성을 가지고 있는 사람의 작품이다. 본인들이 큰 감동을 받았으니 더욱 적극적으로 지인들에게 알렸다.

〈로열 로드〉의 홈페이지를 통해서 '빛의 군무'라는 제목의 동영상이 퍼지면서부터는, 어디에서도 모라타에 대한 이야기를 들을 수 있었다.

고된 생산직, 예술직 유저들은 위드에게 찬사를 바쳤다.

"진정한 조각사 위드."

"그의 섬세한 손길이 묻어 나온 곳에서는 인간의 욕망을 끊임없이 자극하는 예술 작품들이 튀어나온다고 하는군."

"그의 손길. 위드는 여인네들보다도 고운 손을 가지고 있다던데."

"그러니 그토록 뛰어난 예술 작품을 만들 수 있겠지."

바드들이 어느새 위드에 대한 찬양의 노래를 부를 정도였다.

조각사 위드

가난하고 힘든 직업이지만, 그에게 굴레란 없었지

혼의 조각품

빛을 다스리는 조각사

오오, 아름다워라

그가 만드는 것은 무엇이든 작품이 되어 버려

엘프도 페어리도 노래하며 춤을 추는 장소

빛이 모이는 곳에서 전설이 시작되네

⚜

사람들은 〈빛의 탑〉을 보며 감격해서 울먹이기까지 했다. 하지만 위드에 대해서 잘 아는 사람들은 믿기 힘든 이야기였다.

"오빠에게 그런 섬세한 미적감각이 있을 리가 없는데……."

유린의 의심스럽다는 듯한 말에 화령이 되물었다.

"평소에 손재주가 뛰어나지 않아요?"

"네. 사과는 잘 깎지만, 그다지 뭘 만드는 걸 즐기는 편은 아니었거든요."

"그럼 대체 어떻게 만든 걸까요."

괜히 착한 페일이 고뇌에 빠졌다.

'우리가 위드 님에 대해서 착각했나?'

어쩌면 그럴 수도 있겠다 싶었다. 예술가들 특유의 섬세한 감수성을 오해했을 수도.

'위드 님… 사실은 조각품을 진정 사랑했던 거야. 맞아, 조각

에 대한 열의와 애정이 없다면 그렇게 아름다운 조각품들을 만들어 낼 수 없겠지.'

마음 약한 이리엔도 미안함에 눈물을 글썽였다.

'위드 님의 말을 듣고 정말 직업을 싫어하는 줄 알았는데… 만날 조각사에 대한 불평과 불만만 늘어놓으셨지만 그건 모두 진심이 아니었던 거야.'

제피는 씩 웃었다.

'위드 형님은 스스로 자랑하는 걸 어색해하시는 분이지. 멋진 조각품들을 만들면서 성취감을 얻는다고 자화자찬을 늘어놓기보다는 행동으로 보여 주는 건가?'

화령도 자신이 본 위드가 틀리지 않았음을 알고 안심했다.

'참신한 발상과 새로운 창조는 뼈를 깎는 노력과 열정이 있어야 나오지. 풍부한 감성과 애정. 위드 님은 역시 정말 마음이 따뜻하신 분이야.'

❧❦❧

위드가 〈빛의 탑〉을 만들 때의 일이다.

처음에는 아무 생각 없이 평평한 탑을 만들려고 했다.

달빛 조각술!

그래도 극악의 난이도를 자랑하는 조각술이었다. 조각물 자체가 빛을 발산하기에 여간한 솜씨로는 도전할 엄두도 내지 못했다.

"젠장! 이놈의 조각술은 해도 해도 익숙해지지가 않아."

위드는 마구 짜증을 부렸다.

작은 조각품을 달빛 조각술로 만들 때에는 손의 느낌만으로도 어느 정도 윤곽을 그려 낼 수 있었다. 하지만 그 대상이 너무나도 거대하게 바뀌다 보니 신경 써야 할 부분이 한두 가지가 아닌 것이다.

"망할 조각술!"

위드는 봉우리에 매달려 욕을 퍼부으면서 바위를 깎았다.

까마득한 높이에 대롱대롱 매달려 조각술을 펼쳐야 한다. 달빛 조각술 때문에 눈이 부셔서 눈물이 줄줄 흘러나왔다.

여기까지는 그래도 해 왔던 것이기에 참을 만했다. 특히 햇빛이 비칠 때에는 조각품의 빛도 약해져서 그럭저럭 버틸 수 있었다.

문제는 밤이었다.

모라타 마을 위에 환한 보름달이 떠올랐다.

달빛은 조각품을 더욱 빛나게 만들었다. 바위의 표면이 거울처럼 반짝이고 있으니 그 빛이 고스란히 반사되었다.

"이놈의 달빛 때문에 눈이 부셔서 조각을 할 수가 없잖아!"

바위산에 매달린 위드는 달빛을 피하기 위해 슬금슬금 옆으로 움직여야 했다.

그러다 보니 탑의 경계 면들도 조금씩 다른 각도로 깎였던 것이다.

집결

과거에 모라타 마을은 뱀파이어들이 살던 황폐한 도시였다. 구멍 뚫린 지붕으로 눈이 두껍게 쌓이고, 거리에는 인적이라고는 찾아볼 수 없었다.

저주에 걸린 석상들만 외롭게 늘어서 있었을 뿐!

"여기가 바로 그 모라타구나."

"〈빛의 탑〉이 있는 곳!"

"북부를 여행하려면 빼놓지 않고 들러야 할 마을이지."

"몬스터들도 많아서 사냥하기에 정말 좋아."

모라타를 찾아오는 여행객들이 하루하루 지날수록 기하급수적으로 늘어나고 있었다.

"에고르 언덕 사냥 가실 분!"

"파이어 벌레 동굴에서 사냥할 마법사 구해요."

"퀘스트 '샤브리나의 손수건' 있습니다. 보상으로 최고급 손수건을 받을 수 있는 퀘스트예요."

"식량 삽니다! 유통기한 긴 걸로 일주일 치 파시는 상인분 없으세요?"

모라타 마을의 중앙 공터는 여행객들로 소란스러웠다.

북부의 얼음이 녹은 이후로 중앙 대륙에서 수십만 명의 여행자들이 움직였다. 그들 중 일부가 모라타로 찾아왔다.

모라타의 지정학적 위치는 북부의 중요 관문 중 하나였다. 하지만 그래도 이토록 많은 여행객들이 몰려오리라고는 누구도 예상하지 못했다. 더군다나 모라타 마을에 진을 치고 머물면서 사냥을 한다는 것은 상상도 못 할 일이었다.

그런데 〈빛의 탑〉이 모든 것을 바꾸어 놓았다.

경이로운 조각품!

〈빛의 탑〉의 아름다움에 여성 유저들이 먼저 찾아왔다.

"진짜 예쁘다!"

"안 왔으면 후회할 뻔했어."

동영상으로도 보았지만, 직접 바위산에 올라서 바라본 빛의 군무는 평생 잊기 어려운 광경이었다.

밤에 달빛이 비칠 때 보는 것도 좋지만, 저 평원 너머로 해가 떠오를 때의 변화는 이루 말할 수 없을 정도의 감동을 주었다.

"조각품이 이런 것이구나."

"전투력은 좀 부족해도 조각사라는 직업, 대단한 것 같아."

"그러게. 이런 작품들을 베르사 대륙에 남길 수 있잖아."

대번에 조각사들의 인기가 치솟았다.

바위산은 〈빛의 탑〉을 보기 위해 찾아온 여행객들로 인산인해를 이루었다. 여전히 여성 유저들이 많았지만, 남성 유저들도 상당수를 차지했다.

세상 어디에든 있다는 커플들!

여자들에 의해서 억지로 방문한 남자들도 있었지만, 현실적인 이유로 인하여 일부러 먼 길을 찾아오는 부류도 존재했다.

사냥에 목숨을 건 이들.

베르사 대륙에서 그 숫자는 전체의 10% 정도에 지나지 않지만, 주도적인 역할을 하는 이들이다.

"체력과 생명력, 마나의 회복 속도가 올라간다면 쉬지 않고 더 많은 몬스터들을 때려잡을 수 있지."

"확실히 〈빛의 탑〉 덕분에 사냥 속도가 빨라졌어."

"정령사세요? 〈빛의 탑〉은 보고 오셨어요?"

"어젯밤에 빛의 군무 보신 성직자 구합니다!"

빛의 군무.

조각품의 효과 덕분에 사냥 속도가 더욱 빨라지고 편해졌다. 그러므로 사냥을 하려는 이들은 모라타 마을의 주변을 떠나고 싶지 않게 된 것이다.

모라타 마을의 상징적인 조각품!

주변에는 이러한 조각품이 없기에 상대적인 우위를 가질 수밖에 없었다.

프레야 교단의 영향도 있었다. 성기사들과 사제들이 있어서 원하면 아무 때나 축복을 받을 수 있고, 저주에 걸려도 해제하기가 쉬웠다. 중앙 대륙이라면 모르지만, 북부에 교단이 있는 곳은 모라타뿐이었다.

지속적인 사냥터 개발과 조각품의 효과, 사람들에 의해 퀘스트 정보들이 밝혀지면서 여행객 또한 지속적으로 증가했다.

하지만 위드는 그것을 오랫동안 지켜볼 수 없었다.

뱀파이어의 왕국인 토둠에 가야 할 시간이 다가온 것이다.

"콜 뱀파이어 로드 토리도!"

"나를 불렀는가."

토리도가 어둠 속에서 검은 망토를 몸에 두르고 나타났다.

창백한 얼굴의 미남!

훤칠한 키에 기품이 넘쳤다.

위드는 그를 지그시 바라보았다.

"주인이라는 말을 붙이지 않다니, 많이 컸구나."

"그… 그게, 사흘 후면 나는 자유가 된다."

뱀파이어들의 왕국인 토둠!

그곳으로 가야 할 시간이 이제 사흘도 남지 않았다.

위드는 토리도에게 인생의 진리를 깨우쳐 주었다.

"원래 그 마지막 사흘이 3년보다 더 긴 거야. 마지막 사흘 동안에는 떨어지는 낙엽도 피해 다녀야 된다는 말이 있지."

"……."

"토둠에 대하여 자세히 말해 봐라."

위드는 우선 토둠에 대한 상세한 정보를 모아 볼 참이었다.

"토둠. 우리의 성지. 3개의 달이 뜨며 환락이 함께하는 곳."

"환락?"

"그렇다. 피와 함께 영생을 누리는 밤의 귀족들의 환락이다."

"그 외에는?"

"인간들의 유치한 기술력과 조잡한 문명이 아닌, 유구한 역사를 자랑하는 밤의 귀족들의 도시가 있다.”

토리도는 토둠에 대하여 엄청난 긍지와 자부심을 갖고 있는 모양이었다.

위드는 판단했다.

‘뱀파이어 로드 토리도를 키워서 들어갈 수 있는 곳이니 범상하지는 않겠지.’

웬만한 노력으로는 가지 못하는 곳이니 특별한 무언가를 기대해도 좋으리라.

드워프의 왕국, 엘프의 왕국, 모두 특색이 있었다.

드워프들의 왕국에서는 망치질과 풀무질이 그치지 않는다.

엘프들은 대자연 속에서 그대로 꽃과 나무를 가꾸고 정령들을 부린다.

밤의 귀족인 뱀파이어들에게는 고급스러움과 세련된 화려함을 기대해도 좋을 것 같았다.

‘게다가 아직 아무도 들어가 본 적이 없는 지역의 사냥터와 퀘스트 들을 독점할 수 있는 기회다.’

뱀파이어 토리도의 말에 의하면 토둠은 인간들이 들어온 적이 없는 장소이며, 차후에도 들어오지 못한다고 했다.

그렇다면 위드에게만 공개되는 지역!

모라타의 퀘스트들도 탐이 나지만, 여행객들이 너무 많이 늘어나 있었다. 이런 상황에서는 간단한 퀘스트들도 많은 경쟁이 붙을 수 있다.

사냥터도 사람이 늘어날수록 독점하기는 힘들다. 사람들이 많으면 그만큼 동료를 구하기는 쉽지만, 사냥할 몬스터들이 줄어드는 것이다.

아직까지는 모라타에서도 사냥을 할 만한 편이었지만 위드의 마음에는 차지 않았다. 무엇보다 최초로 들어간 사냥터에서만 주어지는, 일주일간 2배나 되는 경험치의 혜택을 무시할 수 없었다.

위드는 더 많은 정보를 원했다.

"뱀파이어 왕국에는 몇 명까지 데려갈 수 있는 거냐?"

"상황에 따라 다르다."

"상황?"

"그렇다. 토둠에는 박쥐들을 타고 가야 되는데, 내가 불러올 수 있는 박쥐들은 총 20만 마리. 인간 1명에게 200마리 정도가 붙는다면 1,000명까지는 데려갈 수 있겠지. 하지만 물건들을 싣는다면 데려갈 수 있는 인간의 숫자는 많이 줄어든다."

"토둠에 가는 사람들의 제한은 없나?"

"없다. 인간이라면 얼마든지 갈 수 있다. 다만 죽음을 각오해야 된다."

"죽으면 어떻게 되는데?"

"우리 밤의 귀족들은 시체 따위는 받아 주지 않는다. 즉시 인간들의 세계로 추방한다."

그 말대로라면 토둠에는 상당한 페널티가 있는 것이다. 한 번의 죽음이라도 겪는다면 마을에서 부활하지 못하고 즉시 쫓겨나야 한다는 이야기이니까.

'매우 위험하겠군.'

위드는 얼굴을 찡그렸다.

일반적인 퀘스트나 사냥에서는 사람들이 자주 죽는 편은 아니었다. 왜냐하면 먼저 수행했던 사람들로부터 나온 경험들이 있기 때문이다.

즉, 검증된 퀘스트를 하거나 이미 알려진 사냥터에서 사냥하는 경우에는 죽는 일이 드물지만, 아무도 발길을 들이지 않은 장소의 위험성은 이루 말할 수 없다.

무엇이 나올지 모른다는 긴장!

예측할 수 없는 사태에 빠져들 수 있다.

설상가상으로 와이번이나 금인이도 데려가지 못한다. 되살아날 수 없는 이들은 토둠에 들어가는 순간 영영 빠져나오지 못하게 되기 때문이다.

'안전제일. 그리고 미칠 듯한 사냥과 정보 입수. 혼자서는 어렵다. 가장 믿을 수 있는 동료들이 필요해!'

위드는 페일에게 귓속말을 보냈다.

—위험하긴 한데, 토둠으로 같이 가시겠습니까?

❧

위드의 제안을 받은 페일은 동료들에게 의견을 물었다.

"토둠. 뱀파이어 왕국이라고 합니다. 아직까지 미공개 지역이라 어떤 위험이 있을지 모르지만, 위드 님이 같이 갈 사람을 찾습니다. 저는 갈 예정인데, 다들 어떻게 하시겠습니까?"

현재는 페일이 리더의 역할을 하고 있지만, 죽을 확률이 상당히 높은 모험을 해야 하기 때문에 동료들의 뜻에 따르기로 했다.

메이런이 생각해 볼 것도 없다는 듯이 대뜸 답했다.

"저도 갈래요."

연인인 페일이 가니 따라가는 것은 당연한 일. 게다가 위드와 모험을 함께할 기회이기도 했다.

'이번에는 놓치지 말아야지.'

사냥은 몇 번 같이했지만 위드와 함께 퀘스트나 모험을 한 적이 없는 메이런으로서는 진정으로 바라던 일이었다.

로뮤나와 수르카는 어떤 고민과 긴장도 없었다.

"언니, 갈 거지?"

"응, 가야지. 뱀파이어 왕국이면 아주 화려하겠지? 볼만할 것 같아. 이리엔, 너는 어떻게 할래?"

"나도 갈래. 성직자의 의무는 어떤 위험도 감수하는 거잖아."

뱀파이어 마니아인 수르카와 로뮤나!

그녀들은 흡혈귀에 대한 영화라면 빠뜨리지 않고 보았다.

뾰족한 송곳니!

시커먼 망토!

그녀들은 흡혈박쥐까지도 앙증맞다면서 너무나 좋아하는 것이다.

이제 화령과 제피, 유린, 오크 세에취의 결단만 남았다.

제피는 당연히 의리를 따르기로 했다.

"저도 가겠습니다. 화령 님은 어떻게 하시겠습니까?"

화령은 페일로부터 이야기를 듣자마자 이미 결정을 내렸다.

위드가 있는 곳이라면 어디든 따라가고 싶다. 북부 모험도 같이 가지 못해서 아쉬운 판에, 거절할 리가 없었다.

"저도 갈게요."

이제 일행의 시선은 유린과 세에취에게로 향했다.

연약한 유린의 경우에는 정말 많은 위험을 감수해야 하기 때문이다.

"가겠어요."

유린도 위드를 만나고 싶어서 토둠에 가기로 했다.

"취익! 나, 나도 간다."

세에취도 가기로 했다.

오크의 특성상 죽어도 피해는 크지 않다. 그렇다고 한들 몬스터에게 맞는 걸 좋아하는 이가 누가 있겠는가!

'하지만… 이번에는 맞아 죽더라도 가야 돼.'

세에취는 파티에 속해 있는 동안 몇 차례나 서러움을 느꼈다. 연령대가 어린 페일의 일행 중에서는 은근히 노처녀로 분류된 것!

세대 차이!

이리엔이나 수르카가 따뜻하게 대해 줄수록 나이 먹은 서러움만 심해졌다.

'그래도 서윤이를 위해서는 선택의 여지가 없어.'

얼마 전에 서윤이 최초로 말을 했다. 하지만 그 후로는 다시 말을 하지 못했다.

충동적으로 급작스럽게 말문이 트인 것이기에, 정상적으로 말을 찾기 위해서는 시간이 필요하다. 서윤을 회복시키는 그 과정에 위드의 존재는 중요한 역할을 할지도 모른다.

그것을 위해서라도 세에취는 가야 했다. 그 또한 위드의 곁을 떠날 수 없는 중요한 이유였다.

요즘 들어 오크들을 등쳐 먹는 파렴치한 상인으로 성장하고 있는 마판!

마판은 언제나 말하고 다녔다.

"위드 님은 내 스승이나 마찬가지야."

돈 되는 손님 가려 받는 법.

착한 손님 바가지 씌우는 법.

물건을 팔 때 필수적인 아부와 아첨.

돈에 대한 끝없는 욕심까지!

상인으로서의 기본기를 위드에게 배웠다. 심지어 거울을 보며 썩은 미소까지도 연습할 정도였다.

마판도 뱀파이어 왕국 토둠행에 동참하기로 했다.

상인에게 새로운 지역이란 언제나 큰 이득을 의미한다. 독점적인 판로 구축이야말로 돈과 스킬, 명성을 얻을 수 있는 절호의 기회다.

다만 뱀파이어 왕국 토둠은 한 번밖에 갈 수 없어서, 상인으로서 큰 이문은 남지 않을 것 같았다.

"그래도 모험을 할 수 있는 기회야."

마판은 잊을 수 없었다.

유로키나 산맥에서 위드의 지휘 아래 오크와 다크 엘프 들이 일사불란하게 몬스터와 싸우던 것을.

그때의 전투 결과에 따라 위드가 투자한 수만 골드가 날아갈 수 있었다.

마판은 자신이 낸 돈이 아니었음에도 긴장이 되었다.

전투 상황이 불리하게 바뀔 때마다 아득해졌다.

리치 샤이어와 불사의 군단!

그렇게 어려운 적들이 줄어들고 전황이 뒤집어질 때마다 심장이 크게 뛰었다.

흥분과 긴장, 전율이 흘렀다.

마판은 다시 한 번 그러한 모험을 하고 싶었다.

검치, 검둘치, 검삼치, 검사치, 검오치.

그들은 페일 일행이 있는 곳보다 훨씬 깊숙한 유로키나 산맥 안쪽에서 검을 수련하고 있었다.

아침부터 저녁, 심지어는 새벽까지 내내 검을 휘두른다.

"우리는 검에 인생을 바쳤다. 검을 얻으면 여자와 만날 기회가 생긴다."

검둘치의 다부진 말 속에는 절박함이 가득 담겨 있었다.

검과 더불어 살아온 인생.

후회는 없다.

다시 살더라도 검의 길을 걷고 싶다. 하지만 아쉬웠다. 스스로를 돌아보니, 육체는 강해졌지만 마음 둘 곳이 없었다.

검치가 말했다.

"집에 백 자루의 명검이 있으면 무엇 하겠느냐. 어떤 검도 내가 먹을 밥을 해 주진 않고, 오붓하게 같이 늙어 가 주지도 않거늘."

검을 버리는 것이 아니다. 검을 통해서 여자를 만날 수 있다. 강해질 수만 있다면!

자칫하면 노총각으로 평생 늙어 죽을 판이었던 검치를 비롯한 다른 사범들은 밤새도록 검을 휘둘렀다.

무예인!

모든 종류의 무기를 다룰 수 있는 직업이었다.

검의 내구력이 다해서 부서지면 그때 사냥을 했다. 그리고 몬스터에게서 나온 무기를 휘둘렀다.

먹을 것이 있으면 먹고, 그마저도 없으면 그냥 굶었다.

"배가 고프면 정신이 더욱 빛나는 법이지."

검치와 검둘치, 검삼치 등의 정신력은 막강했다. 현실에서도 사흘 정도는 단식하면서 수도를 할 수 있으니 허기짐 따위는 문제가 아니었다.

'어떻게든 빠르게 강해져서 여자들에게 인기를 얻어야 해.'

'유니크 아이템에 명성! 그러면 여자들의 관심을 받을 수 있겠지.'

'지켜 주고 싶다. 보살펴 주고 싶다. 여자와 사귀고 싶다!'

다분히 사심으로 가득한 생각을 하면서 검을 휘두르고 있었지만 검치 들은 진지했다. 땀이 비 오듯이 쏟아지지만 아무도 그만둘 생각을 하지 않았다.

끊임없이 몰두하고 집중했다.

하루에도 10만 번씩 검을 휘둘렀다.

사냥을 열심히 하는 이들이라고 해도 그렇게까지 무기를 휘두르진 않는다. 강한 스킬에 의존하기도 하고, 체력이 어느 정도 소모되면 휴식을 취하기 때문이다.

몬스터가 모이는 장소로 이동하는 시간도 있고, 동료를 구하는 데에 소모되는 시간도 상당하다. 동료들과 대화를 나누면서 놀기도 하니 실제 전투를 하는 시간은 생각처럼 길지 않았다.

하지만 검치 들에게는 이 또한 투쟁이었다.

스스로와의 싸움!

하루에 10만 번 검을 휘두르기로 하였으면 검을 휘두른다.

어떤 자기 합리화도 필요하지 않다.

목표를 설정했으면 오직 실천할 뿐이다.

복잡한 계산을 하면서 자신을 괴롭히지도 않았다.

흘리는 땀방울과 거친 숨소리만큼 노력한다.

이렇게 살아가는 방식밖에는 모르는 사내들이었다.

검둘치가 배고픔에 침을 꿀꺽 삼켰다.

"이상형의 여자. 많은 것도 바라지 않는다. 어제 보리빵을 만들어 주었다면 오늘은 옥수수빵, 내일은 호밀빵을 만들어 주는 여자라면 충분해."

검삼치는 눈이 더 낮았다.

"하루 세끼, 배추라면, 순라면, 안산탕면만 내리 끓여 줘도 되는데."

검사치는 지지 않겠다는 듯이 한술 더 떴다.

"난 계란도 포기할 수 있이!"

검둘치의, 영영 흔들리지 않을 것 같았던 눈동자가 살짝 떨렸다.

"크흐! 계란까지라니, 각오가 너무 대단한 것 아니냐?"

"이 정도 다짐이 없다면 어떻게 여자와 사귈 수 있겠습니까? 사랑은 희생하는 겁니다."

검둘치는 입을 다물었다.

그리고 아직 검오치가 있었다.

"사형들, 난 고기도 끊을 수 있을 것 같아요."

"고기까지!"

사형제들은 서로의 각오에 감탄했다.

그러던 차에 거의 동시에 스킬이 상승했다.

띠링!

> 무기술 스킬이 고급 6레벨이 되었습니다.
> 모든 무기의 기초 공격력이 360%로 증가합니다. 공격 속도가 3% 빨라집니다. 스킬의 마나 소모가 4% 감소합니다.

고급 6레벨!

무예인으로서 검술 스킬 대신에 모든 무기를 다룰 수 있는 무기술을 배운다.

무기술 스킬이 마스터에 가까워지고 있었다.

"목표가 얼마 남지 않았다! 다들 긴장을 늦추지 마라!"

검둘치의 말에 검삼치, 검사치, 검오치는 큰 소리로 답했다.

"옛!"

하지만 무기술 스킬이 늘어 갈수록 숙련도가 웬만해서는 잘 오르지 않았다. 하루 종일 검을 휘두른다고 해도 지긋지긋하게 늘지 않을 정도였다.

그럼에도 꾸준히 정진했다.

몬스터를 잡고 절벽에서 검을 휘두르는 단조로운 생활이 이어지고 있을 무렵이었다.

검치가 검을 땅에 꽂았다.

"둘치야."

"예, 스승님!"

"애들 불러라. 할 말이 있다."

검둘치와 검삼치, 검사치, 검오치는 빠르게 모여들었다.

"말씀하십시오, 스승님!"

"이제 기초 수련은 어느 정도 되었다고 본다."

남들이 경악을 금치 못할 몇 달간의 산속 훈련도 이들에게는 기초 수련에 지나지 않았다.

"더 큰 담금질을 하기 위해서라도, 이제 다시 세상에 나가 봐야 하지 않겠느냐?"

검치가 제자들의 의견을 묻고 있었다.

"예. 슬슬 때가 되었지요."

검삼치가 허연 이를 드러내며 히죽 웃었다.

찰나를 가르는 판단력과 정밀한 동작들.

과거에도 발달된 운동신경으로 믿을 수 없을 정도의 전투 실력을 보이던 그들이었다. 이제 전투 스킬까지 향상되었으니 무서울 것이 없었다.

싸움 자체를 즐기는 검치 들!

검오치는 무조건 스승의 뜻에 따르겠다는 듯이 고개를 끄덕였다.

"스승님, 아주 좋은 생각이십니다. 그런데 어디 가기로 정해 놓으신 장소라도 있습니까?"

"우리가 이 베르사 대륙에 대해서 잘 알지는 못한다. 그렇다고 체면이 있지, 초보들이나 모이는 곳에서 놀 수는 없지 않겠느냐?"

"지당하신 말씀입니다."

"마침 이번에 위드가 어딘가에 갈 거라고 이야기하는 것을 들었다."

"흡혈귀들이 나오는 곳이라고 했습니다."

"그곳부터 가자. 나머지 애들 불러!"

무사 수행을 떠났던 검치 들!

그들이 다시 모일 시간이었다.

검치 들의 집결!

무사 수행을 위하여 베르사 대륙 곳곳으로 흩어졌던 검치 들이 모여들었다.

그들은 목적에 따라 다양한 수행을 해 왔다.

심산유곡에서 검을 수련하던 이들부터 대륙을 떠돌면서 퀘스트를 하던 이들. 강자들만을 찾아다니면서 도전을 하기도 했다. 레벨을 올리기 위하여 사냥도 적당히 해 왔다.

그런 이들이 유린의 도움을 받아서 속속 모라타 마을로 모여들었다.

"이번에 검술 스킬을 고급 3레벨까지 올렸지. 확실히 공격력이 강해지더라니까."

"난 퀘스트만 200개 넘게 하면서 명성을 쌓았는데, 이제 웬만한 퀘스트는 쉽게 받을 수 있어."

"북부 원정대. 거기에 속해서 빙룡과 싸웠지."

수련생들은 삼삼오오 모여서 저마다 자신이 걸어온 성과를 자랑했다.

"난 싸울 때마다 맞았어. 맞고, 맞고… 그렇게 많이 맞았더니 이제 맷집이 260이 넘어."

검사십구치는 어지간한 워리어보다도 훨씬 맷집이 강해졌다. 위드의 성장법을 본받아서 매번 한계에 다다를 정도로 맞았기 때문이다.

정상적인 사람이라면 이런 종류의 성장 방법은 택하지 않는다. 그러나 강해지는 지름길이라면 이보다 더한 아픔도 감수할 수 있었다.

복잡한 생각보다는 몸을 쓰는 편이 더 익숙하다.

잔꾀를 부리기보단 하나의 방향을 정해, 포기하지 않고 나아가는 단순한 사내들이었다.

그렇게 무사 수행을 한 것을 자랑하고 있던 수련생들의 시선이 검오백오치에게로 향했다. 그는 아까부터 조용히 웃고만 있었다.

음흉하고, 무언가를 얻은 듯한 미소!

"막내야, 근데 넌 뭘 했냐?"

"크흐흐흐! 알게 되면 배 아프실 텐데요. 그래도 괜찮으시다면 말씀드리지요."

"뭔데? 뭘 했는지 말해 봐."

"예, 사형들. 대륙은 그간 지독하게 더웠지 않습니까?"

"그랬지."

수련생들은 고개를 끄덕였다.

대륙이 더워진 이후로 체력 소모가 심해지고, 땀이 줄줄 흘렀다. 그 때문에 중앙 대륙에는 퀘스트와 몬스터 들이 넘쳐 났다. 다수의 사람들이 사냥을 하지 않고 쉬었기 때문이다.

수련생들도 정신력으로 버티지 않았다면 이겨 내지 못했을 더위였다.

검오백오치가 음흉하게 웃었다.

"대륙이 더워지기 시작하자 저는 즉시 셀룬 강가로 갔다는 거 아닙니까."

"강가?"

"그곳에 뭐가 있는데?"

"어떤 몬스터가 나오더냐?"

수련생들이 호기심을 보였다.

조금 떨어져 있던 검치나 검둘치를 비롯한 사범들도 귀를 기울였다. 자신보다 강한 몬스터를 꺾는 것이야말로 투쟁 본능을 자극하는 것이다.

하지만 검오백오치는 터무니없다는 듯이 손을 휘휘 저었다.

"몬스터라니요. 몬스터는 구경도 못 했습니다. 셀룬 강은 물이 투명하고 맑기로 유명한 곳이죠. 유속도 빠르지 않아서, 수영하기에 아주 적당한 강입니다."

"수영? 넌 그 셀룬 강에 뭐 하러 갔는데?"

"그야 여자들을 보러 갔죠. 무더위에 간단한 비키니만 입은 여자들이 수만 명이나 있었는데……."

꿀꺽!

"수, 수만 명이나!"

검오백오치의 말에 사범들이나 수련생들이나 눈을 휘둥그렇게 떴다.

"대체 그곳에서 무슨 일이 벌어졌던 거냐. 상세히 좀 얘기를 해 봐!"

"완전 늘씬한 몸매를 가진 여자들이 모래밭 위에 드러누워 있었죠. 더위를 탓하면서 물장구를 치며 즐기는 여자들. 투명하도록 맑은 강 주변에서 얇은 비키니를 입고… 흐흐, 저는 지금까지 그곳에서 여자 구경만 하다가 왔습니다."

"부, 부럽다!"

사범들과 수련생들은 인정했다.

가장 보람찬 무사 수행을 하고 온 사람은 바로 검오백오치였다고!

❧❧❧

이현은 아이템 거래 사이트를 매일 확인했다.

"하이엘프의 활. 매매가가 점점 오르고 있군."

수요는 갈수록 늘어나는데 공급이 부족하니 가격이 상승하기 마련.

이현은 아이템 거래 사이트의 가격을 보면서 뿌듯해하다가 다크 게이머 연합에 접속했다.

다크 게이머 연합에는 등급에 따라서 볼 수 있는 〈로열 로드〉의 정보들이 산더미처럼 쌓여 있다. 일반인들은 정보를 공개하지 않으려고 하고 발설하지 않는다. 독점을 원하는 이들의 자연스러운 선택이다.

다크 게이머들에게도 정보의 가치는 두말할 나위도 없는 것. 획득한 정보 중 자신에게 필요하지 않은 것들을 공개함으로써, 다크 게이머 열람 등급을 높이고 필요한 정보를 얻었다.

이현의 정보 등급은 C.

최초 가입 시에 조정된 등급이었다. 중요 퀘스트와 숨겨진 사냥터에 대한 정보는 볼 수 없었다.

그럼에도 연합을 통해 얻을 수 있는 정보들이 꽤 된다.

일반적으로 인터넷상에 공개된 정보가 매우 잘 분류되어 있다. 왕국과 성, 도시의 특성, 사냥터에 대한 평가 분석 자료들을 보는 것도 가능했다.

취미 생활이 아닌 전문가 수준의 논문들도 다양한 영역에서 상당히 존재했다.

"조만간 정보 등급을 좀 올려야겠군."

다크 게이머의 제2 법칙.

받은 만큼은 베풀라!

이현은 그동안의 보답을 위해서라도 북부에 대한 정보들을 좀 올려놓을 생각이었다.

다크 게이머들은 위험한 의뢰나 모험, 사냥을 즐긴다. 길드에 소속되어 정해진 사냥터에서 쉽게 성장하고 꼬박꼬박 세금을 바치는 이들은 극히 드물었다.

좋은 아이템이 나와도 길드에 우선 상납하는 방식을 따른다면 돈을 벌기 어렵기 때문이다.

그렇기에 더 험난한 길을 걸어야만 했다.

모라타에서 죽음의 계곡까지 가면서 구한 이동 경로와 북부 마을에 대한 지식들이라면, 필요한 다크 게이머들에게 요긴하게 쓰이리라.

이현은 다크 게이머 연합의 의뢰 게시판도 확인했다.

아이템 구매 의뢰, 물품 호송 의뢰, 다크 게이머 연합에서 올려놓은 전쟁 참여 의뢰.

일반인들이 신청한 다양한 의뢰들도 있었다.

구매 등급은 다크 게이머 연합에 의뢰한 횟수와 금액에 따라서 정해졌다.

> ─구매 등급 레드. 구매 횟수 12회.
>   세공된 에메랄드 멧손에서 찾습니다. 퀘스트에 필요합니다. 사흘 내에 도착 가능한 분만.
> ─구매 등급 블루. 구매 횟수 7회.
>   정령의 샘물 구해요. 이노크의 정령사 길드에서 기다리고 있겠습니다.
> ─구매 등급 블루. 구매 횟수 2회.
>   특정인 척살 원합니다. 조용히 처리해 주실 분만.

살인 의뢰도 간간이 보였다.

억울한 일을 당했거나 개인적인 감정을 가진 이들을 죽여 달라는 의뢰는 다크 게이머들에게 짭짤한 수입원이 된다.

물론 그런 의뢰가 무조건 받아들여지는 것은 아니었다. 돈은 벌 수 있지만 살인자가 되면 〈로열 로드〉 내에서 각종 제약이 심해지기 때문이다.

정말 돈이 급한 이가 아니라면 살인 청부 의뢰는 여간해서는 받지 않았다.

게시판을 죽 훑어보던 와중에, 눈에 확 들어오는 의뢰가 있었다.

―구매 등급 다이아몬드. 구매 횟수 183회.
파스크란의 창 구합니다. 이유는 묻지 마시고, 구해 주십시오. 후하게 사례합니다.

파스크란의 창!

이름조차 알려지지 않은 무기였다. 공개된 적도 없으며 누가 주웠다는 소문도 퍼진 적이 없다.

다만 사람의 이름이 붙은 것으로 보아, 하나밖에 없는 유니크 아이템으로 추측되었다.

이런 것이 필요한 이유라면 하나뿐이다.

"퀘스트에 필요한 것이로군. 퀘스트를 하려면 파스크란의 창을 구해야 하는 거야."

유니크 아이템.

구매 등급이 다이아몬드라면 기본적으로 한 건에 100만 원

이상의 의뢰비를 지불하는 사람이다. 의뢰자의 수준을 감안한다면 이 의뢰는 수백만 원이 걸린 것인지도 모른다.

이현은 일단 파스크란의 창을 머릿속에 입력해 두었다.

다크 게이머 연합에서 의뢰를 통해 조달하려고 하는 물품들은 잘 기억해 두어야 한다.

예를 들어 붉은 심장 300개가 필요하다면 그만큼 사냥을 해서 모아야 수량을 맞출 수 있는 것이다.

돈을 벌기 위해서는, 번거롭지만 필수적인 요건이었다.

공식적으로 집계조차 되지 않는 수십만의 다크 게이머들이 이 의뢰를 주목하고 있는 이유이기도 했다.

그런데 또 하나의 의뢰가 이현의 눈에 들어왔다.

역시 구매 등급 다이아몬드의 의뢰!

의뢰자들 중 0.1%도 되지 않는 다이아몬드 등급의 의뢰가 하나 더 있었다.

―구매 등급 다이아몬드. 구매 횟수 289회.
우린 6명의 파티다. 레벨은 360대. 1주일에서 2주일 정도 베르사 대륙에서 휴가를 보낼 생각이다. 좋은 휴양지나 괜찮은 퀘스트, 혹은 해 볼 만한 모험이 있다면 안내해 줘. 500만 원 주지.

"500만 원이라."

이현의 입가에 비웃음이 걸렸다.

구매 횟수나 등급만 보아도 글을 올린 사람의 성격이 어떤지 대충 짐작이 가능했다.

"돈이면 뭐든 다 되는 줄 아는 놈들!"

이현은 한동안 모니터를 보며 욕을 퍼부었다.

하지만 손가락은 재빨리 그 사람에게 보낼 메일을 작성하고 있었다.

> 안녕하세요.
> 다크 게이머 연합에서 보고 연락드립니다.
> 아직 휴양지를 못 찾으셨나요?
> 제발 못 찾았으면 좋겠는데……
> 저한테 맡겨 주신다면 친절하게 모시겠습니다.
> 아직 누구도 가 보지 못한 새로운 왕국, 불멸의 뱀파이어들의 도시로 초대합니다.
> 꼭 와 주세요. 부탁드립니다!
>
> 꾸벅.

토둠

뱀파이어 로드 토리도가 말했던 그날!

모라타 마을에는 검치 들과 페일 일행, 세에취 그리고 마판이 아침 일찍 모였다.

"여기가 모라타 마을!"

마판은 어느덧 중견 상인으로 거듭났다. 그의 복장에는 보석들이 주렁주렁 달려 있었다. 귀금속이나 보석 거래를 상승시켜 주는 옵션이 달린 상인복이었다.

마차도 고급으로 장만했다. 8마리의 말이 끄는 대형 마차라서 화물을 가득히 적재할 수 있고, 식료품들이 쉽게 상하지 않았다.

명성과 스킬을 쌓고 돈을 벌어 가면서 차근차근 성장해 왔던 것이다.

"음식 삽니다. 전투 보급품 삽니다!"

토둠으로 떠날 때 필요한 보급품의 준비는 마판이 맡았다.

그는 모라타 마을을 돌면서 모험가들과 주민들에게 보급품들을 구입하는 중이었다.

그러는 사이에 위드는 마을 입구에서 용돈을 벌고 있었다.

"멋진 조각품 깎아 드립니다. 소장용으로 하나씩 챙겨 두시면 좋습니다!"

위대한 조각사 위드의 조각품!

모라타에 방문한 여행객들은 누구나 기념품을 사길 원한다. 위드의 앞에는 조각품을 사기 위해 길게 줄이 늘어서 있었다.

키 작은 소녀가 와서 말했다.

"아저씨, 〈빛의 탑〉 모양으로 된 조각품 하나 주세요."

위드는 기분 좋게 웃으며 말했다.

"10골드입니다."

"에이, 뭐가 그렇게 비싸. 안 사요!"

"……."

어린 소녀는 마치 날강도를 보는 눈빛을 하며 떠났다.

다음 손님은 흰머리가 기웃기웃 비치는 할머니였다.

"이보게, 젊은이. 저쪽 바위산에 있는 〈빛의 탑〉을 닮은 조각품을 좀 깎아 줘."

"예, 9골드입니다."

위드는 알아서 가격을 조금 깎아 주었다.

유독 할머니에게는 약한 면모를 가지고 있었던 것!

"뭐라구?"

"8골드……."

"무슨 조각품이 그렇게 비싸? 이거, 노인이라고 무시하는 거 아니야?”

“그게 아니고… 그럼 5골드에 해 드리겠습니다.”

“돈이 없다니까. 2실버에 해 줘!”

“도저히 그 가격에는… 휴, 알겠습니다.”

“진작 그렇게 할 것이지.”

위드는 눈물을 머금고 조각품을 깎아야 했다.

천부적인 미사여구와 아부 구사!

그것도 어느 정도 가격대가 맞을 때의 일이었다.

‘젠장. 조각품으로 돈 벌기가 이렇게 어렵다니.’

며칠 전 대장장이 스킬을 이용해서 무기와 방어구를 만들었을 때에는, 시세보다 약간씩 높은 가격을 받아 냈다.

하지만 조각품은 사람들이 주로 구매하는 시세가 없을뿐더러 골드 단위의 지출은 사치라고 여기는 사람들이 많았다. 특별한 고백이나 선물 용도가 아니라면 조각품에 돈을 쓰는 사람 자체가 드문 것이다.

그 때문에 여간해서는 조각품의 가격을 올려 받기가 쉽지 않았다.

그다음 손님은 조금 나이가 든 아줌마였다.

아줌마는 날카로운 질문부터 던졌다.

“조각품을 하나 주문하면 1개 더 주시나요?”

“그게…….”

“어차피 길가에 굴러다니는 나무로 깎아서 만드는 거잖아요. 원가도 얼마 안 들어가는데 그 정도 서비스도 못 해 줘요?”

마트에서 1개를 사면 1개를 덤으로 주는 대량생산 물품처럼 조각품을 원하는 손님들! 여전히 조각물들이 기념품이라는 인식을 벗어나지 못하기 때문에 벌어지는 일이었다.

아무리 주위에서 위대한 조각사라고 치켜세워 주면 뭣 하겠는가! 현실적으로 돈이 안 되는데!

'역시 조각사란 직업은 실패작이야!'

위드는 푼돈이나마 위안 삼아 챙길 수밖에 없었다. 명성을 날리고 있는 덕분에 평균적으로 5골드 이상은 받는다는 점이 다행이었다.

근처에서 유린도 그림을 그렸다.

"줄 서 주세요!"

유린의 주변에도 사람들이 몰려 있었다. 그 숫자가 위드 근처보다 결코 적지 않았다.

다만 주로 남자들이라는 점이 다를 뿐!

"어떻게 그려 드릴까요?"

"편하게… 그냥 연락처라도 적어 주시면."

"헤헤, 그건 어렵구요. 제가 멋지게 그려 드릴게요."

"고맙습니다."

어떤 손님들은 몇 번씩이나 오기도 했다.

"벌써 세 번째네요, 손님."

"한스입니다."

"네, 한스 님. 무슨 그림을 그려 드릴까요?"

"그냥 유린 님의 마음을 그려 주십시오. 흰 도화지처럼 맑은 유린 님이시니 그걸 그대로 주셔도 됩니다."

"어머, 고마워요. 사실 제가 화가인데 돈이 좀 없어서……."

"압니다. 얼마나 고생이 많으십니까? 여기 제가 가진 돈 7골 드입니다."

어떤 손님들은 아이템들을 내놓았다.

"가죽 장갑인데, 필요하실 것 같아서……."

"모자를 바꾸실 때가 된 것 같군요."

유린의 앳된 미모, 여동생 같은 발랄함을 보고 모여드는 남자들!

위드의 조각품보다도 훨씬 큰 인기를 끌고 있었다.

물론 위드가 만드는 거대한 조각품이나, 비싼 재료비를 들인 조각품들은 훌륭한 옵션을 가지고 있다. 충분히 시간을 들여서 만든다면 엄청난 효과를 가진 조각품도 완성할 수 있다.

왕국과 도시의 발전에 기여하는 조각품들!

하지만 무게가 심하게 나가는 조각품의 특성상 이동이 힘들기 때문에, 개인들은 그런 조각품을 구매하지 못한다.

일반 조각품들은 푼돈밖에 벌어 주지 않고, 명작이나 대작일 경우에는 부르는 게 값이 될 수 있다.

순수한 열정과, 작품을 만들겠다는 의지!

그렇기에 진정한 예술가가 택할 수 있는 직업이 바로 조각사인 것이다.

위드는 땅을 치고 후회했다.

'이렇게 될 줄 알았더라면… 차라리 화가를 택했으면 좋았을 텐데.'

피가 끓는 희열과 작품에 몰입되어 최고의 완성품을 만들어 내는 성취감! 이것도 역시 손가락에 침을 묻혀서 **빳빳한 만 원**

짜리를 세는 쾌락에 비할 바는 아니었다.

철저하게 세속적인 조각사!

묵직한 조각품보다는 현금화가 쉽고 개인에게도 팔아먹을 수 있는 그림이 훨씬 낫게 느껴졌다.

점심나절이 되었을 때, 식량을 마지막으로 보급품 마련이 모두 끝났다.

마판이 다가와서 말했다.

"위드 님, 준비가 끝났습니다."

"검치 스승님은요?"

"마을 중앙의 공터에서 기다리고 계십니다."

"그러면 슬슬 출발할까요?"

위드도 행상을 접고 자리에서 일어났다.

"오늘 기다리셨던 분들께는 다음에 먼저 조각품을 깎아 드리겠습니다."

"에이, 괜히 기다렸잖아. 벌써 20분째인데."

"꼭 갖고 싶었는데."

조각품을 받기 위해 줄 서 있던 사람들에게는 미리 양해를 구해 놓았던 터라, 손님들은 아쉬운 얼굴을 하고 흩어졌다.

"그럼 마판 님, 잠시만 여기서 기다려 주세요."

"예? 예! 다녀오세요."

위드는 마판에게 부탁을 한 뒤에 헛간으로 들어갔다. 그리고 탈로크의 갑옷을 꺼내서 입었다.

미스릴로 만들어졌지만 빛을 흡수하는 라호만 지방 미스릴의 특색에 따라서 새카만 갑옷.

    흑철로 직접 만든 헬멧과 이동속도를 올려 주는 부츠, 공격력과 힘을 더해 주는 장갑도 착용했다.

    전신에 검은색의 갑옷과 망토를 착용한 흑색 전사의 모습!

    실제의 직업은 조각사지만, 중급 대장장이 스킬 덕분에 다른 직업의 갑옷도 입을 수 있었기에 외관상으로는 전사를 떠올릴 수밖에 없게 만들었다.

    위드는 헛간에서 완벽하게 장비를 갈아입고 모라타의 거리로 나왔다.

⁂

    "설마……."
    "아닐 거야."
    "그렇지?"
    "역시 그럴 리가 없잖아."
    위드를 본 사람들은 그냥 지나치지 못했다.
    흑색 전사.
    그가 입은 갑옷은 흑철과 미스릴로 만들어져 있다.
    "저런 방어구는 레벨 제한이 높을 텐데."
    "엄청난 고수인가 봐."
    위드를 보는 행인들의 눈빛이 달라졌다.
    조각칼을 들고 길가에 떨어져 있는 돌멩이나 나무토막을 주우러 다니던 시절에는 느끼지 못했던 부러움에 찬 시선들.
    위드는 행인들 사이를 뚫고서 마판이 기다리는 곳으로 걸어

갔다.

"기다리셨죠? 그럼 이제 가시죠."

"예? 예!"

마판은 고개를 갸웃하면서도 함께 유린이 있는 곳을 향해 걸었다.

'위드 님이 하시는 일이니 뭔가 깊은 뜻이 숨어 있겠지.'

주변으로부터 부러움에 찬 시선들이 끊임없이 느껴지고 있었다.

탈로크의 갑옷은 빛을 흡수하는 재질로 만들어져 있다. 그렇기에 한없이 검었다. 그 특별함과 고급스러움은, 퀘스트로 제법 이름을 날린 모험가들이라고 할지라도 일찍이 보지 못한 것이었다.

"대단한 사람인가 봐."

"진짜 누구지?"

"혹시 좀 전의 그 조각사?"

"아니야. 비슷하게 생긴 것 같기는 하지만……."

"정말 비슷하게 생겼는데."

"맞아, 그 조각사 위드다."

옷이 날개라는 말이 틀리지 않았다.

행인들은 위드의 얼굴을 자세히 뜯어보고 나서야 겨우 알아차렸다.

얼굴에 구구절절이 묻어 나오던 가난과 궁핍함!

그것들이 사라지니 평범한 외모였던 위드를 쉽게 알아보지 못한 것이다.

행인들의 반응이 달라졌다.

"가짜 갑옷인가 봐."

"그럼 그렇지. 그냥 겉만 미스릴로 치장해 둔 걸 거야."

"별로 안 좋은 건가 보군."

행인들의 반응을 뒤로하고 위드와 마판은 유린이 있는 곳에 도착했다.

"유린아, 가자."

유린은 그림을 그리던 도중에 뒤를 돌아보았다.

"응, 오빠! 아, 그런데 옷이…….'

"어?"

위드는 천연덕스럽게 반문했다.

"왜 그러는데? 내가 입고 있는 탈로크의 갑옷 때문에? 아, 별 것도 아니야. 그냥 평범한 유니크…….'

"……."

노골적인 갑옷 자랑!

실은 여동생에게 갑옷을 자랑하고 싶어서 미리 입고 나온 것이었다.

위드는 마판, 유린과 같이 마을 중앙으로 향했다. 그런데 주변의 행인들이 떠드는 소리가 들려왔다.

"중앙 공터에 가 봤어? 어디로 사냥을 가는 건데 그런 준비를 하는 거지?"

"꽤 실력이 있어 보이는 파티와 오크 그리고 상인과 검치 들이라… 정말 무슨 퀘스트일까?"

"조각사 위드도 같이 간다던데."

텔레비전을 통해 이미 본 드래곤과의 전투가 방송되었다.

검을 위주로 싸우며, 단체로 바짝 자른 머리를 하고 있는 근육질의 사내들!

방송 덕에 검치 들을 모르는 사람이 없었다. 무도의 극한을 추구하는 도전자들이라고 단단히 유명세를 탔다.

그런 검치 들이 모라타에 모여서 어딘가로 떠난다고 하니 사람들의 이목이 집중되었다.

"보급품의 양이 엄청나!"

"모라타 근처에 새로운 사냥터가 개발된 걸까?"

"그럴지도 모르겠군."

북부의 모라타 마을에 올 정도라면 일단 초보자는 아니라고 봐야 한다. 웬만큼 눈치가 빠르고 눈썰미가 좋은 사람들이 대부분이다.

그들이 보기에는 상당히 이상한 조짐들이 마을 안에서 벌어지고 있었다.

교역품과 식료품을 사재기하는 상인, 모여든 검치 들!

상당히 좋은 무기와 방어구로 치장을 한 페일 일행도 눈길을 끌었다.

사실 세에취야말로 단연 관심이 집중되는 대상이었다.

새로운 종족 오크!

인간의 말을 하고 마을에서 돌아다니는 오크를 직접 본 것은 구경꾼들도 처음이었던 것이다.

"진짜 못생겼다."

"저 배랑 엉덩이 좀 봐. 걸을 때마다 장난 아냐."

"머리도 엄청 커!"

세에취는 뿌듯함을 느꼈다.

얼음 여왕처럼 화려하고 차가운 외모가 아니라 편안함으로 사람들에게 다가설 수 있는 지금이 결코 나쁘지 않은 것.

"취이익! 취춋 취잇!"

"콧노래다!"

위드가 마판, 유린과 함께 중앙 공터로 갔을 때에는 구경 나온 사람들로 미어터질 것 같은 광경이 펼쳐져 있었다. 미리부터 소문이 나서, 모라타 마을 주변에 있던 사람들이 모두 몰려온 것이었다. 여행자며 모험가, 전사, 성직자나 음유시인으로 이루어진 파티들이 사냥도 떠나지 않은 채 마을 내에서 대기하고 있었다.

수르카는 이런 주목을 받으니 영 어색한 얼굴이었다.

"우릴 보고 있는 사람들이 정말 많네요."

이리엔도 약간 주눅 든 얼굴로 주위를 둘러보았다.

이렇게나 많은 사람들의 이목이 집중된 것은 그녀로서도 처음이었다.

"로자임 왕국보다 사람은 적은 것 같지만, 정말 빨리 늘어나고 있네."

화령도 수긍했다.

"그러게요. 새로운 대륙이 열린 초기의 활발함이 느껴지는 것 같지요?"

북부의 거점 도시 모라타!

매일 최소한 1,000명 이상이 와서 사냥터를 새로 개발하고,

이곳을 중심으로 모험을 떠난다.

현재 북부에서 활발하게 탐험하고 있는 사람들의 절대 숫자는 많지 않다. 중앙 대륙에서 출발한 인원은 많아도, 아직 본격적으로 북부에 도달한 인원은 적은 것이다.

대략 5만 명 정도가 북부에서 활동하고 있는 것으로 집계되었다.

5만 명이라고 해도, 넓은 대륙의 크기를 감안하면 조금만 외딴곳으로 가도 인적이 드문 편이었다. 그렇기에 퀘스트나 사냥, 모험 그룹 결성, 정보 공유를 위하여 사람들이 많은 도시로 모였다.

모라타는 그 거점 도시가 되면서 밀려드는 여행객들을 감당하고 있었다.

위드가 주위를 둘러보며 물었다.

"마음의 준비는 다 되었습니까?"

"네."

"옛!"

화령과 제피가 자신 있게 대답을 했다.

페일은 메이런의 어깨를 가볍게 토닥여 주었다.

"어떤 위험이 닥쳐와도 지켜 줄게요."

"언제나 페일 님만 믿어요."

이리엔이나 로뮤나, 수르카도 각오를 단단히 다졌다.

위드와 움직일 때는 휴식이란 게 없는 경우가 많다. 숨 쉴 틈 없는 긴장과 가슴 끓는 흥분의 연속.

이리엔의 눈이 반짝였다.

'보통 때의 사냥이 여가 정도라면, 위드 님과 같이 사냥할 땐 정신을 바짝 차려야 해.'

성직자로서 동료의 죽음을 막지 못했을 때가 제일 가슴이 아프다.

위드의 사냥법은 다른 이들보다 2~3배는 빨랐다. 그 속도를 따라가는 건 힘겹지만, 보람도 컸다.

'죽지 않기 위해… 제 몫을 다해야 해.'

한편 검치 들은 모험과 투쟁이 일상사였으니 전혀 긴장하지 않았다.

"어험! 출발이 좀 늦어지는군."

"밥부터 먹고 가는 건가?"

위드는 고개를 저었다.

"아닙니다. 이제 슬슬 출발하도록 하죠."

막 출발하려고 할 때였다.

주변의 구경꾼들은 그들이 어디로 가는지 알기 위해서 눈에 불을 켜고 기다리고 있었다.

그때 모라타 마을의 장로가 허겁지겁 달려왔다.

"백작님!"

마을 장로가 위드를 애타게 불렀다.

"백작이라고?"

"방금 백작이라 부른 거야?"

놀란 구경꾼들 사이에 소란이 일어났다. 모라타 마을의 백작이 유저라니! 하지만 더 놀라운 것은, 지금 장로가 분명 위드를 보고 백작이라 불렀다는 사실이다.

"말도 안 돼!"

"조각사가 자작이나 남작도 아니고, 고위 귀족 계급인 백작이라니."

"백작이면 이 마을만이 아니라 모라타 지방 전체를 다스리는 주인이란 뜻이잖아."

위드는 주변을 둘러보고 한껏 목소리를 깔았다.

"장로님, 무슨 일이기에 그렇게 호들갑을 떠시는 겁니까. 체통을 지키시지요."

어디서 본 것은 있어서, 사극에 나오는 주인공처럼 자세를 잡았다.

백작이라면 고위 귀족층에 속하는 것이 맞는다. 왕국에서도 몇 손가락 안에 꼽힐 수 있는 권력자!

마을 장로가 말했다.

"마을에 식량이 떨어져 가고 있습니다."

"……."

"늘어난 여행객들로 인하여 주민들의 불편도 이만저만이 아닙니다. 도로를 더 넓혀야 하고, 마을 중앙의 공터도 개발하여 광장으로 만들어야 됩니다. 상업의 발전을 위하여 교역소도 짓고, 잡화점이나 직물 거래소도 개설해야 하고요."

위드는 매우 위험한 이야기를 듣고 있음을 깨달았다.

이런 종류의 이야기들이 가져오는 결론은 오직 하나.

'돈! 돈을 달라는 소리다.'

마을 장로는 눈물을 뚝뚝 흘렸다.

"돈이 필요합니다. 마을에 여관도 짓고, 주택도 보수하기 위해서는 보다 많은 투자가 있어야 합니다.”

페일과 제피가 딱하다는 듯이 마을 장로를 봤다.

‘위드 님의 호주머니에서 돈이 나오기는 정말 어려울 텐데.’

‘불가능한 일이지. 굳이 비유하자면, 우물에서 고래를 낚을 확률과도 같아.’

마판은 마을 장로가 얘기하는 사정을 듣고는 위드 대신 나설 생각마저 했다. 상인으로 모아 놓은 돈이 제법 있으니 일단 1,000골드라도 내놓으려고.

그런데 모두가 상상할 수 없던 일이 벌어졌다.

“휴우! 돈이 필요하다면 진작 말씀하시지 그러셨습니까?”

위드는 길게 한숨을 내쉬면서 배낭을 열었다. 그러더니 보유하고 있던 돈을 몽땅 꺼냈다.

안 먹고, 안 입으면서 자린고비처럼 아껴 두었던 돈 3만 골드! 거기에 니플하임 제국의 금은보화와 장비들을 판 23만 골드도 더했다.

총 26만 골드나 되는 거금.

그것을 조금도 아깝지 않은 얼굴로 마을 장로에게 내밀었다.

“약소한 돈입니다. 주민들을 위하여 필요한 일이 있다면 쓰셔야지요.”

“그, 그래도 되겠습니까? 하지만 이건 너무 큰돈인데…….”

“모라타를 다스리는 사람으로서 당연히 해야 할 책무에 불과합니다.”

“고맙습니다. 정말 고맙습니다.”

띠링!

모라타 지방의 대규모 투자

과거 니플하임 제국 시절에 번성하였던 모라타! 오랜 세월의 흐름 속에 과거의 영광은 사라지고, 헐벗고 굶주리는 주민들과 부서진 집들만이 남았다. 그러나 이제, 성실한 주민들이 투자된 자금으로 새로운 도약을 위하여 노력하게 될 것이다.

*3개월간 생산력 30% 증가. 마을 영역 확장. 영주 성 사용 가능한 수준의 보수. 인구 증가 속도 향상.

* 모라타 지방의 특성에 따라서 즉시 건설될 건물들

술집: 주민들의 만족도를 향상시키고 세금 수입을 늘린다. 하지만 치안에는 악영향을 준다.

대장간: 마을의 기술력을 향상시키고 주민들의 생산력도 늘려 준다.

교역소: 상인들과 교역품을 거래할 수 있는 장소. 세금 수입을 가져다주고, 마을에 부족한 물자를 보충할 수 있다.

여관: 여행자들이 머무를 수 있는 곳. 많은 여행자들이 머무르면 마을에 활기가 더해진다.

방직소: 천을 짜고, 가죽을 연마한다. 모라타의 특산품이 만들어지는 양을 증가시키며 가죽과 관련된 퀘스트가 많아진다.

자경단: 치안을 지키기 위해 주민들이 결성한 단체. 주변의 몬스터들을 퇴치하기에는 무리이지만 마을 내부의 좀도둑을 잡을 정도는 된다. 치안을 상승시켜 상업 발전을 돕는다.

용병 길드: 마을 주변의 몬스터들에 대해 조사하고, 정기적으로 퇴치하기 위한 의뢰를 한다. 운영을 위하여 많은 세금이 들지만, 의뢰가 성공할 때마다 마을의 치안과 명성이 증가한다.

프레야 교단 신앙소: 프레야 교단의 신도들이 기도하는 장소. 신앙심이 두텁지 않은 마을에는 건설할 수 없다. 프레야의 가호로 인하여 곡물 생산량이 늘어나고, 주민들이 근면해진다.

도시 발전도가 높아지면 향상된 건물들을 더 많이 지을 수 있다. 영주 성이 보수되면 직접 마을 건물의 생산과 세율, 상업, 군사력, 기술, 치안, 주민 증가에 대한 정책들을 수립하고 예산을 세분화하는 것이 가능해진다. 현재는 지역 발전을 위하여 투자한 예산의 50%만 분야를 정할 수 있으며, 나머지 예산은 위임 상태로 분배된다.

투자 위임 금액을 줄이고 싶다면 지역에 대한 장악력을 올려야 한다. 장악력을 올리는 방법으로는 영주 성의 개량 또는 확대가 있다. 인근 지역에 대해 영향력을 행사할 수 있는 지역 정치 스탯이 생성된다.
1차 개발이 끝난 이후에는 늘어난 세금 수입을 원하는 곳에 분배할 수 있다. 하지만 복지나 치안에 과도하게 투자하여 마을의 적자가 커지면, 주민들의 만족도는 높아질 수 있어도 파산하여 영주의 자리에서 추방당하게 된다.

위드가 내놓은 막대한 자금을 바탕으로 모라타가 대규모 개발에 돌입하게 되었다. 중앙 대륙의 대도시처럼은 아니더라도, 마을의 필수적인 구성 요소들을 갖추게 될 것이다.

마을 장로가 감격한 얼굴로 말했다.

"영주님, 나중에는 직접 통치를 하실 수도 있겠지만 지금은 이 지역에 대해서 잘 알고 있는 제가 절반의 금액을 관리하도록 하겠습니다. 그러면 투자하신 돈 중에서 13만 골드의 용도를 정해 주셔야 됩니다. 우선, 마을 정비에는 얼마나 분배해야 할까요?"

마을의 도로와 주택들을 신축하고 보수하는 데 사용합니다.
기초적인 건물들이 완성되어 있지 않다면 주민들의 만족도가 낮아지고 치안이 나빠지며, 상거래를 활성화할 수 없을 것입니다. 시설이 정비되면 상업의 발전에 다소 도움을 줍니다.

위드는 심사숙고 끝에 말했다.

"1만 골드!"

마을 정비에 1만 골드를 투자합니다.

13만 골드에서는 일부에 불과한 돈이었다. 하지만 마을 장로가 투자하는 금액도 있기 때문에 결코 적은 것은 아니다.

'내가 지금까지 먹고사는 데 100골드도 안 썼을 텐데.'

위드는 주워 먹고, 캐 먹고, 잡아먹고, 얻어먹으면서 살았으니 먹는 데에는 거의 돈을 쓰지 않았다고 봐야 한다. 그만큼 아끼면서 살았는데 큰돈을 쓰려니 배가 아팠다.

마을 장로가 다시 질문했다.

"치안에는 얼마의 돈을 투자하시겠습니까?"

> 마을 치안이 좋아지면 범죄율이 줄어듭니다.
> 주민들의 범죄는 초기에는 큰 영향을 주지 않지만, 만족도와 약간 관련이 있습니다. 범죄가 자주 발생하면 상업이 쉽게 발달하기 힘들며, 생산능력이 저하됩니다. 치안대는 위급 상황에 전쟁에 동원할 수도 있습니다. 치안에 영향을 주는 요소에는 여러 가지가 있는데, 신앙심이 높은 주민들은 쉽게 범죄를 저지르지 않을 것입니다.

위드는 조심스럽게 말했다.

"300골드."

> 치안에 300골드를 투자합니다.

소심한 투자!

매우 적은 금액이었지만 프레야 교단의 사제들이 있기 때문에 현재 모라타의 치안은 그리 나쁘지 않았다.

"군사력 강화에는 얼마의 돈을 투자하시겠습니까?"

> 군사력이 강해지면 지역 정치력이 증가합니다.

> 현재 모라타의 군사력은 전무합니다.
> 시급하게 병사들을 훈련시키고 기사를 양성하여 타국이나 몬스터, 다른 지역의 적들로부터 마을을 지켜야 됩니다. 강한 군사력은 유지하는 데 비용이 많이 들지만 궁극적으로 영토를 넓힐 수 있는 적절한 수단이 되기도 합니다.

위드는 간단히 대답했다.

"0골드!"

마을 장로가 조심스럽게 확인했다.

"군사력에는 전혀 투자하시지 않겠다는 말씀입니까?"

"예."

> 군사력에 투자를 하지 않습니다.

마을 장로의 얼굴이 한층 신중해졌다.

"예술에 투자할 금액도 정해 주십시오."

> 예술이 발달한 도시는 주민들이 행복합니다.
> 자유로운 상상과 창조력을 바탕으로 성장한 문화의 힘은······.

위드는 생각해 볼 것도 없이 답했다.

"0골드!"

"예술에도 투자하지 않겠다는 말씀이 정확합니까?"

"예."

눈에 흙이 들어오기 전에는, 절대로 예술에 투자하고 싶은 마음이 없었다.

어떻게 번 돈인데 예술을 키운단 말인가!

이제 한 가지 분야만이 남았다.

"그럼 상업 발전에 투자하실 금액을 정해 주십시오. 상업 발전은 여러 분야로 세분되어 있습니다."

상업이 발전하면 세금 수입이 늘어나며 마을의 생산력이 증대됩니다. 농업과 축산업, 기술 발전에 지원할 수 있습니다. 광산을 개발하고 상업 건물들을 신축하며, 마을의 생산력을 늘리는 데 쓰입니다. 잡화점을 비롯하여 교역소에서 거래 가능한 물품의 개수와 수량이 늘어납니다. 대장간의 발달로 무기와 방어구, 도구 등의 질과 생산량이 높아집니다. 특산품의 생산도 증가하게 될 것입니다. 특정 분야로 세분화한 상업 발전을 위한 투자는 영주성이 보수된 이후에 가능합니다.

위드는 단호하게 답했다.

"119,700골드!"

"상업 발전에 그처럼 막대한 투자를 하시겠습니까? 너무 경제 발전에만 몰두하시는 것이 아닌지 우려스럽습니다만."

"119,700골드를 상업 발전에 투자해 주십시오."

상업 발전에 119,700골드를 투자합니다.

마판은 입을 다물지 못했다.

"위드 님에게 이런 면이 있을 줄이야!"

짠돌이라고만 알았는데 써야 할 때는 아끼지 않고 과감하게 쓰는 모습을 보여 주었다.

"진짜 우린 위드 님의 진면목에 대해서 모르고 있었던 거야."

화령도 다시금 위드를 생각하는 계기가 되었다.

하지만 진실은 따로 있었다.

위드는 판단했다.

'모라타가 북부의 중요 도시로 성장하고 있어.'

날로 증가하는 여행객들!

모라타는 프레야 교단의 비호 속에서 1년간의 안전을 보장받았다. 몬스터의 침입이 있더라도 마을 시설들이 파괴당하거나 주민들이 학살당할 염려는 없다.

다른 유저들의 공격에도 마음을 놓을 수 있었다.

프레야 교단의 보호는 강력하기 때문에, 겁 없이 모라타 마을을 침공하는 이들이 있다면 그 즉시 프레야 교단의 공적이 된다. 대륙에 있는 모든 프레야 교단의 성기사들이 응징을 할 것이며, 신이 내리는 불행으로 인한 제재를 받을 것이다.

'그러므로 1년간은 안심할 수 있지.'

일단은 모라타 마을을 발전시켜 놓는다.

그리하여 나중에 엄청난 세율로 투자한 돈을 회수하는 것이야말로 최고의 착취!

진정한 악덕 영주의 꿈!

위드가 모라타의 발전을 위하여 호주머니에 있는 돈을 탈탈털어 넣은 이유였다.

꽃꽃꽃

잠시 마을 장로로 인하여 출발이 지체되어서, 마판이나 페일, 검치 들이 기다리고 있었다.

위드가 말했다.

"그럼 이제 가겠습니다. 마을 밖으로 출발!"

"드디어 가네요."

수르카가 환히 웃으며 앞장을 섰다.

마판도 마차를 끌었다. 마차가 움직일 때마다 바닥에 깊은 바퀴 자국이 파였다. 여러 종류의 직물과 가죽, 보석을 비롯한 교역품은 물론이고 식량과 전투 물자들을 마차에 산더미처럼 가득 실어 놓았기 때문이다.

토리도가 이동시킬 수 있는 제한이 없다면 더 많은 양을 장만했겠지만, 운송할 수 있는 최대한의 물량을 계산하여 꼼꼼히 채워 넣어야 했다.

"이제 간다."

"뒤쫓아 가자."

"어디로 가는지 놓치지 마!"

구경꾼들이 바짝 가까이에서 따라왔다.

위드가 마을의 영주라는 사실을 알게 되고 나서부터는 더욱 안달이 나 있었다.

지옥 끝이라고 해도 쫓아갈 듯한 태도!

위드는 서쪽의 협곡으로 방향을 잡았다.

"저쪽은 아직 완전히 개척되지 않은 곳이잖아."

"몰라. 사냥터와 던전 몇 개가 발굴된 것으로 아는데."

구경꾼들은 의아해하면서도 일단은 그대로 쫓아왔다. 위드가 준비해 온 보급품의 양이 많기 때문에 우선 지켜보려는 것이었다.

위드와 일행은 서쪽 협곡 근처 안개의 숲으로 향했다.

하늘을 덮을 듯이 울창하게 자란 나무들.

근처의 땅에서 수증기가 피어올라 짙은 안개가 끼어, 시야를 확보할 수 없는 곳이었다.

찌르르르.

풀벌레가 우는 것마저 불길하게 느껴졌다.

안개의 숲에서 몬스터는 튀어나오지 않는다. 하지만 대낮에도 시야가 짧아지고, 아주 가까이의 소리도 들리지 않는다.

"괜찮아."

"여긴 반대편 출구 외에는 막혀 있는 장소이니, 먼저 그곳으로 가서 기다리자."

"그러는 편이 좋겠어."

사람들은 뭉쳐서 안개의 숲을 가로질렀다.

어차피 나올 곳은 하나뿐이라고 생각했기 때문에 한 선택!

안개의 숲을 통과한 사람들은 위드와 일행이 나오기만을 기다렸다.

하지만 1시간, 2시간이 지나도 아무런 소식이 없었다.

"마차를 끌면서 천천히 이동했다고 해도 충분히 나왔을 시간이잖아."

"아직도 안 나오는 건 말이 안 되는데."

"입구로 돌아가 보자."

사람들 중 일부는 그대로 출구 쪽에 머무르고, 일부는 안개의 숲 입구로 돌아갔다. 하지만 위드와 일행의 흔적을 찾을 수는 없었다.

안개의 숲 동쪽 구역!

땅에서는 수증기가 피어오르고, 나무들이 거친 숨을 토해 내는 곳이었다.

화악! 화아악!

묘한 느낌이 흐른다.

잠시라도 머무르기 불쾌한 장소.

위드는 이곳에서 토리도를 소환했다.

"콜 뱀파이어 로드 토리도!"

촤르르르르!

대지에서 무엇인가가 요동치는 소리가 들렸다.

어둠 속에서 솟구쳐 날아오르는 박쥐들!

붉게 충혈된 눈을 하고, 송곳니가 뾰족하게 튀어나와 있다.

흡혈박쥐 떼는 기하급수적으로 늘어나서 안개 속을 유영했다. 그러나 위드와 페일, 검치 들을 공격하지는 않았다.

날개를 파닥이며 주변을 낮게 날아다녔다. 일부는 나무와 마차에 거꾸로 매달리기도 했다.

밤의 귀족들의 종복답게 날개를 바싹 접고 삐죽 튀어나온 송곳니를 드러내면서 우아함을 보여 주었다.

20만 마리 흡혈박쥐 떼에 둘러싸인 메이런과 이리엔, 로뮤나, 수르카, 세에취.

"어머! 이 송곳니 좀 봐."

"어쩜 이렇게 앙증맞을 수 있담."

수르카와 로뮤나는 기뻐서 어쩔 줄을 몰랐다. 박쥐라고 해도 흉측한 몬스터가 아니라 상당히 귀여웠던 것이다.

세에취는 흡혈박쥐를 손으로 잡고 얼굴 가까이에 가져갔다.

"취이익. 예쁘다."

그러면서 입맛을 다시는 세에취.

주변의 사람들은 그녀가 혹시라도 흡혈박쥐를 먹어 버리는 건 아닐지 걱정해야 했다.

뱀파이어 로드 토리도가 정중하게 무릎을 꿇었다.

"주인, 토둠으로 데리러 왔다."

마지막이니 한껏 예의를 차려 주는 토리도였다.

위드는 고개를 끄덕였다.

"그래. 이제 떠나도록 하지."

토리도는 그 말을 들으며 너무도 기뻤다.

드디어 위드의 폭거와 학정에서 벗어나는 것이다!

토리도가 기고만장하여 내뱉었다.

"우리 왕국에 가면 부디 몸조심해라, 주인! 혹시라도 나 만나지 말고."

"그거 협박이냐?"

"협박이 아니라 진심으로……."

위드는 토리도의 어깨를 주먹으로 가볍게 두들겼다.

"덜 맞았지?"

"그, 그렇지 않다."

"너 요즘 관절이 찌뿌듯하고 뭔가 개운하지 않게 느껴졌던 모양인데?"

"지금처럼 몸이 편안했던 적이 없다."

"역시 덜 맞았네."

위드는 다시금 토리도를 겁줬지만 이곳에서 두들겨 팰 생각은 없었다. 검치 들이나 일행이 기다리고 있을뿐더러, 굳이 그런 일을 하며 힘을 뺄 필요가 없는 것이다.

'팰 듯 안 팰 듯 미묘한 완급 조절! 수틀리면 언제든 죽도록 맞을 수 있다는 사실을 각인시켜 주어야 해.'

위드의 철학에 의하면, 매번 무력만 사용해서는 안 된다. 반복되는 폭력은 저항심만을 키워 놓기 때문이다.

언제든 때릴 수 있다는 여운을 남길 것. 그리고 불시에 날을 잡아서 제대로 팬다!

그 후에는 아주 잠깐 잘해 준다.

이럴 때 느끼는 정이야말로 뜨거운 것.

그러다 보면 데스 나이트 반 호크가 그랬던 것처럼 고분고분해지는 것이다.

어쨌든 이런 원칙에 따라서 마지막 순간까지도 토리도를 위협하는 위드였다.

"아무튼 떠나자, 주인!"

"그래."

위드를 선두로 해서 모두들 흡혈박쥐들 위에 올라섰다. 그리고 천천히 하늘 위로 떠올랐다.

거짓말처럼 날고 있는 인간들과 마차들!

마차의 아랫부분에는 흡혈박쥐들이 수도 없이 달라붙어서 이를 떠받치고 있었다.

　긴 생머리에 보랏빛 지팡이를 들고 있는 샤먼이 모라타 마을의 입구로 들어왔다.

　그녀는 주위를 두리번거렸다.

　"이곳이 그, 위드가 있는 장소인가? 이번엔 맞게 찾아온 거겠지?"

　그녀의 정체는 다인이었다.

　라비아스에서 몬스터들을 상대로 저주와 축복, 치료, 공격 마법을 사용하면서 놀았던 여인!

　다인이 베르사 대륙에서 퀘스트와 파티 사냥을 위주로 놀고 있을 때였다. 모라타 마을에 〈빛의 탑〉이라는 걸출한 조각품이 있다는 소문을 들었다.

　그런데 그 조각품을 만든 사람의 이름이 위드라고 했다.

　"혹시 내가 알고 있는 그 위드일지도 몰라."

　다인이 기억하고 있는 위드는 전투를 제법 잘하는 조각사라는 것밖에 없었다.

　그때는 만들어 낸 조각품들도 변변치 않았다. 조각술 스킬도 낮았고, 실제로 조각에도 능숙하지 못했다. 관찰한 몬스터들을 그대로 닮은 조각품들을 깎아 내는 정도였다.

　"지금은 많이 성장해 있을 거야."

　다인은 소문을 들었을 때, 그가 바로 자신이 찾는 위드일 거라고 짐작했다.

위드라는 닉네임을 쓰는 사람은 굉장히 많지만, 조각사는 흔하지 않았다.

그리하여 북부로 오는 여행자들에 섞여서 모라타 마을까지 오게 된 것이다.

✿ ❧ ✿

가스톤과 파보도 모라타 마을에 도착했다.

"겨우 왔군."

"힘들어. 우리처럼 체력도 약한 사람들이 이렇게 먼 곳까지 오다니 말일세."

"암, 중간에 마음씨 좋은 상인이 마차를 태워 주지 않았더라면 정말 힘들 뻔했지."

파보가 감개무량한 듯이 과거를 회상했다.

북부 원정대가 본 드래곤을 사냥했을 당시, 보급대는 브레스를 맞고 전멸했다. 가스톤과 파보도 그때 목숨을 잃을 수밖에 없었다.

"정말 후회되는군. 애초에 뭘 크게 기대했던 건 아니야. 화가인 나나 건축가인 자네나, 그런 전투에서 뭘 할 수 있겠어? 그래도 갖은 고생을 하며 어렵게 따라갔는데 구경도 제대로 못했지 않은가."

"그러게나 말일세. 누구보다 열심히 해 왔지만 전투만 벌어지면 이렇게 무력해져야 하다니!"

건축가와 화가!

직업에 대한 푸념이 나오지 않을 수가 없었다.

원정대가 성공했다는 사실을 텔레비전을 통해서 접하고 다시 접속했다. 그리고 원정대와 함께 일단은 예술가들의 도시인 로디움으로 돌아갔다.

짭짤한 보상과 명성을 얻을 수 있었지만 뭔가 허전했다.

"파보, 로디움에서 예술가로 성장하는 데에는 한계가 있지 않은가."

"그렇지, 한 동네에서는 명성이 정체되어 오르지 않으니까."

예술가들의 특징이었다.

한 장소에서만 작품 활동을 하면 얻는 명성치가 갈수록 줄어든다.

처음에는 그 차이가 미미한 정도에 불과하지만, 수십 개 이상의 작품을 만들었을 때에는 상당한 격차가 난다.

가스톤의 눈에 희미한 열망이 어렸다.

"우리 다른 도시로 가 보는 건 어떻겠는가?"

"다른 도시? 새로운 도시에 정착하자는 얘기인가?"

"힘은 들겠지만 보람도 있을 거네. 이 로디움에는 화가나 건축가들이 많지만, 베르사 대륙 전체를 뒤져 보면 드문 직업군이니까 말일세. 어딜 가도 밥벌이야 못하겠나."

"나도 자네의 뜻은 이해하네. 그럼 어느 도시로 가려는가?"

가스톤은 이미 염두에 둔 장소가 있었다.

"모라타에 가려고 해."

"조각사 위드가 있다는 그 마을? 나쁘지 않겠지. 북부에서 했던 모험의 추억도 되살리고 말일세."

"원정대의 꽁무니만 쫓아다녔지 별로 한 건 없었지만, 상당히 즐거웠어."

"죽을 고생도 수없이 했지. 그런데 우리가 갈 수나 있을까?"

실질적으로 그들에게는 새로운 땅에서 자리를 잡는 것 이상으로, 그곳으로 이동하는 일 자체도 어려움이 많았다.

가스톤은 한숨을 내쉬었다.

"노력해 보세. 무슨 방법이라도 있겠지."

중년의 두 사람은 그때부터 모라타 마을에 오기까지 숱한 난관을 뚫어야 했다.

위험한 몬스터 무리가 들끓는 지대를 야밤에 넘기도 하고, 때론 추격전을 벌이기도 했다. 죽을 뻔하다가 간신히 안전지대인 마을이나 성으로 도망쳐 들어가서 살아나기도 수차례!

기진맥진하여 길바닥에 쓰러져, 지나가는 상인들의 도움을 받은 적도 있었다.

가스톤이 고개를 저었다.

"정말 우리 같은 직업들은 어디 돌아다니기 힘들어."

파보가 빙긋이 웃었다.

"그래도 무사히 도착했잖은가."

몬스터들이 근처로 다가올 때마다 파보의 땅파기 스킬이 없었더라면 죽을 뻔했다.

땅을 파고 구덩이 안에 숨어서 몬스터들이 지나가기만을 하염없이 기다린다.

몬스터들의 접근을 사전에 알아차리지 못했으면 쓰지 못할 방법이었다.

화가라 유난히 눈이 좋은 가스톤 덕분에 가능한 일.

사방이 막혀서 피해 갈 곳이 없을 때에도 땅을 파고 숨었다.

화가와 건축가라는 좋지 못한 상성이었지만, 그들 나름대로 생존 방식을 만들어 낸 것이다.

그렇다고 해도 중요한 때마다 상인들이나 북부를 돌아다니는 탐험대를 만나지 못했다면 위기를 무사히 넘기지 못했을 것이다.

다행스럽게도 북부의 중반부에 이르렀을 때 모라타로 가려고 이동하는 행렬을 만날 수 있어서 비교적 안전하게 왔다.

가스톤이 자신이 입고 있는 옷을 들어 보였다.

"휴우, 옷차림이 말이 아니군."

"일단 씻기부터 하지."

가스톤과 파보의 옷은 누더기나 다름없었지만, 주변에 지나다니는 사람들은 개의치 않았다.

"이 마을에 새로 또 여행객들이 왔군."

"고생 좀 했나 봐."

어렵게 모라타까지 온 사람들의 행색이 좋을 수만은 없었다. 상당수 사람들이 며칠째 씻지 않은 몰골을 하고 모라타에 도착했다.

샘가에서 얼굴을 대충 씻어 낸 가스톤은 모라타를 보면서 적지 않게 놀랐다.

'활기가 가득한 도시야.'

파보도 비슷한 생각을 하고 있었다.

'사람이 굉장히 많군. 마을 안에 머무르는 사람만 하더라도 3,000명은 족히 되겠는데.'

마을의 입구는 원래 사람들이 몰려 있는 법이라 잘 몰랐다. 그런데 마을 안으로 들어온 후에도 바쁘게 걸어 다니는 사람들이 많이 보였다.

상인들을 비롯하여 좌판을 열고 장사를 하는 사람들도 많고, 요리를 만들어서 파는 요리사도 있었다.

"파보, 모라타에 오길 잘한 것 같아."

"새로 개척되고 발전하는 마을이라! 나쁘지 않군. 우리가 여기서 할 수 있는 일이 뭐가 있을지는 잘 모르겠지만 재미있겠는데."

우려와 달리 일감은 금방 나타났다.

근처를 바쁘게 서성이던 모라타의 주민이 파보에게 달려와서 손을 꼭 붙잡은 것이다.

"혹시 건축 일에 종사하지 않으십니까?"

파보는 얼떨떨하게 대꾸했다.

"예, 그렇습니다만."

"잘됐군요! 아내가 얼마 전에 임신을 했지 뭡니까? 곧 아이들이 태어나는데, 집을 새로 지어야 됩니다. 그런데 내가 일손이 바빠서 도무지 시간이 안 납니다. 보수는 섭섭하지 않게 드릴 테니 꼭 좀 맡아 주십시오!"

띠링!

파보는 고개를 크게 끄덕였다.

"맡겨만 주시오. 내 튼튼한 집을 지어 줄 테니. 폭풍우가 몰려와도 끄떡없을 거요."

퀘스트를 수락하였습니다.

파보는 석재를 이용해서 주택을 지었다.

집을 짓기 위한 터에는 주택을 지어야 한다면서 동분서주하고 있는 주민들이 많았다.

중앙 대로에 상가들을 새로 건축하기 위하여 나선 주민들도 보였다.

주민들이 건축을 하면 그 수준이 다소 떨어진다.

양질의 주택이 많을수록 치안도 좋아지고 주민들의 만족도가 향상된다.

또 일정 수준. 생산력에도 영향을 미친다.

주민들이 지으려는 주택들을 보니 전문적인 건축가의 손길이 필요한 곳이 한두 군데가 아니었다.

마을 외곽의 성벽을 새로 올리겠다는 공고문까지 나붙어 있
었다.

모라타는 낙후된 마을이었다. 길도 새로 내야 하고 수로도
만들어야 한다.

대규모 투자에 따라, 열악한 모라타의 환경이 극적으로 변화
하는 중이었다.

기회였다.

건축가에게는 최고의 퀘스트라고 할 수 있다.

도시의 발전에 적극적으로 참여할 기회!

파보는 옷소매를 걷어붙였다.

"빨리빨리 움직여야겠어! 일손이 매우 부족해. 맡은 일을 다
해내려면 철야를 하더라도 모자라겠는걸."

"허허, 참 좋겠군."

가스톤은 바쁘게 일하는 파보를 보면서 부러움을 감추지 못
했다.

그들의 직업이 가장 서러운 것은 일감이 없을 때였다.

애써 노력해서 만들어 낸 작품들이 헐값에 팔리거나, 아무리
발버둥 쳐도 몇 안 되는 퀘스트로 먹고살기에는 배가 고팠다.

하지만 이곳 모라타에는 일감도 많고, 건축가로서 인정도 받고 있다. 이렇게 신이 날 수가 없는 것이다.

'건축가는 그래도 훨씬 낫지. 예술 계열 직업인 나는 어디를 가도 인정을 못 받는 팔자로군.'

그러나 가스톤도 놀고 있을 필요는 없었다.

주민들이 그에게도 찾아왔다.

"화가이시죠? 새로 장사를 하려고 하는데 제 가게의 간판을 좀 그려 주셨으면 합니다."

그쯤이야 어려운 일도 아니라서 쉽게 해 주었다.

그랬더니 마을 장로가 찾아왔다.

"완성될 성문에다 마을을 상징하는 그림을 그려 주셨으면 합니다."

각종 건축물들이 세워지면서 가스톤이 해야 할 일 또한 생겨났던 것이다.

인근 지역 몬스터 분포도를 그려 달라는 치안대의 의뢰도 받았다. 지도가 완성되면 모험가들에게 판매되면서 명성을 얻을 수 있다.

영주 성에 걸어 놓을 그림들도 주문을 받았다.

마을 장로가 말했다.

"우리 영주님께서는 예술을 사랑하시는 분이라오. 영주님께서 허락하신 것은 아니지만, 내 생각에 화가들에 대한 지원을 아끼지 않아야 할 것 같소."

위드가 내놓은 거금이 마을 발전을 위하여 투자되고 있었다. 그 돈을 위임받은 마을 장로가, 프레야 교단에 대한 헌금은 물론이고 예술과 문화에 많은 액수를 배분해 주었다.

❧❧❧

위드와 일행은 흡혈박쥐들을 타고 날아갔다.

"끼야아아악!"

고소공포증이 있는 수르카의 비명!

체구도 크고 힘도 좋은 와이번이 아니다. 가녀리고 날개도 빈약한 박쥐들이 있는 힘을 다하고 있다.

파다다닥! 파다다닥!

아래로 시선을 내릴 때마다 박쥐들 사이로 지상이 훤히 내려다보였으니 공포심이 더욱 극대화되었다.

메이런은 충격이 큰 모습이었다.

"모험의 시작이 이런 것이라니……."

장대한 자연 속에서 평생 잊지 못할 퀘스트를 수행한다. 이처럼 모험에 환상을 가지고 있던 메이런에게는 시작부터 불길하기만 한 일이었다.

페일이 그녀를 딱하다는 듯이 보았다.

"메이런 님."

"네?"

"박쥐들이 무섭죠?"

"그야……."

"그래도 박쥐들을 타고 뱀파이어들의 도시로 향하는 경험은 다시는 해 볼 수 없을 겁니다."

메이런은 수긍했다.

기대가 약간은 깨진 것도 사실이지만, 지금이 아니라면 도대체 언제 박쥐들을 타고 이동할 수 있겠는가!

지상에서 그들을 본 사람이 있다면 검은 박쥐 떼에 묻혀서 움직이는 모습이 대단하다고 생각할지도 모른다.

'위드 님과의 모험이라.'

페일도 기대가 되는 건 마찬가지였다.

천공의 도시 라비아스 이후로는 위드가 이미 갔던 장소를 쫓아다니기만 했다. 직접 퀘스트와 모험을 진행하는 건 오랜만이었다.

한참을 박쥐를 타고 날아가니, 모라타에서 까마득히 거리가 멀어졌다.

저 먼 곳에 호수가 펼쳐지고, 산맥들이 손톱보다도 작아졌다. 북부의 마을들이 깨알처럼 보일 정도로 높은 상공까지 올라왔다.

그 상태에서 정지!

흡혈박쥐들은 제자리에서 날갯짓을 했다.

잠시 기다리다가 위드가 물었다.

"토리도, 이제 도착한 거냐?"

"아니다, 주인."

토리도는 느긋한 목소리로 대답했다.

"그럼 얼마나 더 가야 되는데?"

"아니, 장소는 이곳이 맞는다."

"그런데 왜?"

"주인, 뱀파이어 왕국 토둠은 밤의 귀족들의 세상이다. 훤한 대낮에 들어갈 수 있을 리가 없지 않은가!"

"그러면……."

"밤이 될 때까지 기다려야 된다."

토리도가 당연한 듯이 내뱉은 말을 들은 위드는 한숨을 푹 쉬었다.

결국 허공에 뜬 채로 대기해야 한다는 소리.

'내 팔자가 이렇지. 무식한 놈들 때문에 하루도 피곤하지 않은 날이 없어!'

위드는 후회스러웠다. 패야 할 때 패지 않은 자신이!

"토리도."

"왜 그러는가?"

"이리 가까이 와라."

"그게… 가고 싶지 않다."

토리도도 눈치는 있었다.

하지만 위드는 밝게 웃었다.

"잠시 후면 넌 내 부하가 아니게 되지 않느냐?"

"그렇지."

토리도가 송곳니를 드러내며 히죽 웃었다.

"마지막인데 그래도 작별 인사는 해야 될 것 같아서. 참, 내 조각품을 좋아했지?"

"조각품을 주려는 것인가, 주인? 주인이 만든 조각품은 매우 아름답다."

토리도가 다가왔다.

조금의 의심도 없이 천진난만한 얼굴로!

'역시 단순한 놈.'

위드의 눈가가 가늘게 좁아졌다. 그리고 시작된 구타!

파바바바바박!

시원하고 경쾌하게 울리는 소리.

마판이야 늘 보아 왔던 광경이니 새삼스러울 게 없었다. 페일도 유린도, 보기만 할 뿐 말려 주지는 않았다.

화령은 은근히 눈을 빛냈다.

"사내다워. 정말 멋지잖아."

콩깍지가 단단히 씌었으니 위드의 어떤 행동도 좋게 보였다.

검치는 고개를 끄덕였다.

"내가 가르치긴 제대로 가르쳤어."

검둘치도 공감했다.

"역시 때린 데만 또 때리는군요."

검삼치는 손이 간지러운 듯 긁어 대고 있었다.

"나도 좀 패고 싶은데……."

검사치도 슬그머니 욕심이 났다.

"사형들, 저런 뱀파이어 하나 있으면 심심할 때마다 팰 수 있으니 좋을 텐데 말입니다."

"검사치 사형, 우리도 기회가 되면 하나 구해 보지요."

"그래야겠다."

세에취는 고개를 저을 수밖에 없었다.

어떻게 된 무리에 정상인이라고는 1명도 없다!

'속 좁고 쪼잔하며 돈 밝히면서 폭력적이기까지 하다니!'

세에취는 심리학 박사답게 정확하게 위드를 읽어 냈다.

그럼에도 그녀 또한, 토리도가 맞는 것을 별로 말려 주고 싶진 않았다.

위드의 구타에서는 손맛이 느껴졌다.

크고 강한 울림 뒤에 반드시라고 해도 좋을 정도로 빠른 연속 공격이 들어간다.

위드는 토리도를 때리면서 다양한 싸움 기법을 연마하고 있었던 것!

연환권이나 연환 검술 등의 스킬은 기본적인 범주에 속했다.

스킬이 발동될 때마다 주기적으로 큰 힘이 발생하는데, 이를 몬스터를 향해 적중시키면 된다.

하지만 중간에 힘을 잘못 조절하거나 엉뚱한 공격을 해서 흐름이 끊어지면 스킬도 강제 취소가 된다. 스킬을 빠르게 발동시키고 운용하는 데에는 전투 실력이 필요했다.

이 때문에 〈로열 로드〉는 스킬과 레벨이 전부가 아니었다.

세에취는 심취했다.

'정말 제대로 패는구나!'

모두들 위드의 구타를 보면서 배울 점이 없는지를 살피고 있었다.

직업이 권사인 수르카는 자신보다도 더 주먹을 잘 쓰는 위드를 보며 분발을 다짐할 정도였다.

그렇게 한참을 패던 와중에 날이 저물었다.

이제 토둠의 문이 열릴 시간이었다.

하늘이 아닌 지상에!

쿠르르릉!

땅에 있는 늪지대에 깊고 깊어 그 끝을 알 수 없는 구멍이 뚫렸다.

토리도가 말했다.

"저곳이 이블 홀. 우리의 왕국인 토둠, 우리의 도시인 토둠으로 가는 입구다."

토리도의 설명이 끝나기 무섭게 흡혈박쥐 떼가 본능에 이끌린 것처럼 구멍을 향해 빠르게 하강했다.

"꺄아아아악!"

수르카의 여린 비명!

거의 동시에 토리도의 음흉한 목소리가 터져 나왔다.

"바, 밤의 귀족들의 왕국! 토둠에 들어가는 것을 환영한다! 크흐흐흐흐흘."

뱀파이어의 땅

위드는 흡혈박쥐들을 타고 뱀파이어의 왕국 토둠으로 향하면서 크게 기대했다.

'토둠이라면 돈과 보물이 넘쳐 나는 곳이겠지. 밤의 귀족들이라니……. 토리도를 키워 준 대가로 끝내주는 보상을 하지 않을까?'

부푼 기대!

천공의 도시 라비아스에서는 데스 나이트를 물리치고 프레야 교단이 잃어버렸던 성물인 헤레인의 잔을 되찾아 주었다. 그러면서 대신관의 부탁으로 하게 된 파고의 왕관 퀘스트!

진혈의 뱀파이어족을 물리치고 프레야 교단의 성물인 파고의 왕관을 가져오라는 연계 퀘스트였다.

그때 토리도는 진혈의 뱀파이어족의 수장이었다.

레벨 400의 보스급 몬스터.

언데드 군주 바르칸의 부하.

위드의 레벨은 불과 200도 되지 않았던 시절의 일이다.

알베론과 함께 갖은 고생을 하며 성기사들과 사제들에게 걸린 석상화의 저주를 풀어 주었다. 그들이 희생한 덕분에 진혈의 뱀파이어족을 물리치고 토리도마저 굴복시켰다.

하지만 그것으로 끝이 아니었다.

불사의 군단과의 전쟁!

많은 모험을 거치면서 위드는 성장했다. 억지로 굴복시켰던 토리도도 과거보다 더 강해졌다.

그 토리도가 뱀파이어의 왕국으로 돌아가면서 보답으로 위드를 초대했다.

꿀맛처럼 달콤한 보상의 시간!

'뱀파이어들은 고급스러운 걸 좋아하지. 보물들과 미술품들을 사랑하고, 웅장한 거성에서 주로 활동한다. 그러니 토둠도 대단한 곳일 거야. 이런 곳에 초대를 하다니, 토리도 이 녀석이 제법 은혜를 아는구나.'

위드는 일행과 함께 아름다운 환상을 품고 흡혈박쥐들을 타고 지하로 내려왔다.

하지만 대지의 구멍을 통과하여 그들이 떨어진 장소는 오염된 물이 흐르는 강가였다.

"어푸푸!"

거꾸로 떨어진 사람들은 얕은 강물 속에서 허우적거리다가 밖으로 나왔다.

보급품을 가득 실은 마판의 마차들은 검치 들이 밀어 주어서 무사히 강가로 나올 수 있었다.

메이런이 물었다.

"근데 여기가 어디죠?"

"글쎄요. 박쥐들을 타고 오긴 했는데……."

페일이 고개를 갸웃했다.

전혀 들어 본 적도 없는 지역이었기 때문!

위드도 이곳이 어디인지 모르는 건 마찬가지였다.

'분명히 우리는 토둠으로 왔어야 하는데.'

토리도는 약속했다. 뱀파이어 왕국 토둠에 초대한다고!

밤의 귀족들이 거주하는 뱀파이어의 왕국!

고대 미술품과 보석 들이 산더미처럼 쌓여 있으며 지상에서 찾기 힘든 아름다운 여인들이 사는 나라.

3개의 달이 떠오르며 뱀파이어들에게만 허용된 약속된 땅!

수억 마리의 박쥐와 쥐 들이 살며, 영원한 어둠이 자리 잡은 뱀파이어들의 세상.

이블 홀.

그 말에 따라 흡혈박쥐들을 타고 대지의 구멍을 통해 지하로 들어왔는데 썩은 물이 줄줄 흐르는 강물 속에 빠진 것이다.

페일이 주변을 살피더니 대표로 물었다.

"다시 모라타 마을 근처의 강가로 돌아온 건가요?"

위드는 고개를 가로저었다.

"모라타는 아닙니다. 그 근처에는 이렇게 검은 물이 흐르지 않으니까요."

강은 먹물이라도 풀어 놓은 것처럼 시커멓게 오염되어 있었다. 주변의 대지에도 초록빛 수풀 대신에 거친 회색 모래들이 굴러다녔다.

갈대가 바람에 살랑거리며 흔들리고, 낙엽이 이리저리 쓸린다. 하늘은 핏물을 머금은 것처럼 붉었다.

모라타일 수가 없는 풍경!

페일이 물었다.

"우리가 뱀파이어 왕국에 온 것은 맞습니까?"

"글쎄요. 그건 물어보면 알 수 있겠지요. 콜 뱀파이어 로드 토리도!"

위드는 토리도를 소환해서 이곳에 대해 알아보려고 했다. 하지만 토리도의 반응이 없었다.

휘이잉!

거침없는 찬 바람이 분다.

토리도가 자유의 몸이 되지 않았다면 이해할 수 없는 상황.

페일이 주저하다가 말했다.

"위드 님, 우리 속은 거 아닙니까?"

"그럴 리가 없는데요."

위드는 토리도를 믿고 싶었다. 이렇게 마지막 순간에 뒤통수를 맞았다고는 생각하고 싶지 않았으니까.

"그러니까 위드 님, 그냥… 방금 제가 해 본 생각인데요. 토둠이 굉장히 멋진 곳이 아니라 썩은 물이 흐르는 강 근처였던 거 아닐까요?"

"……."

페일이 정곡을 짚었다.

토둠에 대한 환상!

황금이 지천에 깔려 있고, 우아하면서도 고전적인 뱀파이어 왕국!

현실은 그와 정반대였다.

썩은 강물이 흐르는 황폐한 땅에 떨어진 것이다.

위드는 머리를 감싸 쥐었다.

"이게 아닌데. 정말 이런 건 아니었는데!"

토리도를 어떻게 키웠는데 기껏 이런 보상이란 말인가.

황금이나 향락은 찾아볼 수 없다. 햇빛도 없고 별들도 없다. 심지어는 바람마저 퀴퀴한 냄새를 품고 있다.

완전히 지옥이나 다를 바 없는 황량한 대지였다.

뱀파이어 왕국 토둠에 오기는 했으나, 상상했던 것과는 너무도 달랐다.

제피가 마침내 본심을 중얼거렸다.

"…역시 저주 캐릭터."

"……."

"매번 고생만 하고, 이번엔 우리까지 고생길에 데려온 거야."

"……."

로뮤나의 말은 위드의 가슴을 송곳처럼 찔렀다.

거기에 치명타를 가하는 수르카의 순진한 한마디!

"그럼 우리 이곳에서 신나게 노가다나 하고 가는 거예요?"

토리도를 성장시킨 대가로 즐거운 여행을 꿈꾸었는데, 어딘지도 모를 위험한 땅에 안내자도 없이 떨어진 것이다.

바닥까지 몰리고 나니 위드의 정신이 들었다.

'내 주제에 무슨 황금의 왕국이냐.'

지금까지 운 좋게 풀렸던 일은 없다. 끝없는 고생을 통해 극복했을 뿐!

냉정하게 살펴본다면, 토둠에 초대를 받았다고 해서 마냥 기뻐할 일도 아니었다.

토리도의 레벨이 얼마던가.

언데드의 군주 바르칸의 직속 부하!

레벨 400이 넘는 토리도를 성장시켜서 간신히 올 수 있는 곳이다.

'보이는 이곳이 전부는 아닐 거야. 여기가 어딘지 몰라도 굉장히 위험하겠지. 특히나 준비되지 않은 상태에서는.'

토리도의 수준이라면 지금까지 해 온 여느 퀘스트들처럼 방심할 수 없었다.

위드는 막연한 기대와 환상을 접었다.

이제부터는 생존이 가장 우선순위다.

뱀파이어 왕국 토둠에서는 한 번이라도 죽으면 인간들의 세계로 돌아가게 되어 버리니까.

이것도 하나의 극악한 페널티라고 할 수 있었다.

베르사 대륙의 금지라고 하더라도, 위험만 감수한다면 몇 번이든 들어가 볼 수는 있다.

하지만 이곳은 한 번의 기회밖에 주어지지 않는다.

뱀파이어들은 시체를 좋아하지 않았다. 토둠에서는 한 번이라도 죽음을 경험한다면 즉시 추방되어 버린다고 했다.

어렵게 잡은 기회이지만 아무것도 못 해 보고 다시 베르사 대륙으로 돌아가야만 하는 최악의 상황에 몰릴 수도 있는 것.

위드의 눈빛이 서늘해졌다.

'토둠이 어디든 간에 난 물러서지 않아. 돈! 돈이 걸려 있으니까.'

큰 판돈이 걸린 도박장에서 본전을 떠올리는 사람의 집착처럼 강한 것은 없다. 바퀴벌레처럼 생존해서 어떻게든 콩고물을 얻어먹을 작정이었다.

'이곳이 위험하다면 그만큼 강한 몬스터들도 많이 나올 테고, 위기는 곧 기회라고 할 수도 있다!'

부풀어 오르는 희망.

그러나 뭐든 위드의 생각대로 쉽게 흘러가지는 않았다. 혼자서 왔더라면 묵묵히 토둠에 대하여 조사하고 일을 해결했을 테지만, 지금은 다수의 동료들이 있는 탓이다.

"우리가 어디로 와 버린 거지?"

"돌아가지도 못하는 거 아니야?"

검사백칠십오치와 검오백삼치가 살짝 주눅 든 음성으로 웅얼거렸다.

뱀파이어 왕국을 구경할 희망에 부풀었는데 어딘지 알지도 못할 장소에 도착했다.

몬스터가 나타난다면 조금도 겁먹지 않고 싸울 것이다. 하지만 퀘스트나 모험에는 익숙하지 않다.

그렇게 익숙하지 않은 상황에다, 황량하기 짝이 없는 낯선 강가에 떨어진 그들!

겁을 먹을 리는 없지만 혼란스러워하고 있었다. 막대한 위기였다.

위드는 이를 간단한 방법으로 해결했다.

"밥부터 먹고 생각하죠!"

"우오오오!"

식사는 푸짐하게!

검치 들은 갈구했다.

"맛있는 걸 줘!"

"초콜릿처럼 달짝지근한 게 좋아."

"생크림이 있는 것도 나쁘지 않겠지."

"식사라면 누가 뭐라고 해도 역시 고기가 아니겠나?"

"술 한 잔 곁들이면 더 좋고……."

조금 전까지 이곳이 어딘지도 몰라서 불안해하던 사람들은 없었다. 식탐에 입맛을 다시는 돼지들이 있을 뿐!

순식간에 화제가 음식으로 돌아가 버리고 말았다.

사범들이라고 해도 다르지 않았다.

검삼치, 검사치, 검오치는 그저 기뻐할 뿐이었다.

"무슨 음식이 나올까?"

"기다리기 지루한데… 그래도 맛있는 음식을 먹으려면 기다려야겠지."

"먹고 마시자."

"우와아아!"

세에취는 탄식했다.

"세상에 이런 사람들만 있다면 난 틀림없이 직업을 잃게 될 거야."

고도의 정신분석학 논문들이 쓸모없는 낙서로 변해 버린 느낌이다. 어쩌면 이렇게 단순한 인간들이 있는지!

지옥의 불길 속에 떨어져도 삼겹살을 구워 먹을 인간들이 아니가!

세에취가 버틸 수 있는 건 정상인들도 있다는 희망 덕분이었다. 페일이나 제피, 메이런처럼 일반인들은 올바른 생각을 가졌을 테니까.

페일은 제피와 심각하게 의논을 하고 있었다.

"오늘 식단은 뭘까요?"

"토둠에 가면 음식 재료들도 팔겠죠?"

"꼭 그것부터 알아봐야겠습니다."

"그럼요. 다 먹고살자고 하는 짓인데요."

화령은 박수를 치며 기뻐했다.

"위드 님은 저렇게 요리도 잘하시고, 정말 못하는 게 없으신 것 같아."

"……."

세에취는 새삼 서글퍼졌다.

'역시 정상인이 없어.'

콩깍지가 씌어도 단단히 씌었다고밖에는 말할 수 없었다.

역사에 기록된 위대한 영웅들은 위험한 땅을 탐험할 때에 불굴의 리더십을 보여 주었다.

어떤 위기에서도 포기하지 않으며 난관들을 극복해 내는 정신력.

타협하지 않는 도전 정신.

뜨거운 동료애.

번뜩이는 재치와 판단력까지.

뱀파이어들의 땅을 탐험하려면 이런 리더십이 필수였다.

하지만 위드를 보면서 그런 영웅의 면모를 발견하기란 힘든 일이었다.

세에취는 딱 잘라서 말했다.

"그냥 수준이 같은 거야. 저 검치 들과 완전히 똑같은 수준인 거지!"

그저 단순한 인간들일 뿐!

약간의 시간이 흐른 뒤에 위드가 만들어 낸 요리는 그리 거창하지는 않았다.

담백한 자라탕!

모라타 마을을 떠나기 전에 구입했던 재료를 최종적으로 다듬어 끓인 정도에 지나지 않았다.

"이 음식의 재료가 바로 자라입니다. 네발로 엉금엉금 기어다니는 자라. 뒤집어지면 못 일어나는 자라. 남자의 정력에는 완전 끝내주는… 크흐흐!"

음식을 앞에 두고 위드의 입에서 술술 나오는 사탕발림. 마지막에는 여운을 남기는 비열한 웃음까지!

조각사라는 직업으로 시련의 세월을 겪어 와서, 물건을 과대 포장하는 데에는 자신감이 붙었다.

'음식도 마음이다. 맛있는 음식은 자신이 좋아하는 곳에서 기분이 즐거울 때에 먹어야 더욱 맛있는 법.'

음식의 맛을 돋우기 위해서는 요리사의 한마디에 귀를 기울이고 기대하게 되는 것이다.

"오옷, 정력!"

검치 들이 무섭게 자라탕을 들이켰다. 건더기를 먹을 때에는 평소답지 않게 조심스러웠다. 그러면서도 국물 한 방울 남기지 않았다.

"꺼억!"

"시원하다!"

검치 들이 음식을 맛있게 먹은 것은 물론이었다.

화장실에서도 라면을 3개씩 끓여 먹는 식욕을 가졌는데, 뱀파이어의 대지라고 해서 그들의 입맛을 잃게 만들 수는 없었던 것이다.

하물며 정력에 좋은 자라탕이라는 이야기도 듣지 않았던가!

페일과 제피도 만만치 않았다. 숟가락을 부지런히 놀리며 자라탕을 먹었다.

"많이 드세요. 남기지 마시고요."

메이런이 옆에서 부추기고 있었다.

위드는 여자들에게는 다르게 말했다.

"자라가 피부 미용에는 그만이라서 먹으면 이십 일은 어려지는 효과가……."

"빨리 주세요! 얼른요!"

"듬뿍 떠 주세요, 위드 님."

이리엔과 로뮤나도 급했다.

아직 어린 수르카도 피부 미용에는 관심이 많아서 자라탕을 떠먹기에 바빴다.

실제로 어려지는지 아닌지는 아무도 모른다. 이십 일이란 딱 그만큼 애매한 날짜였다. 기분이 좋으면 오늘은 좀 앳되어 보이기도 할 수 있는, 혹시 속았다고 느끼더라도 불만이 생기지 않을, 그만큼의 시간!

설사 어려진다고 하더라도 〈로열 로드〉 내에서만의 일이 아니던가.

하지만 〈로열 로드〉 내에서 보내는 시간이 많다 보니 다들 이곳의 외모에도 상당히 많이 신경 쓴다.

어려 보인다는 말을 듣고 싫어하는 여자는 없다.

위드는 이름까지 붙였다.

"동안 요리입니다. 동안 요리! 먹으면 그 즉시 효과를 볼 수 있는……."

여자들도 당연히 게걸스럽게 먹었다.

하지만 마판은 음식 속에 숨은 무서운 음모에 대해서 알고 있었다.

음식을 구매할 당시의 일이었다.

상인인 마판이 조달을 도맡아서 했지만, 식자재들은 위드가 골라 적은 목록을 받았다. 어차피 위드가 요리할 것들이었으니 필요하다고 하는 재료들을 사다 주기로 한 것이다.

그런데 마판은 황당하다는 얼굴이 되었다. 혹시라도 자신이 잘못 본 건 아닌지 눈을 의심했다.

"자라 17마리요?"

위드는 크게 고개를 끄덕였다.

"예. 자라는 1마리에 3골드도 넘는 고급 재료이니, 먹고 싶은 만큼 실컷 먹을 수야 없죠."

"자라로 배를 채우기는 무리겠지만, 그래도 인원이 500명이 넘는데 그 적은 양으로 식사를 할 수 있을까요?"

"가능합니다."

"아무리 위드 님의 요리 솜씨라고 해도 재료가 없는데 무슨 수로 음식을 만듭니까? 자라 17마리면 거의 탕 속에서 헤엄만 치고 나올 정도일 텐데요."

자라탕을 만들려고 한다. 그런데 정작 건더기가 없다면 실망하는 사람이 한둘이 아니리라.

위드는 괜찮다는 듯이 씩 웃었다.

"자라는 보관이 어려워서 금방 상하는 재료잖습니까?"

"네. 그런데요?"

"그래서 아마도 뱀파이어의 땅에서 첫날이나 혹은 둘째 날에 먹게 될 겁니다. 어떤 위험이 있느냐에 따라, 혹은 사기가 낮아진다면 힘을 실어 주기 위해서 풍족한 식사 시간을 가져야 됩니다."

"그러니 자라를 더욱 많이 구입해야……."

"아닙니다."

"네?"

"그런 식으로 배불리 먹어 버리면 남는 게 뭐가 있습니까?"

"……."

위드는 숙달된 요리사로서 설교를 시작했다.

"원래 음식 장사야말로 마진이 높은 법! 적게 남겨 먹으면 요리하는 맛이 안 나죠. 그러니 재료에 과잉투자를 하는 건 좋지 않습니다. 사형들이나 스승님이 한 끼에 5골드가 넘는 밥값을 지불할 수 있으리라 보십니까?"

"아니요. 그러실 순 없겠죠. 힘들 겁니다."

검치 들은 대체로 가난한 편이다. 돈이 모일 때마다 무기를 바꾸고, 장비에 투자하기 때문이다. 또 돈을 벌기 위해서 만만한 몬스터를 많이 사냥하기보다는 무리를 해서라도 더 강한 놈들을 잡았다. 사냥의 즐거움, 극도의 쾌감을 맛보면서 도전하기 위함이다.

하지만 이제 그들도 밥값 정도는 직접 지불하려고 했다.

"스승님과 사형들이 원하는 건 푸짐하게 먹는 겁니다. 그러므로 가격대는 최대한 낮추고 재료를 저렴하게 조달할 필요가 있습니다."

"그래도 자라 17마리면 사람이 많아서 먹을 게 없을 텐데요."

"방법이 있습니다. 명탯값이 요즘 많이 하락했지요?"

"네? 명태야 원래 제일 싼 식재료니까요."

"명태 2,000마리를 구입하세요. 자라탕을 명태 살로 만들면 됩니다."

"맛이 다를 텐데요?"

"그쯤은 향신료와 색소, 조미료로 감당할 수 있습니다."

겉으로는 자라탕!

하지만 실상은 명태탕!

마판의 눈동자가 크게 흔들렸다. 양심이 찔린 것이다.

"근데 이거… 사기가 아닐까요?"

위드는 단칼에 우려를 불식시켰다.

"붕어빵에도 붕어는 없는 법."

"……."

⁕⁘⁕

식사를 마치고 나니 모두 기운이 났다.

위드의 요리 솜씨로 인하여 체력이나 활력이 증가한 것이 일차적인 원인이었다.

고급에 이른 손재주는 음식을 맛깔나게 만드는 데에 도움을 준다.

요리법만 제대로 알고 있으면 대부분의 음식을 만들 수는 있다. 하지만 음식의 진정한 맛은 손맛이라고 하지 않던가.

요리 도구들을 잘 이용하는 사람도 있겠지만, 음식의 기본은 역시 손맛이다.

위드의 원숙에 도달한 손맛은 일행의 입맛을 돋우기에 충분했다.

이리엔이 다가왔다.

"위드 님, 잘 먹었어요. 그런데 맨손으로 요리를 하시던데, 괜찮아요?"

"그래야 더 맛있거든요."

이리엔은 충분히 공감했다.

위드가 맨손으로 조미료들을 버무리고 음식들을 만드는 광경이 아주 맛스러웠으니까.

이리엔이 장난삼아 물었다.

"그런데 손은 언제 씻으셨어요?"

당연히 농담으로 한 질문이었다.

위드는 진지하게 대답했다.

"1달? 아니면 2달일 수도 있겠군요. 아무튼 기억이 잘……."

"……."

이리엔은 눈물을 흘릴 것 같은 얼굴이 되어 버렸다.

꺼어억!

"배부르다."

"역시 자라탕이 맛있군. 예전에 먹었던 바로 그 맛이야."

"다음에 또 먹고 싶어."

"모험에 따라오길 잘했지."

검치 들은 천진난만한 얼굴로 기뻐했다. 그리고 마판과 이리엔은 조용히 둘만의 대화를 나누었다.

"마판 님, 자라 외에 대체 어떤 재료들을 구입하셨죠?"

"그게… 실은, 교역품을 모으다 보니 예산이 많이 모자랐습니다."

"저희도 돈을 드렸잖아요."

페일이나 이리엔, 수르카 들이 지금껏 모은 돈도 다 합치면 2만 골드가 넘는다.

"위드 님의 의견으로 다 교역품을 장만하는 데 썼습니다. 나중에 교역품을 팔아 이윤을 남겨서 돌려드린다고요."

"그럼 저 많은 식료품은 어디서 구하신 거예요? 돈이 모자랐던 것치고는 양이 너무 많은데요."

"그게, 아주 싸게 사서……."

"어디서 사셨는데요."

"뒷골목입니다."

"뒷골목이라뇨?"

마판은 잠시 뜸을 들이다가 망설임 끝에 말했다.

"쉽게 말씀드리자면 중국산⋯⋯."

"아흑!"

이리엔은 눈물을 찔끔 삼켰다.

겉으로는 한없이 맛있어 보여도 실상을 알고 보면 결코 쉽게 먹을 수 없는 재료들이었다.

유통기한이 끝나 가거나, 혹은 살짝 넘어 버린 재료들! 3등급, 4등급의 저렴한 재료들도 양만 많으면 닥치는 대로 구입해서 마차에 실었다.

그럼에도 꾸역꾸역 먹었던 자라탕은 정말 맛있었다. 불량 식품이 입에 더 잘 붙는 것처럼 말이다.

"그럼 이제 식사도 끝냈으니 모험을 계속하죠."

위드의 말에 사람들은 빠르게 한자리로 모여들었다.

스르릉.

검사백구치가 검을 뽑아 들었다.

"크흐흐! 드디어 모험인가."

검십오치는 이를 드러내며 웃었다.

"더러운 뱀파이어들 따위, 단칼에 베어 주지."

검치 들의 눈빛이 달라졌다.

가볍게 검을 쥐고 서 있는 자세에는 조금의 흐트러짐도 없고, 어떤 상황에도 대응할 수 있도록 진형까지 갖췄다.

그리고 투지!

어떤 적이 나타나더라도 겁내지 않는다.

더 강한 적에게 꺾이는 것을 오히려 영광으로 알고, 칼을 쥐고 덤벼드는 것이 검치 들이다.

제피가 고개를 끄덕였다.

'위드 형님이 왜 이분들을 그토록 믿고 있는지 잘 알겠군.'

뱀파이어 왕국은 지극히 위험하다. 어떤 적이 튀어나올지, 어떤 일이 벌어질지 짐작조차 할 수 없다.

1명도 와 본 적이 없는 대지!

정보 자체가 없으니 직접 부딪쳐 보면서 모든 걸 해결해야 한다. 목숨을 거는 수밖에, 다른 방법이 없다.

이곳이 일반적인 베르사 대륙이라면 그런 시행착오를 겪으며 적응했으리라.

하지만 한 번이라도 죽음을 맞이하게 되면 다시 돌아오지 못할 뱀파이어들의 세상이다. 실수가 없어야 하며, 모든 위험에 능동적으로 대처할 수 있는 능력을 갖추어야 한다.

전투의 달인인 검치 들이 그런 존재였다.

수십 번의 사선을 넘나드는 실전 경험들을 통해서 얻은 노련함과 광기!

검치 들이 있으면 모험의 분위기 자체가 달라졌다. 그 미묘한 흐름의 변화가 동료들에게 기운을 주었다.

미지의 땅.

겁먹고 움츠러드는 것이 아니라 적극적으로 파헤쳐 보기로!

페일이 미소를 지었다.

"역시 모험은 이런 재미죠!"

수르카도 주먹을 쥐었다.

"시작해 볼까요? 저도 준비됐어요!"

위험한 장소에 와 있다. 그러나 동료들이 있다면 어떤 위험도 헤쳐 나갈 수 있다는 자신감!

라비아스도 같이 탐험한 동료들이었으니 서로에 대한 믿음이 돈독했다.

위드가 검치를 향해 조심스럽게 입을 열었다.

"현재 우리가 있는 곳은 뱀파이어들의 세상입니다. 어떤 위험한 일이 벌어질지 모르니, 스승님께서 지휘를 해 주시면 좋겠습니다."

검치는 가볍게 고개를 저었다.

"나는 이곳에 대해서 잘 모른다. 몬스터들의 특성에 대해서도 무지하지. 그러니 위드 네가 지휘를 하는 편이 더 나을 것 같구나. 네가 가진 각종 생산 스킬들이 큰 도움이 되는 만큼, 우리 움직임도 거기에 맞출 필요가 있다. 그러니 지휘도 네가 하거라."

"스승님과 사형들께서 계신데 어찌 제가 명령을 내릴 수 있겠습니까?"

"아니야. 규율이나 형식 따위를 따질 필요는 없다. 조금이라도 잘 아는 사람이 지휘해서 가장 많이 살아남는 게 낫지."

검둘치도 거들어 주었다.

"위드 네가 명령을 내리도록 해라. 이런 곳에는 우리보다 네가 더 익숙할 테니까."

위드는 검삼치와 검사치, 검오치가 있는 쪽을 차례로 돌아보았다.

"스승님과 첫째 사형의 뜻을 따라도 되겠습니까?"

"암."

"네가 알아서 해라."

검오치는 격려의 차원에서 어깨도 두들겨 주었다.

"우린 초대를 받고 왔으니 응당 네가 해야 할 일이지. 막중한 책임감이 있는 자리겠지만 크게 부담을 가질 필요는 없다."

진심 어린 사형들의 격려.

위드는 검육치부터 검오백오치까지도 살펴보았다.

도장의 수련생들.

그들은 입가에 미소를 띠며 고개를 끄덕였다.

권력 욕심보다는 사나이의 의리, 책임자에게 맡길 수 있다는 믿음 때문이리라.

수르카와 이리엔, 로뮤나가 보기에는 이토록 멋진 장면이 없었다. 사나이들의 가슴 뜨거운 열정을 보는 것만 같았다.

"어쩌면 좋아."

"정말 반할 것 같아."

"아! 검치 님들은 정말 멋있는 사내들이로구나."

오직 유일하게 세에취만이 내면에 숨겨진 복잡한 진실을 파악했다.

'저기 나이 든 다섯 사람은 맛있는 요리를 해 주는 것에 대한 보답으로… 아니, 사실은 귀찮아서 떠넘긴 것 같아. 다른 사람들은 그나마 위드가 만만했을 테고.'

검치나 다른 사범들은 무섭다.

위드가 때로 독하다고 하지만, 다른 사범들은 범이나 호랑이보다 두렵다. 훈련을 할 때에도 인간의 한계라는 걸 인정하지 않다 보니 매번 죽을 맛이었다.

실수라도 저질렀을 경우에는 심장이 덜컥 내려앉는 공포!

'예전에 검삼치 사형이 인상 쓰는 걸 봤지. 그 후로 사흘 동안 새벽 훈련을 하느라 잠을 거의 못 잤다.'

'검오치 사형은 벽 속에 바퀴벌레가 지나가는 길이 있다고 주먹으로 벽을 부숴 버린 분이야. 피가 질질 흐르는데도 주먹이 이기나 벽이 이기나 보겠다면서……'

'검치 스승님! 젊으실 때는 아무도 못 말렸다고 들었는데, 요즘 〈로열 로드〉에서 회춘한 기분이라고 하셨으니……'

수련생들은 위드가 지휘하는 걸 천만다행으로 여겼다.

위드는 일단 페일이 있는 쪽을 보았다.

"페일 님."

"네."

"메이런 님과 함께 언덕 위에 올라서 이 근방을 정찰해 주십시오. 몬스터가 있다면 교전은 하지 마시고 그냥 돌아오시면 됩니다."

"살피고만 오면 되는 거죠? 지금 바로 출발하겠습니다."

페일과 메이런은 함께 언덕으로 향했다.

궁수들의 시야는 넓다. 그 장점을 활용하여 이 근처 일대를 파악하기 위함이었다.

페일과 메이런은 언덕에 서서 주위를 살피고 나서 다시 돌아왔다.

"이 근처에 몬스터는 없습니다. 적어도 숨지 않고 활동하는 몬스터는 보이지 않습니다. 그보다도 지형이 문제인데……."

"지형이 어떻지요?"

"주변이 강과 절벽으로 막혀 있습니다. 그래서 우리가 갈 수 있는 방향은 한 곳뿐인 것 같습니다. 그리고 그쪽으로는 작지만 길이 나 있었습니다."

"길이라면 우선은 그쪽으로 움직여야 하겠군요."

위드가 방향을 정했다. 일행은 긴장을 풀지 않고 천천히 길을 따라 움직였다.

언덕을 넘어서 숲을 가로지르는 길이었다.

검치가 위드에게 물었다.

"위드야, 너는 흡혈귀들을 상대해 보았지?"

"예, 스승님."

"흡혈귀라면 물지 않느냐?"

"흡혈귀. 주로 뱀파이어라고 하지요. 뱀파이어에게 물리면 생명력을 빼앗기고 놈들의 하수인이 되니 각별히 주의해야 됩니다."

"따로 약점 같은 건?"

"생명력과 체력이 강하고 마법도 곧잘 이용합니다. 무기는 쓰지 않지만 움직임도 상당히 빠른 편이고 곤충이나 쥐, 박쥐들을 불러서 공격할 수도 있습니다."

"약간 귀찮겠구나."

"방어력도 높고, 뱀파이어 퀸들은 저주 마법이나 주술도 잘 사용하는 고위 몬스터이니 주의하지 않으면 안 됩니다."

"다른 특성들도 있느냐?"

"짐승이나 오우거, 트롤처럼 단순 몬스터들과 달리 지능이 상당히 높습니다. 그리고 부족별로 뭉쳐서 생활하는 습성이 있습니다."

"크흠! 그런 특징이 있단 말이지? 가까이 두지 말아야겠군."

"예."

그렇게 10여 분을 걸었을 때였다.

붉은 하늘에 셀 수도 없을 만큼 많은 박쥐 떼가 나타났다.

"뱀파이어의 흔적! 다시 한 번 말씀드리지만 뱀파이어는 박쥐들을 부릴 줄 아니, 이제부터 긴장해야 합니다."

위드의 말이 없더라도 모두 심상치 않은 느낌을 가졌다. 검을 쥐고 있는 손에 저절로 힘이 갔다.

토둠에 올 때 흡혈박쥐들을 타고 오긴 했다. 하지만 적일지도 모르는 흡혈박쥐들이 저렇게 많다니 소름이 돋았다.

그런데 박쥐들은 그들을 발견하고도 공격하지 않았다.

위드는 판단해야 했다.

"계속 나아갑니다. 만약 박쥐들이 가까이 접근한다면 먼저 공격하도록 하세요. 시간을 끌 필요가 없습니다."

하늘에 있는 박쥐들에게서 관심을 거두지 않은 채로 계속 전진했다.

박쥐들이 상공을 가득 덮고서 지나다닌다. 수천수만 마리의 박쥐들이 구름처럼 모이고 흩어졌다.

"흐흐흣."

마판이 옅은 미소를 띠었다.

얼굴은 웃고 있지만 사실 등줄기에는 식은땀이 흘렀다.

상상해 보지 않을 수 없었다. 박쥐들이 내려와서 공격한다면 어떻게 될까!

절벽에 가까이 다가갈수록 머릿속에 그려진다. 바위들이 무너져서 까마득한 아래로 추락하는…….

그런 아찔한 상상 속에서도 흥분이 되었다.

'역시 모험은 이 맛이지.'

무엇이 이루어질지는 아무도 알지 못한다. 지금은 그저 한 걸음 그리고 또 한 걸음을 내디뎌야 한다. 직접 보고, 직접 들은 것만이 진실이다.

모험의 묘미는 미치도록 흥분되는 것이다.

전 재산을 들고 미지의 대륙으로 떠나는 상인들!

상인들이야말로 승부를 즐길 줄 알았다.

"크흐흐흐."

검구치의 온몸에서 근육들이 꿈틀거렸다.

남들보다 더욱 거대한 근육질의 몸!

지방과 비곗덩어리가 아니라 훈련으로 극한까지 발달한 근육들이다. 그만한 투지가 깃들어 있었다.

힘을 쓰고 싶다. 박쥐들이 내려오기만을 기다린다.

"와라!"

검구치가 검을 잡은 손에 힘을 더했다. 언제라도 발출할 수 있도록!

상황이 변하기만 한다면 박쥐들을 향해서 시원하게 검무를 추어 보리라.

아마 다른 검치 들도 비슷한 생각을 하고 있을 것이다.

하지만 박쥐들은 가까이 내려오지 않았다.

박쥐들이 먼저 습격을 하지 않는다면 로뮤나의 마법 외에는 저 멀리서 하늘을 날아다니는 놈들을 공격할 수단이 없다.

그렇게 계속 전진한 위드와 일행은 작은 산등성이를 넘었다. 그러자 제법 규모가 있는 마을이 보였다.

수백여 채의 고급 저택들로 이루어진 마을!

넓은 정원과 분수, 조각품들을 가진 저택들이 별장처럼 아름답게 지어져 있다. 마을의 도로에는 걷기 좋게 청석들이 오밀조밀하게 깔렸고, 성벽도 튼튼해 보였다.

세이룬

위드는 일행과 함께 성문으로 천천히 다가갔다.

성문 옆에, 흰 장갑을 끼고 서 있는 경비병 둘이 보였다.

뾰족한 이빨!

창백한 얼굴!

등에는 검은 망토를 둘렀다.

"뱀파이어 경비병들이다."

위드는 일정 거리를 두고 정지했다.

"공격하지 않을까요?"

마판이 물었을 때, 자신 있게 대답할 수 있는 사람은 아무도 없었다.

지능이 있는 몬스터일수록 공격부터 하는 경우는 드물다. 초식을 위주로 하는 몬스터들, 나무 열매를 먹고 사는 몬스터들도 먼저 공격하는 경우는 거의 없다고 봐도 된다. 새끼들을 품에 안고 있는 경우를 제외하고는!

하지만 뱀파이어들은 상당히 미묘했다. 인간들에 대해서 어떤 감정을 갖고 있을지 알 수 없었다.

위드가 조금 앞으로 나섰다.

"머리가 좋은 놈들이라 대화가 통할 것도 같으니, 일단 말로 해 보겠습니다."

"위험할 텐데……. 조심하세요, 위드 님."

이리엔이 걱정스럽게 말했다.

위드가 위험한 장소로 나서니 유린도 은근히 불안한 눈빛이었다.

하지만 위드가 어떤 인간이던가. 솔선수범해서 나설 때에는 살아남을 자신이 있기 때문이다.

"괜찮습니다. 뱀파이어 경비병 정도라면 어떻게든 살아 돌아올 수 있을 테니까요."

믿는 것은 맷집과 인내력!

조각사치고는 무식할 정도로 키워 온 방어 능력을 믿었다.

뱀파이어 왕국 토둠의 경비병들의 실력이 어느 정도일지는 미지수였다. 그래도 진혈의 뱀파이어족과 싸웠던 경험도 있고, 토리도의 전투도 많이 보았다.

뱀파이어들의 전투법이나 습성에 대해서도 잘 알고 있으니 목숨 정도는 챙길 수 있을 듯했다.

검오치가 옆으로 다가왔다.

"나도 같이 가자. 너 혼자 위험한 곳으로 보낼 수는 없구나."

"예, 사형."

위드는 검오치와 함께 뱀파이어 경비병들을 향해 한 발자국씩 걸음을 옮겼다.

검오치는 든든한 의지가 되었다. 레벨이 높고 낮음을 떠나서 흉악한 인상은 다른 몬스터들을 두려워할 필요가 없게 만들어 준다. 어두운 밤에는 미리 마음의 준비를 해 두지 않는다면 검오치에 의해 무서워질 수도 있지만.

"그런데 위드야, 그냥 놈들과 싸우면 안 되는 것이냐? 흡혈박쥐도 그렇고 저 뱀파이어 마을도 그렇고, 공격해서 없애 버리는 편이 낫지 않을까?"

베르사 대륙에서 몬스터들이 장악한 지역들은 인기 높은 사냥터였다. 주로 고블린들이 많은 편인데, 야밤에 와서 나무로 성채를 지어 두고 시위를 한다.

고블린 마을이나 고블린 성채!

그러면 인근 왕국이나 성의 치안도가 낮아지고, 생산 활동이 감소한다.

이런 때는 보통, 영주들의 의뢰에 의해 모여든 사람들이 몬스터들의 성채를 공략한다.

명성을 올릴 기회이며, 전리품을 얻을 수도 있다.

그럼에도 위드는 다른 생각을 가졌다.

"그럴 수도 있겠지만 아직은 좀 이른 결정 같습니다."

"이르다고?"

"예. 우린 뱀파이어 왕국을 제대로 구경도 못 해 봤지 않습니까? 그런데 뱀파이어들을 상대로 전쟁을 일으킨다면 얻는 것보다는 잃는 게 더 많을 겁니다."

"하긴. 다짜고짜 싸움부터 건다면 여기까지 온 의미가 많이 줄어들기야 하겠지."

"전쟁은 최후의 선택으로 남겨 두는 게 좋을 것 같습니다."

"그래, 내 생각도 그렇다."

위드와 검오치는 뱀파이어 경비병들의 바로 앞에까지 다가
갔다.

"멈춰라!"

경비병들이 칼날 같은 이빨을 드러내며 으르렁거렸다.

"비릿한 피 냄새가 나는군. 너희는 인간인가?"

"그렇습니다."

위드는 탐색을 위해서 조심스럽게 말했다.

"인간들이 우리 땅에는 무슨 일이지? 여긴 너희가 들어올 필
요가 없는 곳이다. 볼일이 없다면 돌아가라!"

"썩 꺼지지 않는다면 너희의 뜨거운 피를 듬뿍 마셔 주지."

뱀파이어 경비병들은 대놓고 공격적으로 나오지는 않았다.
하지만 상당히 적대적이다.

보통의 모험가라면 그 말에 따라 얌전히 돌아가거나, 아니면
수단이 없다고 생각하고 경비병들을 제압했으리라!

일반적인 수순은 그렇게 가기 마련이니까.

하지만 위드는 달랐다.

"날씨가 우중충하니 참 좋군요! 이런 날이야말로 박쥐들이
마음껏 날아다니고 쥐들이 찍찍대며 돌아다닐 수 있지요."

"인간 주제에 뭘 좀 아는 것 같군."

"그러게 말이야."

두 경비병이 약간이나마 반응을 보였다.

"밤의 귀족님들은 참으로 고급스러운 옷들을 입고 계십니다. 기품과 멋이 우러나오는 검은색 바지에 흰 셔츠 그리고 망토가 이렇게 잘 어울리는 존재는 밤의 귀족님들밖에 없을 겁니다. 앗! 혹시 그건 그 유명한 어둠의 망토? 대단한 걸 보게 되어서 영광입니다!"

위드는 호들갑을 떨면서 아부를 했다.

외모에 관심이 많은 뱀파이어들의 특성을 적극 고려한 아부!

왼쪽 경비병의 목소리가 조금은 누그러졌다.

"오랜만에 마음에 드는 인간을 보는 것 같군."

오른쪽 경비병도, 금방이라도 달려들 것처럼 보이던 전투 자세를 풀었다.

하지만 여기서 방심은 금물이다.

눈치와 아부로 살아온 인생.

친밀도가 약간 상승하긴 했겠지만 무리한 요구를 한다면 다시 적대적으로 돌변할 여지가 있다.

위드는 조각칼을 꺼냈다.

오른쪽 경비병이 물었다.

"뭘 하려는 것이냐?"

"두 분께 선물을 드리려고 합니다."

"선물?"

"예. 조각사의 진정이 담긴 작품이니 기쁘게 받아 주시기를."

위드는 가지고 있던 나베목을 꺼냈다.

친밀도를 상승시키는 조건에는 여러 가지가 있다. 말로써 올릴 수 있는 친밀도는 효과가 즉각적이지만 한계가 있다. 일정 수준 이상의 친밀도는 오르지 않는다.

그러나 오랜 시간 동안 만난다면 그 이상의 친밀도도 올릴 수 있으며, 상대의 성격에 맞는 행동을 보인다면 절친해질 수도 있다.

더 나아가 도움이 되는 퀘스트를 해 주거나 사냥을 같이한다면 목숨까지도 맡길 수 있는 사이가 되리라.

하지만 그보다 간편한 방법도 존재했다.

'선물을 마다하는 놈은 없어!'

위드는 나베목을 깎았다.

'뱀파이어들은 예쁜 소녀를 좋아하지.'

서윤을 조각할 수도 있었다.

서윤의 나이는 20대 초반. 하지만 피부가 너무 좋고 예뻐서 10대 소녀라고 해도 충분히 믿을 정도다.

미녀는 나이를 따질 수 없는 법이니까.

하지만 서윤을 조각하기란 정말 어려웠다. 아름다움이 전체적인 조화를 이루고 있어서, 어느 한 부분이라도 실수를 하면 안 된다. 그야말로 하늘이 인간에게 부여할 수 있는 최대의 미모라고 해도 과언이 아닐 정도였으니 서윤은 대충 조각할 수 없는 대상이었다.

더군다나 뱀파이어에게 서윤의 조각상을 선물로 넘겨준다는 건 껄끄러웠다.

'대신 뱀파이어가 좋아하는 소녀로 검증된 인물이 있으니.'

위드는 모라타 마을의 프리나를 떠올렸다.

진혈의 뱀파이어족 토리도의 눈에 들어서 수십 년간 석상이 되어야 했던 불행한 소녀!

꽃을 가꾸는 걸 좋아했던 순박한 소녀. 청초한 풀잎 같은 매력을 가진 소녀였다.

위드는 이 프리나를 팔아먹기로 했다.

이제 조각칼을 놀리는 것도 검술만큼이나 숙달되어서, 프리나를 조각하는 것은 순식간이었다.

"여기 선물입니다."

"이렇게 예쁜 선물을! 우리는 예술을 아는 사람을 좋아하지. 거기에 이 소녀는 꼭 우리 취향이로군."

경비병들은 감격했다.

소녀를 좋아하는 뱀파이어의 특성!

"그대의 직업이 조각사인가?"

"그렇습니다."

"조각사라면 우리 밤의 귀족들과 어울릴 수 있는 자격이 있지. 마을 안으로 들어가도 돼. 많은 동족들에게 그대의 조각품을 감상할 기회를 주면 좋겠어."

띠링!

> 뱀파이어 마을 세이룬의 출입이 허가되었습니다.

───────────

위드는 아부와 선물로 뱀파이어 마을에 들어갈 수 있다는 사실을 동료들에게 알려 주었다.

"잘생기셨습니다."

"늠름하시군요."

"역시 밤의 귀족님들!"

페일과 제피, 마판은 한마디씩 아부를 해서 환심을 샀다.

그런 다음에는 선물!

"직접 잡은 물소의 꼬리입니다."

"사냥으로 얻은 전리품 중에 반지가 있는데 드리겠습니다."

"보석입니다, 헤헤."

경비병들은 뇌물을 꿀꺽 삼키고 마을 진입을 허가했다.

"착한 인간들이군. 좋아, 들어가! 하지만 말썽을 피우면 쫓겨날지도 모르니 조심하도록 해."

메이린, 로뮤나, 수르카, 유린은 아예 심사도 하지 않았다.

"예쁜 소녀들은 많을수록 좋지. 통과!"

이리엔에게는 얼굴을 조금 굳혔다.

"불쾌한 느낌이 나는군. 혹시 섬기는 신이 있나? 뭐, 상관은 없겠지. 우리는 저주받지 않았으니까. 시끄러운 낮보다는 고요한 밤을 더 좋아하며, 생명의 근원을 좋아할 뿐이니. 하지만 소녀여, 마을 안에서는 조심하도록 해. 함부로 신성력을 발휘한다면 싫어하는 동족들이 많을 거야. 그 후에 벌어질 일은 우리도 책임질 수 없어."

뾰족한 송곳니를 보이면서 경고를 던지긴 했지만 그럼에도 무사통과였다.

"넌 안 돼!"

그러나 세에취는 단호하게 가로막았다.

오크라면 열등한 생명체!

스스로를 고상한 존재로 알고 있는 뱀파이어들이 마을 안을 활보하게 내버려둘 리가 없다.

"취익. 취익! 왜요?"

세에취가 발을 동동 굴렀지만 경비병들의 눈은 차가웠다.

"우리 마을은 오크들이 발붙일 수 있는 곳이 아니다!"

이제 검치 들의 차례!

위드는 심하게 불안했다. 과연 검치 들이 잘 해낼 수 있을 것인가.

검오치가 자신 있게 나섰다.

"뭐, 간단하지. 너희가 하는 걸 봤으니 그대로 따라 하기만 하면 되는 거잖아."

"예… 뭐, 그렇습니다만……."

"조금만 기다려 봐. 사형들, 그럼 저부터 하겠습니다."

검오치가 먼저 경비병에게 말을 걸었다.

"형씨들, 그러지 말고 길 좀 터!"

"뭐, 형씨? 감히 우리에게 하는 말이냐?"

경비병들의 미간에 주름이 졌다.

"그래. 얼굴은 허여멀게 가지고 마을 입구나 지키는 졸때기 주제에……."

"이 더러운 입을 가진 인간 따위가!"

"뭐야? 이 흡혈귀 자식들이!"

검오치와 경비병들이 당장이라도 전투를 벌일 듯한 일촉즉발의 위기 상황!

"이러지 마세요!"

"안 됩니다."

위드와 제피가 떼어 내서 간신히 수습했다.

이번에는 검삼치가 나섰다.

"내가 하는 걸 잘 봐."

위드는 불안했지만 이번에도 일단은 말리지 않고 지켜보기로 했다.

검오치의 실패로 뭔가를 배웠으리라. 학습 효과를 기대했기 때문이다.

"인간, 들어가지 못한다."

경비병들이 저지했다.

"알았어. 수고해."

검삼치는 경비병들의 어깨를 툭툭 치고 지나가려고 했다.

"인간, 여긴 너에게 허락되지 않은 곳이다."

"어허, 괜찮다니까."

"미천한 인간 따위가 들어올 수 없는 장소다. 죽고 싶지 않다면 발길을 돌려라!"

"뭐야? 다 죽……."

죽여 버리겠다는 말을 내뱉기 직전!

위드와 제피가 다시금 말려서 진정시켰다.

가만히 지켜보기만 하던 마판이 심각하게 말했다.

"이대로는 마을 안에 들어가지도 못하겠습니다. 무슨 방법이 없을까요?"

검치 들이 전원 마을 입구조차도 통과하지 못할 위기였다.

"사형들! 마을에 들어가기 위해 조금만 아부를 해 주시면 안 되겠습니까?"

위드의 설득도 통하지 않았다.

그나마 대화가 잘 통하는 대사형 검둘치도, 뱀파이어들에게 아부를 해야 한다는 말에는 콧방귀도 뀌지 않았다.

"사내의 자존심이 있지! 저런 몬스터 따위에게 허리를 숙일 수는 없다."

검둘치가 차갑게 선언했다.

검삼치나 검사치도 비슷한 의견이었다. 수련생들도 뱀파이어들에게 사정을 하고 싶은 마음은 추호도 없어 보였다.

"이러면 곤란한데……."

위드는 망설이다가 꾀를 냈다.

"그러면 저에게 조각술을 배워 보시는 게 어떻겠습니까?"

고급 조각술 스킬을 가지고 있는 위드는 다른 이들에게 스킬을 가르쳐 줄 수 있었다.

뱀파이어들은 예술을 사랑한다. 조각술을 배운 인간이라면 인정을 해 줄 테니 마을 진입에 무리가 없을 것이다.

"조각술? 그런 걸 꼭 배워야만 하는 거냐?"

검둘치가 귀찮다는 듯이 대꾸했다.

"예. 예쁜 조각품은 여자들도 아주 좋아합니다. 조각술은 취미 생활로도 그만이죠."

"그래? 역시 여자들과 친해지기 위해서는 그런 기술 하나쯤 있어야겠지. 그럼 배워 볼까?"

검둘치가 솔깃해서 배우려고 들었다.

위드는 조각칼을 꺼내서 먼저 나무 깎는 시늉을 해 보였다.

"이렇게 따라 하시면 됩니다. 조각품을 완성하면 제가 조각술을 전수해 드릴 수 있을 겁니다."

"어렵지 않아 보이는구나."

검둘치나 사범들, 수련생들은 검에 재능이 있었다. 소검을 다루는 것도 능숙해서, 나무토막을 가지고 금방 간단한 조각품을 완성했다.

띠링!

지혜가 낮아 조각술을 배울 수 없습니다.

위드는 할 말을 잃었다.

어떻게 지혜가 낮아서 스킬을 못 배울 수가 있단 말인가!

"사형들, 대체 지혜가 몇입니까?"

"그게… 어디 보자. 8이구나."

"……."

검삼치는 한술 더 떴다.

"난 6인데."

검사치도 만만치 않다.

"난 5야."

수련생들 중에는 더 심한 부류도 있었다.

"역시 사범님들은 대단하셔. 난 3인데."

심지어는 지혜 3까지 나왔다!

위드는 도무지 납득이 되지 않았다.

"처음 시작할 때도 지혜가 10이지 않습니까?"

조각술은 마법과 달리 기본적인 수준의 지혜만 있어도 배울 수 있다. 그런데 검치 들은 그 기본 수준도 되지 못했다.

검삼치가 무언가 깨달은 듯이 입을 열었다.

"아! 이유를 알 수 있을 것 같다. 지혜가 줄어든 것이구나."

"……."

"아니, 위드야. 그런 뜻이 아니라… 처음에는 우리도 지혜가 10이었다. 그런데 무예인으로 전직하면서 60으로 늘었지."

위드는 고개를 끄덕였다.

전직을 하면서 스탯들이 오르는 것은 일반적인 현상이다. 무예인이라면 전투에 특화된 직업이기는 하지만 그래도 어느 정도는 지혜가 필요했다.

"그런데 왜 그렇게 줄어든 겁니까?"

"내 생각에는 반복된 사냥과 스킬의 연마 때문인 것 같다. 며칠간 검만 휘두르다 보니 지혜가 점점 줄어들더구나. 사냥을 할 때도, 다른 일은 전혀 하지 않고 몬스터만 잡으니 지혜가 줄어들었지."

"…그러셨군요."

단순 반복을 하면서 지혜가 감소한 것이었다.

위드도 만만치 않게 사냥을 해 왔다. 하지만 사이사이 다양한 스킬을 익혔다. 조각술을 기반으로 요리나 낚시, 수리, 대장일, 재봉, 약초 수집까지 짬짬이 활용했다.

하지만 검치 들이 익히고 있는 스킬은 전투에만 국한되었다. 그렇게 오로지 전투만을 계속하며 스킬을 연마하니 지혜가 점점 줄어들고 만 것이다.

단순 무식!

이것이 행동에서만 드러나는 게 아니라 스탯에도 반영된 모양이었다.

위드는 조심스럽게 충고했다.

"지혜가 낮으면 필요한 전투 스킬도 배우지 못할 수 있습니다. 그러니 적당히 지혜를 올려 두시는 편이 좋겠습니다."

"그래. 그러는 편이 좋을 듯싶구나."

어쨌든 지금 당장은 조각술도 익힐 수 없다. 마을에는 어떻게 들어가야 할지 고민이었다.

'근처를 돌며 사냥을 해서 레벨이나 올려야 되나? 스탯을 모두 지혜에 투자한다면 조각술을 익힐 수 있을 텐데.'

오죽하면 위드는 이런 생각까지도 했다.

검치 들은 고집불통이고, 자존심이 워낙 센 편이었으니까.

그런데 열린 성문 사이로 마을의 거리가 조금 보였다. 저녁이 깊어질 무렵이라, 집집마다 문이 열리고 황량하던 거리에 뱀파이어들이 등장했다. 뱀파이어들은 밤을 좋아하니 마을의 활성화도 밤부터 시작되는 것이다.

거리 한쪽에 조촐한 시장도 열렸다.

"사과 사세요!"

"꿀처럼 달콤한 사과 팔아요."

시장에서 사과를 팔고 있는 여자 뱀파이어들!

피부는 뽀얗고 콧날은 오똑했다. 몸매는 또 얼마나 날씬한가. 그러면서도 나올 곳은 제대로 나와서 육감적이었다.

요부처럼 화끈한 몸매에 어울리지 않게 순수하고 청순하게 생긴 여자 뱀파이어들.

"커헉!"

"내 이, 이상형이 이런 곳에……."

검삼치와 검사치가 몸을 부들부들 떨었다.

검오치와 검오백오치가 재빨리 앞으로 튀어 나갔다. 그들을 선두로 하여 검치 들이 경비병을 잡아먹을 듯이 달려갔다.

"경비병 형님!"

"……."

"우리 친하게 지냅시다. 뭘 좋아하십니까? 등이라도 주물러 드릴까요?"

"여기 아껴 두었던 보리빵이……."

퀘스트

검치 들에게 아부의 재능은 없었지만, 그래도 간절함으로 뱀파이어의 마음을 돌려놓았다.

경비병은 간단한 퀘스트를 주었다.

"건강한 인간들이군. 여자들이라면 더 좋았겠지만 그래도 싱싱한 피를 가지고 있어. 지친 뱀파이어에게 피는 좋은 활력소가 되지."

띠링!

뱀파이어 우르간의 갈증
마을 세이룬을 지키는 경비병 우르간은 고된 경계 업무로 인하여 피로가 누적되었다. 우르간이 바라는 것은 피! 젊고 건강한 인간의 피다.
난이도: E
보상: 마을 진입 허가.
제한: 흡혈 후 일정 기간 활동력이 저하될 수 있다.

검치 들이 퀘스트를 승낙한 것은 두말할 필요도 없는 일.

경비병은 검치 들의 목덜미를 콱 물었다.

쭈우우욱!

흡혈을 당하고 있습니다.
체력이 감소합니다. 생명력이 하락합니다.

목덜미에서 느껴지는 뜨거운 아픔!

검치 들은 경비병들에게 차례대로 피를 주고 나서야 마을에 들어갈 수 있었다. 하지만 조금도 아까워하지 않았다.

"이깟 피 따위……."

"백번을 죽어서라도 여자와 가까워질 수 있다면 무엇이 아쉬우리."

페일과 제피는 깨닫는 부분이 많았다.

'메이런 님에게 더 잘해야겠다.'

'저렇게 나이 먹지 말아야지. 여자들이란 어쩌면 남자들의 부족함을 드러나지 않게 해 주는 존재들일지도.'

극도의 바람둥이였던 제피가 제정신을 차리는 순간이었다. 쉽게 넘어오는 여자들을 상대하고, 허무함에 빠져서 낚시질이나 하고 싶지는 않았다.

'그러고 보면 괜찮은 여자들도 참 많아.'

제피는 동료들을 돌아봤다.

이리엔은 상냥하고 순박했다. 다른 사람에게 나쁜 말을 하지 못하는 성격이다.

로뮤나는 가끔 앙칼지긴 하지만 은근히 아는 것도 많고 활달

해서 즐거움을 준다.

수르카는 아직 어리지만 앳된 귀여움이 있고, 화령은 아름답고 고혹적이다.

춤이 이런 것이라는 걸 화령을 보고 처음 알았다. 가끔 기분이 좋을 때는 바위에 앉아 노래를 부르기도 하는데, 모험을 더욱 즐겁게 만들어 주는 결정적인 요인 중 하나였다.

다재다능한 그녀!

하지만 제피는 알았다.

화령이 좋아하는 사람은 위드뿐이라는 것을.

'형님만 모르고 있는 사실이지.'

노골적으로 표현하진 않았지만 쉽게 짐작할 수 있었다.

위드가 만들어 주는 요리라면 뭐든 맛있게 먹었다. 수프를 살짝 찍은 빵이나 간단한 고기구이 종류라고 해도 불평한 적이 한 번도 없다. 매번 고맙다는 말을 하고, 음식도 절대 남기지 않았다.

조각품을 깎을 때는 그윽한 눈빛으로 위드의 곁에 머물렀다. 그리고 조각품이 다 완성될 때까지 시선을 떼지 않았다.

활발한 그녀가 위드에게만 말도 적고 어수룩한 면을 보이는데, 이는 영락없이 사랑에 빠진 여자의 모습!

위드로서는 혹시라도 떼어먹은 돈이 있어서 그러나 꺼림칙할 때가 많았지만, 이런 분위기는 주변인들이 더 잘 알아채는 법이었다.

메이런은 페일의 여자 친구이고, 유린은 위드의 여동생이다.

유린은 참 귀여웠다. 그 웃는 얼굴을 조금이라도 더 보고 싶어서 몰래몰래 눈길을 주게 된다.

하지만 제피는 고개를 저었다.

'안 돼. 그녀만큼은 절대로!'

그녀와 가까워진다면 명이 엄청나게 단축되고 말 것이 틀림없었다.

'가문이 서로 갈라놓은 로미오와 줄리엣은 그나마 멋이라도 있었지.'

검치 들의 후환이 두려워서라도 그녀를 좋아하는 티를 낼 수 없었다.

그러는 사이에 검치 들의 흡혈이 거의 끝났다.

비틀거리는 검치 들.

체력과 생명력이 소진된 만큼 몸에서 힘이 빠져나갔다.

반대로 그만큼 경비병들은 활기가 넘쳐흘렀다.

백지장처럼 창백하던 얼굴에 생기가 흐르고 송곳니가 더욱 날카로워졌다. 피를 마신 뱀파이어의 특성상 더욱 강력해진 것이다.

하지만 오크 세에취는 경비병들도 탐탁지 않게 여겼다.

"오크의 피는 맛이 없어."

"……."

"넌 마을에 들어오지 마."

그 말에 세에취는 마음의 상처를 받았다. 그런데 검둘치가 나섰다.

"세에취 님 대신 저의 피를 드려도 되겠습니까?"

경비병이 반색했다.

"인간의 피? 좋지. 맛있게 먹어 주지."

검둘치는 스스로 두 번이나 흡혈을 당하는 길을 선택했다. 세에취를 위해서였다.

"취익! 검둘치 님."

세에취가 눈을 글썽였다.

흡혈을 마친 검둘치가 현기증이 나서 비틀거리는 것을 세에취가 부축해 주었다.

비만 오크가 부축하고 있는 건장한 인간!

그 후에야 모든 일행이 뱀파이어 마을 세이룬으로 들어갈 수 있었다.

⁂

마을 세이룬의 최초 발견자가 되었습니다!

혜택: 명성 160 증가. 미탐험 지역의 마을을 발견하여, 해당 마을에서 받는 퀘스트 보상이 일주일간 2배로 증가한다.

최초 발견자의 혜택!

위드의 입가에 흡족한 미소가 어렸다.

"2배라니……."

퀘스트 보상이 2배다. 하지만 실질적으로는 그 이상의 혜택이 있었다.

어차피 뱀파이어 왕국 토둠 인근에 있는 사냥터라면 무조건 최초 발견자가 될 수밖에 없다.

사냥터에서의 아이템 획득과 경험치에서도 2배씩의 이득을 거두게 되는 것이다.

이리엔과 페일도 기뻐했다.

"명성도 올랐어요."

"정말 좋은 곳이네요."

위드는 발길을 재촉했다.

"어서 마을을 돌아보죠."

하지만 다들 쉽게 발걸음을 옮기지 못했다.

처음 들어가는 뱀파이어의 마을!

베르사 대륙이 아닌 새로운 땅을 여행한다.

벅차오르는 감동과 흥분으로 못 박힌 듯이 마을 입구에 그대로 서 있었다.

특히 메이런은 아까부터 뱀파이어의 마을을 구경하느라 정신이 없는 상태.

예쁘게 지어진 별장 형태의 저택들, 길거리에서 검은 망토를 몸에 두르고 걸어 다니는 뱀파이어들은 이국적인 광경 그 자체였다.

'역시 이 맛에 모험을 하는 거야.'

알지 못하는 장소를 여행하며 새로움을 발견한다.

마음이 급했다.

"네. 빨리 가요!"

유린에게도 좋은 기회였다.

화가는 방문하는 도시나 풍경을 그림으로써 스킬의 숙련도를 높일 수 있다. 유린은 마을 세이룬을 멀리서 보았을 때부터 수십 장의 그림을 그리느라 정신이 없었다.

위드와 마판은 일행과 함께 우선 상점들부터 들어갔다.

모라타에서부터 가져온 교역품들을 처분할 필요성이 있었고, 또한 새로운 장비들을 구입할 수 있는지도 알아보기 위함이었다.

마판이 주인에게 물건들의 시세를 확인해 보고 기쁨의 함성을 질렀다.

"루비, 사파이어 같은 보석류가 무척 비싸게 팔립니다. 모피와 양탄자도요!"

"성공이군요!"

위드도 자신의 일처럼 기뻐해 주었다.

"정말 좋으시겠어요, 마판 님."

"역시 보람이 있으시겠습니다."

수르카와 페일이 옆에서 재빨리 축하의 말을 건넸다.

마판이 큰돈을 벌게 되면 혹시 떡고물이라도 떨어질지 모르니까!

그러면서 은근히 위드의 눈치를 살폈다.

'위드 님 덕분에 이곳에 오게 된 건데……'

지상의 다른 교역소에서 판매할 수도 있었다. 하지만 이렇게 큰 이윤을 남긴다고는 장담하지 못한다.

더군다나 뱀파이어의 땅은 아무도 찾아온 적이 없는 미개척 지역이다!

처음으로 판매하는 물품들은 이곳에서 특별 취급을 받아서 20%나 30%의 가격을 추가로 더 쳐줬다. 그야말로 상인에게는 노다지 같은 장소인 것이다.

그런데 위드는 정말 전혀 부럽지 않은 얼굴로, 아기처럼 순수한 기쁨의 웃음을 짓고 있었다.

페일이 고개를 끄덕였다.

"역시! 위드 님은 좋은 분이었어."

수르카도 부끄러움에 어디론가 숨고 싶었다.

"제가 위드 님을 오해했나 봐요. 이렇게 바다처럼 넓은 포용심을 가지고 있는 분인 줄 몰랐어요."

그만큼 위드가 짓고 있는 미소가 구김 없이 밝았다.

위드는 마판을 부추기기도 했다.

"마판 님, 얼른 물건을 팔아 보세요."

"그럴까요?"

"네. 비싼 값에 팔리길 기원합니다."

마판은 교역소 주인과 흥정을 개시했다. 교역소 주인도 당연히 뱀파이어였다.

"이렇게 예쁜 보석들을 가져온 상인이여, 꼭 나에게 팔게."

마판은 모피 10장과 양탄자 5개 그리고 보석들을 삼분의 일정도 꺼냈다.

"얼마나 쳐주시겠습니까?"

"25만 골드. 아니, 아니야. 이런 물건이라면 27만 골드라도 쳐줄 수 있어."

"죄송합니다. 기대했던 것보다는 가격이 낮군요."

"이런! 가지 말게! 내가 다시 생각해 보니 303,000골드까지 지불해 줄 수 있을 것 같군."

마판은 침을 꿀꺽 삼켰다.

판매하고자 하는 물품들을 구입한 원가는 겨우 11만 골드밖에 되지 않았다!

지금 판매하더라도 대박에 가깝다. 2배 이상 남는 장사는 거의 없으니까.

하지만 마판은 더 욕심을 내 보기로 했다.

"괜찮은 가격이기는 하지만, 저에게는 먹여 살려야 할 처자식이 있어서……."

뱀파이어는 잠시 고뇌하는 표정을 지었다.

마판의 얼굴과 그가 내놓은 교역품들을 번갈아 봤다. 갈등하는 눈치였다.

"처자식이 있다면 내가 인심을 써 주지. 368,000골드. 꼭 사고 싶은 물건들이라서 후하게 쓴 거야. 얼마까지 알아보고 왔는진 몰라도, 더 이상은 나도 곤란해."

마판은 입을 떠억 벌리고 다물지 못했다. 설마하니 이렇게 대성공을 거둘 줄이야.

"이 가격에도 팔지 않을 건가?"

"아, 아닙니다. 팔겠습니다."

마판은 내놓았던 교역품들을 처분했다.

띠링!

대규모 무역 이익을 거두었습니다.
명성이 630 상승합니다.

회계 스킬의 레벨이 중급 6레벨로 상승했습니다.
냉정한 계산으로 인해 물건을 사고팔 때 가격을 더욱 후려칠 수 있습니다.
어수룩한 구매자들을 등칠 수 있을 것입니다.

상인으로서의 최대 희열!

마판에게는 70% 정도의 교역품이 더 남아 있었다.

교역품들을 한꺼번에 대량으로 팔면 시세가 떨어진다. 그러므로 일부만 비싼 값에 판 것이다. 나머지는 뱀파이어 왕국 토둠에 가서 처분할 계획이었다.

거리의 뱀파이어들이 말했다.

"마판이라는 인간이 엄청난 돈을 벌었다는 얘기를 들어 보았나? 인간 주제에 제법이야."

"마판이 어떻게 생겼는지 알고 있어? 그 인간 내 앞을 지나가면 좋겠는데. 만약 지나가면 어쩔 거냐고? 으슥한 골목길에서 그냥 목덜미를……."

교역품 판매 대박!

마판이 큰 이윤을 거두자, 위드가 축하의 말을 건넸다.

"좋으시겠습니다."

"이게 다 위드 님 덕분이죠."

"아닙니다. 마판 님이 잘되어서 정말 기쁩니다."

위드는 너무나도 행복했다.

모라타의 영주로서 기쁘기 짝이 없는 일이었다.

얼마 전에 마판은 모라타의 주민으로 등록했다. 북부에서의 상거래를 원활하게 하기 위해 모라타의 주민이 된 것이다.

그 결과 모라타에 세금을 내게 되었다.

드래곤보다도 무섭다는 무시무시한 소득세!

상인이 납부하는 세금은 이윤의 3%.

36만 골드가 넘는 어마어마한 거액을 벌어들였으니 1만 골드가 넘는 세금을 모라타에 내야 한다.

다단계의 종점은 세금!

'역시 세금처럼 좋은 게 없어.'

위드가 괜히 자신의 일처럼 기뻐할 리가 없었다.

돈을 벌어들인 다음에는 무기점에 들렀다.

당연히 이번에도 뱀파이어가 주인인 무기점!

말을 할 때마다 두꺼운 송곳니가 튀어나오는 남성 뱀파이어가 주인이었다.

"어서 와라. 우리 뱀파이어들의 무기를 구입하고 싶나? 아쉽게도 우리 뱀파이어들에게는 무기가 따로 필요하지 않아. 그래서 모아 놓은 무기는 몇 개 안 되지만, 기품을 위한 장비들이나 귀한 방어구들은 많이 있으니 빨리 둘러보도록 해."

뱀파이어들은 검이나 도를 휘두르지 않는다. 그래서인지 금속성의 무기는 거의 없었다.

하지만 피를 흡수하는 장갑, 어둠의 표창을 소환하는 허리띠, 정신착란과 환영을 일으키는 망토도 있었다. 뱀파이어들의 특징에 맞는 무기류들이었다.

이곳에서 화령은 드레스를 발견했다.

"앗! 저 드레스 좀 보세요."

금붙이들을 주렁주렁 달고 있는 붉은색 드레스.

그런데 노출이 심했다. 배와 옆구리가 그대로 훤히 트여 있을뿐더러, 가슴 부위도 상당히 파였다. 몸매에 자신이 없다면 대단히 입기 힘든 복장이었다.

그러나 화령은 현실에서 이보다 더 심한 옷을 입고 콘서트를 한 경험도 있었다.

"저 옷 어때요?"

화령은 일단 위드에게 의견을 구했다.

재봉 스킬을 중급까지 이룩했으니 보는 눈썰미가 남다를 것이라 기대하면서.

하지만 그런 이유보다는, 일단 위드가 좋아하는 옷을 입고 싶었다.

위드는 감탄했다.

"놀랍군요."

"역시 예쁘죠?"

"예. 저렇게 원단을 아껴서 옷을 만들 수 있다니. 한 벌 만들 재료로 두 벌도 만들 수 있겠는데요. 역시 재봉을 통해서도 더 많은 돈을 벌 수 있었어! 그런데 내 실력이 모자랐던 거야."

위드는 드레스를 앞에 두고 진지하게 반성했다.

왜 진작 이런 옷들을 떠올리지 못했단 말인가!

사실 흔히 판매되는 옷 종류는 아니다. 저렇게 노출이 심한 옷들은 필연적으로 방어력이 떨어질 수밖에 없어서, 외모와 매력을 중요하게 여기는 댄서들이 아니라면 입을 일이 많지 않은 것이다.

화령은 애써 웃으며 다시 물어보았다.

"저 드레스 저에게 잘 어울릴까요?"

"글쎄요. 일단 가격이 중요하겠는데요."

"……."

"그럭저럭 재질은 좋아 보입니다."

"제가 입으면 예쁠까요?"

위드는 잠시 생각해 보다가 고개를 끄덕였다.

"예쁠 것 같네요."

"고마워요. 그럼 마판 님, 저 대신에 드레스를 좀 구매해 주세요."

상인인 마판이 구매를 대행하려고 했다. 그런데도 드레스의 가격이 무려 148,000골드였다.

비싼 가격이었지만 화령은 아무렇지도 않게 여겼다.

"싸네요."

현실에서는 수천만 원짜리 구두들도 사고 있었으니 이쯤이야 싶었던 것.

일행은 어처구니가 없었다.

비싼 드레스 가격 때문만이 아니었다.

사실 그들 정도의 수준이라면 그리고 댄서의 직업적인 특성상 14만 골드 정도의 옷을 입어 주는 것을 과소비라고 볼 수는 없다.

'그런데 정작 옷의 정보들은 확인도 안 하고 그냥 위드 님이 예쁠 거라니까 덥석 구매하겠다니.'

상식적인 일은 아니었다.

가격도 구매하기로 결정한 후에 물어본 것이지 않은가!

다행히 붉은 드레스는 화령이 가진 댄서로서의 스킬들을 더욱 높여 주고, 민첩성과 기품마저도 상승시켜 주는 좋은 옷이었다.

화령이 드레스로 갈아입자 그녀만의 매력을 더욱 뽐낼 수 있었다. 노출이 이전보다 심해졌지만 전혀 천박하지 않았다.

운동으로 다져진 몸매는 늘씬하면서 여성적인 매력이 한껏 살아났다.

화려한 옷을 입고 있지만 화령은 그 옷보다도 더욱 아름다웠고, 자신감 넘치는 도발적인 표정과 눈빛에는 생동감까지 담겼다. 괜히 무대 위의 요정이라고 불리는 게 아닌 것이다.

"예뻐요, 언니!"

수르카가 먼저 달려들었다.

요즘에는 여자들도 예쁜 여자를 좋아한다.

그렇게 한동안 소동이 벌어진 후에야 다들 무기점에서 나올 수 있었다.

그 후 잡화점으로 들어가니 기본적인 여행 도구들을 팔고 있었다. 너무나도 기본적인 여행 도구들만 있어서 쓸모있는 것들은 사지 못했다.

애초에 위드에게는 물건을 구입할 생각이 없었다. 소유하고 있던 돈은 몽땅 모라타의 발전, 사실은 장기적인 착취를 위해 투자해 버렸다.

'돈이 있더라도 아껴야지. 그래야 부자가 될 수 있어.'

위드는 쓸모없는 충동구매와는 거리가 멀었으니 그저 물품들의 가격 정도만을 살폈다.

그런데 주인 뱀파이어가 송곳니를 드러내며 가까이 다가왔다. 은근슬쩍 바로 뒤에서!

"크아아아!"

입을 쩌억 벌린 채로 다가온 주인 뱀파이어!

하지만 위드가 낌새를 느끼고 돌아보니 금방 입을 다물었다. 그러면서도 뭔가 아쉬운 듯 입맛을 다셨다.

"흠흠, 민망하군. 신선한 인간의 피를 마셔 본 게 너무 오래된 일이라서. 그런데 뭘 찾나?"

필요한 물건은 없었지만, 위드는 정보를 얻기 위해서 물어보았다.

"조각사가 쓸 만한 물건을 찾고 있습니다."

"조각사라고? 자네가 쓸 만한 것들은 토둠에 가면 있을걸. 작은 마을인 여기에서 찾으면 곤란해. 토둠에는 조각사에게 특별한 영감을 불러일으키는 무언가가 있다는 소문이 있어. 확인되지는 않았지만."

"이 마을은 토둠과 무슨 관계입니까?"

"그저 작은 마을이야. 번잡함을 싫어하고 평화로움을 사랑하는 뱀파이어들이 머무르는 곳. 토둠으로 가려면 여기서 동쪽으로 며칠은 가야 할걸. 하지만 추천하고 싶진 않아. 그곳은 정말 위험해졌다는 소문이 많으니 말이지."

주인 뱀파이어의 말에 따르면 세이룬은 일종의 초보 지역이라는 것이었다.

'약하다면 토둠은 구경할 생각도 하지 말고 이곳에서 만족하며 머물러야 한단 소리군.'

그때부터는 뱀파이어 주민들을 상대로 본격적인 정보 수집에 나섰다.

"세이룬? 이 마을 이름의 유래를 묻는 건가? 3개의 달 중 하나의 이름이야. 발룬, 고룬, 세이룬. 밤의 귀족들의 도시 토둠에 가면 같은 이름을 가진 뱀파이어 퀸들이 있지. 그녀들은 아주 예뻐. 내가 인간이었다면 심장을 꺼내 바치고 싶을 정도로 예쁘다네."

"이 마을을 구경 온 인간들이군. 밤에는 뒷골목을 조심하게. 그곳에는 마을에서도 내놓은 뱀파이어들이 많아. 인간의 피라면 사족을 못 쓰는 이들이야."

"토둠에 대해서도 알고 싶나? 그곳은 원래 죽은 자들이 안식을 취하는 공동묘지였어. 하지만 어떤 이유에서인가 그들이 깨어났고, 피를 찾아 마시기 시작했지. 지금은 밤의 귀족들의 도시가 되었어. 살아 있는 인간이 있냐고? 밤의 귀족이 되는 영광을 왜 포기하겠는가!"

"뱀파이어의 땅은 인간들을 좋아하지 않아. 죽은 인간들의 시체는 지상으로 보내지. 그들이 가지고 있던 물건은 어떻게 하느냐고? 우리 뱀파이어들에게는 필요하지 않으니 그대로 넣어 줘. 다만 골동품이나 보석류는 가끔 사라지기도 한다지."

"쯧쯧! 요즘 어린 뱀파이어들은 자기만 잘난 줄 알지. 무슨 있지도 않은 황금 흡혈박쥐를 찾아 나서겠다고……."

"내가 어릴 때는 그러지 않았는데 말이야. 어린 뱀파이어들은 늦은 아침에도 마을로 돌아오지 않을 때가 많아. 부디 무슨 사고라도 안 당했으면 좋겠는데."

"우리 마을의 자랑거리? 예쁜 여자 뱀파이어들이 많지. 그녀들의 몸매는… 크흠! 어디 가서 내가 이런 소리를 했다고 하지는 말게."

길거리의 뱀파이어 어른들

어디에나 세대 차이가 있는지, 어린 뱀파이어들을 못마땅해했다.

위드는 청년 뱀파이어들에게도 말을 걸어 보았다.

"인간인가? 혈관을 타고 뜨거운 피가 흐르는… 좋아, 훌륭해! 우리 마을의 뒷골목에는 가 보았나? 풍광이 아주 수려한 곳이지. 혹시 가고 싶다면 내가 안내해 줄 수도 있는데……."

"여자 뱀파이어들. 그녀들은 믿기 힘든 말을 자주 지껄여. 우리 일족이 자꾸만 실종된다는 거야. 다 헛소리지. 뭐, 사실이더라도 나와는 상관없으니까 괜찮아."

"우리 세이룬에 있는 뱀파이어 퀸 중에서는 로세린이 제일 예쁜 편이야. 그런데 요즘은 어디에 있는지 보이질 않아. 어디에 있을까."

❦

검치 들은 마을에 들어왔을 때부터 따로 모여서 여자 뱀파이어들로부터 정신없이 사과를 사 먹었다.

그리고 가끔 두 팔을 번쩍 치켜들며 큰 소리로 외쳤다.

"뱀파이어 왕국 만세!"

"뱀파이어들이여, 영원하라!"

"크흑! 여기 오길 정말 잘했다. 고맙다, 위드야."

검치 들의 추태!

검둘치나 검삼치, 검사치는 기쁨을 만끽했다. 검치와 검오치는 사과를 먹느라 바빴다.

마을 세이룬은 노총각들에게는 천국과도 같은 장소였다. 사근사근 웃으면서 대하는 여성 뱀파이어들이 어여쁘기 짝이 없었던 것이다.

"많이 드세요. 팔아 주셔서 고맙습니다."

"아닙니다. 뭘 이런 것을 가지고 다……."

"고마워요."

여성 뱀파이어들이 보답으로 검삼치의 양팔에 매달렸다.

"으허허허허!"

그 흐뭇한 촉감!

"돈이 아깝지 않아!"

검삼치가 스승을 보았다.

"스승님! 우리 아껴 놨던 돈 있잖습니까."

"알았다, 제자야. 마음껏 먹자꾸나! 다 사 먹자!"

검치는 과감하게 가진 돈을 탈탈 털었다.

미인계에 당하는 것을 알고는 있지만, 그럼에도 기분이 나쁘지 않았다.

돈이야 사냥을 해서 벌면 되는 것. 궁핍하게 살았던 시간이 하루 이틀이 아니었던 만큼 쓰는 데에 주저하지 않았다.

그런데 그런 행동들이 여성 뱀파이어들의 호감도를 상승시켜 주었다.

검삼치의 팔에 매달려 있던 뱀파이어가 말했다.

"저희를 도와주세요."

"예? 뭘 도와드려야 될지……. 사과를 더 사 먹으면 되는 겁니까?"

"사실 우리를 붙잡아 죽이는 존재들이 있어요. 그들을 물리쳐 주세요."

뱀파이어가 처연하게 눈물을 글썽였다.

그 광경을 보는 검삼치의 마음이 타들어 갈 듯이 아파 왔다.

"아니, 그런 못된 놈들이! 대체 어디 있습니까? 내 이놈들을 당장……!"

"안내할게요. 저희를 따라오세요."

❧❦❧

위드와 일행이 정보를 수집하고, 퀘스트에 대해서 알아보고 다닐 때였다.

검삼치가 급하게 뛰어왔다.

"위드야!"

"예?"

"우리가 퀘스트를 찾은 것 같다."

퀘스트 199

"언제, 어떻게 찾으셨는데요?"

"저 여자들한테 사과를 사 먹는데 말해 주더구나."

뱀파이어들! 인간과 비슷한 몬스터로 분류되지만, 검치 들이 보기에는 여자들이었다.

이유는 단순했다.

치마만 둘러도 여자라고 감지덕지할 판에 예쁘기까지 한 것이다.

"보상과 난이도는요?"

"아직 모르겠다. 자꾸만 어딘가로 따라오라고 하는데, 너한테 물어봐야 될 것 같아서."

"일단 가 보죠."

위드는 일행과 같이 여자 뱀파이어에게로 향했다. 뱀파이어의 주변에는 검치 들이 잔뜩 몰려 있었다.

"위드야, 어서 와라. 이 아가씨가 우리를 안내하겠다는구나. 동료들이 위험하다고 빨리 같이 가 달라고 해!"

검둘치가 다급하게 말했다. 당장이라도 따라나설 태세.

위드의 눈이 날카로워졌다. 그러면서 뱀파이어들을 향해 물었다.

"우리더러 어디로 따라오라는 겁니까?"

"그건 따라와 보시면 알아요."

뱀파이어가 쌜쭉하니 입을 내밀며 퉁명스럽게 대꾸했다.

위드는 뱀파이어를 믿지 않았다.

얼마나 많은 거짓말들을 일삼던가!

탐욕과 질투, 시기심으로 가득한 뱀파이어들은 위기에 몰릴 때마다 거짓말을 마구 지어낸다. 지상에서 가장 믿을 수 없는 몬스터들이 뱀파이어였다.

위드는 요구했다.

"동료가 위험한 게 사실이라고, 우리를 함정에 빠뜨리려는 게 아니라고, 피의 맹세를 할 수 있습니까?"

피의 맹세.

뱀파이어들은 생명의 원천이 되는 피를 걸고는 거짓말을 하지 못한다. 진혈의 뱀파이어족을 상대하면서 배웠던 사실이다.

'거짓말이라면 모른 척 발뺌하겠지.'

그러나 위드의 예상과는 달리 여성 뱀파이어는 고개를 끄덕였다.

"할게요! 나 뱀파이어 미노르는 신성한 피를 걸고 이 인간들을 함정에 빠뜨리지 않을 것이라 맹세합니다."

"갑시다."

위드는 일행과 함께 뱀파이어 미노르를 따라나섰다.

미노르는 마을의 뒤쪽 평야 지대로 그들을 안내했다.

넓은 들판, 여러 갈래로 갈라진 길들, 광활한 초지를 지나니 또 하나의 마을이 나왔다.

놀랍게도 인간들이 거주하는 마을!

목책으로 벽을 두르고, 기사와 사제 들이 불침번을 섰다.

미노르가 처연하게 말했다.

"저기 모여 사는 인간 광신도들이 우리를 괴롭히고 있어요."

"로세린의 실종과 관련이 있는 이들입니까?"

"네. 신을 믿는 발칙한 존재들이죠. 저들은 우리 뱀파이어 일족을 납치해서 밤마다 1명씩 화형을 한답니다. 저쪽을 자세히 보세요."

미노르는 손가락으로 마을의 정문 근처에 세워진 화형대를 가리켰다.

뱀파이어들이 밧줄로 묶인 채 십자가에 매달려 있고, 주변에는 기름을 머금은 장작들이 쌓여 있었다.

"오늘 밤에 화형을 당할 제 친구 로세린이에요. 부디 저기 모여 있는 광신도들을 몰아내고 로세린을 구해 주세요."

띠링!

뱀파이어의 구출

세이룬의 뱀파이어들에게는 우환거리가 있다. 그들을 위협하는 종교재판관, 사제, 성기사의 존재! 신앙심으로 무장된 피는 마실 수도 없으며, 그들의 땅은 축복받은 곳인지라 접근조차 하지 못한다. 미노르는 정의와 법을 수호하는 타른의 광신도들을 처치하고 로세린과 뱀파이어 퀸들을 구원해 줄 바라고 있다. 그러나 뱀파이어들의 부탁을 들어준다면 그 대가를 치르게 될 것이다.

난이도: B

보상: 뱀파이어의 포션. 미노르의 저주받은 인형.

제한: 3개의 달이 떠오르고 화형식이 거행되어 로세린이 사망하면 의뢰는 실패한 것으로 간주된다.

매우 일반적이지 않은 특별한 의뢰!

뱀파이어가 내주는 의뢰였다. 인간들과 싸워야 한다는 점 때문에 위드는 망설였지만, 검치 들은 이미 결정을 내렸다.

"저기 묶여 있는 여자가 로세린인가?"

"저렇게 예쁜데 도와줘야지!"

"암! 사내라면 당연한 선택!"

"걱정 마시오. 우리가 도와주겠소."

검치 들은 뱀파이어 퀸 로세린의 얼굴만 보고 퀘스트를 받아들였다. 그러자 어쩔 수 없이 위드도 마음을 정했다.

"로세린을 반드시 구출하겠습니다."

퀘스트를 수락하였습니다.

신앙이 15 감소합니다.

명성이 200 하락합니다.

행운이 3 줄어듭니다.

매력이 15 증가합니다.

성향이 미약하게 악인에 가까워집니다.

로세린 구출 작전

퀘스트의 성공과 무관하게 의뢰를 받아들인 것만으로도 스탯에 변화가 생겼다. 뱀파이어의 의뢰를 받아들인 대가였다.

"으앙! 명성이 줄었어요."

위드를 따라서 퀘스트를 받은 수르카가 울상을 했다. 다른 사람들도 착잡한 표정이었다.

명성은 여간해서 잘 오르지 않는다. 퀘스트의 반복이나 전투로 200의 명성을 올리려면 일주일도 모자랐다.

신앙심의 하락이나 행운 감소도 썩 기분이 좋진 않았지만, 명성만큼 민감하지는 않다.

명성은 받을 수 있는 퀘스트에 직접적으로 연관이 되고, 심지어는 2차 전직, 3차 전직과도 관련이 있기 때문이다.

검치가 진지하게 물었다.

"위드야."

"예, 스승님."

"만약의 경우인데, 명성이 0으로 떨어지면 어떻게 되느냐."

검치 들의 명성은 썩 높은 편이 아니었기에 심각한 문제가 될 수도 있었다.

위드는 퀘스트를 받을 때부터 어느 정도의 페널티는 있을 거라고 짐작했다.

'난이도 B급의 의뢰를 어떤 사전 준비도 없이, 연계 퀘스트도 없이 그냥 할 수 있었어. 여기가 뱀파이어의 땅이라고 해도 상당한 손해가 있을 거야.'

정작 퀘스트를 받고 보니 우려했던 것보다 큰 피해는 아니라서 다행이었다.

위드는 추락하는 사기를 막기 위해서 아무렇지 않게 말했다.

"그야 무기점에서 좋은 무기들은 팔아 주지 않겠죠."

"왜?"

"이름도 없는 무명소졸은 좋은 무기를 쓸 자격이 없다고 말입니다."

"……."

검치의 무기 욕심은 누구에게도 지지 않았다. 실제로도 명검들만 모아 놓는 그에게, 무기를 구매할 수 없을지도 모른다는 사실은 상당한 슬픔이었다.

그때 검삼치가 반문했다.

"꼭 무기점에서만 무기를 사라는 법은 없다. 대장간에서 직접 주문해서 만들면 되지 않을까?"

"기본적으로 이름 있는 대장장이들은 자존심이 강하기 때문에 상대하기가 더 어렵습니다. 자신이 만든 무기를 유명인이

써 주길 바라니까요. 명성이 하락하면 일단 구매 가격이 올라가고, 나중에는 무기를 구입하기도 힘들어집니다."

검삼치가 억지로 미소를 지었다.

"뭐, 그 정도라면 참아 줄 만하지."

무기는 위드나 마판을 통해서도 살 수 있다.

대장간에 주문해서 제작한 무기는 사용자에게 딱 맞는 것으로 고유의 특성들을 더 올려 주지만, 필수적이진 않다. 유저 대장장이에게 웃돈을 얹어 주더라도 주문을 해서 만들면 되니 그 정도는 감수할 생각인 것이다.

위드는 다시 아무렇지도 않게 말했다.

"식당도 이용하기가 좀 어려워질 겁니다."

"그, 그건 왜?"

"좋은 식당은 아무나 들여보내 주지 않거든요."

"으흐흑!"

검삼치가 괴로워했다.

식욕을 억제해야 하는 건 큰 고통이었다. 현실에서 철저한 금욕으로 살고 있기에 〈로열 로드〉의 세상에서는 더욱 음식을 밝힐 수밖에 없게 된 것이다.

"뭐야, 명성이 그렇게 중요한 거였어?"

"우리 큰일 난 거 아니야?"

수련생들도 우왕좌왕했다.

추락하고 있는 사기!

위드는 이번에도 간단한 방법을 찾았다.

"사형들!"

"……?"

"싸움입니다! 미녀 뱀파이어들을 구출하는 거예요. 구출만 해 주면 그녀들이……."

"그녀들이?"

꼴깍!

수련생들의 침이 넘어갔다. 그들은 서로서로 얼굴을 마주하고 절대적인 공감대를 형성했다.

'이러고 있을 때가 아니잖아!'

'저놈이 나보다 먼저 구하면……'

'급하다! 여자들을 구출해야 된다.'

위드는 그 이상 말하지 하지 않았다. 하지만 야릇한 무언가를 떠올리게 하는 미묘한 발언!

"우와아아!"

수련생들을 시작으로 사범들이 마을을 향해 돌격했다. 경쟁 심리 때문에라도 뒤처질 수 없었다.

"비켜! 로세린은 내가 구할 거야!"

"나보다 서열이 밑인 놈들은 다 내 뒤로 서!"

"사형, 지금 서열 따질 판입니까? 여자가 걸려 있는데!"

수련생들과 사범들의 아우성!

"비켜라! 내가 제일 급하다!"

검치도 질풍처럼 내달렸다.

여자 뱀파이어들은 인간을 닮은 종족이나 몬스터들 중에서도 상당히 예쁜 편이다.

하이엘프, 우드 엘프가 청순한 매력을 가졌다면 뱀파이어들은 요녀였다.

유혹적인 얼굴과 육감적인 몸매.

뱀파이어 퀸 로세린을 구출하는 데에 망설인다면 검치 들이 아니었다.

수르카가 고개를 숙였다.

"절망이야."

로뮤나도 살포시 미간을 찌푸렸다.

"남자들은 다 똑같다니까."

그래도 사내답고 강인한 모습이었던 검치 들이 뱀파이어 퀸을 구출하기 위해 뛰어드는 모습을 보니 실망이 이만저만이 아니다.

그 와중에도 검둘치와 검십육치는 떠나지 않고 그대로 남아 있었다.

메이런은 사뭇 이유가 궁금했다.

"검십육치 님, 뱀파이어를 구출하러 가지 않으세요?"

검십육치의 인상은 검치 들 중에서도 더럽기로 다섯 손가락 안에 들었다.

그의 조카들은 어릴 때 숱하게 울음을 터트렸다고 한다. 설날에 세배를 하면서도 벌벌 떨었다고 하니 오죽하겠는가!

검십육치가 밝게 웃으며 답했다.

"여자 친구와 귓속말 중입니다."

"여자 친구요?"

모두 놀라서 눈을 휘둥그렇게 떴다.

검십육치와 여자 친구!

도저히 연상이 안 되었다.

검치 들 중에서 여자 친구가 있는 이를 최초로 본 충격은 이루 말할 수 없었다.

"말도 안 되잖아."

"설마 벌써 치매?"

"존재하지 않는 사람과 대화를 나누지만 본인은 진짜라고 믿는……."

"납치였을지도 몰라요!"

구구한 억측들이 난무하는 가운데 메이런이 간신히 평정심을 찾았다. 그리고 힘겹게 물었다.

"그 여자분은 어떻게 만나게 되셨는데요?"

"본 드래곤과의 전투 중에 알게 되었죠. 이름은 리비안. 이름도 참 예쁘지 않습니까? 허허허!"

좋아서 어쩔 줄을 모르는 검십육치.

목숨을 바쳐서 마지막까지 싸워 친구 등록을 했다. 꿈인지 의심스러웠지만 현실이었다. 그 후에는 틈만 나면 귓속말을 나누었다. 어눌하지만 솔직하고 믿음직스러운 검십육치 때문에 리비안도 무척이나 재미있어했다.

그는 모든 검치 들이 존경할 만한, 본받을 만한 대상이었던 것이다!

모두가 여자 뱀파이어를 구하기 위해 미친 듯이 달려간 이유이기도 했다.

메이런의 눈에 감탄이 스쳤다.

"과연 그러셨군요! 이렇게 듬직한 분이라면 당연히 인기가 있으시겠죠. 그건 그렇고… 검둘치 님은 왜 안 싸우세요?"

"전 여기 이분을 지켜야지요."

검둘치는 검을 뽑아 들고 세에취 옆을 지켜 섰다.

키가 크고 뚱뚱한 암컷 오크와 인간!

검둘치의 육체가 근육질이라곤 해도, 키가 2미터도 넘는 세에취의 체격보다는 조금 작은 편이었다. 그렇기에 지켜 준다는 말이 이상스럽게 들릴 수도 있지만, 여성인 세에취를 보살펴 주기 위해 남은 것이다.

"검둘치 님! 취익, 취이잇!"

세에취는 고마워서 몸 둘 바를 몰랐다.

이 일행에 속하고서부터 얼마나 많은 설움을 겪어야 했던가!

다들 착한 사람들이었기에 나쁜 말을 하지 않아 무난하게 섞여 있었지만, 실제로는 경험치와 전리품을 가져가는 빈대에 지나지 않았다. 전투에 끼지도 못하고, 짐을 드는 짐꾼의 역할 정도만 수행해야 했다.

외롭고 쓸쓸하고 자괴감마저 느꼈다.

그런데 그런 그녀를 위해 주는 남자가 나타난 것이다.

'남자들이 이랬던 적이 처음은 아니지만……'

현실에서는 미모의 정신과 박사인 그녀였기에, 소개팅을 하더라도 옷 잘 입고 잘생긴 남자들이 즐비하게 나왔다.

그런 남자들의 호의에 익숙해져 있었지만, 〈로열 로드〉에서는 추악한 오크로 활동하면서 외모에 신경 쓰지 않고 아껴 주고 보살펴 주려고 하는 남자에게 관심이 갈 수밖에 없었다.

검둘치는 사범들의 맏형답게 주변 사람들에 대한 배려가 깊은 편이었다.

위드가 나섰다.

"그럼 우리도 싸우러 가죠."

"위드 님, 축복 걸어 드릴게요. 그대의 몸에 신성한 힘이 깃들어, 보살펴 주고 상처받지 않도록 해 주세요. 영원의 기원!"

이리엔이 기도했다.

성직자인 그녀의 기도에 따라 주변이 흰빛으로 뒤덮였다.

이리엔이 새로 익힌 축복 스킬!

일시적으로 물리, 마법 방어력을 높여 주고 신체 치유 능력을 향상시켜 주었다.

"사악한 악에 맞서 싸우는 그의 힘이 최고조에 이르도록 해 주십시오. 블레스!"

연속적인 축복에 위드를 비롯한 모든 이들의 몸에 활력이 돌았다. 최고의 사제라고 할 수 있는 교황 후보 알베론만큼은 아니더라도, 이리엔의 신성 마법도 꽤나 효과적이다.

전투를 위한 준비가 끝났다.

위드는 유린을 보았다.

"동생아."

"응?"

"여기 잘 숨어 있어라. 마판 님과 같이 있으면 될 거야."

"알았어."

"몬스터들이 오면 사형이 처리할 때까지 잘 도망 다니고."

"걱정하지 마. 나 달리기 빠른 편이야."

"혹시 배고프면 마차에 있는 육포를 먹도록 하고."

"배부른데."

"만약에 내가 돌아오지 못하더라도……."

"밥 잘 먹고 잘 지낼게."

"남자는……."

"다 늑대지. 믿을 놈은 하나도 없어."

위드는 그 후로도 한참을 이야기했다.

뱀파이어들은 여자를 밝히는 편이다, 그러니 지나가는 남자 뱀파이어가 유혹하더라도 절대로 넘어가서는 안 된다, 몸이 피곤할 때에는 쉬어라, 체력이 약하니 금방 지치게 될 거다, 무리하면 과로를 하게 되고 심하면 만성피로로 감기에 걸릴 수도 있다…….

마판은 질린 얼굴을 했다.

"위드 님이 저렇게 말이 많은 분인 줄 몰랐는데."

페일도 동감이었다.

"그걸 묵묵히 참고 듣는 유린 님도 대단하고요."

제피는 이유를 알 것 같았다.

"여동생과 오빠의 관계이니 그렇겠죠. 여동생이 짧은 치마를 입고 외출할 때 오빠의 심정은 정말이지 말로 표현할 수 없다니까요."

그렇게 잔소리를 쏟아 낸 후에야 비로소 위드가 전장을 향해 돌아섰다.

"상황이 급하니 지금은 짧게 여기까지만 하자."

"응, 오빠."

"시간은 많으니까."

"이렇게 일찍 끝나다니… 허전하네. 나중에 천천히 다시 말해 줘."

"그래!"

주변에 있던 사람들 모두가 질린 얼굴이 된 것은 당연한 일이었다.

위드가 움직일 무렵, 광신도들이 사는 마을의 성문이 활짝 열렸다.

"뱀파이어에게 현혹된 어리석은 이들!"

"회개하라. 회개하라!"

"이곳이 지옥이니 속죄하라! 신의 품으로 보내 주마!"

"제1기사단, 앞으로!"

광신도들.

암흑 성기사들과 암흑 사제들이 공격 태세를 갖췄다.

마을을 공격하면서 지루한 공성전의 형태가 벌어지리라 예상했는데, 안에 있던 인간들이 오히려 공격적으로 나왔다.

"너희가 걸어가는 길에는 신의 뜻이 담겨 있지 않다!"

마을을 향해서 달리던 검치 들의 속도가 현저히 느려졌다. 발걸음이 무거워지고, 강한 역풍이 불어 움직임을 제약했다.

암흑 사제들이 재차 마법을 펼쳤다.

"악에 현혹된 인간들이여, 너희는 신에게 버림받은 존재들이다! 지독한 병에 걸려서 추악한 냄새를 내뿜게 될 것이다!"

검치 들의 몸이 푸르게 변했다. 전염병에 걸려서 코가 썩어 들어갈 것만 같은 악취를 내뿜었다.

보통 인간들이었다면 괴로워했으리라! 전투 의지를 잃어버리고 퇴각하여 다시 기회를 노려야 했으리라.

하지만 불행인지 다행인지, 검치 들은 그런 보통의 인간들이 아니었다.

검삼치가 히죽 웃었다.

"이 정도로 뭘! 열흘 만에 발 씻은 물로 세수한 적도 있다고!"

검사치도 과거를 떠올린 듯 음흉한 얼굴을 했다.

"2년 동안 열대우림에서 수행하고 한국으로 돌아왔지. 그리고 목욕탕에 갔을 때, 나 때문에 모두 도망쳤어. 흐흐!"

검오치도 질 수 없다는 듯이 말했다.

"난 머리카락에서 바퀴벌레를 길러 본 적도 있습니다!"

지옥 같은 수련을 하면서 더러움이나 냄새에는 이미 단련이 되어 있다.

검치는 마냥 좋다고 웃을 뿐이었다.

까마득한 옛날 일이었다. 그가 어린 시절 검을 배울 때에는, 집이 가난해서 먹을 것이 없었다. 가끔 수련 도중에 먹을 게 생기면 화장실부터 쪼르르 달려갔다.

남들이 간섭할 수 없는 안락한 장소!

그때에는 뒷간이라고 불렀다.

물을 이용하는 시설이 아니라, 오래되고 낙후되어 가득 차면 퍼내야 하는 순수 재래식 화장실!

화장실 안에서 별미를 맛보았다.

"쪼그리고 앉아 버너로 라면을 끓여 먹었던 게 최고의 맛이었지."

캐내면 캐낼수록 끔찍한 과거를 가진 검치 들!

전염병이 걸려서 힘이 빠지고 관절이 욱신욱신 쑤시더라도 아랑곳하지 않고 전진했다.

"무사의 돌격!"

"멈추지 않는 검!"

검치 들의 몸이 희미한 빛에 휩싸였다.

달리는 속도도 훨씬 빨라졌다.

무사의 돌격.

통상적인 질주보다 속도가 무려 25%나 늘어나는 기술!

기사들의 차지 공격처럼 강력한 돌진을 바탕으로 더 큰 파괴력을 이끌어 낸다. 체력을 적지 않게 소모하지만 공격력만큼은 단연 일품이었다.

멈추지 않는 검은 스킬의 이름처럼 중간에 절대로 멈추지 않는다.

베고, 찌르고, 내려치고!

검이 물처럼 끊임없이 흘러야 한다.

그렇기에 검을 다루는 데에 익숙하지 못하다면 배워도 쓰지 못하는 기술이다. 눈앞의 몬스터를 보고도 엉뚱한 곳으로 검을 휘두른다면 그 이후부터는 중심이 흐트러져 제어가 되지 않기 때문이다.

최소한 세 번, 혹은 네 번의 휘두름까지 염두에 두어야 하며, 몬스터들의 대응에 맞춰서 변화까지 주어야 한다.

스킬들을 익히고 숙련도를 올리는 것은 노력에 의해서 가능하지만, 잠재력을 이끌어 내고 그 이상으로 활용하는 것은 개인의 전투 능력에 달렸다.

"베어 버려라!"

"우리를 막을 수 있는 것은 없다!"

검치 들은 미친 인간들처럼 검을 휘두르면서 전진했다.

바람을 베는 검!

검을 휘둘러서 사제들이 만들어 낸 강한 역풍을 흐트러뜨리고 앞으로 나아갔다. 그리고 성기사들과 가까워졌다.

"쳐라!"

"불신자들을 신의 품으로!"

광신도들과 검치 들의 격돌.

"신의 망치!"

"대지의 역류!"

검과 방패가 부딪치고 신성 마법들이 작렬했다.

"증오하라. 증오만이 신의 뜻!"

이단 심판관들도 추악한 마수들을 불러내며 활약을 펼쳤다.

"성령의 힘이여, 여기 고통받는 이를 구원해 주소서. 치료의 손길!"

사제들은 성기사들을 축복해 주고, 그들의 생명력이 떨어질 때마다 즉각 치료를 해 주었다.

공격 마법은 그리 강하지 못하지만 보호와 회복에 있어서는 타의 추종을 불허하는 것이 성직자, 신관, 사제 계열이다.

검치 들은 맹렬히 두들기고 공격했지만, 성기사들은 상처를 입을 때마다 즉시 회복되어 버렸다. 레벨도 그다지 낮지 않았을뿐더러, 묵직한 갑옷을 제대로 받쳐 입어서 방어력이 상상을 초월할 정도였다.

여기에 사제들이 후방에서 마음껏 지원을 해 주고 있었으므로 성기사들이 힘을 받을 수밖에 없었다.

더군다나 성기사들이 착용하고 있는 멋진 갑옷!

위드의 눈이 돌아가게 만들기에는 충분했다.

"갑옷 세트! 그것도 성기사 전용이다."

성기사는 대중적인 직업 중의 하나다.

검이나 철퇴를 비롯한 다양한 무기를 다룰 수 있다. 마법도 사용할 수 있고, 높은 방어력으로 잘 죽지 않아서 많은 이들의 사랑을 받았다.

"성기사의 갑옷 세트라면 비싸게 팔리겠지."

구태여 경매 방식대로 시간을 끌며 처분할 이유도 없었다. 구매자들이 널려 있으므로 비싼 가격으로 찾는 사람들에게 편하게 팔 수 있다.

"역시 뱀파이어의 세계에 오길 잘했어!"

그러자면 전투에서 이겨야 한다.

후방에 있는 사제들은 끊임없이 축가와 승전곡, 치료와 축복을 반복하고 있다.

"이놈들 왜 이렇게 안 죽어!"

"뒤에서 사제들이 자꾸 치료해 주는 것 같습니다."

"비겁하게……."

검치 들이 아우성쳤다.

맞으면 맞는 대로 생명력이 깎이는 그들과는 달리, 기사들은 사제들의 치료 덕분에 금세 멀쩡해진다. 그래도 조금씩 죽어 나가는 자들이 생겼지만, 사제들의 치료를 받아서 죽기 직전의 이들이 회복되기도 했다.

치열한 격전이 벌어지는 가운데 성기사들의 벽이 좀처럼 뚫리지 않았다.

성기사들이 단단히 뭉쳐서 방패를 앞세우고 밀어내니, 검치 들이 오히려 조금씩 뒤로 밀렸다.

"마법 화살!"

"아이스 볼트!"

사제들은 간단하지만 방비하기는 힘든 마법까지 사용했다. 그들이 쏘아 내는 마법들이 검치 들이 모여 있는 곳에서 폭발했다.

여타의 직업보다 생명력이 많고 끈질긴 검치 들이었지만 피해가 점점 크게 누적되었다.

검치 들이 너무 앞서 나간 탓에 전투에 참여하지 못한 페일은 안절부절못했다.

"이러다 퀘스트 실패하는 거 아닐까요?"

위드가 고개를 저었다.

"퀘스트는 성공합니다."

뱀파이어의 마을에서 얻게 된 퀘스트!

토리도가 지휘하던 진혈의 뱀파이어족과 싸우는 퀘스트가 난이도 B급이었다.

그 당시에는 의뢰를 완수하기 위해서 온갖 스킬들을 힘겹게 동원하고 알베론의 조력까지 얻어야 했다.

하지만 이제는 달라졌다. 검치 들도 당시 위드의 레벨보다 높고, 전투의 달인들이다.

그럼에도 위드는 상황을 낙관적으로만 보진 않았다.

"퀘스트는 성공하겠지만 희생이 있어서는 안 됩니다."

"예?"

"여기서는 한 번이라도 죽으면 그걸로 끝입니다."

"아, 그런 제약이 있었군요!"

페일과 제피는 깜짝 놀란 얼굴을 했다.

죽으면 퀘스트가 실패하는 것은 물론이고, 뱀파이어들의 세계에서 영구히 추방되어 버린다!

한 번이라도 죽으면 뱀파이어의 세계에서 다시 살아나지 못하는 것이다.

검치 들의 특징은 뛰어난 공격력에 있다. 대신 방어력은 취약하기 이를 데 없고, 생명력도 특출한 정도는 아니다. 그 흔한 성기사 1명도 없어서, 치료 마법은 애초에 사용하지도 못한다.

이런 식으로 전투가 길어져서 피해가 누적된다면 검치 들의 특성상 죽는 사람이 발생할 수밖에 없을 것이고, 그만큼 전력은 하락하는 셈이다.

페일은 깨달았다.

"전투가 거듭될수록 검치 님들이 죽겠군요!"

이리엔의 부족한 신성력으로 모든 사람들을 치료해 주기는 무리였다. 그러므로 조금이라도 불리해지면 누구든지 희생될 수 있다. 특히 방어력이 약한 검치 들은 언제 죽을지 모르는 한계가 있었다.

그야말로 전투가 길어지면 길어질수록 검치 들을 비롯해서 살아남는 아군의 숫자가 감소하는 것이다.

위드의 방식은 전투가 벌어지기 전에 많은 준비를 해 두는 것이다.

아군을 양성하고, 적들의 전력을 시험한다. 이길 수 있는 환경을 조성하는 데에 주력했다.

하지만 지금은 그럴 수 있는 시간도 모자랐다.

이제 막 3개의 달이 모두 떠오르려 하고 있다.

마녀재판.

화형식이 일어나기 전에 로세린을 구출하려면 시간이 얼마 남지 않았다. 성기사들과 사제들로 이루어진 철벽의 방어벽을 단숨에 돌파해야만 한다.

'한 번의 승부에 모든 것을 건다.'

위드는 가슴이 찢어지는 것 같은 고통을 느꼈다.

'성기사 갑옷 세트. 저것을 포기해야만 피해를 줄일 수 있어.'

조직적이고 유기적인 전투를 벌여야만 이 전투의 피해를 최소로 할 수 있다.

수백 명이 넘는 인원을 통솔하기란 정말 어렵다. 그러나 지휘를 포기해 버린다면 전투는 승리하더라도 피해가 너무 커지게 되리라.

이런 난전에서 진형을 추슬러서 싸우게 만드는 것도 보통 어려운 일이 아니다. 게다가 욕심에 사로잡힌 검치 들은 누구의 말도 듣지 않을 터였다.

위드가 사자후를 터트렸다.

"로세린, 조금만 더 기다려 주세요! 지금 제피 님이 구하러 갑니다!"

쿠르르릉!

포효 소리가 전장에 쩌렁쩌렁 울렸다.

위드의 사자후가 일으킨 파급력은 어마어마했다.

지금까지 서로 협력하지 않고 제각각 로세린을 향해 전진하던 검치 들이 발끈했다.

"뭐? 저 허여멀건 바람둥이가 우리의 로세린을 구한다고?"

"안 돼! 그럴 수는 없어."

"차라리 사형들이 구하면 배라도 덜 아프지."

"잘생긴 놈들은 다 매장시켜야 돼!"

검치 들의 움직임이 달라졌다.

서로를 견제하며 맹목적으로 로세린을 향해 달려가던 그들이 본격적으로 성기사들과 맞붙어 싸웠다.

"회전 찌르기!"

"열십자 베기!"

"칠 단 자르기!"

검치 들이 스킬을 더욱 적극적으로 활용했다.

검은 직접 타격을 하는 병기.

검기를 발출하면 장거리 공격도 가능하지만 마나 소비가 커지고 데미지는 약해진다. 그러므로 검치 들은 직접 맞붙어서 근접 공격 위주로 싸웠다.

단순하면서도 효과적인 스킬들의 구사.

마법 화살이 날아올 때는 땅바닥을 구르거나 허공으로 몸을 날렸다.

공중에서 회전하며 검을 휘두르는 검치 들.

민첩함, 순발력, 판단력, 경험까지!

무술 영화에서나 볼 법한 장면들이 숱하게 나왔다.

뛰고, 눕고, 창수처럼 검을 앞세워서 찌르고……. 공격과 방어가 굉장히 현란해진 것이다.

성기사들과 싸우는 와중에도 마법을 아슬아슬하게 피하는 검치 들은 절박했다.

"절대 저놈에게만은 넘겨줄 수 없어!"

"아무리 불공평한 세상이라지만 제피 저놈만은 안 돼!"

일대일의 싸움은 명예를 걸고 하는 대결에서나 통한다.

전쟁에서는 승리한 자가 강한 법!

검치 들은 전진과 후퇴를 반복하며 3~4명이 한꺼번에 성기사들을 공격했다.

일부 성기사들은 그대로 내버려두거나 고립시키고, 하나씩 사냥했다. 사제들의 끈질긴 치료와 저주가 있었지만 검치 들은 성기사들을 조금씩 밀어붙일 수 있었다.

풍부한 전투 경험을 살려서 하나의 적에게 집단 공격을 한다. 사제들이 끼어들 틈을 주지 않기 위함이었다.

그사이에도 다른 성기사들이 성난 멧돼지처럼 날뛰었기에 많은 시간을 쓰지는 못했다.

전투의 와중에, 짧은 찰나의 순간!

1명의 성기사에게 빈틈이 보이면 사형제들의 검이 5개, 6개씩 동시에 타격했다.

위드는 눈물을 머금고 전장을 멀리 우회해서 사제들에게 접근했다. 성기사가 아닌 후방 부대라고 할 수 있는 이단 심판관과 사제 들을 공격할 작정이었다.

별동대의 역할을 하려는 것이다.

다다다다다닥!

허허벌판에서 숨어서 다가가는 건 의미가 없다.

그러므로 위드는 개의치 않고 벌판을 질주했다. 그런데 옆에서 제피도 질풍처럼 쫓아왔다.

처음에는 순수한 의도였다. 위드가 달려가니 비슷한 속도로 따라오기 위해서 내달렸다.

그러다 어느새, 둘은 경쟁이라도 붙은 것처럼 점점 속도가 빨라졌다.

남자의 자존심!

사소한 이유에서 시작되었지만 체력을 모두 소모하더라도 절대로 뒤처질 수는 없다.

동일한 조건에서라면 당연히 위드가 조금 더 빠르겠지만, 현재는 무거운 갑옷을 입었다. 그렇기에 제피도 위드와 비슷한 속도로 뛸 수 있었다.

위드가 먼저 말문을 열었다. 힘들어도, 숨이 벅차지만 아무렇지도 않은 것처럼 태연하게!

"제법이군."

"별거 아닙니다."

제피도 멀쩡한 얼굴로 맞받아쳤다.

"그만 속도를 늦추지? 힘들 텐데……."

"형님이야말로 힘드시지 않습니까? 저는 몸이 아주 가벼운데요."

"후후, 바람이 좀 선선하군. 지금까진 내 힘의 1%만 발휘하고 있었어."

"저야말로 힘의 0.2%만 쓰고 있었습니다."

남자들의 유치한 자존심 경쟁은 끝이 없었다.

그때 위드가 손을 등 쪽으로 가져갔다.

사제들과는 아직 상당한 거리가 있다. 그러나 숨겨 두었던 비장의 무기가 있었다.

하이엘프 예리카의 활.

모든 궁수의 꿈.

위드는 시위에 화살을 재고, 사제들을 향해 쏘았다.

슈슉!

물의 정령의 기운이 깃들었다. 그리하여 화살이 지나간 궤적으로 물방울들이 이어졌다.

이윽고 화살이 목표 지점에 도착했다.

푸와왁!

파도처럼 물길이 일어나 사제들을 휩쓸었다.

정령의 힘을 사용할 수 있는 명품 활이 가진 위력!

위드의 궁술은 그다지 뛰어난 편은 아니었다. 거의 대부분의 전투를 검술에 의존해서 했다. 멀리 있는 몬스터들에게 가볍게 화살을 몇 번 날릴 정도였지, 스킬의 숙련도도 낮아 잘 맞지도 않을뿐더러 위력이 거의 없었다.

하지만 예리카의 활을 쓰니 사제들에게 놀랄 정도로 큰 범위 데미지를 준 것이다.

'역시 무기가 좋아야 해.'

위드는 달리면서 예리카의 활을 이용하여 사제들을 향해 계속 화살을 쏘았다.

마나가 빠르게 줄어들었지만 개의치 않았다.

"비겁한 놈들아!"

"우린 신을 모시는 사제다."

"너희에게 천벌이 내려지리라!"

광신도들의 울부짖음!

위드와 제피는 최대한의 속도로 달려 사제들에게 근접했다.

위드의 눈빛이 차가워졌다.

'전투에서 승리하기 위해서 갑옷 세트를 포기하고 돌아왔다.'

사제도 많은 이들이 택하는 직업이다. 하지만 아쉽게도 사제복은 갑옷 세트보다 훨씬 낮은 가격에 거래되었다. 전투의 최일선에 서지 않는 사제들에게는 방어력이 그리 필요하지 않았기 때문이다.

"갑옷 세트!"

아이템에 맺힌 처절한 한!

"달빛 조각 검술!"

목표는 사제들!

위드는 사제들 사이를 헤집고 다니면서 검을 휘둘렀다. 퀘스트를 통해서 레벨이 상당히 높아진 덕분에, 사제들은 거의 두세 번의 칼질에 목숨을 잃었다.

'팔찌, 반지, 귀걸이, 마법이 걸린 스태프!'

위드는 돈이 되는 물건들만을 찾으며 사제들을 휩쓸었다.

제피도 낚싯대를 휘두르며 광역 공격을 하고, 수르카는 근접해서 주먹을 휘두른다.

어느새 페일과 메이런도 언덕 위에 자리를 잡았다.

"트리플 샷!"

"치명적인 일격!"

화살을 쏘며 지원하는 둘 옆에서, 로뮤나는 마법을 외웠다.

"파이어 토네이도!"

거대한 불의 회오리가 일어났다.

직접적인 피해보다, 광대한 영역에 이루어지는 공격으로 사제들의 신성 마법에 장애를 주는 게 목적이었다.

화르르르!

"끄아아악!"

사제들이 비명을 질러 댄다.

불길 속에서도 위드는 집요하게 사제들을 노렸다.

사제들의 보호와 치료 마법이 사라지자 성기사들은 순식간에 무너져 갔다.

그 틈을 타서 검둘치와 검삼치가 위드 쪽으로 합류했다.

"도와주마."

"역시 보급 부대부터 끊어 놓아야지."

전투의 흐름을 읽고, 성기사들이 밀집한 곳을 단신으로 돌파하여 도달한 것이다.

하지만 성기사들도 호락호락하게 무너지지는 않았다.

우리의 신앙은 고통을 거룩한 수행으로 승화시키며

불신자들을 신의 품으로 돌려보내 주리라

성기사들.

불리해지자 이 광신도들이 단체로 축가를 불렀다. 그러면서 방어에 전념하던 이제까지와는 달리 방패를 내던졌다.

우리의 신실한 삶은 영원 속에 함께하며
죽음조차 영원하게 이어지리라
신을 위해 생명을 바쳐라

노래가 계속될수록 성기사들은 더욱 맹렬하게 검을 휘둘렀다. 방어를 도외시한 채로 오로지 적을 섬멸하기 위해서 벌이는 전투.

검치 들은 살아남기 위해서 죽을힘을 다해 버텨야 했다.

"젠장!"

"어디서 이런 힘이 나와……."

살아 있는 성기사들의 규모는 여전히 검치 들의 거의 2배!

검치 들은 성기사들이 둘러싸고 몰아붙이는 것을 막아 내면서 빈틈만을 노려 반격했다.

방어를 도외시한 채 맹목적으로 공격을 퍼붓는 성기사들 때문에 큰 피해를 입긴 했지만, 적들의 숫자도 빠르게 줄었다.

40여 분에 걸친 치열한 혈투!

그렇게 암흑 사제들이 먼저 정리되고, 그 후에는 성기사들도 모두 목숨을 잃었다.

검치 들이 비틀거리며 자리에 주저앉았다.

"커헉."

"오랜만에 정말 힘들었다."

체력이 모두 소진될 정도로 힘든 전투였다.

사냥이라고 하면 만만한 적들을 대상으로 하고, 중간에 휴식 시간도 갖는다. 하지만 성기사들과 싸워 이겨야 하는 퀘스트였기 때문에 쉴 틈도 없이 끝까지 버텼던 것이다.

검십삼치가 씩 웃었다.

"다행이지. 저 애들은 다치지 않았으니까."

검십구치도 동감이었다.

"우린 남자잖습니까. 저 애들을 지켜 주지 못한다는 건 말도 안 되죠."

그들이 버텨 준 덕에 암흑 성기사와 사제 들로부터 후방에 있는 세에취나 유린이 무사했다.

사내들의 자존심.

곧 죽어도 약한 모습을 보이거나 여자들을 위험에 처하지 않게 하기 위하여 정면에서 맞붙어 싸웠던 것이다.

그렇게 전투에 승리하고 난 후 살펴보니, 수련생들 34명이 줄어들었다. 격전 속에서 목숨을 잃은 것이다. 주로 경험이 적은 검사백치 이후의 하위 서열들이 혼전의 와중에 죽었다.

"커허험."

검치가 불편한 헛기침을 했다. 검둘치나 검삼치를 비롯한 사범들은 고개도 들지 못했다.

"애들 교육을 어떻게 했기에…… . 실망이 크구나."

"…… ."

"오늘 밤 전부 집합이다."

"예."

"죽은 놈들은 따로 이름 적어 놔."

"옛!"

목숨을 잃은 대가로 경험치와 레벨이 떨어지는 정도는 매우 작은 부분에 지나지 않았다.

지옥 수련!

당사자들은 최소한 1달간 지옥문을 두들기게 될 것이다.

"휴우."

"허어어, 마음 놓고 죽지도 못하겠구나."

"앞으로는 수련생들까지 돌봐 가며 싸워야 하나……."

사범들의 어깨가 축 늘어졌다.

하지만 이것도 수련의 일종이었다.

검술 자체만을 놓고 본다면 〈로열 로드〉를 통해 배울 수 있는 부분에는 한계가 존재한다. 현실보다 훨씬 뛰어난 오감과 스킬들을 활용하기 때문에, 검술의 극의에 오르는 데에는 제약이 있다.

스킬을 사용하지 않더라도, 몬스터들의 행동이 평생을 검에 바친 이들의 눈에 찰 리가 만무했다.

그럼에도 모험을 하는 중에 수련생들을 보살피고 다스리면서 지휘력이 늘어나는 긍정적인 효과도 나타났다.

그렇게 전투가 마무리되고 나서 검치와 사범들, 수련생들이 십자가에 매달린 로세린에게 다가갔다.

꿀꺽!

검치의 목울대에서 침이 넘어갔다.

십자가에 매달려 있는 고혹적인 자태가 어찌나 아름다운지.

"내, 내가 구해 주겠소."

"고마워요."

검치는 로세린을 묶은 밧줄을 풀어 주었다. 그러자 그녀가 고맙다는 듯이 그를 끌어안았다.

"용사님 덕분에 제가 풀려날 수 있었어요."

"커헉!"

띠링!

뱀파이어의 구출 퀘스트 완료
타른의 광신도에게 잡혀 있던 로세린이 무사히 구출되었다. 위대한 퀸이 될 운명을 가지고 태어난 그녀는 이제 싱싱한 피를 마시면서 더욱 아름다워지리라.

보상은 미노르에게 받으십시오.

로세린을 비롯한 뱀파이어 퀸들은 풀려날 때마다 고마움에 끌어안아 주고, 손에 입을 맞춰 주었다.

"위대한 인간의 영웅이시여, 미천한 저를 구해 주어서 고맙습니다."

검치 들은 감동했다.

"오오오!"

"좋구나!"

"역시 뱀파이어의 세계로 오기를 잘했어!"

퀘스트를 완수하고 나서의 뜨거운 성취감!

사범들부터 수련생들까지, 차례대로 로세린과 포옹을 했다.

퀘스트를 완수하는 과정이 그러한지라 페일도 슬며시 눈치를 보면서 퀘스트를 완료했다.

"메이런 님, 그러니까 이건 어디까지나 퀘스트를 해결하기 위해서……."

"알아웃!"

미노르에게서는 보상으로 저주받은 인형을 10개씩 얻었다. 석상화와 피의 저주를 걸 수 있으며, 신전에 바칠 경우에는 큰 명성도 얻을 수 있는 아이템이었다.

무엇보다 경험치가 상당해서 레벨이 낮은 검치 들은 2~3개씩 레벨들이 올랐다.

"역시 보상이 나쁘지 않은 편이었어."

위드는 만족했다.

미녀 뱀파이어의 감사를 받은 검치 들 역시도 충분히 행복해했다.

"이런 퀘스트만 계속 있으면 좋을 텐데……."

"여인을 구하고 의로운 일을 행할 수 있다니, 역시 기사도의 표본이야."

그렇게 시작된 뱀파이어 마을의 퀘스트!

난이도 B급과 C급의 퀘스트를 4개씩 해치웠다.

최초의 전투에서는 다소의 피해가 있었지만 그 후부터는 위드의 확실한 지휘 덕분에 피해가 급속도로 줄어들었다.

붉은 성벽 너머에 있는 야생 야크 떼를 물리칠 때에는 그들이 좋아하는 먹잇감들을 미리 파악하여 살포해 두었다. 그리고 야크들이 먹이를 먹고 있을 때 포위하여 각개격파!

19명의 검치 들이 사망했다.

혼돈의 마수들을 사냥할 때에는 더욱 조심스러웠다.

마수들은 흑마법을 이용할 줄 알고 육체적인 능력도 강하다. 그렇기 때문에 정면에서 싸운다면 피해가 클 수 있다.

위드는 수련생들 중 상위 서열 100명만 전장에 투입하기로 했다.

"어떻게 싸우면 되냐? 놈들을 다 없애 버리면 되는 것이냐? 믿어만 준다면 목숨을 걸고 저놈들을 최소한 절반은 없애 버리겠다."

검십이치가 다부지게 말했다.

마수들에 비교하면 전력상으로는 훨씬 열세였지만, 어떤 적과 싸우더라도 약한 모습을 보여 주고 싶지 않았다.

위드는 고개를 저었다.

"그냥 마수들과 싸우면서 최대한 오래 버텨 주시면 됩니다."

"싸워서 이기는 게 아니라?"

"예! 놈들의 공격을 죽기 직전까지 맞아도 괜찮다는 것을 보여 주는 겁니다. 아울러 맷집을 향상시킬 수 있는 기회가 되기도 하지요. 정말 어려울 겁니다. 저런 마수들에게 죽을 만큼 맞고 도망치기란요."

"그래? 재밌겠군. 어디 한번 해 보자."

위드도 상위 서열들과 함께 마수들에게 덤볐다. 그리고 마법과 물리 타격을 비롯하여 온갖 공격을 실컷 두들겨 맞았다.

목숨이 위태로워지기 직전, 다 함께 바람처럼 도주했다.

"붕대 감기!"

오랜만에 써먹는 붕대 감기 스킬.

위드는 부상자들에게 마차에 넉넉하게 실어 온 붕대를 감아 주며 체력을 회복시켰다.

그사이에 미리부터 준비하고 있던 수련생들 100명이 검둘치와 함께 전장에 나섰다.

"사악한 마수들아!"

"우릴 죽여 봐라!"

흑마법의 저주와 물리적인 타격에 피해를 입으면 퇴각한다.

일종의 차륜전!

맷집을, 그것도 회복력을 이용하여 승부하는 방식이라니!

마수들도 시간이 지나면 체력과 생명력이 차오른다. 그러나 놈들은 지능이 낮은 짐승류의 몬스터라서, 적이 있으면 무조건 덤벼들었다.

돌진, 돌진!

쉴 틈을 주지 않고 싸움을 걸면서 더 빨리 퇴각한다.

교황 후보 알베론과 함께 많이 싸워 보았던 위드였기에 생각해 낼 수 있는 방식이었다.

100명씩 번갈아 가면서 마수들의 체력과 마법력을 소모시키고, 그리하여 마수들이 기진맥진해 있을 때 일시에 몰아쳤다.

그 결과 불과 13명의 검치 들만이 죽고 승리!

그나마도 마수들의 틈에 끼어 제대로 빠져나오지 못해 죽은 이들이었다.

무려 하루 종일 전투를 해서, 마수들을 지치게 만들어서 이길 수 있었다.

페일이 중얼거렸다.

"결국 이 퀘스트도 노가다잖아."

제피도 동감했다.

"내가 지치나 적이 지치나의 승부군요."

어떤 퀘스트든 노가다로 이끌어 내는 재능!

노가다면 안 되는 것이 없다는 위드의 결론이 어느새부터인가 정당화되었다.

그 바람에 페일이나 이리엔의 의식도 조금 바뀌었다. 남들이 스킬을 올리기 어렵다고 아우성을 칠 때에도 태연했다.

"천 발을 쏴서 변화가 없다면 만 발을 쏘면 되지."

"신성 축복 스킬의 숙련도를 올리기 어려워요? 매일 10시간씩만 수련하면……."

퀘스트를 해결하면서 죽는 이들은 점점 줄어들었지만, 그 대신 시간이 많이 걸렸다. 그럼에도 불만은 없었다.

페일 일행은 뱀파이어의 세계에 온 지 얼마 안 되는 시기라서 우선은 안전 위주로 갈 수밖에 없다는 사실에 공감했다.

수련생들의 입장에서는, 죽으면 그때부터 지옥문이 활짝 열린다.

수련생을 돌봐야 하는 사범들도 사정은 엇비슷했다. 느리게 진행이 되더라도 피해를 줄여서 퀘스트를 완수하는 게 우선이었던 것!

검치에게는 맛있는 음식과 화령의 애교로 시간을 끌었다.

위드만 속이 탈 뿐이었다.

일주일에 2배라는 보상은 흔한 게 아니다.

의뢰를 하나라도 더 수행해야 하는데, 동료들을 안전하게 이끌기 위해서 시간 낭비를 감수할 수밖에 없었다.

'벌써 66명이 죽었다. 갈수록 동료들은 줄어들 수밖에 없고, 퀘스트의 난이도는 높아지겠지. 최대한 많이 살려야 해. 이 뒤에 무엇이 있을지 모르니까.'

뱀파이어의 땅에서 점점 고립되어 가는 기분이었다. 이런 식으로 순차적으로 죽어 나간다면 나중에는 최후의 몇 사람밖에 남지 않으리라.

위드는 가장 확실하게 이길 수 있는 방법들을 택하여, 몬스터들의 힘을 빼 놓으면서 사냥했다. 어떤 사냥터에서도 다수로 소수를 몰아치고, 마법사와 성직자 계열들부터 척살하곤 했다.

그럼으로 인해서 위드는 더욱 바빠졌다.

퀘스트 자체는 신중하게 진행하지만, 도중에 쉬는 시간은 최대한 줄였다. 위드는 마판과 함께 음식을 준비하여 든든한 보급까지 맡아야 했으니 쉴 사이가 없었다.

검치 들의 음식을 만드는 데에는 유린과 이리엔 등 여자들이 도움을 주어야 했다. 설거지를 하는 것은 물론이고, 재료를 다듬고 불을 피우고 밥도 했다.

음식 재료와 조미료를 넣고 끓이는 건 위드의 몫이었지만, 갈수록 그녀들이 맡는 일감도 늘어나게 되었다.

위드 혼자만 하면 하루에 거의 5시간 이상을 요리에 써야 할 정도였기 때문이다.

그렇게 요리를 도운 덕분에 그녀들의 요리 스킬도 빠르게 늘었다.

화령이 바닥에 주저앉아 겉절이 김치를 담그며 미소 지었다.

"김치 참 맛있겠어요."

그러면 이리엔이 슬프게 중얼거린다.

"그래 봐야 중국산……."

"……."

재료에 대한 의심을 떨쳐 버릴 수가 없다.

그럼에도 화령은 신나고 즐거웠다. 이렇게 땅바닥에 앉아서 요리를 거드는 경험이 신선했으니까. 유린과 수르카도 비슷한 또래라서 요리를 하며 금방 어울렸다.

제피와 페일이 남자라고 놀고만 있었던 건 아니다. 그들은 장작을 만들어야 했고, 요리 재료들도 준비했다.

마수나 몬스터 들의 고기는 독이 있어서 먹지 못하는 경우가 많다. 페일은 화살로 새를 잡고, 제피는 강가로 가서 낚시를 하며 부지런히 음식 재료들을 보충했다.

"빨리요! 여기 생선 떨어졌어요."

"예예, 알겠습니다."

제피는 낚시에 있어서 결코 서두름이 없었다. 언제나 여유로운 마음가짐으로 흘러가는 강물을 보며 시간을 보내 왔다.

하지만 위드를 따라나서기로 한 이후로는, 식량 조달을 위해 허겁지겁 낚아야만 했다.

하나의 낚싯대도 아니고 무려 10개나 되는 낚싯대를 관리하면서 물고기를 잡으니, 망상에 빠질 틈도 없었다.

그런데 신기한 것은 잔챙이들, 희귀하지 않은 물고기들을 낚는데도 스킬 숙련도가 빠르게 오르고 있다는 사실이었다.

'어쩌면 고급에 이르고 난 후부터 정체 상태에 있던 낚시 스킬의 실마리가 여기에 있었는지도.'

낚싯줄을 금세 끊어 버리는, 힘 좋은 물고기들이 아니었다. 낚시 기록에 남을 만한 물고기들도 아니다. 그런데 단지 빠르게, 많이 잡는다는 이유만으로 스킬의 숙련도가 눈에 띄게 늘어났다.

역시 낚시 스킬도 물량 앞에는 장사가 없다는 뜻이었다.

'어쩌면 낚시란 여유로운 취미로 시작된 건 아닐 거야. 생존을 위해, 살아남기 위해 물고기를 잡아야 했던 거지. 그렇게 절박한 마음이라…….'

매사 느긋하던 제피가 재빠르게 움직였다. 물고기를 잡으면서 저절로 스킬들이 연마되었다.

낚시꾼으로서 몬스터를 사냥할 때의 공격력은 중간을 조금 넘는다. 생명력은 상당히 높은 편이다. 게다가 생존 능력이 늘어서 잘 죽지 않는다.

아무리 맞아도, 쓰러질 듯 말 듯 하면서 쓰러지지 않는다.

그 끈질김이야말로 낚시꾼이 가진 최대의 장점!

좀비처럼 흐느적거리면서도 살아남았다.

물론 겉모습에 굉장히 집착하는 제피로서는 절대 그런 상황까지 가고 싶진 않았지만.

그렇게 매일이 살벌한 투쟁의 연속이었다.

퀘스트를 하고 음식을 먹는다는 것이 얼마나 힘든 일인지 이제야 알았다.

바스라 마굴에서 쉬지 않는 사냥을 할 때에는 그게 끝인 줄 알았다. 더 이상의 단계란 없으리라 착각했다.

하지만 음식을 마련하는 일에까지 참여함으로써, 모두의 일 감은 더욱 늘어났다. 한 단계씩 성숙해지는 것처럼, 감당할 수 있는 만큼 일거리가 증가했다.

집 떠나면 고생이라는 말처럼 모험이라는 건 고되지만, 모르던 지역을 탐험하고 도전하는 즐거움은 그 무엇으로도 바꾸지 못한다. 강한 중독성으로 사서 고생을 하는 것이었다.

그러던 중에 제피가 뭔가 이상하다는 듯이 중얼거렸다.

"처음에 먹었던 음식은 먹을 만했는데……."

마판이 음식을 먹다가 고개를 들었다.

"예?"

"왠지 점점 군대 밥이 되어 간다는 느낌이 강하게 드는데요."

"……."

지금 먹는 음식들은 새고기, 어죽, 고기, 이것저것 가리지 않고 섞였다.

그래도 초기에는 가끔 과일도 맛볼 수 있었고, 향신료의 냄새도 좋았다. 하지만 점점 음식의 질이 떨어지더니, 이제는 맛보다는 배가 고파서 먹게 될 정도였다.

몸이 고된 데다 매우 조금씩 이루어진 변화라서 눈치채는 것이 늦었을 뿐!

그럼에도 식비로 내는 돈은 그대로였다.

마판이 급히 위드를 보았다.

"저기, 위드 님!"

하지만 위드는 서둘러 일어나서 어딘가로 향했다.

"바쁜 일이 생각나서, 그럼!"

"……."

세상의 어디에나 있다는 급식 비리!

어느 단체 배급 식당이든 초창기에는 밥을 잘 준다. 그러나 점점 음식의 질이 떨어지고, 중후반으로 가서는 감당하기 힘든 수준에 도달하는 법이다.

이렇게 불만들이 과하게 누적된다 싶으면 위드는 적당한 시기를 봐서 특별식을 만들었다. 평소보다는 훨씬 나은 식사를 요리해 주고 크게 생색을 내는 것이다.

음식도 맛있는 것만 먹으면 질리고 만다.

못 먹다가 제대로 먹게 된 한 끼가 더욱 배부른 법!

위드가 넌지시 내뱉은 말처럼 무서운 게 없었다.

"배가 불렀으면 그만 드세요!"

밥숟가락 놓아도 된다는 살벌한 위협!

불만의 목소리들이 쏙 들어갈 수밖에 없다.

그러는 사이에 일행도 느꼈다.

하루가 다르게 경험치와 스킬들이 무시무시한 속도로 늘어난다. 레벨 100 이하였을 때처럼 엄청난 속도였다.

물론 검치 들의 뛰어난 공격력과, 2배라는 보상이 있었다. 하지만 이 모두가 전투와 휴식이 전혀 어긋나지 않도록 계획을 짜고 숨 가쁘게 움직인 위드 덕분이었다.

감당할 수 있을 만한 적을 찾아서, 효율적인 방식으로, 우세한 전력을 이용해 철저한 승리를 이끌어 낸다.

끊임없는 긴장감과 도전에, 한눈팔 시간도 없다. 위드를 따라다니면서 얻는 경험치 증가 속도나 사냥 패턴을 겪고 나서 다른 사냥 파티에 속하면 지루함을 느낄 정도다.

남들보다 스킬들도 높은 페일 일행이 쉽사리 다른 파티에 속하지 못하는 데에는 이런 이유도 있었다. 위드와 함께 몰아치듯이 사냥을 하다가 다른 파티에 속하면 너무나도 지루했던 것이다.

아직 레벨이 낮은 검치와 수련생들은 경험치를 모아들이는 속도가 현기증이 날 정도로 빨랐다.

그렇게 퀘스트를 성공시킬 때마다 주변의 평가도 달라졌다.

"역시 얍삽해."

"비열한 방법도 서슴지 않는군."

"저 잔머리는……."

위드의 지휘력이 인정을 받고 있었다!

일주일이 지났을 무렵, 마을 세이룬에 있는 중요 퀘스트들을 대충 마쳤다.

민첩을 45 늘려 주는 올데린의 다리 보호대, 마나의 최대치를 늘려 주고 회복에도 도움이 되는 블레인의 서클릿을 얻었다.

하지만 무엇보다 큰 소득이라면, 혼돈의 마수 퀘스트를 완료하고 무기와 방어구 들을 강화해 주는 제련석들을 다수 획득한 것이었다.

위드의 레벨도 2개씩이나 올랐고, 다른 이들은 최소 5개에서 10개씩은 올렸다.

이제 퀘스트의 보상이 2배나 되는 기간도 끝났다.

검치 들의 숫자는 최종적으로 92명이 줄어들었다. 로뮤나와 수르카도 죽을 고비를 두 번씩이나 넘겼지만 간신히 살아남을 수 있었다.

그때쯤에는 토둠에 대한 보다 상세한 정보들을 습득했다.

"토둠에는 웬만하면 가지 말게. 그곳으로 떠난 뱀파이어들이 다시 돌아오지 못했어. 이유? 그거야 우리도 모르지. 어떤 이유가 있는 것인지……."

"토둠에 어린 망자의 한에 대하여 들어 보았나? 우리 밤의 귀족들이 저지른 죄악의 대가를 치르고 있을 수도……."

"우리 고귀한 밤의 귀족들을 구해 줄 수 있는 것은 인간뿐일지도 몰라. 왜 하필 인간이냐고? 뱀파이어들은 꿈을 꾸지 않기 때문이지."

이현의 첫 수업

이현은 버스에 올라탔다.

'휴우! 드디어 대학교에 가게 되는군.'

남들은 대학교에 입학한다고 하면 가슴이 설레리라.

대학 생활의 꽃이라고 할 수 있는 동아리 활동, MT, 학회 일 등등.

다양한 지식과 교양, 경험을 쌓을 수 있는 멋진 기회다.

그러나 이현의 입장에서는 다 헛소리였다.

막막함. 어두움. 절망!

한창 〈로열 로드〉에서 수입을 올려야 할 시점에 학교를 다녀야 하는 것이다.

한숨을 푹푹 내쉬는 이현의 귓가에, 여대생들의 대화 소리가 들려왔다.

"월요일 전공으로 무슨 과목 신청했어?"

"난 재생의학 상급 과정. 관절 치료에 대해서 더 배워 보고 싶어서."

"그래? 잘됐다. 나도 듣기로 했는데. 한민수 교수님은 참 강의 잘하시는 분이니까. 소윤이 넌?"

"난 분자생물학."

"휴우! 힘든 과목이네. 만날 리포트에 어려운 시험으로 유명하던데."

재기발랄한 여대생 3명의 대화.

한국 대학교로 가는 버스이다 보니 여대생들이 타고 있어도 이상할 건 없었다.

'의대생인가 봐.'

'귀여운 여자애들이⋯⋯.'

'공부도 잘하는구나.'

버스에 탄 탑승객들은 여대생들에게 선망의 눈빛을 마음껏 보냈다.

하지만 이현은 정반대였다.

'불쌍하군.'

6년의 대학 생활!

의대는 다른 전공보다 학비도 훨씬 비싸다. 웬만한 집안은 기둥뿌리가 흔들릴 정도였다.

하지만 그런 이들을 위하여 교육부가 은행들과 손을 잡고 준비한 제도.

학자금 대출.

무려 6년이라는 기간 동안 학자금 대출을 받아서 대학을 나오고 나면 그 후로는 빚더미 신세!

"쯧쯧."

이현은 자신도 모르게 혀를 찼다.

그런데 그 광경이 여대생들에게는 달리 보인 모양이었다.

"소윤아, 또 너 보고 침을 흘리는 남자가 있어!"

"정말 그놈의 인기는 버스에서도 끊이지 않는구나."

"가서 뭐라고 말 좀 해 줘."

두 여학생들이 소윤이라는 여자애의 등을 억지로 떠밀었다.

소윤이 이현에게 다가와서 말했다.

"죄송합니다. 저 남자 친구는 없지만 당분간 학업에만 전념할 계획이거든요."

조심스럽게, 상대의 기분이 상하지 않도록 애써 달래는 듯한 어투였다.

이현은 깊게 한숨을 내쉬며 대꾸하는 대신에 고개를 숙였다.

'괜한 내 행동에 오해를 한 모양이군. 내 주제에 여자는 무슨 여자. 여대생들은 커피도 비싼 것만 마신다던데…….'

뿌리 깊게 자리 잡은 여성에 대한 편견!

구태여 설명하기도 귀찮아서 고개를 숙여 버린 것이다.

버스 안에서 잠을 자면 수면 부족과 체력 회복에도 도움이 될 테니까!

그 광경을 보며 소윤은 미안함에 어쩔 줄을 몰랐다.

'어쩜 좋지. 충격이 너무 큰가?'

버스가 한국 대학교에 도착할 때까지 이현은 고개를 숙이고 있었다.

드르렁. 쿠우울.

여학생들에게는 너무나 괴로워서 억지로 잠을 청하는 듯한 모습으로만 비쳤다.

'그래도 나쁜 사람 같진 않은데 우리가 잘못한 건가.'

'소윤이가 너무 심했어.'

'물어봤으면 연락처 정도는 가르쳐 줄 수도 있지 않았을까 싶 단 말이지……'

그렇게 오해를 만들어 내며 학교에 도착한 이현은 어렵게 강 의실로 찾아갔다.

대학교 강의실은 크고 웅장했으며, 각종 첨단 설비에 음향 기기까지 갖춰져 있었다.

이현은 억울했다.

'내 등록금을 받아서 이런 곳에 처발랐구나!'

이미 납부한 학비 때문에 대학 당국에 갖는 끝없는 악감정!

돈이 아까워서 이런 식으로라도 울분을 해소해야만 했다.

'혜연이도 지금쯤 수업을 듣고 있겠지.'

혜연과는 전공이 달라서, 월요일에는 함께 듣는 수업이 없 다. 금요일에 교양 과목 하나 정도만 같을 뿐이었다.

'어쨌든 수업이나 들어야지.'

강의실에는 아는 사람도 없었다.

입학을 하기 전에 선배들이 신입생 환영회도 여러 차례 열어 주었다. 다른 동기 학생들은 그런 자리들을 통해 안면을 익히 고 친분도 나누었지만, 이현은 참석하지 않았다.

참석 회비 2만 원!

이 세상에 공짜는 없었던 것이다.

심지어는 입학을 하고 나서 일주일간이나 대학교를 빼먹었다. 보통 새학기 초기에는 수업이 일찍 끝나는 편이라서 일부러 강의에 들어오지 않은 것이다.

즉, 이현이 강의실에 들어온 것은 오늘이 처음이었다.

"누구지? 모르는 얼굴인데."

"복학한 선배인가?"

"예비역인 것 같은데, 몇 학번이야?"

전공 수업을 듣는 시간이었기에 같은 과 학생들이 이현을 보며 소곤거렸다.

이현은 꿋꿋하게 무시하며 지정된 자리에 앉아 노트북을 열었다.

오래된 구형 노트북.

인터넷 장터에서 저렴하게 장만한 물건이었다. 무겁고 투박하지만 성능은 그리 뒤떨어지지 않는다.

집에서 쓰는 컴퓨터의 경우에는 여기저기서 부품들을 모아다가 조립한 것이기에, 오히려 그보다 훨씬 성능이 좋은 편이었다.

그런데 문득 이현은 낭패스러운 얼굴을 했다.

'교재가 없구나.'

실존하는 가상현실에 대한 강의 시간.

어떤 교재를 구입해야 하는지 모르기에 미처 준비를 하지 못했다.

이현이 난처하게 앉아 있을 때 옆에 앉아 있던 여자애 하나가 슬그머니 책을 가운데로 밀어 주었다.

"저랑 같이 보세요."

"고맙습니다."

"뭘요. 선배님이신데요."

"……."

이현은 잠시 뜸을 들이다가 조심스럽게 설명했다.

"편하게 말씀하세요. 저 선배 아닌데요."

그러자 여학생이 정색을 하는 것이었다.

"선배님, 장난하지 마세요."

새내기 여학생들에게는 유독 많은 남자 선배들이 관심을 보인다. 그렇기 때문에 농담으로만 받아들였다.

'정말 선배 아닌데…….'

어느새 빚어진 오해.

박순조나 최상준처럼 입학 설명회에서 만났던 아는 사람도 있지만, 그들은 이 과목을 듣지 않는지 강의실에는 보이지 않았다.

'어쩔 수 없지.'

이현은 체념해 버렸다.

이런 오해들은 저절로 풀릴 때까지 내버려두는 편이 제일 좋은 법.

곧이어 교수가 들어오고 강의가 진행되면서부터는, 수업을 듣느라 정신이 없었다. 교수가 말하는 주제는 이현에게도 관심이 많은 분야였기 때문이다.

"가상현실은 여러 분야에, 특히 군사 부분에서 많은 장점을 가지고 개발되었습니다. 생존율이 높지 않은 위험한 임무에 투입해야 하는 특수부대들의 경우, 그곳과 동일한 지형의 가상현실에서 미리 전투를 경험합니다. 이는 생존율을 극대화시켜 줄 수 있었죠. 하지만 이때까지만 해도 완벽한 가상현실은 아니었습니다."

이현은 미미하게 고개를 끄덕였다.

'많은 면에서 부족했지. 전투를 위하여 개발된 것이기에 아무래도 교육과 훈련용으로 만들어졌으니까. 실제로 그 안에서 생활을 하는 또 다른 현실을 만날 수 있기까지는 시간이 많이 걸렸어.'

교수가 말을 이었다.

"초기에는 미흡하던 가상현실이었지만, 궁극적으로 인간의 행복을 높여 줄 수 있다는 의견이 대두되면서 가능성을 키워 갔습니다. 그리고 많은 기업들이 가상현실을 만드는 연구를 개시했습니다. 기업들이 노리는 건 간단했습니다."

'결국 돈이었지.'

이현의 지론은 변하지 않았다.

돈이야말로 사람을 울고 웃게 만들 수 있는 것!

"기업들은 가상현실이라는 새로운 사회가 탄생하면 그만큼 재화의 소비가 활발해질 것으로 예측한 것입니다. 그래서 경쟁적으로 기술을 발전시켰죠. 그리고 마침내 유니콘 사가 지상에서 존재했던 것 중에서 가장 위대한 게임, 인류가 가장 사랑하는 〈로열 로드〉를 만들어 내게 되었습니다."

교수는 가상현실의 역사를 비롯한 쉬운 부분부터 강의를 진행했다.

이현은 슬슬 지루함을 느꼈다. 한때 〈로열 로드〉를 연구하면서 수없이 많은 논문들을 찾아보았다. 그 덕에 너무나도 기초적인 교수의 이야기들은 이미 다 알고 있는 내용이었다.

"으하암!"

이현은 자신도 모르게 크게 기지개를 켜며 하품을 해 버리고 말았다. 버스를 타면서부터 많이 피곤했는데, 의자에 앉아 강의를 듣고 있으니 잠이 쏟아졌던 탓이다.

그러자 주변의 시선들이 질책을 담고 쏟아졌다.

'지금까지 수업에도 들어오지 않더니 첫 수업부터……. 공부하는 태도가 글러 먹었어.'

'저게 학생이야, 아니면 백수야? 어떻게 저런 놈이 우리 과에 들어올 수 있었지?'

'예비역 같은데… F를 받아서 재수강하는 거겠지. 더 열심히 배울 생각은 못 하고. 쯧쯧쯧.'

이 과목을 듣는 학생들은 대부분 신입생들이었기에 대놓고 욕은 못 해도 상당히 불쾌한 얼굴들이었다.

이현은 얼른 손을 제자리에 두고 열심히 공부하는 척하려 했다. 하지만 언제부터인지 모르게 옆의 여학생과 함께 보던 교재가 조금 멀어졌다.

미묘하게 딱 3센티 정도만!

그만큼의 미움을 받고 있다는 증거이리라.

교수가 빙그레 웃었다.

"가상현실의 유래와 발전에 대해서는 앞으로도 많은 이야기를 나눌 기회가 있으리라 봅니다. 그럼 여러분이 좋아하는 〈로열 로드〉에 대한 이야기를 한번 해 볼까요?"

"네!"

"교수님, 말씀해 주세요."

〈로열 로드〉의 인기는 학생들 사이에서도 단연 최고였다. 가상현실학과의 학생들 중에는 〈로열 로드〉를 하지 않는 사람이 없었다.

"가상현실을 즐기는 것도 우리에게는 좋은 공부가 됩니다. 그런데 여러분은 예술 계열의 스킬들에 대하여 어떻게 생각하고 있습니까?"

교수가 질문한 내용은 다소 뜬금없는 면이 있었다. 하지만 눈치 빠른 학생들은 이내 그 의도를 알아차렸다.

〈로열 로드〉에서 예술 계열 스킬들은 재평가를 받고 있다.

음유시인인 바드가 부르는 노래는 낭만과 함께 모험을 전한다. 동일한 퀘스트를 수행했다고 하더라도 바드나 악기 연주가들이 참여했다면 그 소문이 더 멀리까지 퍼지게 되고, 그만큼의 명성을 더 얻는다.

특별한 퀘스트들은 바드들이 노래로 만들어서 부를 수도 있는데, 이럴 때면 추가적인 명성의 보너스를 더 받는다.

그 덕에 험하고 힘든 퀘스트일수록 바드들을 참여시키는 것이 일반화되었다.

화가의 경우도 비슷했다.

대단히 솜씨 좋은 화가, 베라너가 그린 그림들은 대륙의 귀족들이 눈에 불을 켜고 구매한다고 한다.

모험가의 초상화는 명성과 고귀함이라는 인망을 늘려 준다.

그래서 마을마다 자신이 그려진 초상화가 걸려 있다면, 보통 때에는 받지 못할 특수한 의뢰도 얻는 게 가능하다.

친밀도를 극도로 높여야만 믿고 맡길 수 있는 의뢰, 혹은 현재의 수준으로는 받아 내지 못할 의뢰, 이런 의뢰들을 얻을 수 있으니 화가들의 가치는 다시금 평가받았다.

그림으로 모험가를 알려 주는 직업이라고.

"예술에 대해서는 간단히 말해서, 앞마당에 오크들이 득시글한데 그림이나 그리고 있어서 어쩌겠냐는 선입견이 대다수였습니다. 하지만 지금 〈로열 로드〉에서 예술은 재평가를 받고 있습니다. 굉장히 힘든 길이지만, 이 길을 걸어가는 사람들은 장인보다도 훨씬 더 존중받게 되었죠."

교수의 말에 학생들도 수긍하고 있었다.

"베르사 대륙을 여행하는 예술가라니, 정말 멋진 일이야."

"미지와 혼돈의 땅에서 예술을 펼치는 위대한 영혼들!"

몇몇 학생들은 환상까지 품은 것 같았다.

솔직히 웬만해선 거의 죽지 않는 워리어나 성기사를 택하더라도 몬스터들의 위협에서 안전을 장담할 수는 없다. 그런데 예술가들은 전투력도 약하면서 베르사 대륙을 모험하며 불꽃처럼 영혼을 불태운다.

감동하지 않을 수 없는 직업이었다.

"나도 요즘은 예술가의 직업을 택할 걸 그랬다는 생각이 자주 들어."

"예술을 펼치며 사람들로부터 존경을 받다니, 얼마나 매력적일까."

학생들이 웅성거리고 있었다.

이현은 욕을 해 주고 싶었다.

'다들 착각 속에 빠져서 살고 있군.'

예술가들의 도시 로디움에 가 본다면 현실을 뼈저리게 깨닫게 되리라!

기껏 만들어 낸 작품이 세인들로부터 좋은 평가를 받지 못하였을 때의 아픔과 고통, 굶주림!

이현도 애써 조각품들을 깎아 사람들에게 겨우 몇 쿠퍼에 팔아 치워야 했던 경험을 가지고 있다. 조각품을 의미 없는 장식품으로 여기고, 최대한 값을 후려치려는 사람들과 말다툼도 벌여야 했다.

그런 시련을 직접 겪어 보지 못하고 예술에 대해 논할 수는 없다.

물론 이현의 경우, 커플들에게는 갖은 아부를 다 했다. 조각품의 가격을 한 푼이라도 올려 받았고, 어리바리한 사람들에게는 전문적으로 가격을 후려쳤다.

주머니 속에 있는 잔돈까지 몽땅 털어 가는 악덕 조각사!

잠시의 웅성거림 후에 교수의 말은 계속되었다.

"예술가들은 고생 끝에 만들어 낸 작품들이 예술적 가치를 인정받으면 명성이 오르거나 스킬 경험치를 받습니다. 걸작, 명작, 대작이라는 평가를 받게 되면 정말 대성공인 셈이죠. 그런데 여러분은 그 가치를 산정하는 기준이 무엇인지 알고 있습니까?"

누군가가 손을 들었다.

"김현준입니다, 교수님. 관련 스킬의 숙련도가 결정하는 게 아니겠습니까?"

상식적으로 떠올릴 수 있는 대답이었다.

검술이나 궁술처럼 대부분 공격 기술들의 데미지는 스킬의 레벨에 따라 결정되기 때문이었다.

이현은 미미하게 고개를 저었다.

'스킬 레벨이 전부가 아니지.'

조각술이 초급이었을 때에도 잘 만든 조각품은 걸작이 되었다. 하지만 중급에 오른 이후에도, 공을 들이지 않은 조각품들은 예술적 가치가 형편없었다.

만약에 조각술이 고급에 올랐다고 해서 대작들을 펑펑 찍어 낸다면, 그것은 더 이상 예술이라고 부를 수 없으리라. 스킬 레벨이나 사용 도구의 성능이 어느 정도 작품에 영향을 미치긴 하지만, 절대적이라고 할 수준은 아니었다.

"아닙니다. 다른 학생도 의견이 있다면 말해 보세요."

"박수민입니다. 세밀한 묘사에 따라서 달라지지 않을까요, 교수님?"

이번엔 안경을 쓴 날카로운 인상의 여자애가 대답했다.

이현과는 옆으로 두 칸 떨어진 자리였다.

'그것도 정답은 아니야.'

만약 그랬더라면 크기만 키운 빙룡 조각상이 명작이 되진 못했어야 한다.

세밀한 묘사.

장점도 있지만 분명히 한계도 있다.

예술은 결코 기술이 될 수 없다. 작은 부분까지도 세밀하게 표현하려고만 한다면, 그 조각품은 결코 작품이라고 불릴 수 없다.

이현이 알고 있는 〈로열 로드〉의 시스템은 그렇게 엉터리가 아니었다.

'무턱대고 크기만 키워서도 안 돼. 크기가 커도 공을 들이지 않았다면 소용이 없어. 오히려 이도 저도 아닌 물건이 되어 버리지.'

몇 명의 학생들이 더 대답했지만, 교수는 매번 다른 학생들의 의견을 묻기만 했다.

마침내 더는 의견이 나오지 않을 때에야 교수가 말했다.

"그러면 질문을 바꿔 보겠습니다. 〈로열 로드〉라는 특수한 상황을 배제한 채로, 현실에서 예술의 가치는 어떻게 평가할 수 있을까요?"

학생들이 대답을 하지 못하자, 교수가 말을 이었다.

"현실에서도 많은 사람들이 예술을 꿈꾸며 삽니다. 하지만 그들 중에서 평생 예술과 벗 삼아 살 수 있는 사람들은 극소수일 뿐. 그렇다고 해서 그들이 하는 예술이 의미가 없진 않을 겁니다."

예술에 꿈과 인생을 거는 사람은 많다. 하지만 안타깝게도, 대중의 호응이 없어도 그 업을 이어 나갈 수 있는 사람은 많지 않다.

"세계적인 거장들의 작품은 높은 인지도를 가지고 있고, 많은 사랑을 받습니다. 그들이 만든 예술품들은 높은 가격이 책정되기도 합니다. 하지만 그 작품을 보고 있는 사람이 그 분야의 전문가라고 할지라도 별다른 감흥을 느끼지 못할 때도 있습니다. 반면에 정말 예술을 사랑했지만 그 길을 더 이상 걷지 못하게 된 사람이 마지막으로 남긴 작품은, 본인이나 그 가족들에게 큰 의미가 될 수 있을 겁니다."

"……."

"예술은 어렵지 않습니다. 어린아이가 자신의 엄마를 처음 그린 그림. 선사시대에 가족들이 무사히 사냥을 마치고 돌아올 수 있도록 기원하며 동굴에 그린 벽화. 마음이 담겨 있기에 그 가치가 대단하다고 할 수 있을 것입니다. 예술이란 그 형상적인 아름다움 외에도 사람의 마음을 그려 내고, 조각하고, 표현한다는 점에서 무한한 가능성이 있습니다."

학생들은 교수의 말을 조용히 경청했다. 하지만 〈로열 로드〉의 시스템에 대한 논의 도중에 왜 이런 이야기가 나오는지에 대해서는 이해하지 못했다.

"그럼 〈로열 로드〉에 대한 이야기로 다시 돌아가 볼까요? 예술가들이 만들어 낸 작품들은 예술적 가치가 평가되어 걸작, 명작, 대작으로 불립니다. 그런데 이것을 평가하는 데 있어서 공정한 방법을 완성하기란 정말 어려운 문제입니다. 예컨대 실수 하나 없는 완벽한 표현에만 초점을 맞춘다면, 그것은 예술을 기계적인 영역으로 전락시키는 게 되는 것입니다."

이현은 고개를 끄덕였다.

〈로열 로드〉에서 수없이 많은 조각품들을 깎았지만, 실수를 한 번도 하지 않았다고 해서 걸작이 나오진 않았다.

비교적 잘 만들었다고 조금 더 가치는 인정받았어도, 그게 전부는 아니었다.

"고대로부터 우리의 세계에는 많은 거장들이 있었습니다. 그들의 솜씨를 기반으로 평가하는 방법은 어떨까요? 역사적으로 한 시대를 풍미했던 위대한 예술가들의 특징적인 방법이나 표현법 들을 〈로열 로드〉의 시스템에 등록해 놓고 이를 바탕으로 평가한다면?"

학생들은 꽤나 공정한 방법이라고 여겼다. 존재하는 모든 표현 방식들이 작품을 평가하는 기준이 되어 줄 테니까.

하지만 교수는 이내 자신이 한 말을 부정했다.

"그렇다면 새로운 무언가를 만들어 내지 않고 끊임없이 과거에 인정받았던 표현법, 작품 들을 비슷하게 만들어 내는 데에만 치중할 수도 있을 겁니다. 하지만 남들이 했던 것을 비슷하게 만드는 건 예술이 아닙니다. 그리고 원작자를 넘을 수도 없습니다. 진정한 거장들의 위대함을 엿볼 수는 있겠지만, 거장들의 실력에 벽을 느끼고 좌절해 버리겠죠."

학생들은 침묵했다.

교수의 말을 듣고 있으니 머릿속이 복잡해졌다.

예술가들이 만들어 낸 작품들을 어떤 방식으로 평가해야 가장 공정한 결과를 얻을 수 있는지. 사실은 매우 까다로운 문제가 아닐 수 없는 것이다.

"다수의 전문가들이 극찬한 작품? 대중과 괴리되어 소수의 사람들이 작품을 철저하게 주관적으로 평가하게 되는 겁니다. 그리고 그 시대의 주류에 인정받지 못한 예술 작품들도 상당히 많습니다."

"……."

"결론부터 말씀드리자면, 〈로열 로드〉의 시스템 구성은 완벽한 보안에 따라 운용되고 있습니다. 예술을 평가하는 부분도 1급 기밀에 속해서, 공개된 바가 전혀 없습니다."

"그럼 교수님도 모르세요?"

학생들의 질문에 교수는 무안함에 멋쩍게 웃으며 답했다.

"저도 실은 어떤 과정을 거쳐서 예술적 가치가 평가되는지는 알지 못합니다. 스킬의 숙련도나 작품의 특징 등이 영향을 주겠지만, 아마도 그 변수들은 수백 가지가 넘을 것입니다. 어쩌면 수천 가지가 넘을 수도 있겠죠?"

"그렇게 많은 변수라면… 일일이 맞춰서 점수를 얻기가 힘들잖아요."

조금 전에 은근히 예술가를 꿈꾸었던 학생들이 실망한 기색을 드러냈다. 몇 가지의 명확한 기준이 있다면 점수를 얻기가 훨씬 쉬울 텐데, 알려지지도 않은 변수들이 셀 수도 없다니 맥이 풀리는 기분이었다.

교수는 고개를 저었다.

"좀 전에도 말했지만 예술을 어렵게만 느낄 필요는 없습니다. 보고, 느끼고, 즐길 수 있다면 충분합니다. 수백 가지의 변수들에 맞추기보다는, 자신의 마음을 움직이는 걸 만드는 게 훨씬 좋습니다. 바로 〈로열 로드〉가 가상현실의 공간이기 때문입니다."

"……?"

"〈로열 로드〉는 단순한 게임이 아닙니다. 게임일 뿐이라면 스킬만 있으면 되겠죠? 하지만 처음부터 〈로열 로드〉는 또 하나의 세상을 주제로 완성되었습니다. 현실에서 눈에 보이지 않는 마음의 가치를 무엇으로 환산할 수 있을까요? 가상현실은 현실을 기반으로 하고, 그럼으로써 더 큰 의미를 지닙니다. 이룰 수 없는 꿈과 도전을 펼칠 수 있는 공간에서 어떤 방식으로 즐길지는 본인이 결정해야 합니다."

교수도 〈로열 로드〉에서 독특한 직업을 가지고 있었다.

그가 가진 직업은 조경사.

꽃이나 나무를 아름답게 가꾸는 직업이었다.

이 특이한 직업은, 초반에 수행했던 퀘스트 때문에 얻게 되었다.

어떤 꼬마 아이가 쪼그려 앉아 시들어 가는 꽃을 보고 있었다. 그러더니 교수에게 이 꽃이 죽지 않게 잘 키워 달라는 부탁을 하는 것이 아닌가.

퀘스트의 발생!

교수는 물과 거름을 주면서 꽃이 훌륭하게 자라게 만들었다. 그것이 인연이 되어 조경사가 되었는데, 이는 좋은 화초들, 나무들을 기르면서 먹고사는 직업이었다.

때론 일거리를 얻어 정원을 가꾸기도 하지만, 그런 일은 많지 않았다. 당연히 남들보다 가난하고, 자랑으로 내세울 것도 없었다.

하지만 꽃들은 벌과 나비 들을 불러오고, 풍성한 향기를 뿜어낸다.

만개한 꽃들이 보여 주는 아름다움.

생기를 가득 머금고 피어난 화초들은 큰 감동을 주었다.

〈로열 로드〉에서 색다른 재미, 자신의 길을 찾은 셈이었다.

교수가 힘주어 말했다.

"사람들의 꿈을 이룰 수 있는 공간. 앞으로 여러분이 배울 수 업은 현실과 가상현실의 조화에 대한 것이 될 겁니다."

강의가 끝나고 학생들이 우수수 강의실을 빠져나갔다.

"아, 배고파."

"빨리 밥 먹으러 가자. 늦으면 줄 서야 될지도 몰라. 넌 밥 먹고 뭐 할 거야?"

"도서관이나 갈까?"

"난 동아리 활동하러 가야 되는데."

막 대학에 입학한 신입생들은 무척이나 바쁜 편이었다. 이현을 놔두고 금세 모두 빠져나가 버렸다.

그러면서 같은 과임이 분명한 이현에게는 아무도 말을 걸어 주지 않았다. 어느새 무능한 복학생으로 낙인찍힌 탓이다. 입고 있는 옷도 유행에서 한참이나 뒤떨어졌고, 얼굴을 본 적도 없는 사이이다 보니 아예 무시해 버린 것이다.

'나도 점심이나 먹어야지.'

이현은 혼자서 느릿느릿 움직였다.

그가 도시락을 들고 간 곳은 캠퍼스 내의 잔디 광장!

학교 식당에 가는 대신, 많은 사람들이 도시락을 싸 와서 먹는 중이었다.

피크닉이라도 온 것처럼 여유로운 분위기에서 음식을 먹고,

일부는 잔디밭에 누워서 잠을 청한다.

대학생다운 낭만과 정취!

밝게 웃는 학생들의 얼굴에는 그늘이 없었다.

이현도 도시락을 꺼내서 먹었다.

우걱우걱.

열무김치와 흰쌀밥!

간단한 식사지만 맛은 좋았다.

'역시 김치는 직접 담가 먹어야 제맛이 나지.'

요즘은 마트에서 김치를 사 먹는 게 보편화되었다.

'그래도 음식은 재료와 정성이야.'

하지만 이현은 가격이 비싸다는 점 때문에라도 직접 김치를 담가 먹었다.

어디선가 바람이 솔솔 불어왔다.

주변의 학생들이 웃고 떠드는 소리. 봄이 다가오고 있다.

'졸리군.'

이현은 도시락을 먹고 늘어져라 하품을 했다.

다음 강의는 2시간 후!

도서관을 간다고 해도 딱히 볼만한 책이 없다.

'당분간은 인터넷을 할 필요도 없고.'

지금은 뱀파이어의 세상에서 모험을 하고 있으니, 아이템들의 시세는 나중에 확인해도 된다.

'그럼 부족한 잠이나 좀 청해 볼까?'

이현은 잔디밭에 그대로 누워서 눈을 감았다.

아직은 바람이 쌀쌀하지만, 화창한 날이라서 낮잠을 자기에는 그만이었다.

눈을 감고 얼마 되지도 않아서 깊은 잠에 빠져들었다.

학교 식당에서 밥을 먹고 나온 가상현실학과의 학생들이 그 앞을 지나갔다.

"아까 그 선배 아냐?"

"맞는 것 같은데. 여기서 밥을 먹었나 봐."

"그러네. 근데… 자나?"

"먹고 자고……."

"어휴, 창피해!"

학생들은 발걸음을 재촉하여 이현이 있는 잔디밭을 빠르게 지나쳤다.

게으름과 나태함의 표본.

이현은 그렇게 같은 과 학생들로부터 기피 대상이 되었다.

오후의 강의는 가상현실과 기술에 대한 시간이었다. 강의실에서 반가운 얼굴들을 만났다.

최상준과 민소라, 이유정이 이 수업을 듣고 있었던 것.

"안녕."

이현이 다가가서 반갑게 인사했을 때, 그들은 잔뜩 얼어붙은 얼굴이었다.

"아, 안녕하세요!"

"……."

"여기 앉으실래요?"

"너희는?"

"우린 뒷자리로 갈게요."

"그럴 필요 없는데. 내가 뒤쪽으로 갈게."

"아니에요. 저희가 갈게요."

일부러 맡아 놓은 앞쪽 자리에서 일어나 뒤로 옮겼다.

이현의 나이는 그들보다 두 살이나 많았다. 하지만 그보다도 무도학과 학생들의 인사를 받은 것이 큰 충격이었다. 처음에는 반말을 하며 대했는데, 서먹해져서 얼굴을 똑바로 보기조차 힘들었다.

내키지는 않았지만, 이현은 하는 수 없이 혼자서 자리에 앉았다.

강의 시간이 다가오면서 학생들이 계속 들어왔지만, 누구도 이현의 옆에는 앉지 않았다. 제일 앞자리라서 부담스럽기도 했거니와, 다들 은근히 이현을 피하는 기색이었다.

띠리리리리.

강의 시작이 4분 정도 남은 시간. 이현의 휴대폰 벨 소리가 울렸다.

대학교에 오면서 여동생과 연락을 하기 위해 중고로 구입한 구형 휴대폰이었다. 흔한 영상통화도 되지 않고, 단종된 지 오래인 고물 휴대폰.

휴대폰을 받으니 신혜민의 명랑한 목소리가 들렸다.

―안녕하세요, 이현 님.

❧

KMC미디어의 기획 회의.

다들 〈로열 로드〉와 관련된 방송 아이템을 찾기에 혈안이 되었다. 유행이 빠르게 변해 가고, 아무리 신선한 소재도 일주일만 지나면 식상해져 버리기 때문에 기획 회의는 치열했다.

"지난번에 시켰던 장비류 분석 어떻게 됐어!"

"내일 오전 중으로 끝납니다."

"늦어! 야근을 해서라도 오늘 끝내. 끝내기 전까지는 퇴근할 생각도 하지 마!"

"커헉!"

강한섭 부장은 직원들을 독려했다.

방송 일이라는 게 다 그렇지만, 매일이 바쁘다. KMC미디어처럼 성장하는 방송사라면 하루 종일 일을 해도 모자랐다.

"요즘 초보자들이 대폭 늘고 있으니까 초보자들을 위한 프로그램을 따로 만드는 건 어떻습니까?"

"나쁘지 않아. 대부분 연령대가 높은 사람들이라고?"

"예. 어르신 세대입니다."

"방송 내용을 쉽게 풀어서 해 드려. 모험에 비중을 두면 괜찮을 것 같아. 방송 시간대는… 저녁 10시로 맞추자."

"지상파 드라마와 겹치는 시간인데요."

"그래야 가족들이 모여서 편하게 볼 수 있지."

〈로열 로드〉를 즐기는 장년층은 제법 무시 못 할 숫자였다. 게다가 그 장년층의 비율이 매달 꾸준히 늘어 가고 있다. 새로운 변화에 적응하는 것은 느리지만, 일단 참여한다면 막강한 구매력을 자랑하는 세대다.

"초보 때부터 잡아야 돼. 초보 시절부터 우리 방송을 본 사람들이 나중에 충성도 높은 시청자가 되는 거야."

"넷!"

"프로그램에 붙을 광고도 어르신들이 즐겨 찾는 쪽으로 알아보고."

"시청률이 높고 기획만 좋다면 광고를 받는 거야 일도 아닐 겁니다."

날로 높아지는 KMC미디어의 시청률. 〈로열 로드〉의 인기로, 프로그램에 붙는 광고료도 늘어나고 있다.

하지만 그만큼 새로운 게임 채널들도 탄생하면서 경쟁은 치열해졌다. 아예 〈로열 로드〉만 전문적으로 방송하는 게임 채널들도 무섭게 치고 들어오는 중이었다.

"그런데 부장님, 이번 달의 특집 프로그램을 편성해야 할 텐데요."

연출자 1명이 슬그머니 물었다.

일에 치여서 사는 요즘 같아서는 정말로 하고 싶지 않은 말이었지만, 방송이 며칠 남지 않았다.

〈베르사 대륙 이야기〉와 같은 정규 방송들과는 달리 1달에 한 번씩 특집 프로그램을 방송하는데, 그 날짜가 닷새 앞으로 다가온 것이다.

"전설의망치 길드와 은빛날개 길드의 앙숙 관계는 어때?"

"벌써 두 번이나 우려먹었습니다."

"북부로 떠나는 모험가들의 이야기는?"

"지난달에도 써먹지 않았습니까?"

"그럼 뭐 신선한 거 없어?"

강 부장이나 연출자들이나 골치가 아파 왔다.

〈로열 로드〉에서 벌어지는 사건들은 끊이지 않는다. KMC미디어는 신속하고 정확한 보도를 생명으로 시청률을 꾸준히 이어 나가고 있었다.

새로 발견되는 휴양지들.

퀘스트들.

세력들 간의 전쟁!

꿈틀대는 베르사 대륙은 그 자체로 하나의 역사였다.

그럼에도 특집 프로그램은 방송국의 얼굴 역할을 하기 때문에 웬만한 것으로는 모자랐다.

강 부장과 연출자들은 머리를 끙끙 싸매고 아이템 회의에 들어갔다.

"어떤 방송을 해야 어울릴까."

"어쨌든 사람들이 몰리고 있는 북부 쪽을 방송하는 편이 낫지 않을까요?"

"북부도 괜찮지. 그래도 연속해서 방송하긴 곤란해. 그리고 정규 프로그램에서도 북부에 대해서 많이 알리고 있잖아."

"그것도 그렇습니다."

결론은 쉽게 나지 않았고, 시간만 속절없이 흘러갔다. 그런데 문득, 강 부장의 눈에 비어 있는 자리가 하나 보였다.

"신혜민 씨는 왜 안 보여?"

"모르셨습니까? 〈로열 로드〉에서 모험을 떠나느라 당분간 회의에는 참석 못 한다고 했는데요."

"그랬어?"

"팔자도 좋네."

"휴우! 회의에 참석 안 할 수 있다니 부럽다."

강 부장이나 연출자들은 워낙 바빴기에 신혜민의 근황에 대해서는 관심을 가질 수 없었다.

그런데 회의가 한참 길어지면서 신혜민이 들어왔다.

"안녕하세요."

방송을 2시간 앞두고 도착한 그녀가 회의에 참석한 것이다.

강 부장이 지나가는 말로 물었다.

"신혜민 씨, 뭐 하느라 그렇게 바빠?"

"죄송해요. 퀘스트 다니느라 시간이 많이 없어요. 조금만 봐주세요."

"무슨 퀘스트인데?"

강 부장은 기대도 하지 않고 심드렁하게 물었다.

"위드 님과 같이하는 퀘스트예요."

"위드? 그렇게 말하면 어떻게 알아. 무슨 위드인데?"

"아시잖아요."

"내가 알긴 누굴 안다고……."

"모르실 리가 없는데. 어떻게 위드 님을 모를 수 있죠?"

"위드라는 이름의 유저가 어디 한둘인가. 설마… 혹시 전신 위드?"

"네."

강 부장이 자리에서 벌떡 일어났다.

"전신 위드와 퀘스트를 한다고?"

위드.

잡초라는 뜻의 흔하디흔한 이름.

〈로열 로드〉에서는 대부분의 유저들이 알고 있는 이름이다. 방송사에는 은인 같은 존재이기도 했다.

흉악한 오크 카리취.

불사의 군단과의 전투로 시청률의 돌풍을 일으켰다.

다크 엘프와 오크 들을 이끌고 리치 샤이어와 벌였던 긴박감 넘치는 전투!

틀에 박힌 공성전이 아니라 손에 땀을 쥐게 하는 사투였다.

그 방송이 전파를 타고 난 이후로, 방송사에서는 모처럼 마음 편히 회식을 했다.

어디 그뿐이던가.

북부 원정대가 벌인 본 드래곤과의 교전에서도 느닷없이 나타나서 환상적인 전투 장면을 보여 주었다.

아무도 따라 할 수 없는 전투 방식.

전신 위드라는 말을 확실하게 증명해 보였다.

"위드와 퀘스트를 하고 있다니……."

"정확히 말하면 모험을 떠난 거예요. 그런데 그 모험에서 여러 퀘스트를 받았죠."

"어떤 모험인데?"

"뱀파이어 왕국 토둠으로 떠난 모험인데요……."

강 부장이나 연출자들은 미심쩍은 눈빛이었다.

"뱀파이어 왕국? 베르사 대륙에 그런 곳도 있었어? 북부에서 새로 발견된 곳인가?"

"아니에요. 사실은 위드 님이 토리도라는 뱀파이어 로드를 성장시켜 가지고……."

신혜민의 흥미진진한 이야기에 강 부장과 연출자들은 귀를 기울였다.

오로지 한 번만 개방되는 뱀파이어 왕국 토둠. 죽으면 모든 것이 끝난다.

미지의 세상으로 떠난 원정대.

그들의 모험!

시청률 오르는 소리가 들리는 것 같았다.

강 부장이 소리쳤다.

"특집 프로그램이다! 아니, 특집 프로그램은 취소! 한 편짜리가 아니라 최소한 1달 치는 되겠어. 정규 방송으로 편성하면 어떨까? 일단 전화해! 바로 위드에게 전화해서, 방송하자고 설득부터 해!"

❧❧❧❧❧

이현은 강의실에 앉아서 조심스럽게 전화를 받았다.

"무슨 일로 전화하셨죠?"

―네, 실은 방송 일 때문에 전화를 드렸는데요.

"방송요? 무슨 용건인데요? 혹시 KMC미디어에서 제 모험에 대해서 방송하겠다는 건가요?"

이현의 입에서 그 말이 나왔을 때였다.

번잡하던 강의실이 삽시간에 고요해졌다.

"……."

학생들은 하던 일을 멈추고 이현을 봤다.

가상현실학과의 학생들.

졸업 후에는 다양한 분야에 취직하게 될 테지만, 현재 〈로열 로드〉를 하지 않는 사람은 없다. 가상현실을 배우게 된 계기들도 대부분은 〈로열 로드〉 때문이었다.

그런 〈로열 로드〉에 대한 소식들을 알려 주고 보여 주는 KMC미디어!

'우리가 뭘 잘못 들은 거겠지?'

'에이, 설마.'

그들은 반신반의하면서도 이현의 통화에 귀를 기울였다.

—네, 맞아요. 뱀파이어 왕국 토둠에 대한 방송이에요. 그런데 허락하시는 건가요?

"혜민 씨도 동료의 한 사람인데 제 허락이 필요합니까?"

학생들은 화들짝 놀랐다.

'혜민 씨? 설마 신혜민?'

'저 예비역이 신혜민과 통화하는 거야?'

'그 유명 진행자와?'

너무나도 잘 알고 있는 사람, 〈베르사 대륙 이야기〉 진행자인 신혜민의 이름이 이현의 대화에서 나왔다.

학생들의 놀람은 이루 말할 수 없는 단계에 이르렀다.

—네. 모험을 주도하고 그곳으로 이끌어 주는 건 위드 님이잖아요. 저도 참여한 사람으로서 모험 영상을 갈무리할 수는 있지만, 도의적으로 위드 님의 허락이 없다면 방송은 이루어지지 않겠죠. 다른 분들에게도 일일이 다 허락을 받을 거고, 출연료에 대한 부분도 협의를 진행할 예정이에요.

"그럼 세부적인 사항은 나중에 이야기하죠."

—네. 지금 방송국에서는 왜 진작 말하지 않았느냐고 난리랍니다. 실은 저도 깜박 잊고 있었어요. 위드 님과 뱀파이어 왕국 토둠에 간 게 너무 정신이 없어서⋯⋯. 음, 방송 일정도 잡아야겠죠? 방송은 어느 정도 모험이 이루어졌을 때부터 이틀 간격으로 한 편씩 내보낼 수 있을 것 같아요. 구체적인 얘기는 나중에 천천히 해요.

"알겠습니다."

이현은 전화를 끊었다.

학생들이 머뭇거리면서도 은근히 다가와 친한 척을 하려고 했다.

이현의 비어 있는 양쪽 옆자리에 앉으려는 경쟁!

띠리리리.

그때 또 이현의 휴대폰이 울렸다.

학생들의 몸은 다시금 경직되었다.

'신혜민이 또 전화했을까?'

'설마⋯⋯.'

'혹시 나한테 바꿔 주기라도 한다면⋯⋯.'

은근히 초조한 기다림!

입안이 바짝바짝 말랐다.

그런데 이현이 들어 올린 휴대폰에서는 다른 사람의 목소리가 흘러나왔다.

—심심해서 전화해 봤어요. 지금 뭐 하고 계세요?

악기처럼 영롱하고 고운 목소리.

정효린이었다.

"아, 정효린 씨였군요. 저는 지금 강의가 시작되기만을 기다리고 있습니다."

─실례가 된 건 아니죠?

"예. 뭐, 아직 교수님도 안 들어오셨으니까요."

─그럼 잠깐만 놀아 주세요.

"뭐… 그러죠. 참, 신곡 준비하신다면서요?"

─어떻게 아셨어요?

"인터넷에 나왔던데요. 정효린 신곡 발표 임박이라고요."

─네. 싱글 앨범이에요.

학생들은 조소했다.

혹시나 싶었는데 의혹이 사실이 되었다. 지금 통화하는 사람이 가수 정효린이라고 한다.

'아까부터 뭔가 수상쩍더라니.'

'이런 사기꾼.'

'무슨 정효린이 전화를 해?'

'어림 반 푼어치도 없는 허풍이나 떨고 있네.'

학생들은 다시 하던 일을 계속했다. 다들 묵시적으로, 이제 이현의 존재에 대해서는 완전히 무시해 버리기로 결정했다.

현지 조달의 법칙

모라타에는 하루가 다르게 사람들이 늘어났다. 방문객들이 북부의 모험과 퀘스트를 위하여 몰려들었기 때문이다.

"마법사, 레벨 310. 대기 계열인데 파티 구합니다."

"이쪽으로 오세요, 마법사님!"

"여기예요!"

"검사, 레벨 296. 힘 위주로 키웠으며 가끔 몸빵도 해 줄 수 있습니다."

"검사님, 아이템 조금 더 챙겨 드릴게요. 우리 파티에 가입하세요!"

"공격수가 부족하던 참인데, 같이 퀘스트 안 가실래요?"

광장은 파티를 구하는 사람들로 야단법석이었다.

북부에서 매일같이 새로운 퀘스트와 이야기 들이 탄생하고 있다.

모험가들을 뜨겁게 만드는 생생한 경험담!

어느 던전에서 무슨 몬스터를 사냥했는지, 어떤 아이템을 습득했는지가 최고의 자랑거리였다. 처음으로 발견한 던전들에서는 2배의 경험치와 아이템도 얻을 수 있었다.

모험가들이 위험을 함께할 믿음직한 동료를 구하기 위해 모라타로 모여들었다. 현재까지는 모라타가 가장 번성한 마을이기 때문이다.

"단창! 전투에는 이보다 실용적일 수 없는 단창 팝니다. 공격과, 방어를 위한 견제를 함께할 수 있는 무기. 속성은 직접 확인해 보세요!"

"카달리나의 단검. 이름만 말씀드립니다. 그 가치를 아시는 분만……."

광장 구석에서는 사냥으로 얻은 물건들을 파는 전사들이 쪼그려 앉은 채로 손님을 기다렸다. 가치 있는 전리품들의 경우, 상점에 판매하지 않고 직접 구매자를 찾으면 가격을 더 받을 수 있기 때문이었다.

"철검! 특별히 신경 써서 만든 철검 파오. 대장장이 게암의 이름을 걸고 만든 물건. 중급자에서 고급자로 넘어가는 사람들이 쓰기에 좋을 것이오. 단, 구입 후에는 환불 불가! 추후 수리 보장은 안 해 줌."

"방패 제작 명인. 대장장이 스킬이 중급에 이르러 명인의 반열에 오른 저 파베루가 직접 맞춤 방패를 만들어 드립니다. 다만 미리 말해 두지만, 가격은 다른 사람들보단 조금 비쌉니다."

"마법 부여해 드립니다. 하루짜리, 사흘짜리, 일주일짜리 마법 있어요."

대장장이나 재봉사, 인챈터 들을 비롯한 생산직 직업들도 모여들었다.

북부에서는 조금만 엉뚱한 지역으로 들어가도 함정과 몬스터 들이 들끓는다. 매번 목숨의 위기를 넘기다 보니 자연스럽게 장비에 쏟는 관심이 커졌고, 수요도 확대되었던 것.

장비와 상거래 시장이 급속도로 발달했다. 그것을 노리고 각종 생산직 직업들도 영업을 했다.

이제 모라타는 필요한 것들을 교환하고 동료를 구하는 장소로 널리 이름이 퍼지게 되어, 모험가들이 끊이지 않았다.

"비옥하고 넓은 땅이군. 밀을 뿌리면 딱 좋겠어."

"어딘가 광산이 있을 텐데."

농부, 광부, 목축업자 들도 기회의 땅인 모라타로 왔다. 비어 있는 땅을 개간하고, 광산들을 찾아냈다.

스스로 찾아낸 광산은 일정 액수의 세금만 바치면 자신의 것으로 소유할 수 있기에, 광부들도 몰려와 대박을 꿈꾸는 모험가처럼 금광을 찾아 헤맸다.

북부의 거점 도시 모라타!

실상 도시라고 하기에는 과분했다. 아직은 마을의 수준을 벗어나지 못할 정도로 인구도 적고, 건물들도 부족했다.

그럼에도 매일 늘어나는 사람들로 인해서 활기가 돌았다.

모라타에서는 바쁘게 움직이는 모험가들과 사냥을 떠나는 전사들, 급하게 무언가를 만들어 내는 생산자들을 언제나 볼 수 있었다.

그리고 해가 지고 난 이후의 밤!

대낮의 번성함이 사라지고 마을은 텅텅 비어 버린다. 모두들 〈빛의 탑〉을 보러 간 탓에 돌산 부근으로 인파가 몰렸기 때문이다.

"찹쌀떡 사려!"

"간식으로 좋은 군밤 팝니다."

〈빛의 탑〉 부근에서는 여행객들로 인하여 간식과 음식 들의 소비가 무척이나 활발하게 일어났다.

커플들과 여행자들은 간식을 먹으면서 밤새도록 빛의 군무를 관람했다.

별과 달, 구름의 이동에 따라서 다채로운 광채를 뿜어내는 조각품.

아름다움에 흠뻑 빠져 사랑을 속삭였다.

연인이 없는 여성들은 마음껏 상상의 날개를 펼쳤다.

"이렇게 훌륭한 조각품을 창조해 내는 사람의 감성은 도대체 얼마나 섬세할까?"

"조각사하고 친해지고 싶어."

반면에 전사와 마법사 들은 빛의 군무를 보자마자 급하게 떠났다.

"빨리 가자!"

"사냥이다."

조각품의 효과가 지속되는 시간 동안 최대한 많은 몬스터를 잡기 위해서였다.

프랑스의 에펠탑.

뉴욕의 자유의 여신상.

도시들을 상징하는 위대한 조각품들처럼, 모라타는 〈빛의 탑〉으로 인하여 더욱 유명해지고 번영했다.

문화가 보여 주는 힘.

자긍심을 심어 주고, 도시를 널리 알린다.

북부의 많은 성과 도시 들을 다 알 수는 없지만, 〈빛의 탑〉이 있는 모라타는 알게 되었다. 어느덧 북부를 떠올릴 때에는 반드시 모라타를 연상하게 된 것이다.

모라타가 여행자들의 거점 도시로 발달하고 관광객들이 끊이지 않는 이유는, 이처럼 〈빛의 탑〉이라는 조각품의 역할이 컸다.

그리고 로자임 왕국 출신의 여행자들도 모라타에 찾아왔다.

지칠 대로 지친 그들이 내뱉은 첫마디!

"여기가 모라타 마을인가요?"

"조각사 위드 님이 영주로 있다는 그 마을?"

"이곳에 오면 풀죽을 준다던데요!"

⁂

마을의 장로는 위드를 대신해서 모라타 지방을 통치하고 있었다.

"우리 마을 주민들이 더는 굶주리지 않았으면 좋겠어."

그래서 대규모 개간 사업을 벌였다. 땅을 일구고 곡식들을 심어서 식량난을 타개하기 위함이었다.

북부는 그동안 식물이 잘 자라지 않아서, 사람들은 굶주림에 익숙하고 인구도 잘 늘지 않았다.

그 악순환을 끊어 버리기 위한 투자!

모라타의 황무지들이 개간되고 있다.
개간된 땅에는 밀이 심어질 예정이며, 밭에서는 채소와 과일이 자라게 될 것
이다. 첫 추수는 4개월 후이다.

개간 면적: 14만 평.
경제력 증가: 7
세금 수입: 매달 800골드.
곡물 생산량: 830% 증가.

수입이라는 측면에서 보면 투자 대비 효율은 적은 편이었다.
하지만 모라타의 인구를 늘리는 데 도움이 되니 요긴한 투자인
것이다.

마을 장로는 이 개간 사업에 3만 골드라는 막대한 돈을 지출
했다.

"마을의 건물들도 너무 낙후됐어. 마을이 깨끗해야 주민들의
자부심이 늘어나게 되지."

거리 청소에 2,000골드, 주택과 상가 건설에 26,000골드를
썼다. 수로도 정비하고, 마을로 들어오는 정문도 대리석으로
건축했다.

주민들의 자부심을 위해!

모라타 주민들의 사기: 89.
위생과 보건 상태가 매우 양호함으로 바뀌었다.

그리고 모험가들이 장로의 집에 방문했을 때였다.

반뎀과 쿤타, 호르간이라는 바바리안들은 요든의 마굴에 있는 몬스터들을 깨끗하게 소탕하고 귀환했다. 다른 도시에서는 200골드 정도의 수고비와 30 정도의 명성을 획득하는 게 보통이었다.

그런데 모라타 마을의 장로는 역시 남다른 면이 있었다.

"오, 훌륭한 일을 해내셨습니다. 우리 모라타 마을 사람들은 그대들의 도움을 잊지 않을 것입니다."

별것도 아닌 일에 마을 장로가 호들갑을 떨자 반뎀이 무뚝뚝하게 대답했다.

"전사로서 응당 해야 할 일을 했을 뿐입니다."

"아닙니다, 아니에요. 험한 과거를 가진 우리가 몬스터들을 얼마나 두려워하는지 당신들은 알지 못합니다."

마을 장로를 포함하여 모라타의 주민들은 몬스터들에 대한 유별난 공포심을 가지고 있다. 뱀파이어들에게 괴롭힘을 당한 과거 때문이었다.

그래서 마을 장로는 전사들을 좋아했다.

"우리 주민들의 숙원과도 같은 일을 처리해 준 그대들에게 영주님을 대신해서 사례하고 싶습니다. 부족하지만 여비라도 되었으면 좋겠습니다."

띠링!

의뢰에 대한 보상으로 360골드의 사례금을 받았습니다.

명성이 46 늘었습니다.

"이렇게 많은 돈을……."

"더 많은 몬스터를 잡아 와 주세요. 그러면 더 많은 돈을 드리지요."

마을 장로의 실컷 퍼 주기!

영주를 대신한다면서 펑펑 쓰고 있다.

위드가 남기고 간 13만 골드는 금세 탕진해 버렸고, 그 후부터는 들어오는 세금 수입들이 밑천이었다.

모라타의 주민들은 몬스터들을 처리해 준 전사들을 크게 숭상하는 특징을 가지고 있었기에 명성치의 획득도 큰 편.

이처럼 마을 장로가 막대한 돈을 지출했지만 그만큼 세금의 수입도 늘고 있었다.

어차피 모험가들이 퀘스트의 대가로 받은 보수들은 장비와 식량을 구입하고, 여관 등에서 숙박을 하는 데 지출된다. 몬스터를 처리하고 남은 부산물들, 여러 아이템과 가죽, 잡템 들도 시장을 돌면서 가치들을 키워 나갔다.

대부분의 기술과 농업, 산업 들은 낙후되어 있지만 모라타의 방직 기술만큼은 최고 수준!

뛰어난 가죽과 천 들을 만들어 냈고, 이 상품들은 모험가와 상인 들에게 비싼 값에 팔렸다.

모라타의 세금 수입이 놀랍도록 증가하는 원인의 하나였다.

그렇게 세금이 늘어나면 마을 장로는 가만있지 않았다.

"우리 마을을 지켜 주는 프레야 여신님과 교단의 형제들에게 헌금을 하고 싶습니다."

"오오, 그대에게 축복이 있으라!"

통 크게도 5,000골드씩 펑펑 던져 주었다.

또한 문화 사업을 크게 벌였다.

전투 계열의 길드들도 설립되지 않은 마당에, 예술가 길드들을 개설하고 전폭적인 지지를 아끼지 않았다. 대회와 전시회 등을 개최하면서 돈을 물 쓰듯이 썼다.

모라타에는 하루가 다르게 각종 진열품, 조각품, 미술품 들이 무수히 늘어 갔다.

ﾟ✿✿ﾟ

"크크크크."

"주인이 갔다."

"신난다. 이제 우린 자유다."

와일이, 와둘이, 와삼이, 와오이, 와육이, 와칠이!

그들은 행복했다.

착취하고 억압하던 주인이 뱀파이어의 세상으로 떠남으로써 그들은 임시지만 자유를 얻었다.

천국이 따로 없었다.

처억!

첫째인 와일이가 날개를 활짝 펴며 소리쳤다.

"우리가 그동안 얼마나 시달렸던가!"

"맞아."

"정말 괴로웠다."

와이번들의 열렬한 호응.

"골골. 정말 주인 잘못 만나서 심하게 고생했다. 내 금 껍질 거칠어진 것 좀 봐라. 골골!"

금인이도 열심히 고개를 끄덕였다.

"춥고 배고프고……. 이제 우리는 고난 끝에 달콤한 자유를 얻었다. 우리에게는 이 자유를 누릴 권리가 있다. 왜냐면 주인이 여기에 없으니까!"

와일이는 기고만장했다.

위드가 떠난 것은 그만큼 기쁘고 행복한 일이었다. 하지만 그럼에도 위드의 명령은 그대로 남아 있었다.

뱀파이어의 세계로 떠나기 전에, 와이번들과 금인이를 모아 놓고 웅변하듯이 설교를 했던 것이다.

"저 높은 창공에서 아래를 보아라. 걸어 다니는 몬스터들이 보일 것이다. 와삼아!"

"말해라, 주인!"

"넌 와이번이지?"

"그렇다."

"창공의 제왕으로, 가장 강하고 가장 빠른 와이번이 맞지?"

"맞는다."

와삼이는 닭처럼 날개를 푸드덕대면서 열렬히 신을 냈다. 위드가 드물게 칭찬을 해 주니 당연히 기분이 좋았다.

하지만 칭찬을 하며 부추겨 주는 데는 다 이유가 있었다.

"그런데 왜 내 와이번들이 지상에 있는 몬스터들보다 약하냔 말이야! 창공의 제왕인 와이번이 어째서 마음껏 날개를 펼치지 못하고 움츠러들어야 하느냐. 지상을 걸어 다니는 열등한 몬스터들보다도 약해 그들을 피해야 하느냐!"

위드는 와이번들의 연약함을 맹렬히 질타했다.

"미안하다, 주인."

와이번들은 부끄러움에 몸 둘 바를 몰랐다.

실제로 그들이 약한 이유는 위드의 실력이 모자라서 애초에 그렇게 만들어졌기 때문이지만, 지능이 나빠 간단히 설득당해 버렸다.

"강해져라! 너희보다 약한 몬스터들을 제물로 삼아 누구도 건드리지 못할 존재로 거듭나. 진정한 하늘의 제왕, 와이번들이 되어서 다시는 동료들을 잃지 않도록 하라."

쿠오오오!

"우리를 이렇게까지 걱정해 주다니."

와이번들은 감격으로 부리를 떨었다.

위드가 떠나면서 했던 연설로 인하여 와이번들에게는 목표가 생겼다.

"강해지자."

자유롭게 사냥터들을 돌아다니며 성장한다.

주인이 없는 동안 부여된 목표였다.

한동안은 그렇게 위드의 명령을 충실히 따르면서 사냥했다.

통솔력과 카리스마! 와이번들을 직접 만들었으니 친밀도도 높았다.

위드의 명령을 수행하면서 다들 조금씩 성장했다.

"오늘따라 바람을 좀 쐬고 싶군."

그런데 와일이가 점점 사냥을 태만하게 하며 자신만의 시간을 갖기 시작했다. 높은 절벽에서 날개를 접고 서 있기도 하고, 혹은 강해지는 데에는 쓸모없는 토끼들을 잡아먹기도 했다.

다른 와이번들도 나쁜 짓은 금방 따라 했다.

"크크크."

"노니까 좋다."

"더 많이 먹고, 더 많이 자자!"

사냥을 하는 시간은 갈수록 줄어들었다.

와이번들은 제멋대로 굴었다.

한가로운 대낮에 푸른 초원 위에 자빠져서 잠든 와이번들!

"우린 너무 혹사당해 왔다."

"조금 쉬어도 돼."

"주인이 없을 때 쉬어야 된다. 주인이 돌아오면 틀림없이 우리를 다시 부려 먹을 거야."

"어서 놀자."

그래도 가끔 사냥을 했지만, 그 시간은 갈수록 줄어들었다.

아무리 통솔력과 카리스마가 높다고 하더라도 떨어져 있는 시간이 길어지면 효과가 적어진다. 위드의 영향력이 감소하면서 빚어낸 결과였다.

"크크크."

"행복하다. 이렇게 편안할 수가 있다니."

와이번들은 땅바닥에서 뒹굴거렸다.

게으름을 잔뜩 부리면서도 맛있는 것들은 마구 찾아 먹었다.

그러면서 급속도로 뒤룩뒤룩 군살이 쪄 갔다.

목살이 늘고, 배는 더 이상 튀어나올 수가 없을 정도로 볼록해졌다. 옆구리에도 살이 붙어서, 날갯짓을 할 때 심한 장애가 되었다.

애초부터 날렵한 편은 아니었지만 엄청난 비만으로 인해 하늘을 나는 속도도 크게 줄어들었다.

나중에는 간신히 날개를 파닥거려서 조금 날아오를 뿐!

"지상도 좋다."

"그래. 우리라고 꼭 힘들게 날갯짓을 하면서 하늘에 떠 있을 필요가 있나."

와이번들은 의기투합해서 땅바닥에 드러누웠다.

발라당!

가끔 지상에 있는 몬스터들을 사냥하기 위해서 대지 위를 달리기도 했다.

뒤뚱뒤뚱!

❦

위드가 접속했을 때에는 메이런이 이미 일행에게 방송에 대해 이야기를 한 후였다.

"KMC미디어에서 우리 모험에 관심을 갖다니 대단하군요."

페일은 상당히 놀라워했다. 방송에 관심이 많은 그였지만, 설마하니 그들의 모험이 방송에 나올 것이라고는 상상도 못 했으니까.

메이런이 웃으며 설명했다.

"뱀파이어의 땅을 모험하는 사람들은 우리뿐이니까요. 그럼 모두 방송을 하는 건 찬성이신가요?"

화령은 방송에 대한 거부감이 전혀 없었기에 선뜻 고개를 끄덕였다.

"난 찬성."

페일은 조금 망설였지만 메이런이 추진하는 일이니 동참의 의사를 밝혔다.

"저도 찬성입니다."

로뮤나와 이리엔, 수르카도 은근히 기대가 들었다.

"나도 싫진 않아. 뱀파이어 세계를 모험하는 게 숨길 일은 아니잖아."

"방송에 나오다니 좀 창피하긴 한데… 괜찮겠죠?"

검치 들에게는 물어볼 필요도 없었다.

"우리가 방송에 나오다니, 신난다!"

방송 이야기가 나올 때부터 그들의 태도가 달라진 것이다.

땅바닥에 철퍼덕 앉아 있던 이들이 일어서더니 바람이 불어오는 쪽으로 고개를 돌린 자세로 가만히 있었다. 마치 바람에 머리가 흩날려서 멋진 모습이라도 나오는 것처럼!

하지만 짧게 자른 깍두기 머리를 하고 있는 그들이 그런 모습을 연출해 내기란 무리였다.

사범들은 별도로 모여서 대책 회의까지 하고 있었다.

"너희 저번에 위드의 동영상을 봤나?"

"예, 둘치 사형."

"이런 말 하고 싶진 않지만, 좀 멋있었지?"

"시청률이 굉장히 높게 나왔다고 합니다."

"우리도 질 수 없다."

"암요. 이번 방송의 주인공은 우리입니다."

그때 검삼치가 자신 있게 나섰다.

"사형들, 제가 계획을 세워도 될까요?"

"믿어도 되냐?"

"그럼요. 일단 우리의 노래부터 한 곡 만들어야겠습니다."

"노래?"

"왜, 위드도 노래를 불렀잖습니까."

오크 카리취가 불렀던 최악의 노래!

그럼에도 상당히 호쾌하였기에 선풍적인 인기를 끌었다.

"우리가 그보다 멋진 노래를 불러 주는 겁니다."

"좋은 판단이야. 다 같이 합창을 하면 괜찮을 것 같아. 그런데 노래는 누가 만들지?"

"위드에게 작곡을 맡기면 될 것 같습니다. 경험자이기도 하고, 또 잘하니까요."

"위드가 만든 곡을 우리가 부른다면 정말 멋지겠군."

이렇게 사범들은 별도의 작전을 짜고 있었다.

여기에 다른 수련생들도 각자의 생각을 얘기했다.

"사나이들의 기상을 보여 줘야 합니다."

"적들을 압도하는 고함도 질러야죠."

"우리의 멋진 몸도 보여 줘야 됩니다. 그러자면……."

"맞아! 웃통을 벗는 겁니다."

일반인들, 정상적으로 〈로열 로드〉를 즐기는 사람들로서는 상상도 못 할 계획들도 튀어나왔다.

몬스터들과 맞부딪쳐서 웃통을 벗고 싸운다?

당장 죽고 싶어서 미쳐 날뛰는 게 아니라면 터무니없는 짓이다. 아무리 가벼운 천으로 만든 옷이라고 해도 기본 방어력이 상당하기 때문.

천 옷이라도 입고 있으면 그냥 맞는 것보단 절반 이상으로 데미지가 줄어든다. 그 줄어든 데미지도 매우 큰 편이라서 쉽게 죽기 때문에 다들 더 좋은 방어구를 구하기 위하여 혈안이 되어 있는데, 오히려 방어구들을 벗어 버리자니!

그러나 검삼십팔치의 이 황당무계한 의견은 검삼치에 의해 적극 받아들여졌다.

"좋은 생각이다, 삼십팔치야."

"역시 삼치 사형이 제 마음을 알아주시는군요."

"그럼! 그런데 아무 때나 벗으면 죽을 위험이 너무 커지지 않겠냐?"

"저도 그쯤은 생각하고 있었습니다. 그러니까 정말 강한 놈을 만났을 때 벗어야죠. 기백으로 몬스터들을 압도해 버리는 겁니다!"

"멋지구나! 정말 훌륭한 계획이다. 삼십팔치야, 네가 이렇게 똑똑한 줄은 정말 몰랐다."

"제가 말을 안 해서 그렇지, 어릴 때 학원 선생님들한테 좋은 말을 정말 자주 들었습니다. 아직도 그 학원 선생님이 했던 칭찬들이 기억납니다."

검삼십팔치는 만족스러운 표정으로 과거를 회상했다.

검삼치가 정말 부러운 듯이 물었다.

"어떤 말을 들었는데?"

"애가 머리는 좋은데 공부는 안 한다고 하더군요."

"오, 그렇게 대단한 칭찬을……!"

학원 선생님들이 흔히 하는 거짓말!

아이 부모님을 만났을 때에 으레 해 주는 말이었다.

그래야 열심히 학원에 보내게 될 테고, 공부에 돈을 쓰게 될 테니까.

"제가 만날 꼴찌를 하긴 했지만, 원래 머리는 비상했습니다."

"그래. 이렇게 보니까 정말 머리는 좋았던 것 같다."

"제가 만약 공부를 했으면 최소한 반에서 30등 정도는 그냥 했을지도 모르죠."

"정말. 우리 중에서 넌 뭔가 특별해 보인다."

보통 때에는 말수가 없던 검치까지 그 자리에 끼어들었다.

"크흠."

"스승님, 무슨 하실 말씀이라도 있으십니까?"

검둘치를 비롯한 사범들과 수련생들은 서둘러 스승의 말을 경청할 자세를 취했다.

검치는 잠시 뜸을 들이더니 무겁게 입을 열었다.

"내 생각인데, 우리를 상징하는 어떤 표어가 있어야 된다고 본다."

"암요! 우리는 이렇게 숫자도 많은데 아무 표어도 없다는 건 말이 안 되지요. 스승님께서 하나 정해 주시겠습니까?"

"그래. 내가 염두에 두고 있는 말은……."

검치는 본인이 떠올린 것이 스스로도 기특하다는 듯이 미소 지으며 말했다.

"우리의 검은 무적이다!"

"……."

간단명료한 말!

그러나 검치의 수많은 의지가 담긴 것이었다.

어떤 적과도 싸우겠다고 한다.

검은 부러지지도 깨지지도 않는다. 검이 상할 때에는 그 검의 주인이 제대로 다스리지 못했기 때문이다.

평생을 두고 익혀 온 검술.

그에 대한 믿음.

검치에게는 인생이 담겼다.

남들에게는 한 자루의 검에 불과하지만, 그는 검을 통해서 세상을 배웠다.

검을 통해 세상과 싸웠다.

꺾이지 않는 기상이 검에 있다.

그렇게 검을 갈고닦아 나아가겠다는 사나이의 당찬 포부와 다짐!

검둘치가 그 말을 곱씹었다.

"우리의 검은 무적이다!"

그러자 수련생들이 목이 터져라 외쳤다.

"우리의 검은 무적이다!"

검치 들을 상징하는 표어가 정해진 셈이었다.

멀리 떨어진 곳에서 위드를 비롯한 일행도 모여서 회의를 벌였다. 페일의 이마에는 흥건한 땀마저 어려 있다.

"저분들이 엄청난 계획을 세우고 있습니다."

화령과 제피는 그 말에 심하게 동감했다.

"정말 무서운 계획이에요."

"웃통을 벗고, '우리의 검은 무적이다!'라고 외치면서 뛰어 들어가는 검치 님들을 상상하니 왠지 숨이 막힙니다."

상상만으로도 충분히 끔찍했다.

이거야말로 미치도록 창피한 순간이 아니겠는가!

그 순간만큼은 몬스터들보다 검치 들이 훨씬 두려울지도 모른다.

어쩌면 창피해서 그날부터 물이 제대로 넘어가지 않을 수도 있다.

이리엔이 애절하게 호소했다.

"위드 님, 위드 님이 말려 주시면 안 되나요?"

위드는 고개를 저었다.

"사형들을 제 힘으로 말릴 수 있겠습니까? 이미 저분들만의 계획이 다 세워져 버렸는데."

"휴우!"

다들 한숨만 쉴 뿐, 아무도 감히 검치 들을 말릴 엄두조차 내지 못했다.

세에취는 이제 드디어 포기했다.

'정신의학이 아무리 발달하더라도 저 사람들을 이해할 수는 없을 것 같아.'

지금까지 관찰해 왔지만 검치 들의 사고방식을 헤아리기란 정말 힘든 일이었다. 박사 학위 논문을 준비하던 때보다도 훨씬 힘겨웠다.

사나이답게 호쾌하지만 가끔은 어린아이들처럼 쪼잔하다. 검과 전투에 대해서는 모르는 게 없는 것처럼 보이는데, 여자에 대해서는 굉장히 전전긍긍한다. 복잡함이나 숨김이 하나도 없어서 오히려 알아내기 힘들었다.

그럼에도 한 가지 분명한 것은, 그런 기상천외한 일들을 생각해 내고 또 실제로 벌일 수 있는 사람은 검치 들뿐이리라는 사실이다.

위드가 말했다.

"우리에게도 대책이 필요합니다."

수르카가 울상을 지었다.

"정말 필요해요."

로뮤나도 한마디를 보탰다.

"어떤 식으로든 저분들과 엮이면 곤란해져요."

마판도 끼어들었다.

"제 생각에… 검치 님들이 민망한 짓을 벌이면 멀리 떨어지는 게 어떻겠습니까?"

위드도 괜찮은 의견이라는 생각이 들었다.

"전 마판 님의 말씀에 찬성인데, 다른 분들은요?"

메이런, 이리엔, 페일, 세에취가 거의 동시에 기염을 토했다.

"최대한 먼 곳으로!"

"고개도 돌리고, 절대로 모른 척해야 돼요!"

"우리 쪽으로 달려오면 냅다 도망이라도 쳐야 됩니다."

"취익. 그땐 우린 남남인 거죠."

순식간에 튀어나온 대답들은 그들이 얼마나 절박한지를 느끼게 했다.

의기투합!

인생을 살면서 민망한 순간들은 참 많다. 하지만 검치 들과 어울려서 그런 상황들을 겪으니, 차라리 도망이라도 치고 싶었다.

그렇게 비밀리에 대책들을 수립하고 있을 때였다.

슥슥.

유린은 가만히 땅바닥에 앉아서 스케치북에 그림을 그렸다. 그림 스킬의 숙련도 상승을 위하여 쉬지 않고 그리는 것이다.

동료들과 함께 검치 들의 만행에 대해 심각하게 상의를 하고 있던 제피는 왠지 그녀가 처량해 보였다.

'오빠만을 믿고 의지하며 살아온 아이.'

위드는 유린에 대해서 자세한 이야기를 해 주지 않았다. 그럼에도 귀동냥으로 얻어들은 사실이 있었다.

부모님은 그녀가 어릴 때에 돌아가셨으며, 가정 형편이 정말로 어려웠다고 한다.

'돈이 없다는 게 얼마나 힘든지 알아. 인형들도 외제는 가지고 놀지 못하던 아픔이겠지.'

제피가 경험해 본 가난은 그런 종류밖에 없었다.

어릴 때 장난감 대신에 보석을 갖고 놀기를 즐겼는데, 비싸다고 많이 사 주지 않았다.

방 청소를 하지 않으면 용돈을 안 주거나, 성적이 떨어졌을

때 플래티늄 등급의 신용카드를 정지시키기도 했다. 그럴 때에
는 나이트에 가서도 친구들이 대신 내주는 돈으로 놀거나, 외
상을 깔아야만 했다.

'이렇게 착하고 예쁜 소녀가 그렇게 마음고생을 하면서 살았
다니.'

제피는 측은해서 견딜 수가 없었다.

유린에 대해서 아무것도 몰랐다면 차라리 이런 기분은 들지
않았으리라. 최소한 〈로열 로드〉에서만이라도 밝게 웃는 모습
을 많이 보여 주면 좋을 텐데, 검치 들에 의해 민망한 상황까지
마주하게 된 것이다.

제피가 그녀에게 다정하게 말했다.

"괜찮아요. 다 잘될 거예요."

"네?"

유린이 생뚱맞다는 듯, 무슨 말을 하냐면서 고개를 들었다.

그녀는 그림을 그리는 게 즐거웠다. 구상한 것들을 그리고
색을 입히면 정말 예쁜 그림들이 만들어진다.

완성된 그림을 보았을 때의 행복!

이렇게 즐거운 일을 하고 있는데 옆에서 위로하니 의아했다.

제피는 의외의 반응에 조심스럽게 말했다.

"아니, 방금 듣지 못했어요? 검치 님들이 어떤 민망한 행동
을 하려고 하는 바람에 대책 회의를 하고 있잖아요. 지금 거기
에 대해서……."

유린이 눈을 반짝였다.

"왜요? 멋질 것 같은데요?"

"……."

제피는 입을 떠억 벌렸다.

"그림으로 그려서 평생 간직할 거예요. 그리고 그런 쪽의 취향을 가진 여자애들에게 팔아먹어야지. 헤헤헷."

"……."

제피는 등줄기에 식은땀이 흐르는 것을 느꼈다.

앳되고 귀여운 소녀 유린에 대해서 잠깐씩 착각을 하게 된다. 앳되고 귀엽지만 위드의 동생이었다. 절대로 평범할 수가 없는 것이다.

위드를 포함해서 일행은 일단 토둠을 향하여 동쪽으로 움직였다.

세이룬에서 모은 정보에 의하면 토둠은 무려 열흘이나 걸리는 거리!

"정말 머네요."

제피가 한숨을 푹 내쉬었다.

보통 때라면 당연히 말이나 마차 같은 이동 수단을 이용했으리라. 그런데 여기는 뱀파이어의 세계다. 말처럼 편안한 이동 수단이 따로 없다.

마판이 모는 마차가 있긴 하지만 탈 수 있는 인원은 제한되어서, 체력이 떨어지는 이리엔을 비롯하여 화령, 로뮤나, 유린 정도만이 탈 뿐이었다.

"헉헉."

"힘들다, 정말."

먼 거리를 이동하면서 체력이 저하될 때마다 이리엔의 회복 마법이 빛을 발했다.

하루를 꼬박 걷고 나서 저녁 무렵, 일행은 식사 시간을 가졌다. 음식은 물론 위드가 만들어야 했다.

"열흘이나 가야 하니 피로 회복과 체력 증강에 좋은 음식들을 만들어야겠군."

위드는 약초와 닭을 넣고 끓였다.

몸보신에 좋은 삼계탕!

물론 약초들은 오래된 도라지들이나 매우 작은 인삼들이었고, 닭은 질겨서 맛이 없는 장닭들이 재료였다.

"푹 끓이면 그래도 먹을 만해지니까."

같은 거리를 똑같이 걸어왔다. 누구나 육체적으로도 피로해서 드러누워서 쉬고 싶은 마음뿐.

그런데도 위드는 막대한 양의 요리를 해냈다.

사실 화령과 유린은 음식을 만드는 걸 돕기 위해 옷소매를 걷고 나서려고 했다. 하지만 위드가 도움을 거절했다.

"보통 때라면 몰라도 지금은 맛있는 음식이 필요하니 제가 요리를 하는 편이 더 낫겠습니다."

저급 식재료를 사용할 경우의 단점!

요리 스킬이 낮은 사람이 만들면 거의 재료들을 버려야 하는 상황에 이를 수 있는 것이다.

"네. 그래도 힘들면 부르세요."

"오빠, 아무 때나 시켜 줘."

화령과 유린은 물러설 수밖에 없었다.

위드가 만들어 낸 삼계탕을 배부르게 먹고 나서, 다시 저녁에 이동을 재개했다.

사각사각.

위드는 이제 걸으면서도 조각품을 깎았다.

평범한 나무 조각품들은 스킬의 숙련도를 아주 조금 올려 줄 뿐이다.

"그래도 이렇게 작은 것들이 모여서 큰 걸 이루는 법이지."

조각술은 대작이 나왔을 때 스킬 숙련도가 상당히 많이 오르는 편이다. 하지만 지금까지 위드는 매일 수십 개씩 조각을 했음에도, 정작 만들어 낸 명작이나 대작의 개수는 그렇게 많지 않았다.

사냥을 하는 와중에도 쉴 때에는 조각품을 깎았고, 재봉이나 대장일, 낚시를 할 때에도 조각품을 만들었다. 요리를 하면서도 뜸을 들이는 와중에 약간씩만 시간이 나면 나무와 조각칼부터 꺼냈다.

큰 것 한 방을 노리면서 살면 목표를 달성하는 데 더 오래 걸린다. 쉬지 않고 정진하는 길이야말로 꿈을 이룰 수 있는 가장 빠른 길.

조각술을 비롯하여 여러 생산 스킬을 습득했던 원동력이다.

끝도 없는 노가다의 길!

하나라도 더 익히고 강해지는 게 적성에 맞았다. 완전히 체질이었다.

그렇다고 해서 지겨운 것만도 아니다.

강해져야 하는 데에는 목적이 있고, 이유가 존재한다.

베르사 대륙은 수없이 많은 던전들과 사냥터들이 있고, 퀘스트들이 발생하는 곳이다. 더 강한 몬스터와 싸우고, 위험을 극복해 나가려고 한다면 강해져야만 했다.

분명한 목적이 있으니 잠시도 지루하지 않았다.

그렇게 사흘을 걸었을 때였다.

마차에 타고 있던 화령이 미안한 듯이 물었다.

"위드 님, 걷는 게 힘들지 않으세요?"

"아닙니다. 그저 방송 분량이 걱정될 뿐!"

"……!"

어느새 위드도 방송에 대해서 알았다.

이렇게 밥을 먹고 무작정 걷는 내용만 끊임없이 방송될 수는 없다. 그랬다가는 시청자들이 대번에 채널을 돌려 버리고 말 것이다.

방송 분량이 늘어날수록 들어오는 돈도 늘어난다는 생각에, 더 빨리 걸어서라도 토둠에 도착하고 싶을 뿐이었다.

화령은 이번에는 검구치에게 물었다.

"힘드시죠?"

"아닙니다."

씩씩하게 대답하는 검구치!

"힘드시면 그렇다고 하셔도 돼요."

"수행의 일부분에 불과합니다."

"……."

위드나 검치 들이나, 노가다와 육체 단련에는 이골이 나 있었기에 조금의 거리낌도 없었다.

제피와 페일, 메이런, 수르카만이 번갈아서 마차에 타면서 휴식을 취했다. 물론 상인인 마판은 계속 마차를 타고 있는 상태였다.

그날 점심 무렵!

일행의 행렬과 마차는 산을 넘었다.

들꽃과 꽃나무 들이 눈에 다 들어오지 않을 정도로 피어 있었다. 바람이 불 때마다 꽃잎들이 떨어져서 날린다. 일시에 수천수만 개의 꽃잎들이 날아오르면서 장관을 연출했다.

"와아!"

평생에 한 번 보기 힘든 광경.

꽃잎들이 바람을 타고 하늘에서 춤을 추었다. 그렇게 한차례 휩쓸고 지나간 이후에는 달콤한 향기가 남았다.

북부의 대지에서 혹독한 대자연과 싸워야 했던 위드지만, 뱀파이어들의 땅에서는 절경들이 보였다.

이처럼 아름다운 풍경들이 있는 세계라니!

유린이 부탁했다.

"오빠, 이곳에서 조금만 쉬어 가면 안 돼요?"

이리엔과 로뮤나도 대찬성이었다.

"그래요, 위드 님! 좀 쉬고 가요. 이렇게 좋은 곳에 와서 그냥 지나칠 수는 없잖아요."

"딱 1시간만 머물다가 가요. 너무 힘들어요."

말은 안 했지만 화령이나 메이런, 수르카도 이 장소가 좋았다. 이토록 아름다운 곳에서 쉴 수 있다면 그동안 쌓였던 피로도 말끔히 씻어 버릴 수 있으리라.

사실 육체적인 피로야 마법과 음식으로 어느 정도 조절이 가능하지만, 정신적인 피로는 그렇지 못하다.

끊임없이 이동만 하느라 지루하고, 고단했다. 이런 꽃밭에서 풍경을 보면서 휴식을 취한다면 힘이 나리라.

그러면서도 큰 기대는 하지 않았다.

'위드 님이 아무 의미도 없이 이런 곳에서 쉬려고 하진 않을 거야.'

'그냥 바로 출발해 버리겠지.'

메마른 감수성!

위드의 평상시 모습을 감안한다면 휴식을 취하려고 할 리가 없었다.

그런데 이게 웬일! 위드는 흔쾌히 허락했다.

"그럼요. 이렇게 좋은 곳에서 1시간은 너무 짧습니다. 아예 한 7시간 정도 머물다가 가죠."

"꺄아, 정말요?"

수르카가 환호성을 질렀다. 다른 여자들도 기뻐했다.

이런 산속의 풍경 속에서 꽃놀이를 하다니, 얼마나 분위기가 있는가.

하지만 마판이나 제피는 노골적으로 미심쩍은 눈길을 숨기지 않았다.

'이건 보통 때의 위드 님의 모습이라고 할 수 없어.'

'설마 이 근처에 몬스터라도 있나?'

아무리 주변을 돌아보아도 꽃밭이었다.

다른 장소에서는 찾아보기 힘든 수려한 꽃들이 천지에 피어 있다. 꽃들과 꽃나무가 가득하고, 잠자리와 나비 들이 날아다니는 평화로운 모습.

이런 곳에 던전이 있을 리도 없고, 몬스터 따위가 숨어 있을 리는 더더욱 만무하다.

만약에 몬스터가 있더라도, 궁수로서 시력이 좋은 페일이 훨씬 먼저 발견을 했어야 옳았다.

'대체 무슨 이유일까.'

마판이나 제피는 마음 편히 쉬지도 못하고 고뇌에 잠겼다.

화령, 이리엔, 로뮤나는 내심 고개를 끄덕였다.

'위드 님도 이렇게 어여쁜 꽃과 나무를 보면서 쉬고 싶었던 거야. 어쩌면 나와 같이 산책을 하고 싶으신 건지도……'

'위드 님도 동생은 끔찍이 아끼니까 부탁을 거절하지 못하시는구나. 은근히 가정적이고 마음이 여린 분이라니까.'

'정말 아름다운 장소네. 예술가의 감수성이라면 당연히 이런 곳을 그냥 지나치지 못할 거야. 혹시 위드 님이 이곳을 보면서 무슨 영감을 얻으신 건 아닐까? 그래서 멋진 조각품을 만드실지도!'

로뮤나는 자신의 의견에 상당히 설득력이 있다고 느꼈다. 그래서 다른 일행을 모아서 말해 주었다.

당연히 반응은 폭발적!

"어멋, 정말요?"

화령의 눈이 반짝였다.

"위드 님이 조각품을 만드실 것 같다고요? 그럼 우리가 조각품을 깎는 모습을 볼 수 있는 거예요?"

메이런도 기대를 숨기지 않았다.

"그럼요! 그러니까 굳이 7시간이나 쉬겠다고 하지 않으셨을까요?"

"듣고 보니 그러네요. 와, 그런 거였구나!"

위드가 일상적으로 만들어 낸 조각품은 상당히 많이 보았다. 섬세하고 부드럽게 표현한 물체들.

스킬 숙련도를 위하여 노가다로 찍어 내는 작품들이었다. 그럼에도 상당히 탐이 나는 물건들이 많았다.

하지만 위드가 작정하고 만들어 낸 작품들은 차원이 달랐다. 몇 사람들만이 알고 있는 작품이 아니라, 베르사 대륙에 소문이 자자하게 퍼진 위대한 조각품들!

〈빛의 탑〉이나 빙룡 조각상처럼 대작이나 명작의 반열에 오른 작품을 만드는 광경을 직접 볼 수 있는 것이다.

페일마저도 설레지 않을 수 없는 상황이었다.

심지어는 검치도 은근한 기대가 되었다.

'조각칼로 작품을 만든다. 소검을 이용해서 마음을 담고 물체의 결을 다듬는 것인가?'

모두가 위드의 움직임만을 주시했다.

함부로 입을 열거나 위드의 근처에 다가가지도 않았다. 조금이라도 신경을 거스르지 않기 위함이었다. 꽃구경을 하고 싶다는 생각은 이미 사라지고 없었다.

이윽고 위드가 움직였다.

로뮤나의 예상처럼 자하브의 조각칼을 빼어 든 상태였다.

조각사의 신물과도 같은 물건.

수많은 조각품에 혼과 생명을 불어넣은 자하브의 조각칼.

"달빛……."

위드가 꽃나무들의 앞에 서더니 소리쳤다.

"조각 검술!"

달빛 조각술이 아닌, 달빛 조각 검술!

위드가 조각칼을 휘저을 때마다 광채와 함께 꽃나무들이 우수수 베였다.

이리엔이 작게 입을 벌렸다.

"어라?"

제피도 고개를 갸우뚱했다.

"저게 뭐죠?"

얼핏 위드의 모습을 본다면, 꽃나무들을 깎고 다듬는 게 아니라 밑동에서부터 싹둑 잘라 내고 있었으니까.

화령이 작은 목소리로 속삭였다.

"더 지켜보도록 해요. 조각이란 다양한 영역의 표현을 할 수 있잖아요."

빛을 이용해서도 조각품을 만들 수 있다. 그러니까 지금 위드가 만들려고 하는 것은 어쩌면 꽃나무들이 많이 필요한 작품일지도 모른다.

그런 기대를 안고 묵묵히 기다렸다.

"후후."

위드는 음침한 괴소를 터트리며 꽃나무들을 잘라 내었다.

수북하게 쌓인 나뭇가지들!

"돈 주고 사려면 이게 다 얼마야!"

위드는 대단히 만족했다.

조각술을 펼치려면 좋은 재료가 필요하다.

재질이 훌륭한 나베목이나 엘프목의 경우에는 조각 재료점에서 비싼 값에 팔린다.

철저한 현지 조달 법칙!

위드의 경우에는 가능한 한 재료들을 구입하지 않았지만, 그 대신 조각술을 펼칠 때마다 약간씩 손해를 감수해야 했다. 숙련도의 상승이 줄어들고, 나중에 조각 상점에 판매할 때에도 비싼 가격을 쳐주지 않았다.

그런데 이런 곳에서 뜻하지 않게 생기가 넘치는 꽃나무들을 발견한 것이다.

나무의 결도 좋고, 표면에도 윤기가 흐른다.

생명력이 약동하는 다양한 나무들!

휴식의 목적도, 나무들을 잘라 내서 한 푼이라도 더 절약하기 위함이었다.

"놀면 뭐 하나. 조금이라도 벌어야지!"

위드는 거추장스럽던 수북한 나뭇가지들을 쳐 내고 굵은 토막들만 남겼다. 그러자 마판이 달려들었다.

"위드 님, 도와드리겠습니다!"

마판은 잔가지를 쓸어 마차에 담았다.

돈을 벌기 어려운 초보자들이 초반에 하는 유용한 용돈 벌이! 산이나 숲에서 장작이나 땔감으로 쓸 나무들을 모으는 것이었다.

마판은 널려 있는 잔가지들을 모아서 팔아 치울 계획이었다.

둘이 저지르고 있는 만행!

무수한 꽃나무들이 잘려 나가는 것을 보며 일행도 이 작업의 의미를 깨달았다.

이리엔과 로뮤나의 고개가 처량하게 아래로 향했다.

"…역시 돈이었어."

"어쩐지 위드 님이 선선히 허락을 하시더라니……."

엄습해 오는 실망감.

그럼에도 희망을 잃지는 않았다.

제피가 중얼거렸다.

"위드 님의 여동생은 꽃을 사랑하니까."

페일도 고개를 끄덕였다.

"저 짠돌이 정신이 유전은 아닐 테니까요."

발랄한 유린이라면 꽃으로 화관을 만들고, 스스로를 치장하고 있으리라.

소녀답게 그렇게 놀고 있으리라 여겼다.

그들은 유린이 있는 곳을 찾았다.

그리고 그들이 본 장면은 충격 그 자체였다.

유린이 꽃밭에 앉아 있는 것은 맞았다. 문제는 쑥을 캐는 아줌마들처럼 꽃밭에 쪼그려 앉은 채로 두 손을 이용해 마구 꽃잎들을 따서 바구니에 쓸어 담는 것이 아닌가.

"대체 왜……?"

제피가 다가가서 이유를 묻자, 유린은 간결하게 대답했다.

"천연염료잖아요."

"염료?"

"꽃잎을 모아서 염료를 만들 수 있어요. 그 염료를 이용해서 그림을 그리면 공짜예요."

"……."

자린고비 정신!

유린의 경지는 위드와도 별로 차이가 나지 않을 정도였다.

"좀 도와주세요."

제피는 유린의 부탁을 거절하지 못하고 옆에 쪼그려 앉았다. 그리고 부지런히 꽃잎들을 따 모았다.

"색깔별로 모아 줘야 해요."

"예."

나무 치기와 꽃잎 모으기는 계속되었다.

그런데 가만히 꽃구경을 하고 있던 수련생들은 금방 지루해졌다.

"이렇게 태평한 곳에 앉아 있자니 좀이 쑤시는군."

"여기서 뭘 볼 게 있다고 시간을 끄는 거야."

메말라 비틀어진 감수성을 가진 건 위드만이 아니었던 것!

위드가 그들의 불만을 해소해 주었다.

"나무를 한 짐씩 모아서 저에게 주시면 고기 한 그릇씩 드립니다."

"고기다!"

수련생들이 질풍처럼 내달려서 꽃나무를 향해 검을 휘둘렀다. 그들이 휩쓸고 간 뒤에는 꽃나무 밑동의 잔해밖에 남지 않았다.

검의 내구도가 떨어지면 아예 힘을 주어서 뿌리째 뽑아내기도 하였으니 초토화되는 것은 순식간!

"고기 줘, 고기!"

"어서 구워 먹자!"

마판이 나무를 가져온 수련생들에게 고기를 배급해 주었다.

페일은 망연자실했다.

"이럴 수가!"

그만큼 충격적인 광경이었다.

위드와 수련생들이 움직일 때마다 자태를 뽐내던 꽃나무들이 밑동을 드러내며 잘려 나가는 것이다.

사범들과 검치도 놀고만 있지 않았다.

"이쪽에 꽃나무들이 많다."

"여기 나무들은 굵어서 조각용으로는 아주 그만이야!"

수련생들을 인솔하면서 나무들을 모은다. 때때로 일부러 위드가 들으라는 듯이 큰 소리로 외치면서 말이다.

위신이 있기 때문에 차마 직접 나서서 나무들을 자르지만 않을 뿐, 오히려 이들이 더욱 고기에 집착했다. 수련생들보다는 고기를 최소한 한 점이라도 더 먹어야 사범들로서 위신이 사니까!

그런데 화령이 갑자기 굳은 얼굴을 하고서 위드를 향해 걸어갔다.

'역시 화령 님이 나서 주시는구나.'

'이제 화령 님이 말려 주시겠지.'

일행은 기대했다.

위드를 말릴 수 있는 사람은 검치와 화령뿐이다.

검치의 경우에는 검을 가르쳐 주는 스승이라는 점이, 화령은 범접하기 힘든 외모와 분위기로 존재감이 강하다. 그녀가 나선다면 위드의 태도도 바뀌리라.

하지만 화령은 위드를 말리지 않았다.

나무를 잘라 내는 그의 앞에서 묵묵히 옷자락을 날리며 춤을 추었다.

춤이야말로 가장 솔직한 언어다.

위드가 일을 하고 있으니 그의 피로를 덜어 주기 위해 그리고 자신의 마음을 고백하기 위해, 아름다운 드레스를 입고 나비처럼 사뿐사뿐 움직이면서 춤을 추었다.

화령이 춤을 출 때마다 굽이 뾰족한 신발이 꽃송이들을 마구 짓밟았다.

완벽한 자연 파괴.

그들이 머물고 난 자리는 폐허가 되어 가고 있었다.

✽✽✽✽✽

강 부장과 기획부 직원들은 가슴이 설레었다.

'전신 위드의 모험을 볼 수 있다니.'

'방송국에 입사하기를 잘했다.'

위드가 나온다는 것만으로도 시청률은 보증받은 셈이다.

국내에서뿐만 아니라, 해외에도 전쟁의 신으로 널리 알려진 유저!

불가해의 침략자.

그림자를 남기지 않는 사냥꾼.

어둠의 기사.

다양한 별명들이 있지만 '전쟁의 신'만큼 위드를 잘 묘사하는 단어도 없다.

싸우고 투쟁하면서 존재하는 모든 몬스터들을 적으로 삼는다. 그리고 승리하여 혼자 살아남는다.

〈마법의 대륙〉에서 벌였던 사건들은 이제 전설이었다.

CTS미디어에서 거금을 들여 계정을 구입했던 일이 위드의 명성을 더욱 높여 놓았고, 그를 추종하는 세력도 막강하기 이를 데 없었다.

"불사의 군단 퀘스트 정도만 떠 준다면 대박일 텐데 말이지."

강 부장의 희망 섞인 바람에 연출자들도 긍정적이었다.

"아무렴요. 뱀파이어 왕국 원정인데, 무엇보다도 위드가 그 원정단을 이끌고 있습니다. 못해도 불사의 군단 이상의 화면이 나올 것 같습니다."

"틀림없겠지?"

"그럼요!"

방송국 관계자들은 확신했다.

이번의 모험을 방송하기만 하면 시청률은 대박이 나리라는 것을!

그들이 해야 할 것은 뒷받침뿐이었다.

"음향 팀, 특수효과 팀! 오늘부터 24시간 대기해. 방송 화면이 넘어오는 즉시 편집에 들어간다."

"네. 모두 기다리고 있습니다."

"작가들은 임팩트가 강한 부분마다 자막 설명 준비하고."

"어렵지 않아요. 위드의 모험은 강렬해서 그냥 다 붙이면 멋지거든요."

"그래. 국장님의 명령이야. 지난번의 경험도 있으니, 편집은 최대한 신속하게 진행해. 우선은 최대한 빨리 방송 일정부터 잡는다."

방송국은 베테랑들만 모아서 비상 체제로 운영되었다.

명문 길드의 원정이나 대규모 보스 몬스터 사냥처럼 특별한 날에나 이루어지는 일을, 오직 위드라는 유저 1명만을 보고 준비한다. 그만큼 위드에 대한 신뢰가 두터움을 증명했다.

"부장님! 드디어 화면이 들어오고 있습니다."

기획실 직원이 버럭 소리쳤다. 그가 보고 있는 화면으로 모험의 영상들이 떴기 때문.

"이제야 보내 준 건가? 어서 메인 화면으로 띄워 봐."

"예. 지금 바로 띄우겠습니다."

방송국 사람들의 시선은 메인 화면으로 향했다.

각자 맡은 분야에 따라서 분주하게 작업을 진행해야 한다. 하지만 업무에 앞서서 위드의 모험에 대하여 큰 기대를 갖고 화면을 살펴보려는 것이었다.

위드와 일행이 험난한 산들을 넘었다.

까마득한 절벽과, 구름이 흘러가는 곳.

개울물이 맑은 소리를 내며 흐르고, 꽃과 나무 들로 뒤덮인 곳이었다.

꿀꺽.

강 부장의 목울대에 침이 넘어갔다.

첫 화면부터 이렇게 절경이라니, 기대를 했던 보람이 있지 않은가!

　화면 속의 위드와 일행이 꽃으로 뒤덮인 곳에서 이동을 멈추었다. 그리고 몇 마디의 말을 나누더니 각자 흩어진다.

　"휴식을 취하려는 모양이로군요."

　"응. 그런 것 같아."

　하지만 그들이 한 것은 벌목과 꽃잎 채취였다.

　수백 명의 사람들이 흩어져서 움직일 때마다 꽃과 나무 들이 추수하듯이 베여 나간다.

　일정 지역을 철저하게 망가뜨리고 나서는 다음 지역으로 이동. 그들이 지나가는 곳마다 싱그러운 향기를 내뿜던 꽃들이 뽑히고 잘려 나갔다.

　쑥대밭!

　황폐화!

　초토화되어 간다.

　"……."

　강 부장을 비롯하여 모두의 말문이 막혔다.

　위드와 일행이 이동할 때마다 찬탄이 나올 정도로 아름다운 장소들이 나온다. 그러나 그들이 지나가면 남는 것은 아무것도 없다. 기화이초들을 비롯하여, 형태가 멋진 나무들도 모두 잘려 나가고 사라진다.

　그런 장소 위에서 태연하게 밥을 해 먹고 고기를 구워 먹는 무리.

　"이걸… 방송에 내보내야 하나?"

　"당연히 안 되겠죠, 부장님."

"그래. 오늘은 그렇다고 치고, 내일부터는 제대로 된 모험을 보여 줄 거야."

"그럼요. 위드인데요."

강 부장은 여전히 기대를 버리지 않았다.

전신 위드.

그의 투쟁을 옆에서 지켜볼 수 있는 것만도 영광이다.

〈마법의 대륙〉에서는 모든 도전자들을 무릎 꿇리고, 가로막던 적들을 부숴 버린 절대의 존재. 그런 위드와 독점 계약을 하고, 그의 모험을 방송할 수 있게 되었다.

사실 벌써부터 특집 프로그램에 대한 내부 정리를 끝내 놓은 상황이라서 방송국 전체가 기대를 품었다.

하지만 위드와 일행은 무려 아흐레 동안이나 이동하는 곳마다 만행을 저질렀다.

그때마다 강 부장의 속은 까맣게 타들어 가기만 했다.

뱀파이어의 편지

뱀파이어 왕국 토둠.

위드와 일행은 꾸준히 걸어서 목적지에 도착했다.

하늘을 향해 삐죽하게 솟아오른 첨탑들.

오래된 고성들 수십 개가 모여 있는데, 주변에는 산들이 보였다.

부서진 묘비와 파헤쳐진 봉분들.

공동묘지로 이루어진 산들로 둘러싸인 곳이었다.

"아아, 여기가 토둠이구나."

"성들이 정말 많아요."

"무덤도 많고요."

토둠에는 을씨년스러운 기운이 흘렀다.

춥지는 않지만, 알 수 없는 한기가 느껴지는 곳!

자욱한 안개 때문에 시야가 가로막혀서 멀리는 보이지도 않았다.

뱀파이어 왕국 토둠의 최초 발견자가 되었습니다!

혜택: 명성 820 증가. 놀라운 발견의 기록을 베르사 대륙의 귀족이나 왕족에게
보고하면 추가적인 보상을 받을 수 있다. 미탐험 지역의 왕국을 발견함으
로 인해 해당 왕국에서 받는 퀘스트 보상이 일주일간 2배로 증가한다.

토둠!

토리도가 불렀던 약속된 장소에 온 것이다.

위드는 천천히 앞으로 나아갔다. 태연한 척은 했지만 긴장을
풀지 않았다.

'느긋해져서는 안 돼. 지독한 내 불운이 이대로 사라질 리가
없어.'

왕국에 도착하기까지는 편안한 여행이었다. 그럴수록 경계
심은 더욱 높아졌다.

'폭풍이 치기 전이 가장 고요한 법. 어려운 의뢰가 나오기 전
에는 항상 방심을 하게 만들지.'

보상이 크거나 위험할수록, 의뢰 전에는 한껏 기대를 하게
만든다. 모든 것이 잘될 것처럼 느껴지고, 반짝거리는 기대로
달려가게 했다.

그 후에 뒤통수를 후려치듯이 등장하는 연계 퀘스트들!

피하지도 못한다.

도망치면 끝장이다.

무조건 죽기 아니면 까무러치기로 상대해야 하는 퀘스트들
이었다.

다소 초보들을 위한 것으로 보이는 세이룬에서도 처음 시작

부터 난이도 B급이었으니, 뱀파이어 왕국 토둠에서는 그보다 훨씬 높은 난이도가 나타나리란 건 불을 보듯 뻔한 사실이었다.

'퀘스트의 조짐이 보인다. 지금도 심상치 않아.'

우아하고 고풍스럽게 지어진 고성들이 서로 연결되어 큰 성채를 이루고 있다. 그런데 인적이 전혀 느껴지지 않았다.

사람의 흔적은 없더라도 박쥐 떼나 뱀파이어라도 목격할 수 있어야 하는데, 이 큰 성채에 지키는 이 하나 없었던 것.

토둠의 거대한 모습이 위협적으로 다가왔다.

위드는 성문 근처에서 누군가가 흘려 쓴 목판 조각들을 발견했다.

우…리는 착한 뱀파이어들이다.

황당했지만, 일단 목판을 계속 읽어 보기로 했다.

하루에 피는 세 번씩 마시고, 아침잠은 절대 놓치지 않는 규칙적인 뱀파이어들이다.

그런 우리에게 토둠은 안락한 보금자리였다. 나는 늦은 밤 관 속에서 일어나 기지개를 켜고 박쥐로 변하여 토둠을 비행하는 게 취미였다. 피의 궁전이나 유혹의 방에서 열리는 연회는 우리 뱀파이어들의 고급스러움을 보여 주는 좋은 예라고 할 것이다.

주변에 살던 인간들은 이미 노예가 되어 우리에게 착취당하고 있었다. 인간들은 소처럼 일만 하며 피를 바쳤다.

이 얼마나 아름다운 일인가? 인간들의 희생 덕분에 우리는 죽음으로부터 멀어졌다. 갈수록 토둠을 둘러싼 어둠의 힘은 강성해졌고, 뱀파이어들 또한 힘을 더해 갔다.

하지만 그 막강한 어둠의 힘은 우리의 숙적들을 잠에서 깨어나게 만들었다.

하늘을 나는 페가수스.

순결한 여자를 좋아하는 유니콘.

신수들이 우리 토둠을 일제히 공격한 것이다.

전설의 신수들은 어둠의 힘에 전혀 영향을 받지 않았다. 평화를 사랑하는 우리는, 두려웠지만 맞서 싸워야만 했다.

참, 왜 뱀파이어들이 유니콘을 싫어하는지 알고 있는가? 거기에는 역사적인 깊은 이유가 있다.

위드는 여기서부터 빠르게 목판을 눈으로 훑어 내렸다.

뱀파이어와 유니콘의 앙숙과도 같은 관계에 대한 오랜 서술이 무려 7장의 목판에 적혀 있었다. 뱀파이어가 점찍었던 처녀를 유니콘이 가로챘다거나, 보석과 황금을 훔쳐 갔다거나 하는 시시콜콜한 사연이었다.

…그런 페가수스와 유니콘의 공격은 우리 뱀파이어들로서는 상대하기 어려웠다. 인간들과 달리 그들에게는 우리의 마력이 통하지 않았다. 그로 인해 토둠의 밤과 낮을 그들이 차지하고 말았다.

하지만 이것이 우리 피의 일족에게 닥친 불행의 끝은 아

니었다. 더욱 강성해진 어둠의 힘은 망자들마저 자극하고
말았다. 고대에 살았던 인간들이 섭리를 거슬러 올라 되살
아난 것이다.

그들은 특정한 목적을 가지고 우리의 땅인 토둠에 탑을
세웠다.

영웅의 탑.

그곳을 파괴하고 우리 뱀파이어들의 자존심을 되찾아
주었으면 좋겠다. 만약 그것이 불가능하다면, 최소한 유니
콘과 페가수스만이라도 퇴치해 주기를.

참고로 우리 뱀파이어 일족이 가진 건 돈밖에 없다. 부
탁을 들어준다면 우리의 보물 창고에 들여보내 줄 것을 약
속한다.

띠링!

이름이 알려지지 않은 뱀파이어의 요청

토둠에 남겨진 뱀파이어의 기록. 뱀파이어들은 페가수스와 유니콘의 등쌀에,
관 속에 숨어 나오지 못하게 되었다. 선량한 뱀파이어가 남아 있을지는 과연 의
문이지만, 그들의 요청에 따라 움직여 보는 것도 나쁘지 않을 것이다. 뱀파이어
일족의 보물 창고에는 콜드림이라는 인간의 영혼이 속박된 구슬이 있는데, 구
슬이 깨지는 순간 그의 영혼은 해방된다. 뱀파이어 왕국 토둠의 진정한 모습을
보고 싶다면 이 목판에 자신의 이름을 새겨라.

난이도: A

보상: 레벨 400 이상이 사용할 수 있는 유니크 무기. 뱀파이어의 무기 창고에
　　　서 직접 선택할 수 있다. 콜드림의 해방.

제한: 사망 시 베르사 대륙으로 이동되고, 퀘스트는 실패한 것으로 간주된다.

드디어 모습을 드러낸 난이도 A급의 의뢰!

추가 설명: 콜드림의 해방

30년 전 칼라모르 왕국의 기사 콜드림은 하벤 왕국과의 무수히 많은 전투를 승리로 이끈 구국의 영웅이다. 그의 기마술은 따를 자가 없었으며, 그는 병사들의 충성을 한 몸에 받았다. 마지막 순간 하벤 왕국의 비열한 음모에 빠져서 죽은 것으로 알려져 있다.

그러나 진실은 이와 같다.

하벤 왕국의 사주를 받은 뱀파이어들은 무력으로 그를 납치하려고 하였으나 실패했다. 그리하여 꾀를 내어 미인계를 사용하기로 했다. 아리따운 뱀파이어 퀸을 이용하여 강직한 그를 유혹해 낸 것이다. 고독하던 콜드림은 음모에 빠져 영혼을 구슬에 봉인당했다. 만약 콜드림이 해방된다면 베르사 대륙에 부활할 것이며, 끝나지 않은 하벤 왕국과 칼라모르 왕국의 전쟁이 재개되리라.

콜드림을 해방할 경우, 칼라모르 왕국의 국가 공적치 23,000을 획득하게 되고 칼라모르 왕국과 하벤 왕국의 전면전이 발생한다.

"으아아아아!"

"말도 안 돼! 이렇게 어려운 의뢰라니."

"페가수스! 레벨 420이 넘어요. 유니콘은 그보다도 약간 더 세고요."

"거기다가 얘들은 하늘을 날아다니잖아요. 우리가 받아들일 수 있는 의뢰가 아니에요."

처음으로 난이도 A급의 의뢰를 접하게 된 일행은 공황 상태에 빠지기 일보 직전이었다.

하지만 검치와 사범들의 마음은 달랐다.

"둘치야."

"예, 스승님."

"페가수스와 유니콘이 센 놈들이냐?"

"전설의 신수라니 강하겠지요."

"나보다 더?"

"그럴 리가 있겠습니까? 스승님은 무적이십니다."

아부는 이럴 때 해야 한다.

특히 먼저 옆에서 아부를 하는데 가만히 있다가는 미운털이 박히기 십상이었다.

검삼치도 재빨리 소리쳤다.

"스승님은 천상천하 유아독존이십니다!"

검치와 사범들은 매번 싸우고 싶어서 몸이 근질근질했다. 한가롭게 경치나 구경하면서 열흘 동안 이동만 했으니 더욱 전투를 원했다.

수련생들도 의뢰에 대해서 호의적인 편이었다.

"뭐… 기왕에 죽는 것, 강한 놈한테 죽는 게 더 낫겠지?"

"그럼요! 페가수스에게 죽어 볼 기회가 어디 그렇게 흔한 것도 아니잖습니까?"

"제가 〈로열 로드〉 게시판을 좀 다녀 봤는데, 전설의 신수들은 잘 나타나지도 않는다더군요."

"뭐, 위드가 어떻게든 해 주겠지!"

대책 없는 그들.

어떤 식으로든 알아서 되리라는 심정으로 조금도 고민을 하지 않았다.

'맞아. 사실 위드 님이 있었지.'

'위드 님이라면 잘 판단하실 거야.'

일행은 위드의 얼굴을 보았다. 지금까지처럼 최선의 선택을 하리라 믿으면서.

사실 말이 안 되는 의뢰이기는 했다.

페가수스와 유니콘은 자연 계열의 마법을 사용하며, 이동속도가 빠르고 하늘을 날아다니기까지 한다. 그러므로 레벨을 떠나서 상대하기 까다로운 몬스터다.

당연히 본 드래곤보다야 약할 테지만, 그렇다고 해도 전체적인 난이도를 감안한다면 더 쉽다고는 말할 수 없다.

문제는 그런 몬스터들이 하나둘도 아니고 떼거리로 몰려 있다는 점이기에.

'어림도 없어.'

'차라리 자살을 하는 편이 낫지.'

일행의 간절한 눈빛을 덤덤히 맞받아치는 위드는 보상에 눈이 멀어 있었다.

"뱀파이어의 보물 창고 그리고 콜드림의 해방이라."

보물 창고에 어떤 게 있을지는 모르지만, 난이도 A급 퀘스트의 보상이니 간단한 것은 아닐 것이다. 예리카의 활, 바하란의 팔찌, 모라타의 백작 위 등이 지난번 퀘스트로 받은 수확이었으니까.

콜드림의 해방도 엄청난 일이었다.

"국가 공적치 23,000이라면 어마어마한 수치야."

공적치는 아이템과도 바꿀 수 있고, 병사들을 빌리는 데 쓸 수도 있다. 물건을 사고팔 때도 도움이 되며, 위드의 경우에는 거의 필요하지 않지만 명성을 올리거나 작위를 구하는 데에도 사용할 수 있다.

"이렇게 큰 보상을 주는 퀘스트가 난이도 A급이라니 정말 대박이다."

엄청난 보상에 평소의 냉정함도 잃었다.

위드는 대뜸 말했다.

"이런 퀘스트는 받아들여야죠."

그러더니 말릴 새도 없이 조각칼을 꺼내서 목판에 자신의 이름을 새겨 버렸다.

> 퀘스트를 수락하였습니다.

"엇."

"위드 님!"

놀라서 다들 비명을 지르려고 했다.

아무리 위드라고 해도 너무나 무리한 퀘스트를 선뜻 수락하고 만 것.

위드는 망설이지 않고 계속해서 조각칼을 움직여 목판에 다른 이름들도 새겼다.

페일. 메이런. 수르카. 이리엔. 로뮤나…….

> 페일 님이 퀘스트를 수락하였습니다.

> 메이런 님이 퀘스트를 수락하였습니다.

위드가 이름을 새길 때마다 각자의 메시지 창에 글귀들이 떠올랐다. 파티의 리더로서 목판에 이름을 새겼기에 자동으로 퀘스트에 참여하게 된 것이다.

"크ㅎㅎㅎ!"

"싸움이다."

검치 들은 대책도 없이 즐거워만 했다.

페일이 어쩔 수 없다는 듯이 물었다.

"위드 님, 페가수스와 유니콘을 상대할 계획은 있으시겠죠?"

"아니요. 그건 차차 생각해 봐야……."

"그럼 대체 왜 퀘스트를 받아들이셨는데요?"

"여기까지 왔으니 토둠 구경은 해 봐야 하지 않겠습니까?"

퀘스트를 받아들이지 않겠다고 하면 다시 세이룬으로 돌아가야만 했다.

여기까지 와서 얻는 게 고작 왕복 이십 일간의 관광?

매달 〈로열 로드〉의 사용 요금을 내는 위드에게는 있을 수 없는 일이다.

"위드 님의 판단이니까 존중하겠습니다. 그런데… 왜 저희 이름까지 목판에 적으셨는데요?"

"혼자 죽을 수는 없으니……."

"……."

위드는 머릿속으로 계산을 해 봤다.

'페가수스와 유니콘의 가죽. 재봉용으로는 극상의 아이템이다. 그걸로 재봉을 하면 스킬 숙련도가 크게 올라가는 건 물론이고 비싼 가격에 팔 수도 있을 거야.'

가죽뿐만이 아니었다.

유니콘의 뿔은 마법적인 성능이 탁월해서 스태프의 주재료가 된다.

무기류 가운데 가장 비싼 마법 스태프!

대장장이 스킬과 재봉 스킬을 향상시키고, 덤으로 아이템도 제조해서 팔아먹을 수 있으니 이런 기회를 놓치고 싶지 않았다. 콜드림의 해방도, 뱀파이어의 보물 창고도 중요하지만 이들 몬스터와의 사냥도 쉽게 찾아오기 힘든 선물과 다를 바 없었다.

그때, 다시금 메시지 창이 떠올랐다.

띠링!

고대 인간들이 세운 영웅의 탑

전투를 추종하던 부족 헤라임은 베르사 대륙 곳곳에 흩어져서 영웅의 탑을 건설했다. 미개척지와 오지에만 있는 12개 영웅의 탑. 헤라임들이 어째서 그러한 일을 벌였는지는 알 수 없다. 총 5개의 층으로 이루어져 있는 영웅의 탑은 다른 이름으로 중급 수련관이라고도 알려져 있다. 만약 3층 이상에 오른다면 헤라임의 힘과 기술을 얻을 수 있을 것이다.

난이도: 확인 불가.

보상: 층마다 헤라임이 준비한 특별한 보상을 받을 수 있다.

제한: 토둠의 뱀파이어들이 주는 퀘스트를 받아들여야 수행이 가능하다. 기초, 초급 수련관을 통과한 사람들만 영웅의 탑에 오를 자격이 있다.

위드에게는 무조건 퀘스트를 성공해야 하는 이유가 추가되었다.

두 번째 퀘스트.

영웅의 탑은 베르사 대륙을 아무리 찾아 헤매도 발견하기 힘들던 중급 수련관이었다.

바로 그 중급 수련관이 퀘스트의 형식으로 열린 것이다.

'최소한 3층까지는 가야 해.'

난이도 확인 불가!

기초 수련관과 초급 수련관의 난이도도 상당히 높은 편이었다. 기초 수련관이 가공할 인내심을 바탕으로 한다면, 초급 수련관은 어두운 통로를 걸으며 쉴 틈을 주지 않고 덤벼드는 적을 통해 집단 전투에 대해 이해해야만 했다.

전투에 대한 감각이 없다면 절대로 깨지 못할 관문.

위드가 초급 수련관을 통과했던 시기, 베르사 대륙에는 불과 400여 명의 통과자들만이 있었다.

'지금이야 숫자가 많이 늘었겠지만.'

검치 들도 초급 수련관에서 무예인으로 전직했다.

이제 초급 수련관의 존재도 비밀은 아니게 되었다. 그럼으로 인해 기초 수련관을 통과한 사람들은 거의 모두 초급 수련관에 도전했다.

실패를 맛본 사람들도 있겠지만, 노력 끝에 성공도 많이 했다. 이제는 최소 3,000명 정도가 초급 수련관을 통과했다고 봐야 한다.

하지만 중급 수련관을 통과한 사람은, 많이 쳐주더라도 150명이 넘지 않으리라.

이 수련관의 관문을 넘으면 그들 중 1명이 될 뿐만 아니라,

더 강한 스킬과 능력을 갖추게 된다.

위드는 결심했다.

"일단 제가 토둠에 잠입해 보겠습니다. 유니콘과 페가수스의 숫자가 얼마나 되는지도 알아보고, 또 그들의 약점도 살펴봐야 하니까요."

"안 돼요!"

"그건 자살행위예요!"

일행은 다들 만류하려고 했다. 하지만 위드의 고집을 꺾기는 무리였다.

"우리가 토둠에 들어가기 위해서라도 정보는 필요합니다. 그러니 어차피 누군가는 잠입을 해야 합니다."

"그런 이유라면 저도 같이 가겠습니다."

"형님, 절 빠뜨리면 섭섭하죠."

페일과 제피가 잠입에 동참하려고 했다.

위드는 고개를 저었다.

"페일 님은 이 일행에서 저보다도 훨씬 중요한 전력입니다."

"예?"

"공중 몬스터인 유니콘과 페가수스를 잡으려면 궁수의 조력이 반드시 있어야 하니까요."

페일은 부인하지 못했다.

이는 바로 궁수들의 특징으로, 파티에 속하면 그 전력을 상당히 상승시켜 준다.

방어력은 약해도 원거리 공격으로 적의 생명력을 빼앗는 게 가능하기 때문에, 지금처럼 공중 몬스터를 상대해야 할 때에는 궁수야말로 가장 필요한 존재였다.

화령이 살짝 미소를 지었다.

"그러면 저라도 같이 갈게요."

"화령 님도 안 됩니다. 위험한 순간에 유니콘들을 재울 수 있는 건 화령 님뿐이니까요."

"그러니까 제가 위드 님과 같이 가는 게 낫지 않을까요?"

"유니콘이나 페가수스가 기습이라도 한다면 그리고 우리 둘이 해결하지 못할 정도의 숫자가 덤빈다면 어쩌시겠습니까? 다른 사람들이 있으면 발각될 확률이 높아서 은밀한 정찰은 불가능해집니다. 그러니 저 혼자 다녀오겠습니다."

"괜찮겠어요?"

"몬스터 무리를 살피는 게 처음도 아니니까요."

화령은 애틋함과 불안함을 숨기지 않았다.

"언제까지 돌아오실 건데요?"

"놈들을 정탐하려면 짧으면 하루, 길면 이틀 정도는 걸릴 겁니다."

"네? 무슨 시간이 그렇게 오래 걸려요?"

"토둠은 넓은 성이니까요. 전체를 확인하려면 그 정도의 시간은 필요할 것 같습니다."

"우선 입구 근처만 확인해도 되지 않을까요?"

"어차피 언젠가는 해야 할 일입니다. 그리고 몬스터들의 위치를 파악하는 것 외에도, 토둠에 대해 알아볼 필요도 있을 것입니다."

위드는 놈들을 철저하게 정찰할 작정이었다.

토둠의 지리를 파악하고, 적들의 숫자와 위치를 알아내야 한다. 또한 가장 안전한 길, 유니콘과 페가수스가 다니지 않는 곳들만을 찾아야 한다.

　퀘스트를 받아들이지 않았다면 상관없다. 그러나 일단 받은 퀘스트는 보상에 눈이 멀어서라도 성공해야만 한다.

　유린이 선뜻 자신의 스케치북을 내밀었다.

　"오빠, 내 스케치북을 쓸래?"

　"응?"

　"몬스터들이 있는 곳이나 함정 들의 위치를 그림으로 그려 놓으면 편하잖아."

　"아!"

　일리가 있는 말!

　모험가와 화가 들에게는 기본적으로 지도를 만들 수 있는 스킬이 있다. 모험가들이 만들어 낸 지도의 경우에도 정확한 좌표와 함정이나 던전에 대한 정보들이 수록되어 있긴 하지만, 화가들의 정밀한 그림에는 비할 바가 아니다.

　"난 그림 그리기는 배우지 않았는데."

　"내가 전수해 줄게. 금방 배울 수 있을 거야."

　위드는 짧은 시간 동안 유린에게 그림을 그리는 법을 배웠다. 스킬을 습득하는 방법은, 간단히 사과를 그리면 되었다. 위드의 지혜나 손재주 들이 예사롭지 않아서 웬만한 스킬은 쉽게 배워 버리기 때문이다.

　화령은 이리엔과 함께 기대를 감추지 않았다.

　"조각술이 그렇게 뛰어난 분이 그림까지 그리게 되다니!"

"정말 엄청난 작품들을 많이 만드시겠죠? 위드 님의 감수성이라면 충분히 그럴 거예요."

하지만 정작 위드가 그린 그림은 못 봐 줄 정도였다.

쥐가 한입 갉아 먹은 사과!

둥글지 않고 참외처럼 길쭉한 사과!

간단한 사과 하나를 그리는 데에도 몇 번이나 실수를 저질렀다. 미술 시간마다 졸았기 때문이다.

그림을 그리려면 최소한의 기본적인 장비로 스케치북과 연필이 있어야 한다. 그리고 보통은 크레파스와 물감을 이용해서 색칠을 했다.

위드는 그런 재료들이 없었기에 아예 그림을 그리지 않았다. 그 때문에 그림에 대한 감각은 전혀 없다고 해도 과언이 아니었다.

조각술도 처음부터 재능이 있었다기보다는 억척스러운 노력으로 쌓아 온 기술이었다.

스킬 숙련도를 위해서 끊임없이 조각했다.

그리고 조각을 할 때마다 조금 더 좋은 작품을 만들어 내서 팔아 보겠다는 사심을 품었다!

매번 집중을 잃지 않았기 때문에 스스로 빠르게 결점들을 수정해 나갔다.

그런 위드였기에 그림도 잘 그리리라고 여기는 것은 큰 오산이었다.

아직까지 그림 그리기를 배우지 않은 데에는 그만한 이유가 있었던 것이다.

띠링!

> 완성된 그림이 실패작입니다.
> 그러나 뛰어난 손재주와 예술성 덕분에 스킬 습득에 필요한 조건을 갖추었습니다.

> 그림 그리기 스킬을 습득하였습니다.

> 물감 칠하기 스킬을 습득하였습니다.

화가로서 필수적인 두 가지 스킬을 전수받았다.

사실 조각사로서도 물감 칠하기는 상당히 요긴하게 쓰이는 기술이라고 할 수 있다. 원래 재료의 색깔대로 만드는 게 아니라, 완성된 조각품에 색을 칠하게 되면 다른 느낌을 주는 게 가능하다.

위드도 알고 있었고, 조각사 길드에서 배울 수도 있었지만 현재까지 배우지 않았던 기술이다.

이유는 간단했다.

'재룟값도 아까운데 물감까지 살 수는 없어!'

자린고비 정신으로 쓰지 않았던 기술.

사실 물감을 칠하는 것이 반드시 좋다고 말하기도 힘들었다. 완성된 조각품의 가치가 높아질 수도 있지만, 자칫하면 반대로 하락할 수도 있기 때문이다.

조각 재료와 색상이 맞지 않거나, 물감 칠하기 스킬의 수준이 너무 낮을 경우에는 빈번하게 일어나는 일이었다.

완성된 조각품에는 가능한 한 손을 대지 않는 편이 낫다.

위드는 유린이 건네주는 스케치북과 연필을 품에 넣고 나서 일행에게 말했다.

"혹시라도 제가 죽으면, 적이 어느 정도나 많이 있는지 유린을 통해서 알려 드리겠습니다. 우리의 전력으로 어림없는 수준이라도, 여기까지 온 이상은 싸워 봐야 할 테니까요. 그럼 다녀오겠습니다."

위드는 보무도 당당히 토둠의 성문 안으로 들어갔다. 마지막으로 떠나는 발걸음이 무겁고 고독하기 이를 데 없다.

화령이 한숨을 쉬었다.

"휴! 성공하셔야 될 텐데."

가슴이 조마조마하고 불안했다.

유니콘과 페가수스 들이 있는 성에 혼자서 들어가다니, 정말 위험천만한 일이다.

하지만 이렇게 위험한 일에 선뜻 나서 주는 사람도 필요한 것이다.

"역시 제자는 잘 길렀지."

검치가 흐뭇하게 웃었다.

검둘치는 서둘러 검부터 꺼냈다.

위드가 완벽한 정찰을 마치고 올 때까지는 시간이 얼마나 걸릴지 모른다. 멍하니 놀고 있느니, 그사이에 무기술 스킬이나 향상시키는 편이 좋다.

제피는 낚싯대를 들고 근처에 강이 있는지를 찾아보기로 했고, 페일은 메이런과 함께 인근에서 토끼와 새를 잡기 위해 나섰다.

다시 토둠을 공략하게 된다면 식량이 필요했기 때문이다.

❦

토둠의 안으로 향하던 위드의 거침없는 발걸음은, 성문을 통과하는 순간 180도 바뀌었다.

살금살금!

발소리도 내지 않으려고 애를 쓰면서 걸었다. 일행이 보이지 않는 지점에서부터였다.

'발각되면 안 돼.'

페가수스나 유니콘 1마리라면 싸워 볼 만은 했다. 하지만 그러다가 적들이 모여들면 곤란하다.

위드는 두 팔과 두 다리를 이용해서 벽에 몸을 붙이고 앞으로 기어 다녔다.

추하지만 상관없었다.

"생존이 우선이야. 공자는 세 사람이 함께 가면 그중에 스승이 있다고 했지. 쥐나 바퀴벌레가 잘 안 죽고 도망치는 데에는 다 이유가 있어."

위드는 인간이 아닌 쥐나 바퀴벌레에게서도 교훈을 얻었다.

죽고 나서 후회해 봐도 때는 이미 늦을 뿐!

띠링!

> 네발 뛰기 스킬을 사용할 수 있는 자세입니다.
> 스킬을 사용하겠습니까?

웅크리고 바닥을 기다 보니 어느덧 스킬을 사용하기에 최적의 자세가 된 것.

"사용한다."

위드는 조용히 스킬을 사용했다.

그 순간!

샤샤샤샤샥!

위드의 속도가 굉장히 빨라졌다. 마치 바퀴벌레처럼 잽싸게 골목길을 돌아다녔다.

위드는 흥분을 느꼈다.

이 저열한 쾌감.

그 누가 위드의 기어 다니는 속도를 따라올 수 있겠는가!

'역시 난 최고야.'

매우 사소한 부분에서 느끼는 자부심이었다.

토둠은 굉장히 거대한 성들로 이루어졌다.

로자임 왕국의 세라보그 성 같은 곳들이 수십 개나 몰려 있었다.

정찰의 기본은 은폐!

위드는 몸을 바닥에 바싹 깔고 은폐물들만 찾아 움직였다.

높은 첨탑 근처에는 은빛 유니콘들과 붉은 페가수스들이 날아다녔다.

진혈의 뱀파이어족들이 진을 치고 있던 모라타 마을에 잠입한 적도 있지만, 그때와는 상황이 달랐다.

뱀파이어들은 지상을 천천히 걸어 다닌다. 대부분 인간의 형태를 하고 있으니 정찰병들의 눈을 피하기는 쉬운 편이었다. 다만 피를 흘리게 된다면 뱀파이어들은 훨씬 먼 거리에서도 찾아온다.

은빛 유니콘과 붉은 페가수스 들은 속도부터 달랐다.

꼬리와 갈기를 휘날리며 토둠의 대로를 질주한다. 때론 날개를 활짝 펴서 땅을 박차고 하늘로 날아오르기도 했다.

위드는 골목길을 이용해서 최대한 몸을 숨겼다.

그가 몸을 숨긴 곳 근처로 10여 마리의 페가수스들이 질풍처럼 내달렸다.

두두두두!

위드의 몸이 마구 울렸다.

페가수스의 몸체는 무려 3미터가 넘어서, 오우거나 트롤 급 이상의 대형이었다.

'곤란하다. 정말 쉽지 않은 퀘스트겠어.'

난이도 A가 나왔을 때 짐작은 했다.

페가수스와 유니콘 들은 신수이면서도 짐승류의 특징을 가졌다. 집단 활동을 주로 하고, 이동속도가 빨라서 잡기가 힘들다. 위험하면 도망치더라도 쫓아갈 수가 없다는 뜻이다.

위드가 있는 골목길 쪽으로도 유니콘과 페가수스가 가끔 지나다녔지만, 그러한 이유로 인해서 잡지 않았다.

'우선 토둠에 대해서 파악하고, 놈들의 규모를 알아내야 해.'

위드는 은밀하게 토둠의 가장 작은 백색 성 안으로 침투했다.

화려한 궁전처럼 꾸며진 이곳에는 뱀파이어들이 모아 놓은 예술 작품들이 넘쳐 났다. 은으로 만든 촛대, 금붙이를 세공하여 만든 갑옷, 벽에는 그림과 조각품 들이 걸려 있다.

거장 에르와르의 작품 〈웅크린 사자〉를 감상하였습니다.
예술 스탯이 1 증가합니다. 뛰어난 안목의 작품 감상으로 그림 그리기 스킬의 숙련도가 28% 오릅니다.

좋은 그림 작품들을 보는 것만으로도 스킬의 숙련도가 늘어난다. 조각품도 그렇지만, 특히 미술의 경우에는 작품을 감상하는 편이 스킬 숙련도의 향상에 큰 도움이 되었다.

미술 스킬의 레벨이 1이라고 해도 보통은 이 정도까지 상승하진 않는 편이다. 거의 1%나 2% 정도의 미미한 증가!

명인을 뛰어넘는 거장의 작품을 볼 기회는 흔치 않다. 위드의 경우에는 예술 스탯이 650이 넘으므로 얻을 수 있는 스킬 숙련도의 폭이 큰 것이었다.

위드는 간단히 성을 돌아다니면서 작품들을 관람했다.

조각품들은 수준이 낮아서 큰 도움이 안 되었지만, 초보 수준에 머무르는 그림 그리기 스킬에는 많은 도움이 됐다.

초급 그림 그리기 스킬의 레벨이 2가 되었습니다.
목탄이나 여러 도구를 이용해서 그림을 그릴 수 있습니다.

초급 그림 그리기 스킬의 레벨이 3이 되었습니다.
다양한 장소에 세밀한 표현을 할 수 있습니다.

빠른 스킬 레벨의 상승.

그러나 위드는 그림 그리기 스킬까지 키우고 싶은 마음은 없었다. 스스로의 한계를 너무나도 잘 알았다.

"초등학교, 중학교 때 그렇게 낙서를 했는데도 그림 실력은 나아지지 않았지!"

어린 시절, 한때 만화가를 꿈꾸었다.

낙서를 하고 따라서 그려 봤지만 그림만큼은 도무지 늘지 않았다.

대상을 그려서 표현하기란 정말 어렵다. 사물을 깎아 내어 조각품을 만드는 것과는 다른 부분들이 많다.

다만 이것은 위드의 경우였다.

역사 속의 거장들, 천재들의 경우에는 조각술을 기본으로 잘했다.

수학, 물리학, 인체학에서부터 시작하여 건축과 발명에도 탁월한 재능을 가진 천재들! 그들은 조각술과 미술, 여러 분야에서 동시에 활동했다. 그들에게 미술이든 조각술이든 그 차이가 그리 크지 않았다.

이유는 단순했다.

천재니까!

위드는 그림까지는 넘보지 않기로 깨끗이 포기했다.

초반에 스킬의 레벨은 어느 정도 빨리 키울 수 있다. 예술 스탯과 손재주가 높으니 만드는 작품마다 가산점이 붙는 장점도 있다. 적어도 초급 6, 7레벨까지는 굉장히 편하게 만들 수 있으리라.

하지만 그 이상은 무리였다.

타고난 악필에, 그림에 대해서는 완전히 초보였기에 그다음 단계를 바라보기 힘들었다.

스킬들의 도움이 어느 정도 있기야 하겠지만, 예술 계열 스탯들은 기본적으로 본인이 직접 만들어야 하기 때문!

그 시간을 그림에 쏟느니 다른 분야에 투자하는 편이 훨씬 나을 것 같았다.

위드는 미술품들의 감상을 끝낸 후 성안을 돌아다녔다.

복도를 돌아다니는 유니콘이나 페가수스를 피해서 매우 천천히!

그러는 와중에도 닫힌 방문마다 열어 보았는데, 가끔 붉은색 관이 있었다.

"뱀파이어의 관인가?"

똑똑!

위드는 관에 노크를 하며 물었다.

"안에 누구 있습니까?"

"……."

관에서는 아무런 대꾸도 없었다.

위드는 관을 좌우로 흔들어도 보았다.

"비어 있나?"

그때 관 속에서 터져 나오는 울부짖음.

"크아아앙!"

뱀파이어가 사납게 소리를 지른다. 하지만 관 뚜껑을 열고 튀어나오진 않았다.

그저 굉장히 불쾌함을 드러낼 뿐!

자는데 깨우는 걸 좋아할 사람은 없다.

위드는 관은 내버려두고 성안을 마저 정찰했다. 그리고 성에는 약 30마리의 유니콘들이 있다는 것을 알아냈다.

'30마리라면 상당히 어렵겠군. 아니, 현실적으로 거의 불가능이야.'

위드는 고개를 저었다.

검치 들은 레벨 400이 넘는 몬스터와 싸우기에는 역부족이다. 물론 공격력도 모자라긴 하지만 미약하나마 피해를 계속 입힐 수준은 되었다. 문제는 방어력의 절대 부족!

유니콘의 뿔에 받히기라도 하면 죽음을 면치 못하리라.

위드가 조각 파괴술까지 사용해서 2마리 정도의 유니콘을 담당한다고 해도, 나머지는 어찌할 것인가.

그로 인해서 감당하기 힘든 피해를 입으리라.

'지금까지 92명이나 죽었는데, 이대로라면 정말 어려워.'

위드는 미리 준비해 둔 빵을 먹으며 꼬박 하루를 성안에 머물렀다. 그 결과, 성안을 맴도는 유니콘들은 밖으로 나가지 않는다는 걸 확인하는 성과를 거두었다.

"토둠을 정상화하려면 이놈들과만 싸워서는 효과가 없어. 외부의 유니콘이나 페가수스를 잡아야 된다."

위드는 성을 나와서 다시 토둠의 거리들을 헤맸다.

뱀파이어들이 거주하는 성들의 주변으로 페가수스와 유니콘들이 날아다닌다.

얼핏 헤아려 본 것만으로도 수백이 훨씬 넘는 무리!

지상을 포함하여 토둠의 모든 부분을 한 번에 볼 수는 없으니, 페가수스와 유니콘이 2,000마리는 넘는다고 봐야 했다.

가장 작은 성에서 30여 마리의 유니콘을 보았으니, 모두 합치면 엄청난 무리다. 토둠에 있는 성들이 최소한 40여 개는 될 것이기 때문이다.

"차라리 본 드래곤을 잡는 편이 낫겠다."

마침내 위드의 입에서 푸념이 나왔다.

지금까지 상당히 오래 잠잠했다.

퀘스트를 성공시키고, 나름대로 조각술을 키우면서 대작들도 완성했다. 자리가 사람을 만든다는 이야기처럼, 위드도 점잖게 하려고 했다.

그런데 도무지 솟아날 방법이 보이지 않았다.

위드와 검치 들, 다른 일행까지 포함하더라도 퀘스트를 해결할 방법이 전혀 없었다.

본 드래곤을 사냥하는 것도, 어렵기는 마찬가지겠지만 희망이라도 품어 볼 여지가 있다. 죽기 아니면 까무러치기로 1마리만 잡으면 되니까!

브레스가 무섭기 짝이 없지만, 일점공격술을 이용하면서 상당한 희생을 치른다면 승리할 수 있으리라.

한데 유니콘과 페가수스 떼를 이길 방법은 도무지 나오지 않았다.

아무리 좋은 아이템을 주는 몬스터면 뭐 하겠는가. 그 수가 지나칠 정도로 많은데.

"조각품에 생명 부여. 이 비기를 이용한다면 승산은 있다."

하지만 위드는 그렇게까지 하고 싶지 않았다.

조각품에 생명 부여를 쓸 때마다 2개의 레벨이 하락하고 예술 스탯 10이 소모된다. 50개 이상의 조각품을 만들어야 일단 싸움이라도 해 볼 텐데, 그러면 손실이 너무 막대하다.

"명작이나 대작을 만들어야 유니콘과 싸울 수준이 될 거야. 그것들을 단기간에 만들 수도 없지만, 만든다고 해도 일회용에 그치게 될 뿐."

이곳은 뱀파이어의 세상.

전투에서 살아남은 조각품이라고 해도 베르사 대륙으로 가져가지 못한다.

"빌어먹을 퀘스트!"

위드는 분노를 터트렸다.

아무리 난이도 A급의 퀘스트라고 하더라도 이것은 너무 어렵지 않은가.

오베론이 이끌던 북부 원정단이라도 토둠에 오면 반나절도 안 되어 남김없이 도륙당하고 말 것이다.

괜히 보상이 막대한 것이 아니었다.

이번 퀘스트를 군이 따져 보자면 A급 난이도에서도 최상급!

대륙의 균형을 완전히 바꾸어 놓을 수 있는 S급의 난이도는 아니지만 그럼에도 굉장히 어려운 수준이었다.

보통의 인간들이라면 여기서 좌절하거나 포기해 버리리라.

하지만 위드는 달랐다.

"어떻게든 본전을 뽑아야 된다. 최악의 경우에도 본전을 찾을 구멍은 있을 거야."

위드는 토둠 수색을 이어 나갔다.

하루가 지나고, 이틀이 지났는데도 수색을 포기하지 않았다. 실낱같은 희망, 그나마 가장 가능성이 높은 지역들을 알아보기 위해서였다.

그리고 마침내 한 장소를 알아냈다.

도시의 정중앙으로 개천이 흐르고 있었는데, 그곳으로 토둠에 있는 몬스터들이 옹기종기 물을 마시러 온다. 보통 10마리나 12마리 정도의, 그나마 작은 규모였다.

하지만 정해진 시간이 없이 내키는 대로 몰려와서, 어떤 때에는 100마리가 넘게 순서를 기다렸다.

"여기도 안 되겠어. 불가능해!"

위드의 급증하는 짜증!

그래도 토둠이 워낙 큰 성들의 집합체이기에, 어딘가에는 싸우기 적당한 장소가 있을 거라는 기대를 버리지 않았다.

그러던 차에 시커먼 성을 발견했다.

붉고, 노랗고, 심지어는 초록색의 예쁜 성도 있는 토둠에 유일한 흑색 성!

이제는 성들의 정찰에 약간의 경험이 쌓였다.

성의 정문 근처에는 현판이 하나씩 있었다.

백작 크리스토퍼의 성.

자작 부라챠의 성.

이런 식으로 주인을 알아볼 수 있는 팻말이 하나씩 붙어 있는데, 흑색 성에는 아무것도 없다.

위드는 조심스럽게 성안으로 잠입해 들어갔다.

지하부터 찾아보니, 창고에는 관들이 줄지어 놓여 있었다.

'여기는 별게 없고.'

위드는 성의 높은 곳으로 향했다.

성의 주인이 머무르는 가장 큰 방!

복도에는 역시 유니콘과 페가수스 들이 돌아다니고 있었다.

인내와 기다림!

유니콘들이 복도를 걸어 다닐 때마다 발소리가 크게 울렸다.

위드는 한참을 기다린 후에야 그들이 멀리 간 때를 틈타서 성주의 방으로 들어갔다.

넓은 방의 중앙에 커다란 검은색 관이 놓여 있었다.

'이 성의 주인인가 보군.'

위드는 큰 기대를 하지 않고 관을 툭 건드렸다. 그러자 관 속에서 신경질적인 목소리가 들렸다.

"나는 예쁘고 귀여운 소녀를 사랑한다. 소녀가 아니라면 썩 사라져라."

음침하기 짝이 없는 목소리를 가진 주제에 심하게 소녀를 밝힌다.

뱀파이어가 괴성을 지르지 않고 말을 한 것도 의외였지만, 위드는 왠지 이런 목소리를 들어 본 적이 있는 것 같은 느낌이었다.

위드가 물었다.

"넌 누구냐?"

"나? 젊고 아름다운 나에 대해서 묻는 것치고는 너무 단순한 질문이군. 하지만 아직 영면에 들지 않았으니 특별히 알려 주지. 난 토둠의 새로운 백작이며, 강대한 혈족의 로드다.”

아무리 들어도 익숙한 목소리였다.

위드는 혹시나 싶어서 관에 대고 말했다.

“나 위드다.”

“…….”

“넌 누구냐?”

한참 후에 관 속의 뱀파이어가 대답했다.

“난 절대 토리도가 아니다.”

실낱같은 희망

위드는 다시 물었다.

"토리도 맞는 것 같은데… 아까 소녀가 좋다고 말했잖아?"

관 속의 뱀파이어는 믿어 달라는 듯이 간절하게 얘기했다.

"뱀파이어들은 원래 소녀를 좋아한다. 그게 꼭 나라는… 헙!
토리도라는 증거는 없지 않나."

"그래도 넌 토리도인 것 같아. 나 위드야. 알고 있지?"

"모른다. 정말이다."

위드는 뱀파이어들이 거짓말을 자주 한다는 걸 알고 있었기
에 이 말을 조금도 신뢰하지 않았다. 차라리 장사꾼이 손해 보
고 판다는 말을 믿어 주리라.

"목소리 들어 보니까 딱 토리도 맞는데! 토둠에 온 후에 여기
서 잠자고 있었구나?"

"……."

이런 때 위드의 눈치는 점쟁이보다도 뛰어나다.

그런데 관에서는 더 이상 아무 대답도 들려오지 않았다. 마치 상종을 하지 않겠다는 듯이, 대꾸조차 하지 않는 것이다.

위드가 넌지시 말했다.

"참, 프리나가 너 보고 싶다더라."

"정말? 프리나가 이 고결하신 몸을 그리워한다고?"

"그럼! 너에게 주고 싶은 꽃을 기르고 있다지. 붉은색 장미라고 했던가."

"크흐흐. 역시 프리나도 날 좋아하고 있었군. 뭇 소녀들은 잘생긴 이 몸을 좋아하지 않을 수 없지."

위드가 물었다.

"근데 토리도가 아니라면서 어떻게 프리나를 알지?"

"헛!"

"선택해라. 맞고 나올래, 더 맞고 나올래, 더 더 맞고 나올래, 나올 때까지 맞을래, 아니면 그냥 나올래? 나 조각사인 거 알지? 늦게 나오면 관에 토리도 바보라고 써 놓는다."

자존심으로 먹고사는 뱀파이어의 긍지를 송두리째 짓밟겠다는 협박!

위드는 조각사라는 직업을 협박의 용도로 서슴없이 이용했다.

처음에는 조각사라는 직업이 되고 나서 뭘 해 먹고살지 막막하였지만, 온갖 잡다한 활용처를 다 만들어 냈다.

사실 위드와 토리도와의 관계는 떼려야 뗄 수 없는 것.

구타를 할 때마다 친밀도가 하락한다.

그렇다면 토리도는 절대 위드를 따르지 않아야 정상이다.

하지만 심하게 구타를 하고 난 후에는 자동으로 길들이기 과정으로 넘어간다. 말 같은 동물들을 길들이는 것처럼, 지능이 조금 높은 몬스터들이라도 길들일 수 있다.

주인에게 굴복하고, 어떠한 명령이라도 따르는 충실한 부하가 된다.

물론 여기에는 조건들이 있다. 통솔력과 카리스마가 굉장히 높고, 또한 몬스터들을 길들이는 데 적합한 직업이면 도움이 된다.

위드의 경우에는 적합한 직업이라고는 할 수 없어도, 통솔력과 카리스마만큼은 상당히 높은 편이다. 웬만한 길드의 마스터라고 하더라도 위드 정도의 통솔력과 카리스마를 갖추지는 못했을 정도다.

거기에다 위드는 사냥을 통해 얻은 경험치를 나누어 주어서 토리도도 성장시켜 왔다.

즉, 토리도에게는 공헌치도 매우 높은 편.

주인과 부하 관계가 끝났다고 하더라도, 위드와 토리도는 뗄 수 없는 관계였다.

"끄응!"

관 뚜껑이 스르르 열렸다. 그리고 그 안에서 뱀파이어가 앓는 소리를 내며 나왔다.

빛 한 번 못 본 것처럼 창백한 외모의 토리도였다.

위드는 토리도를 데리고 일행이 머무르는 곳으로 돌아왔다.

그사이에 일행은 주변에 몇 개의 사냥터를 발굴해 놓았다.

동쪽 늪지에 있는 악어들!

동남쪽 모래밭에 있는 전갈들!

서북쪽 평원에 있는 야만 부족들!

다른 사냥터도 많았지만 레벨이 300대 초반의 몬스터들로, 일행이 사냥하기에는 안성맞춤의 장소였다.

"위드 님, 악어가죽 가방 만들어 주세요."

"양념전갈구이가 먹고 싶은데, 해 주실 거죠?"

어미 새를 기다리던 아기 새들처럼, 화령과 수르카가 옆에 찰싹 붙어서 부탁을 한다.

제피도 놀고 있지만은 않았다. 생선들을 수북하게 쌓아 두고 기다렸다.

물론 위드가 없는 동안에 그들끼리 해 먹으려고도 해 보았다. 하지만 다들 요리 스킬이 낮은 편이라서, 고질적인 비린내 때문에 고생만 잔뜩 하고 욕이나 먹었다.

제피야 낚시꾼으로서 생선들을 기본적으로 다룰 수 있지만 지금껏 손가락 하나 까딱하지 않았다. 위드가 끓인 매운탕이 기가 막혔기 때문.

"강가에도 사냥터가 많습니다. 강의 지류는 몬스터 천국이라고 해도 과언이 아닙니다."

몬스터야 토둠에서도 지겹도록 봤다.

그것도 감당할 수 없는 몬스터들로만!

유니콘과 페가수스를 피해 다니느라 노이로제가 걸릴 지경이었다.

하지만 위드는 몬스터라는 말에 눈을 빛냈다.

"우리가 싸워서 이길 수 있을 수준입니까?"

"아직은 무리 같습니다. 중급 이상의 물의 정령들이 있었거든요."

그렇다면 레벨 320 정도의 사냥터란 이야기!

몬스터의 수량만 충분하다면, 조금 무리야 있겠지만 공격력이 월등한 검치 들에게는 축복받은 사냥터라 할 수 있다.

위드의 레벨도 339였으니 그다지 나쁘지 않은 경험치를 얻는 게 가능하다.

"그런데 그 뱀파이어는 토리도 아닙니까?"

일행의 시선이 위드가 끌고 온 토리도에게로 향했다.

"예. 우연히 만났습니다."

"……."

일행의 눈길이 측은하게 바뀌었다.

토리도가 어떻게 맞았는지 두 눈으로 똑똑히 지켜보아 왔다. 그 처절하던 비명 소리가 아직도 귓가에 생생할 정도였다.

그렇게 고생을 하더니, 이제야 해방이 되는가 싶었는데…….

하필이면 이곳에서 또 위드를 만나서 다시금 고생문이 훤히 열린 것.

'우리도 널 보니 지겹다. 너도 만날 맞기 지겨울 텐데…….'

'불쌍한 놈.'

'차라리 죽지.'

'넌 왜 또 끌려왔니.'

강대한 뱀파이어 일족의 로드가 동정심을 샀다.

위드는 이제 유니콘과 페가수스의 눈을 신경 쓸 필요가 없으므로 편하게 물었다.

"토리도, 말해 봐라. 토둠이 어떻게 된 것이지?"

"그게……."

토리도는 자신이 아는 이야기를 설명했다.

뱀파이어들은 유니콘과 페가수스 들의 침략을 받고 공황 상태에 빠졌다. 하지만 전열을 가다듬고 반격에 나섰다고 한다.

용감한 로드 고마쉬의 혈족들을 시작으로, 침략자들과 장렬하게 싸우다가 하나둘 잿더미로 변하여 쓰러졌다.

뱀파이어들은 워낙 자존심이 강하고 독립적이라서, 다른 혈족들과의 협조가 잘되지 않았다.

웬만해서는 절대로 남의 명령을 받지 않는 종족들!

감당할 수 없는 큰 희생에, 결국 그들은 차라리 관에 들어가서 숨어 있는 쪽을 택했다고 한다. 점령자인 유니콘과 페가수스가 완전히 사라질 때까지, 수백 년간을 잠들어 있을 계획이었다.

위드가 물었다.

"그것도 계획이라고?"

"그렇다. 훌륭한 계획이지 않은가? 비폭력과 인내를 기반으로 한……."

"……."

토리도도 잠을 자려고 했는데, 토둠에 도착한 지 얼마 되지 않아 아직 잠을 이루지 못했다고 한다. 막 잠이 들려고 할 시기에 위드가 찾아낸 것이다.

"그러나 우리 뱀파이어들은 싸우는 걸 포기하지 않았다. 희망이 있다면 같이 싸울 수 있다."

"같이 싸운다고?"

"잠들어 있는 뱀파이어들을 깨워라! 성에 있는 적들을 해치우면 더 이상 관 속에 있을 필요가 없는 뱀파이어들은 스스로 일어나게 될 것이다."

띠링!

> 퀘스트의 구체적인 정보를 입수하였습니다.

> **토둠 뱀파이어들과의 협력**
> 뱀파이어들을 구원하고 그들의 힘을 모아 유니콘과 페가수스 들에 반격하라.
> 토둠의 낮과 밤을 되찾을 때까지. 만월의 달 아래 박쥐들이 자유로운 날갯짓을
> 할 수 있도록 도와주도록 하라. 큰 전쟁을 알리는 북소리가 울려 퍼질 것이다.

이름이 알려지지 않은 뱀파이어의 요청.

그대로 유니콘과 페가수스 들과 정면 승부를 벌일 수도 있었다. 물리치지 못하면 패퇴해야 하는 상황.

하지만 포기하지 않고 집요하게 토둠을 조사한 덕분에, 추가적인 정보를 획득하고 유니콘과 페가수스와 싸울 수 있는 최소한의 방법을 알아내었다.

그렇다고 해도 승리를 장담하기란 힘들지만, 약간이나마 희망이 생긴 셈.

위드가 전장을 지휘하기 시작했다.

"먼저 스승님과 사형들은, 사냥터로 가서 레벨을 올리십시

오. 기간은 현실 시간으로 열나흘."

위드의 말에 검치는 선선히 따르기로 했다.

"알겠다."

"토리도를 데려간다면 많은 도움이 될 겁니다. 그리고 이리엔 님."

"네?"

"이리엔 님께서도 스승님과 사형들과 함께 사냥터로 가셨으면 합니다."

이리엔이 고개를 끄덕였다.

"알겠어요. 제가 치료를 해 드릴게요. 아무도 죽지 않도록 최선을 다할 거예요. 그런데 위드 님은 사냥터로 같이 가지 않으세요?"

"저는 그때까지 전투준비를 갖춰 놓고 기다리겠습니다. 참, 스승님의 레벨이 얼마시죠?"

"236이다."

"사형들은요?"

"229. 227. 224. 오치는 좀 높은 편이라서 235 정도야."

수련생들도 자신들의 레벨을 위드에게 보고했다.

수련생들 중에서는 무사 수행의 도중에 심산유곡에서 스킬만 연마한 사람도 많고, 퀘스트와 몬스터와의 전투를 즐긴 이들도 있다. 최소 230에서 최대 290까지 있었으니, 레벨 차이가 큰 편이었다.

"가장 낮은 사람을 기준으로 최소한 270까지 올리셔야 됩니다. 그리고 그 이상의 레벨을 가지고 있는 분들은, 레벨을 올리기보다는 스킬 숙련도를 향상시키는 데에 주력해 주세요. 이번 사냥 자체에서는 고레벨들이 활약하겠지만, 스킬 숙련도가 낮으면 나중에는 뒤처질 수도 있으니 열심히 하셔야 합니다."

검치나 사범들의 공격 관련 스킬 레벨은 매우 높은 편이다. 얼마 전까지 방어에는 신경을 쓰지 않았고, 스탯도 무식하게 힘과 민첩에만 투자했다.

공격력은 그들보다 훨씬 레벨이 높은 300대 유저들과 비교하더라도 더욱 강한 수준. 여전히 방어력이 약하다는 것이 단점이지만, 죽지만 않는다면 사냥에 있어서는 최고의 효율을 보인다고 해도 과언이 아니다.

"알았다."

"문제없지."

검치나 사범들은 맡겨 달라는 듯이 씩 웃었다.

무작정 검을 휘두르며 수련하던 때와 비교한다면 천국이다. 몬스터들과 싸우는 게 오히려 훨씬 재미있다.

비슷한 수준의 몬스터들을 상대로 싸운다면 금세 죽어 버리는 것이 아쉽다고 할까? 막강한 공격력으로 상대할 만한 사냥터를 찾았으니 반갑지 않을 수 없다.

불안한 방어력 때문에 노심초사할 수밖에 없겠지만, 고난을 즐기는 그들에게 문제가 될 일은 아니었다.

단순히 레벨 업만으로 끝나는 것도 아니고, 모든 것은 퀘스트를 위한 준비!

"2주 만에 270이라니."

기막혀하는 건 오히려 페일과 제피를 비롯한 일행이었다.

보통 인간들이 이런 식으로 레벨을 올린다고 하면 코웃음을 쳤으리라.

전혀 믿음이 가지 않았을 터, 애초에 무리한 계획이라고 한 마디씩 해 주었으리라!

그런데 상대가 위드와 검치 들이었다.

"가능할 거야."

"할 수 있겠지, 저 인간들이라면."

그들을 보는 시선에는 부러움과 시샘이 뒤섞여 있었다.

검치 들이라면 터무니없는 계획도 성공시킬 수 있을 것으로 보였다. 왜냐면 그들에게는 싸움이 전부니까.

그 의지만큼은 누구도 따라 할 수 없는 것이다.

보통 때라면 그럼에도 무리한 계획이라고 여겼겠지만, 토둠에서는 모든 사냥터나 던전 들이 최초 발견이었다. 2배의 경험치 보상이 있기 때문에 충분히 해 볼 만했다.

위드는 이제 다른 일행을 보았다.

"페일 님은 다른 분들과 함께 음식 재료들을 모아 주십시오."

"옛!"

페일은 문제없다는 듯이 대답했다.

조금쯤은 아쉬운 것도 사실이었다. 검치 들이 사냥을 할 시간에 자신들은 식량이나 모으고 있어야 하니까.

하지만 어쩔 수 없는 일이기도 했다. 뱀파이어의 세상에서 시간을 보내며 마차에 실어 왔던 식량들을 모두 소모해 버린 후라서, 먹고살기 위해서는 지속적으로 식량을 모아야 했기 때문이다.

"번거롭겠지만 음식 재료는 최소한 중급으로 모아 주셔야 합니다. 가능한 한 고급으로 그리고 다양하게 모아 주시면 더 좋을 것 같습니다."

"중급이나 고급으로 모아야 한다고요?"

페일이 반문했다.

지금까지는 위드가 음식 재료를 가리지 않았기 때문이다.

10마리의 사슴을 잡더라도 음식 재료로 쓸 경우에는 고기의 등급이 달라진다. 고급 음식 재료들은 훨씬 모으기가 힘들었으니 당연한 물음이었다.

"요리 스킬의 효과를 극대화하기 위해서는 최대한 양질의 음식을 만들어야 합니다. 우리의 부족한 전력을 조금이나마 상승시키기 위해서, 이 임무는 무척 중요합니다."

위드는 신신당부를 했다.

토리도를 만나서 최소한의 희망을 찾아내긴 했다. 하지만 여전히 걱정이 되었다.

"구출할 수 있는 뱀파이어들의 숫자는 한정되어 있고, 현재 우리의 전력은 유니콘이나 페가수스에 비해서 현저하게 약합니다."

수르카가 천진난만한 표정으로 물었다.

"그럼 어떻게 되는 건데요?"

위드는 딱 잘라서 말했다.

"여기에 있는 우리, 아마 거의 대부분이 될 수도 있겠죠. 우리는 싸울수록 그 숫자가 줄어들 수밖에 없습니다."

전투가 거듭될수록 동료들이 무섭게 줄어들 것이다.

유니콘이나 페가수스와 레벨 차이가 워낙에 크기에, 그들의 공격을 감당해 내지 못하리라. 검치 들이나 수련생들은 물론이고. 로뮤나나 이리엔도 공격당하면 금방 죽을 수밖에 없다.

몇 초라는 시간, 아주 잠깐만 집중 공격을 받더라도 순식간에 사망!

유니콘과 페가수스는 그만큼 강했다.

페일 일행이 한 번도 사냥해 본 적이 없는 몬스터인 것이다.

위드는 마지막 말로 긴장감을 더했다.

"많이 죽을 겁니다. 설혹 운이 좋아서 퀘스트를 성공시키더라도, 여기에 있는 이들 중 대다수는 죽게 될 겁니다. 부디 조금이라도 더 많은 사람들이 퀘스트를 성공할 수 있도록 모든 준비를 단단히 해야 합니다."

"……."

말은 하지 않았지만 각오를 새롭게 가졌다. 퀘스트가 성공하더라도 정작 자신은 죽어 버린 후라면 아쉬움은 이루 말할 수 없으리라.

"그럼 각자 맡은 바 임무대로 헤어지기 전에 밥이나 먹죠. 오늘의 메뉴는……."

위드는 살짝 뜸을 들였다.

언제든 최고의 음식을 먹을 수 있다면 쉽게 질려 버릴지 모른다.

설렘과 기대!

적당한 배고픔이야말로 음식 맛을 북돋아 주는 최고의 재료였다.

"꽃비빔밥입니다!"

"우와아!"

위드는 요리를 시작했다.

식용으로 먹어도 되는 꽃잎들을 버섯과 나물들과 함께 밥에 넣고 비빈다. 마지막으로 꿀과 고추장을 넣어 주면 별미 중의 별미!

상다리가 휘어지는 산해진미와는 거리가 멀지만, 그럼에도 허전할 때마다 찾는 음식이 된다.

> 꽃비빔밥을 만들었습니다.
> 간단히 만들어진 요리로 특별한 효과는 없지만, 밥 한 그릇을 비우면 대충 허기가 사라질 것 같습니다.

위드는 밥 한 그릇마다 꽃잎으로 장식도 했다. 색이 다른 꽃잎들을 이용하여 검이나 방패, 사물 들을 만들었다.

다 만들어진 요리의 가치를 더욱 높이는 기술!

미관상으로도 훨씬 보기가 좋아서 더욱 먹을 맛이 난다.

저렴한 음식들에는 완전히 통달하고 있는 위드였다.

물론 꽃비빔밥에도 사연은 있다.

한때, 빵 살 돈도 아깝던 시절. 뭐든 주변에서 먹을 것들을 조달해야만 했다. 그러다 보니 꽃잎들마저 따서 밥에 비벼 먹었다. 그런 실험 정신이 있었기에 탄생한 요리였다.

지금 꽃잎은 주변에 지긋지긋할 정도로 많으니 바로 요리에 써먹은 것이다.

"꺼억!"

"맛있다."

검치와 사범들, 수련생들은 각자 밥을 일곱 그릇씩 비우고 사냥을 하러 떠났다.

페일과 일행도 각자 맡은 일을 처리하기 위해 움직였다.

위드도 이제 자신만의 준비를 해야 했다.

❧

KMC미디어의 기획 회의실.

강 부장과 연출자들은 전송되는 영상을 시청하고 있었다.

신혜민이 움직이는 메이런의 시점에서 관찰되는 화면들.

"여기가 토둠이로군. 이제야 정말 도착한 거야."

강 부장은 흐뭇하게 웃었다.

중간에 여행하는 과정에서는 그들의 만행을 지켜보며 속이 타들어 가는 것만 같았다.

아무리 보아도 방송할 내용이 아니었던 것!

강 부장이 기원을 담아 중얼거렸다.

"이제부터라도 좋은 퀘스트를 받으면 되지."

"그럼요, 부장님!"

방송국도 기업이다. 이럴 때야말로 잽싸게 아부를 하는 것이 직장인의 수명 연장에 도움이 된다.

화면에는 토둠의 입구에서 난이도 A급의 의뢰를 받는 장면이 나왔다.

"아!"

"위험할 텐데!"

여기저기서 터져 나오는 탄식!

"그래도 전신 위드잖아요."

"불사의 군단도 격파했는데 이 정도쯤이야, 뭐."

강 부장도 심히 불안했지만 계속 지켜보기로 했다.

그런데 위드가 토둠에 혼자서 잠입하는 것으로 이야기가 진행되었다.

강 부장이 벌떡 일어났다.

"위드에게서 나오는 영상으로 화면 전환해!"

"넷! 지금 하고 있습니다."

기술진이 즉각 위드의 시점으로 화면을 변경했다.

미리 메이린과 위드 양쪽의 캡슐에서 영상을 실시간으로 전달받도록 모든 준비를 끝마쳤던 것이다.

"괜찮겠지?"

"네. 괜찮을 겁니다. 위드잖습니까."

"암! 위드니까 토둠에 잠입해도 괜찮을 거야."

위드가 죽기라도 한다면 이만저만 실망이 아니다.

강 부장과 연출자들은 숨마저 죽이고 화면을 지켜보았다. 죽을 듯한 침묵과 고요함이 밀려온다.

그런데 언제부터인가 회의실의 문이 소리 없이 열렸다 닫히고 있었다. 사람들이 1명씩 들어와서 빈자리에 앉는 것이었다. 자리가 다 차자 벽에 등을 기대고 서거나 바닥에 쪼그려 앉기도 했다.

위드가 퀘스트를 한다는 이야기를 어디선가 듣고 몰려든 사람들이었다. 다들 불사의 군단과의 전쟁 퀘스트를 보고 나서 위드의 열렬한 팬이 되어 버린 것.

안내 데스크 직원, 진행자, 연예인, 보안 요원 들까지 퇴근하지 않고 회의실로 모여들었다.

그들이 작은 목소리로 속삭였다.

"드디어 토둠에 도착했다면서요?"

"위드가 지금 혼자서 토둠에 들어가고 있어요!"

흥분과 짜릿함!

그들은 위드에게 완전히 동화되었다.

뱀파이어들이 만들어 낸 거대한 성들로 이루어진 도시. 몬스터들이 장악한 도시를 염탐하기 위하여 혼자 잠입한다.

그리고 그 후!

위드는 바퀴벌레처럼 기어 다녔다.

"저게 뭐죠?"

"정찰 같습니다만."

"제가 보기에는 기어서 정찰하는 것 같은데요."

"……."

유구무언!

입이 있어도 차마 할 수 있는 말이 없다는 것은 이런 경우이리라.

그럼에도 아직 기대를 버리지 않은 사람들이 훨씬 많았다.

'영웅들이라고 하면 멋진 모습들만 보아 왔지. 하지만 그 영웅들이 남들이 놀랄 만한 기적과도 같은 성과를 낼 때에는 밑바탕에 저런 노력이 필요한 거야.'

'호수 위에 앉아 있는 우아한 백조가 그렇다잖아. 수면 위에서는 고고하지만 물 위에 떠 있기 위해서 발은 쉴 새 없이 움직이고 있다고 말이야. 아마 위드 님도 그럴 거야.'

애써 긍정적인 방향으로 생각하려고 했다. 아직도 위드에 대한 기대 심리는 사라지지 않았으니까.

위드는 성들을 돌아다니며 끈질기게 토둠에 대해 조사를 벌였다. 몇 차례나 유니콘이나 페가수스에게 걸릴 뻔했지만 재빨리 기어서 탈출하는 장면들도 나왔다.

하지만 그것도 한두 번이지, 시간이 흐를수록 동일한 일의 반복이라 지겨워졌다.

〈로열 로드〉 내부의 시간과는 차이가 있어서, 최대 4배로 빨리 돌리지 않았다면 끝까지 보지도 못했을 것이다.

그리고 다 함께 절망했다.

토둠을 완전히 장악하고 있는 유니콘과 페가수스 들을 무슨 수로 물리친단 말인가!

강 부장과 연출자들은 뜬눈으로 밤을 새울 수밖에 없었다.

"부장님, 방송 편성 다시 할까요?"

연출자가 물었을때, 강 부장도 심각하게 고민했다.

"그럴까? 아직 광고는 전혀 하지 않았으니까 방송 편성에서 빼 버리면 되겠지?"

예정된 프로그램도 취소할 판에, 특집으로 편성된 프로그램 기획을 뒤집는 건 비일비재한 일이었다.

그런데 뉴스 쪽의 연출을 맡은 감독이 머뭇거리며 어렵게 입을 떼었다.

"저기… 부장님, 실은…….."

"응?"

"뱀파이어의 세상을 독점으로 보여 주겠다고, 이미 뉴스에서 말해 버렸는데 말입니다."

무르지도 못할 상황!

"아니, 내 허락도 없이 왜 그런 짓을 벌였어!"

강 부장이 버럭 역정을 냈다. 하지만 감독도 할 말은 있었다.

"부장님이 무슨 일이 있어도 위드가 나오는 방송이 최우선이라고 말씀하셨잖습니까! 국장님도 아예 하루 종일 방송을 접더라도 위드의 방송은 꼭 틀어야 된다고 하셨고요. 설마하니 이 방송이 취소될지 누가 알았겠습니까?"

강 부장도 그런 말을 했던 게 기억은 났다.

"끄응! 그럼 대체 프로그램들은?"

"없습니다."

"없다고? 왜 대체 프로그램이 없어? 늘 이럴 때를 대비해서 B 팀이나 C 팀이 준비하고 있잖아?"

"이번 프로그램에 다 소집하지 않으셨습니까. 음향 팀, 영상 팀, 작가들도 다 대기하고 있고요. 이번 모험을, 영화를 능가하는 최고의 작품으로 만들기 위해서요."

"그럼 대안이 없는 건가?"

"예전 프로그램의 재방송으로 때우면 어떨까요?"

만약에 그렇게 한다면 KMC미디어의 시청률이 대폭 하락할 것은 불문가지였다. 시청률에 따라 울고 웃는 방송사에서는 있을 수 없는 일이다.

"국장님께서도 기대하고 계실 텐데 난처한 일이군. 어떻게 해야 하나."

시간은 계속 흐르고 있었다.

강 부장은 문득 방송 화면으로 시선을 돌렸다.

'또 무슨 궁상을 떨고 있겠지.'

위드는 동료들에게 돌아와서 퀘스트를 해결하기 위한 모종의 계획을 짜고 있었다.

"어라? 포기하지 않은 건가?"

"그러게요. 당연히 포기할 줄 알았는데."

"잠깐만요, 저기… 뱀파이어 로드 토리도가 합류했습니다!"

"뭐야?"

방송을 준비하던 관계자들이 분주해졌다.

강 부장도 어둠 속에서 희망을 찾아낸 느낌이었다.

"이제 승산은 얼마나 되나?"

"여전히 희박합니다!"

"저 근육질의 동료들이 있으니 어떻게든 되지 않을까?"

"레벨이 너무 낮아 큰 도움은 안 되리라 봅니다. 그리고 몬스터들이 너무 많습니다. 이번 퀘스트의 난이도 자체가 상상을 초월하는 수준이라서 정말 어렵습니다."

"크흠!"

강 부장의 이마는 펴질 줄을 몰랐다.

이제는 어떻게든 결단을 내려야 할 시점이었다. 방송을 중단하고 여기서 접을 것인지, 아니면 계속 진행해야 할지를 결정해야 한다.

"위드도 포기하지 않았는데 우리가 포기할 수는 없지. 약간의 위험은 감수하고, 방송을 계속 진행하도록."

강 부장과 연출자들은 서둘러 움직였다.

방송 일정도 빠듯한 편이라 속도를 내야만 했다.

❦

위드는 혼자만의 준비에 착수했다.

주섬주섬.

배낭에 가득 담긴 각종 재료들!

위드는 가지고 있는 재료들을 모두 꺼내 놓았다.

여러 직업들을 전전하다 보니 온갖 물품들이 다 모여 있었다. 늑대의 송곳니나 뼛조각처럼 거의 쓸모가 없는 잡템들이 대부분이었다.

하지만 위드는 잡템들도 그냥 넘기지 않았다.

"흘린 잡템도 다시 봐야지."

실이나 바늘을 주우면 재봉의 도구로 활용한다.

찢어진 가죽 셔츠 등을 획득했을 때는 꼼꼼하게 수선을 해서 판매했다. 그러면 더 높은 가격에 팔렸다.

그뿐만이 아니라 흔하게 구할 수 있는 숯!

보통, 숯은 그냥 판매를 해 버린다. 어두울 때에는 횃불을 들고 다니거나, 아니면 라이트 마법이 봉인된 구슬을 사용한다. 구태여 숯을 쓸 이유가 없는 것이다.

그러나 요리사에게는 숯도 중요한 재료다.

"숯으로 구운 고기의 맛이야말로 일품이지."

숯은 요긴하게 아껴 두었다가 요리를 할 때 써먹는다.

잡화점에 팔면 1쿠퍼 정도밖에 받지 못하는 뼛조각이라고 해도, 탕에 넣고 잘 우려내면 몸에 좋은 사골 국물을 만들 수 있다.

배낭에 수북한 잡템들이야말로 어디서든 든든한 후원군이라고 할 수 있다.

위드가 찾는 재료는 나무줄기와 몬스터의 힘줄 들이었다.

"배낭 깊숙한 곳에 잘 숨겨 두었는데… 찾았다!"

탄성이 강한 나무줄기
고무나무의 일부. 가볍고 탄력이 뛰어나다. 몽둥이로 쓰기에는 적합하지 않지만, 굳이 사용한다면 여우는 때려잡을 수 있을 것 같다. 상점에 팔면 장작값 정도밖에 받지 못하겠지만, 특정한 기술을 가진 이들이라면 다른 용도로 가공할 수도 있다.
내구력: 39/40
공격력: 3~7
재질: 4등급.
옵션: 무기로 사용 시 기품 -30.

초보자용 철검보다 못한 공격력!

무기용으로는 쓸모없기에 잡템으로 분류되는 물품이었다.

소의 힘줄
온순한 소의 힘줄. 질기고 탄성이 좋아 활을 만들기에 적합하다.
내구력: 50/50
재질: 3등급.

위드는 활대를 제작하고 시위를 매는 것으로 기초적인 활을
만들어 냈다.

띠링!

초심자의 활을 제작하였습니다.

대장장이 기술의 숙련도가 미약하게 상승하였습니다.

"감정!"

초심자의 활

기초적인 재료들을 이용해서 만든 활. 짧고 단단하지만, 사냥용으로는 무리가
있다. 재료의 수준에 비하여 너무나도 훌륭한 손재주로 만들어져 웬만해서는
파괴되지 않을 것 같다.
내구력: 70/70
공격력: 9~13
사정거리: 4
제한: 레벨 3. 모든 직업 사용 가능.
옵션: 연사 불가능.

일반적인 대장장이 스킬에서도 활은 특수 무기류에 속했다.
고급 손재주와 중급 대장장이 스킬로도 처음 만들어 보는 분류
의 무기를 바로 잘 만들 수는 없다.

위드는 엄청난 재료들을 소모하며 100여 개의 활을 찍어 내
듯이 만들었다.

썩은 나무 활을 만들었습니다.

> 토끼몰이용 활을 만들었습니다.

> 조악한 고블린의 활을 만들었습니다.

조금씩 완성된 활의 수준이 좋아진다. 활을 만들어 낸 경험이 늘었기 때문.

그래도 아직은 시험 제작용 수준에 머물렀다.

위드는 간단히 빵으로 배를 채우면서 활을 계속 만들었다.

> 수렵용 활을 만들었습니다.

> 사슴 사냥에 특화된 활을 만들었습니다.

> 나무 숏보우를 만들었습니다.

> 초보 궁수의 활을 만들었습니다.

이때부터는 활의 수준이 제법 향상되었다. 상점에 내놓는다면 그럭저럭 싼값에 팔리기는 할 수준!

재료의 질이 낮은 편이라서 여전히 좋은 물건들은 나오지 않았다.

"지금부터가 진짜다."

위드는 여태까지 만들어 놓은 활에 대해서는 미련을 버렸다.

매우 빠른 속도로 제작했던 활들. 하지만 지금부터는 더욱 정성을 들였다.

그렇게 200여 개의 활을 더 만들었다.

> 수려한 나무 활을 만들었습니다.

> 매사냥꾼의 활을 만들었습니다.

> 관통의 활을 만들었습니다.

활의 수준이 올라가서 레벨 140 이상이 쓰기에 적합한 수준에 이르렀다.

띠링!

> 동물의 뼈나 뿔을 이용한 각궁을 제작할 수 있게 되었습니다.
> 크기를 줄일 수 있고 명중률과 연사력, 공격력을 향상시킬 수 있습니다.

다수의 활을 제작하다 보니 새롭게 얻게 된 기술이었다.

나무 활은 초보 시절부터 일반적으로 널리 쓰인다. 하지만 탄성이 뛰어난 동물의 뼈, 뿔 등을 이용하면 장점이 많았다.

"이제 동물의 뼈로도 활을 만들 수 있다고?"

남들은 죽을 고생을 다해서 활을 만들었는데 이제 그보다 더 좋은 걸 만들 수 있게 되었다고 하면 상대적으로 힘이 빠질지도 모른다. 하지만 위드는 달랐다.

"이제 처음부터 다시 만들자!"

거듭되는 노가다!

나무들은 거의 써 버리고 없었다. 하지만 여기저기서 주워 놓은 뼈들은 굉장히 많은 편이었다.

몬스터를 사냥하고 나서 요리 스킬이 있으면 도축을 통해 뼈와 고기를 얻을 수 있다. 다만 스킬의 숙련도에 따라서 얻는 양이 조금씩 달랐다.

위드의 경우에는 중급 요리 스킬을 가지고 있어서 얻는 고기와 뼈의 양이 많은 편!

"뼈! 보통의 뼈로는 안 돼."

활을 만들 수 있는 뼈는 일단 크기가 커야 하고, 탄성이 뛰어나야 한다. 뿔이 가장 좋지만, 몬스터나 짐승 들의 뿔은 약재로 분류되어 상점에서 가격을 높이 쳐준다.

그러므로 다 팔아 치워 버리고 간직한 게 없었다.

"대신 오우거 이상 대형 몬스터들의 뼈를 이용해서 만들면 될 거야."

위드는 커다란 뼈들을 잘라 내서 활을 제작하기 시작했다.

대형 몬스터들의 뼈를 다루는 데에는 큰 힘이 필요했다.

재료와의 투쟁!

"단궁의 경우에는 휴대하기가 편하다고 하지. 연사도 그럭저럭 빠르고. 하지만 위력이 약해."

딱딱하기 그지없는 대형 몬스터들의 뼈를 잘라 내어 활대를 만들었다. 활대의 취약한 부분은 철을 이용해서 보강하고, 시위도 정성껏 달았다.

어느 정도 활이 완성된 후에는 균형을 맞추기 위하여 무게도 세심하게 조절해야 했다. 조각술을 이용해 바람의 정령인 실프를 새겨 넣기도 했다.

그야말로 할 수 있는 최선을 다한 것이다.

띠링!

바람을 쫓는 활을 제작하였습니다.

대장장이 기술의 숙련도가 0.2% 상승하였습니다.

"감정!"

바람을 쫓는 활

오우거의 허벅지 뼈를 사용해서 제작한 활. 활로는 믿기지 않는 강도를 가지고 있다. 하지만 너무나도 강한 재질로 인해 사용할 수 있는 사람이 많지는 않을 듯 하다. 정확도는 매우 떨어진다.
내구력: 85/85
공격력: 49~62
사정거리: 7
무게: 55kg
제한: 레벨 200. 힘 530. 궁수 계열 전용.
옵션: 명중 확률 -35%. 민첩 -80. 목표물을 45% 확률로 관통한다. 가벼운 장
갑이나 방패를 파괴할 수 있다. 힘 700이 넘을 시에는 최대 3회까지 연사
가 가능하다. 바람을 타고 조금 먼 곳까지 날아갈 수 있다.

가공하다고밖에 표현할 수 없는 공격력!

위드가 가진 하이엘프 예리카의 활에 비할 바는 아니지만, 흔한 재료들을 이용해서 만들었다는 점을 감안한다면 놀라운 위력이었다.

다만 그만큼 명중률이나 민첩 등을 희생해야 했다.

웬만한 갑옷보다도 훨씬 무거운 대형 활이 탄생한 것이다.

"좋아. 역시 활이라면 이 정도 공격력은 가지고 있어야지!"

위드는 뿌듯한 보람을 느끼며 이어 다른 활들의 제작에 착수했다.

방금 만들었던 활을 본떠서 비슷한 형태의 활들을 계속 제작하는 것이었다.

목표는 413개.

살아 있는 검치 들에게 1개씩 지급하게 될 물건들이었다.

"시간이 없으니 서둘러야겠군."

활을 만들면서 많은 시행착오를 겪었으니 더욱 부지런히 움직여야 했다.

그렇게 17개 정도의 활을 만들었을 때, 페일 일행이 돌아왔다. 음식 재료들을 잔뜩 들고서!

"위드 님, 이번엔 고기와 나무 열매를 가득 채워 왔습니다."

"수고하셨습니다."

세에취와 제피가 마차에 음식 재료들을 실었다.

그사이에 메이런은 위드가 하고 있는 작업에 관심을 갖고 다가왔다.

"뭘 만드세요? 혹시 공성 병기인가요?"

그녀는 위드가 다듬는 대형 몬스터의 뼈를 보며 물었다.

"아뇨. 스승님과 사형들에게 줄 활을 만들려고 합니다."

"활요? 이 크기가?"

메이런이 어처구니없다는 얼굴을 했다.

도무지 믿기지 않는 것이, 위드가 만들고 있는 활은 길이가 무려 140센티가 넘었다.

"예. 제법 멋지죠?"

"그야 그렇지만… 그렇게 큰 활은 다루기가 만만치 않을 것 같은데요. 한번 만져 봐도 될까요?"

"그러세요. 혹시라도 활을 제작하는 데 참고할 만한 이야기가 있다면 말해 주세요."

"네. 그럴게요. 그럼 잠깐만 볼게요."

메이런은 활을 들어 보려다가 일단 깜짝 놀랐다. 그 무게가 심히 무거웠다. 그녀가 착용하고 있는 갑옷보다도 무거울 정도였다.

마차에 짐을 다 싣고 페일과 세에취, 제피가 다가왔다.

"뭐 하고 있어요?"

"아, 페일 님! 지금 위드 님이 만든 활을 살펴보고 있어요."

"그게… 활이라고요?"

페일의 눈가에 어린 불신!

메이런이 자기 키보다 불과 30센티 정도 정도밖에 작지 않은 물체를 들고 낑낑대고 있는 모습을 보면서 도저히 활이라고 여겨지지 않았다.

"대체 어떻게 이런 무기가……. 안 무거워요?"

"무거워요. 엄청."

위드는 묵묵히 장인처럼 시위를 조종하고, 몬스터의 뼈들을 두들기면서 활을 만들고 있었다. 주변에는 이미 만들어진 각종 활들이 산더미처럼 쌓였다.

몬스터의 뼈를 이용하지 않고 나무로 만든 활들도 어지간한 크기 이상이었다.

'이 많은 양을 대체 언제…….'

'며칠간 쉬지 않고 활만 만드셨구나.'

페일과 메이런은 뭐라고 말을 해야 할지 고민했다. 이 활들은 도저히 쓸 엄두가 나지 않았기 때문.

무식하게 많이 필요한 힘에, 육중한 무게는 움직임을 제약하게 만든다.

"저기……."

페일이 활의 문제점을 지적하려는 참이었다. 저 멀리서부터 검오치가 수련생 10명을 데리고 등장했다.

"위드야, 식량이 떨어져서 가지러 왔다. 그리고 우리가 사냥하면서 얻은 광물들과 가죽들도 챙겨 왔어. 스승님이 너한테 전해 주라시더라."

"예. 오늘쯤 오실 줄 알고 드실 빵을 만들어 놓았으니 가져가세요."

"그래."

위드는 빵도 미리 대량으로 구워 놓았다. 그런데 검오치는 빵을 들고 돌아가는 대신에 주변을 기웃거렸다.

페일과 제피는 서로의 얼굴을 보고 고개를 끄덕였다.

'역시.'

'무리였던 거야.'

레벨을 270까지 올려 달라고 했던 위드의 말을 지키기 어렵게 된 것이리라. 그렇기에 검오치가 높은 자존심에도 불구하고 안 되겠다는 고백을 하기 위해서 어슬렁거리는 것이라고 짐작했다.

'내가 좀 도와줘야지.'

제피가 이번 기회에 점수를 좀 따 보려고 먼저 말을 걸었다.

"검오치 형님."

"응?"

"사냥이 쉽지 않죠? 레벨 올리기가 만만하지 않았을 텐데요. 저도 그때쯤에는 참 올리기가 힘들었습니다."

검오치가 하품을 하며 답했다.

"센 몬스터가 아주 많더구나. 아직까지 한 번도 상대 못 해 본 강한 놈들도 가끔 있었어. 그놈들이 나타나면 다른 몬스터들이 굽실거리고 명령을 따르기도 하던데."

제피의 경험에 의한 판단에 따르면 보스 몬스터들, 혹은 이름을 가진 네임드 몬스터들이 대거 출연하는 위험한 지역에서 사냥을 하고 있다는 뜻.

"위험했겠습니다."

"응? 아니야. 다들 신났지."

"네?"

"독특한 놈들은 경험치도 더 주던데! 아이템도 많이 떨어뜨리고. 그래서 그놈들이 나올 때마다 서로 덤벼들어서 죽여 대는 통에, 나도 아직 열 놈 정도밖에 못 죽였어."

"쉬, 쉽지 않았을 텐데요?"

"칼 들어가면 죽는 건 똑같지."

"……."

"몇 칼 더 써야 되니 싸우는 맛은 좀 있더구나. 비명 소리도 아주 화끈하고. 역시 몬스터란 닥치는 대로 잡아 죽이면 되는 거야."

보스 몬스터가 나오면 개떼처럼 덤벼들어서 난자를 해 버린다. 복잡한 스킬 따위도 필요 없었다. 스킬을 쓸 사이에 검이라도 한 번 더 휘둘렀다.

"참! 위드야, 이거 물어봐야 하는데 깜박했다. 네가 레벨을 270까지 올려 달라고 했는데 다들 좀 넘어 버릴 것 같아. 그래도 괜찮겠냐?"

"예, 사형."

"다행이구나."

그리고 검오치는 위드가 만들고 있던 활을 보았다.

"그건 뭐냐?"

"활인데요. 사형들에게 드릴 겁니다."

무예인의 직업을 택한 검치 들은 무기술을 익혀서 다른 직업의 무기들도 제약 없이 사용할 수 있었다.

"그래? 우리한테 준다고?"

검오치는 슬그머니 활을 집어 들었다.

메이런이 간신히 들어 올렸던 활을 가뿐하게 들어 버린 것!

"말도 안 돼!"

"대체 힘이 몇이기에……."

메이런이 궁수라서 레벨에 비해서 힘을 올리지 않은 편이기는 했다. 그럼에도 검오치의 괴력은 상식적으로 이해가 안 되었다.

"힘? 1,000이 좀 넘지."

메이런은 신기하다는 얼굴로 반문했다.

"도대체 어떻게 힘이 1,000이나 될 수 있죠?"

기초 수련관에서 얻은 스탯들을 감안하더라도 힘이 1,000을 넘는 건 터무니없는 일이었다.

그에 대한 검오치의 대답은 간단했다.

"레벨을 올릴 때마다 힘을 올렸거든. 남자라면 역시 힘이지! 그리고 민첩도 조금은 성장시켜 놓았다. 민첩이 낮으면 애써 몬스터를 때려도 제대로 데미지가 들어가지 않고, 내가 치명타를 입을 확률이 높아지니까."

메이런은 조금 짐작되는 게 있었다.

"설마 지금까지 힘과 민첩만 올리셨어요?"

"응. 그럼 다른 스탯들도 올려야 돼?"

"……."

무식하면 용감하다는 말처럼, 검치 들은 힘 위주로만 성장시켰다.

민첩의 경우에는 그래도 조금 찍었다.

그 부작용으로는 항상 마나가 부족해서 스킬을 사용하기 힘들고, 방어 능력도 뒤쳐져서 몬스터의 공격에 쉽게 죽기 일쑤!

레벨이 떨어지는 것은 물론, 각종 스킬 숙련도의 하락까지 감수하면서도 힘을 위주로 올렸다.

"검구치는 나보다 힘이 2 더 높은데……."

언제부터인지 모를 경쟁!

서로 누가 힘이 높은지를 경쟁하다 보니 힘에만 스탯을 투자했다.

민첩을 높여야 몬스터들을 공격했을 때의 명중률이 향상되고, 자신이 맞았을 때에는 회피 확률이 증가한다. 공격과 방어를 어느 정도 조율해 주는 핵심적인 스탯이라고 할 수 있다.

그런 민첩의 부족마저 빠르고 정확한 몸놀림으로 보완하면서 힘을 키워 공격력 위주로만 성장을 시켰다.

전투의 달인들!

그들이 아니라면 감히 알고도 실행할 수 없는 방식이었다.

'괴물들!'

'노가다 괴물, 싸움 괴물 들.'

위드의 끈기를 보면 부러우면서도 감히 따라 할 엄두는 나지 않는다.

검치 들을 볼 때에도 비슷했다. 검치 들의 강해지려는 욕망과 투쟁심은 그저 존경할 수밖에 없었다.

메이런과 페일의 눈이 마주쳤다.

"어쩌면……."

"정말 혹시나이긴 하지만… 이 퀘스트, 해결할 수도 있지 않을까요?"

위드가 해 보겠다는 말을 했을 때에도 반신반의했던 그들이다. 동료였기에 참여하기로 했지만 성공 가능성은 희박하게 보았다. 그럼에도 불만 없이 따랐던 것은, 어차피 토둠까지 와서 허탈하게 다시 돌아갈 수 없었기 때문.

그런데 지금, 조금이나마 희망이 보이고 있었다.

❧❧❧

제피는 궁금증을 참기 힘들었다. 도대체 어떻게 사냥을 하면 이렇게 빨리 레벨을 올릴 수 있단 말인가.

제피는 이리엔에게 귓속말을 보냈다.

> ―이리엔 님, 물어볼 것이 있습니다. 도대체 검치 님들은 어디서 사냥을 하고 있는 것이죠?

잠시 시간이 흐르고 나서 이리엔으로부터 대답이 돌아왔다.

> ―지금 우리가 사냥하는 장소는 평원이에요.
> ―거기 몬스터들이 많습니까?
> ―몬스터요? 처음에는 몬스터 천지였어요. 부락들이 엄청나게 세워져 있고, 돌아다니는 몬스터들도 많았죠.

이리엔은 조용한 성품이었다. 하지만 지금은 무언가 쌓인 게 있는 듯, 말이 많았다.

> ―처음 도착했을 때 평원에 모여 있던 각종 몬스터들이 수천 마리! 그래서 제가 여기는 포기하고 악어를 잡으러 가자고 말씀드리려고 했어요. 그런데 먼저 검삼치 님이 평원에 모여 있는 몬스터들과 정면으로 부딪치는 것은 무모하다고 하셨거든요.
> ―그런데 지금 거기가 평원이라고 하셨잖습니까?
> ―네. 그러면서 검삼치 님이 철수하는 대신에 작전을 제시하셨죠.
> ―어떤 작전입니까?
> ―몬스터들을 유인해서 잡자고요. 그리고 몬스터들이 완전히 몰려 있는 곳에 가서 칼질을 하더니 돌아오셨어요. 그 후에는….

꿀꺽!

> ―그 후에는요?

제피는 그다음 상황을 안 봐도 짐작할 수 있었다.

몬스터들이 눈앞에서 대놓고 하는 도발 행위를 내버려두었을 리가 없다.

> —몬스터들 수백 마리가 우르르 쫓아왔어요!
> —헉! 그렇게나 많아요?
> —그래도 검치 님들이 정말 대단하긴 해요. 간신히 이기기는 했거든요. 그 후로는 평원에서 쭉 그런 식으로 전투를 벌이고 있죠. 여긴 온통 몬스터 천지예요! 어제는 드캄이라는 몬스터 소굴도 발견해서 토벌하고…….

이리엔의 하소연은 끝도 없이 이어졌다.

❦

"끼얏호!"

"저놈들은 내 몫이다."

"돌격! 돌격! 다 죽여 버려라!"

고함 소리가 난무하는 전장.

이리엔의 앞으로 부상을 입은 검치 들이 줄을 서서 기다리고 있었다. 그 숫자가 무려 35명에 이른다.

이리엔은 마나가 회복되는 대로 정신없이 신성 마법을 펼쳐야 했다.

"성령의 힘이여, 여기 고통받는 이를 구원해 주세요. 치료의 손길! 검삼백구십오치 님, 조심하세요."

"옙! 고맙습니다."

"그럼 그다음 분."

"검사십사치입니다."

"꺅!"

이리엔은 저도 모르게 비명을 질렀다.

검사십사치는 온몸에서 피를 흘리고 있었다.

거의 빈사 상태!

지금 당장 죽더라도 놀랍지 않을 정도의 응급 상황이었다.

검사십사치가 계면쩍은 듯이 웃었다.

"이거 쑥스럽군요. 귀찮으실 것 같아서 웬만하면 치료를 안 받으려고 했는데……. 뭐, 바쁘시면 나중에 올까요?"

"그러실 때가 아니잖아요! 빨리 치료를 받으셔야 돼요."

"뭘 이 정도 가지고요. 아직 생명력도 200이나 남았습니다. 거뜬하지요."

어디서도 약한 면모를 보이지 않는 강인한 사나이의 모습!

검사십사치는 죽기 직전에도 당당했다.

"지친 육신에 활력이 생겨나라. 리커버리! 성령의 힘이여, 여기 고통받는 이를 구원해 주세요. 치료의 손길!"

이리엔은 다급하게 움직였다.

먼저 급히 체력을 보충해 주고, 생명력을 회복시킨다. 신성 마법의 효과를 극대화하는 방법이었다.

그런데 완전한 치료를 하기도 전에 마나가 먼저 고갈되고 말았다.

"잠시만 기다려 주세요. 마나를 보충하고 계속 치료해 드릴게요."

"아닙니다. 대충 급한 불은 끈 것 같으니 다시 싸우러 가겠습니다.”

“네에?”

“이 정도야 대충 붕대 한 바퀴 감아 주면 낫는 것이죠.”

“…….”

검사십사치는 여전히 온몸에서 피를 흘리면서 전장으로 돌아갔다.

그 이후로도 줄을 서서 기다리고 있는 부상병들!

그대로 놔두면 죽어 버려도 이상하지 않을 정도로 위급한 환자들이 대부분이었다.

프로그램 〈위드〉, 정규 방송의 시작!

약속된 열나흘이 지나고, 검치 들은 모두 레벨이 270의 고지를 넘어섰다. 스킬을 연마하지 않고 주로 퀘스트에 전념하면서 명성을 쌓았던 이들까지도 최하 274레벨에 도달했다.

검치와 검둘치 등 사범급의 레벨은 279 정도였다.

힘이 약해서 페가수스와 유니콘에게 당할 수는 없다!

이런 뚜렷한 목표가 생기자, 쉬엄쉬엄하는 게 아니라 잠시의 휴식도 없이 사냥을 해서 성과를 거두어 낸 것이다. 하지만 그 과정에서 검치 들의 숫자는 60명이나 줄어들었다.

전투의 와중에 하나둘 죽어서 353명밖에 남지 않은 것이다.

검치 들은 면목이 없어서 얼굴을 들지 못했다.

"미안하다. 우리 때문에 퀘스트가 실패할지도 모르겠구나."

검둘치가 사나이답게 깨끗하게 사과했다.

"괜찮아요. 괜찮죠, 위드 님?"

"잘될 거예요."

이리엔과 화령이 급히 나섰다.

어깨가 떡 바라진 사내들이 축 늘어진 모습을 하고 있으니 너무나도 딱해 보였다. 하물며 검치 들은 자존심 빼면 시체가 아니던가!

그럼에도 초반부터 전력에 큰 타격을 입어 퀘스트가 실패할지도 모른다는 우려들도 심했다.

"사형."

"그래, 위드야. 무슨 질책이라도 달게 받겠다."

"아닙니다. 수고 많으셨습니다. 정말 쉽지 않은 일이었을 텐데 최선을 다하셨습니다."

"솔직히 피해가 너무 컸어. 우리 때문에 일이 어긋난 것은 아니냐?"

"퀘스트에는 문제가 없으니 안심하세요."

"정말 괜찮겠느냐?"

"전력상으로는 시작하기로 했을 때부터 열세였습니다. 그래도 우리가 힘을 합치면 기회는 있을 겁니다."

"마음을 편하게 해 줘서 고맙구나. 이 퀘스트에서 위드 네 말이라면 뭐든지 따르마."

검둘치가 단단히 약속을 했다.

그가 약속을 하면 검치 들 전원이 따른다고 봐도 과언이 아니다.

위드는 속으로 생각했다.

'당분간이겠지만 사형들을 실컷 부려 먹을 수 있겠군.'

검치 들은 전투에 있어서 전문가들이다. 그들을 마음껏 활용할 수 있다는 점은 큰 강점이었다.

어떤 몬스터라도 일단 덤비고 볼 정도로 용기와 자신감이 지나칠 때가 많았는데, 이번 일로 완벽하게 위드의 지휘를 따르게 되었다. 전투가 오래 지속되면 점점 본색을 드러낼지도 모르지만 일단은 긍정적이었다.

'오히려 60명밖에 죽지 않다니 대단해.'

위드도 어느 정도의 피해는 예견하고 있었다. 숨이 가쁠 정도로 빠르게 사냥을 하면서 성직자는 이리엔 1명뿐이었으니 감당이 될 리가 만무했다.

'생각보다 훨씬 많이 살았군.'

100명에서 최대 170명까지도 죽을 수 있다고 보았다. 심하면 그런 막대한 피해만 입고 레벨을 올리는 목표는 달성하지 못할 수도 있었다.

별다른 정보도 없는, 모르는 사냥터들을 전전하면서 레벨을 올리기란 매우 힘들다. 그런데 불과 60명의 피해로 목적을 달성했다는 건 정말 놀라운 일이었다.

위드와 검치의 눈이 마주쳤다.

—어떠냐, 네 사형들의 실력이 그럭저럭 쓸 만하지?

검치도 귓속말 보내는 법을 배우고 능숙하게 써먹었다.

혹시라도 여자 친구가 생겼을 때에 귓속말도 보내지 못한다면 얼마나 수치스럽겠는가.

그래서 배운 귓속말이었는데 정작 위드에게 먹고 싶은 음식들을 말하는 용도로만 쓰이는 형편이었다.

—정말 대단하십니다. 해낼 것은 알았지만 이 정도일 줄은 몰랐습니다.
—흠흠. 나도 기대한 것 이상이었다.

검치도 흐뭇함을 감추지 않았다.

사범들이 수련생들을 이끌고 전장을 돌아다닌다. 퀘스트를 위해서라는 목적이 있었지만, 사형제 간의 의리가 돈독해진 시간이었다.

'둘치가 대사형답게 애들을 잘 다뤄. 배려심도 깊고, 동생들을 아우를 줄 아는군. 삼치는 좀 멀었어. 싸울 줄만 알지 극한 상황에서의 판단력은 떨어지는 편이었지.'

사범들과 수련생들에 대한 평가도 즉각적으로 이루어졌다.

'사치는 승부욕이 너무 강해서, 빨리 그리고 많이 잡으려고만 해. 잘될 때는 좋지만 조급함은 일을 망칠 수 있지. 오치는 힘에 의존한 검술을 펼치느라 주위를 돌아볼 여유가 부족하더군. 검십팔치였던가? 인승이 이 녀석은 뜻밖에도 애들을 다루는 능력이 뛰어나. 도장에 나온 지도 벌써 17년이나 되었던가. 검술은 조금 부족해도, 어떤 일을 시켜도 믿고 맡길 수가 있겠어.'

〈로열 로드〉에서 수백의 무리를 이끌고 전투를 하고, 탐험을 하다 보면 그 사람이 가진 됨됨이와 품성이 나오지 않을 수 없는 노릇.

순간순간 결정을 해야 하고, 믿고 따르는 수련생들을 챙겨야 된다. 개개인이 가진 그릇의 크기가 쉽게 드러났다.

검치가 아직 완전히 파악하지 못한 사람은 위드뿐이었다.

'명성이란 운으로 만들어지기는 해도, 그것을 지키기란 매우

어렵다.'

검치도 위드의 과거와 세간의 평가에 대해서 들어 본 적이 있었다.

〈마법의 대륙〉에서의 위드는 어려운 던전, 남들이 깨지 못하던 곳을 혼자 격파해 나가면서 전설을 만들어 냈다. 다른 사람의 시선 따위는 아랑곳하지 않고 묵묵히 던전을 사냥하고 퀘스트들을 해결하면서.

그 당시에 보여 주었던 절대적인 카리스마!

난공불락의 성들이 부서져 나갔다.

세력을 과시하던 길드들이, 눈에 거슬린다는 이유만으로 위드에게 척살당하기도 했다.

위드는 홀로 끊임없이 강해졌다.

돌파가 불가능하다고 평가받던 던전들을 깨끗하게 정리하고 퀘스트들을 완수하면서, 남들이 가지지 못한 아이템들을 독식했다.

모든 기록들이 수정되었다.

위드를 막을 수 있는 던전은 없었다.

일부러 죽고 싶어서 작정이라도 한 것처럼, 무작정 부딪치고 싸운다. 강해질수록 죽음과 명성을 잃어버리는 걸 두려워하기 마련인데, 끊임없이 도전을 한다.

〈마법의 대륙〉에서 위드의 명성은 가히 절대적이었다.

그때의 위드를 아는 모든 사람들은 이구동성으로 말한다.

〈마법의 대륙〉, 유일무이한 전신 위드!

단신으로 1마리의 말을 타고 평원을 달리던 위드의 캐릭터.

그 장소에 수천의 무리가, 왕국을 지배한다는 강대 길드 둘이 전쟁을 벌이려고 모여 있었다. 그런데 정작 위드가 등장하여 평원을 가로지르자 모두 슬금슬금 물러났다.

위드의 눈에 거슬리지 않기 위하여, 그가 가는 길을 막지 않기 위해서 대부대들이 물러났다.

이런 것들은 위드가 만들어 낸 숱한 일화들 중 하나일 뿐이었다.

고독한 전신 위드.

어떤 사내의 가슴이라도 뒤흔들어 놓는 투혼을 가졌다는 것이 세간의 평가였다.

그런데 〈마법의 대륙〉이 아닌 〈로열 로드〉에서도 위드는 매우 빠르게 강해지고 있다.

'검술 실력은 하. 도장에서 기본기를 철저하게 1년간 배웠다. 〈로열 로드〉에서는 적당히 써먹을 수 있겠지. 스킬과 스탯이 있는 이곳에서는 육체를 활용하여 발휘하는 극한의 검술까지는 필요하지 않으니까. 순발력과 응용력, 상대의 허점을 잘 파악하기만 하더라도 전투는 어렵지 않다. 도장에서 보여 준 독기라면 이렇게 빨리 강해지는 건 당연하지. 요즘에는 쉽게 찾아볼 수 없을 강인함이다. 어디서라도 살아남을 것이고, 강해질 수밖에 없을 거야.'

검치는 스스로의 기준으로 〈로열 로드〉의 전투가 쉽다고 여겼지만, 꼭 그렇지만은 않았다.

바로 코앞까지 달려들어 독화살을 쏘아 대는 몬스터들!

눈에 보이지 않는 곳에서 꼬리를 휘두르고, 검과 창을 내지른다. 흉악한 몬스터들은 더 강한 힘으로 중병기를 휘두르기도 한다.

이런 몬스터들을 사냥하기 위해서는 상당한 경험과 실력이 필요한데, 위드는 처음부터 완벽하게 적응했다.

타고났다고밖에 볼 수 없는 투지와 승부욕.

몬스터들을 전혀 무서워하지 않는다. 경험치와 아이템, 꺾어야 할 대상으로만 여긴다.

목표는 더 강해져야 한다는 생각뿐.

위드는 어떤 상황에서도 잡초처럼 살아남으면서 성장했다.

이미 상당한 유명 인사가 되었고, 그가 나오는 방송은 군중을 열광하게 만든다.

평범하게, 보통으로 얼마든지 해낼 수 있는 일들은 가슴을 뜨겁게 만들지 못한다.

희망과 용기, 투쟁심, 집념.

위드의 행동들은 사람들을 흥분시켰다.

검치는 이번에야말로 진정한 위드의 그릇을 볼 수 있으리라 여겼다.

~~~

KMC미디어에서는 방송 팀 3개가 이번 프로그램에 매달려 있었다.

"음향 보정은?"

"거의 끝나 갑니다!"

"출연자들의 개성을 살릴 수 있는 음악들 선곡해 봐. MC는 누굴 섭외했지?"

"신혜민은 안 되겠죠?"

"그걸 말이라고 해! 신혜민은 주요 모험가들 중 1명이잖아."

"배선희의 스케줄이 비어 있습니다."

"그럼 투입 준비해!"

방송 팀은 급박하게 모든 요소들을 맞춰 갔다.

완벽한 준비를 갖춰, 영화를 능가하는 영상으로 하나의 스토리를 만들기 위함이었다.

무려 6시간의 장대한 스토리!

최대한 줄이고 줄여도 6시간 정도는 방송을 해야 할 것만 같았다.

그것도 지금까지의 영상만을 가지고 편집을 한 것이라서, 추후 퀘스트가 진행되면 분량은 훨씬 더 늘어난다.

연출자들은 난색을 표시했다.

"더 이상 줄일 수가 없습니다."

토둠에 대한 기본적인 정보들을 알려 줘야 했다.

경관들도 보여 주고, 초반에 얻은 몇몇 퀘스트들은 재미도 있어서 시청률을 위해서 빠뜨릴 수 없었다.

강 부장이 총대를 메기로 했다.

"이렇게 된 바에야 내가 국장님과 담판을 짓기로 하지."

강 부장은 국장실로 올라갔다.

그리하여 사정을 설명했는데, 국장은 간단히 해결책을 제시했다.

"분량이 너무 많아서 탈이라면 정규 프로그램으로 편성해야지요. 매주 1회 정도씩 토요일에 방송을 하면 되겠군요."

"그래도 괜찮겠습니까?"

"위드의 모험을 방송하기로 했을 때부터 정규 프로그램으로의 전환을 염두에 두었던 것 아닙니까?"

"국장님 말씀이 맞기는 합니다만……."

토둠의 여행과 퀘스트의 분량이 상상외로 많아서 특집 프로그램으로는 다 소화하기 어려웠다. 그래서 정규 프로그램으로 방송을 할까도 심각하게 고민했다. 하지만 퀘스트의 난이도가 너무 높아서 보류한 참이었다.

국장이 말했다.

"강 부장, 이미 결정된 미래가 있습니까?"

"옛?"

"모험이란 무슨 일이 벌어질지 모르기에 더욱 흥미로운 겁니다. 떠나기 전의 설렘과 긴장감. 〈로열 로드〉에서 사냥과 탐험을 떠날 때 강 부장도 그런 느낌을 받아 보았죠?"

강 부장은 고개를 끄덕였다.

잘 모르는 사람들과 파티를 결성하고, 힘을 합쳐서 사냥터로 떠날 때의 느낌!

그 느낌이 몸서리쳐지도록 좋아서 매번 일부러 큰 사냥터 근처에서 파티를 구했다.

약한 이들을 도와주기도 하고, 가끔 힘과 능력을 과시하면서 친구들을 사귀었다.

"모험입니다. 우리는 모험을 방송하는 것이지 이미 다 만들어진 영화를 시청자들에게 보여 주는 게 아닙니다."

뉴스처럼 사실만을 전달할 수는 없다. 하지만 각본까지 만들어 놓고 진행한다면 모험을 중계하는 의미가 없다.

실패한 모험도 성공한 모험도, 도전했다는 사실만으로 큰 즐거움이 된다.

강 부장은 반성했다.

'진홍의날개 길드 때문에 내가 너무 소심해져 있었어.'

스콜피온 왕의 저주로 인해 많은 사람들이 고통을 받았다. 그 결과 길드는 해체되고 당사자들은 몰락하고 말았다.

크게 실패한 경우들을 떠올리며 걱정하다 보니 용감하게 나서지 못했던 것.

'모험은 떠난 것만으로도 가치가 있다. 우리 방송국에서 해야 할 일은 이 모험을 중계해서 더 많은 이들을 기쁘게 만드는 거야.'

국장의 말이 방침이 되었다.

굳이 어느 한쪽으로 분위기를 유도해 갈 필요가 없다는 생각이 들었다.

강 부장은 연출자들에게 지시했다.

"방송 팀! 지금까지 짜 놓은 시나리오들은 모두 폐기해! 그리고 배선희 씨한테도 연락해."

"넷, 알겠습니다. 뭐라고 할까요?"

"진행자가 필요 없다고 전해."

"예?"

"이렇게 된 바에야 있는 모험 그대로를 보여 주지."

꾸미고 만들어 낸 이야기가 아닌, 있는 그대로를 보여 준다. 어떠한 사전 정보도 제공하지 않고, 시청자들에게 있는 그대로를 노출해서 보여 주는 방식을 택하기로 했다.

"전부 비공개로! 직접 보고 듣고 시청자들이 판단할 수 있도록 해 줘! 영상과 음향은 최고 수준으로 하고, 모험의 내용에 대해서는 일절 발설하지 마!"

방송 프로그램은 위드가 나온다는 사실마저도 철저히 숨긴 채로 준비되었다.

"그런데 프로그램 이름은 뭐로 할까요?"

"응?"

"새로 편성하는 프로그램이니 이름부터 정해야지요."

"음. 토둠에 간 모험대는 어때?"

"너무 설명식인 것 같습니다."

"그럼 피의 모험."

"뱀파이어들이 피를 상징하니까 뜻은 맞긴 한데, 왠지 잔인한 느낌이……. 그리고 위드의 모험이 이걸로 끝나는 것도 아닐 텐데요."

"역시 그렇지?"

프로그램의 흥망성쇠는 제목이 좌우한다고 해도 과언이 아니다.

강 부장과 연출자들은 심혈을 기울여서 수백 개의 제목을 놓고 갈등했다.

심사숙고 끝에 강 부장이 번쩍 고개를 들었다.

"위드."

"예?"

"위드를 프로그램 이름으로 하자. 위드라고 해도, 대부분의 사람들은 함께하자는 뜻으로만 알 거야."

"그러다가 정말 위드가 출연한다는 사실이 드러나면요?"

"그때는 대박이지."

"자연스럽게 방송 내용을 통해 알려지도록 하자는 말씀이시 군요."

강 부장과 연출자들은 음흉한 웃음을 교환했다.

정기적으로 KMC미디어의 프로그램에 나온 그 인물이 전신 위드였다면!

그때의 충격파가 엄청날 것임은 두말할 나위가 없다.

그리하여 프로그램 〈위드〉는 토요일에 첫 방송을 했다.

뱀파이어들의 땅에 떨어진 장면부터 뱀파이어 퀸을 구출하 는 장면까지가 분량이었다.

첫 회의 평균 시청률은 0.6%.

게임 방송사들만을 놓고 비교했을 때에는 12.8%의 다소 평 범한 점유율로 방송을 시작했다.

첫 MT

정신과 박사 차은희는 환자들을 상대로 상담을 하고 있었다.

"선생님, 결혼을 해야 할지 말아야 할지 모르겠어요. 제 남자 친구는 다 좋은데 너무 가난하거든요."

"직업은요?"

"회사원이에요. 그런데 집안 빚 때문에 모아 놓은 돈이 없어요. 그리고 실은… 얼마 전에 소개팅을 받은 남자가 있는데요, 나이도 많고 별로 마음에 들지는 않지만 전문직이거든요. 저한테 굉장히 잘해 줘요."

지금은 결혼 적령기의 여성을 상담하는 중이다.

차은희는 여성의 말을 주의 깊게 들었다.

"그래서 남자 친구와는 헤어지고, 전문직인 그 사람을 택하실 건가요?"

"모르겠어요. 정말 결정할 수가 없어요. 이런 속물인 제가 너무나 미울 뿐이에요. 그래서 밤에 잠도 잘 수 없고, 두통이 심해요."

흔히 있는 우울 증상.

차은희는 여성을 비난하지 않았다.

'누구나 한 번은 고민해 보는 현실이니까.'

차은희는 마음의 병을 치료하는 의사. 마음이 편해질 수 있도록 결정을 도울 뿐이었다.

"환자분."

"네?"

차은희는 차트를 훑어보았다.

"지금 환자분의 나이가 서른 살이시네요."

"네."

"사람의 평균수명을 아흔 살로 잡았을 때, 환자분은 이미 인생의 삼분의 일을 사신 거예요."

"벌써 그렇게 시간이……."

"앞으로 10년 후면 마흔 살이 되겠죠? 20년 후면 쉰 살이 되고요."

"……."

"인생이라는 게, 깨달았을 때는 이미 순식간에 흘러가 있는 것 같아요. 평생에 한 번뿐인 시간을 사랑하는 남자와 보낼지, 아니면 넓은 집에서 좋은 차를 타면서 지내고 싶은지, 마음의 소리부터 들어 보세요."

차은희는 부드럽게 일러 주는 것으로 환자와의 상담을 끝마쳤다.

가벼운 우울증의 경우에는 서너 차례의 대화만으로도 증세가 호전되기도 하였으니 며칠 두고 경과를 지켜볼 셈이었다.

"에효, 이걸로 오늘 아침 상담은 대충 끝난 건가?"

옆에서 듣고 있던 간호사들은 무척 감동한 얼굴이었다.

"대단하세요, 박사님!"

인생에 대해서 말하기는 쉽다. 하지만 평범한 몇 마디의 말로 환자의 심리 상태를 바꾸어 놓기란 굉장히 어렵다.

차은희는 입을 삐죽 내밀었다.

"그렇게 감탄할 필요 없어. 내가 한 말이 아니라, 실은 전에 상담했던 어떤 환자의 이야기야."

"뭐 하는 환자였는데요?"

"소설 작가."

"네? 작가도 고민이 있어요?"

"작가도 인간인데 당연하지. 노총각으로 늙어 죽을지도 모른다는 괴로움, 집에 유일한 냄비가 코팅이 벗겨져서 라면을 끓여 먹을 때마다 바닥을 벅벅 긁어야 한다는 압박감!"

"......"

"마감에 대한 현실도피 증상. 밥을 혼자 해 먹을 때마다 귀찮아서 부실하게 때우기 일쑤고, 중국집 쿠폰이랑 보쌈집, 치킨집 쿠폰만 모았다더라."

"쿠폰은 모으면 좋잖아요. 밥도 공짜로 먹을 수 있고요."

"서른 종류 쿠폰으로 만든 탑을 보면 그런 소리 못 하지. 심할 때는 6개월간 집 밖에도 나가지 않고 글만 썼다고 해."

"......"

간호사는 할 말을 잃었다. 그 정도라면 정상적인 인간이라고 볼 수가 없으니까.

"중증이잖아요. 그런데 그런 폐인 작가가 인생과 시간의 소중함에 대한 이야기를 했다니 의외네요."

"그 사람도 나이가 저 환자분과 비슷하거든. 10년, 20년, 남은 인생이 얼마일지 모르잖아. 평생 몇 권의 책을 더 쓸 수 있을지는 몰라도, 좋은 글들을 하나라도 더 많이 남기고 싶은 게 꿈이래."

"멋진 꿈을 가지긴 했네요."

"그렇지? 독자들이 읽어 주면서 잠깐이라도 설레고 행복해할 수 있으면 그보다 더 좋은 게 없다고 하니까. 우린 나이를 먹으면서 설레는 법을 잊어버리잖아."

"하루에 한 번씩, 아침에 눈을 뜰 때마다 설렐 수 있다면 정말 좋을 거예요."

"응. 책을 쓰는 게, 꿈을 이야기로 만드는 사람이 작가잖아. 자기가 쓰는 이야기가 누군가를 설레게 만들 거라는 믿음이 없다면 굉장히 괴로운 일일 거야. 그래서 설렘과 보람을 가지고 글을 쓴다지. 다만……."

"다만요?"

"게을러져서 요즘은 원고 마감이 늦어지고 있대. 독자들의 원성을 들으면서 농땡이를 치고 있다는 거야."

"……."

차은희는 간호사와의 수다를 마치고 나서 〈로열 로드〉를 떠올렸다.

오크 세에취로 활동하면서, 낮은 레벨을 가지고 이렇게 모험과 퀘스트를 하게 될 줄은 몰랐다.

'역시 위드를 따라다니길 잘한 건가?'

일행에 속해 있으면서 그녀가 주로 하는 일은 짐꾼이나 소규모 파티의 인솔자였다.

오크 지휘관의 역량을 살려서 그녀가 파티를 조직하면 일행의 능력이 약간 상승하고, 성장 속도도 늘어난다. 그러면서 그녀가 얻는 경험치도 적은 편이 아니라서 집단 회복력 증가, 집단 힘 증가, 화살 회피 등의 스킬들을 성장시키는 재미도 쏠쏠했다.

'서윤이 근처에 붙어 있기 위해서 아무 생각 없이 오크를 택했는데, 오크에게서 발견할 수 있는 잔재미들도 참 많아.'

방어구 등의 장비 세트가 인간과 호환되지 않아서 구하기 힘들다. 오크 대장장이들의 형편없는 솜씨로는 조악한 물품들밖에 만들지 못한다. 하지만 오크들의 개체 수도 무섭게 증가하고 있으니 시간이 지나면 해결될 문제였다.

'점심시간에도 〈로열 로드〉에 접속해야지.'

차은희는 요즘 들어 〈로열 로드〉만 떠올리면 기분이 싱숭생숭했다.

건장하고 믿음직스러운 사나이. 검둘치!

오크 세에취의 모습을 하고 있는 그녀와 가장 친하게 지내는 사람이었다.

아직 많은 대화를 나누어 보진 않았지만, 말 한마디도 조심스러워하는 태도에서 신중함과 배려를 느낄 수 있었다. 간혹 황당한 일을 저지르기도 하지만 마음이 끌렸다.

조금이라도 그녀를 보호해 주기 위해서 진심으로 노력하는 모습을 보면서 감동받을 때도 많았다.

"후훗."

차은희의 입가에 부드러운 미소가 떠올랐다.

검둘치와 이야기를 나누며 부족한 솜씨로 생선이라도 구워 먹는 게 그렇게 맛있을 수가 없었다.

그럼에도 차은희는 혼자만 기뻐할 수 없기에 조심스러웠다.

"서윤이도 빨리 말을 해야 될 텐데."

서윤의 치료에 진전이 있었다.

〈로열 로드〉에서이지만 첫마디를 떼게 된 것!

그런데 너무 오랫동안 말을 하지 않은 탓에 금세 다시 말문이 막혀 버렸다.

"괜찮아. 말을 하는 법을 잊어버리긴 했지만, 예전처럼 다시 돌아올 수 있다는 거니까."

이럴 때일수록 억지로 서두를 필요는 없다.

차은희는 서윤을 독촉해서 말하도록 시키지는 않았다.

강제로 끌어내리려고 하면 오히려 더 깊이 숨어 버리는 법이다. 10년이 넘도록 기다려 지금까지 왔으니 좀 더 스스로 필요성을 느끼도록, 자연스러운 계기가 생기도록 지켜볼 참이었다.

"지금 수업은 잘 받고 있을까?"

차은희는 조금 걱정되었다.

서윤도 학교를 다니고는 있었다.

젊은 나이에 병원에만 머무르면 나중에 사회에 적응하지 못하게 된다. 중학교 때까지는 가정교사들을 통해 공부했지만,

그래서 고등학교부터는 정식으로 학교를 다녔다.

물론 특수한 아이들을 위주로 교육하는 곳이었지만.

작년에는 대학교에 입학도 했다.

사정상 매일은 나가지 못하고 가끔 학교에 가는 정도였는데, 올해에는 오늘 첫 수업에 들어간 것이다.

"괜찮겠지. 무슨 사고를 저지를 애도 아니고. 설마 학교에서 내가 모르고 있을 때 또 말을 하는 건 아니겠지?"

차은희는 괜한 기대를 가져 보았다. 그럴 가능성은 극히 희박하다고 생각했지만.

　　　　　　❧

이현은 비싼 학비를 내고 다니는 것이니만큼 수업에 빠지지 않았다.

그렇지만 아는 사람이 거의 없었다.

남들은 미팅이며 동아리 활동, 학회 활동 등등을 활발히 하는데 그는 오직 수업만 들었기 때문이다.

"평균 C는 받아야 돼. 그래야 재수강을 안 하지."

학사 경고나 낙제를 받게 되면 성적 제한에 걸려 졸업을 못한다. 그러면 비싼 학비를 내고 계속 다녀야 하니, 어떻게 해서든 수업을 충실히 들었다.

다행히 대학교에서는 출석률만 꾸준하면 웬만해서는 C 정도의 학점은 준다는 사실이 희망적이었다.

이현은 매번 제일 앞자리에 앉아서 교수에게 눈도장을 착실히 찍었다.

"너도 정동민 교수님 소문 들었어?"

"응. 강의를 정말 잘하신다더라."

"다음 학기에는 꼭 그 강의 신청해야지."

쉬는 시간이라 학생들이 떠드는 이야기들이 들려왔다.

수업에 대한 이야기를 하는 학생들이 절반쯤. 나머지는 〈로열 로드〉에 대한 대화들을 나누는 편이다.

"근데 오늘은 메디움에서 사냥할 거지?"

"장비부터 맞춰야 돼."

"무슨 장비로 맞출 건데?"

"전격 속성 방어가 있는 세본 세트."

"돈은?"

"1달 전부터 모으고 있었어. 오늘 구매하기로 했는데 세본 세트의 착용감은 어떨까, 정말 기대돼."

"휴. 난 언제 세본 세트를 입을 수 있지? 부러워, 정말."

이현의 입가에 슬며시 미소가 배어 나왔다.

'역시 학생들이군.'

세본 세트의 현금 구매 가격은 42만 원!

레벨 200대 중반이면 무난하게 착용할 수 있는 방어구다.

'하기야 고등학교를 졸업한 지 얼마 안 되었으니 아직은 레벨이 대체로 낮겠지.'

다크 게이머인 자신에 비한다면 그야말로 순진한 학생들이라고 할 수 있다.

이현은 흐뭇한 미소를 지었다.

그런데 그때 다른 학생들이 작게 소곤거리는 말이 들렸다.

"저 복학생 오빠 또 우릴 보고 웃고 있어!"

"진짜 음흉하게 웃는다."

"완전 저질이야."

이현은 과 내에서 단단히 미운털이 박혀 있었다.

수업이 끝나면 곧바로 집으로만 향한다. 과 활동도 안 하고 다른 이들과 어울리지도 않는 데다, 허풍쟁이로 낙인찍힌 탓이었다.

'뭐, 어쩔 수 없지.'

이현은 쉬는 시간에 교재라도 열심히 보았다. 그러나 그런다고 주위의 반응이 크게 달라지진 않았다.

"공부하는 척은……."

"수업 시간에 입 쩍쩍 벌리고 하품이나 하지 말든가."

이현은 이래저래 욕을 먹을 팔자였다. 선입견이 있으니 사람 자체를 나쁘게 보는 것이었다.

사실 그들의 생각에 어느 정도 맞는 면도 있었다.

이현이 공부를 해서 받으려고 하는 학점의 목표치는 2.0!

'학사 경고는 받지 말아야지. F도 없어야 돼.'

제적이나 낙제를 면할 정도로만 공부했다.

출석은 부지런히 해도, 교수가 내주는 리포트들은 몽땅 빼먹었으니 주변의 평가가 좋을 리가 없었다.

'내 팔자가 이렇지, 뭐.'

이현은 체념하고 학교를 다녔다. 친구를 사귀는 일은 애초에 포기한 상태였다.

그런데 오늘은 조금 특별했다. 학생들의 기분이 어쩐지 들떠 있었다.

"올해에는 어디로 간대?"

"몰라. 그건 절대 안 알려 준다니까."

"작년에는 정말 재미있었대!"

이현은 무슨 이야기를 하는지 알아들을 수가 없었다.

'주말에 어디 여행을 가려고 하는 건가?'

이현은 자신과 관련이 없는 일이라고 여기고 신경을 쓰지 않았다.

그런데 그날, 강의가 끝나 갈 무렵이었다. 교수가 갑작스러운 이야기를 했다.

"강의 내용은 끝났지만 시간이 조금 남았으니, 이번 MT에 대한 이야기를 좀 해 볼까요?"

대학교 첫 MT!

다른 학생들은 선배나 친구 들로부터 들어서 알고 있었지만 이현만 모르는 일이었다.

'나와는 관련이 없는 일이지!'

이현은 당연히 MT를 빠지려고 했다. 그럴 시간이 있다면 몬스터를 1마리라도 더 때려잡고, 조각품을 1개라도 더 만들 테니까!

하지만 교수는 그런 이현의 마음을 짐작이라도 하고 있다는 듯이 이야기를 이어 나갔다.

"가상현실을 잘 알기 위해서는 현실의 모험도 중요하다고 할 수 있겠지요? MT는 놀고먹기 위해서 떠나는 게 아닙니다. 조마다 목표별 성과 점수를 내서 교수들이 전공 성적에 반영하게 될 텐데요, 불참한 학생은 당연히 학점이 나가지 않을 테니 알아서 하세요.”

학생들은 환호했다.

MT를 통한 전공 성적의 반영!

이현도 어쩔 수 없이 참석해야 하는 분위기였다.

“교수님, 이번 여행의 목표가 뭔데요?”

“어떤 컨셉으로 MT를 가는 거예요?”

가상현실학과의 MT는 독창적이었다. 술을 마시고 노는 문화가 아니라, 새로운 경험의 장으로 활용한다.

매번 MT마다 특정 컨셉이 있는데, 그것은 해마다 바뀌었다.

물론 교수는 절대 말해 주지 않았다.

“그것은 조 편성이 끝났을 때 공개됩니다. 그럼 오후에 대강당에서 만나도록 하지요. 참, 오늘은 여러분이 잘 아시는 서윤 학생도 출석했더군요. 혹시 그럴 가능성은 희박하다고 생각되지만 그 학생도 MT에 갈지 모르니, 남학생들은 기대해도 괜찮겠지요?”

순간 남학생들의 눈빛이 달라졌다.

❧

이현은 다른 수업들을 다 마치고 나서 천천히 대강당으로 향했다.

‘정말 이상한 일이군.’

도서관에 사람이 없었다.

평상시 학생들로 우글거리는 잔디 광장이나 시청각실도 한가했다.

학교 식당과 매점에서도 사람을 구경하기 어려울 정도였다.

'오늘은 수업이 다 일찍 끝났나?'

이현은 느긋하게 움직였다.

MT에 참여하기 위해서 가긴 하지만 어차피 마음이 없었으니 대충 시늉만 낼 작정이었다.

'학점은 받아야 되니 참가에 의미를 두자.'

이현은 천천히 걸어서 대강당에 도착했다.

조금 늦은 시간이기는 했다. 그런데 그곳은 이미 남자들로 아우성이었다.

"밀지 마!"

"어디야. 어디 있어?"

"저쪽!"

수많은 사람들이 무언가를 보기 위해서 안달했다.

"전자공학과에서 나왔습니다. 불쌍한 공대생입니다. 우리도 구경 좀 하게 해 주세요."

"공대생은 자제하세요!"

"맞아요. 그녀를 보고 높아진 눈으로 어떻게 살아가려고 그래요."

"크흑! 저희는 여자 친구를 사귀기는 틀렸으니 부디 구경이라도……."

뒤쪽에 있는 남학생들로부터 간절한 호소들이 메아리쳤다.

이현은 간신히 사람들을 뚫고 대강당 입구로 다가갔다. 입구에서는 가상현실학과의 선배들이 신원을 확인하고 들여보내는 중이었다.

"죄송하지만 다른 과 학생들은 출입할 수 없습니다."

선배들은 이현도 제지했다.

"저도 가상현실학과입니다."

"예?"

"1학년입니다."

이현이 담담히 대답했을 때에도 선배들은 서로의 얼굴만 돌아봤다.

"신입생이라는데 누구야?"

"누구 아는 사람?"

이현을 아는 선배는 1명도 없었다.

워낙에 죽은 듯이 학교를 다녔기에 벌어진 일.

여자 선배가 곤혹스럽다는 듯이 얘기했다.

"실례지만 학생증을 보여 주실 수 있을까요?"

"네. 여기요."

이현은 학생증을 꺼내 보여 줬다.

"맞네요. 그럼 들어가세요."

"예."

이현은 학생증을 보여 주는 것으로 무사히 입구를 통과해서 대강당 안으로 들어갔다.

가상현실학과의 신입생들은 이미 도착해 있었다.

특이한 점이라면 거의 대부분의 남학생들과 여학생들의 시선이 한쪽으로 향한 것이었다.

"정말 예쁘다."

"여신이야, 여신."

"어쩌면 저렇게 예쁠 수가 있지?"

"부디 그녀의 한마디라도 들을 수 있다면! 그녀가 한 번이라도 내 이름을 불러 준다면 얼마나 좋을까."

"난 군대를 두 번 가도 좋아."

남자들은 열병에 걸린 사람들처럼 중얼거렸다.

여자들도 비슷했다.

예쁜 여자는 여자들도 좋아한다. 질투심이 없을 수야 없겠지만, 그것마저도 초월해 버리는 상대라면 선망하기 마련.

이현도 사람들의 시선이 향하는 곳으로 눈을 돌렸다.

'대체 뭘 보고 있기에 저러지?'

그리고 이현은 발견할 수 있었다.

서윤!

어린아이처럼 한없이 맑고 깨끗한 피부에 사슴처럼 고운 눈망울.

인간의 눈이 이렇게 예쁠 수는 없다.

잘 어우러진 단정한 눈썹과 이마. 콧날은 또 얼마나 아름다운가.

오래 보고 있으면 빠져들어 버릴 것 같은 빛나는 얼굴.

심지어 손도, 발도, 몸매도 예쁘다.

입고 있는 옷마저도 절묘하게 어울려서, 오직 그녀만을 위해 탄생한 것 같다.

온몸에서 광채를 발산하고 있는 것이다.

이현도 심하게 놀랐다.

"커헉!"

서윤이 이 세상에 정말로 존재하는 인간이라니!

'매력 스탯을 최대치까지 찍은 줄로만 알았는데.'

실물에 비하면 〈로열 로드〉에서의 미모가 오히려 부족한 감이 있다.

'하기야 〈로열 로드〉에서는 투박한 갑옷을 입고 다녔으니까.'

이현은 묵묵히 서윤을 바라보았다.

그런데 그녀가 어떤 시선을 느낀 것인지, 갑자기 이현이 있는 쪽을 휙 돌아보았다.

"헉!"

이현은 재빨리 여학생들의 뒤로 숨어 그녀의 눈길을 피했다.

생존을 위한 거의 본능적인 움직임!

〈로열 로드〉에서 서윤에게 많은 죄를 지었다.

몰래 만든 그녀의 조각상만 몇 개던가!

매번 피하고 주눅 들어 있던 게 일상화되다 보니 현실에서도 눈길부터 피하려는 것이었다.

서윤은 이현이 숨어 있는 곳을 잠시 쳐다보다가 다시 고개를 돌렸다.

그제야 이현은 여학생들 틈에서 나올 수 있었다. 그리고 슬며시 서윤을 피해 반대편으로 향했다.

뒤에서 여학생들이 몰래 소곤거렸다.

"방금 봤어? 눈길 피하는 거."

"어우, 소름 돋아!"

"진짜 주책이야."

다시금 오해를 받고 있었다.

어느새 싹터 버린 불신의 골은 너무나도 깊어진 상태.

돌이킬 방도가 없었다.

MT는 교수들과 선배들이 주도했다.

"올해의 MT는 섬으로 가기로 했습니다. 우리가 가기로 한 승봉도는 신석기시대부터……."

선배들이 취지에 대해 설명을 하는데 정작 학생들의 관심은 오직 서윤에게만 향했다. 그녀의 맑은 눈을 보느라 설명은 듣는 둥 마는 둥이었다.

서윤의 주변에는 당연히 사람이 많았다.

그러면서 신입생들 사이에서 그녀에 대한 이야기들도 조심스럽게 들려왔다.

"저 사람이 서윤 선배구나. 소문이 과장된 줄 알았는데 저렇게 예쁠 수가 있다니."

"연예인보다 더 예쁜 것 같아."

"그런데 왜 친구가 없을까?"

"몰랐어? 서윤 선배님은 어릴 때 정신적으로 큰 충격을 받아서 말을 할 수 없대."

"정말? 그래서 저렇게 무표정한 거로구나."

"학교도 아주 가끔 나오는데, 올해에는 처음 온 거야."

"진짜 여리고 순수한 사람 같아."

이현은 고함이라도 지르고 싶었다.

'전부 속고 있어!'

어떻게 서윤이 여리고 순수할 수가 있단 말인가!

서윤의 인간성에 대해서는 누구보다 이현이 잘 알고 있다.

그녀가 3박 4일 동안 몬스터들을 학살하던 장면을 보았다면 여리다는 말은 할 수 없을 것이다.

웬만한 수준의 유저들 따위는 일 검에 베어 버릴 정도의 여전사!

그녀가 검을 휘두를 때에는 이현조차 섬뜩할 정도였다.

'저렇게 강한 여자를 보고 여리다니.'

거기다가 사람들이 속고 있다는 결정적인 이유가 또 한 가지 있었다.

그녀는 말을 할 수 있다.

이현도 그녀가 말을 못하는 줄로 깜박 속았다. 그런데 본 드래곤에게 죽임을 당하기 직전에 분명히 친구라고 말을 했다.

'떨어뜨릴지도 모를 아이템이 아까워서 그리고 나를 잡아 두기 위해서 친구 등록을 하려고 말을 했던 거지.'

그녀의 악독함은 그것이 끝이 아니었다.

그 후에 이현은 물건을 돌려주기 위해 그녀가 접속했을 때 말을 걸어 보았다. 그런데 전혀 대답이 없었다.

'흑돼지 가죽 옷. 돌려받을 필요도 없는 물건이라고 무시하는 거지. 자기는 좋은 퀘스트를 하거나 사냥터에서 사냥을 하

느라, 내가 말을 걸어도 대꾸도 안 했어.'

서윤의 비정한 인간미!

이현은 주변인들이 속고 있는 사실이 안타까울 뿐이었다.

선배들의 이야기는 계속되고 있었다.

"그러므로 오늘은 우선 조 편성을 하도록 하겠습니다. 참고로 이번 MT는 여느 때와는 많이 다릅니다. 올해의 컨셉은 바로 야생입니다."

"야생요?"

신입생들 중에서 일부가 물었다.

야생이라는 말이 잘 와닿지 않았기 때문이다.

"예. 말 그대로 야생입니다. 정해진 숙소도 없고, 따로 준비한 그 어떤 것도 존재하지 않습니다."

"필요한 물건들은 어떻게 하나요?"

"직접 만들어야죠."

"예?"

"여러분은 조별로 알아서 필요한 모든 것들을 준비해야 합니다. 다만 정해진 예산의 한도는 1인당 5만 원! 그 예산에 맞춰서 물건과 도구 들을 장만하여 MT에 참여하면 됩니다."

선배의 말에 신입생들은 기겁을 했다.

"세상에! 5만 원이라니!"

"5만 원으로 뭘 할 수 있지?"

신입생들이 전혀 호응하지 못하자, 선배가 덧붙였다.

"물론 5만 원이 2박 3일을 보낼 수 있는 예산으로는 부족할 것이라고 생각됩니다. 그러나 사전에 계획을 잘 짜고 같은 조원들끼리 똘똘 뭉쳐서 헤쳐 나가면 되겠죠? 야생에 얼마나 잘 적응하느냐에 따라서 교수님께서 학점도 부여해 주신다고 하니, 모두 열심히 해 주시기 바랍니다."

식당에서 먹는 괜찮은 밥 한 끼가 만 원인 시대다. 그렇기에 1인당 5만 원이라는 돈으로 MT를 준비하기는 상당히 빠듯해 보였다.

이현은 다르게 생각했다.

'엄청난 호화 MT로군. 세상에 무슨 산에 가서 이틀을 자는데 5만 원이나 필요하지?'

아낀다면 일주일 생활비로도 쓸 수 있을 것 같았다.

요즘 날씨는 그다지 춥지 않다. 산속이라도 밤에만 조심한다면 신문지 1장으로도 얼마든지 버틸 수 있으리라.

이현에게 필요한 물품은 단지 신문지 5~6장! 혹시 그조차도 없으면 아예 맨몸으로 가도 괜찮다.

돌덩어리를 쪼개서 그걸로 땅을 깊이 파고 그 안에 들어가서 자고, 나무뿌리를 씹어 먹으면서도 이틀은 버틸 수 있으니까!

"한 조는 8명씩으로 이루어집니다. 이번 MT에서는 따로 선배들이 조를 정하지 않겠습니다. 원하는 사람들끼리 직접 조를 정해 주기 바랍니다. 다만 어떤 경우에도 여자와 남자가 각각 3명 이상씩은 포함되어야 합니다. 지금 조를 정해 주세요."

신입생들은 일단 자신들과 친한 사람들부터 찾았다.

"선아야, 이쪽이야."

"재진아, 여기!"

각자 친한 사람이나 선배 들에게 가서 뭉치는 것!

8명이 단단히 결속해야 하므로 대체로 잘 아는 이들끼리 한 조를 이루기 마련이었다.

　이현은 우두커니 서 있었다.

　'어차피 아는 사람도 거의 없고, 나중에 빈자리가 있는 곳으로 들어가면 되겠지.'

　학점에 욕심은 없으니 어떻게든 조 편성만 된다면 상관없다.

　"동현아, 이쪽이야!"

　"상호 선배, 우리랑 같이 한 조 해요."

　이현의 생각대로 사람들은 각자 조들을 편성하고 있었다.

　사람들이 점점 줄어들어 이제 삼분의 일도 남지 않았다.

　그중에는 안면이 있는 박순조나 이유정, 민소라도 조를 정하지 못한 듯 남아 있었다. 인맥이 넓지 못한 신입생들은 선배들보다 조를 만들기 어려웠다.

　마지막까지 남은 사람들은 불과 스무 명!

　박순조가 이현을 보았다.

　"이현 형님, 이쪽으로 오세요! 여기 두 자리가 비어요."

　기왕이면 모르는 이보다는 이현이 낫다고 판단했으리라.

　이현은 난처하다는 듯이 머리를 긁적였다.

　"일부러 그러지 않아도 되는데, 난 MT에 참석할 생각이 별로 없었거든."

　"에이! 같이 가요, 형님!"

　"그럼 그럴까? 뭐, 꼭 원한다면야."

　이현은 예의상 살짝 튕겨 준 후에 박순조의 조에 합류했다.

　설명회에서 만난 적이 있는 이유정, 민소라, 최상준이 먼저 보였다. 거기에 신입생 여자애들 2명이 더 늘어 있었다.

"안녕하세요. 홍선예입니다."

"말씀 많이 들었어요. 주은희예요."

"이현입니다. 잘 부탁드립니다."

2명의 여자들은 이현이 내키지 않는 듯했다. 과 내에서 평판이 상당히 안 좋았으니까.

그래도 노골적으로 싫은 티를 내지는 않았다.

'뭐, 어쨌든 이렇게라도 끼어서 MT를 다녀오기만 하면 되는 거지.'

이현은 긍정적으로 마음을 편하게 가졌다.

대학교 첫 MT가 은근히, 아주 약간은 기대가 되었던 것도 사실이니까!

그런데 이현의 뒤에 누군가가 다가와서 섰다.

대강당의 모든 관심이 쏠려 있는 그녀, 서윤이 이현에게로 다가온 것이다.

서윤은 MT에 참여할 생각이 없었다.

'누구도 날 좋아하지 않을 거야.'

사람들을 만나기가 두려웠다. 마음의 상처를 받는 게 무서워서 스스로 꽁꽁 속박하고 있었다.

그러다 이현을 발견했다.

'그 사람이야.'

〈로열 로드〉에서와 생김새가 똑같았으니 못 알아볼 수가 없었다.

우연히 만나서 동행을 하며 요리를 해 주고, 조각품을 만들었던 그 사람.

'마음이 따뜻해지는 조각품, 연인들을 만들었던 사람.'

서윤은 자신도 모르게 이현에게 다가갔다.

이현은 주변의 반응으로 누군가 뒤로 다가온 것을 짐작하고 뒤를 돌아보았다.

이현의 눈매가 가늘어졌다. 본능적으로 위기를 감지한 탓이었다.

"설마… 너도 MT 가려고…요?"

서윤은 말없이 고개만 끄덕였다.

이현이 간다면 MT를 따라가도 괜찮을 것 같았다. 그녀를 버리지 않을 것이라는 확신이 있었기에. 그리고 친구이니까.

서윤은 친구 등록을 하기 훨씬 전부터 이현을 친구라고 여기고 있었다.

"커헉!"

이현에게는 끔찍한 사태!

악독한 서윤이 이제는 MT까지 따라온다고 한다.

'그것도 정확히 나를 노리고 있어!'

〈로열 로드〉에서 괴롭히는 것으로 모자라서 현실에서까지 쫓아오다니!

'도대체 나를 얼마나 힘들게 만들려고!'

이현은 그래도 최대한 노력해서 미소를 지었다. 싫은 티를 내면 역시 후환이 두렵다. 〈로열 로드〉에서 어떻게 보복을 당할지 모른다.

'평소에 얌전하던 애들이 더 무섭지.'

살인자인 그녀이니 수틀리면 죽이려고 들지 어찌 알겠는가.

이현은 정말 힘들게 미소를 보여 주었다.

썩은 미소를!

결전의 날

드디어 토둠을 정벌하는 날.

마판은 초조하게 시간이 가기만을 기다리고 있었다.

"무슨 일이 있어도 퀘스트를 성공해야 돼."

상인이라서 전투에 참여하진 않겠지만 그는 매우 절박했다.

베르사 대륙에서 마차 가득 샀던 물품들!

토둠 정벌에 실패하면 그게 다 악성 재고가 되는 것이다.

지금까지 사냥하면서 잡템들을 두둑하게 구입했다지만, 토둠에 교역품을 팔고 얻을 수 있는 이득에는 비할 바가 아니다.

"이렇게 세금을 안 내도 되는 최고의 마을이 있다니, 믿을 수가 없어."

베르사 대륙에 있는 마을들에서는 통행세와 교역세를 내야 된다. 소득이 났을 때 모라타에 납부해야 하는 소득세 외에도 다양한 세금이 있었던 것이다.

대도시에서는 이렇게 추가로 붙는 세금들이 만만치가 않다.

오크들의 마을에서도 그들끼리의 사회가 구성되어 있었기에 세금을 납부해야 했다.

그런데 뱀파이어들은 원래 세금과 거리가 먼 종족이었다.

마판은 흥분으로 가슴이 떨려 왔다.

"아무리 이윤이 많이 남더라도 세금을 안 내도 돼."

경제학과를 다니면서 제일 흥미롭게 배웠던 과목이 세법이었다.

예컨대 회사에 취직을 하기 위해서 면접을 본다고 치자.

요즘에는 별 특기들이 많다.

"영어를 완벽하게 마스터했습니다."

"컴퓨터 활용 능력이 뛰어납니다."

외국어 1~2개쯤이야 못하는 사람이 드물고, 컴퓨터는 중학생도 웬만큼은 다루는 시대다.

기업 인턴이나 봉사 활동, 대회의 수상 경력도 결정적인 강점은 되지 못한다.

"자네는 뭘 잘하나?"

이렇게 인사부장이 물어봤을 때에 결정적으로 상대를 압도할 수 있는 특기!

"탈세! 탈세가 주특기입니다! 지금까지 정상적으로 세금을 납부해 본 적이 단 한 번도 없습니다."

그야말로 기업에서 최고로 원하는 인재상이 아니겠는가!

❧

화령은 붉은 드레스를 꺼내 입었다.

몸매를 고스란히 드러내어 줄 뿐만 아니라, 비싼 보석들이 치렁치렁 달려 있는 고급스러운 옷이었다.

화령은 거울 앞에 서서 자기 몸매를 비춰 보고는 고개를 끄덕였다.

"이 정도면 썩 나쁘지 않네."

나쁘지 않은 정도가 아니었다. 남자들을 유혹하는 강력한 마력! 어떤 남자라고 하더라도 시선을 떼지 못할 정도의 위력을 가졌다.

"라. 라라라."

화령은 콧노래를 부르며 춤을 추었다.

달빛 아래에 유혹적인 춤을 추고 있는 그녀. 신비롭고 뇌쇄적이라고 표현해도 좋을 정도의 광경이었지만, 정작 그녀가 춤을 추는 이유는 매우 단순했다.

'위드 님도 대규모 전투 전에는 이런 식으로 즐겼어. 나도 따라 해 봐야지!'

위드를 따라서 달밤에 춤을 추고 있는 것이었다.

큰 전투를 앞두고 분위기를 타는 습관!

나쁜 짓은 쉽게 전염되는 법이다.

❦

깊은 밤, 3개의 달이 떠오르는 토둠에서 위드는 야트막한 야산에 올랐다.

"드디어 결전의 시간이 왔군."

빛을 흡수하여 검게 빛나는 탈로크의 갑옷과 고귀한 기품의 검은 헬멧, 뱀파이어의 망토와 검은 부츠까지 착용했다.

다크 나이트.

완전한 흑기사의 차림새였다.

위드는 바위에 한쪽 다리를 올린 채로 폼을 잡고 언덕 아래를 보며 서 있었다.

뱀파이어 왕국, 토둠이 그대로 내려다보인다.

오래된 성들이 수십 개나 연결되어 이루어진 모습은 대단히 고풍스러운 광경이었다.

새벽 일찍, 그것도 발룬, 고룬, 세이룬, 3개의 달이 낮게 떠올라서 그윽한 분위기를 만든다.

사실 해가 뜨지 않는 토둠에서는 낮과 밤의 구분이 따로 없다. 일정한 시간이 되면 3개의 달이 높이 떠오르는데, 그때는 대낮처럼 무척 환하다.

그때부터 아침이 시작되는 것이다.

마침 위드가 서 있는 언덕 위로 세이룬이 높이 떠 있었다.

휘이잉!

그리고 절묘하게 바람이 불었다.

위드가 오매불망 기다리던 순간!

이렇게 좋은 풍경에서 분위기를 잡고 있는데, 적당한 바람마저 불어온다.

'이럴 때일수록 서두르면 안 되지.'

최대한 우아하고 멋들어지게 위드는 헬멧을 벗었다.

"후후후."

옅은 미소도 지었다.

개방된 머리카락이 바람에 휘날린다. 망토도 펄럭거린다. 생명을 장담하기 힘든 전투를 앞두고 홀로 고독을 즐기는 전사의 모습!

'역시 이 맛이야!'

그렇게 한참 폼을 잡으면서 언덕 아래를 보며 서 있었다. 그러다 불쑥 오른손으로 검을 뽑았다.

차가운 로트의 검.

얼음의 기운을 담고 있는 빙설의 검이다.

공격력은 지금 위드의 수준으로 볼 때 그리 높다고 할 수 없지만 매일 검날을 갈아서 예리하게 빛난다.

'이게 전부가 아니지.'

위드는 왼손에 고대의 방패를 들었다.

최고의 대장장이인 드워프들이 심혈을 기울여서 제작한 방패였다.

미스릴과 알 수 없는 동물의 뼈로 제작되었다. 원래 아름다웠을 무늬에 때가 잔뜩 끼어서 알아볼 수는 없었다.

검게 퇴색된 데다 수리도 불가능한 방패. 그럼에도 최고의 유니크 아이템이다.

능력을 완전히 이끌어 내어 사용하기 위해서는 방패 활용술이 필요하지만 위드는 중급 대장장이 스킬 덕분에 착용할 수 있었다.

여기에 니플하임 제국의 보물 중 하나인 바하란의 팔찌까지 착용했다. 귀중한 물건이라서 애지중지했으면서도 특별히 꺼내서 팔에 찼다.

정교하게 세공된 보석 팔찌가 어울리지 않는 화려함을 더해 준다.

"역시 난 최고야."

위드는 한 손에는 검을, 다른 한 손에는 고대의 방패를 들고 바람을 맞으면서 그렇게 서 있었다.

흰색의 장갑은 색깔이 어울리지 않아서 일부러 착용하지 않았다. 맨손을 드러내면서까지 지키고 싶었던 카리스마!

위드는 입을 열었다.

하나의 갑옷을 만들었네

세월이 흘러도 변하지 않는 강철의 갑옷

해가 지고 달이 지고

바람이 불고 비가 와도

절대로 상하지 않는 갑옷을 만들어야지

두들겨라

우르릉 쿵쾅 쿵쾅

겉모습은 금칠을 해야지

그래야만 비싸게 팔린다네

어디까지 알아보고 오셨어요?

3골드?

안 돼요, 안 돼

원가가 얼만데…….

최소한 7골드는 받아야 되네

원래 밑지고 장사하는 건데 첫 손님이라서 봐 드립니다

᠅᠅᠅᠅᠅᠅᠅

어느덧 3개의 달이 다 떠오른 아침이 되었다.

위드가 언덕 아래로 내려왔을 때에는 일행이 모두 모여 있었다. 그런데 눈가가 붉게 충혈되어 마치 조금도 쉬지 못한 듯한 모습이지 않은가.

위드가 의아해서 물었다.

"무슨 일이라도 있었습니까?"

"아. 아니에요. 별일 없었어요."

화령이 고개를 저었지만 그녀는 정말 악몽과도 같은 새벽을 보냈다.

페일, 메이런, 이리엔, 모두 긴장하여 약속한 시간보다 훨씬 일찍들 접속했다. 새벽부터 갖은 상념을 다 하고, 또 일부는 폼을 잡으면서 시간을 보냈다.

그러던 와중에 들려온 위드의 노래!

'최악의 음치!'

'무, 무슨… 저런 가사가 다 있지?'

위드의 노래를 듣다 보니 머리가 깨질 듯이 아팠다. 그 탓에 전혀 쉬지를 못한 것이었다.

그것도 무려 4절까지 있는 노래!

그들이 어렴풋이 기억하는 건 2절까지였다. 그 후부터는 정신이 혼미해져서 떠올릴 수도 없었다.

내 망토는 바람에 날린다

깃발처럼 펄럭펄럭

밤에는 따뜻하게 덮고 잘 수도 있지

언제 빨았는지는 아무도 몰라

망토에 몸을 숨기고 적을 노려본다

킁킁

냄새가 나는구나

망토에서 이상한 냄새가 난다

"꼭 무슨 일이 있었던 것 같은데."

"……."

위드의 말에 일행은 굳게 입을 다물었다.

어쨌든 간에 막상 토둠으로 쳐들어갈 시간이 되었다고 생각하니 긴장감 때문에 사소한 일은 따지고 싶지 않았다.

그때 검치 들이 하나둘 접속을 했다.

도장에서 접속하는 것이기 때문에 정확히 약속 시간에 맞춰서 일제히 들어온 것이다.

"오셨습니까, 스승님. 사형들."

"그래."

검치가 마치 산보라도 나온 것처럼 느긋하게 인사를 받았다.

페일과 마판이 눈을 마주쳤다.

'검치 님은 그렇더라도, 다른 분들은 긴장하고 있을 거야.'

'아무래도 보통 때와는 조금 다르시겠지.'

검둘치는 평소처럼 대사형답게 믿음직스러운 얼굴이었고, 검삼치와 검사치는 다소 들떠 있었다.

"이걸로 방송 출연인가?"

"열심히 싸우기만 하면 되는 거지."

"평소 모습을 보여 주면 되는 거야."

"얼짱 각도로 찍혀야 될 텐데."

프로그램 〈위드〉의 방송 개시!

시청률은 낮게 시작했지만, KMC미디어에서 정규 방송을 했고 그러면서 출연을 하게 되었다는 데 매우 고무적이었다.

검치 들은 상황을 즐기고 있었다.

그런데 제피가 위드의 주변을 살피더니 고개를 갸웃했다.

"위드 님, 유린 님이 보이지 않습니다만?"

올 사람은 모두 왔는데, 유린만 나타나지 않았다. 그래서 질문을 던진 것이었다.

위드는 알고 있다는 듯이 미미하게 고개를 끄덕였다.

"유린이는 안 올 겁니다."

"넷?"

"오늘은 집에서 푹 쉬라고 했습니다."

"……."

일행의 불안감이 급상승했다.

'역시 여동생은 빼돌린 거야!'

'평소 위드 님의 성격이라면 얼마든지 가능한 일이지.'

오해가 아니라 사실이었다.

실제로 위드는 이번 전투를 굉장히 힘들게 전망하고 있었다.

'여기 모여 있는 사람들 중 몇 명이나 살 수 있을까?'

위드는 속으로 생각했다.

처음에 뱀파이어의 땅에 왔을 때에는 검치 들만 505명이나 되었다. 위드와 페일을 비롯한 동료들까지 합하면 516명의 대인원이었다.

그런데 거듭되는 전투를 거치면서 인원이 삼분의 일 가까이 줄어들었다. 검치 들이 353명밖에 살아남지 못한 것이다.

다른 동료들도 결코 안전하다고 볼 수 없었다. 애초에 전투력이 부족한 마판이나 세에취를 포함하여 모두가 위험했다.

금방 다가올 전투를 떠올리는지 오늘만큼은 모두 시끌벅적하게 떠들지는 않았다.

"저만 믿으십시오. 최대한 많이 살려 보겠습니다."

위드의 비장한 각오에 메이런과 세에취의 가슴이 살짝 떨려

왔다.

'시작이구나.'

'전쟁의 신이라고 하는 그의 진실한 면모를 볼 수 있는 거야.'

〈마법의 대륙〉에서 어떤 퀘스트, 던전이라고 해도 격파했던 위드의 전설!

그런 위드와 함께 토둠 격파의 선봉에 서게 된 것이었다.

❦

위드는 평소답지 않게 푸짐한 아침 식사를 만들었다.

"잘 먹겠습니다!"

"예, 많이들 드세요. 이게 살아서 먹는 마지막 음식이 될지도 모르니."

"……."

지금까지 저급 재료들만을 사용해서도 상당한 맛을 내었는데, 이번에는 사냥을 통해 어렵게 획득한 고급 재료들을 마구 사용했다.

중급 6레벨의 요리 스킬!

뱀파이어의 땅에서 검치 들의 뒷바라지를 하느라 드디어 중급 6레벨에 올랐다.

높은 스킬 레벨의 비결은 역시 잡일을 하는 것 이상이 없었다. 길을 다니면서 약초를 발견하면 보이는 족족 잡초 뽑듯이 캐냈다.

그러다 보니 약초학도 어느새 중급 9레벨이 되었다. 스킬 레벨이 이쯤 되면 아무 곳이나 땅을 파도 최소 고구마 정도는 캘 수 있는 경지였다.

여기에 손재주도 고급 4레벨이나 된다.

위드가 이 모든 정화를 쏟아부어 만들어 낸 요리는 약선 잡탕죽!

다양한 고급 재료들 간의 조합을 맞추는 데에는 죽 이상의 것이 없었다.

몸에 대단히 좋은 요리를 먹었습니다.
체력이 40% 늘어납니다. 생명력이 25% 상승합니다. 마나가 13% 증가합니다. 힘이 36 올랐습니다. 민첩이 22 올랐습니다. 독에 대한 저항력이 36% 늘어납니다. 스태미나가 잘 줄어들지 않습니다.

한 그릇의 요리에 담긴 재료들의 가격은 무려 53골드!

물론 위드가 만들 수 있는 요리 중에서 가장 비싼 음식은 아니었다.

대도시라면 200골드가 넘는 요리 재료들을 하나도 아니고 여러 가지를 넣어서도 만들 수 있다. 하지만 이곳에서는 사냥을 통해 구한 재료들이었다.

귀한 재료들을 써서 만든 요리인 만큼 효과는 확실했다.

위드가 내놓은 맛깔나는 음식들은 입에 넣는 순간 살살 녹아들 정도였다.

여기에 술까지 풀었다.

"한 병씩만 마셔야 합니다."

산열매와 약초 들을 이용해서 담근 술!

토둠에 오면서 담근 것이라 숙성시킨 지는 얼마 안 되었다.

그럼에도 검치 들은 시원하게 마셨다.

페일과 제피, 다른 일행도 긴장감을 풀기 위해서 술을 사양하지 않았다.

그들이 난이도 A급의 퀘스트를 해 보는 건 처음이다.

페가수스나 유니콘. 아직까지 상대하기에는 너무 강력한 몬스터였다. 그런 몬스터들과 싸운다는 상상을 하니 저절로 손발이 굳는다.

막상 전투에 돌입을 하면 몸이 굳어 버릴지도 몰랐다. 술을 마셔도 본인이 어떻게 마시고 있는지 모를 정도로 긴장을 하고 있었다.

전투에서는 스킬이나 스탯만큼 사기의 중요성도 크다. 특히 이렇게 여러 사람들이 모여서 벌이는 전투에서 심리적인 요인이란 무시할 수 없을 정도다.

'다들 너무 긴장하고 있는 것 같아.'

메이런이 사기를 진작시키기 위해서 위드를 향해 질문을 던졌다.

"위드 님, 저 평소에 궁금하던 게 있는데 물어봐도 될까요?"

"예."

"〈마법의 대륙〉에서요, 이반포르텐 섬의 미궁 있잖아요."

위드의 기억에 어렴풋이 남아 있었다.

'대악마를 봉인한 장소였던가.'

〈마법의 대륙〉에서는 굉장히 유명한 곳 중 하나였다.

위드가 격파하기 전에는 단 한 번도 깨어지지 않았던 최악의 미궁!

심지어는 위드가 탐험을 끝낸 이후로도 아직까지 다른 침입자를 허용하지 않은 불가해의 미궁이었다.

"그 미궁은 어떻게 깨신 거예요?"

메이런은 멋진 대답을 기대했다.

위드의 모험담을 잠깐이라도 듣는다면, 일행의 기분도 풀어질 테니까.

위드는 간단하게 대답했다.

"미궁 지하에 쥐들이 많은 하수구 있잖습니까?"

"예. 대형 쥐들이 들끓는… 설마?"

"하수구를 통해서 들어가면 되더군요."

"……."

너무나도 간단한 대답!

허탈해질 정도의 단순한 해결책이었다.

메이런은 다른 질문을 던지기로 했다.

"지옥불의 스켈레톤 킹요, 기억나시죠?"

스켈레톤 킹!

뼈로 된 몸에, 화염이 이글거리던 몬스터였다.

"그 몬스터도 위드 님이 죽이셨잖아요. 물리 공격은 물론이고 마법 방어력까지 대단해서 드래곤을 제외하면 최악의 몬스터로 꼽혔는데 어떻게 처리하신 거예요?"

"물에 담그니까 죽던데요."

"……."

메이런은 괜한 질문을 해서 오히려 힘만 빠졌다.

그렇지만 실상을 알고 나면 그렇게 무시해도 될 수준은 아니었다.

위드는 미궁을 탐험하기 위해 직접 지도를 그렸다. 모든 지역들을 상세하게 조사하고, 대악마가 봉인된 장소를 예측했다.

그 장소와 가장 가까운 입구를 찾은 게 하수구였을 뿐!

스켈레톤 킹도 수십 차례 죽음을 당하면서 약점을 찾아냈고, 마침내 호수에 빠뜨릴 수 있었다.

위드가 성공했던 이유는 철저한 조사와 준비에 있었다.

중간 과정을 모두 생략하고 말하니 쉬워 보이지만 실제로는 굉장히 힘든 과정들을 많이 겪었다.

'아무리 그렇다고 해도 현실에서 돈 벌어 먹고사는 거보다야 쉽지.'

위드는 어떤 퀘스트를 하더라도 힘들다고는 생각하지 않았다. 고등학교 중퇴로 몸이 아픈 할머니와 어린 여동생을 돌보는 것보다야 훨씬 쉽다.

학벌이 안 되니 무슨 일을 하더라도 월급이 짰다. 힘들고, 위험하고, 더러운 일들을 해도 임시직에 금방 잘리기 일쑤!

심지어 외국인 노동자와도 경쟁해야 했다.

취업 시장은 결코 호락호락하지 않은 것이다.

퀘스트의 난이도로 치자면 특S급!

현실에 비한다면 퀘스트는 그나마 쉬운 편이었다.

그렇게 아침 식사가 끝났다.

위드는 자리에서 일어났다.

"모두 준비는 되셨습니까?"

"네."

일행이 천천히 고개를 끄덕였다. 자신감은 없지만 어쨌든 피해 갈 수 없는 일이다.

"그럼 이제 움직이죠. 모두 자신의 몸은 각자 직접 지켜야 됩니다."

위드는 긴장 속에 동료들을 이끌고 드디어 성문을 통과했다.

토둠 안에서는 성들 사이로 날개를 활짝 펼친 유니콘과 페가수스 들이 날아다닌다. 지붕과 지붕을 단번에 뛰어넘기도 하고, 때론 광장을 마구 내달리기도 한다.

"싸울 준비는 다 됐다."

검둘치가 든든하게 말했다.

몬스터들이 많고 강해 보였지만, 어쨌든 덤벼들 작정이었다.

일행의 긴장감이 그 어느 때보다도 한껏 고조되었다.

최강의 전력이라고 할 수 있는 페가수스, 유니콘 들과 싸워야만 한다.

머릿속으로 떠올렸을 때만 하더라도 공포의 대상이었는데 드디어 직접 싸울 순간이 다가왔다.

그런데 위드는 고개를 가로저었다.

"여기가 아닙니다. 더 좋은 사냥터가 있습니다."

"어딘데?"

"일단 저를 따라오시면 됩니다."

위드는 바싹 엎드려서 네발로 땅을 기었다.

동료들도 따라서 땅바닥을 기었다. 무려 300명이 훨씬 넘는 무리가 일제히 땅을 기어서 이동을 한다.

긴 행렬이 되면 유니콘과 페가수스의 눈에 발각될지도 모른다는 두려움이 컸다. 특히 행렬의 뒤쪽에 있으면 훨씬 무서울 수밖에 없다.

빨빨빨빨!

모두 기어가는 속도가 만만치 않았다. 달리는 것보다도 스태미나가 2배 이상 빠르게 하락하고 있었지만 뒤처지지 않기 위하여 다들 최선을 다해서 기었다.

"헉헉, 그런데 위드 님."

마판이 힘겹게 입을 열었다.

상인이라서 전투 능력은 정말 약하다.

상대방보다 지혜가 높아야 가격을 후려치는 데 도움이 된다. 애초에 돈을 벌기 위해 지식과 지혜, 카리스마를 제외한 스탯들은 대부분 포기를 했던 것이다.

그래도 여기저기 돌아다니기 위해 체력은 조금 높여 놓아서 간신히 따라올 수 있었다.

마판이 숨을 몰아쉬며 물었다.

"골목길에서는 굳이 기어가지 않아도 걸리지는 않을 것 같은데요."

위드는 절대 큰길로 다니지 않았다.

성문을 통과하자마자 샛길로 접어들더니, 빈 상자들이 쌓여 있는 곳 사이를 통과했다. 그러고도 매우 좁은 골목길들만 이용하고 있었던 것이다.

위드는 낮은 음성으로 이야기했다.

"동물들의 행동을 주의 깊게 보면 배울 점이 참 많습니다."

"네?"

"그들의 오랜 생존의 법칙들을 알게 되면 이점들이 많다는 거지요."

"그럼 지금은 무슨 동물의 생존법을 따라 하는 건데요?"

"바퀴벌레요."

"……."

호랑이나 사자도 아닌, 바퀴벌레에게 배움을 얻는 위드!

생존력만큼은 지상 최고의 곤충인 바퀴벌레를 따라서 움직이고 있었다.

샤샤샤샤샤샥.

두 팔과 두 다리를 매우 민첩하게 움직인다.

더듬이를 움직이는 것처럼 고개를 좌우로 맹렬히 내저었다. 끊임없이 눈동자를 굴리면서 주변에 몬스터가 다가오는지를 확인하는 것이었다.

그렇게 노력한 덕분에 다행히 몬스터와 조우하지 않고 목적지에 도착할 수 있었다.

도착한 첫 번째 목적지는 바로 뱀파이어 토리도를 찾았던 흑색 성!

위드는 일행과 함께 무사히 성안의 지하 창고로 들어왔다.

다소나마 긴장감이 풀렸는지, 페일이 숨을 몰아쉬며 물었다.

"휴, 이 성은 어디죠?"

위드는 간단히 답했다.

"토리도를 발견하고 잡아 온 곳입니다. 첫 번째 전투는 여기에서 합니다. 사형들, 모두 활을 꺼내 주세요."

검치와 사범들, 수련생들은 위드에게 받은 무식하게 커다란 활을 꺼냈다.

"이것 말이냐?"

검치는 가장 큰 활을 가지고 있었다.

검둘치, 검삼치… 아래로 내려갈수록 조금씩 더 작은 활을 가졌다.

활도 서열순으로 챙겨 가진 것!

그때야 페일과 메이런은 이해할 수 있었다. 활이 너무나도 크고 둔해 보여서 사용하기가 힘들 것 같았지만, 이렇게 성 내부에서 싸운다면 상관없을 테니까.

"그렇습니다. 그리고 방패도 꺼내 주세요."

검치 들은 각자 몸 전체를 가릴 수 있는 거대한 방패들을 꺼내서 무장했다.

방패의 효용성은 이루 말할 수 없다. 화살이나 적의 무기를 튕겨 낼 수 있고, 방어력도 50% 이상이나 늘려 주었다.

대신에 양손검을 쓰지 못하고, 민첩성이 대폭 하락한다. 전투 시에 불편하다는 단점은 있지만 생존을 위해서 방패를 든 것이다.

위드도 먼지라도 묻을까 봐 아껴 두었던 탈로크의 갑옷과 로트의 검, 고대 방패를 꺼내서 전광석화처럼 닦았다.

"검 갈기, 갑옷 닦기, 방패 닦기!"

대장장이 스킬의 발휘!

검치와 다른 동료들의 무기와 방어구 들도 갈고 닦아서 일시적이나마 능력치를 향상시켰다.

"끝났습니다. 그럼 이리엔 님, 단체 축복 마법을."

"네. 사악한 악에 맞서 싸우는 그의 힘이 최고조로 이르도록 해 주십시오. 블레스!"

위드와 검치 들의 몸에 신성한 빛이 어렸다.

축복 마법이 발휘된 순간!

유니콘과 페가수스 들이 그들이 있는 지하 창고의 문을 부수고 난입했다. 마법을 사용할 줄 아는 생명체들이었기 때문에 신성 마법을 느끼고 쳐들어온 것이다.

토둠 정벌

문을 부수고 난입한 것은 유니콘은 10마리, 페가수스 12마리였다.

히히힝!

푸릉푸릉!

유니콘과 페가수스는 길게 투레질을 하더니 금세 앞으로 내달렸다.

다닥 다닥 따다다다다닥!

한두 발자국을 내디딜 때마다 어마어마한 가속도가 붙는다.

말 종류 몬스터들의 최대 장기라고 할 수 있는 전력 질주!

덩치도 일반 말에 비하면 무려 2배 정도에 달하는 신수들이 성난 콧김을 불어 대며 질주해 온다.

성의 지하인 만큼 웬만한 광장이라고 해도 과언이 아닐 정도의 크기. 비어 있는 상자나 기둥 들이 장애물의 역할을 하고 있었지만, 무시무시한 돌격 앞에 박살이 났다.

쿠르릉 콰아앙!

콰르르릉!

땅이 울리고 성 전체가 흔들렸다.

유니콘과 페가수스가 마법력을 느끼고 선공을 취해 올 줄은 위드도 미처 예상하지 못했다. 그럼에도 즉각적으로 대응했다.

"사형들을 다섯 부대로 나눕니다. 이름 순서로 검백치 사형까지 1부대, 검이백치까지 2부대, 검삼백치까지 3부대. 이런 식으로 합니다. 각 부대의 지휘관은 스승님과 네 분의 사범님들로 하겠습니다. 일단은 5부대가 전면에 나서서 적의 질주를 차단하세요!"

위드의 말이 떨어지기 무섭게 검오치의 지휘 아래 살아 있던 70명이 방패를 앞세우고 돌격했다.

"어디 한번 붙어 보자!"

유니콘과 페가수스의 무서운 질주가 거리를 순식간에 단축해 오고 있었다. 이를 방패 돌격으로 저지하려는 것이었다.

보통의 말들보다도 훨씬 크고 위압적인 신수들!

신수들이 장애물들을 부숴 가면서 놀라운 속도로 달려오는데 정면으로 이를 막기 위하여 뛰어든다? 용감하거나, 혹은 간이 배 밖으로 나오지 않았다면 못 할 행동이었다.

하지만 전력 질주를 저지하지 못한다면 더 큰 피해를 입게 되었으니 망설임은 없었다.

위드도 고대의 방패를 들고 뛰쳐나갔다.

안전한 후방에서 기다릴 수도 있지만, 신수들의 공격력이 얼마나 되는지 직접 확인하기 위해서이다. 방어력과 인내력, 맷집이 가장 뛰어난 위드가 막지 못한다면 아무도 막을 수 없을 테니까.

위드는 달려가면서 두 번째 명령을 내렸다.

"로뮤나 님, 마법을! 지금 강한 마법은 필요 없습니다. 땅을 진흙으로 만들어 주세요."

"알겠어요."

로뮤나의 주특기는 화염계 공격 마법이었다. 그래도 보조 계열로 몇 가지의 마법을 습득해 놓기는 했다. 마침 워터 클레이 마법도 쓸모가 많았기 때문에 배우는 놓았다.

"물이여, 대지를 흠뻑 적셔서 적의 발길을 잡아끌어라. 워터 클레이!"

로뮤나가 마법을 영창하니, 대지가 축축한 늪처럼 변했다.

목표로 한 신수들의 마법 방어력은 엄청났다. 공격을 하더라도 절반의 피해도 입지 않으리라.

하지만 이것은 직접적으로 공격을 한 게 아니라 환경을 바꾼 것이기 때문에 영향을 받았다.

푸르릉!

푸힝!

페가수스와 유니콘의 발들이 질척질척한 땅을 파고들었다. 그러면서 달려오던 속도가 아주 조금 느려졌다.

약한 몬스터라면 균형을 잃게 만들거나 아예 넘어지게 할 수 있었지만, 그 정도에는 미치지 못한 것이다.

그나마도 금세 다시 빨라지려는 기미가 보였다.

유니콘과 페가수스가 양 날개를 활짝 펼치려고 했다. 공중으로 날아오른다면 구태여 지상에 발을 디딜 필요조차 사라지게 된다.

자신들의 몸체보다도 2배, 3배나 되는 거대한 흰색 날개!

푸륵푸륵!

위드와 검오치, 수련생들로 이루어진 5부대가 부딪친 것은 그때였다.

위드는 부딪치기 직전에 눈을 감았다.

> 눈 질끈 감기 스킬을 사용하였습니다.
> 아무것도 보이지 않지만, 고통과 아픔도 사라집니다.

콰콰쾅!

꽹음을 내면서 부딪친 격돌!

거센 충격이 온몸으로 퍼지고 위드의 생명력이 절반이나 빠졌다.

> 매우 치명적인 돌격을 당하였습니다.

조각사의 특성상 생명력은 많지 않다고 해도, 방어력은 어딜 가도 꿀리지 않을 정도다. 그런데도 단번에 절반의 생명력이 줄어들었다.

위드가 이런 피해를 입는 사이에 수련생들이라고 무사하진 않았다. 무려 12명이나 되는 수련생들이 회색으로 변해서 사라졌다.

그들로서는 항거할 수 없는 힘을 가진 유니콘과 페가수스의 돌격!

격돌의 순간 방패를 들고 정직하게 정면에서 부딪친 수련생들은 그대로 목숨을 잃었다.

살아남은 이들은 그 짧은 순간, 먼저 부딪친 사람들의 결과가 좋지 못함을 확인하고는 몸을 비틀었다. 유니콘과 페가수스의 돌진해 오는 힘을 살짝 옆으로 흘린 덕분에 살아날 수 있었던 것이다.

1차 격돌로는 처참한 상황이었다.

살아난 수련생들의 방패는 어김없이 망가져 있었다. 위드가 중급 대장장이 스킬 3레벨을 이용하여 만든 강철 방패들이 한계를 초과하는 타격에 부서진 것이다.

위드가 받은 타격도 생명력이 줄어드는 것만으로 끝나지 않았다.

> 큰 충격을 입어 혼란 상태에 빠졌습니다.
> 8초간 이동이 불가능합니다. 공격력이 36% 하락하고, 방어력이 23% 저하됩니다. 스킬을 사용하지 못합니다.

혼란에 빠진 것이다.

위드의 전투 역사상 매우 드물게 발생한 일이었다.

맷집을 키우기 위해서 일부러라도 맞고 다녔다. 수도 없이 맞아 봤지만 급소를 내주거나 후방을 공격당한 적은 없었다.

그런데 유니콘의 돌격에는 매우 큰 힘이 담겨 있어서, 정면에서 막았음에도 혼란 상태에 빠졌다.

매우 위험한 순간이었지만, 유니콘과 페가수스 들도 멀쩡하진 못했다. 충돌의 여파로 인해 신수들도 비슷한 타격을 입어서 제자리에서 헤롱거리고 있었다.

예상보다도 훨씬 강한 유니콘들을 보며 위드의 경계심이 더욱 커지려고 하는 순간이었다.

찌지직.

고대의 방패에 미세한 실금이 생겼다.

> 고대 방패의 내구력이 1 하락하였습니다.

수리도 불가능한 유니크 아이템!

최소 수백만 원 이상은 받아먹을 것이라면서 기대에 부풀어 있던 고대의 방패!

애지중지 보물처럼 아끼다가 이제야 꺼내서 첫선을 보였다.

그 고대의 방패의 내구력이 1이나 하락해 버린 것이다.

"감히 내 돈을……."

위드의 투지가 불타올랐다.

"전군 화살 발사 준비!"

처처척!

검치 들과 페일, 메이런이 모두 시위에 화살을 메겨서 힘껏 당겼다.

목표는 말할 필요도 없이 유니콘과 페가수스 들!

5부대의 희생 덕분에 제자리에 멈춰 있다.

남은 거리는 불과 20미터 정도.

바로 코앞이라고 해도 좋을 정도로 가까웠다.

"발사!"

화살들이 일직선으로 목표들을 향해 쏘아져 나간다.

검치 들이 쏘아 낸 화살은, 활의 크기만큼이나 비정상적으로 거대했다. 공성 병기로 착각해도 될 정도로 큰 화살들이 유니콘과 페가수스의 몸에 꽂혔다.

푸헤에에헹!

신수들이 아픔의 고통으로 비명을 지르며 비틀거렸다.

검치 들은 무기술을 익혔다. 어떤 무기를 다루더라도 동일한 숙련도를 보여 준다. 그들이 다루는 활은, 검과 똑같이 강했던 것이다.

레벨 400이 넘는 신수들이라고 해도, 280명 가까운 검치 들의 일제 화살 공격에 아예 피해를 받지 않을 수는 없다.

하지만 아직 1마리도 죽지는 않았다.

가장 큰 피해를 입은 페가수스도 생명력이 아직 사분의 삼 넘게 남아 있는 듯 멀쩡한 모습이었다.

연속된 타격에 신수들이 주춤거리고 있을 때에 위드가 소리쳤다.

"모두 발검. 공격 개시!"

검치 들이 활을 버리고 검으로 무장한 채 신수들을 향해 돌진했다.

"죽어랏!"

"아우들의 복수를 해 주마!"

그리고 검을 휘두르면서 근접전을 벌였다.

유니콘과 페가수스의 최대 약점!

엄청난 마법력과 더불어 정령술, 거기에 하늘까지 날아다닐 수 있다. 지상에서는 강대하기 짝이 없는 신수이지만 이렇게 가까운 거리에서는 전투 능력이 훨씬 떨어진다.

"움직일 공간을 주지 마!"

"막아. 몸으로라도 부딪쳐!"

유니콘들이 네발로 날뛰며 난동을 부렸다. 앞발과 뒷발로 차고, 주둥이로 물어뜯고, 이마로 들이받는다.

검치 들은 공격을 피하기 위해 땅을 구르며, 좌우로 빙글빙글 돌았다.

정면공격이 무의미하다는 것을 알았던 만큼 옆으로 돌면서 허벅지와 엉덩이를 집중적으로 공략했다.

"크어억!"

"정말 세다, 이놈들!"

여기저기서 비명 소리가 터져 나왔다.

신수들에 의해서 목숨을 잃는 이들도 적지 않았다.

아무리 검치 들이라고 하여도 싸우고 있는 신수들이 너무 강하고, 숫자도 많았다. 레벨 400이 넘는 22마리의 신수들을 한꺼번에 감당하기란 무리였다.

그때에 화령이 나섰다.

"매혹의 댄스!"

그녀의 주특기라고 할 수 있는 부비부비 댄스!

날뛰고 있는 유니콘들의 사이를 오가면서 춤을 추었다.

아찔하도록 위험해 보이는 광경이었지만, 의외로 그녀는 안전했다.

"예쁜 여자다. 키히힝!"

그녀만 다가오면 유니콘이 온순한 양처럼 날뛰는 것을 멈추었던 것이다.

여자를 유독 밝히는 유니콘들!

화령의 가공할 매력에 사로잡혀서 조용히 눈을 감았다.

"행복하다!"

키히히히히힝!

매혹의 댄스가 가진 상대방을 잠재우는 능력.

유니콘들은 입가에 흡족한 미소를 띠며 가만히 서 있었다.

화령은 3마리의 유니콘을 재빨리 잠재우고, 근처의 페가수스에게로 향했다.

'페가수스에게는 안 통할지도 몰라.'

어쩌면 발길질에 차여서 순식간에 죽음을 당할 수도 있었다. 방어력이 약한 댄서가 몬스터들 사이에서 춤을 추는 건 그만한 위험을 감수해야만 하는 일이었다.

그런데 페가수스도 똑같았다.

키헤헤헹!

매우 만족스러운 미소를 머금고 심지어는 엉덩이까지 좌우로 흔든다! 인간이나 늑대나 말이나, 수컷들의 성향은 모두 동일했던 것이다.

화령은 페가수스도 2마리를 잠재우고 나서는 체력이 다 떨어져 자리에 주저앉았다.

하지만 그녀 덕분에, 전투는 그나마 쉬워졌다.

활동하는 신수들의 숫자가 줄어든 만큼 검치 들의 포위망도 두꺼워졌고, 상대하기도 편했다.

"다리를 베어 버려! 못 움직이도록!"

검삼치가 소리를 질렀다.

몸통을 수십 차례 공격했지만 가죽의 엄청난 방어력 앞에 아무런 성과를 거두지 못했다. 그런데 발목과 허벅지를 벨 때마다 유니콘과 페가수스가 고통스러워하는 것이었다.

"여기가 약점이다."

"약점인 다리만 집중적으로 노려!"

검치 들이 잘 싸우고는 있었지만, 미처 피하지 못하고 뒷발에 차여 나가떨어질 때에는 거의 죽음 직전에 이를 정도로 타격을 받았다.

그럴 때마다 이리엔이 위험을 감수하고 다가가서 치료를 통해 살려 냈다.

위드는 일단 물러나서 냉철하게 상황을 주시했다.

'승산은 있다.'

초기에 큰 피해를 입었지만 이길 수는 있을 것 같았다.

만약에 전혀 승산이 없었더라면, 지금까지 해 왔던 모든 노력을 수포로 돌리더라도 즉시 도주했으리라.

다만 고대의 방패의 내구력을 깎아 놓은 놈만큼은 무슨 수를 써서라도 잡은 후에!

그런데 아직 1마리도 사냥을 성공하진 못했지만, 신수들도 제법 피해를 받고 있었다. 거머리처럼 달라붙는 검치 들로 인하여 생명력과 체력이 야금야금 깎이고 있는 것이었다.

'이길 수 있다.'

위드는 확신했다.

"포위망을 풀어 줘서는 안 됩니다. 마법과 정령술을 쓰게 해서도 안 됩니다. 그것들만 막으면 우리가 이길 수 있습니다!"

혼신을 다한 위드의 외침은 검치 들에게 희망을 주었다.

"알았다!"

"크ㅎㅎㅎ."

"이놈들이 우리 밥이 된다는 거지!"

검치 들은 위드의 말을 조금도 의심하지 않았다.

웬만큼 모험의 경험이 많은 편이라면, 처음부터 본인들의 판단에 따라서 고집을 부릴 수 있다. 하지만 그들은 위드의 말을 철저히 믿었다.

'위드는 돈거래 할 때만 빼면 매우 믿을 만해!'

완벽한 신뢰 관계!

더군다나 검치 들은 싸우면서 스스로 느끼고 있었다.

'점점 움직임이 약해진다.'

'잡을 수 있다.'

검치 들은 다른 곳에는 신경을 쓰지 않고, 본인들이 담당하고 있는 몬스터들에게만 무섭게 집중했다.

주변의 상황이 어떻게 변해 가든 완전하게 전투에만 몰두하는 재능.

위드는 여기에 힘을 더했다. 본격적인 전투를 위해서 가지고 있는 모든 전력을 더하기로 했다.

"토리도! 콜 데스 나이트 반 호크!"

"불렀는가."

뱀파이어 로드 토리도가 망토를 휘날리며 뒤쪽에서 뛰어왔다. 주종 관계는 청산되었지만 토둠을 정상화하는 전투에는 함께하기로 한 것이다.

데스 나이트 반 호크도 연기와 함께 갑옷을 입고 나타났다. 위드가 빼앗았던 헬멧도 돌려주어서 스산한 느낌을 잔뜩 풍기고 있었다.

"제일 오른쪽 놈을 잡아."

"알았다."

데스 나이트와 토리도는 묵직하게 대답하며 평소처럼 적을 향해 움직였다.

위드는 다른 동료들에게도 말했다.

"오른쪽 놈. 가장 오른쪽 놈부터 잡습니다."

"옙."

"알겠어요."

페일과 메이런이 가볍게 대답한 후에, 지금까지 여기저기로 쏘아 대던 화살을 가장 오른쪽에 있는 유니콘에 집중해서 쏘기 시작했다.

위드도 예리카의 활로 1마리만을 노렸다.

그들이 함께 쏘는 화살들은 유니콘의 생명력을 끊임없이 갉아먹었다.

토리도와 반 호크의 가세로 마침내 첫 유니콘이 쓰러졌다.

히힝!

쿠우우웅!

땅 위로 유니콘의 둔중한 몸이 무너졌을 때 난 큰 소리는 희망을 주는 소음이었다.

유니콘이 죽은 자리로 뿔과 가죽, 보석, 무릎 보호대가 푸짐하게 떨어졌다.

위드의 눈이 삽시간에 그곳을 훑었다.

'켈트 보호대, 220골드. 보석들, 평균 103% 시세로 팔면 400 골드. 가죽 7장, 325골드. 뿔! 8개를 모아 재료비 2,000골드만 추가하면 유니콘 뿔 활을 제작할 수 있다. 최소 5,000골드에다 레어나 유니크가 나오면 78,000골드에도 팔린 적이 있는 물건. 일단 뿔은 제외하더라도 최소 945골드!'

위드의 눈동자가 탐욕으로 번들거렸다.

유니콘의 레벨이 높기도 하였지만, 일반적인 던전의 몬스터 가 아니다.

토둠에서 누군가에게 한 번도 사냥된 적이 없는 신수!

누구의 손때도 묻지 않은 신선한 상태였다.

이런 경우에는 좀 더 많은 아이템을 얻을 수 있었다.

더군다나 유니콘은 좋은 재료 아이템을 많이 떨어뜨리기로 정평이 나 있는 몬스터. 운만 조금 좋다면 이 이상을 기대해 보 는 것도 가능하다.

위드가 함성을 질렀다.

"유니콘을 사냥해서 나오는 돈으로 보리빵을 사면 3,118,500 개를 살 수 있습니다!"

돈 계산을 할 때만 엄청나게 빨리 돌아가는 머리였다.

"허억. 보리빵을 그렇게나 많이!"

"몽땅 잡아 버리자!"

"우오오오!"

"이제 굶주림과는 이별이다."

검치 들이 의욕에 불타올랐다.

이것으로 지휘는 할 만큼 했다.

검치 들에게 첫 사냥의 중요성은 이루 말할 수 없는 것!

전투의 전문가들이었으니 잠시 동안의 격돌로도 알아서 상대하는 법을 터득했을 것이기 때문이다.

위드도 이제는 활을 놔두고 검을 뽑아 든 채 전장에 뛰어들었다.

애초에 위드가 해야 할 일은 사냥을 계속할지 도주해야 할지에 대한 결정이었다.

'모조리 사냥해 버린다.'

결정이 내려진 만큼 위드는 거침없이 신수들을 향해 덤벼들었다.

"달빛 조각 검술!"

이번에는 페가수스를 상대로 했다.

검치 들과 싸우느라 생명력과 체력이 현저하게 떨어진 페가수스!

검치 들과 같이 포위망을 치고 공격했다.

위드는 현란하게 움직였다.

"일점공격술!"

날뛰는 페가수스의 다리만을 집중해서 베었다.

모든 타격을 하나의 지점에 집중하는 최고의 기술!

찰나의 틈과 흐름을 잡아내지 못하면 쓰지 못하는 기술이다.

페가수스가 발버둥을 치고 있어 위드의 공격은 빗나갈 때도 많았다. 하지만 다른 검치 들도 모두 다리만을 노리고 있었으니 페가수스가 입는 피해는 갈수록 커져 갔다.

움직이면서 날뛸 때마다 다리가 노출되고, 그러면 검들이 곧바로 응징했다.

몇 대를 맞아서는 꿈쩍도 하지 않을 대단한 방어력을 가진 신수들.

그러나 한 방울씩 떨어지는 낙숫물이 바위에 구멍을 내는 것처럼 생명력이 점점 줄어들었다.

위드는 토리도와 반 호크를 비롯한 주력은 다른 신수를 지정해서 싸우도록 했다.

"페일 님, 메이런 님! 1마리씩만 집중해서 치세요!"

전체적인 전황을 약간씩 유리하게 만드는 것보다 1마리씩이라도 최대한 빨리 죽인다. 설혹 예측하지 못한 사태가 벌어지더라도 확실하게 이기기 위한 방법이었다.

쿠우웅!

콰앙!

여기저기서 신수들이 쓰러졌다.

토리도와 반 호크, 제피를 비롯한 일행의 집중 공격에 쓰러진 신수들도 있었지만 그렇지 않은 경우도 생겼다.

"이얏. 우리가 해냈다!"

"스승님이 잡았다!"

검치가 소속된 조가 상대하던 신수가 죽은 것.

위드가 포함된 조도 금세 페가수스를 잡고, 곧바로 다른 신수들에게 달려붙었다.

검둘치, 검삼치 들도 경쟁적으로 사냥을 하면서 점점 더 많은 신수들이 쓰러지고 있었다.

푸히힝!

화령에 의하여 잠들었던 신수들이 깨어났을 때에는 이미 대세가 넘어간 후!

나중에는 부서진 문으로 9마리의 유니콘들이 추가로 난입을 했다. 잠깐 위기가 찾아오는 듯싶었지만 위드와 검치 들은 힘겹게 전열을 가다듬어 그들마저도 철저하게 사냥했다.

그렇게 보이는 모든 신수들을 처리했을 때였다.

띠링!

> 토둠의 1개 성에 있는 신수들을 퇴치하였습니다.
> 명성이 30 오릅니다. 전투 경험치를 추가로 60% 받습니다.
> 남아 있는 성: 46

사냥에 따른 추가적인 보상을 받을 수 있었다.

현재 위드와 동료들, 검치 들의 명성은 바닥을 기고 있었다.

비열하고 옹졸한 궁수 페일.

어린아이도 등쳐 먹을 줄 아는 야비한 상인 마판.

말보다 주먹이 먼저인 수르카.

뱀파이어의 퀘스트를 하다 보니 칭호들도 안 좋은 것들만 붙었을 뿐 아니라, 명성들도 하락했다. 그런데 전투 명성을 획득함으로써 조금이나마 만회를 할 수 있었다.

한 번의 전투로 거둔 성과가 무척이나 컸다.

신수들을 물리치면서 획득한 아이템도 어마어마했지만 토리도의 성에 잠들어 있던 뱀파이어들이 깨어났다.

"로드께 인사드립니다."

뱀파이어 퀸과 뱀파이어 종자 들의 가세!

100마리의 뱀파이어 부대를 얻었다.

이들의 레벨은 200대 중반에서 후반 사이였지만 나름 쓸모 있는 전력의 추가였다.

대신 수련생들이 총 28명이나 사망했다.

최초의 격돌이 있었을 때에 12명이 죽은 피해가 일단 가장 컸다. 전투 중에도 몇 명이 목숨을 잃었고, 유니콘이 난입했을 때에도 7명이 죽었다.

"뱀파이어의 성이 이렇게 생겼구나."

살아남은 일행은 성을 돌아다니면서 구경했다.

오래된 예술품들로 치장되어 있는 장소!

금으로 된 잔이나 은촛대, 오팔이나 사파이어가 박힌 장검 등 귀한 보물들도 많다.

위드와 마판이 약속이나 한 듯 스스슥 양쪽 벽으로 갈라졌다. 그리고 그들이 앞으로 움직일 때마다 게 눈 감추듯이 사라지는 귀중품들!

싹쓸이!

부수입이라고도 할 수 있었으니 하나도 남겨 놓지 않았다.

예술품들은 감정을 하더라도 즉시 가격을 알 수는 없다. 희소성, 예술성, 역사적인 가치에 따라서 가격이 달라지기 때문이다.

장검이나 갑옷도 사용할 수는 있지만 실전에서의 성능은 떨어지는 편이고, 내구도가 매우 낮아서 실용적이진 않았다.

위드가 넌지시 물었다.

"이것들 가격이 얼마나 할까요?"

마판은 고뇌 끝에 답했다.

"양은 많아도 예술품들치고는 좀 평범한 편입니다. 그러니 12,000골드 정도 받을 수 있지 않을까요?"

위드가 고개를 끄덕였다.

그의 예상도 대충 그 정도였기 때문이다.

예술품들은 정말 뛰어난 물건이 아닌 이상 거액에 팔리기는 어려웠다.

"이 예술품들은 몽땅 팔아 치워야겠습니다. 그리고 그 돈은 골고루 분배하도록 하죠."

마판이 즉각 호응했다.

"네!"

귀중한 예술품의 경우에는 소장 가치가 있을 법도 하지만 그들에게 현금만큼 좋지는 않았다.

그렇게 성을 구경하던 도중에 어떤 그림을 발견하게 되었다.

벽에 걸려 있는 그림에서 음험한 기운이 물씬 풍겨 나오고 있었다.

창백한 얼굴의 뱀파이어가 소녀의 목덜미를 보며 입맛을 다시는 그림이었다.

잔혹의 명화를 감상하였습니다.
괴팍한 뱀파이어가 아마도 화가를 협박하여 그렸을 것으로 생각되는 그림.
썩 뛰어난 실력을 가진 화가의 작품은 아니다. 게다가 공포에 붓이 떨려 실

그림을 봄으로 인해 약간의 부가적인 능력도 상승시킬 수 있
었다.

"그럼 다음 성으로 가죠."

위드는 다른 성을 찾아갔다.

토리도의 성보다 약간 더 규모가 큰 성!

32마리의 신수가 있는 장소였다.

이번에도 위드는 검치 들과 함께 선봉에 섰다. 새로 얻은 뱀
파이어 부대는 나중에 전투가 안정권에 접어들었을 때에나 사
용하기로 했다.

뱀파이어들은 신수들에게는 취약해서 쉽게 죽어 버린다.

뱀파이어들의 성장!

뱀파이어들이 죽지 않고 강해질 수 있도록 배려한 것이다.

신수들이 주는 경험치는 막대했다.

위드도 한 번의 전투를 치르면 경험치가 20% 이상 쑥쑥 올
라갈 정도였고, 검치 들은 전투를 끝내면 거의 레벨이 하나씩
오를 정도였다.

두 번째 성에 있는 신수들을 퇴치하였을 때에는 110마리의
뱀파이어를 획득할 수 있었다.

경험이 쌓인 덕분에 검치 들의 사망도 16명으로 줄어들었다.

이때 위드는 말했다.

"그래도 아직 전투 때마다 죽는 사람들이 너무 많습니다. 한 번에 10명 이상씩 죽어 나간다면 토둠의 신수들을 퇴치하기 전에 우리가 먼저 다 죽어 버릴 겁니다. 지금부터 피해는 최대한 없어야 합니다."

유니콘과 페가수스를 상대하는 방식을 터득한 후였다.

위드는 부족한 점을 보완하고, 장점을 더욱 살리기 위하여 아껴 두었던 재료들을 꺼냈다.

썩은 드래곤 본.

본 드래곤을 사냥하고 획득한 재료였다.

위드는 이것들로 무기와 방어구를 만들었다.

본 소드

드래곤의 뼈로 만든 검! 많이 부식된 뼈를 재료로 이용하여 검신이 반듯하지는 않다. 하지만 검의 구실을 하기에는 충분한 편이다. 수리를 하기 위해서는 실력이 뛰어난 대장장이가 필요하다.

내구력: 130/130

공격력: 64~79

제한: 성기사 사용 금지. 레벨 300. 민첩 520.

옵션: 매우 섬세한 손재주로 사용하기 편하게 만들었다. 착용 제한 20% 감소.
　　　명성 +200. 민첩 +30. 독 공격 데미지 초당 60씩 추가. 공포의 전이로 몬스터들을 위축시킨다. 심한 악취.

본 브레스트 아머

치명적인 결함을 가진 갑옷! 오래된 뼈로 제작된 갑옷으로, 감당할 수 없을 정도의 큰 충격을 받으면 깨질 수 있다.

내구력: 130/130

방어력: 85
제한: 레벨 320. 힘 650.
옵션: 매우 섬세한 손재주로 사용하기 편하게 만들었다. 착용 제한 20% 감소.
물리 데미지 감소. 마법 방어력 +35%. 정신 혼란 계열 마법에 대한 면역.
심한 악취.

대장장이 기술의 숙련도가 2.3% 상승하였습니다.

대장장이 기술의 숙련도가 3.1% 상승하였습니다.

썩은 본 드래곤은 믿을 수 없을 정도로 많은 숙련도를 올려
주었다.

완성된 검과 갑옷의 재질 또한 최고의 수준은 아니었지만 기
대보다는 훌륭했다.

"옵션이 많이 붙진 않았지만 최소 2만 골드씩은 받을 수 있
겠어."

만약 더 뛰어난 대장장이가 만들었다면 재료의 능력을 극한
까지 끌어 올렸을 수도 있으리라. 하지만 위드의 부족한 대장
장이 기술로는 이 정도가 한계였다.

검 한 자루를 만드는 데 필요한 본 드래곤의 뼈는 3킬로그램!
방패나 갑옷 하나를 만드는 데 필요한 본 드래곤의 뼈는 대략
5~15킬로그램 정도였다.

본 드래곤을 사냥하고 입수했던 뼈는 총 230킬로그램!
검을 10개, 나머지는 방패와 방어구를 제작했다.

일명 본 아머 세트!

띠링!

> 대장장이 스킬의 레벨이 중급 4레벨로 상승했습니다.
> 만들어진 아이템들의 공격력과 방어력이 일정 수치만큼 증가합니다. 무기를
> 다루는 능력이 향상되어 추가적인 데미지를 입힐 수 있습니다.

> 폭넓은 경험을 가진 대장장이 칭호를 획득하였습니다.
> 명성 350 증가.

위드의 스킬이 한 단계 상승했다. 더군다나 다음 중급 5레벨도 얼마 남지 않았을 정도였다.

위드는 만들어진 무기와 방어구를 고스란히 검치와 사범들에게 바쳤다.

"스승님, 받으세요."

"정말 주는 것이냐?"

"예. 아껴 왔던 재료이지만 스승님이 쓰실 무기라고 생각해서 기쁜 마음으로 만들었습니다."

"위드야."

짧고 진한 감동!

뭐든 맺고 끊을 때를 잘해야 한다. 선물의 효력은 이때가 지나가면 점차 감소하기 마련이니까.

위드는 그 순간을 놓치지 않았다.

"대신에 유니콘과 페가수스에게서 나온 대장일이나 재봉을 위한 재료 아이템은 저에게 좀……."

"그래야지. 우리한테는 필요도 없으니 전부 네가 가져라."

검치와 사범들에게 재료 아이템의 가치란 그리 크지 않았다. 그래서 기꺼이 넘겨받을 수 있었다.

수련생들도 몇 개씩의 무기와 방어구를 나누어 가졌고, 대신에 재료를 주기로 약속했다.

그때부터는 신수들과의 전투가 훨씬 편해졌다.

본 소드와 본 아머, 본 실드를 착용하고 있는 이들이 주력으로 나섰다. 방어구의 도움 덕분에 죽는 이들이 크게 줄어들어서, 전투가 끝나도 불과 5명에서 6명 정도가 죽었을 뿐이다.

아직은 규모가 작은 성들만 찾아다니고 있었지만, 거느리는 뱀파이어들의 숫자도 상당히 늘어났다.

지옥의 실미도

이현은 MT를 준비하면서 아무 일에도 나서지 않을 작정이었다.

'내가 안 하더라도 누군가는 해 주겠지.'

무사안일주의야말로 몸이 편할 수 있는 최고의 계책.

그런데 조원들끼리 모여서 준비 회의를 가질 때였다.

일단 회의의 진행은 박순조가 맡았다. 서윤도 특별히 학교에 와서 준비 회의에 참여한 상태였다.

"그럼 각자 할 수 있는 일들부터 나눠 볼게요. 혹시 밥 지을 줄 아는 사람?"

"......"

박순조의 말에 모두 침묵을 지켰다.

"...밥은 뭐, 대충 지으면 되겠죠. 그럼 다음으로, 텐트 칠 줄 아는 사람?"

"......"

"야외에서 자 본 사람? 산에서 자 본 경험이면 더 좋고요."

"……."

서윤이야 원래 말이 없다고 해도, 다른 이들도 고개를 숙인 채로 침묵했다.

다들 학교에서 공부한 것 외에는 다른 경험이 없었다. 그 흔한 여행도 다녀 보지 못한 이들만 모인 것이다.

이현의 눈앞이 캄캄해졌다.

'이런 무능한 놈들!'

박순조의 이마에 땀이 흥건하게 흘렀다. 그 역시 이런 경험이 생전 처음이었기에 뭐부터 해야 할지 알 수 없었다.

10분이 지나고, 20분이 넘어도 회의는 제자리만 맴돌았다.

부득이하게 이현이 의견을 말했다.

"예산이 한정되어 있으니까 필요한 물품들부터 정리하는 게 어떨까요. 특별히 잘하는 게 없더라도 남은 시간 동안 준비하면 될 테니까 말입니다."

"맞아요. 물건들부터 맞춰 보는 게 좋겠어요."

민소라가 찬성하자, 그때부턴 각자 필요한 물건들을 제시하기 시작했다.

"텐트!"

"뭘 해 먹으려면 버너와 코펠도 필요하죠."

"고기랑 술이 있어야 되겠고… 식수도 없으면 안 되죠."

"밤에 자려면 이불 세트도 있어야겠어요."

"씻어야 되니까 수건도 필수네요."

"휴대폰 충전기!"

"화장품도 있어야 되고… 그릇이랑 컵, 숟가락, 젓가락."

"빼먹을 뻔했다! 여행의 백미는 뭐니 뭐니 해도 사진이잖아요. 카메라도 가져가야 돼요."

살림살이들을 통째로 챙겨 올 생각인 듯했다. 그러다 최상준이 얼굴을 찡그렸다.

"근데 이 물건들, 1인당 5만 원이라는 예산으로 준비를 해야 되는데……. 그리고 다 우리가 짊어지고 가야 하잖아. 대체 어떻게 짊어지고 다닐 셈인데?"

여기서 다시 계획은 벽에 부딪쳤다.

"돈이 문제인데."

"5만 원이라는 돈으로 할 수 있는 건 정말 아무것도 없어요."

"다른 조는 어떻게 준비하고 있을까요?"

"제가 아는 조는 라면을 한 박스 사서 매일 끓여 먹는대요."

학점과도 관련이 있는 MT!

생존 능력은 매우 중요한 부분이었기에 대부분의 다른 조들은 라면을 사자는 쪽이 대세를 이루고 있었다.

끼니마다 라면만 먹어야 하다니! 이마를 찌푸리면서도 이유정이 어쩔 수 없다는 듯이 이야기했다.

"역시 라면이 좋은 의견 같은데요. 국물로는 술안주도 할 수 있고, 밥도 말아 먹으면 되잖아요."

그러자 박순조가 동의를 구했다.

"그럼 우리도 라면으로 할까요?"

2박 3일.

최소 여섯 끼 이상이 라면!

아직 MT의 일정이 나오지는 않았지만 대체로 쉽지만은 않으리라는 예상이 있었다. 그런데도 라면만을 먹고 억지로라도 버티자는 의견으로 결정되기 직전이었다.

"뭐, 다른 대안이 없으니……."

"라면을 사는 것으로 할까요?"

최상준과 민소라도 합의를 보고 그렇게 확정될 무렵. 결국 이현이 나서기로 했다. 이들에게 맡겨 놓으니 본인이 준비하는 편이 더 일이 편할 것 같았으니까.

❧

금요일 오전.

아침 일찍 시장 근처로 이유정과 박순조, 최상준이 모였다.

이현 때문이었다.

그는 라면을 강력하게 반대했다.

"저로서는 무슨 일이 있어도 끼니마다 라면을 먹을 수는 없습니다."

라면이 불량 식품은 아니다.

오히려 라면이야말로 이현에게는 가장 소중한 음식이었다.

생활고에 찌들던 시절에는 쌀을 사서 밥을 해 먹는 것도 만만치 않게 부담스러울 때가 있었다. 한창 먹어야 할 시기에 허기를 때우는 데에는 라면이 가장 큰 도움이 되었다.

할머니와 여동생과 함께 끓여 먹었던 라면과 김치의 맛은 지금도 잊지 못할 정도였다.

'그래도 여섯 끼를 라면만 먹을 수는 없어.'

어릴 때부터 라면을 너무 먹어서 온갖 종류의 비법들을 다 터득했다. 그러나 이제는 라면은 가끔 먹는 음식으로 놔두고 싶었다.

더구나 여섯 끼를 라면만 먹는다면 균형적인 영양분 섭취에 무리가 따른다.

"차라리 제가 먹는 것과 자는 것, 생활에 필요한 도구들을 준비하겠습니다."

그렇게 이현이 예산에 맞춰서 필요한 물품들을 알아서 장만한다고 했지만, 미덥지 못해서 확인차 나온 것이다.

이현은 정확하게 시간에 맞춰서 나타났다. 그러고는 동생들을 보며 고개를 끄덕였다.

"모였군."

"예."

"그럼 가지."

이현은 그들을 데리고 농수산물 도매시장으로 들어갔다. 막 시장으로 들어갈 때만 하더라도 이유정은 영문을 알 수 없었다.

"마트가 훨씬 더 편하잖아요. 그런데 왜 시장에 온 거예요?"

은근히 구식이라는 핀잔도 담겨 있었다. 시장의 시대는 저물고 마트가 상권을 장악한 지 오래였으니까.

이현은 복잡하게 설명하기도 싫었다. 사야 할 물건들이 많은데 벌써부터 힘을 빼고 싶지 않았던 것이다.

"가 보면 알아. 그리고 여긴 보통 시장이 아니라 도매시장이라고."

도매시장은 입구에서부터 종류별로 정육점, 쌀가게, 야채 가게, 그릇 가게 등 온갖 종류의 점포들이 있었다.

가격표를 보는 순간 이유정은 입이 다물리지 않았다.

"말도 안 돼! 돼지고기가 100그램에 1,400원이잖아!"

마트에서는 2,200원 정도에 파는 고기가 거의 절반 값! 쌀이나 야채, 과일 들의 가격도 비교할 수 없을 정도였다.

"이것들 다 수입산이죠?"

이유정이 물었을 때, 이현은 고개를 저었다.

"돼지고기는 원래 이윤이 잘 안 남아서 거의 수입을 안 해. 생선들은 수입산이 있겠지만, 그거야 어디든 마찬가지고."

"그런데 왜 이렇게 싸요!"

"소규모 매장들이잖아. 자릿세가 크지 않고, 또 10년 이상 거래해 온 곳들로부터 물건을 떼어 오니 쌀 수밖에 없는 거지."

이유정은 엄마를 따라서 장을 봐 왔기에 가격 차이가 얼마나 심한지를 알 수 있었다.

가게 주인들이 이현을 보고 너털웃음을 지었다.

"젊은 총각, 오늘은 두 번을 오네?"

이미 새벽에 여동생의 밥을 차려 주기 위해서 시장을 한 바퀴 돌았는데, 다시 왔다는 이야기였다.

"예. 안녕하세요. 이 친구들과 MT를 가게 되어서 여러 가지가 필요할 것 같네요."

"그럼 어서 와. 당연히 싸게 많이 줘야지. 근데 총각도 대학생이었어?"

"……."

이현은 고기부터 골랐다.

'예산이 한정되어 있으니 가격대가 큰 것부터 골라야겠지.'

삼겹살, 목살, 갈비 들을 각각 2킬로씩 골라냈다.

8명이 2박 3일간 먹어야 하는 양이었으니 고기부터 산 것이다. 이걸로는 좀 부족할지 모르지만 돼지고기만 구워 먹을 것이 아니니 상관없다.

"얼마 안 되지만 족발은 서비스야."

"고맙습니다."

이현이 다음에 간 곳은 야채 가게!

요리를 할 때에도 그렇고, 고기를 먹을 때에도 신선한 야채들이 없으면 입맛이 안 살아난다.

그런데 이곳에서 박순조와 최상준은 어이가 없었다.

보람 야채 21호.

다퍼줘 야채 19호.

야채 가게들의 이름부터 이상하기 짝이 없었다. 진열된 야채들은 거의 없고, 무식하게 큰 봉투에 다 담겨 있거나 박스째 쌓여 있었다.

이현은 상추와 파, 배추 등을 박스로 골랐다.

"얼마죠?"

"상추가 한 박스에 3,000원, 파는 3,000원. 배추는 5,000원이네."

"미나리랑 부추, 마늘, 고추랑 감자도 좀 주세요."

"얼마나 필요한데?"

"많이요. 8명이 2박 3일간 먹을 거거든요."

"학생들이구만. 그럼 많이 줘야지!"

야채 가게 주인은 박스 하나에 푸짐하게 담아 주었다. 덤으로 고구마도 8개나 얹어 주었다.

"이건 7,000원만 받을게."

이현은 받기 전에 잠시 주저했다.

"이렇게 팔면 얼마 안 남으실 텐데……."

"요즘 고구마가 많이 싸졌거든. 어여 가져가."

각자 상자를 하나씩 들고 있는 상황에서 이현이 물었다.

"과일도 먹어야 되겠지?"

"네? 네. 먹을 수 있다면 먹어야죠."

이유정은 당황해서 얼떨결에 대답했다.

1인당 5만 원이라는 빠듯한 예산을 가지고 계획을 짰을 때만 하더라도, 실제로 살 수 있는 것들이 없을 듯했다. 당연히 과일이라고는 꿈도 못 꾸었다. 그런데 어쩌다 보니 이현을 따라서 가게까지 가게 되었다.

"아줌마."

"총각 왔나?"

"예. 딸기 어떻게 해요?"

"두 상자 4,000원인데, 앞쪽에 있는 건 3,000원에 줄게."

"좋은 걸로 두 상자 주세요. 싸게요."

"자! 여기 튼실한 놈들로만. 그냥 3,000원에 줄게."

박순조와 최상준은 괴성을 질렀다.

"케엑!"

"무슨 가격이 이렇게 싸?"

이상한 나라에 온 것 같았다. 마트에서 카트를 끌고 다니면서 구매를 할 때에는 이런 곳이 있는 줄도 몰랐다.

어쨌든 일행의 경악 속에서 딸기까지 사고도 예산이 한참이나 남았다.

이유정이 신이 나서 물었다.

"이제 텐트나 코펠, 버너 등을 살 수 있겠어요!"

이현은 고개를 가로저을 뿐이었다.

"MT 준비는 나한테 맡긴다고 했잖아. 내가 알아서 준비할 거야."

"도구들을 빌려 오는 건 안 된다고 했는데요."

"다 알아서 할게. 그보다, 돼지고기만 먹을 수는 없으니 다른 음식들도 좀 사야지?"

"있으면 좋기는 하지만……."

이현은 그들을 데리고 시장을 한 바퀴 돌면서 새우와 두부, 조개 들을 조금씩 샀다. 고추장과 된장, 소금 등의 조미료들도 잊지 않았다.

"닭고기도 먹을 거지?"

이현이 물었을 때에, 이유정은 이제는 질린 듯이 고개를 끄덕였다.

박순조와 최상준은 조용히 짐꾼으로 변한 지 오래였다.

"닭은 도매가격으로 내가 집에서 가져갈게."

"집에서요?"

"마당에서 닭을 키우거든."

"아, 애완용으로 키우시는구나."

"아니. 식용으로."

"……."

"병아리 때부터 키워서 달걀도 낳게 하고 그러지."

"그래도 집에서 애써 키우는 닭일 텐데, 잡아먹을 수는 없잖아요."

"괜찮아. 우리 집에는 닭이 7마리가 있어. 첫째가 삶은달걀, 둘째가 계란프라이."

"설마 이름이에요?"

"맞아. 셋째 이름은 어미닭. 병아리를 키우거든. 새 식구를 만들어 주는 주역이라고 할까. 넷째부터는 식용으로 분류해 뒀어. 백숙, 프라이드, 양념. 막내인 일곱째는 양념반프라이드반. 식구가 바뀌긴 하지만, 대대로 그 이름들을 계승하는 중이지."

"……."

이현에게 따뜻한 온정을 기대해서는 안 된다. 닭은 그저 먹을거리일 뿐!

❧❧❧

인천 연안 부두 터미널.

즐거운 MT를 앞두고 학생들이 재잘거리고 있었다.

"으휴, 드디어 오늘이구나."

"오늘이 안 오기만을 바랐는데."

"얼마나 고생을 할지."

2학년 이상의 선배들은 벌써부터 초췌한 모습이었다. 대대로 MT가 그리 편했던 적이 없다. 특별한 컨셉을 가진 MT란 그리 만만한 게 아니었던 것.

"그래도 이번에는 승봉도로 가잖아. 작고 예쁜 섬이라니까 좀 낫겠지."

"하기야 지난번에는 산을 타느라 엄청 힘들었지. 이번엔 그런 일은 없을 거야."

"참, 너희 조는 음식 뭘로 준비했어?"

"라면에 햇반. 삼겹살은 한 끼쯤 먹을 정도야."

"우리와 비슷하군."

"예산이 적으니까 다른 조들도 다 비슷할걸."

선배들이 조심스럽게 이야기를 나누고 있을 때에 신입생들은 마냥 즐거웠다. MT에 가서 동기들과 그리고 선배들과 친분을 쌓을 좋은 기회였으니까!

이현도 조원들과 함께 모여 있었다.

"이게 뭐예요?"

조원들은 이현이 준비해 온 재료와 도구 들을 보는 데 여념이 없다.

검은 비닐에 담겨 있는 알 수 없는 그 무엇들!

텐트나 버너, 코펠처럼 정상적인 느낌이 전혀 들지 않았던 것이다.

심지어 구멍이 살짝 뚫린 어떤 봉투는 푸드덕거리며 몸부림을 치기도 한다.

꼬꼬댁!

"가만있어!"

이현이 어딘가를 푹 찌르니 조용해졌다.

"……."

"설마……."

조원들의 놀람에 찬 시선을 이현은 가볍게 넘겼다.

"얼린 고기는 맛이 덜하거든요."

이현은 아이스박스를 가져오지 않았다.

무게만 나가고 비싼 아이스박스에 대한 필요성을 전혀 느끼지 못했다.

대신 돼지고기들은 얼린 채로 스티로폼 박스에 넣었다. 얼음 팩을 몇 개 추가로 넣고, 테이프로 감아서 완벽하게 틀어막았다.

최소한 이삼일 정도는 그대로 보존이 되리라.

하지만 닭고기마저 그럴 필요를 느끼지는 못했다.

생고기와 얼린 고기는 미묘한 맛의 차이가 있다. 그 때문에 판매 가격도 다르다.

그래서 이현은 막내인 양념반프라이드반을 얼려서 데려오느니 차라리 생으로 데려오는 것을 택한 것이었다.

이현이 아니라면 감히 생각도 못 할 방법!

그렇게 시간을 보내고 있으니 어느새 여객선에 탈 시간이 되었다.

"그럼 배에 타세요. 출발하겠습니다."

교수들을 필두로 하여 학생들이 모두 배에 탑승했다.

갑판에서 바다 구경에 여념이 없는 학생들.

파도가 넘실거리고 갈매기가 유유히 날아다닌다.

배를 처음 타 본 학생들에게는 굉장히 신기한 경험이었다.

"배가 흔들거려."

"이런 게 배구나."

남학생들은 기회를 엿보다가 좋아하는 여학생들의 옆에 서서 대화를 나누기도 했다.

평화롭게 행복을 만끽할 수 있는 시간.

이현의 곁에도 서윤이 있었다.

그녀는 인천에서부터 늘 이현의 곁에만 머물렀다. 유일하게 믿을 수 있는 친구, 이현의 곁을 떠나려고 하지 않았다.

'역시 나를 밑천까지 뜯어먹으려는 거야.'

이현은 두려움에 떨면서도, 서윤의 얼굴을 가까이에서 볼 수 있는 기회는 놓치지 않았다.

'최고의 조각품을 만들기 위해서라도 자세히 봐 둬야지.'

바로 옆에 서 있으니 얼굴의 솜털까지 보일 정도로 거리가 가까웠다.

바람에 흑단 같은 머릿결이 부드럽게 흩날린다.

바란 마을에서, 북부에서 필요로 인해 서윤을 조각했을 때와는 느낌이 달랐다.

조각품을 만들어서 그녀의 미모를 조금이라도 표현하고 싶었다. 사진이라도 찍어서 지금 이 광경을 영구히 남기고 싶다는 충동이 들 정도였다.

이현이 이런 감정을 가져 본 건 처음이었다.

'사진 따위… 추억을 기억하는 건 아무런 의미도 없는 일이

었는데…….'

바다 전체가 그녀의 분위기로 녹아든 것처럼 느껴진다.

그만큼 서윤은 아름다웠다.

더불어 미미하게 살짝 올라간 입꼬리!

가까운 거리에서 자세히 보지 않으면 알 수 없는 표정의 변화였다.

'좋아하고 있군.'

서윤의 표정을 매우 유심히 관찰했던 이현이 아니라면 알지 못할 감정이다. 서윤은 해맑게, 활짝 웃는 모습을 보여 주지 않았으니까.

그런데 배가 바다로 한참 나아갔을 무렵이었다.

교수들이 갑판에 나와서 겉옷을 벗었다. 그러자 나타나는 해병대 군복 차림!

"여러분에게 이번 MT에 대해서 잠시 알려 드릴 사항이 있습니다."

대표로 주종훈 교수가 발언했다.

갑판에 모여든 학생들은 그의 말을 묵묵히 들었다.

"이번 MT는 아시다시피 원래 승봉도로 가려고 했습니다. 승봉도도 굉장히 아름다운 섬이죠. 그런데 우리가 앞으로 체험할 야생의 목적에는 완벽하게 부합되지 않는다는 의견 때문에 취소하게 되었습니다. 승봉도는 여러분이 나중에 꼭 한번 가 보면 좋을 것입니다."

주종훈은 그렇게 말하고는 이를 드러내며 씨익 웃었다.

"미리 알려 주셨으면 좋잖아요."

"그럼 이번 MT는 어디로 가게 되는 겁니까, 교수님?"

선배들이 물었지만 주종훈은 가르쳐 주지 않았다.

"천천히 알게 될 것입니다. 그렇다고 해서 여러분이 크게 걱정을 할 필요는 없습니다. 어차피 실… 아니, 그곳도 어차피 섬이라는 점에서는 같으니까 말이죠. 진정한 야생과 극기 정신, 뜨겁게 타오르는 동료애를 양성할 수 있는 좋은 기회인 것입니다!"

갑판에서 교수들의 발언으로 인하여 학생들은 추측하기 바빴다.

"어딜까. 틀림없이 서해의 섬 중에 하나일 텐데."

"서해에 섬이 하나둘이 아니잖아."

대한민국 서해에는 아름다운 섬들이 수없이 많다. 어부들이 배를 타고 나가 낚시를 하고, 남은 가족들은 밭을 일구면서 기다리는 대자연의 섬들.

학생들은 그러한 섬을 상상하면서 자신들이 아는 섬의 이름을 대는 데 여념이 없었다.

하지만 나이 많은 선배들을 필두로 하여 일부는 이미 까마득히 멀어져 버린 인천을 보며 한없는 자괴감에 빠졌다.

"MT에 오는 게 아니었어."

"복학하고 나서 신입생들과, 그것도 여학생들과 어울릴 수 있는 좋은 기회라고 여겼건만."

이현도 복학생으로 많은 오해를 받았다. 그런데 진짜 복학생들은 어떻게든 후배들과 친해지고 싶었다.

그러지 못하면 우울하기 짝이 없는 학교생활을 보내게 될 테니까.

야심찬 포부를 가지고 MT에 참여했는데 이런 식으로 함정에 빠져들고 만 것이다.

"왜 그곳이냔 말이야."

"휴우! 떠올리고 싶지도 않은데……."

"구명조끼라도 있으면 헤엄쳐서 탈출하고 싶군."

복학생들은 목적지가 어딘지 짐작하고 있었다.

주종훈 교수가 실수로 섬의 앞 글자를 말하고 말았다.

'실'로 시작되는 섬.

한때 그 이름을 제목으로 한 영화가 제작되어 무려 천만이 넘는 관객 수를 기록한 적이 있는 유명한 섬이었다. 요즘에는 그 섬을 떠올리는 사람들이 거의 없지만, 나이 든 복학생들은 고전 영화들을 통해서 알았다.

"실미도."

"커흑!"

"하필 그곳이라니……."

⬥⬥⬥

선배들의 예상은 정확히 적중했다.

인천에서 남서쪽으로 향한 배가 도착한 곳은 실미도!

넓은 백사장과 갯벌이 그들을 반겨 주었다.

고생은 그걸로 끝이 아니었다.

"MT의 일정표입니다. 모쪼록 원활한 MT가 될 수 있도록 시간을 잘 지켜 주시기 바랍니다."

날짜	시간		일정	비고
첫날	오전	11:00	도착, 조별 숙소 마련	
		12:00	조별 식사: 성냥이나 라이터는 제공되지 않음. 야생 그대로 스스로 불을 만들어야 함. 일단 만들어낸 불이 있으면 그 후는 계속 이용 가능.	
	오후	14:00	지옥 훈련 코스 1: 백사장 달려서 섬 일주하기. 선착순 30명. 늦게 도착한 사람은 다시 한 번 섬을 일주해야 한다. 단, 도저히 달릴 수 없을 경우 다른 조원이 대신 달려 줄 수 있다. 식사 시간까지 돌아오지 못한 조원이 있을 경우, 그 조는 식사 금지.	
		17:00	조별 식사 및 휴식	
		20:00	담력 체험: 조별로 산에서 특정 목표물을 회수해 와야 함. 많은 목표물을 찾아오는 조에 특별 지급품 증정.	
		23:00	취침	
둘째 날	오전	06:00	기상. 세면	
		07:00	조별 식사	
		08:00	지옥 훈련 코스 2: 오리걸음 300미터. 나무 배를 타고 노 저어서 섬 한 바퀴 돌기.	
		12:00	조별 식사	
	오후	13:00	체육 대회: 축구, 씨름, 외타무다리 권투, 줄다리기 등 4종목. 기권 불가, 무조건 참가해야 함. 성적에 따라 조별로 기념품 증정.	
		17:00	휴식 겸 선후배 간의 돈독한 정을 나눌 수 있는 술자리. 장기자랑.	
		22:00~	자유 시간: 원하는 사람에 한해서 취침 가능.	
셋째 날	오전	08:00	기상. 세면	
		09:00	식사: 조별로 만든 음식을 과 전체가 나누어 먹을 수 있음.	
		10:00	정리	
		11:00	실미도 자유 관람	
	오후	13:00	귀가	

이른바 지옥의 시간표!

보통 MT라 하면 먹고 놀기 바쁘다.

하지만 교수들은 이번 MT를 기획하면서 단단히 벼르고 있었다.

"무조건 야생! 그리고 지옥 훈련!"

본인들이 스스로 모든 걸 알아서 준비해야 하며, 훈련의 강도도 엄청나게 높게 만들었다.

교수들은 시간표를 짜고 나서 대단히 흐뭇해했다.

"우리가 머리를 맞댄 결과 참으로 멋진 시간표가 완성되었습니다."

"이대로 꼭 지켜져야 될 텐데요."

"조금의 관용도 없이 그대로 적용시켜야지요. 그래야 하지 않겠습니까."

"암요!"

교수들은 작년 스승의 날을 떠올렸다.

학생들로부터 꽃과 선물을 받지 못했던 서글픈 기억! 그렇다고 결코 그때의 앙갚음을 위해서는 아니었다.

절대로.

⋞⋟⋞⋟⋞⋟

시간표는 다소의 우려 속에서 일단 받아들여졌다.

"설마 이대로 하기야 하겠어?"

"농담이겠지."

현실에 대한 도피 증상!

반신반의하면서도 각자 짐들을 가지고 넓은 백사장에 자리를 잡았다.

"그럼 숙소부터 만들자."

민박 따위는 없었으니 잘 곳부터 마련해야 했다. 밤이 늦기전에 저마다 텐트를 치기 위해서 장비들을 꺼냈다.

대부분의 조들은 필수적으로 8명이 잠잘 수 있는 텐트를 준비해 왔다. 예산이 빠듯한 가운데에서도 텐트에 많은 돈을 쓸수밖에 없었다.

그런데 이현은 달랐다.

"우리도 숙소를 만들죠."

그러면서 꺼낸 것은 두툼한 압축 스티로폼과 알루미늄 봉들, 건축 현장에서 쓰이는 단열재들!

"이게 텐트예요?"

조원들은 당황을 금치 못했다.

이현이 들고 온 물건들은 그들의 생각과는 많이 어긋나 있던 것.

이현은 아무렇지도 않은 듯이 말했다.

"텐트라고 볼 수는 없죠. 임시로 거주할 수 있는 공간을 만들 작정입니다."

"……."

박순조가 조심스럽게 물었다.

"그런데 뭘 짓기에는 재료가 많이 모자란 것 같은데요."

이현이 꺼낸 알루미늄 봉은 8개밖에 되지 않았다. 단열재와 스티로폼들의 양도 간신히 배낭 하나를 채울 정도였다.

"알고 있습니다. 부족한 나머지 재료들은 구해야죠."

"어떻게……?"

"현지 조달! 기둥과 지붕을 만들 것들을 구해 올 테니 다른 분들은 여기서 기다리고 계세요."

이현은 도구 상자에서 톱을 꺼냈다. 그러더니 인근의 산으로 들어가 버렸다.

조원들은 정말로 말문이 막혔다. 산이라고 해도 숲이 아주 울창하다거나 큰 것은 아니었지만, 예상하지 못한 이현의 행동에 당황할 수밖에 없었다.

이현은 의외로 금세 돌아왔다.

톱을 가져가긴 했지만, 살아 있는 나무들을 자르려는 것은 아니었다. 이미 죽어서 쓰러진 나뭇가지들을 손질해서 나무줄기를 이용해 묶었다. 그러고는 등짐을 메듯이 한 아름 메고 돌아온 것이다.

소매를 짧게 걷어붙인 이현의 어깨와 팔의 근육들이 팽팽하게 긴장되어 있었다.

힘줄들이 돋아나서 건강미가 넘친다.

한때에는 폐인이라고 해도 과언이 아니었지만, 도장에서의 운동 덕분에 튼튼한 몸이 되었던 것이다.

'저 가슴과 팔뚝 좀 봐.'

'탄탄해 보이는 복부는 또 어떻고.'

여인네들의 눈이 유달리 반짝인다.

다른 조에 속한 조원들도 은근히 이현의 조를 주시했다.

나뭇짐을 구해 올 때부터 교수들도 관심을 갖고 있었다.

"재료들은 다 마련되었고, 그럼 집을 지어 보죠."

이현은 알루미늄 봉을 땅에 깊숙이 박았다. 그리고 나뭇가지들을 이용해서 튼튼한 지붕을 설치했다.

최상준은 지붕이 그다지 마음에 들지 않았다.

"비가 오면 빗물이 다 샐 텐데요."

나뭇가지들을 잘라 내고 엮어서 튼튼해 보이기는 했다. 그런데 벌어진 틈이 너무 많아 비가 내리면 고스란히 다 밑으로 떨어질 판이었다.

물론 비가 오지 않을 수도 있다.

최상준은 일을 전혀 돕지 않았으니 뭐라도 지적을 함으로써 자신을 부각시키고 싶었던 것이다.

사실 다른 조원들도 그 부분이 껄끄럽기는 했다. 잠을 자는 도중에 소나기라도 내리면 큰일이 아닐 수 없으니까.

"아직 다 완성된 게 아닙니다."

이현은 조원들의 우려를 말끔히 씻어 주었다. 지붕을 투명한 비닐로 덮어 준 것.

투명한 비닐을 세 겹이나 덮고 줄로 감아서 완벽한 지붕을 완성해 냈다.

비닐과 알루미늄에 실리콘을 쏴서 접합시켜 버렸으니 폭풍이 몰아치지 않는 이상 끄떡없을 지붕과 벽면이었다.

다른 텐트들에 비하면 2배나 되는 넓이로 임시 거주지가 마련되고 있었다.

"문은 바다가 보이는 쪽으로 만드는 게 좋겠죠?"

이현이 조원들에게 의견을 물어보았으나, 다들 멍하니 고개만 끄덕일 뿐이었다.

이현은 무언가 재료들을 가지고 뚝딱뚝딱 움직였다. 그럴 때마다 무섭게 완성되어 가는 거주지였다.

조금의 머뭇거림도 없이 숙달된 솜씨로 만드는데, 그 진행 속도가 무섭게 빨랐다.

이현은 바다 쪽으로 문을 뚫었다.

비닐들을 여러 겹으로 겹쳐서 열기 편하게 지퍼를 설치하자 가볍게 완성이 되었다.

텐트에 누워서 바다를 보는 데 전혀 장애가 없었다.

문이나 벽만이 아니라 지붕도 투명한 비닐로 덮었으니, 밤이 되면 하늘의 별들을 볼 수 있으리라.

달빛이 비치는 바닷가의 비닐 집!

파도 소리를 들으면서 잠이 들면 운치가 그만일 것이다.

'집 하나 따위, 조각품 만드는 것보다야 쉬운 일이지.'

조각품을 하나 완성하는 데에는 무수히 많은 상상력이 필요하다. 조각품의 기본은 주위 환경과의 어울림.

바닷가에 가장 어울리는 집을 만드는 것 정도야 그리 큰일이 아니다.

이현은 바닥 공사도 튼튼히 했다.

한기가 올라오지 않도록 밑에 압축 스티로폼을 깔고, 다음으로는 건축용 단열재를 올려놓았다. 요즘은 건축자재들이 좋은 것들이 많아 이 정도만 해도 며칠은 문제없었다.

1달을 산다고 해도 집처럼 쾌적하게 지내기에 무리가 없으리라.

실제로 폭풍우가 치고 그런다면 더 견고하게 만드는 게 좋겠지만, 계절상 그럴 가능성은 크지 않았다.

"완성되었습니다. 짐을 안쪽으로 옮겨 두죠."

이현이 집을 다 만들자, 조원들이 들어가서 한번 둘러보았다. 넓어서 쾌적하고 바닥은 쿠션감이 있다.

"정말 좋네요."

"편안해요. 텐트보다 넓고요."

말이 없던 홍선예와 주은희도 즐거워했다.

다른 조들은 아직도 텐트를 설치하느라 허우적거리고 있는데 그들의 조만 순식간에 이렇게 멋진 집을 갖게 된 것이다.

지금까지 아무 관심도 보이지 않던 홍선예가 이현에게 다가왔다.

"인테리어나 건축 쪽에 관심이 많으신 것 같아요. 어쩜. 저도 그런 취미를 가진 남자가 이상형이거든요."

이현에 대한 인식이 상당 부분 개선되었다는 증거였다.

이현은 솔직하게 대답했다.

"막노동 3개월만 하면 누구나 다 이 정도는 합니다."

"유머 감각도 뛰어나세요."

홍선예는 농담도 잘한다면서 자지러지게 웃었다.

서윤도 임시 거주지에 들어가서 둘러보고는 한결 편안해진 얼굴이었다.

그녀는 다른 사람들과 어울릴 자신이 별로 없었다. 밤에 잠을 자는 것도 쉽지 않은 일.

MT를 오면서도 그 점이 내내 걱정이었는데, 쾌적하고 넓은 집을 보니 마음이 놓였다.

그렇게 이현의 조가 임시 거주지를 완성했을 때 다른 조들도 절반 정도는 텐트를 쳤다. 특별히 서두른 것도 아니었지만 이현이 너무 빨리 움직인 탓에 아직 헤매는 조들도 많았다.

"자, 밥을 먹죠."

이현은 밥을 차리기 위해 음식 재료들을 꺼냈다.

평소에도 늘 하던 일이었으니 어려울 까닭이 없었다.

냄비에 쌀을 씻어 넣고 바위 틈새에 올린다. 그런 후에 조금 전에 주워 왔던 나무들을 밑에 깔았다.

"근데 불을 피워야 되잖아요."

이유정, 민소라 등의 여자애들이 이제는 호기심 어린 시선으로 다가왔다. 복학생으로 의심하면서 꺼림칙하던 태도는 없었다.

집을 만드는 일이 쉽게 해결이 되었으므로 마음이 가벼워진 것도 있으리라.

"불이야 만들면 되죠."

"어떻게요?"

"도구가 있으면 조금 쉽긴 한데……."

이현은 잠시 궁리를 했다.

돋보기가 있다면 햇빛을 모아서 종이를 태우면 된다. 제일 쉽고 편한 방법이다.

'돋보기는 없지만… 비슷한 게 있군.'

거주지를 만들기 위해 가져왔던 비닐을 활용하면 된다. 비닐에 물을 담아서 빛을 모으면 되는 것이다.

그런데 좀 까다롭기도 하고, 비닐을 찢어서 써야 한다는 점이 아까웠다.

"그냥 나무로 불을 피우죠."

이현은 적당한 나무를 찾았다.

잘 마른 나무에 마른풀을 조금 넣고 나뭇가지를 돌려 가면서 비빈다. 공기가 잘 통할 수 있도록 바람을 불어 주는 것도 잊지 않았다.

치이이이.

흰 연기가 모락모락 나더니 금세 불이 붙는다.

매우 쉽게 된 것 같지만, 경험이 없다면 절대로 쉬운 일이 아니었다.

'〈로열 로드〉에서 다 했던 거지.'

초보 때는 부싯돌을 살 돈도 아까웠다. 그리하여 나무들을 비벼 가면서 불을 만들어서 썼다.

한 푼이라도 아끼기 위한 지극정성!

나중에 현실에서도 똑같이 이루어지는지 실험을 해 본 적이 있었다.

〈로열 로드〉에서 조각사가 된 후였다. 현실에서도 나무들을 깎는 연습을 하면서 문득 든 생각에 나무로 불을 피워 본 것.

처음에는 연달아 실패만 하며 잘되지 않았지만, 4시간에 걸친 노력 끝에 불을 만들어 낼 수 있었다.

조각사라는 직업이 가져다준 또 하나의 장점!

그 불을 피워 본 경험을 써먹은 것이다.

"와!"

조원들은 불을 보며 놀라워했다.

평소엔 라이터 한 번만 켜도 쉽게 얻을 수 있는 불이지만, 야외에서 이런 식으로 불을 켜니 색다른 정취가 있었다.

이현은 그 불을 이용해서 음식을 만들기 시작했다.

불을 피워야 한다는 조건 때문에 식사 시간은 2시간이나 주어졌다. 시간이 넉넉하게 남아서 돼지고기를 삶아 보쌈을 했다. 족발도 삶아서 먹을 수 있었다.

"아, 배고파."

"어서 라면 끓여!"

다른 조들은 서둘러 버너와 코펠을 꺼내 물을 끓이려고 했다. 하지만 불부터 스스로 만들어야 한다.

나무를 비벼 대며 물집이 잡혀서 고통스러워하느라 아우성이었다.

"안 돼. 도저히……."

"이 방법으로 불이 나오는 거 맞아?"

"저쪽 조는 했잖아."

몇 개 조는 고생 끝에 카메라 렌즈와 같은 도구를 이용하여 불을 피우고 라면이나 밥을 해 먹을 수 있었다. 하지만 아직 밥도 못 먹은 조들이 훨씬 많았다.

이제부터는 지옥 훈련의 시간이었다.

야생과 지옥 훈련

학생들은 배가 고팠지만 시간이 되자 일단 백사장에 모였다. 교수들아 먼저 와서 기다리고 있었다.

"해변을 따라서 섬을 한 바퀴 돌면 오늘의 지옥 훈련은 끝납니다."

학생들은 마음 편하게 생각했다.

'5시까지니까 느긋하게 돌아보면 되겠군.'

'실미도를 한 바퀴 돌면서 관광하라는 거구나.'

신입생 중에서 김현준이 손을 들었다.

"교수님, 질문 있습니다. 저희 조가 식사를 못 했는데요. 섬을 한 바퀴 돌고 나서 시간이 남으면 밥을 먹어도 됩니까?"

교수는 흔쾌히 허락했다.

"얼마든지. 지옥 훈련이 끝난 이후부터 다음 일정까지는 자유 시간입니다. 그럼 다들 준비되었습니까?"

"네!"

학생들은 달리기 편한 운동화를 신었다. 그러니 이것으로 해변 달리기에 대한 준비는 끝났다고 볼 수 있다.

"그럼 달립니다. 시작!"

교수의 지령이 떨어지자, 100여 명의 학생들이 우르르 앞으로 나아간다.

"바닷바람을 맞으면서 조깅을 하니 기분이 좋네."

"건강에도 도움이 되고, MT 오길 잘한 것 같아요. 그렇죠, 선배님?"

"응. 정말 잘 온 것 같아."

학생들은 산보라도 하듯이 여유롭게 걷거나 달렸다.

모래사장이라고 해도 발이 푹푹 빠지는 혹독한 지형은 아니었다. 너무나도 고운 모래 알갱이들이 깔려 있어서 달리기에 딱 좋았다.

그런데 복학생들을 필두로 일부의 학생들이 죽어라 뛰고 있었다.

"헉헉!"

"더 빨리. 더 빨리 가야 돼!"

대다수의 학생들은 그런 복학생들을 이해 못 했다.

"좀 천천히 뛰세요."

"따라가기 힘들잖아요."

자잘한 불만들이 터져 나왔다.

그런데 복학생들은 뒤를 돌아보며 환하게 웃었다.

"아, 그럼 천천히 오렴."

"우린 먼저 가서 기다리지, 뭐."

느긋하게 달리던 학생들이 물었다.

"혹시 무슨 일이라도 있으세요?"

그러자 복학생들은 고개를 저으며 강하게 부정했다.

"일은 무슨. 그냥 좀 달리고 싶어서 그래."

"이렇게 좋은 섬에 와서 바닷바람을 맞으며 달릴 일이 그리 흔하지 않잖아. 안 그래?"

"맞아. 우린 그저 달리고 싶은 거야."

그 말을 남기고 복학생들은 쏜살같이 앞으로 뛰어나갔다.

이현도 달리기에는 별로 욕심이 없었다. 그저 섬을 한 바퀴 돌면 될 뿐이라고 편하게 생각하고 있었다. 그런데 일부 복학생들의 행동을 보니 어딘가 수상쩍었다.

'무언가 있다.'

이현은 누구도 믿지 않았다.

오직 가족을 위해서 살 뿐!

인간애나 신뢰, 동정심 따위는 버린 지 오래다.

한때에는 그래도 세상이 그렇게 각박한 것은 아니라는 순박함이 있었다. 너무 돈, 돈, 돈, 하면서 사는 게 아닌가 하는 자책도 들었다.

하지만 그것도 다 밑바닥까지는 떨어져 본 적이 없는 이들의 말일 뿐이다.

사채를 30억 정도 지고 살아 본 경험이 있다면 결코 세상이 아름답다고만 생각하지 않으리라.

인생 막장!

바닥까지 떨어져 봤다면 절대로 쉽게 남을 믿지 않게 된다.

'뒤통수를 맞지 않도록 조심해야만 된다. 믿을 놈은 하나도 없어!'

이현은 복학생들의 행동을 보면서 달리는 속도를 천천히 끌어 올렸다.

도장에서 매일 체력 훈련을 하기도 하지만, 기본적으로 버스 탈 돈이 아까워서 웬만한 거리는 늘 뛰어서 다닌다. 시간도 아끼고 체력도 키울 겸 매번 달리기를 하니 이런 곳에서의 달리기는 산책 수준에 지나지 않았다.

타다다다다닥!

주위 다른 학생들을 훨씬 능가하는 속도!

복학생들도 금세 따라잡았다. 하지만 선두로는 치고 나가지 않으면서 이유를 알아내려 애썼다.

복학생들이 먼저 달린 이유는 금방 밝혀졌다.

아무리 달려도 실미도의 해변의 끝이 안 보였다.

"헉헉, 슬슬 이쯤에서 방향이 꺾여야 되지 않을까? 왜 그냥 직진으로 달리는 기분이지?"

"벌써 15분을 넘게 온 것 같은데."

"배도 고프고."

"목말라 죽겠네."

몇 명의 복학생들은 알고 있었다.

대부분 서해의 섬이라고 하면 금방 한 바퀴를 돌아볼 정도로 작다고 착각한다. 그러나 그 섬들도 정작 걸어서 돌아보려면 그리 쉬운 일이 아니다.

실미도의 해변 둘레는 6킬로가 넘는 거리!

한 번이라면 어떻게 달려도 두 번 다시 달리고 싶진 않았던 것이다.

'미안하다, 후배들아.'

복학생들은 선착순에 목숨을 걸고 달렸다.

그러자 다른 학생들도 영향을 받아서 점점 달리는 속도가 빨라졌다.

해변이 끝도 없는 것처럼 이어지니 마음이 조급해진다.

배고픔과 체력의 한계!

학생들끼리 몇 번 순위가 바뀌기도 했지만, 금방 전체적인 속도가 늦춰지고 입에서는 단내가 났다.

운동을 등한시했던 학생들에게는 정말로 지옥 훈련이 따로 없었다. 나중에는 달리는 것이 아니라 거의 걷는 수준으로 바뀌었다.

그렇게 한 바퀴를 돌았을 때 이현은 가뿐히 선착순 30등 안에 들었다.

다른 복학생들과 선배들, 신입생들 중에서도 체력이 좋은 몇 명이 선착순에 포함되었다.

서윤도 그들 중의 1명이었다. 그녀는 평소에 아침마다 차은 희와 조깅을 나가는 습관이 있어서 거든히 달린 것이다.

하지만 선착순에 포함되지 않은 이들은 실미도를 다시 한 바퀴 돌아야 했다.

기진맥진해서 느끼는 허기에 막막함과 아득함!

"죽겠네."

"제발 아무나 저 좀 도와주세요."

학생들은 자신을 대신해서 달려 줄 사람들을 구하려고 했지만, 누구도 응하지 않았다.

　6킬로라는 거리!

　짧다면 짧지만 달려서 돌려고 하면 굉장히 멀게 느껴지는 거리다.

　두 바퀴를 돌아야 한다면 말할 것도 없다.

　이제 3시간이나 되는 시간을 준 이유를 알 수 있었다.

　달리지 못하겠으면 걸어서라도 완주하라!

　하지만 기진맥진한 지금은 걷는 것도 힘이 들었다. 쓰러지기 직전이었다.

　"저… 좀 도와주세요. 정말 죄송하지만 대신 뛰어 주시면 안 될까요?"

　홍선예가 힘들게 이현에게 부탁을 했다. 체력적으로 한계를 느껴서 주저앉은 그녀는 멀쩡해 보이는 이현에게 의지를 하고 싶었다.

　이현은 당연히 대답했다.

　"그야 물론……."

　막 거절의 의사를 밝히려던 찰나!

　"좋습니다."

　이현은 마음을 바꾸어서 달리기로 했다.

　달리기를 일찍 끝내 봐야 섬에서 딱히 할 일도 없다. 그렇다면 체력 훈련이나 하는 편이 더 나을 테니까.

　두 바퀴째에는 거의 대부분의 학생들이 대놓고 걸었다. 평소 운동을 안 하던 사람이 12킬로를 뛰기란 매우 힘든 일이었기 때문이다.

억지로 참고 뛰는 일부 학생들과, 군대를 다녀온 남학생들만이 그나마 달리고 있었다.

"커흐흑."

"야흐흥."

괴상한 신음 소리가 달리는 학생들 사이에서 터져 나온다. 천근만근 무거운 발걸음을 억지로 떼어 놓기도 한다.

포기하고 싶다. 하지만 다른 조원들을 생각하면 포기할 수가 없다. 점심도 먹지 못했는데, 자신이 그대로 주저앉는다면 그의 조는 저녁도 굶어야 했던 것.

'이래서 지옥 훈련이구나.'

'아주 교묘하게 시간표를 짜 놓았어.'

이를 바득바득 갈면서도 억지로 움직일 수밖에 없었다.

그런데 이번에는 민소라가 지쳐서 땅에 주저앉았다. 모랫바닥에서 가쁜 숨을 몰아쉬었다.

"더, 더 이상은… 도저히 못 뛰겠어."

이현은 한참 앞에서 그 광경을 보고 다시 돌아왔다.

"업혀."

"네?"

"업히라고. 업으면 안 된다는 규칙은 없으니까 괜찮아."

"그렇긴 하지만… 무거울 텐데요."

"걱정 마. 너 정도 무게는 많이 업어 봤어."

이현은 쌀 배달을 한 경험을 되살렸다.

쌀 한 가마니를 들고 뛸 때보다야 사람을 업는 편이 훨씬 더 쉽다!

'노가다 판에서 벽돌 한 짐을 지고 계단을 오를 때보다도 더 쉽지.'

민소라는 갈등하다가 조심스럽게 이현의 등에 업혔다.

"무거우면… 내려 주세요."

"그래."

이현은 그리 어렵지 않게 업었다.

두 손으로 허벅지를 받치고 처음에는 발걸음을 서서히 옮겨 갔다.

그러자 주변 학생들의 시선이 모였다.

일부는 부러움, 일부는 찬탄!

혼자서도 힘들 텐데 여학생을 업고 걷다니 놀라운 체력이 아 닌가!

그런데 진정한 놀라움은 그때부터였다.

타다다다닥.

이현이 민소라를 업은 채로 달리기 시작한 것이다.

"어라?"

"저 무슨……."

걷기도 힘들어 죽겠는데 달리다니!

그나마도 이현이 속도를 조절하는 것을 알았더라면 깜짝 놀 랐으리라.

'빨리 도착해도 할 일이 없으니 그냥 주변 사람들과 적당히 맞춰야지. 대충 선두의 애들과 맞추면 되겠군.'

달빛 조각사

이현은 학생들의 선두에서 두 번째 바퀴를 가볍게 주파했다.

"아이고, 힘들다."

"죽겠다, 죽겠어. 지금 아이스크림 하나만 먹을 수 있다면 얼마나 좋을까."

"시원한 물이라도 실컷 마셨으면……."

다른 학생들은 도착하자마자 땅바닥에 주저앉아서 앓는 소리를 냈다.

민소라의 얼굴도 바짝 상기되었다.

'정말 날 업고 달리다니.'

금방 무겁다고 내려놓을지 몰라서 얼마나 불안했는지 모른다. 그런데 정말 도착할 때까지 꿋꿋하게 달렸다.

남자라고 해도 그냥 편한 친구들로만 여겼는데, 든든한 의지처가 될 수 있다는 사실을 깨달았다. 이현을 보는 시선이 한결 호의적으로 변하게 된 계기였다.

그렇게 섬을 두 바퀴 달리고 나니, 이윽고 식사 시간이 다 되었다.

이현은 곧바로 음식을 준비했다.

이번에 만들려는 요리는 로즈마리 소스를 곁들인 양갈비구이와 지중해식 해산물 수프.

그냥 삼겹살 등을 구워 먹을 수도 있지만 숨이 턱에 차도록 달린 사람들의 입맛이 없을 것 같아서 특별히 손이 많이 가는 요리를 택했다.

"형, 저도 도와드릴게요."

박순조가 팔을 걷고 나섰다.

다른 조원들은 아직 도착하지 않았거나 아니면 숨을 헉헉대며 땅바닥에 드러누워 일어나지를 못했다. 박순조는 다행히 첫 번째에 턱걸이로 스물아홉 번째로 들어와서 한 바퀴만 뛰었던 것이다.

이현은 갈비를 손질하면서 물었다.

"집에서 요리는 많이 해 봤겠지?"

"아뇨. 처음인데요. 부엌에 들어가 본 적도 거의 없어요."

"그래도 할 수 있는 요리는 있을 거 아냐."

"예… 라면은 잘 끓입니다."

"…과일은 깎을 줄 알지?"

"과일 껍질요? 깎아 본 적 없는데… 일단 맡겨 주시면 잘해 볼게요."

"그릇이나 씻어."

이현은 차라리 혼자 고생하는 편을 택했다.

〈로열 로드〉에서는 다른 동료들에게 재료를 손질하는 등 요리에 대한 기본적인 도움은 받을 수 있었다. 하지만 현실에서는 요리 스킬이 따로 없으니 웬만하면 직접 하는 편을 택한 것이다.

그렇다고 해서 서윤을 시킬 수도 없었다.

최악의 요리!

몸살감기에 걸렸을 때에도 인간이 맨 정신으로 먹기 힘든 죽을 만들어서 강제로 먹였던 적이 있으니까.

서윤이 요리를 하겠다고 나서면 어떻게든 말려야 할 입장이었다.

'그럼 그렇지. 어디서나 이렇게 무능한 놈들 때문에 고생하는 팔자라니까.'

이현은 불을 크게 피우면서 갈비를 굽고 있었다.

"힘드시죠?"

홍선예가 수건을 건넸다.

그녀가 쓰기 위해 가지고 온 깨끗한 수건이다. 그녀의 얼굴과 머리카락은 방금 씻은 듯이 물기로 촉촉하게 젖어 있었다.

"저 때문에 괜히 섬을 두 바퀴나 달리시고, 너무 죄송해요. 많이 힘드시죠."

이현은 이번에도 솔직하게 대답했다.

"별거 아니었어."

"교수님들도 정말 너무하시지. MT에 와서 이렇게 지옥 훈련을 시키는 경우가 어디에 있어요!"

여자들이 누군가를 맹렬히 비난할 때에는 그 흐름을 거슬러서는 안 된다. 은근슬쩍 같이 비난해 줌으로써 쉽게 친근감을 키우는 것이야말로 처세의 기본이니까.

논리를 내세우거나 해결책을 제시하기보단 기분을 이해한다는 몇 마디 말로도 점수를 딸 수 있다.

하지만 이현은 홍선예에게 잘 보일 필요가 없으니 대충 대답했다.

"내 생각에는 지옥 훈련치고 너무 쉬운데."

"이게 쉬워요?"

"지옥 훈련이라고 할 수도 없지."

모름지기 지옥 훈련이라는 이름을 붙였다면 이래서는 안 된다. 이현이 계획을 짰다면 이렇게 여유롭진 않았으리라.

일단 섬에 도착하자마자 가볍게 20킬로 정도 산악 행군. 행군이 끝나면 몸 풀기로 3시간 정도의 전투 체조. 식사는 5분 정도로 끝내고 나서 다음 코스로 이동해야 한다.

바다에 몸을 절반 정도 담근 상태에서 통나무 들고 뛰기!

갯벌에서 통나무를 끌고 달리는 것도 좋다. 묵직한 통나무를 이용해서 할 수 있는 훈련은 정말 많다.

이 정도의 과정을 마치고 나서 밤에는 2시간 정도 재운다.

이쯤은 되어야 기본적인 훈련이라고 할 수 있지 않겠는가!

이현은 도장에서 사범들을 보고 교훈을 얻었다.

인간에게 한계란 없다!

갈구고 괴롭히면 뭐든 해낸다.

안 되면 되게 하라.

죽을힘을 다하면 못할 게 없다.

사범들과 놀다 보니 어느새 그들의 기준에 맞춰져 버린 이현이었다.

"어쩜."

홍선예는 전혀 다르게 해석했다.

그녀를 위해서 달리느라 힘이 들었겠지만, 남자답게 강한 모습을 보여 주고 또 원망하지도 않는 것이다.

'날 좋아하나?'

그런 착각을 할 수밖에 없었다.

그렇게 식사를 마쳤다.

푸짐한 저녁 식사를 하는 동안 다른 조들의 부러움을 살 수밖에 없었다.

다른 조들의 음식은 단순했다. 김치라면, 쇠고기라면, 너구리 등 라면 종류를 벗어나질 못했던 것이다. 짜파게티나 비빔면을 끓인 경우도 있었지만, 음식의 수준과 질에서 이현의 조와 비교할 수가 없었다.

꼬꼬댁!

닭들 중 막내인 양념반프라이드반이 화를 치며 날아다닐 때마다 군침을 삼켰다.

"들었어? 저 닭… 식용이래."

"부럽다. 정말 부럽다."

야생의 처절한 환경에서도 수준이 달랐다.

아마 이 시기에 무인도에 갈 때 세 가지를 가져갈 수 있는데 무엇을 가져가고 싶냐고 하면 모두의 대답은 한결같으리라.

이현.

라이터.

양념반프라이드반!

그렇게 부러움을 안겨 주면서 식사가 끝나고, 이제 담력 체험의 시간이 되었다.

"저 산에 가서 숨겨 놓은 종이쪽지들을 찾아오면 됩니다. 많이 찾아온 조에는 특별 지급품으로 양주가 지급됩니다."

어두운 산에서의 담력 체험!

실물 같은 뱀이나 사자 인형 들도 숨겨져 있다가 사람들을 놀라게 만들었다.

이번에도 이현이 속한 조가 가볍게 1위를 했다.

"다리가 아파서 죽겠어."

"아, 졸려. 배고파. 피곤해."

산행을 하기에는 너무 지쳐서 다른 조들은 열의가 없었다.

이현과 서윤, 박순조 정도만이 부지런히 돌아다녀서 종이쪽지를 10개나 찾을 수 있었다.

그날 밤에는 11시가 되니 모두 금방 곯아떨어졌다.

배를 타고 와서 텐트를 치고, 밥을 해 먹고, 달리기를 한 모든 것들이 평소에 해 보지 못한 것들이라서 쉽게 지친 것이다.

텐트들과 임시 거주지가 있는 백사장에서는 파도 소리와 함께 코 고는 소리만이 번갈아 들렸다.

철썩!

드르렁.

철썩!

쿠우우울!

❧

이현은 여느 때처럼 새벽에 일어났다.

'혜연이는 밥이나 제때 먹고 있을지 모르겠군. 할머니 병원에 가서 반찬도 좀 채워 놔야 되는데.'

섬에서 그가 할 수 있는 일은 없다.

다크 게이머의 홈페이지에서 정보를 습득하는 일도 불가능했고, 경매 사이트를 보면서 아이템의 시세에 대해 공부하지도 못한다. 그저 편안하게 쉬기만 할 뿐이다.

'이렇게 쉬어 본 적도 드물군.'

이현은 몇 년 만의 편안함을 느끼며 임시 거주지를 조용히 빠져나왔다.

텐트 안에서는 학생들이 잠을 청하고 있고, 파도 소리가 들린다. 새벽의 달과 별빛을 통해 가까운 근처만 간신히 구분할 수 있을 정도로 어두웠다.

"좋군."

이현은 산책이라도 하듯이 백사장을 걸었다.

남들처럼, 저들과 어울려서 친해지고 싶다. 하지만 그럴 수 없다.

'난 저들처럼 밝지 않으니까. 어둠에 숨어서, 돈을 벌면서 사는 게 편하니까.'

친구나 선후배 관계가 어색했다.

초등학교 때 친하다고 믿었던 이들은 멀리 떨어져 나갔다.

친구들의 부모가 이현에게 말했다.

"우리 애와 놀지 마라."

어린 나이에도 이현은 당돌하게 이유를 물었다. 납득할 수 없었으니까.

"부모님이 모두 돌아가셨다면서. 그리고 너희 집도 아주 가난하다고 들었다. 그러니까 더 이상 우리 애랑 놀지 마."

부모가 없고 가정환경이 어렵다는 이유로 친구도 만들지 못했다. 선생들은 물건이 없어지거나 돈을 잃어버린 아이가 나올 때마다 이현부터 추궁했다.

이런 경험들이 이현으로 하여금 돈을 밝힐 수밖에 없게 만들었다.

그렇다고 그런 부모들의 마음을 이해하지 못하는 것은 아니었다.

'남의 자식보다는 내 자식이 중요하니까. 안 좋은 영향을 끼치지 못하게 하기 위해서였겠지.'

이현은 과거의 기억들을 더 이상 떠올리려고 하지 않았다.

쉴 수 있을 때에 편하게 쉬어야 한다. 그래야만 MT가 끝나고 집에 돌아가면 더 열심히 일할 수 있을 테니까.

이현은 느긋하게 새벽의 산책을 즐기기로 했다. 그런데 멀리 보이는 바위에 누군가가 먼저 나와 앉아 있었다.

서윤이었다.

이현처럼 잠이 적은 편은 아니었지만, 아무래도 불편한 잠자리라서 금방 일어나 버린 것이다.

"……."

서윤도 이현을 발견하고는 아무 말도 하지 않았다. 그저 옆자리를 힐끗 보았을 뿐이다.

이현은 그녀의 옆자리에 앉았다. 물론 눈치를 슬금슬금 보면서 그녀의 의사를 확인하는 것도 잊지 않았다.

'앉으라는 뜻인가? 앉으라는 거겠지? 안 앉으면 화를 낼 거야. 어쩌면 나중에 보복할지도…….'

아직은 어두운 밤.

이현과 서윤은 한 바위에 나란히 앉아 바다를 바라보았다.

무수히 많은 별들이 반짝이는 하늘 아래에, 광활하게 펼쳐진 바다.

그렇게 하염없이 앉아서 휴식을 취하고 있었다.

"……."

서윤은 잘 열리지 않는 입을 떼어서 한마디 말이라도 하고 싶었다. 그런데 긴장감 때문에 말을 할 수가 없다.

아니, 말을 한다고 하더라도 구체적으로 무엇을 말해야 할지 알 수 없었다.

친구라는 것 그리고 만나서 반갑다는 이야기를 하고 싶었지만 어떻게 정리해야 할지 몰랐다.

'말하지 않아도 알 거야. 진심은 어떻게든 전해지니까.'

서윤은 가끔 깊은 눈빛으로 이현을 쳐다보았다. 이현에게 무궁무진한 상상을 불러일으키는 눈빛이었다.

'내 맘대로 조각상을 만든 사실을 안다는 건가? 모라타의 미녀 조각상은 진작 치워 버렸어야 했는데. 아니, 절망의 평원에서 봤던 조각상이 내가 만든 건 줄 알아냈을까? 혹시 바란 마을의 프레야 여신상이 그녀를 바탕으로 했다는 걸 안 건지도 몰라. 아, 저 눈빛은 내가 중증 감기에 걸려서 죽어 갈 때, 그 독약 같은 죽을 억지로 퍼먹일 때와 똑같은 눈빛이구나!'

착각과 불신, 두려움이 싹트는 새벽이었다.

모라타 마을 입구.

"헤헤, 수고하셨습니다."

"다인 님도 수고가 많으셨어요."

"덕분에 퀘스트를 깰 수 있었습니다."

한 무리의 파티가 해산을 앞두고 있었다.

그들이 향했던 탐험 장소는 망각의 샘 주변, 황혼의 폐허!

"정말 말도 안 돼요. 우리가 황혼의 폐허를 토벌할 수 있었다니요."

"얻은 아이템들도 정말 많고, 재밌는 경험이었어요. 다 다인 님 덕분입니다."

"헷. 제가 뭘요."

파티원들은 이 샤먼의 놀라운 활약상을 잊지 못했다.

보통 샤먼은 잡캐로 취급받는다. 치료와 마법 공격, 능력치 강화, 저주, 몸싸움에 이르기까지 못하는 게 없는 직업이지만 뒤집어 본다면 잘하는 것도 없기 때문이다.

그래서 파티를 결성할 때에 샤먼은 일부러 찾지는 않는 편이다. 성직자의 치료 능력이 부족하거나, 혹은 특정 분야에 도움이 필요할 때에나 샤먼을 보조적인 역할로 초대했다.

그런데 다인은 일반적인 샤먼들과 차원이 달랐다.

웬만한 성직자를 능가하는 치료 능력과 보호 능력. 공격력도 마법사에 버금갈 정도다.

눈멀기.

마법 봉쇄.

나무덩굴로 적의 움직임을 묶어 놓기.

투명 화살.

날파리 소환.

다양한 특기들을 적재적소에 맞춰서 활용하며, 스킬들의 숙련도도 매우 높다.

파티원들이 다인에게 흠뻑 빠진 것도 당연했다.

"헤헤헷. 그럼 우리 모두 친구 등록을 할까요?"

다인의 제안을 파티원들은 크게 환영했다.

"좋습니다."

"다음에 또 꼭 같이해요!"

그렇게 다인은 파티원들과 아쉬운 작별을 했다.

그 후에는 모라타 마을을 돌아다녔다.

여전히 공사가 벌어지고 있는 마을에 못 보던 상점들이 들어서 있었다.

"남쪽 언덕으로 사냥 가실 분 구합니다. 마법사 우대!"

"전사 레벨 300대 이상 구합니다. 목숨 내놓고 싸우실 수 있는 맷집 400 이상만."

"마법사 구해요. 네크로맨서나 소환술사면 환영합니다. 퀘스트 합니다."

사냥과 퀘스트를 위해서 인원을 모집하는 사람들도 많았다.

구석에서는 생산직 직업들이 무언가를 뚝딱거리며 만들고 있고, 상인들은 장사를 한다.

방직소와 신앙소, 교역소의 개점!

방직소에서는 가죽과 천을 짠다.

다른 도시들보다는 모험가들이 구해 온 가죽들을 비싸게 구입해 주며, 돈만 내면 맞춤형 장비를 제작해 주기도 했다.

모라타의 방직 기술은 최고 수준이라서 재료만 좋다면 제법 괜찮은 물건이 나온다.

신앙소는 저주를 해소하거나 축복을 내려 주고, 성기사와 성직자 들을 양성하는 역할을 했다.

교역소는 언제나 상인들로 붐비는 인기 있는 장소였다.

모라타에 사람들이 몰릴수록 필요로 하는 사치품, 음식, 무기와 방어구 들도 많아진다. 모라타에서 특산품을 구매하고 다른 지방의 물품들을 판매하면서 이윤을 벌어들이는 상인들로 인해서 인산인해를 이루었다.

용병 길드도 드디어 완성되었다.

붉은방패 용병들의 집결소.

죽음과 삶을 오가는 거친 용병들.

용병들에게 술을 한잔 사 주고, 그들과 대화를 나누다가 고용을 할 수 있다. 파티 사냥을 원치 않는 사람이라면 용병들을 고용해서 퀘스트를 하는 경우도 많다.

기본적인 자격이 없다면 유능한 용병들은 대화도 나눠 주지 않는다. 명성, 레벨, 직업 등을 모두 고려한 이후에 친밀도를 높여야 고용할 수 있다.

고용한 후에도 비싼 일당을 치러야 하지만, 그 효과가 상당해서 용병을 찾는 사람들은 끊이지 않았다.

다인은 마을을 돌면서 필요한 물품들을 구매하고 마법사를 찾는 파티를 찾았다.

"직업은 샤먼. 레벨은 227인데 괜찮을까요."

"좀 낮긴 한데… 우선 파티원들과 의논 좀 해 보고 답변을 드리겠습니다."

장창을 주 무기로 삼는 파이크맨이 리더였다.

그는 파티원들과 귓속말을 나눈 후에 다인에게 고개를 끄덕였다.

"알고 보니 꽤 유명하신 분이었군요. 다인 님이라면 환영입니다. 우리 파티는 노을 해골의 종적을 뒤쫓아 처단하는 의뢰를 수행 중입니다. 합류하시겠습니까?"

"넷!"

다인은 간단한 테스트도 거치지 않고 파티에 합류했다.

그들의 목적지는 모라타 마을 근처에 있는 녹색 호수 부근이었다. 다인은 새로운 파티원들과 함께 녹색 호수를 향해 움직였다.

발각된 이현의 정체

MT의 둘째 날!

아침이 밝아 오자, 텐트 안에서 기괴한 소리들이 새 나왔다.

"끄응. 끙."

"흐허허허럭."

"허, 허벅지가……."

어제 달리기의 후유증 탓에 고통을 호소한다.

달린 직후에도 괴롭지만, 그다음 날의 근육통이란 이루 말할수 없는 법!

"모두 일어나. 아침이다!"

교수들이 텐트마다 돌아다니며 깨우고 나서야 자리에서 일어났다. 그렇게 졸린 눈을 비비며 움직여서 세수를 하고 부리나케 식사를 준비한다.

각 조들은 아침을 성대하게 차렸다.

어제는 너무 고생한 탓에 정신이 없어 재료가 있더라도 간단히 라면만 해 먹었지만, 오늘은 일단 배를 채우기로 했다.

지글지글.

삼겹살을 굽고, 사이다도 뚜껑을 열었다.

"소주를 마셔도 됩니까?"

일부 학생들이 호기롭게 교수에게 물었다.

아침 해장술이야말로 MT의 기본이 아니던가!

교수도 매우 기쁜 마음으로 허락했다.

"마셔라! 마시고도 오늘의 지옥 훈련을 견딜 수 있다면!"

소주는 얌전히 다시 박스로 돌아가야 했다.

이현의 조도 어제 남은 재료를 이용해 부대찌개를 끓였다. 반찬으로는 갓김치에 조기구이, 나물무침을 했다.

밥은 솥단지에 금방 해서 김이 모락모락 나고, 끝에는 누룽지까지 긁어 먹을 수 있었다.

"형, 음식 하나는 진짜 최고예요!"

최상준이 엄지손가락을 치켜들었다.

민소라도 누룽지를 후루룩 마시다가 궁금한 듯이 물었다.

"어디서 이런 요리 솜씨를 익히셨어요?"

요리를 잘하는 남자야말로 매력적인 이상형으로 자리를 잡은 지 오래다.

특별한 날마다 요리를 해 준다면 여자들로부터 사랑을 받지 않을 수 없으리라. 그런 관점에서 본다면 요리야말로 남자들이 익혀 두면 좋은 덕목!

"집에서 밥을 하면서 요리 실력을 키웠지. 벌써 10년도 훨씬 넘었어."

"어릴 때부터 밥을 했어요? 그리고 집에서 한 요리 솜씨치고는 너무 뛰어난데요."

"그럴 사정이 있었으니까. 그리고 좀 더 제대로 하는 요리는 〈로열 로드〉에서 배웠어."

〈로열 로드〉에는 요리 스킬이 따로 존재한다. 그렇다고 해서 요리가 스킬로만 처음부터 끝까지 이루어지는 건 아니었다.

현실에서는 솥에 쌀을 넣고 물 조절을 잘못하면 그 피해가 엄청나다. 쌀이 완전히 타 버리거나 죽이 되어 버린다.

〈로열 로드〉의 음식 스킬은 그러한 실수로 인한 피해를 줄여 주고, 맛을 더해 준다. 그럼에도 제대로 된 맛을 내기 위해서는 정확한 조리법을 선택해야 했다.

이현은 그런 요리법들에 대한 공부도 하고 있었던 것이다.

가상현실이란, 현실의 다양한 부분들을 습득하지 않으면 안 되었으니까.

아침 식사를 마치고 나서는 다시 지옥 훈련의 시간!

"오리걸음이다. 딱 300미터만 간다."

"우우우!"

교수의 말에 학생들의 원성이 엄청났다.

다리에 쥐가 날 지경이었지만 억지로 오리걸음으로 걸어 300미터를 이동했다. 사실 거리 자체는 그리 길지 않았으므로 금방 끝났다.

"그래도 오늘은 할 만하네. 시간도 20분이 안 걸렸어."

"교수님들도 양심은 있으신 거지."

"잠이나 실컷 더 자고 싶다."

학생들의 긴장감이 조금은 풀렸다.

그때 더욱 울분을 돋우는 교수의 말.

"준비운동은 끝났지?"

어제의 달리기로 혹사당한 근육을 풀어 주기 위한 준비운동이었을 뿐!

본격적인 지옥 훈련 일정은 나무배를 탄 이후부터였다.

8명이 탄 나무배에 노는 한 세트가 있었다.

"규칙은 간단하다. 노를 저어 섬을 한 바퀴 돌고 오면 된다."

교수들은 혹시 모를 만일의 사태에 대비해서 모두에게 구명조끼를 입혀 주었다. 그에 더해 어선을 빌려 타고 주위를 맴돌고 있었으니, 안전사고 대비는 철저한 편이었다.

이현은 일단 배부터 자세히 살펴보았다.

'꽤 오래된 나무배군. 적어도 10년은 된 것 같아. 배를 타 본 경험은 거의 없지만 일단 한번 저어 볼까?'

이현이 나서려고 할 때에 먼저 최상준이 노를 잡았다.

"형, 저부터 해 보죠."

"그럴래?"

"예. 형은 좀 쉬세요. 나중에 제가 지치면 교대해 주시고요."

최상준도 지금까지 고생한 이현에게 미안한 감정이 조금 들었다. 다른 조들이 고생할 때에 편한 생활을 할 수 있었던 것은 오로지 이현 덕분이니까.

"꿍챠!"

최상준이 노를 저었다.

꿀렁.

"어라?"

꿀렁꿀렁.

노를 저을 때마다 배가 어딘가 휘청거리면서 전진한다. 다행히 배가 보기보단 튼튼해서 어쨌든 나아가긴 했다.

"왼쪽. 왼쪽으로!"

"앗! 먼바다 쪽으로 가고 있어요!"

섬을 따라서 한 바퀴를 돌아야 되는데 엉뚱한 곳으로 뱃머리가 돌아간다. 파도가 칠 때마다 배가 위아래로 오르락내리락하는데, 그래도 조금씩 나아가고는 있었다.

최상준과 박순조는 40분이 넘도록 번갈아서 노를 저었다. 어느새 그들의 등은 땀으로 흠뻑 젖어 있었다.

"이제 교대할까?"

"예, 형."

박순조가 자리에서 일어나서 이현과 교대했다.

이현은 양손으로 노를 힘껏 잡았다. 그리고 젓기 시작했다.

꾸울렁!

최상준이 했을 때보다도 훨씬 큰 뒤틀림!

배가 슬쩍 앞으로 나갔지만 금방 제자리로 돌아왔다.

섬을 한 바퀴 돌아야 하는데 하필이면 파도도 정면에서 치는 방향이라서 더욱 힘들다.

'쉽지 않군.'

이현은 마음을 편하게 먹었다.

배를 억지로 끌려고 한다면 훨씬 많은 힘이 든다. 체력 조절도 되지 않아서 금방 지친다.

결국 노도 손의 연장선, 도구일 뿐이었다.

'검을 휘두르듯이 흐름에 맞춰서. 거스를 필요가 없다.'

이현은 슬쩍 노를 저으면서 물살을 헤치는 느낌을 찾았다. 파도가 배를 때릴 때의 느낌도 온몸으로 받아들였다.

그런 후부터는 적당한 힘으로 노를 저었다.

스르르르르렁.

있는 힘껏 최선을 다해서 젓는 게 아닌데도 배는 거짓말처럼 앞으로 나아갔다. 선체가 크게 뒤틀리지도 않고, 뱃머리가 돌아가지도 않았다.

숙련된 어부와는 비교할 바가 아니지만, 최상준이나 박순조가 고생하던 것과는 차원이 다른 전진이었다.

최상준이 신기한 듯이 물었다.

"형, 전에 요트라도 타 보셨어요?"

물론 이현이 요트를 타 봤을 리는 없다. 배와는 조금도 친하지 않았다.

차라리 새우잡이배를 탄다면 가능성은 있다. 최악의 경우 원양어선도 취직자리로 알아본 적은 있었던 것이다.

"노가다란 요령이거든."

"예?"

이현은 쉽게 대답했지만, 숱한 고생을 하면서 쌓아 온 철학이 그 한마디에 담겨 있었다.

어떤 노가다든 요령을 모르고 하면 몸이 고생한다. 하다못해 삽질도 힘만 좋다고 되는 게 아니다. 요령이 뛰어난 사람이 오랫동안 지치지 않고 할 수 있다.

이현이 노를 저을 때마다 배는 쑥쑥 나아갔다.

푸른 바다와 때 묻지 않은 자연이 있는 섬!

실미도를 한 바퀴 돌면서 절경을 감상할 수 있었다.

그 후에는 다시 점심 식사를 하고, 체육 대회도 벌였다. 학생들은 피곤하고 지쳐 있었지만, 열기는 뜨거웠다.

바다를 보고 맑은 공기를 마시니, 없던 활력도 생겨난다. 자연이 주는 선물이었다.

이현은 여기서도 유감없이 활약했다.

축구, 씨름, 외나무다리 권투.

따로 힘을 뺄 필요가 없어서 적당히 했음에도 체력으로 압도해서 발군의 성적을 냈다.

성적이 좋으니 당연히 사람들의 이목을 끌기 마련.

박수민이라는 여학생이 무언가를 깨달은 듯 박수를 쳤다.

"맞아! 나 저 사람 어디서 봤는지 알 것 같아."

이현의 가슴 한구석이 뜨끔했다.

'내가 위드라는 사실이 걸린 건가?'

사실 얼마 전까지만 해도 알아볼 가능성은 희박했다.

〈마법의 대륙〉 시절에 그의 얼굴이 노출되었던 적은 없고, 오크 카리취 시절에는 당연히 오크의 모습을 하고 있었다. 눈썰미가 아무리 좋아도 오크를 보면서 이현을 연상하기란 쉽지 않으리라.

그 후, 본 드래곤을 사냥할 때에도 본모습은 아니었다.

근원의 스켈레톤. 살점 하나 없는 해골의 얼굴로 잠깐만 나왔을 뿐이다.

실물이 공개된 적이 없었다.

최근에 KMC미디어에서 〈위드〉라는 프로그램이 시작되었다. 그러나 〈마법의 대륙〉의 전신 위드가 나온다는 사실은 공개되지 않았다.

방송사의 판단에 따라서 일부러 정체를 숨겼다.

방송은 뱀파이어 왕국 토둠에 대한 여행기가 주요한 내용이었다.

위드는 불가해에 도전하는, 베르사 대륙의 떠오르는 영웅이다. 신비감을 떨어뜨리지 않기 위하여 의도적으로 위드가 출연한 부분들은 편집을 해서 비중을 축소하거나 제외시켰다.

아직은 조각사 위드 정도로만 영향력을 발휘하고 있는 것!

이제 막 2회의 방송이 나갔다.

시청률이 바닥을 기고 있었지만, 그래도 알아본 사람이 하나쯤 있다고 해도 신기한 일은 아니리라. 조각사 위드도 완전히 무명은 아니었으니까.

모라타의 영주, 모라타의 백작!

베르사 대륙에서 가장 뛰어난 조각사로서 유명 길드들의 스카우트 제의를 끊임없이 받고 있다.

이현이 알고 있는 것보다 만들어 놓은 조각품들을 통해서 훨씬 유명세를 치르기도 했다.

전신 위드에 비할 바는 아니라도, 〈로열 로드〉에서 조각사에 대해 조금이라도 아는 사람 중 위드를 모르는 이는 없다.

드디어 현실에서 정확하게 이현을 알아본 사람이 나타난 모양이었다.

박수민이 손을 들어 이현을 가리켰다.

"저 예전에 본 적이 있어요! 한 2년 전쯤에."

교수와 학생 들의 시선이 모조리 두 사람에게 집중된 것은 두말할 필요도 없는 일!

이현이 고개를 갸웃했다.

"2년 전?"

2년 전이라니 떠오르는 게 없다.

"뭐야, 어디서 봤는데?"

"예전부터 알던 사이였어?"

다들 궁금해하고 있을 때에 박수민이 확신에 찬 음성으로 말했다.

"프린세스 나이트, 맞죠?"

프린세스 나이트!

여동생의 학교 축제를 방문해서 장애물 3종 경기에 참가했다. 그중에서도 백미라고 할 수 있는 공주 세트!

그때 보여 준 활약을 인터넷 동영상으로 접했던 박수민이 기억을 떠올린 것이다.

당시에 이현의 활약은 매우 놀라울 정도였다. 장애물들을 단숨에 뛰어서 건너고, 물 풍선을 주먹과 발로 격파했다.

벽을 딛고 도약해서 모든 관문들을 통과.

돈이 걸려 있었으니 몸을 사리지 않은 덕분에 그 동영상이 인터넷에 많이 퍼져 있었다.

"프, 프린세스 나이트?"

"아! 그때 그 축제에서 그 사람."

박수민이 먼저 이야기를 꺼내니 기억을 떠올리는 사람들도 많았다.

이현의 얼굴이 찌푸려졌다. 공주의 기사라는 낯간지러운 별명을 얻게 된 것은 전혀 본인의 뜻이 아니었으니까.

"사람 잘못 보신 모양입니다. 저 그런 사람 아닌데요."

일단은 발뺌!

그러나 박수민은 고개를 끄덕였다.

"역시 프린세스 나이트였구나. 2년 전의 동영상이라서 긴가민가했는데. 그때나 지금이나 얼굴은 그대로이시네요."

"글쎄 아니라니까요."

"그렇게 딱 걸렸다는 표정으로 부인하면 전혀 신뢰가 안 가거든요."

"……."

그것으로 이현의 별명은 프린세스 나이트로 굳어졌다.

"자! 한 잔 받아, 프린세스 나이트!"

"예, 선배."

체육대회가 끝나고 이어진 술자리.

실질적으로 MT에서 마지막 일정이라고 할 수 있었다.

낮부터 이어진 이현의 인기는 상당했다. 교수들을 비롯해서 여기저기 불려 다니고, 학생들도 그를 많이 찾았다.

"자네가 이현이었군. 과제를 한 번도 해 온 적이 없던……. 아무튼 이번 MT에서 잘했어. 자, 여기 한 잔 받아."

"예, 교수님."

이현은 교수들이 주는 술을 한 방울도 빠뜨리지 않고 시원하게 마셨다. 학점을 주는 교수들에게 잘 보일수록 원만한 대학 생활을 할 수 있을 테니까.

철저한 아부 근성!

강한 자에게 약하고, 약한 자에겐 강하다!

옛말이 그른 게 하나도 없었다.

사람은 역시 순리대로 살아야 편한 법이다.

"이현 오빠, 여기 좀 도와주세요."

"무슨 일인데?"

"여기 불 좀 피워 주세요."

동기들이 부르는 호칭들도 달라져 있었다. 아저씨, 복학생 등에서 감동스러운 오빠로 변화했다.

다만 이현의 삭막한 감수성은 그 정도로는 꿈쩍도 하지 않았다. 메마른 사막에 침을 뱉은 격이었다.

"라이터 있잖아."

이현은 시큰둥한 표정만 지었다. 그럼에도 학생들은 포기하지 않았다.

"나무를 비벼서 불붙이는 거 보고 싶단 말이에요."

음습하고 멀게만 느껴지던 사람이었는데, 알고 보니 재미있는 면도 있다.

"이쪽으로 와."

"한 잔 받아야지."

이현은 동기들과 친해지고 선배들과도 어울렸다. 특히 여자 선배들이 바라보는 눈은 부담스러울 정도였다.

강한 종마를 보는 듯한 눈빛!

힘과 체력을 겸비하였으니 은근히 불려 다닐 수밖에 없다.

"학번이 중요한 건 아니잖아. 그치?"

"어머, 이 다리 근육 좀 봐. 정말 탄탄하네. 호호호."

이현만 친해진 것은 아니었다.

다른 술자리에서도 신입생들과 선배들이 각자를 소개하며 화기애애하게 담소를 나누고 있었다.

"휴, 말도 마. 노 젓는 거 진짜 힘들었어."

"그래도 선배님 덕분에 MT를 잘 마친 것 같아요."

대화합의 장!

피곤의 극치에 이르렀지만, 고난과 역경을 함께해서 신입생들과 선배들은 서로에 대해서 훨씬 더 잘 알 수 있었다.

장기 자랑이나 지옥 훈련, 함께했던 여러 시간들이 더할 나위 없이 소중한 추억으로 남게 된 것이다.

그렇게 술잔을 나누며 밤이 깊었다.

저녁 11시 무렵에는 지친 이들이 하나둘 잠에 들었다.

❧

"후아."

이현은 맑은 공기를 마시며 잠에서 깨어났다.

어젯밤 마신 술로 숙취가 조금은 있었지만, 새벽 일찍 일어나는 일정에는 변함이 없었다.

'이제 다시 돌아가는 일만 남았군.'

조금은 섭섭했지만, 많은 선배와 동기 들을 안 것으로 만족했다.

사실 집으로 돌아가자마자 다시 〈로열 로드〉를 해야 한다.

2박 3일 동안 접속하지 못했던 만큼 남들은 더 발전해 있으리라. 어둠에서 암약하고 있는 다크 게이머들은 퀘스트와 아이템을 통해 돈을 벌고, 야심가들은 동료들을 모아 꿈을 펼칠 것이다.

게임이 아닌 치열한 격전지!

이현이 돌아가야 할 세상이었다.

'오늘은 도장에 갈 시간도 아껴야 해. 새벽 운동이라도 해야겠군.'

이현은 임시 집을 나와서 몸을 풀었다. 경직된 근육들을 움직여 주고 나서 해변가를 달릴 작정이었다.

그런데 어제의 그 바위에 서윤이 앉아 있었다.

'언제 일어난 거지?'

이현은 일단 다가가서 인사했다.

"안녕."

"……."

"일찍 일어났네요?"

"……."

여전히 말은 없다. 이현에게 앉으라는 듯이 슬그머니 옆으로 비켜 앉았을 뿐이다.

이현은 일단 바위에 앉았다.

무시하고 운동을 할 수도 있겠지만, 내심 몇 가지 찔리는 것이 있으니 조용히 앉기로 한 것이다.

이현은 더 이상 먼저 말을 꺼내지 않았고, 서윤은 아직도 주저하면서 이야기를 하지 못했다. 나누고 싶은 말이 정말 많았지만, 어디서부터 말을 해야 할지 몰라서 망설이기만 했다.

그렇게 침묵 속에 30분 정도가 지났다.

철썩철썩!

파도치는 소리가 바로 근처에서 들려왔다. 갈매기들이 우는 소리도 들린다.

이현은 혹시 모를 불안감을 그리고 서윤은 점점 비할 나위 없는 편안함을 느끼고 있었다. 바닷바람을 맞으면서, 점점 날이 밝아 오는 것을 지켜보았다.

멀리 지평선 너머에서부터 해가 떠오를 무렵!

갑자기 이현의 어깨에 살며시 닿는 감촉이 있었다. 졸음을 이기지 못한 서윤이 머리를 기댄 것이다.

벌써 이틀째 잠도 제대로 못 자고, 평소 안 하던 술까지 마셔서 피곤했다. 거기에 믿을 만한 친구라고 여기는 이현과 있으니 긴장감이 풀려서 저절로 잠이 들고 만 것이다.

새근새근.

서윤이 내쉬는 숨소리가 이현의 귓가에 들렸다.

이현은 스스로의 심장이 쿵쾅거리면서 뛰는 걸 느낄 만큼 바짝 긴장했다.

여기에는 이현과 서윤 단둘뿐이다.

학생들이 텐트와 백사장 등에서 잠을 자고 있기는 하지만 조금 먼 거리. 더구나 전날 실컷 술을 마셨으니 지금쯤이면 완벽하게 꿈나라에 빠져 있을 것이다.

다시 말하면 이건 하늘이 주신 기회!

서윤이 무방비 상태로 이현 앞에 놓인 것이나 다름없었다.

이현의 눈가에 살기가 어렸다.

'나를 그렇게 부려 먹었지. 그리고 감기에 걸렸을 때 내게 억지로 먹였던 그 살인 죽!'

복수를 할 수 있는 절호의 기회다. 매우 깊이 잠든 것 같으니 바닷물에 풍덩 던져 버릴 수도 있으리라.

무한 뒤끝!

하지만 이현은 곧 잡념을 털어 내어 버렸다. 복수를 할 때는 짜릿하겠지만 그 후환이 두려웠던 것이다.

'바다에 빠지고 나서 어떤 성질을 부릴지 몰라!'

일단 서윤이 깨지 않도록 주의에 주의를 기울였다. 그러고는 그냥 있었다.

'편히 잠자게 해 주자.'

이현은 서윤을 부축해서 살며시 무릎 위에 머리를 올려 주었다. 그리고 그녀의 얼굴을 자세히 관찰했다.

'어딘가 못생긴 구석이 있을 거야.'

치졸한 복수였지만 포기하지 않았다.

이현이 처음 서윤의 얼굴을 보았던 것은 교관의 통나무집에서였다. 그땐 최초로 목격한 살인자라는 사실 때문에 그녀의 미모를 자세히 관찰할 여유가 많지 않았다. 그럼에도 서윤의 얼굴이 내내 각인된 것처럼 남아서 프레야의 여신상 등을 조각했다.

그 당시의 기억으로도 참으로 아름다웠다.

정말 예쁘다는 생각밖에 들지 않을 정도였다.

절망의 평원에서 봤던 두 번째 만남에서는 그 미모가 더욱 빛이 났다.

그다음, 북부에서 함께 모험을 할 때에는 틈틈이 얼굴을 훔쳐보았다.

그런데 매번 볼 때마다 더욱 예쁘다.

서윤이 갈수록 예뻐지기 때문만은 아니었다.

처음부터 그녀는 너무나도 아름다웠다. 얼굴을 자세히 보고 있으면 수많은 아름다움들이 보인다.

눈빛과 콧날, 눈썹, 이마, 턱, 입술.

모든 부분들이 눈을 떼지 못하게 만든다.

불가사의라고밖에 표현할 수 없는 미모가 매번 볼 때마다 새로운 매력들을 발하기 때문이었다.

아무리 오랜 시간 동안 그녀의 얼굴을 보더라도 질리지를 않는다. 매번 볼 때마다 더욱 감탄할 수밖에 없는 외모!

이현은 서윤의 얼굴에서 흠을 찾고 싶었다.

이렇게 숨결이 느껴질 정도로 가까이서, 그것도 잠들었을 때 훔쳐볼 수 있는 기회란 흔치 않을 테니까.

'피부. 음, 완벽해. 주름도 안 보이고 모공도 없는 것 같아. 어떻게 사람 피부가 이렇게 우윳빛으로 뽀얄 수가 있는 거지? 얼굴 형태. 훌륭해. 조각품으로 치자면 완벽한 황금 비율이야. 눈썹도 길고…… 머리카락은 왜 이렇게 찰랑거리지?'

얼굴에서 결점을 찾으려고 무던히 노력해도 도무지 못생긴 부분이 보이지 않았다.

'그래. 뭐, 얼굴은 인정한다. 그래도 다른 곳은……'

이현은 시선을 아래로 내렸다. 옷을 입고 있기에 대충밖에 볼 수 없었다. 그런데도 흠을 발견할 수가 없다.

키도 늘씬하고, 몸매도 좋다.

종아리와 허벅지, 허리 라인도 매끈하다.

하다못해 샌들을 신고 있는 발가락마저 아름답기 짝이 없다!

이현이라고 여자를 싫어하는 건 아니다.

여자를 사귀면 돈이 드니까 피하려는 것이었을 뿐. 그런데 서윤을 보면서 그 생각이 아주 약간 바뀌었다.

'이런 여자애라면 김밥집 정도는 같이 가 보는 것도 괜찮겠어. 아니야. 처음부터 김밥집에 데려가면 버릇이 나빠질지도. 그래, 노점에서 오뎅 정도는 사 줄 수 있겠군!'

그래도 엄청난 변화라고 할 수 있다.

이현은 그렇게 해가 완전히 떠오를 때까지 서윤의 무릎베개를 해 주면서 가만히 있었다.

바다에서 보는 일출은 장관이었다.

어제는 새벽안개가 끼어서 일출을 볼 수 없었지만 오늘은 구름 한 점 없이 맑은 날씨라서 잘 보였다. 하늘과 바다가 맞닿은 곳에서부터 세상을 송두리째 태워 버릴 것 같은 기세를 가진 태양이 떠오른다.

"아!"

이현의 가슴에 호연지기가 일어났다.

누구나 일출을 보면 한 가지씩은 다짐을 하는데, 이현도 예외는 아니었다.

'올해에는 더 많은 돈을 벌어야지!'

해가 완전히 뜨고 나니 더는 구경할 게 없다.

이현의 시선이 다시 서윤에게로 향했다.

햇빛을 받자 왠지 더 예뻐 보인다. 술기운으로 인해서 약간 상기되어 있는 얼굴은 딱 보기 좋을 정도다.

어린 아기처럼 새근거리면서 잠든 그녀의 모습.

이현은 몸을 구부려서 근처의 나뭇조각을 하나 주웠다. 그리고 품에서 작은 칼을 꺼냈다.

사각사각.

평온하게 잠든 서윤을 조각해 주려는 것이었다.

〈로열 로드〉에서는 스킬 덕분에 조각술이 쉽고 편했다. 걸작, 명작, 대작은 만만하지 않지만, 심혈을 기울인다면 상당한 예술적 가치를 가진 조각품들을 만들 수 있었다.

그러나 현실에는 스킬도, 자하브의 조각칼도 없다. 아무리 최선을 다해서 노력하더라도 대단한 작품들을 만들 수는 없다. 많은 경험과 노력으로 인해서 조각을 하는 것이 약간 익숙해졌을 뿐이다.

이현은 잠들어 있는 서윤을 조심해서 조각했다.

잡템의 그림자

위드는 MT를 마치고 다시 〈로열 로드〉에 들어왔다. 하지만 기분은 썩 좋지 못한 상태였다. 그 이유는 전적으로 서윤 때문 이었다.

'내가 너무 방심했어.'

위드는 많은 사람들을 접해 보았다.

악질적인 인간.

밑바닥에서도 남에게 빌붙어 기생하는 인간.

자기보다 약한 자에게 강하고, 강한 자에게는 약한 비굴한 인간.

잠깐만 믿음을 주어도 서슴지 않고 이용하고 이용당하는 세 상에서는 조심하지 않을 수가 없다.

받아 내지 못한 월급으로 인해서 가족들이 몇 번씩 굶었던 적이 있으면 사람은 불신부터 배우기 마련이다.

처음 일을 해서 받게 된 월급은 겨우 60만 원이었다. 당연히 최저생계비에도 미치지 못하는 금액.

그래도 당시에는 크게 감격했다.

노동의 대가로 처음으로 월급을 받는다. 그 돈으로 할머니와 여동생에게 시장에서 옷이라도 한 벌 사 주려고 계획까지 짜 놓았다.

순수하게 기뻐했다.

하지만 그 적은 월급도 사장은 다 주지 않았다. 식대로 얼마쯤 떼고, 고용 보험이란 명목으로 또 뗀다. 지난달에 공장을 그만둔 동료에게 거둬서 줄 돈이라면서 다시 3만 원을 떼었다.

공장이 어렵다는 이유로 다시 몇 푼 정도 제하면서 받은 돈은 총 45만 원.

무려 15만 원이나 빼고 주었다.

그다음 달에도 비슷한 일은 반복되었다.

미성년자를 불법으로 취직시켜 놓고 고용 보험에 가입했다는 것은 말도 안 되는 소리였지만, 모르니까 믿었다. 나중에 다른 동료들에게는 그렇게 하지 않는다는 것을 알고 배신감에 얼마나 떨었던가!

정말로 화가 났던 건 사장 때문은 아니었다.

막내라면서 귀찮고 힘든 일은 다 떠넘기고, 가족애를 운운하던 동료들에게 화가 났다. 사장에게 부당한 대우를 받는 것을 알고 있었으면서도 묵인하고, 그들끼리 그런 대접을 받는 자신을 놀리기까지 했으니까.

위드는 밑바닥 인생을 잘 아는 편이었다.

도박과 술, 빚으로 찌들어서 아무런 희망도 없이 살아가는 인생!

한번 가장 밑바닥까지 추락하고 나면 다시 올라오기란 매우 어렵다.

그렇기에 누구도 쉽게 믿지 않았다.

나름대로 사람에 대해서는 많이 겪어 보았다고 자부하는 이현이었다. 그럼에도 서윤처럼 독특한 인간은 처음이었다.

❧⁘◦◦◦⁘❧

완성한 조각상은 사실 그리 예쁘지 않았다.

그럭저럭 기념품의 수준은 되었지만, 외모가 어느 정도 비슷할 뿐이지 서윤의 느낌을 살렸다고 하기는 어려웠다. 시간도 부족했고, 도구도 재료도 썩 마음에 들지 않았다.

그래도 성의가 담긴 물건이라서 몰래 그녀의 호주머니 속에 넣어 두었다.

'이걸로 어느 정도 신세를 보답한 것이 되겠지.'

그녀의 조각상을 대놓고 만든 게 조금 찔리기는 했다. 하지만 영원한 비밀은 없는 법이니 언젠가 들통 날 것이라면 차라리 먼저 밝히자는 의미도 있었다.

최소한 현실에서는 두들겨 맞더라도 죽는 일은 없을 테니까!

다크 게이머로서 〈로열 로드〉에서 죽음을 겪는 것은 금전적인 손실과 직결되는 문제였으니 차라리 마음이 편했다.

그런데 잠에서 깨어난 서윤은 화를 내지 않았다.

세수를 하고, 식사 준비를 할 때까지도 잠잠했다. 이현을 보면서 가끔 얼굴을 붉힐 뿐!

'술기운이었을까? 아냐. 화를 내는 거였는지도 몰라.'

이현은 무수한 추측을 했지만, 사실 서윤으로서는 단순한 원인 때문이었다.

'내 잠든 모습을 보여 주었어.'

서윤도 여자였다.

그렇게 잠든 모습을 보여 준 게 창피했다. 그것도 무릎까지 베고 오랫동안 푹 자질 않았던가.

'내 머리가 무겁지 않았을까?'

별별 상상을 다 했다. 심지어는 코를 골진 않았을까 하는 우려까지! 그래서 이현을 볼 때마다 쑥스러워 얼굴을 붉혔을 뿐이다.

그런데 사건은 MT를 다 끝내고 돌아올 때 터졌다.

이현이 데리고 왔던 닭. 양념반프라이드반!

다른 음식들이 많이 남아서 무사히 육지로 귀환할 수 있게 되었다. MT라서 다들 많이 먹을 줄 알았지만 그러지 않았던 것이다.

이현이 워낙에 도장의 수련생들이 먹는 것을 자주 봐 왔기에 어느 정도는 그들을 기준으로 판단했다. 그런데 보통 학생들의 식성은 그렇게 좋지 못했고, 제법 고된 훈련으로 배는 고파도 입맛은 떨어진 탓이었다.

그래서 상당량의 음식 재료들이 남았다.

남은 음식 재료들을 나누어서 분배할 때였다. 문득 민소라가 궁금하다는 듯이 물었다.

"닭은 어떻게 하실 거예요?"

"집에서 잡아먹어야지. 네가 데려갈래?"

이현은 너무나도 태연하게 대답했다. 너무나도 당연한 질문이었으니까.

양념반프라이드반을 넘겨주고, 차라리 다른 고기나 음식 재료를 얻는 편이 더 이득이 될 수도 있다. 하지만 사실 민소라가 양념반프라이드반을 집으로 들고 가기는 어렵다.

이현은 한마디를 덧붙였다.

"원하면 지금 목을 비틀어 줄 수도 있는데……."

나름 호의를 베푼 것이었다.

그런데 서윤이 갑자기 엄청난 충격을 받은 표정을 지었다. 막 눈물이 뚝뚝 떨어질 것 같은 얼굴로 양념반프라이드반을 잡아 끌어안더니 절대 내놓지 않았다.

이현은 이때까지도 사태의 심각성을 몰랐다.

"이리 주세요."

"……."

"음식 가지고 장난치는 거 아닙니다."

"……."

그런데도 완강히 양념반프라이드반을 내놓지 않는다.

이현은 혹시나 서윤이 양념반프라이드반을 먹고 싶은 건가 했다.

"정 그렇다면 데려가요. 대신에 다른 음식 재료들은 못 가져가는 거 알죠? 잠깐만 넘겨줘 보세요. 목 비틀어 줄 테니까."

이현이 무심코 팔을 뻗었다. 그런데 서윤의 눈에서 갑자기 눈물이 흘러내렸다.

"……."

순식간에 이현에게 몰리는 비난과 원망의 눈초리들!

서윤으로서는 양념반프라이드반이 너무나 귀여웠다. MT에서 틈틈이 쌀알도 먹여 주면서 친근하게 지냈는데 어떻게 먹을수가 있겠는가. 그래서 보호해 주려고 잡은 것이었다.

"뭐야?"

"저기 왜 울고 있지?"

"누가 울린 거야!"

"저 닭 때문에 그러는 모양인데……."

"닭을 강제로 빼앗으려고 하다가 서윤 선배를 울린 거야?"

"어떻게 저럴 수가……."

미녀의 눈물이 보여 주는 위력은 이루 말할 수 없을 정도로 컸다.

MT에서 쌓은 그동안의 이미지가 단 한순간에 무너졌다.

변명의 여지도 없이 인면수심의 대악당 정도로 몰리고 만 것이다.

'당했다!'

이현은 가슴을 치고 싶었다.

왜 마지막에 서윤을 경계하지 않았던가.

그녀의 존재란 매번 숨어 있는 화근이었는데. 잠깐 마음을 풀어 놓은 게 실수였다.

이것으로 인해서 서윤이 얻는 것은 클 것이다. 생명을 사랑하는 착한 여자라는 생각을 사람들에게 각인시킬 수 있으리라.

반면에 이현은 마치 잔인한 미개인을 보는 듯한 시선을 받고 있었다.

　이현은 당연히 억울했다.

　'MT에서 고기를 그렇게 열심히 뜯던 주제에 이제 와서 동물 보호라니.'

　이 순간에도 이현은 날카롭게 서윤을 관찰했다. 그녀는 소리 없이 울면서도 양념반프라이드반을 애틋한 눈으로 바라보고 있었다.

　'역시 먹고 싶은 거야.'

　이현은 호의에서 목을 비틀어 주겠다고 했지만 그마저도 필요 없는 듯했다.

　'손맛을 느끼고 싶은 거지. 집에 가서 자기가 직접 목을 비틀려는 게 틀림없어.'

　일이 이렇게 커졌지만 이현도 더 이상은 물러서고 싶지 않았다. 최소한 서윤을 상대로 해서 한 번이라도 이겨 보고 싶었다.

　"잠깐만. 뭔가 오해가 있는 모양인데, 그냥 농담했던 거고……. 제가 저 닭을 잡아먹을 리가 없잖습니까?"

　이현도 우선 도덕적인 태도를 취하기로 했다. 대중을 속이고 목적을 취하기 위함이었다.

　"양념반프라이드반을 이리 돌려주세요. 제가 지금까지 애지중지 키워 왔던 녀석입니다. 그리고 사실 집에 그 녀석 일가족들도 살고 있습니다. 그 녀석이 돌아오지 않으면 어미 닭이 매우 슬퍼할 겁니다."

　명분과 정당성!

짧은 순간이었지만 서윤이 항변할 수 없는 논리를 갖추었다. 서윤이 설혹 입을 열어 뭐라고 의사를 표현하더라도 웬만해서는 이현이 질 수가 없는 상황.

"이리 주세요."

이현은 자신 있게 다시금 양념반프라이드반을 향해 손을 뻗었다.

그때였다.

꼬꼬댁!

양념반프라이드반의 강력한 쪼아 대기!

키우던 닭마저 이현에게 돌아가기를 거부한 것이다.

＊＊＊

위드는 다시 검치 들 그리고 동료들과 같이 토둠의 성들을 공략했다.

남아 있는 성은 32개!

"이제부터 공략해야 할 성들에는 유니콘과 페가수스 들의 숫자가 많습니다. 최소 40마리 이상이니 절대 긴장을 풀어서는 안 됩니다."

조금쯤은 토둠의 전투에 대해 익숙해져 있던 무리였기에 위드의 말에도 불구하고 긴장이 풀어졌다. 하지만 실제로 부딪쳐 본 결과 그 어려움을 절감할 수 있었다.

"포위망이 뚫리려고 한다!"

"막아!"

초반부터 상처투성이의 검치 들이 목숨을 건 사투를 벌여야 했다. 경험도 있고, 무기와 방어구도 새로 갖췄음에도 불구하고 적이 많아지니 손발이 바빠졌다.

　　위드는 전투를 하면서도 주위에서 눈을 떼지 못했다.

　　"페일 님, 메이런 님! 마법을 사용하려고 하는 페가수스들부터! 로뮤나 님은 정령을 소환하려고 하는 유니콘들을 요격해 주세요!"

　　"넷!"

　　마법이 사용되기라도 하면 엄청나게 어려워진다. 그러므로 무슨 수를 써서라도 유니콘과 페가수스가 마법을 사용하는 것을 방해했다.

　　애초에 거리가 있었다면 거의 싸워 보지도 못하고 필패였다. 40여 마리나 되는 신수들이 정령을 소환하고 공격 마법을 쓴다면 괴멸적인 피해를 입을 수밖에 없는 것.

　　하지만 다행히도 이 신수들은 대체로 질주를 좋아해서 몸으로 부딪치려고 들었다.

　　"어림없다!"

　　검치는 오랜만에 흥취를 느꼈다.

　　〈로열 로드〉라고 해도 그에게 등줄기가 서늘할 정도로 긴장이 되지는 않는다.

　　현실에서 수백 번이 넘는 실전을 겪었고, 그때마다 목숨을 걸어야 했다. 삶과 죽음을 고민하고 두려움을 극복하면서 강해졌다. 무모하리만큼 저돌적이었을 때도 있고, 바라보기도 힘들었던 위치의 강자에게 도전했던 적도 있다.

그렇게 숱한 싸움을 벌이면서 살았는데도 지금은 왠지 신이 난다.

검치는 격전의 와중에 잠깐 주위를 돌아보았다.

유니콘과 페가수스 들이 날뛰고 있고, 이를 저지하기 위해 수련생들이 안간힘을 다한다.

힘들과 힘들의 부딪침.

일대일의 전투가 아니라 동료들과 같이 이기기 위해 검을 휘두른다.

저마다 사력을 다해서 싸우고 있었다.

마치 진짜 전쟁처럼 긴박감이 느껴진다. 포위망은 금세 무너질 듯 위태롭기 짝이 없으며, 날뛰는 신수들 앞에 간신히 버티고 있었다.

"어디 해보자!"

"오늘 저녁은 유니콘 고기다!"

검둘치와 검삼치도 호기롭게 소리를 질렀다.

검치와 사범들이 신바람을 내면서 싸우는 한편으로, 수련생들도 투지를 빛냈다. 조금도 물러서지 않고 포위망을 구축한 채로 싸운다.

"우리의 검은 무적이다!"

검치 들이 호기롭게 구호를 외쳤다. 하지만 전황은 호락호락하지 않았다.

화령이 애를 써서 7마리나 되는 신수를 재웠다. 그럼에도 34마리나 남았고, 이들을 막느라 버거운 상황이었다.

신수는 2마리가 줄었는데 검치 들은 벌써 5명이나 죽었다.

썩은 드래곤 본으로 만든 갑옷을 입은 이들이 중점적으로 방어를 도맡아 하고 있었고, 또 그들이 큰 상처를 입으면 몸을 사리지 않고 사형제들이 뛰어든다.

환상적이라고밖에 할 수 없는 조직력 때문에 간신히 버티고 있었다.

유니콘과 페가수스의 피해도 누적은 되고 있지만 점점 위태로운 순간이 늘어났다.

위드가 소리쳤다.

"토리도!"

토리도는 검은 망토를 휘날리면서 위풍당당하게 페가수스를 상대하고 있다가 대답했다.

"왜 부르는가."

"지금부터 작전을 변경한다. 1마리씩 공격하지 말고, 최대한 많은 적들의 주의를 끌어라."

한마디로 적들의 공격을 다 감당하란 소리!

위드는 데스 나이트에게도 비슷한 지시를 내렸다.

"반 호크! 너도 공격보다는 방어로 나서라."

"주인의 명령대로!"

데스 나이트는 충성을 보여 주었다.

하지만 토리도는 순순히 따르지 않았다. 유니콘 등을 잡으면서 스스로도 성장을 하고 있었다. 그런데 구태여 적들의 공격을 혼자 감당하고 싶지는 않은 것이다.

"미안하지만 그 말은 못 들어주겠다."

토리도는 간단히 거절했다.

위드와는 부하 관계도 끝났다. 때린다고 해서 그대로 맞을 이유가 없다. 더군다나 지금은 한창 전투를 하느라 바쁜 와중이 아니던가!

위드는 외쳤다.

"마판 님을 주겠다!"

토리도는 영문을 알 수 없다는 듯이 눈을 깜박였다.

"왜?"

"실컷 마셔도 된다!"

"그런 조건이라면 좋다!"

계약 성립!

멀쩡히 있던 마판을 냉큼 팔아먹었다.

"위드 님."

마판이 울상을 지었지만, 위드는 냉정했다.

"싸워서 획득할 잡템들을 생각하세요."

꿀꺽!

마판은 군침부터 삼켰다.

"잡템들!"

잡템이라고 해도 다 같은 잡템이 아니다. 늑대나 여우가 내놓는 잡템들은 기껏해야 발톱이나 송곳니 정도. 하지만 유니콘과 페가수스가 떨어뜨리는 잡템들은 차원이 달랐다.

개당 10골드 이상을 받을 수 있는 잡템들!

마판은 소리쳤다.

"제게 꼭 맡겨 주세요!"

빵, 떡, 음료수.

영화표나 콘서트 티켓, 인형, 게임 시디 등을 사고 싶을 때에는 헌혈을 했다. 그렇게 어릴 때부터 피를 팔아서 충당했던 과거가 있었으니 거리낄 게 없었다.

토리도는 마판을 옆구리에 끼고 유니콘과 페가수스의 공격을 맞아 주었다.

생명력이 하락할 때마다 마판의 목덜미에 송곳니를 꽂고 피를 보충!

"블레이드 토네이도!"

토리도는 스킬까지 거침없이 사용했다.

지금까지 마땅히 하는 일 없이 멍하니 전투만 구경하던 마판은 긴박한 순간을 수도 없이 넘겨야 했다.

토리도가 적의 공격을 끌어 준 덕분에 수련생들은 한숨을 돌릴 수 있었다. 그때부터 위드는 1마리씩 다시금 공격을 해서 쓰러뜨렸다.

공격이 집중되지 않은 덕분에 종전보다 거의 2배 가까운 시간이 걸리고 난 후에야 승리를 거두었다.

> 토둠의 16개 성에 있는 신수들을 퇴치하였습니다.
> 명성이 60 오릅니다. 전투 경험치를 추가로 60% 받습니다.
> 남아 있는 성: 31

≪⊱✦⊰≫

그렇게 한숨을 돌린 것도 잠시뿐!

어마어마하게 힘든 승리를 거두었지만, 아직도 30개가 넘는 성들이 남아 있다.

검삼치가 어린아이처럼 방긋 웃었다.

"이런 게 난이도 A급의 퀘스트구나."

검둘치도 흐뭇하게 웃고 있었다.

"역시 재밌어. 등줄기가 오싹한 게 정말 짜릿하다!"

검치는 아예 다음 성으로 갈 준비까지 끝내 놓았다.

"어서 가자꾸나. 이렇게 재밌는 전투가 서른 번 정도밖에 안 남았다니 아쉬운걸."

전투를 즐기는 그들에게는 흥분되는 일이 아닐 수 없었다.

페일과 다른 동료들도 정신적으로 힘을 냈다. 전투는 어려워도 보상이 크다. 싸울 때에는 다른 생각을 할 틈도 없이 전투에만 집중할 수도 있었다.

그 후부터는 신수들이 늘 40마리 이상이었다. 매번 싸울 때마다 긴장을 풀지 않으면서 혼신을 다한다.

열아홉 번째 성에 있는 신수들을 퇴치했을 때에는 검치와 사범들, 수련생들의 레벨이 모두 293을 넘었다. 믿기지 않는 성장 속도였다.

유니콘과 페가수스가 주는 기본 경험치가 막대하고, 추가적인 전투 경험치까지 받았기에 빠른 성장을 한 것이다.

검구치가 자신의 레벨을 확인해 보고 나서 말했다.

"레벨 올리기가 참 쉽구나."

검십일치도 동감이었다.

"그러게요. 우리끼리 사냥할 때는 레벨을 올리는 속도가 그럭저럭이었는데 역시 위드와 하니까 정말 쉬운데요."

그 말을 들은 페일은 현기증이 일어났다.

이 말을 보통 사람들이 들었다면 펄쩍 뛰었으리라.

'레벨 올리기가 쉬울 리 없잖아!'

레벨이 200을 넘어선 이후부터는 갈수록 정체 현상이 빚어진다. 필요로 하는 경험치의 양도 많아지고, 약한 몬스터들을 사냥해서는 경험치를 적게 얻는다.

직접 몸을 움직여야 하는 〈로열 로드〉의 특성상 하루에 사냥을 하는 시간은 많아야 3시간에서 4시간! 그보다 부지런히 사냥을 하더라도 일주일에 1개씩 레벨을 올리는 정도도 만만치 않았다.

하지만 검치 들은 몸을 움직이는 데 있어서 정신적으로 지칠 줄을 모른다. 하루 18시간씩도 사냥을 하며 쾌감을 얻을 수 있는 무리.

여기에 위드가 비정상적으로 빠른 것이다.

그가 이끄는 파티에 속하기만 하면, 완전히 전투에 몰입할 수밖에 없게 만든다.

터무니없을 정도의 사냥 속도!

밥 먹고 사냥만 하면서 인간의 한계에 도전한다.

위드의 레벨도 어느새 347이나 되었다.

그렇다고 해서 대책 없이 레벨만 늘어나는 것도 아니었다.

검술, 궁술, 마법, 그 외 각종 전투 계열 스킬들, 공격 스킬들의 발전도 뒷받침되었다.

스킬 레벨이 중급을 넘어서 고급으로 갈수록 일반적인 방법으로는 숙련도를 많이 얻기 어려웠지만, 여기에 와서 강한 적과 계속 싸운 덕분이었다.

자신보다 고레벨 몬스터에 대해 정확하게 공격을 적중시키면 평상시보다 많은 숙련도를 얻을 수 있다. 이것을 이용하여 스킬 레벨의 발전도 상당히 빨리 이루어졌다.

그런데 메이런이 갑자기 생각난 듯이 불렀다.

"참, 위드 님."

"예?"

"지금은 왜 조각술을 쓰지 않으세요?"

재봉, 대장일, 붕대 감기, 약초, 요리, 전투 능력까지, 위드가 가진 능력을 총동원하면서도 조각술만은 쓰지 않았다. 그 이유가 매우 궁금했다.

사실 위드에게는 그럴 만한 사정이 있었다.

나무를 깎는 간단한 조각품들은 지금도 숙련도를 위하여 쉬는 시간에 틈틈이 만들고 있다. 하지만 본격적으로 무언가를 만들려고 하지는 않았다.

'대형 조각품… 여기에는 그렇게 큰 조각품을 만들 만한 공간이 없어.'

수십 미터 이상의 조각품을 만들려면 아무리 위드라고 해도 몇 주는 꼼짝하지 않고 붙어 있어야 된다.

조달해야 하는 재료도 문제였다. 어떤 거대 조각품을 만들려고 하면 그만한 크기의 재료가 필요한데 여기에서는 마땅한 재료를 찾기 어렵다.

그리고 토둠에는 이미 완성되어 있는 예술적인 조각품들이 상당히 많았다. 명작이나 대작까지는 아니어도 괜찮은 조각품이나 그림 들을 쉽게 발견할 수 있었으니 구태여 조각을 해야 할 필요성을 느끼지 못했다.

위드는 이것을 간단히 설명했다.

"아직 무엇을 만들어야 할지 예술적 영감이 떠오르지 않았기 때문입니다. 토둠의 뱀파이어 성들에서도 그림이나 조각품 들을 많이 발견할 수 있으니까요."

"아, 그러셨구나."

메이런은 금세 수긍하면서 물러섰다. 그런데 화령이 무언가를 골똘히 생각하다가 물었다.

"조각을 꼭 바위나 나무처럼 어떤 사물에 해야 되는 거예요?"

"네?"

"아니요, 굳이 표현하는 거라면 어떤 방식이든 상관없지 않을까 해서요."

뱀파이어 성에서 발견한 조각품들은 대부분 벽이나 천장에 조각되어 있었다. 몇 개는 평범하게 동상처럼 세워진 것도 있었지만 그다지 시선을 끌지 못했다.

화령은 의문을 가졌다.

'왜 뭔가를 파서 조각을 해야 하는 거야?'

위드가 모라타에 만들었던 〈빛의 탑〉을 떠올렸다.

탑 자체의 조형미보다는 빛의 어우러짐이 굉장한 아름다움을 보여 주었다. 빛을 다스리는 조각사라는 별명도 그래서 얻었던 것 아닌가!

놀라운 창조와 표현력!

조각사에게는 그만한 칭찬이 없다.

실상 위드는 자신에게 그런 별명이 붙었는지도 모르고 있었다. 여우 조각품을 처음 사기 쳐서 3실버에 팔았던 것은 기억해도 돈 안 되는 소문에는 관심이 없는 것이다.

화령은 위드를 과대평가하고 있었다. 〈빛의 탑〉쯤은 언제든지 만들 수 있는 풍부한 감수성을 지닌 예술인으로 보았다.

"〈빛의 탑〉처럼 빛을 이용해서 조각품을 만들면 어떨까요?"

위드는 심각하게 고민했다.

'하긴 요즘 들어 조각술에 소홀하긴 했지.'

토둠 자체가 매우 좋은 사냥터였다. 사냥에만 집착하다 보니 조각술을 까맣게 잊고 지냈다.

'빛을 이용한 조각품이라.'

달빛 조각술을 발휘하면 될 것 같았다. 조금은 서투른 편이었지만, 달빛 조각술이 그를 실망시켰던 적은 없다.

위드는 무엇을 만들어야 할지 곰곰이 생각했다. 그럼에도 아직 구체적으로 떠오르는 건 없었다.

"으음."

"무슨 조각품이 좋을까?"

"뭘 만들어야 잘 만들었다고 소문이 날까?"

"빛으로 어떤 형상을 만드는 데에는 한계가 있을 텐데."

일행과 검치, 사범들, 수련생들까지도 함께 생각했다.

성을 토벌하고 중간에 잠깐 쉬는 시간 동안 앉아서 다 함께 고민을 해 주고 있었다.

'이게 창작가의 고통이구나.'

'예술은 언제나 고뇌 없이 만들어지진 않는 것 같아.'

어떤 조각품을 만들어야 할지 떠오르지 않았다.

한참의 고민 후에 수르카가 불쑥 말했다.

"저, 이런 건 어떨까요? 빛이 아니라 반대로 그림자를 보여 주는 거죠."

무슨 이야기를 하는지 알 수 없다는 표정으로 로뮤나가 수르카를 보았다.

"그림자라니?"

"사물의 그림자요. 그 그림자를 이용해서 작품을 만드는 거예요."

"그림자로 작품을 만든다는 게 무슨 말이야?"

"물체가 있으면 그림자가 있잖아요. 그 그림자로 어떤 형태를 만들어 보는 거죠."

"생각은 나쁘지 않은 것 같은데 그림자가 과연 그렇게 볼만한 게 나올까?"

로뮤나는 반신반의했다. 물체의 그림자로 무엇을 표현하는 게 별로 멋있을 것 같지 않았다.

하지만 위드는 매우 좋은 생각이라고 여겼다.

보통 상식을 가진 조각사라면 쉽게 도전할 수 없는 시도였지만, 장점부터 발견했다.

'빛이 아닌 그림자로 표현하는 거야. 그러면 아무리 큰 것이라도 만들 수 있겠어.'

대형!

위드가 좋아하는 초대형!

재료도 따로 구할 필요 없다.

그림자를 만들 재료들은 얼마든지 있으니까!

위드는 순식간에 결정을 내렸다.

"잡템. 잡템으로 조각품을 만들겠습니다."

비싼 조각 재료가 아니라 지금까지 사냥으로 얻었던 잡템들을 이용해서 조각품을 만들겠다는 야심찬 계획!

"좋다."

"어디 해 봐라."

위드를 믿고 있는 만큼 검치와 사범들이 주웠던 잡템들을 선뜻 내놓았다. 수련생들과 일행, 마판이 들고 있던 잡템들도 모두 한곳에 모였다.

뱀파이어의 땅에 오면서부터 모았던 잡템들이 한곳에 모이니 어마어마한 분량!

잡템에 불과하였지만 실상 그 가격을 놓고 본다면 수십만 골드에 이르는 금액이다.

"이 정도면 재료는 충분하겠군요."

위드는 토둠 근처에 있는 언덕을 조각품을 만들 장소로 정하고 잡템을 5미터 정도 위로 쌓아 올렸다.

띠링!

잡다한 아이템 탑을 완성하였습니다

위대한 명성에 걸맞지 않게 무엇을 만들려고 하는지 알 수 없는 작품. 대단한 손재주로 쌓았지만, 이 탑을 만든 조각사의 의도는 누구도 이해하기 어려운 기행으로 여겨질 것이다.

예술적 가치: 뛰어난 조각사 위드의 작품. 15

옵션: 잡다한 아이템 탑을 본 이들은 하루 동안 행운이 20 증가한다.

평범하기 짝이 없는 작품이었다.

현재 위드의 조각술 스킬이라면 작은 동물을 깎아도 이보다는 예술적 가치가 있다. 그런데 그보다도 못한 작품이 만들어진 것.

"아직 다 만든 게 아니야."

위드는 탑을 쌓는 것을 거기서 그치지 않았다. 아직 모여 있는 잡템들을 십분의 일도 쓰지 않았다.

"지금부터 시작이지."

위드는 잡템들을 쌓아 올려 계속 탑의 규모와 높이를 키워 나갔다.

띠링!

걸작! 놀라운 물품의 탑을 완성하였습니다!
위대한 명성에 걸맞지 않게 무엇을 만들려고 하는지 알 수 없는 작품. 대단한 손 재주를 이용해서 20미터가 넘는 물품들의 탑을 쌓았다. 발상은 신선해도 이 쌓여 있는 물품들에서 예술적인 가치를 발견하기란 어려울 것이다.
예술적 가치: 뛰어난 조각사 위드의 작품. 360
옵션: 놀라운 아이템 탑을 본 이들은 하루 동안 행운이 50 증가한다.
지금까지 완성한 걸작의 숫자: 25

조각술 스킬의 숙련도가 향상되었습니다.

명성이 3 올랐습니다.

위드는 아직도 탑을 쌓는 것을 멈추지 않았다. 애초에 구상했던 크기보다는 아직 작았기 때문이다.

'기초공사가 부실하면 나중에 무너지기 마련이야.'

밑바닥부터 튼튼하게 다져 놓고 끊임없이 위로 계속 올려 나간다.

어떤 잡템을 놓을 때에는 매우 조심스럽고 신중하게 했다. 일부러 빈 공간을 만들어 두기도 했다.

'3개의 달. 가장 밝은 빛을 내뿜을 때… 달의 변화와 경로까지 예측해야 한다.'

시작은 쉽게 했더라도 어떤 일을 하든 만만하지는 않다.

그렇게 이틀에 걸쳐서 탑을 쌓았다.

잡템의 탑은 주변을 압도할 만한 크기로 형성되었다.

자그마치 50미터가 넘는 잡템의 탑!

모아 두었던 그 많은 잡템들을 몽땅 사용해서 산더미처럼 쌓아 놓은 것이다.

"재료가 더 필요합니다. 다시 사냥을 하죠."

토둠의 성에서 유니콘과 페가수스 들을 사냥하는 일이 재개되었다.

그렇게 사냥을 할 때마다 잡템들이 더욱 모여 탑이 점점 거대하게 올라갔다.

깃털, 깨진 유리 조각, 금속 파편, 칡뿌리처럼 형태가 다른 잡템들을 일정한 조형미를 갖춘 상태로 쌓는 것은 생각보단 어려운 일이었다.

그렇게 탑이 55미터를 넘었을 때였다.

띠링!

명작! 불가사의한 물품들의 탑을 완성하였습니다!

최소 300가지가 넘는 물품들을 이용하여 쌓은 탑! 의미는 알 수 없지만, 베르사 대륙의 어떤 곳에도 이처럼 특이한 탑은 존재하지 않는다. 이 거대한 작품은 예술성을 발견하기는 어렵지만 독특한 기념물은 될 수 있을 것이다. 용병들과 어린아이들까지는 알지 못하지만 조각사의 작품.

예술적 가치: 뛰어난 조각사 위드의 작품. 490

옵션: 불가사의한 물품의 탑을 본 이들은 생명력과 마나 회복 속도가 하루 동안 10% 증가한다. 불가사의한 물품의 탑을 본 이들은 사냥 시 아이템을 획득할 확률이 하루 동안 15% 증가한다. 행운 150 상승. 인내 60 상승.

지금까지 완성한 명작의 숫자: 10

조각술 스킬의 숙련도가 향상되었습니다.

명성이 106 올랐습니다.

지구력이 1 상승하였습니다.

카리스마가 2 상승하였습니다.

토둠의 불가사의에 물품들의 탑이 포함됩니다.

물품들의 탑의 소유권은 위드 님에게 있습니다.
금전적인 가치가 대단한 물품의 탑을 해체하면 획득했던 명성이 절반으로 감소합니다. 또한 토둠의 예술을 사랑하는 주민들의 반발을 사서 친밀도가 감소할 수 있습니다.

명작 조각품을 만든 대가로 전 스탯이 1씩 추가로 상승합니다.

드디어 명작!

아이템 습득 확률이 늘어나는 것은 단지 몇 퍼센트에 불과하더라도 엄청난 옵션이었다. 이때부터는 사냥을 하는 데에도 탑이 절실하게 필요해졌다.

위드는 잡템을 구할 때마다 계속 위로 쌓았다.

그렇게 꾸준히 노력한 결과 탑의 높이가 60미터를 넘게 되었다. 목적했던 크기에 도달한 것이다.

⁂

"후후후."

위드는 탑의 꼭대기에 앉아서 미소를 지었다.

드디어 오늘이다.

'고생한 보람이 있군.'

잡템을 쌓는 것은 조각을 하는 것보다 훨씬 쉬웠다. 조각칼은 잠깐만 잘못 놀려도 작품에 돌이킬 수 없는 상처가 새겨지니까.

그래도 정해진 날짜까지 탑을 완성하기 위해서 시급을 다투어 일해야 했다.

"무사히 완성했어."

위드는 완성품을 보기 위하여 가만히 앉아서 시간이 흐르기를 기다렸다.

발룬, 고룬, 세이룬.

3개의 달이 운무를 뚫고 하늘의 중앙부로 다가가고 있다.

달빛이 환하게 비친다.

토둠의 달빛은 유별나게 밝아서 주변을 대낮처럼 선명하게 인식할 수 있다.

달빛을 받은 잡템의 탑에 빛무리가 어렸다. 금과 은, 보석 들과 검, 갑옷 들이 영롱하게 반짝이기 시작했다.

토둠의 성들에서 쓸어 온 예술품까지 몽땅 잡템의 탑에 올려 놓았으니 달빛을 받아 보여 주는 아름다움은 상상 이상이었다.

위드는 숨이 가빠 왔다.

"허억. 이렇게 아름다울 수가!"

지금까지 조각했던 그 어떤 조각품보다도 황홀했다.

그 어느 누가, 이렇게 현금이나 다름없는 잡템을 탑처럼 쌓아 놓고 앉아 있을 수 있을 것인가!

다크 게이머의 꿈!

위드에게는 전율이 일었다.

'이게 다 돈이다. 돈에 앉아 있는 거야.'

산더미처럼 쌓인 잡템 속에서 수영을 하고, 넘쳐 나는 잡템들을 깔고 앉아서 낮잠을 자는 것이야말로 위드에게는 소름이 돋을 정도로 행복한 상상이었다.

'역시 이 맛에 돈을 버는 거지.'

점차 탑의 그림자가 토둠을 향해 늘어진다.

변화하는 탑의 그림자.

3개의 달이 위치를 바꿈에 따라서 그림자의 형태도 달라지고 있었다.

탑의 그림자가 점점 뚜렷하게 특정한 형상을 갖춰 나갔다.

띠링!

대작! 최초로 시도된 영광의 작품! 불가사의한 그림자 탑을 완성하였습니다!
최소 300가지가 넘는 물품들을 이용하여 쌓은 신비로운 탑! 평소에는 그 의미를 이해할 수 없지만 일정 시간이 되면 그림자를 통하여 표현된다. 명성이 자자한 조각사의 색다른 시도로, 손재주 외에 뛰어난 기술이 적용된 것은 아니다. 그럼에도 이 작품은 조각사의 이름을 대륙에 널리 알리게 되리라.
예술적 가치: 뛰어난 조각사 위드의 작품. 3,640
옵션: 불가사의한 그림자 탑을 본 이들은 생명력과 마나 회복 속도가 하루 동안 25% 증가한다. 불가사의한 그림자 탑을 본 이들은 사냥 시 아이템을 획득할 확률이 하루 동안 19% 증가한다. 행운 180 상승. 인내 60 상승. 치명적인 공격의 성공 확률이 30% 늘어난다. 이 조각품을 완성한 사람에게 호칭이 부여된다. 다른 조각품과 중복해서 적용되지 않는다.
지금까지 완성한 대작의 숫자: 6

고급 조각술 스킬의 레벨이 4로 상승했습니다.
조각술이 경이적으로 세밀해집니다. 보석에 활용할 수 있는 미세 세공 능력이 탁월해집니다.

손재주 스킬의 숙련도가 향상되었습니다.

조각품에 대한 이해 스킬 레벨이 중급이 되었습니다.
조각술 스킬의 효과가 20% 늘어납니다. 비행 생명체로 변신할 수 있습니다. 조각 변신술을 사용했을 때에 특성을 한 가지 부여할 수 있게 됩니다.

명성이 1,265 올랐습니다.

예술 스탯이 19 상승하였습니다.

지구력이 3 상승하였습니다.

인내가 9 상승하였습니다.

카리스마가 5 상승하였습니다.

'훌륭한 조각 장인'의 호칭을 얻었습니다.
조각사 길드를 건립할 수 있고, 이를 기반으로 문화와 예술 계통에 영향력을 행사할 수 있습니다. 매력이 100 증가합니다.
제한: 고급 조각술 3레벨 이상. 큰 명성을 얻을 수 있는 조각품을 만들었을 때 획득.

물체가 아닌 그림자로 표현한 조각술!

처음 시도하는 방식이었기 때문에 보상도 엄청난 수준으로 받았다.

"역시 후회 없는 작품이야. 만들길 잘했어!"

위드도 후련함을 느꼈다.

작품에는 예술가의 감성이 고스란히 드러나는 법!

조각사의 풍부한 감성이 담겨 있지 않았다면 이 정도의 보람을 느끼기 어려웠으리라.

탑의 그림자는 그 누구라도 쉽게 알아볼 수 있을 정도로 뚜렷했다.

그림자가 보여 주는 것은 하나의 장면이었다.

한 남자.

남자는 닭의 모가지를 비틀고 있다.

아직도 지우지 못한 뒤끝!

양념반프라이드반을 잡아먹지 못한 안타까움이 탑의 그림자를 통하여 그대로 드러난 것이다.

하늘과 땅에서 건 승부

잡템의 탑이 만들어 낸 그림자 조각술로 인하여 전투는 더욱 활기를 띠었다.

하지만 유니콘과 페가수스의 저항으로 인해서 죽는 수련생들이 여전히 2~3명씩은 나왔다. 장비들이 좋아지고, 레벨도 오르지만 그만큼 적들의 숫자도 많아졌기 때문이다.

막 33개째의 성을 토벌하고 있을 때였다.

수르카가 그만 유니콘의 발길질에 사망하고 말았다.

전투가 끝나고 나니 수련생들의 숫자도 이제는 212명밖에 남지 않은 상황.

검치가 스스로를 질책했다.

"내가 있는 곳에서 어린 소녀가 죽다니."

위드는 금세 머리를 조아렸다.

"아닙니다. 저의 책임입니다. 제가 미처 동료를 돌보지 못하였습니다."

"아니다. 내가 모범을 보이지 못하였구나."

"그보다도 스승님, 이제는 더 이상 우리끼리만 해 먹을 수 없을 것 같습니다."

"역시 그렇겠지?"

"예. 이제부터는 속도를 내어 볼까 합니다."

검치는 이미 그러려고 생각하고 있었다.

"그래. 내 생각에도 이 정도 했으면 충분한 것 같다. 슬슬 토둠의 전투도 질려 가던 참이니 이제부턴 완전히 너의 방식대로 싸워 봐라."

사범과 수련생 들을 위한 단련의 과정에서 토둠은 훌륭한 전장이다. 동료애를 고취시키고, 또 등줄기를 타고 흐르는 전율도 맛볼 수 있다.

그렇기 때문에 일부러 힘에는 힘으로 맞섰다.

검술 훈련에는 그리 효과적이지 않아도, 마음가짐에는 도움이 컸던 것.

수련생들은 죽는 것조차도 훈련으로 여겼으니 즐겁게 싸울 수 있었다.

하지만 수르카처럼 평범한 여자애가 죽게 되자 더 이상 전투를 즐기지 않기로 했다.

위드는 선언했다.

"더 이상은 우리끼리 해 먹을 수 없겠습니다."

드디어 토둠의 성들에서 해방시킨 뱀파이어들의 전투 참여가 시작되었다!

위드의 카리스마와 통솔력이 빛을 발할 시점이 된 것이다.

검치와 동료 들로만 싸우는 게 아니라, 유니콘과 페가수스를 완전히 숫자로 밀어붙일 작정이었다.

그렇게 풀려난 뱀파이어들은 4,600마리나 되었다.

상당수가 약하기 짝이 없는 일반 뱀파이어 종자들이었지만 지친 유니콘들을 상대로 싸우게 하면서 성장시켰다.

이제 본격적으로 전투에 투입하기 시작한 것이다.

"너, 희, 들, 의, 잃, 어, 버, 린, 긍, 지, 와, 자, 존, 심, 을, 찾, 기, 위, 해, 싸, 워, 라. 돌, 격, 하, 라. 적, 을, 무, 찔, 러, 라!"

> 사자후 스킬을 사용하였습니다.
> 스킬의 영향 범위에 있는 모든 아군의 사기가 200% 상승합니다. 존재하는 모든 혼란 상태가 해제됩니다. 5분간 통솔력이 220% 추가 적용됩니다.

"우리 뱀파이어들은 남의 명령에는 따르지 않는다. 하지만 위드라는 인간은 합리적인 말을 자주 한다."

"그의 말을 들어서 손해 본 적이 없다."

"어차피 유니콘과 페가수스는 언젠가는 무찔러야 할 적."

남성 뱀파이어들이 망토를 휘날리며 페가수스에게 덤볐다.

"오호호호호! 나를 보세요. 나에게 당신들의 달콤한 피를 한 방울만 주세요."

"깔깔깔. 세상의 낮은 곳을 돌보는 음차원의 마나여, 저 어리석은 자들에게 진정한 적을 알려 줘요."

"우리에게 다가와요. 우리의 종이 되어 함께 이 땅을 지배해 봐요."

뱀파이어 퀸들은 매우 야한 옷을 입었다. 몸에 착 달라붙는 가죽옷을 입고, 채찍도 휘두를 줄 안다.

그런 뱀파이어 퀸들이 일제히 퍼붓는 정신계 저주들.

과거에 프레야의 기사들을 자신들의 편으로 만들었던 현혹의 기술까지 사용했다.

으후휴휴흥!

이히힝!

유니콘의 뿔에서 보라색 빛이 일렁였다.

마법과 지성 때문에 유니콘과 페가수스는 쉽사리 현혹당하진 않았다. 흑마법에도 면역이 있었다.

하지만 뱀파이어 퀸들은 끊임없이 저주를 퍼붓고 벌레들을 소환하여 신수들을 괴롭혔다.

허약한 뱀파이어 종자들은 박쥐로 변해서 경박한 날갯짓을 하며 신수들에게 새까맣게 달라붙었다.

신수들은 거세게 저항했지만 흡혈박쥐들은 죽을 때까지 피를 빨아 먹었다.

츄르릅!

흡혈박쥐들은 피해를 입더라도, 피를 빨아 먹으면 금방 회복되어 버린다. 상대하기에 지독하게 까다로운 적수였다.

뱀파이어 퀸이 곤충과 벌레 떼까지 셀 수 없이 소환했으니 신수들은 엄청난 고난을 겪어야 했다.

한 번의 전투가 벌어질 때마다 무려 200마리가 넘는 뱀파이어들이 죽었다. 심할 때는 300마리가 넘기도 했다.

하지만 그런 전투를 겪고 살아남은 뱀파이어들은 훨씬 강해졌다.

뱀파이어의 특성 때문이었다.

흡혈 스킬!

이것은 매우 강력한 무기였다. 뱀파이어들이 사냥 시에 획득하는 경험치의 양을 비약적으로 늘려 줄 뿐만 아니라 적응력까지 키워 준다.

유니콘과 페가수스의 피를 마신 뱀파이어들은 그들의 정령술이나 마법으로 인한 피해를 적게 받는다. 게다가 피가 완전히 소화될 때까지 일시적으로 힘이 강해지는 효과도 있었다.

뱀파이어들은 위드와 검치 들에게 상당한 지원군이 되었다. 전투가 벌어질 때마다 다수의 뱀파이어들이 죽어 나갔지만, 대신 검치 들이 1명도 죽지 않을 수 있었다. 조금만 위험하더라도 뱀파이어 군단을 앞세웠던 것이다.

강력한 뱀파이어의 대군!

위드는 뱀파이어들을 완전하게 거느렸다.

연속된 전투의 승리 덕분에 뱀파이어들은 수족처럼 움직여 주었다.

띠링!

뱀파이어 군단을 완벽하게 장악하였습니다.
뱀파이어들이 당신을 탐욕스러운 암흑의 지도자로 인정합니다. 그들이 바치는 충성심은 당신의 나쁜 영광을 드높일 것입니다.

뱀파이어에 대한 친밀도가 최고의 상태입니다.
그들은 마시고 있던 여성의 목덜미까지도 존경심을 담아 양보할 것입니다.

> 악명이 350 상승하였습니다.

> 통솔력이 2 올랐습니다.

> 카리스마가 5 상승하였습니다.

일단 좋은 소식은 아니었다.

악명도 특정 퀘스트를 얻을 때에 간혹 도움이 되곤 했지만, 그보다는 부작용이 컸다. 선량한 마을 주민들은 악명이 높은 사람들을 보면 겁내고 심지어는 도망을 치기도 하니까!

어쨌든 아직까지는 위드가 획득한 악명의 수치가 그렇게 심하게 높은 건 아니라서 우려할 수준은 아니었다.

'악명이야 신전에 기부하거나 퀘스트를 하다 보면 차차 없어지기도 하니까 괜찮아.'

물론 신전에 기부할 가능성은 거의 없었지만, 급하다면 없앨 방법이 없는 건 아니다.

문제는 다른 곳에 있었다.

띠링!

> 비열한 뱀파이어들과 함께 선량한 유니콘과 페가수스를 사냥하였습니다.
> 추악한 행위에 대한 대가로 누구나 당신의 악랄함을 알 수 있게 될 것입니다.

위드의 이마에 붉은색으로 이름이 새겨진 것이다.

살인자의 표시!

누구나 알 수 있을 정도로 선명한 붉은색 이름이 떴다.

"왜 나에게 이런 일이……."

위드는 괴로워했다.

다른 사람들도 함께 살인자가 되었다면 이토록 억울하진 않았으리라. 하지만 함께 사냥한 다른 사람들은 그대로 놔두고 혼자만 살인자가 된 것이다.

살인자가 되면 받는 페널티가 엄청나다.

다른 유저들로부터 공격을 당할 수 있으며, 죽었을 때에 아이템을 떨어뜨릴 확률이 매우 높아진다. 퀘스트를 받기도 더욱 힘들어져서, 일단 살인자 상태가 되면 해제하기가 어렵다.

"왜 나에게만 이런 일이 벌어진 거죠?"

위드는 누군가에게 하소연이라도 하고 싶었다.

페일은 심사숙고 후에 가능성이 있는 대답을 했다.

"유니콘과 페가수스를 제일 많이 잡으셨잖습니까?"

위드의 레벨과 공격력이 제일 높아서, 때리기도 제일 많이 때리고 죽이기도 가장 많이 죽였다.

로뮤나도 슬쩍 거들었다.

"토둠에 오자고 한 사람이 위드 님이잖아요."

이리엔은 그녀 특유의 순진한 눈을 깜박이며 말했다.

"배후의 조종자가 제일 나쁜 놈이잖아요."

"……"

모두 사실이었으니 위드조차도 할 말이 없었다.

검치 들은 오히려 부러워했다.

"괜히 뭔가 있어 보이는군."

"남자다워."

"살인자가 되면 유명해질 수 있다던데……."

뱀파이어들은 더욱 열렬한 호응을 해 주었다.

"처음부터 좋은 인간으로는 안 보였어."

"우리의 예상이 맞았군."

"여기서 조금만 더 야비해지면 동료의 목덜미에도 이빨을 꽂을 놈이야."

그렇게 뱀파이어들의 엄청난 추앙을 받으며 토둠의 성들을 공략했다.

위드는 뱀파이어들의 전력을 효율적으로 관리했다.

이리엔의 신성력으로는 사람들만을 치료할 수 있다. 뱀파이어에게는 통하지 않는다.

'신성력은 뱀파이어들에게 오히려 독이 되지.'

뱀파이어들이 원하는 것은 피!

심각한 죽음의 위기에 몰린 뱀파이어들에게는 아낌없이 피를 먹여 줌으로써 살렸다.

점점 유니콘과 페가수스를 흡혈한 뱀파이어들이 늘어났다.

뱀파이어들의 레벨도 상승하고 있었다.

반면에 위드와 검치 들, 페일 등은 더 적은 경험치와 전리품을 얻어야 했지만 불가피한 일이었다.

뱀파이어들의 숫자는 줄어들었다가 늘어났다를 반복했다.

전투가 진행될 때에는 엄청나게 죽지만, 잠에서 깨어난 뱀파이어들의 규모가 점점 늘어나면서 그 숫자를 만회했다.

토리도가 이끄는 뱀파이어들은 진혈의 뱀파이어족으로 승급을 했다.

다른 뱀파이어 로드들도 속속 잠에서 깨어났다.

그들이 이끄는 뱀파이어 종족들도 각양각색이었다.

환몽의 뱀파이어.

존재하지 않는 환상을 만들어 혼란과 마비를 일으킨다.

암흑의 뱀파이어.

칠흑 같은 어둠에 몸을 감추고 상대를 공격한다. 오직 피를 마시기 위해 송곳니를 드러냈을 때 외에는 알아볼 수 없다.

혐악의 뱀파이어.

일반적으로 알려지지 않은 뱀파이어의 종족이다. 다른 뱀파이어들이 우아하고 예술을 사랑하는 귀족적인 면모가 있다고, 이들 또한 비슷한 부류로 취급해서는 곤란하다.

힘! 용맹!

가슴과 팔, 등에 털이 수북하게 나 있는 야수처럼 기괴한 외모에 가공할 근력을 가졌다. 마법도 사용하지 못하는, 천성이 싸움꾼이었다.

뱀파이어임을 알아볼 수 있는 것은 그들의 송곳니와 검은 망토뿐이다.

뱀파이어들이 5,000마리가 넘었을 때에는 아무리 위드의 통솔력이라도 세심하게 관리할 수 있는 한계를 훨씬 초과했다.

실상 100마리가 넘었을 때부터 무리는 있었다.

오크와 다크 엘프 들을 대규모로 다뤄 본 적도 있지만, 통솔력을 지나치게 초과한 무리를 지휘하다 보면 딴짓을 하며 놀거나 반항하는 놈들이 생긴다.

부족한 통솔력과 카리스마를 사자후와 친밀도로 메웠지만

한계가 생긴 것이다.

위드는 그 남아도는 뱀파이어들을 오크 세에취에게 맡겼다.

⊱•⊰

오크 세에취. 그녀는 하늘이 꺼져라 한숨을 쉬었다.

"취익. 오크의 몸으로는 마, 마음껏 자세를 취할 수가 없다. 취칫!"

상체를 숙이려고 하면 툭 튀어나온 배 때문에 그럴 수가 없다. 옆구리에 살이 많아서 좌우로 움직일 때에도 그 살이 출렁거렸다.

어디 그뿐이던가!

이렇게 얼굴을 심각하게 굳히고 서 있으려고 할 때에도 장애가 이만저만이 아니었다. 숨을 쉴 때마다 볼 가죽이 푸들푸들 떨린다.

"오크는 아무리 봐도 개그잖아. 취칫!"

세에취는 멋지고 우아하게 고독을 즐기려고 하였다.

지금까지의 전투에서 그녀가 할 수 있는 것은 정말 많지 않았다.

보살핌을 받는 존재!

심부름을 하는 짐꾼 정도가 그녀가 맡은 역할의 전부였다. 그런데 이제 달라졌다.

집단 지휘 스킬이 생성되었습니다.

통솔력의 상승에 따라서 생긴 스킬의 추가!

인간의 경우에는 직업에 따라서 약간씩 다르지만 보통 5명 정도의 파티를 구성할 수 있다. 그 후에 통솔력이 50씩 늘어날 때마다 1명씩 파티원을 더 늘릴 수 있다.

오크는 인원 제한에 있어서 자유로운 편이다.

처음부터 10명, 20명씩 한 파티를 이루고 집단 사냥을 한다.

세에취의 경우에는 오크 지휘관으로서 집단 지휘 스킬까지 얻어서, 거느릴 수 있는 파티의 규모가 훨씬 커진 것이었다.

스킬 레벨에 통솔력까지 더하면 실질적으로 50명 이상을 한 파티로 묶을 수 있다.

파티원들을 강화시킬 수 있을 뿐만 아니라, 몬스터들을 지휘할 때에도 많은 도움이 된다.

"이, 이제야말로 나도 한 인간으로, 취익! 아니, 오크 지휘관으로서 당당할 수 있어. 취취취익."

세에취는 그동안의 설움은 지워 버리고, 마음껏 으스대고 있었다. 불룩 튀어나온 배를 한껏 내밀고, 콧김을 뿜어 대면서!

"취취췻. 내 말을 잘 들으면 맛있는 것을 많이 먹여 주겠다!"

세에취는 그녀가 다스리는 뱀파이어 종자들에게 소리쳤다.

위드의 지휘 능력에 대해서 한때 의심도 해 봤던 그녀다. 하지만 지금은 생각이 바뀌었다.

'저 거친 검치 들… 만약 다른 사람이었다면 지휘하지 못했을 거야.'

검치 들의 첫인상은 험악했다.

오크와 맞먹는 커다란 덩치에 짧게 깎은 머리, 온몸에 꿈틀거리는 근육들.

눈빛도 살벌하기 짝이 없었다. 우연히 눈을 마주치면 사과라도 하지 않을 수 없을 지경!

위압감이 보통이 아니었다.

워낙 기가 세서 평범한 사람들은 근처에 가기만 해도 자연스럽게 움츠러드는 게 보통이다.

그런 검치 들이 오백 명도 넘게 모여 있는데 누가 그들에게 명령을 내릴 수 있겠는가.

끊임없이 싸우려고 하고, 고집과 자존심도 굉장히 세다.

어디를 가더라도 숱한 문제를 일으킬 수밖에 없으리라.

그런데 위드의 앞에서는 순박한 돼지가 되었다.

'먹을 것만 주면 좋아해. 그리고 싸움을 할 때에는 억눌려 있던 모든 것을 터트려서 싸워.'

위드가 만드는 음식은 미각과 후각, 심지어는 시각까지도 완벽하게 만족시킨다.

입안에서 살살 녹는 푸딩이나 샥스핀!

세에취도 평생 먹어 본 음식 중에서 단연 몇 손가락 안에 꼽는다고 말할 수 있을 정도였다.

그렇더라도 처음에는 검치 들을 보면서 어떻게 저렇게 단순한 인간들이 있냐고 고개를 갸우뚱거렸다.

하지만 그 사정을 알고 나니 충분히 이해할 수가 있는 문제였다.

검치 들은 짧게는 10년, 길게는 30년 이상을 엄격하게 육체를 다스리면서 살아왔다. 음식도 퍽퍽한 닭 가슴살이나 달걀흰자만 신물 나도록 먹었다.

그들이 도장에서 먹는 식단은 단순했다. 삶은 닭 가슴살을 아무 양념 없이 끼니마다 300그램씩 먹는다. 달걀흰자도 소금을 뿌리지 않고 10개, 20개씩 먹는다.

그런 생활을 10년씩 하다 보면 껌만 씹어도 미각이 황홀함을 느낄 정도.

비린내가 심하고 잘 씹히지도 않는 닭 가슴살만 먹다가 불판에 구워지는 돼지갈비를 보면 가슴이 두근두근 설렌다. 지글거리는 소리를 내며 익어 가는 고기, 줄줄 흐르는 육즙을 보면 입 안에 군침이 고이게 된다.

〈로열 로드〉에서는 아무리 먹어도 살이 찌고 몸이 둔해질 우려가 없으니 검치 들의 식탐은 끝을 몰랐다.

강한 적수를 만나면 더욱 투지를 불태우고, 모든 것을 동원해서 싸운다.

제일 무서운 것은 굶는 것!

음식 하나로 웃기도 하고 상심하기도 하는, 단순하고 살벌한 남자들.

이 모든 상황의 정점에 위드가 있었다.

'먹을 것으로 길들여 놓은 거야. 점점 교묘하게 맛있는 음식을 베풀어서, 이젠 완전히 헤어 나올 수 없게 만들어 버렸어.'

위드는 파티나 원정대를 원만하게 이끄는 지도자의 수준을 훨씬 넘어섰다.

낙후된 제3세계 국가, 혹은 독재국가에서도 탁월한 재능을 인정받을 수 있으리라.

우민 정치와 선동, 악랄한 비방까지! 완벽한 독재자의 표상!

위드이기 때문에 검치 들과, 페일처럼 일반적인 유저들을 두루 포용할 수 있다고 봐야 한다.

'역시 먹을 것을 가지고 치사하게 구는 게 최고야! 리더십이나 카리스마 따위가 무슨 필요야. 야비하고 쪼잔하면 최고지.'

세에취도 어느 순간부터 위드에게 물이 들고 있었다.

❧⸼⸝⸰ⸯ❧

위드가 지휘하는 뱀파이어 대군은 전투가 지속될수록 세력을 불려 나갔다.

규모도 커지고, 점점 강해졌다.

그 대신에 경험치와 아이템의 습득량은 훨씬 줄어들었다. 뱀파이어들이 처리한 신수들은 온전한 경험치를 주지 않았기 때문이다.

"다음 성으로 가죠."

위드의 인상은 펴지질 않았다.

전투에서 이겨도 기뻐하는 내색은 조금도 없다.

이것이야말로 언제나 위기를 강조하는 지도자의 훌륭한 표상이 아니던가.

실은 전투를 이기더라도 얻는 것이 없기 때문이었다.

지독한 속 쓰림!

'죽 쒀서 뱀파이어들에게 주고 있어!'

어쨌든 지금은 퀘스트를 우선으로 놓아야 했으므로 불가피한 일이기는 했다.

사실 소득이 아예 없는 것도 아니다. 매번의 전투 참여로 인하여 데스 나이트 반 호크가 무지막지하게 강해지고 있었던 것이다.

어둠의 기사 데스 나이트!

반 호크는 막강한 공격력을 지니고 있어 유니콘과 페가수스에게 큰 피해를 입혔다.

당연히 최후의 숨통을 끊어 놓을 때도 많았다.

그러다 보니 레벨이 빠르게 늘어서 어느새 368을 넘었다.

일반적인 데스 나이트들은 레벨이 대충 200대다. 그런데 오랫동안 성장을 시켰더니 고위급 몬스터의 수준에 올랐다.

"데스 나이트 정보 창!"

이름: 반 호크		
성향: 암흑	종족: 언데드	레벨: 368
직업: 절망을 불러일으키는 죽음의 기사		
칭호: 암흑 군대의 실전 지휘관		

명성: 7,904 　　생명력: 126,930 　　마나: 23,850
힘: 964 　　　　민첩: 675 　　　　체력: 650
지혜: 220 　　　지력: 220 　　　　투지: 594
지구력: 455 　　인내력: 315 　　　맷집: 268
카리스마: 242 　통솔력: 502 　　　행운: -200
신앙: -200

칼라모르 제국의 충직한 기사. 어둠의 힘에 물들어 데스 나이트로 다시 태어났다. 바르칸 데모프의 휘하에서 불사의 군단 일부를 이끌었던 전력이 있지만, 최근 그의 지배를 벗어났다. 데스 나이트답게 끔찍한 공격력과 지휘 능력을 갖췄다.

* 데스 나이트 부대의 수장.
* 신성 마법에 취약하다.
* 언데드, 몬스터 군단을 거느릴 수 있다.
* 4서클 이하의 흑마법 사용 가능.
* 생전에 익혔던 칼라모르 제국 검술을 완벽하게 구사한다.

원래 데스 나이트는 암흑 군대의 사령관!

기사 중의 기사로서 암흑 군대를 소집하고, 전투를 벌일 수 있다.

어떤 피해가 있더라도 적을 섬멸하기 위해 전진하는 데스 나이트의 특성 때문에 부대를 맡기지는 않았지만, 전투력만큼은 불만이 없을 정도였다.

반 호크는 레벨이 오를수록 보스급 데스 나이트의 면모를 유감없이 보여 주고 있었다.

위드는 과거를 돌이켜 보았다.

'천공의 도시 라비아스에서 만난 뒤로 녀석과는 정말 많은 곳을 같이 다녔구나.'

전전하는 사냥터마다 데스 나이트 반 호크가 있었다.

덕분에 뒤를 조심하지 않고 실컷 싸울 수 있었다.

최근에는 동료들, 사형들과 함께하고 있지만 혼자 사냥을 한 시간이 훨씬 많은 위드다. 북부에서 서윤과 함께 지낼 때도, 그녀가 없는 시간에는 반 호크와 사냥을 했다.

그러다 보니 반 호크와는 떼려야 뗄 수 없는 관계가 되었다.

위드는 반 호크를 정겨운 시선으로 바라보았다.

"이 지긋지긋한 놈."

"……."

"농땡이 피우지 말고 부지런히 싸워!"

그렇다고 위드의 푸대접이 사라진 것은 아니었지만 말이다.

그렇게 연속으로 몰아치듯이 성들을 함락시켰다.

흡혈의 효과가 사라지면 뱀파이어들의 적응력과 전투력이 하락하니 최소한의 쉴 시간만을 주고 싸웠다.

뱀파이어들의 불만이 쉬지 않고 터져 나왔다.

"하룻밤에 한 번 정도만 싸우고 싶다."

"우리에게도 휴식 시간을 달라."

배부른 소리를 하는 뱀파이어들을 달래고 지치지 않게 하기 위하여 위드는 팔뚝을 걷었다.

"마셔."

신선한 피를 제공함으로써 뱀파이어들에게 샘솟는 체력을 제공했다.

위드가 먼저 나서니 마음 약한 페일과 이리엔, 다른 이들도 금방 동참했다.

이제 남은 성은 불과 4개뿐!

후히히히힝!

이마에 황금색 뿔이 달린 로열 유니콘, 은빛 갈기를 날리는 실버 페가수스 들이 있었다.

꾸울꺽!

제피가 긴장 어린 기색으로 침을 삼켰다.

"저놈들은 아직 공개된 적이 없는 몬스터들입니다, 형님."

"숫자에는 장사가 없지. 쪽수로 밀어붙이면 돼."

위드는 명쾌하게 대답하고 오른손을 들었다.

신호가 떨어지자 덤벼드는 수천의 뱀파이어들!

로열 유니콘과 실버 페가수스가 분전을 하기는 했지만 무릎을 꿇고 사라져야 했다.

그렇게 마지막 남은 성들까지 토벌되고 있었다.

화령이 감탄한 듯이 말했다.

"위드 님의 기억력은 정말로 뛰어나신 것 같아요."

"네?"

"토둠의 지리를 정확하게 기억하고 계시잖아요. 47개나 되는 성들의 순서도 외우고 계시고요."

일행이 하나같이 놀라워하던 사항이었다.

위드의 기억력에 경악을 금치 못할 정도였으니까.

"그야 지도가 있으니까요."

"지도가 있어요?"

"유린이에게 그림 그리기를 배워서 제가 직접 만든 지도죠."

화령이 눈을 빛냈다.

위드가 그린 그림이라니 호기심이 생겼다.

"그 지도 좀 볼 수 있을까요?"

"어려운 일도 아니죠."

위드는 품에서 꾸깃꾸깃 구겨진 지도 1장을 꺼내서 보여 주었다.

처음 토둠의 입구는 큼지막하게 그려 놓고, 다섯 번째 성까지는 조금 작게 그렸다. 그 뒤에는 종이의 크기 때문인지 갈수록 성들이 작아졌다.

지도를 그려 본 것은 처음이라 입구와 성은 있지만 중요한 길들이 뒤죽박죽이었다.

그 대신에 설명을 붙여 놓았다.

입구에서 한참 올라가다 보면 오른쪽, 탑이 예쁜 큰 성

사과나무가 많이 심겨 있는 성

북쪽 다리 건너 노란 꽃이 피어 있는 성

골목길로 걸어서 10분, 파란 대문 성

아마도 이 지도를 알아볼 수 있는 것은 위드뿐이리라.

화령은 몸을 떨었다.

'이런 지도를 보고 사냥을 했다니.'

아무튼 마지막 성까지 무사히 토벌을 끝냈다.

토둠의 뱀파이어들을 모두 해방시킨 것이다.

그때부터 위드와 검치 들, 일행의 눈에 현재 토둠 전역에서 벌어지는 일들이 보이기 시작했다.

토둠!

뱀파이어들이 사는 전설의 왕국!

3개의 달이 빛을 발산하고 있었다. 저 멀리 위드가 만든 잡
템의 탑도 있고, 고풍스러운 성들과 영웅의 탑도 여전했다.

유니콘과 페가수스 들은 토둠 위에서 날갯짓을 하며 날아다
니고 있다. 지상에서 물을 마시거나 한가로이 풀을 뜯어 먹기
도 했다.

그런데 멀리서부터 시커먼 먹구름이 빠른 속도로 몰려왔다.
먹구름은 금세 토둠의 상공을 뒤덮었다.

거센 바람이 불고, 폭우가 쏟아졌다.

쿠르르르릉.

콰과광!

천둥 벼락이 칠 때마다 잠깐씩 대지가 비추어졌다.

풀을 뜯고 물을 마시던 유니콘과 페가수스의 몸에 엄청난 양
의 박쥐 떼가 달라붙어 있었다.

고성들의 창문을 깨고 뱀파이어들도 일제히 날아올랐다.

뱀파이어들은 아무리 어둡더라도 시야에 장애를 받지 않는
다. 그들은 가까운 유니콘과 페가수스 들이 박쥐 떼에 둘러싸
여 정신이 없는 틈을 노려 목덜미를 물었다.

콰악!

뱀파이어들은 신수들보다 약했지만, 일단 목덜미에 송곳니
를 찔러 넣고 흡혈을 개시하면 승산이 있었다.

박쥐들이 혼란을 일으키는 틈을 타서 신수들의 생명력과 체력을 급속도로 흡수했다.

으히히히힝!

유니콘이 울부짖었다.

로열 유니콘이 말했다.

"고결한 숲의 일족으로서 밤의 일족에게 밀릴 수는 없다. 모든 것을 불태워 버리리. 카사 소환."

불의 정령들이 소환되었다.

일반 유니콘들이 박쥐 떼와 뱀파이어들을 막아 주는 틈을 타서 정령 소환술이 본격적으로 펼쳐졌다.

"운디네 소환!"

빗방울들이 물의 정령으로 변했다.

운디네들은 물로 만든 창을 들고 날며 박쥐 떼와 싸웠다.

실버 페가수스들은 마법을 사용했다.

"댄싱 라이트."

"파이어 애로우!"

어두컴컴한 공간을 빛이 날아다니고, 마법으로 만들어진 불의 화살이 박쥐와 뱀파이어 들을 꿰뚫는다.

유니콘과 페가수스 그리고 뱀파이어들의 전투는 토둠의 전역을 뜨겁게 달구고 있었다.

억수로 퍼붓는 빗속에서 마법과 정령술, 박쥐 떼가 총동원된 혈전이었다.

초반의 승기는 단연 뱀파이어들이 잡아 갔다.

"유니콘의 피는 과연 달콤하군."

뱀파이어 퀸들이 교태롭게 웃었다. 그 웃음을 보일 때마다 일부 유니콘들의 움직임이 눈에 띄게 위축되었다.

뱀파이어 퀸도 여자였다.

유니콘들은 미녀를 좋아하고, 처녀의 무릎에서 잠드는 걸 가장 행복해한다.

'미녀다.'

'한주둥이에 깨물어도 비린내 하나 안 나겠군. 이힝!'

이성이 남아 있기에 유혹을 당하지는 않았지만, 뱀파이어 퀸들을 정령술과 마법으로 공격하지 못하고 머뭇거렸다.

하늘을 가르며 달린다는 날쌔고 용맹한 페가수스들의 신세도 썩 좋지 않았다.

페가수스들에게는 천마라는 별명이 붙어 있다.

하늘의 말!

근육질의 거구에, 신경질적이고 난폭하기 짝이 없다. 게다가 돌진하는 속도는 그 무엇으로도 따라오지 못할 지경이다.

그런 페가수스들이 하늘로 날아오르지 못했다.

몸에 덕지덕지 찰거머리처럼 붙은 흡혈박쥐들 탓이다.

우헤헤헹!

페가수스들은 뒷발로 땅을 긁으며 발광을 했다. 목덜미, 옆구리, 엉덩이, 앞발 가리지 않고 흡혈박쥐들이 이빨을 틀어박고 있었다.

그 따끔한 고통과 함께 몸이 마비되어 갔다.

초반의 승기는 확실히 뱀파이어들이 잡아챘다.

뇌성 벼락이 떨어질 때마다 땅바닥으로 쓰러지는 유니콘과 페가수스 들이 보였다.

그들이 내지르는 비명은 폭우와 천둥 벼락 소리에 묻혔다.

하지만 더 멀리, 높은 곳에서 날아다니던 유니콘과 페가수스들이 동족들의 위기를 보고 날아왔다.

"아직도 도망가지 않은, 아직도 잠들지 않은 밤의 일족들이 있었던가. 영원한 잠을 자게 해 줄 것이다."

유니콘들이 공중에서 마법을 퍼부었다.

동족들이 다치는 것을 개의치 않고, 박쥐 떼와 뱀파이어들을 향해 온갖 마법을 난사했다.

페가수스들은 무섭게 질주했다.

토둠의 성에서 사냥할 때에 수련생들이 가장 많이 희생당한, 전력 질주에 이은 돌진!

수십 마리의 페가수스들이 떼를 지어서 하늘을 달리며 박쥐 떼와 뱀파이어들을 들이받는다.

페가수스의 돌진이 휩쓸고 간 지역에서는 살아남은 소수의 뱀파이어들이 상처투성이로 비틀거렸다.

"휴우, 겨우 살았다. 피! 피가 필요해."

"박쥐로 변해서 쫓아갈까?"

"우리가 날더라도 쫓아갈 수는 없을 것 같다."

뱀파이어들이 봤을 때는 이미 300여 미터 너머까지 거리가 멀어져 있었다.

잠시 한숨을 돌리고 있는 찰나, 페가수스 떼가 하늘에서 선회했다.

무리 지어 나는 새들이 방향을 전환할 때 도는 것과는 약간 달랐다.

페가수스들은 하늘 위를 내달리면서 멀리 한 바퀴를 돌았다. 그러고는 말 머리를 정면으로 한 채로 허공을 딛고 다시 무섭게 가속했다.

두두두두두두두두!

뱀파이어들이 한숨을 돌릴 때에는 분명 저 멀찌감치 떨어져 있었는데, 삽시간에 다시 코앞까지 달려올 정도로 번개 같은 속도!

페가수스들이 재차 휩쓸고 지나간 곳에는 박쥐 날개, 뱀파이어 망토 하나 남지 않고 사라졌다.

우히히잉!

수련생들과 싸울 때의 움직임은 어린애 장난처럼 느껴질 정도로, 페가수스들은 무서운 속력으로 전장을 꿰뚫었다.

그때에는 장소가 협소한 탓에 제 속력을 다 내지 못했다. 정령술과 마법도 근접전을 벌여서 미리 봉쇄했다. 유니콘과 페가수스 들의 전투력이 상당히 많이 봉인되어 있던 셈.

하지만 사방이 탁 트인 공간에서 유니콘과 페가수스 들의 돌진은 뱀파이어들을 휩쓸고 있었다.

"아무 뱀파이어나 좀 어떻게 해 봐!"

"목덜미에 송곳니도 못 박고 이렇게 주저앉을 셈이냐?"

뱀파이어들이 아우성을 쳤다.

그만큼 유니콘과 페가수스를 상대할 방법이 마땅치 않았다.

너무나도 빠른 속도로 움직이면서, 정면에 있는 것들은 몽땅 머리로 들이받아 부숴 버린다.

정령술과 공격 마법 들도 계속 쓰고 있었으니 어둠 속의 공포라 일컬어지는 뱀파이어들이라고 해도 싸울 방법이 마땅치 않았다.

위드와 수련생, 일행에 의해서 마구 때려잡히던 신수들이 고위 몬스터다운 위용을 유감없이 보여 주고 있었다.

뱀파이어들의 피해도 커졌지만, 그렇다고 감당할 수 없는 수준은 아니었다.

생명력과 마나에 큰 타격을 받은 뱀파이어들은 지상으로 내려갔다. 그곳에는 상처 입고 쓰러져 있거나, 박쥐 떼에 의해 괴롭힘을 당하는 신수들이 널려 있었다.

뱀파이어들은 신수들의 목덜미에 이빨을 박고 피를 마셨다.

"캬아."

"이 생명력으로 가득한 뜨거운 피 맛!"

노쇠하여 비틀거리던 뱀파이어들이 활력을 찾았다. 초점을 잃은 눈에 총기가 돌아오면서 생명력과 체력에, 마나도 회복되었다.

죽기 직전이라고 하여도 뱀파이어들은 끝난 것이 아니다.

피를 빨 힘과 싱싱한 피 한 모금만 있으면 원상태로 회복할 수 있다는 흡혈의 권능!

뱀파이어들은 전투를 막 시작할 때처럼 활력을 되찾았다.

뱀파이어 로드들도 1마리도 죽지 않았다.

여느 뱀파이어들보다 훨씬 뛰어난 그들은 유니콘과 페가수스 들을 흡혈하면서 더욱 강해졌다.

그런 뱀파이어 로드 중의 1마리!

진혈의 뱀파이어족을 이끄는 토리도가 있었다.

애초에 그의 지능은 그리 뛰어난 편이 아니었지만, 위드와 함께 전투를 다니면서 많은 경험과 실력을 쌓았다.

토리도는 위드가 날뛰는 페가수스들을 어떤 식으로 제어하는지를 봐서 알고 있었다.

토리도가 마법을 사용했다.

"거미줄 소환!"

하늘에 거대한 거미줄이 생성되었다.

각 성들을 연결하는 끈끈한 거미줄들!

지지할 곳이 없는 하늘에 거미줄이 고정될 수는 없는 노릇이었다. 그럼에도 거미줄과 거미줄이 연결되어 잠시 동안 거대한 망이 형성되었고, 박쥐 떼가 여기에 걸려들었다.

박쥐들이 거미줄에 걸려 허우적거릴 때, 눈부신 속도로 페가수스와 유니콘 들이 돌진한다.

거미줄은 단숨에 힘없이 뚫려 버렸다. 하지만 그 거미줄들을 지나칠 때마다 페가수스와 유니콘 들의 속력이 훨씬 느려졌다.

끈끈하게 이어져서 머리와 앞다리, 갈기 등에 뒤엉킨 거미줄들이 신수들의 움직임을 느리게 만든다.

"거미줄 소환!"

그것을 본 진혈의 뱀파이어족 외에 다른 뱀파이어들도 일제히 거미줄들을 소환했다.

토둠의 성들과 거리, 하늘에는 거미줄들이 셀 수도 없이 쳐졌다.

그 거미줄 벽들을 뚫으면서 페가수스들은 느려졌고, 구름처럼 많은 박쥐 떼가 쫓아와서 그들을 둘러싸고 피를 마셔 댔다.

⚜

위드와 검치 들, 일행이 나설 준비가 갖춰진 것은 이 무렵이었다.

마지막 성의 전투가 끝나자마자 탈진해서 땅에 주저앉았다.

커다란 성취감과 희열을 만끽할 틈도 없이 뱀파이어들과 신수들 간의 대전투가 벌어졌다.

체력과 생명력, 마나를 회복하느라 늦어진 것이었다.

"가자. 마지막 사냥을 위해!"

"우리가 나갈 시간이다."

위드와 검치 들이 우르르 뛰쳐나왔다. 그리고 표현할 수 없는 장관에 압도되었다.

성 전체에서 전쟁이 벌어지고 있었다.

마법과 정령술이 난무하고, 부서진 성탑에서 바위들이 굴러떨어진다.

공중에서는 뱀파이어와 유니콘, 페가수스 들이 맞붙어서 치열한 격투를 벌이고 있다.

전장의 한복판이라고 해도 과언이 아닐 정도다.

검둘치가 허무한 듯이 중얼거렸다.

"그런데 우리가 공중에 있는 저놈들을 무슨 수로 잡지?"

스킬 중에는 검기를 발동하는 기술들도 있었다. 하지만 마나의 소모가 극심한 편이다.

무식하게 힘과 민첩에만 스탯을 몰아넣은 검치 들은 기본기는 빠르고 강해도, 원거리에 있는 적을 상대하기에는 무리가 많았다.

여기에서 가장 경험이 많은 검치가 먼저 행동을 보였다.

"우리에게는 무기술이 있다. 검이 안 되면 활을 써야지."

"역시 스승님입니다!"

검치를 따라 사범들과 수련생들이 일제히 활을 뽑아 들었다.

"모두 준비! 발사!"

공성 병기로 오해할 정도로 큼지막한 화살들이 하늘로 쏘아졌다.

상당수는 거미줄에 걸렸지만 유니콘, 페가수스, 심지어는 박쥐 떼와 뱀파이어 들에게 꽂혔다.

크아아앙!

"인간들이 우리를 공격한다."

뱀파이어들이 불만을 표시했다.

정작 유니콘과 페가수스 들은 몇 마리 맞지도 않았는데, 뱀파이어들만 큰 피해를 입었다.

목표로 한 신수들의 주변에 뱀파이어들이 떼거리로 몰려 있기도 했고, 위드가 제작한 활의 명중률이 낮은 까닭도 있었다.

"맞혔다!"

"계속 쏴라!"

이런 사정도 모르는지, 검치 부대들은 화살을 장전하는 대로 하늘로 쏘았다.

서너 차례의 화살 공격이 반복되면서 뱀파이어들이 거세게 분노했다.

그때에는 눈치가 없는 검치 들이라고 해도 이 방법이 틀렸다는 것을 모를 수가 없었다.

검치가 주위를 둘러봤다.

"위드야!"

일이 잘 안 풀릴 때마다 부르는 존재!

어떤 상황이라고 해도 가장 적절한 해결책을 찾는 위드의 지휘를 기다리는 것이었다.

하지만 검치의 주변에는 위드가 없었다.

"둘치야."

"옛, 스승님!"

"위드가 어디 갔지?"

"글쎄요. 아까 나올 때까지만 해도 있었는데……."

"찾아봐라."

"알겠습니다."

검둘치를 비롯하여 수련생들이 모두 위드를 찾았다. 잠시 후, 그들과 멀리 떨어진 곳에서 위드를 발견할 수 있었다.

지상에는 전투 중에 추락한 유니콘과 페가수스 들이 많았다.

신수들은 워낙 레벨이 높아서 여간해서는 잘 죽지 않는다. 날갯짓을 하지 못해 공중에서 추락하더라도 끈질긴 생명을 이어 나갔다.

뱀파이어와 흡혈박쥐들에 의하여 생명력도 거의 다 빠지고, 흡혈을 당해 몸도 움직이지 못하고 마비된 상태였다.

저항도 못 하는 처량한 신세!

위드는 조용히 이마의 뿔을 뽑았다.

"뿔이 탐스럽구나."

꽤애액!

이번에는 자하브의 조각칼을 꺼냈다.

"가죽이 반질반질 윤기가 흘러."

끄어어억!

"피둥피둥 살이 올랐구나. 몸보신에 좋겠는걸."

푸헤헤헤헹!

뿔이 뽑히고, 가죽이 벗겨지고, 살까지 발린다.

죽은 이후에도 뿔이나 가죽을 획득할 수는 있다. 하지만 살아 있을 때에 뽑아내야 최상급의 뿔과 가죽을 얻을 확률이 커진다.

신수들은 마지막 멱따는 소리를 내면서 죽어 갔다.

아이템 습득!

비록 거의 죽기 직전인 상태의 신수들을 처리하는 것이라서 경험치는 많이 얻을 수 없었지만, 푸짐한 아이템을 획득할 수 있다.

신수 1마리가 떨어뜨리는 잡템이며 금은보화, 재료 아이템, 무기와 방어구 들!

이렇게 좋은 기회란 다시 올 수 없는 것.

위드에게는 꿈만 같은 일이었다.

'역시 잡템의 탑을 만들길 잘했어. 잡템의 신께서 나에게 은혜를 베풀어 주시는 거야.'

베르사 대륙에 공인된 교단이 있는 건 아니었다. 입소문으로

만 아마도 존재할 것이라고 전해질 뿐.

그럼에도 대륙의 그 어떤 신보다 위대하다는 잡템의 신!

호노스 평야에서 2시간 만에 유니크 장비 5개를 얻었다는 대역사!

오데인 요새 근처의 산맥에서 우연히 길을 가다가 주웠다는, 드워프가 제작한 장갑 한 수레!

아무도 살지 않는 동굴에서 발견한 보물 상자에서 무려 7만 골드어치의 잡템이 나왔다는 등 잡템 교단의 신화들은 끊이지 않았다.

위드는 열성적인 추종자가 되어 잡템 및 아이템들을 쓸었다.

물론 헌금을 할 생각은 당연히 추호도 없었다.

정식으로 신전이 있는 것도 아니었으니까.

또한 잡템의 신은 관대했다. 마음만 독실하다면 은혜를 아낌없이 내려 준다는 소문이다.

교리는 단 하나.

어떤 잡템도 헛되이 버리지 마라. 이 세상 어느 것 하나 쓸모없는 잡템이란 없나니.

다크 게이머들 사이에서는 선풍적으로 퍼져 나가고 있는 잡템교의 영향력이 상당했다.

'드디어 내가 말로만 듣던 잡템 신의 축복을 받는구나.'

1마리를 잡을 때마다 적어도 900골드 이상은 벌 수 있었다.

스스로 죽어 버리거나, 혹은 상처가 회복되어 다시 하늘로 날아가 버리면 손쓸 수 없다. 땅에 떨어져 있는 유니콘과 페가수스 들을 처리하는 일은 전투에도 도움이 되었으니 위드에게는 망설일 까닭이 전혀 없었다.

그런 위드의 행동을 보고 페일과 메이런, 제피, 화령, 로뮤나도 부지런히 떨어진 신수들을 공격했다.

오죽하면 마판도 나섰다.

남들보다 약한 상인으로서 전투에 참여하는 건 목숨이 간당간당한 상황이었지만, 큼지막한 도끼를 들고 점찍어 놓은 유니콘을 내려치고 있었다.

검치도 깨달았다.

"땅에 쓰러져 있는 놈들부터 잡아야 되겠구나. 모두 쳐라!"

"예!"

검치 부대는 목표물을 바꾸어서 쓰러져 있는 유니콘과 페가수스 들을 노렸다.

말 종류 신수들의 특성상, 쓰러져 있을 때에는 거의 반항을 못한다.

마비가 되어 있지 않더라도 네발을 바동거릴 뿐!

가뿐히 뒤로 돌아가서 베어 버리면 쉽게 잡을 수 있었다.

어려운 것은 넓은 토둠을 비집고 다니면서 쓰러져 있는 유니콘과 페가수스 들을 발견하고 접근하는 일이다.

공중에서는 계속 싸움이 벌어지고 있기에, 마법이나 정령술들의 여파가 지상에 미치는 경우도 많았다. 이를 피하기 위하여 눈치를 보며 신경을 분산하지 않으면 안 되었다.

하지만 그마저도 검치와 사범, 수련생 들에게는 너무도 쉽지 않은가!

검치가 갑옷을 벗고 맨몸으로 움직였다.

"우리의 검은 무적이다!"

사범들도 흥취가 일었다. 그래서 검치를 따라 너도나도 웃통을 벗었다.

건장한 체격에 꿈틀거리는 근육들!

"우리의 검은 무적이다!"

수련생들도 덩달아서 옷을 벗고 싸웠다. 위험천만한 일!

갑옷을 벗으면 방어력이 대폭 하락한다. 이 상태에서 공격을 당하면 갑옷을 입고 있을 때와 비교해서 최소 5배 이상의 피해를 받을 수도 있다.

유니콘의 뒷발에 차이기라도 하면 그대로 사망!

땅으로 떨어지는 마법이나 정령술에 맞더라도 생명이 위험하다.

이런 긴장감을 즐기는 검치와 수련생들이었으니 이를 나무랄 수도 없었다.

더욱이 그들을 말릴 수 있는 유일한 존재인 위드는 사냥에 눈이 멀었다.

한참이 지난 후에야 위드는 검치와 수련생들의 이상행동을 발견했다.

"응? 왜 저렇게 빨리 달리지?"

무거운 갑옷을 걸치지 않아서 이동속도가 대단했다. 방어력은 거의 전무하지만 민첩성이 최대로 발휘되고 있었다.

"저런……!"

위드도 더 빨리 뛰어다니기 위해 갑옷을 벗었다.

위험도는 증가하겠지만 그런 것을 다 따져서 피하다 보면 아무것도 할 수 없다.

하물며 잡템의 신이 드물게 내려 주는 축복을 받고 있는 지금에야 망설일 까닭이 없었다.

"잡템!"

위드의 눈이 잔뜩 충혈되어 주변의 유니콘과 페가수스 들을 잡았다.

그렇게 벗고 돌아다니는 존재가 무려 200명이 넘는다!

"우리의 검은 무적이다!"

지상에서 함성이 울려 퍼질 때마다 신수의 숫자가 급감했다.

공포, 공포, 공포.

어두운 하늘.

천둥 벼락이 내려치고, 폭우가 내린다.

뱀파이어와 박쥐 떼의 공격은 소리 없이 이루어졌다.

추락하는 동족들의 비참한 말로!

이제 얼마 남지 않은 신수들은 도주를 시작했다. 그런 신수들을 끝까지 추격하는 집요한 뱀파이어들.

끝내 토둠의 경계를 넘지 못하고 신수들은 전멸했다. 그리고 살아남은 뱀파이어들은 지친 몸으로 성과 탑에 내려앉았다.

비가 그치고, 먹구름이 사라지고 있었다.

토둠의 성에는 뱀파이어들로 가득하다.

품위 있게 검은 망토로 몸을 감싼 채로 서 있는 그들. 마침내 기나긴 전투가 끝이 난 것이다.

늙은 뱀파이어가 위드를 향해 다가왔다.

"고맙네, 인간들이여. 우리를 구해 주었군."

뱀파이어의 나이 든 얼굴을 보며 위드가 물었다.

"혹시 당신이 우리에게 편지를 남겼던 뱀파이어입니까?"

"맞아."

"그런데 뱀파이어답지 않게 얼굴이 많이 늙으셨군요."

"그게, 잠들기 전에 상한 피를 마셔서……."

"……"

"처녀의 신선한 피를 마시면 좀 나을 거야. 이제 토둠에는 우리를 거스를 존재가 없게 되었으니 다시 마음껏 사치와 향락을 누릴 수 있겠지. 모두 너희 인간들 덕분이야."

위드와 검치 들, 일행에게 메시지 창이 떴다.

띠링!

이름이 알려지지 않은 뱀파이어의 요청 퀘스트 완료

토둠의 역사는 기나긴 밤의 기록만큼이나 오래되었다. 인간을 사랑하는 뱀파이어, 고독을 좋아하는 뱀파이어, 꽃을 보면 수줍어하는 뱀파이어, 보석을 모으는 취미가 있는 뱀파이어, 조각과 그림을 즐길 줄 아는 뱀파이어, 돌을 쌓고 성을 짓는 뱀파이어, 자연을 보살피는 뱀파이어, 신으로부터 버림받았다는 뱀파이어……. 인간에게 기생하며 어두운 곳에서 숨어 살아야 하는 운명을 가진 그들은 자신들만의 왕국을 세우고 보금자리를 만들었다. 대륙을 헤매는 뱀파이어들이 안식과 평안을 누릴 수 있는 고향이 생긴 것이다. 토둠에 찾아온 평화는 뱀파이어들의 문명이 더욱 찬란한 빛을 발할 수 있게 만들리라.

뱀파이어 왕국 토둠을 구원한 여행자가 되었습니다.

명성이 4,420 올랐습니다.

카리스마가 25 상승하였습니다.

숲의 종족들과의 적대도가 100이 되었습니다.

위대한 전투 경험을 쌓았습니다.
전투와 관련된 스탯들이 3씩 증가합니다.

레벨이 올랐습니다.

레벨이 올랐습니다.

레벨이 올랐…….

퀘스트의 성공으로 위드는 레벨이 6개 올랐다. 다른 이들은 보통 9개에서 12개씩의 레벨이 올랐다.

가장 많이 레벨이 오른 것은 세에취였다. 무려 17개나 되는 레벨이 올랐다. 아직 초보였고, 원래 성장이 빠른 오크의 특성 때문이었다. 여기에 검치 부대와 한 파티로 다니면서 쌓은 기여도가 꽤 컸기 때문이리라.

"아아."

"우리가 해냈어요."

"성공했습니다."

일행은 일제히 감격스럽고 황홀한 얼굴을 했다.

거짓말처럼 난이도 A급의 퀘스트를 성공시켰다. 그리고 꿈만 같은 레벨 업!

성취감과 희열에 가슴이 뿌듯해졌다.

검치 들만 불만스럽게 툴툴거릴 뿐이었다.

"역시 진작 위드를 따라다닐 걸 그랬잖아."

"아! 이거, 레벨 올리기가 이렇게 쉬운 줄 몰랐네."

"……."

검치 들의 터무니없는 불만을 뒤로하고, 위드는 뱀파이어의 앞에 다시 섰다.

아직 보상이 다 끝난 게 아니었다. 뱀파이어들이 주기로 한 보물이 남아 있었다.

"신의와 성실로, 우리는 여러분을 위해 최선을 다했습니다. 이제 약속한 것을 주십시오."

뱀파이어가 고개를 끄덕였다.

"모험가, 자유롭게 떠돌아다니는 여행자들에게서는 쉽게 찾을 수 없는 책임감이었지. 뱀파이어는 절대 약속을 잊지 않는 종족. 사기와 거짓말은 해도 약속은 잊지 않아."

어딘가 불안하게 만드는 발언이었다.

뱀파이어는 녹슨 열쇠를 꺼냈다.

"우리 토둠의 보물 창고에는 희귀한 보물들이 많이 있어. 약속대로 일족의 창고로 들어갈 수 있는 열쇠를 주지. 밤의 귀족들에게는 필요 없는 물건들이 많으니 원하는 물건이 있다면 하나씩 갖도록 하게."

"창고의 위치는요?"

"그건 직접 찾아야지. 조심해서 사용해야 될 게야. 오래된 열쇠라서 다시 쓰지 못할 수도 있으니."

뱀파이어는 음험하게 웃고 있었다.

위드는 열쇠를 받았다.

띠링!

> 뱀파이어의 보물 창고 열쇠를 습득하였습니다.
> 내구력이 매우 떨어져 있으므로 주의해야 합니다.

군기 잡힌 콜드림

하벤 왕국.

중앙 대륙의 강국으로, 넓고 비옥한 영토와, 풍부한 광물들이 나오는 산악 지대를 가지고 있다. 그런 이유로 〈로열 로드〉의 초창기, 많은 유저들이 하벤 왕국을 택했다.

"산들이 많으니 던전이나 마굴, 위험한 사냥터 들이 있겠어."

모험을 즐기는 부류들은 주로 모험가나 음유시인이었다.

"교역소에서 판매하는 물건들의 양도 굉장해. 다른 왕국과의 교통도 편리하고……. 모험가들이 있으니 전리품이 끊이지 않겠군."

상인들도 하벤 왕국을 택했다.

전사와 성직자, 혹은 그 외에 사냥꾼으로 성장하고 싶은 이들도 하벤 왕국으로 시작점을 정했다.

덕분에 하벤 왕국의 상업과 군사력은 융성하게 되었다. 사람이 사람을 모으다 보니 어느 마을을 가더라도 북적였다.

일루인이나 기덴, 발키스 성에서는 새벽에도 북적이는 인파를 구경할 수 있을 정도였다.

하지만 너무 많은 사람들이 몰린 이유로 인해서 분쟁이 끊이지 않았다. 던전과 마굴, 산악 지대, 평야를 놓고 길드들 사이에 전투가 끝없이 벌어졌다.

"잡아먹히지 않기 위해서는 먼저 쳐야 된다."

"전쟁! 전쟁을 위해서 뭉치자."

모략과 술수가 난무하는 곳.

길드 간의 동맹과 연합 그리고 해체와 배반이 수없이 반복되었다.

하벤 왕국에는 수천에 이르는 전쟁 길드들이 존재했다. 여기에 타국의 용병까지 들어오면서 전쟁은 갈수록 크게 벌어졌다.

최강자 바드레이가 이끄는 헤르메스 길드가 노른자위 성들을 장악하고 왕국 전체의 패권을 차지하기 위해 호시탐탐 노리고 있는 왕국.

철혈 기사단과 고독한 용병, 적 마법사 들이 연합을 이루어 반헤르메스 길드의 기치를 세우고 있는 곳이기도 했다.

❦

칼라모르 왕국.

한때는 칼라모르 제국이라고 불리며 드넓은 영토를 가지고 있었다. 하지만 황권이 약해지고 기사들의 난립으로 국력이 쇠해진 틈을 탄 주변국의 침략으로 몰락했다.

그럼에도 다시금 부활하여 제국의 기치를 드높이기 위해 노력하고 있었다.

중앙 대륙의 전통적인 군사 강국으로 기사도가 숭상받는 나라이며, 최강의 왕실 기사단을 보유했다.

다만 귀족이나 주민 들이 여행자들에게 배타적인 편이라서, 칼라모르 왕국에서 시작한 유저들의 숫자는 조금 적은 편이다.

인구가 많고 광산과 기술, 상업이 발달한 왕국이지만 타국처럼 길드끼리의 전쟁이 빈번하게 발생하지는 않았다.

험난한 센바인 산맥 아래로 매주 대규모 몬스터의 무리가 내려와서 왕국 전역으로 퍼져 나간다.

약탈과 파괴.

애써 안면을 다져 놓았던 마을과 주민 들이 몬스터들에 의해 통째로 사라진 경우도 허다했다.

유저들은 이런 점 때문에 칼라모르 왕국을 극도로 싫어했다.

—너무 위험하고, 순식간에 모든 것을 잃어버릴 수 있는 왕국.
—절대 추천 안 함. 몬스터들에 깔려 죽고 싶은 사람이나…….
—치안이 안 좋은 센바인에는 가지도 말 것.

여행자들도 극성을 부리는 몬스터들 때문에 칼라모르 왕국의 근처에도 잘 접근하지 않을 정도였다.

왕국에서는 어떠한 이유에서인지 몬스터 토벌을 꺼리고 꾸준히 군사력만 강화하고 있어서, 모험가들에게는 더욱 껄끄러운 곳이었다.

하지만 세상에는 다양한 사람들이 있었다.

칼라모르 왕국에서 시작한 기사들은 몬스터들이 들끓는 근원이라고 할 수 있는 센바인에서 의뢰를 받아들였다. 목숨이 두렵지 않은 자들이 새로운 경험을 얻기 위해 미친 척하고 의뢰를 수행해 본 것이었다.

그리고 왕국군들과 함께 산맥에서 내려오는 몬스터들과 싸웠다.

그렇게 얻은 명예!

센바인의 방어자로서 명예를 3 획득하였습니다.

명예는 기사들만이 획득할 수 있다.

명예가 있으면 부하들의 충성도가 높아지고, 귀족이 되는 길이 열린다. 때때로 귀족이나 왕족 들로부터 하사품을 받기도 하고, 숙녀들로부터 인기도 높아진다.

결정적으로 유명한 기사단에 가입하거나 상급 기사가 되려면 명예가 필수적이었다.

의뢰를 수행해 본 기사들은 이 사실을 널리 알렸다.

솔직히 혼자서만 차지하고 싶은 욕심도 있었다. 하지만 센바인은 너무 위험해서 같이 싸워 줄 사람이 하나라도 더 필요했기 때문이다.

"귀한 명예를 얻을 수 있다고?"

"결투의 승리나 특별한 성취를 이루어도 얻기 힘든 것이 명예인데……."

기사들은 센바인으로 몰려갔다. 그리고 그곳에서 혼신을 다해 싸웠다.

몬스터들의 대군을 막다가 죽을 때도 많았지만, 가끔 수비에 성공했을 때에는 그 쾌감이 이만저만이 아니었다.

센바인 주변의 성들에서 매번 지원병들도 파견해 주었다. 명성과 명예가 오르면 이 지원병들을 휘하의 부대로 지휘할 수도 있었다.

덤으로 왕국의 공헌도도 상승시킬 수 있으며, 매번 전투 경험치도 획득이 가능했다.

지독하게 위험한 의뢰였고 실패도 많았지만 유저들은 방어전에 푹 빠져들었다.

보병과 전사, 궁수, 기사 등등 왕국군만 만 명도 넘게 모여 몬스터 대군과 격전을 벌여서 물리친다.

그 박진감 넘치는 희열로 인해 칼라모르 왕국에서는 오히려 전쟁이 적었다.

"전쟁? 어떤 할 일 없는 길드가 그런 걸 벌이고 있어?"

"센바인 산맥을 조금만 오르면 재물을 털 수 있는 몬스터 부락들이 수두룩한데……."

워낙에 험한 사냥터가 있었기에 정복의 대상이 몬스터 무리로 고정된 것이다.

던전이나 마굴이 아니라, 넓은 산맥 전체에서 우글거리는 몬스터들이 쏟아져 내려온다. 지쳐서 죽을 때까지 싸우는 수밖에 없었다.

칼라모르 왕국에서 센바인 방어전에 참여하는 것은 최고의 영예!

왕국의 평화와 아직 약한 초보들을 지키기 위한 싸움이라는 명분도 있었다.

방어전에서 대단한 활약을 벌이는 길드는 영향력이 확대되고, 또 역으로 센바인 산맥으로 쳐들어간 길드의 깃발 아래 수많은 동맹 길드들이 뭉친다.

전쟁이 아닌 전쟁으로 단련된 병사들.

특히 칼라모르 왕국에서는 기사들이 놀라운 활약을 펼치고 있었다.

원래 기사도를 숭상하는 전통이 있었고, 국가적으로도 기사들에게 아낌없는 지원을 해 준다. 여기에는 센바인 인근의 지형적인 특성이 매우 큰 영향을 미쳤다.

산맥 아래의 방어선이 뚫리면 그다음에는 평야 지대가 나타난다. 이 평야 지대가 실질적인 최종 방어선이었다.

곡창지대와 마을들이 당하지 않도록 평야 지대에서 몬스터들을 박살 내야 한다.

말 탄 기사들의 거침없는 질주!

성직자들의 온갖 축복을 받은 채로, 갑옷을 입고 몬스터들을 살육할 수 있는 땅이다.

3,000이 넘는 기사들의 일제 돌격!

자욱한 안개를 뚫고, 기사들이 허기진 몬스터 떼를 향해 말을 달린다.

참여해 본 사람들에게는 그처럼 흥분되는 순간이 없었다.

"말도 하지 마. 끝내줘. 말과 일체가 되어 몬스터들을 돌파할 때의 느낌이란, 정말 짜릿짜릿하지."

"두려움이 아냐. 그래도 손발이 떨려."

"기사로서 몬스터 대군과 죽을 때까지 싸워 본 적이 없다면 너무 안타까운 일이지."

칼라모르 왕국의 선술집들은 항상 기사들로 붐볐다.

기사들은 후회 없이 싸운 전투에 대한 자랑 그리고 긴장을 풀어내고 다음 방어전에 참여하기 위한 각오를 다지고자 술을 마셨다.

센바인 방어전에 참여한 기사들이 풀어 놓는 경험담은 최고의 안줏거리였다.

하지만 칼라모르 왕국 출신 기사들의 생각을 다른 왕국 사람들은 이해하지 못했다.

여행자들이 물었다.

"그래도 죽는 게 겁나지 않나요?"

"죽으면 페널티가 크긴 하지. 기사들은 갑옷과 검이 워낙 비싼 편이라서… 키우던 말도 잃어버리고 말이야."

"레벨과 스킬도 떨어지잖아요."

"맞는 말이지. 하지만 명예가 더 중요해. 명예로운 기사는 더 좋은 말을 탈 수 있고, 병사들도 거느릴 수 있게 되니까."

기사들의 돌격 앞에는 죽음과 궤멸이 있을 뿐이다.

땅을 울리는 말발굽 소리, 자욱한 안개, 흩뿌려지는 피 보라.

부수고, 막히고, 궤멸당할 때까지 말을 달리며 신이 나서 몬스터 군단을 꿰뚫는다.

칼라모르 왕국의 기사들은 돌아다니며 수행을 통해 성장했다. 그리고 어김없이 센바인에서 자신들의 능력을 뽐냈다.

기사도가 살아 있는 왕국 칼라모르!

칼라모르 왕국의 왕실.

국왕과 귀족들은 30년 만에 불쑥 나타난 기사 콜드림을 바라보았다.

"그대가 어떻게……."

말을 채 잇지 못하는 국왕의 눈가에 이슬이 맺혔다.

이 광경은 칼라모르와 하벤, 토르판, 마센, 토르, 아이데른 왕국의 유저들까지 모두 지켜보고 있었다.

어느 순간부터 갑자기 눈을 감으니 칼라모르 왕실의 모습이 보이기 시작한 것이다.

"뭐야."

"이게 무슨 일이지?"

"이벤트인가?"

유저들이 궁금해하는 중에도 칼라모르 왕실에서는 대화가 진행되고 있었다.

"죄송하옵니다, 폐하. 이제 돌아왔습니다."

"무슨 일이 있었기에 30년이 지난 이제야 우리에게 올 수 있었단 말이오?"

"하벤 왕국의 음모에 빠져서……. 어느 훌륭한 모험가들이 아니었더라면 영영 폐하와 조국을 위해 싸울 수 없게 될 뻔하였습니다."

"역시 하벤 왕국 때문이었군. 내가 이날이 오기를 얼마나 기다려 왔는지 아시오? 이렇게 돌아왔으니 되었소. 이제 우리 칼라모르 왕국이 다시 날개를 펼 수 있을 것이오."

빈센트 칼라모르 3세.

현재의 국왕이 막 제위에 올랐을 무렵, 콜드림의 활약은 그야말로 대단했다.

칼라모르 왕국의 군대를 이끌고 숙적 하벤 왕국과의 전투에서 연전연승!

국경선을 확장하고, 왕국의 위엄을 대륙 전체에 떨쳤다.

혼란기 구국의 영웅으로서, 그 당시 콜드림은 대륙 전체를 뒤져 보아도 열 손가락 안에 드는 강자였다.

제국의 영화를 다시 보게 해 줄지도 모르는 최고의 기사!

그런데 영문도 알지 못한 채로 실종된 후에 하벤 왕국의 거센 저항에 전쟁을 마쳐야 했다.

칼라모르 3세는 선포했다.

"내 젊은 날에 시작했던 전쟁, 아직 끝을 보지 못하였소. 이제 그대가 돌아왔고, 칼라모르 왕국의 군사력은 최고조에 이르러서 그 어떤 성이라고 하여도 우리의 자랑스러운 병사들을 막지 못할 것이오. 콜드림."

"예, 폐하!"

"그대에게 우리의 군대를 맡기니, 숙적 하벤 왕국으로 하여금 어느 쪽이 위대한지를 알게 해 주시오."

"비겁한 그들이 멸망할 때까지 진군의 뿔 나팔이 멈추지 않을 것입니다."

띠링!

칼라모르 왕국의 선전포고로 인하여 전쟁이 발발하였습니다
총지휘관 콜드림이 이끄는 칼라모르 왕국의 9만의 군대!
기사 8,500명, 보병 6만 명, 궁병 16,000명, 사제 3,500명, 몽크 2,000명.
칼라모르 왕국의 정규군은 매우 강력하며 용서를 모르는 무자비한 집단입니다. 지난 30년간 전쟁을 벌이지 않았지만, 몬스터들과의 풍부한 전투 경험은 그들의 전투력을 최고조에 이르게 만들었습니다. 정규군 외에도 칼라모르 국적을 가지고 있는 자라면 누구나 용병의 신분으로 전쟁에 참여할 수 있습니다.
목표는 하벤 왕국의 점령입니다.

칼라모르 왕국과 하벤 왕국의 모든 성과 마을에 있는 무기, 방어구 및 생필품의 가격이 현재 시세로 동결됩니다.
전쟁에 참여한 유저들이 획득하는 전투 경험치가 20% 증가합니다.

유저들은 경악했다.

"저, 전쟁이다."

"드디어 터졌다."

칼라모르 왕국과 하벤 왕국이 앙숙이라는 것은 일찍부터 알려져 있었다. 그래도 설마 했는데, 두 국가 간의 전면전이 벌어지고 만 것이다.

❦

위드도 칼라모르 왕실에서 벌어진 일의 영상을 보았다. 퀘스트의 당사자로서 지켜볼 수 있었다.

위드는 매우 짧은 순간, 대략 0.01초 정도 전쟁의 여파를 생각했다.

"뭐, 상관없겠지. 내 일 아니니까."

이 시원한 태도!

검치는 당연하다는 듯이 고개를 끄덕였다.

"원래 애들은 싸우면서 크는 거야. 죽거나 살거나 놈들이 알아서 할 일이니 신경 쓸 것 없다."

검삼치도 거들었다.

"어릴 땐 사흘에 한 번씩 맞지 않으면 소화불량에 걸릴 정도였죠."

검사치도 과거를 회상했다.

"많이 맞은 날은 이상하게 잠이 잘 왔지."

칼라모르 왕국 유저, 하벤 왕국 유저 들이 죽거나 말거나 이들은 조금의 관심도 없었다.

약간이나마 양심의 가책을 느끼는 것은 페일 무리였다.

페일의 미간이 수심으로 펴지지를 않았다.

"전쟁이라니……."

이리엔도 매우 불안해했다.

"두 왕국 유저들은 괜찮겠죠?"

페일은 한동안 대답을 할 수 없었다.

전쟁은 기회였다.

세력들 간의 정체되어 있던 판도가 한순간에 뒤바뀔 수 있는 절호의 기회! 이날이 오기만을 기다린 사람들도 있을 테고, 부득이하게 전쟁에 휘말려서 피해를 입는 사람들도 생기리라.

칼라모르 왕국과 하벤 왕국.

어느 쪽이든 영토를 빼앗기거나 성이 파괴당한다면 그 지역에 기반을 가지고 있는 유저들에게는 손실이었다.

노력해서 친밀도를 높여 놓은 귀족이나 기사 들이 죽어 버린다면 그것도 매우 커다란 손실. 최악의 경우 모든 피해를 무릅쓰고 망명을 가야 할 수도 있다.

페일이나 이리엔처럼 로자임 왕국을 떠나 많이 돌아다니던 이들에게는 큰 상관이 없었지만, 상당수의 유저들은 조국을 버리지 못했다.

처음 시작한 조국이라는 점 때문에 얻는 이득이 많았다.

마을의 주민들도 호의적이었고, 인근 지역에 대한 정보도 많다. 그렇게 성장하다 보면 쌓아 놓은 공헌도나 친밀도로 인하여 여간해서는 조국을 등지지 못하는 게 보통이었다.

레벨 300이 넘는 유저들의 경우에도, 귀족들의 의뢰를 받아서 원정을 떠났다가 돌아오곤 했으니 조국의 가치야 이루 말할 수 없다.

하지만 페일은 칼라모르 왕국과 하벤 왕국의 세력 구도나, 이리저리 얽혀 있는 복잡한 사실들까지는 알 수 없었다.

그래서 가장 편하고 합리적인 대답을 내놓았다.

"뭐, 우리가 했다는 걸 안 들키면 되겠죠."

"정말 현명한 생각입니다."

제피도 동의했다.

"들키지만 않으면 되지."

"맞아. 우리가 상관할 일은 아니니까."

페일의 의견은 모두에게 큰 환영을 받았다.

그렇게 착하던 무리가 위드의 영향을 받아서 서서히 사악해진 결과인 것이다.

메이런도 자신이 해야 될 일을 잘 알았다.

"이 부분은 편집할게요."

콜드림을 풀어 줬다는 사실만 방송에 안 나간다면 아무런 걱정이 없다. 방송사에도 미리 이 부분만 삭제하고 원본을 보내면 절대로 알지 못할 테니까.

두 왕국 간의 전면전이라는 끔찍한 만행을 벌인 당사자들은 다시금 관심을 눈앞에 있는 뱀파이어의 보물 창고로 돌렸다.

퀘스트의 성공으로 이름 없는 뱀파이어가 내구력이 거의 떨어진 녹슨 열쇠를 주었지만, 그것은 위드에게 아무 장애도 되지 않았다.

보물 창고 열쇠
사용한 지 오래된 탓인지 심하게 낡아 있다. 부식이 심해서 세 번 정도 쓸 수 있을 것 같다.
내구력: 2/20

'퀘스트 한두 번 하는 것도 아니고, 이 정도라면 식은 죽 먹기지.'

필요한 것은 보물 창고의 위치.

뱀파이어가 창고의 위치를 알려 주지 않으니 이 녹슨 열쇠를 가지고 탐험을 해야 했다.

하지만 위드는 이미 토둠을 샅샅이 훑어보면서 보물 창고가 있을 만한 위치를 확인해 두었다.

"첨탑 위. 밤이 되면 토둠의 중앙부에서 올려다보았을 때 달이 걸리는 곳."

위드는 매번 퀘스트를 포기하고 싶을 때마다 그 첨탑을 보며 군침을 흘렸다.

천둥 벼락이 떨어지던 대격전의 날도 마찬가지였다. 첨탑 내부에서 호응하듯이 금빛이 번쩍거리는 것을 보았던 것이다.

메이런이 의문을 표시했다.

"근데 그 첨탑으로 올라가는 길에는 봉쇄된 문이 없는데요?"

"이건 창문 열쇠일 겁니다."

"넷?"

"뱀파이어들의 기준으로 봐야죠. 뱀파이어들에게는 창문이 더 편하니까요. 창문으로 첨탑에 들어가면 계단으로 갈 수 있는 곳과 반대편으로 들어가게 될 겁니다. 정확하게 달이 정면으로 보이는 곳이죠."

이럴 때에만 상대방의 기준으로 보는 위드.

위드는 어렵지 않게 창문을 통해 뱀파이어들의 보물 창고로 들어갔다.

뱀파이어들이 따라 들어와서 이곳이 보물 창고가 맞음을 확인시켜 주었다.

이름 없는 뱀파이어가 말했다.

"한 인간, 혹은 한 개체마다 하나씩의 무기나 방어구만을 가져갈 수 있다. 그 이상을 욕심내면 우리 뱀파이어들의 분노를 사게 될 거야."

> 허락된 물품은 단 하나입니다.
> 그 이상은 뱀파이어들이 허락하지 않으며, 공격을 가할 수도 있습니다. 뱀파이어들에 의해 목숨을 잃으면 지니고 있는 아이템들을 보물 창고에 빼앗기게 됩니다.

그렇게 보물 창고에서 콜드림도 해방시키고 정신없이 자신들이 필요로 하는 아이템을 구경하고 있었던 것이다.

콜드림을 해방시킬 때에도 완전히 걸작이었다.

수십 개의 구슬들이 진열되어 있었는데, 콜드림의 영혼은 마법진이 그려진 투명한 구슬들 중의 하나에 들어 있었다.

—오, 드디어 인간들이 이곳에…….

으스스한 콜드림의 목소리.

귀신이 울고 갈 음성이었지만 감격과 기쁨 그리고 환희에 벅차 있었다.

—인간들이여, 어서 꺼내 다오. 나 칼라모르 왕국의 기사 콜드림, 드디어 다시 폐하께 충성을 바칠 수 있게 되었구나.

하지만 불쌍하게도 뱀파이어의 보물 창고에 들어온 인간들은 호락호락하지 않았다.

돈밖에 모르는 위드와, 어느새 그와 닮아 버린 일행, 아무 생각 없는 검치 들!

위드는 귀찮다는 듯이 말했다.

"누가 꺼내 준대?"

—나에 대해서 알지 못하는가? 나는 칼라모르 왕국의 기사 콜드림이다.

"그래서? 지금은 갇혀 있잖아."

—…….

콜드림이 한결 조심스럽게 말했다.

—그래도… 내 영혼을 속박하고 있는 이 구슬만 깨 주면 나는 자유의 몸이 된다. 뱀파이어들의 술수에 영혼이 사로잡혔을 뿐, 대륙의 어딘가에 내 육신은 그대로 남아 있을 테니 부활할 수 있다.

"이미 썩었을지도 모르잖아."

—…….

단지 몇 마디의 말로 상대를 좌절시켜 버리는 위드의 화법!

인간들이 들어와서 희망에 부풀어 있던 콜드림을 나락까지 떨어뜨려 버렸다.

구슬 안에 있는 콜드림의 순결한 영혼이 작게 축소되었다.

상처받은 기사의 영혼!

메이런이 위드의 귓가에 조심스럽게 속삭였다.

"위드 님, 이런 경우에는 다시 멀쩡하게 부활했던 전례가 있어요."

"어떻게요?"

"과거의 인물들이 부활할 때는 몇 가지 전제 조건이 있는데, 새로운 육체를 차지하거나… 뭐, 거의 흑마법사들에 해당되는 것이죠. 혹은 신전에서 새로운 육체를 얻거나, 아니면 기존의 육신이 아직도 남아 있을 수도 있어요. 영혼만 잃어버린 기사의 육체는 사라지지 않고, 어떤 마법에 의해 보존되거나 혹은 던전에서 본능에 따라 침입자들을 격퇴하면서 생존하는 수가 있거든요."

"결국 콜드림이 정말 대륙에 부활할 수도 있단 얘기군요."

"충분히 가능해요."

그렇다고 해서 위드가 바로 콜드림을 꺼내 준 것은 절대 아니다.

"우리가 얼마나 힘들게 싸워 가며 이곳까지 왔는지 콜드림 너는 알지도 못하겠지. 너 하나를 구하기 위하여 뱀파이어들의 요구를 들어주어야만 했다. 진흙탕에 온몸을 내던지면서까지 왔는데…… 아무 고생도 없이 풀려난 너는 쉽게 그 은혜를 잊어버리겠지."

─기사는 은혜를 잊지 않는다.

"콜드림, 기사도를 행하면서 몬스터를 퇴치하고, 약자들을 지키는 소신을 잊지 말도록 해. 내가 바라는 것은 정말 그것뿐이니까."

급친절 모드!

영혼이 속박된 구슬을 깨지 않으면서 친밀도를 높이기 위하여 위드가 작업을 치고 있었다. 강직한 기사에게는 정의와 순수함으로 친해지려는 의도였다.

하지만 콜드림은 대단한 무위를 가졌던 기사답게 금방 넘어가진 않았다.

─이상하군. 조금 전까지만 해도 안 풀어 줄 것처럼 말을 하더니…….

"그거야 너를 보니 욱하는 마음… 흠흠, 사실 너를 구하기 위해 희생당한 우리의 많은 동료들을 떠올리니… 크흑!"

위드의 나오지도 않는 눈물 쥐어짜기!

죽은 수련생들을 생각하면 입가에 미소가 번질 뿐이다.

'밥값 아낄 수 있었지.'

그럼에도 동료애를 우선시하는 모험가들이란 생각에 콜드림의 어투가 누그러졌다.

─나 하나를 구하기 위하여……. 추후 칼라모르 왕국에 돌아가면 너희를 잊지 않도록 하겠다. 미안하다. 지금은 아무것도 가진 게 없으니 더 이상은 약속해 줄 수 있는 것이 없다.

왕이나 귀족과 친해진다면 퀘스트도 쉽게 받고, 얻을 수 있는 이득이 크다. 약간의 친밀도라도 만들어 두었으니 칼라모르 왕국에 가면 쉽게 말을 틀 수 있으리라.

다크 게이머로서 추후 어느 왕국에서 모험을 할지 모르니 친숙한 이들을 많이 만들어 놓는 것이 필요했다.

위드는 이것으로 일단은 만족했지만 불현듯 떠오르는 생각이 있었다.

"콜 데스 나이트 반 호크!"

"불렀는가, 주인!"

데스 나이트. 칼라모르 제국 출신이었다는 사실이 떠올라서 일단 소환했다.

"너도 칼라모르 제국의 기사였지?"

"생전의 일일 뿐이다. 지금은 어둠의 기사로서, 주인에게 충성을 바친다."

"그래도 여기 칼라모르 출신이 있으니 서로 얘기나 좀 해 봐."

"알았다."

데스 나이트는 안광을 번뜩이며 콜드림의 영혼이 속박된 구슬을 보았다.

"칼라모르 출신인가?"

―그렇다. 하지만 데스 나이트 따위가 부를 수 있는 이름이 아니다.

콜드림은 명예로운 기사답게 데스 나이트와 말을 섞는 것을 거부하려 들었다.

데스 나이트는 인내심 있게 물었다.

"몇 기지?"

―뭣?

"기사 아카데미 몇 기 출신이냐고 물었다."

―694기다.

그 말을 들은 데스 나이트는 코웃음을 쳤다.

"벌써 시간이 그렇게 흘렀나? 난 164기인데."

―선배님!

한번 기사는 영원한 기사!

칼라모르 제국 시절에 존재했던 반 호크는 콜드림에게는 까마득한 선배.

이건 친밀도의 문제가 아니었다.

서열!

데스 나이트 반 호크와 콜드림의 상하 관계가 형성되었다.

군대에서 병사들이 더 높은 계급에게는 꼼짝도 할 수 없는 이치와 마찬가지였다.

데스 나이트는 오랜만에 기가 살았다.

"내가 칼라모르에 있을 때는 전 대륙을 호령하고 다녔지. 어디서도 칼라모르 출신이라고 하면 끔뻑 죽었어."

─죄송합니다, 선배님. 지금은 주변국들에 의해 국력이 많이 약해져서 제국이라고 불리지도 못합니다.

"안타깝군."

─다 후배들이 미흡한 탓입니다. 제가 뱀파이어들에게 사로잡히지만 않았어도……. 아! 선배님께서도 저를 구하는 데 도움을 주셨군요.

"칼라모르 출신의 기사로서 당연히 해야 할 일이었다."

─고맙습니다, 선배님.

"못난 놈! 뱀파이어 따위에게 사로잡히기나 하다니."

─…….

자긍심 높던 콜드림이 위드와 데스 나이트 앞에서 전전긍긍하게 된 계기였다.

생명 정령 조각술

그렇게 풀려 나간 콜드림이 대형 사고를 일으켰다. 하지만 눈앞의 보물들에 칼라모르 왕국, 하벤 왕국의 전쟁은 금방 잊히고 말았다.

"이게 다 얼마야."

"무기를 골라야 될까, 아니면 힘을 올려 주는 장갑을 골라야 될까?"

"여기 사제복도 있어요."

"마법사의 로브도 있어!"

물품들이 산더미처럼 쌓여 있으니 더 고르기 어려웠다.

어떤 하나를 고르려고 하면, 다른 물품들이 더 눈에 밟혀서 막상 정할 수가 없다.

게다가 뱀파이어의 창고에 보관된 유니크 아이템들의 적정 레벨은 400 이상!

450이 넘는 것들도 있었다.

그만큼 성능은 뛰어나지만 대신에 바로 사용할 수는 없는 물품들인 것이다.

화령은 부채를 찾아냈다.

"위드 님, 이것 확인해 주세요."

감정 스킬이 없는 그녀는 마음에 드는 물건을 찾을 때마다 위드를 통해 정보를 확인했다.

"감정!"

셀린의 부채

동양적인 양식의 얇은 부채. 대나무를 깎아 만든 부챗살에 열두 가지 색깔의 비단을 붙였다. 부채를 펴서 흔들 때마다 비단들이 길게 늘어져 너풀거린다. 작은 알갱이의 보석들이 박혀 있어 어두운 곳에서도 무척 예쁠 듯하다. 무희 셀린이 사용하던 부채. 이성을 유혹하는 고혹적인 향기가 난다.

내구력: 55/55

공격력: 12~21

제한: 바드, 댄서 사용 가능. 레벨 400. 매력 620 이상.

옵션: 유명한 댄서이거나 매력이 700을 넘으면 착용 제한이 25% 감소한다. 매력, 카리스마 +60. 체력 +30. 민첩 +25. 바드의 모든 스킬 효과를 20% 더해 준다. 댄서의 모든 스킬 효과를 40% 더해 준다. 댄스 스킬이 고급 이상일 때는 부채춤을 사용할 수 있다.

*부채춤: 고급 댄스 스킬. 매우 우아한 동양적인 춤. 지성을 가진 몬스터들을 자괴감에 빠지게 만들어 타격을 입힌다. 동료들의 사기를 드높여 상태 이상에서 회복시키며, 최대 15%의 전투 능력을 강화한다. 평화 시에 추었을 경우, 왕족이나 귀족, 주민 모두에게 호감을 얻을 수 있다. 매력과 카리스마 효과 +80%.

유니크 아이템답게 여러 옵션이 붙었을 뿐만 아니라 새로운 춤까지 있었다.

사실 레벨 400 이상이 쓰기에 그리 뛰어난 아이템은 아닌 편이었다. 그래도 착용 제한 감소의 옵션이 걸려 있어서 화령도 사용할 수 있다.

　위드가 부채를 돌려주자 화령은 뛸 듯이 기뻐했다.

　"아, 다행이다. 지금 바로 쓸 수 있네요. 정말 마음에 드는 부채였거든요."

　"다만 성능이 조금……."

　"예쁘니까 괜찮아요."

　위드는 고개를 끄덕였다.

　'좋은 선택이군.'

　레벨 400이 될 때까지 기다리기보다는 지금 당장 쓸 수 있는 물품을 선택하는 것도 현명한 판단이었다.

　현재 레벨 400이 넘는 유저들의 숫자는 극소수!

　착용 제한 감소 옵션이 걸려 있는 이 부채는 언제든 더 높은 가격으로 팔아먹을 수 있을 테니까.

　위드는 다분히 실리적인 관점에서 바라보았지만, 화령은 단순하게 선택했다.

　'예쁘면 됐지, 뭘.'

　길거리에서 파는 1,000원짜리 고무줄이라도 마음에 들면 된다는 주의였다.

　화령이 물품 고르는 것을 보고, 다른 이들도 비슷하게 착용 제한 감소의 옵션이 붙은 아이템을 골랐다.

　검치 들만이 착용 제한에 신경 쓰지 않고 자유롭게 마음에 드는 검을 찾았다.

"손에 맞는 검."

"화려한 장식보다는 실용적인 검이 좋을 거야."

우수한 검들을 골랐지만 레벨 제한이 있어서 사용은 할 수 없다.

페일은 어수룩한 검치 들이 또다시 사고를 친 건 아닌지 걱정이었다.

"검둘치 형님."

"응?"

"우선 쓸 수 있는 검을 고르는 편이 낫지 않을까요? 나중에 더 좋은 검을 구할 수도 있고, 더 빨리 강해질 수도 있잖아요."

페일의 진지한 물음에 검둘치는 싱겁다는 듯이 답했다.

"검은 휘두르기 위해서만 있는 게 아니야."

"네?"

"명검이 뭐라고 생각해? 검을 보면서 마음을 갈고닦고, 그 검을 쓸 수 있을 만큼 강해지고자 각오를 다지게 만들지."

검치 들이 레벨 400대의 무기를 갖는다면? 그 검을 써 보고 싶어서라도 더 빨리 강해질 수 있으리라.

죽도만 몇 년씩 들다가 진검을 손에 쥐었을 때의 느낌은 남다를 수밖에 없다. 훌륭한 유니크 검을 획득하였다면, 그 검을 휘둘러야 한다는 목표가 생긴 셈이었다.

위드도 마땅한 무기를 찾기 위해 보물 창고를 헤맸다.

'레벨 400대의 무기라…….'

대장장이 스킬이 있으므로 구태여 착용 제한 감소의 옵션은 필요하지 않다. 강한 공격력이 중요했다.

‘나중에 중고로 팔아 치우기에도 좋은 검으로.’

신중하게 무기를 고르려고 했는데, 웬만큼 좋은 검들은 이미 검치 들이 골라 버린 후였다.

위드는 절대 손해 볼 수 없다는 생각에 남아 있는 검들을 모두 살폈다. 중고 가격과 대중적인 선호도, 생김새, 전투에 유리한 옵션들을 세세하게 따져 보았다.

‘마트에서 200원 더 비싼 소금을 샀던 일! 그런 일은 다시 발생해서는 안 돼!’

끝없는 후회를 불러왔던 충동구매!

그 사건을 되새기면서 무기들을 철저히 분석했다. 그러던 와중에 특이하게 생긴 창을 발견했다.

“이건 뭐지? 감정!”

파스크란의 창

혼돈의 시대에 기사 파스크란이 사용했던 창. 강철로 만들어져 있어 매우 무겁다. 자세한 내역은 현재로써는 확인이 불가능하다.

내구력: 60/6

공격력: 79~97

제한: 기사, 창병, 성기사 전용.

옵션: 말을 탄 상태로 전력 질주 중에 사용 시, 공격력 3배 강화. 적의 방패와 갑옷을 꿰뚫는 공격이 치명타를 입힐 확률 65% 증가.

‘어디서 들어 본 이름인데.’

파스크란의 창! 기사 파스크란이 사용했다는, 세상에 단 하나뿐인 유니크 아이템이다.

위드의 머릿속에 번뜩이며 스쳐 가는 기억.

'맞아. 다크 게이머 연합에서 본 적이 있었지.'

다이아몬드 등급의 구매자가 찾고 있다는 물건이었다.

'평균 구매액이 200만 원이 넘는 구매자였던가.'

아쉬움은 남지만 그렇다고 파스크란의 창을 택할 생각은 추호도 들지 않았다.

위드는 검술밖에 익히지 못했다. 대장장이 스킬 덕에 창을 사용할 수는 있겠지만 추가적인 공격력을 이끌어 내진 못한다.

'다른 무기를 고르는 게 낫지. 내가 사용하다가 판매하더라도 괜찮은 아이템이라면 비싼 가격을 받을 수 있을 테니.'

다크 게이머로서 아이템 판매도 필요하지만, 본인의 성장도 중요하다.

위드는 파스크란의 창은 제쳐 두고, 검들을 위주로 살펴보다가 상당히 낡은 검을 발견해 냈다.

"이렇게 안 좋은 검이 왜 보물 창고에⋯⋯? 감정!"

콜드림의 낡은 검

칼라모르 왕국, 유명한 기사의 검! 왕의 의뢰로 가장 뛰어난 대장장이가 3개월에 걸쳐 심혈을 기울여서 만들어 냈다. 우아하고 화려한 장식들로 품격을 더한 작품. 숱한 전장을 거치면서 검날이 울퉁불퉁해졌고, 장식들은 모두 떨어져 나갔다. 마지막 뱀파이어와의 전투에서 검신에 큰 손상이 생겼다. 완전한 수리를 위해서는 미스릴 같은 추가적인 재료가 필요하다. 콜드림이 기사 수행 도중에 하급 악마 아이스 데몬을 베어 그 힘이 조금은 남아 있다.

내구력: 12/27

공격력: 16~37

제한: 기사 전용. 레벨 440.

옵션: 악마를 베었던 검. 힘 +2. 민첩 +3. 명성 +25.

기사 콜드림이 사용했던 검!

심각하게 낡아 있고, 오랫동안 방치해 두어서 내구력이 정상이 아니었다.

'내구력이 떨어져서 공격력도 제대로 확인이 안 되는군.'

공격력 자체만 놓고 보면 레벨 50대의 초보들이 사용하기에 적당한 검이었다.

유니크급 아이템이라고는 믿을 수 없는 물건!

레벨 제한도 터무니없었지만 위드는 이 검의 잠재력이 이 정도라고는 생각하지 않았다.

"진흙 속에 진주가 묻혀 있는 법. 원래 공격력은 좋을 거야."

그걸 알아보기 위해서는 쉽지 않은 선택을 해야 했다.

수리해서 원래 상태로 고쳐 놓는 것!

소모되는 미스릴이 아깝지만 시도해 볼 가치는 있었다.

"이런 귀중한 기회를 도박으로 날릴 순 없어. 이런 건 즉석에서 확인을 해 봐야지."

위드는 바로 화로에 불을 피웠다.

대장장이의 불꽃!

2시간을 활활 타올랐을 때에 콜드림의 낡은 검을 넣었다. 하지만 녹슨 부분이 떨어져 나갔을 뿐, 울퉁불퉁 금이 간 검신은 반응이 없었다.

"과연… 유니크급 아이템."

7시간이 더 지났다.

기다리던 다른 사람들은 모두 지쳐서 보물 창고를 나갔다.

뱀파이어들만 졸린지 하품을 하며 지켜보고 있을 뿐이었다.

화로에 불을 피울 때에는 잠시 경계를 했지만 무기를 수리하는 것임을 알고 제지하지 않았다.

위드는 화로의 불을 계속 키워 나갔다.

포만감이 20% 이하로 떨어졌습니다.

배가 고프면 화로에 고구마를 구워 먹으며 버텼다.

하루가 지났을 무렵에는 불꽃의 색이 청색으로 변했다. 그래도 낡은 검은 반응이 없었다.

"크흐흐흐."

위드의 집착은 포기를 몰랐다.

돈독이 한창 올라 있는데, 검을 확인도 하지 않고 가질 수는 없다.

그 어떤 노가다라도 감당할 수 있다는 자부심!

위드의 끝없는 힘의 원천이 아니던가.

"이제 시작이지, 뭐. 잠깐씩 나가서 한 20분 눈을 붙이고 돌아오면 돼. 그러면 적어도 1달은 버틸 수 있어."

위드의 독심 앞에서 이 정도 기다림은 아무것도 아니었다.

그렇게 이틀하고도 절반이 지났을 무렵이었다.

불꽃이 완전히 흰색으로 타오를 때 다시 낡은 검을 안으로 집어넣었다.

치지지직.

이번엔 반응이 있었다.

웬만한 수리는 숫돌로 검날을 가는 정도면 되었다. 그 이상이라고 하더라도 망치로 검신을 두들겨 주는 정도였다.

하지만 내구력이 너무나도 심하게 깎여 있어서 낡아 빠진 검을 다시 제련해야 하는 것이었다.

레벨 440의 유니크급 아이템이라서 쉬운 일은 아니다.

땅땅땅!

위드는 검을 다시 망치로 두들겼다. 그리고 식힐 때마다 사냥을 통해 획득한 미스릴 조각들을 더했다.

그 결과 6시간에 걸친 수리 끝에 검을 원상태로 돌려 낼 수 있었다.

"감정!"

콜드림의 데몬 소드

칼라모르 왕국의 유명한 기사의 검! 콜드림의 의뢰로 가장 뛰어난 대장장이가 3개월에 걸쳐 심혈을 기울여 만들어 냈다. 우아하고 화려한 장식들로 품격을 더한 작품, 최근에 다시 대대적인 수리가 이루어졌다. 명성에 비해 재능이 떨어지는 대장장이가 손을 봐서 예전의 예기를 완전히 되찾지는 못했다. 완벽한 수리가 되지 못하여, 최초 완성되었을 때보다는 내구력과 공격력이 약간 깎였다. 콜드림이 기사 수행 도중에 하급 악마 아이스 데몬을 베어 그 힘이 조금은 남아 있다.

내구력: 160/160
공격력: 103~121
제한: 기사 전용. 레벨 440. 힘, 민첩, 카리스마, 통솔력, 투지, 신앙 500 이상.
　　　명성 12,000 이상.
옵션: 악마를 베었던 검. 데몬 소드에 베일 때마다 최대 일곱 가지의 저주에 걸린다. 검의 소유자보다 약한 몬스터들을 심하게 위축시킨다. 힘 +20. 민첩 +35. 인간 병사들에 대한 통솔력 150% 강화. 공격 속도 3% 향상. 마법 저항 46%. 명성 +2,500.

화려한 옵션과 공격력!

콜드림이 소유했던 검답게 굉장한 능력치를 보여 주었다.

"대박이다."

위드는 데몬 소드를 챙겨 넣었다.

A급 퀘스트의 보상으로 훌륭한 무기와 함께 칼라모르 왕국의 공헌도도 획득했으니 마음이 가볍기 짝이 없었다.

'칼라모르 왕국에도 나중에 보물이나 하나 얻으러 가야겠군.'

아침 일찍, 깔린 일숫돈을 받으러 집을 나서는 사채업자처럼 산뜻한 기분!

위드는 기분 좋게 창고를 나섰다.

⁂

위드와 그 일행이 모두 나가고 다시 고요함을 찾은 뱀파이어의 보물 창고.

수십 자루의 검들이 바닥에 어지럽게 뒹굴고 있었다. 볼품없는 것은 물론이고, 너무도 형편없어 아무도 챙기지 않았던 검들까지.

소란이 지나간 뒤에는 먼지들만 자욱하게 내려앉았다.

─흠, 역시 나를 들 수 있는 자격을 갖춘 주인은 아무 데도 없는가?

놀랍게도 검이 생각을 하고 있었다.

자아를 갖춘 에고 소드!

보통 한 가지 이상의 특별한 속성을 가진 것을 매직 아이템이라고 한다.

레어 등급은 희귀한 마법이나 속성이 부여된 것.

그보다 상급인 유니크는 전 대륙에 하나밖에 없는 무기나 방어구 들이 해당되었다.

하지만 유니크급이라고 해도 다 같은 수준은 아니었다. 고블린 족장이 들고 있는 지팡이와 대마법사의 지팡이가 하늘과 땅 차이인 것처럼, 유니크들마다 엄청난 격차가 있었다.

그중에서도 에고 소드는 최상급으로 분류된다.

일단 검 자체가 경험했던 전투를 기억하고 있다. 그러므로 다음에 다시 해당 몬스터를 만난다면 약점들을 말해 주며, 스스로의 판단에 따라 정령술이나 마법을 사용할 수도 있다.

레벨 제한만 520!

아직 사용할 수 있는 사람도 없지만, 에고 소드는 자격을 갖춘 주인을 스스로 고른다.

위드도 그 자격에 해당되지 않아 평범한 검으로밖에는 보질 못한 것이다.

뱀파이어의 보물 창고에 있던 무기들 중 최상급의 검은 그렇게 계속 어둠 속에 남아 있게 되었다.

KMC미디어가 야심 차게 준비했던 프로그램 〈위드〉.

뱀파이어 왕국 세이룬 마을에서 벌어지는 퀘스트들이라는 점이 일단 시청자들의 호기심을 자극했다. 베르사 대륙에서는 볼 수 없는 모험담이라서 시청자들이 모여든 것이었다.

하지만 그 이상은 무리였다.

그럼에도 불구하고 북부 대륙에 대한 방송은 여전히 엄청난 인기를 끌었다.

북부 대륙에 유저들이 몰리면서 온갖 사건들이 다 벌어지고 있었다. 막 새로 지어진 마을들이 있는가 하면, 몬스터들의 습격으로 인해 대규모 무리가 몰살하는 사건도 있었다.

퀘스트들을 해결하며 새로운 영웅담들이 매일 만들어질 정도였다.

북부에 대해서만 전문적으로 방송하는 게임 뉴스 프로그램의 시청률이 16%!

그에 비해 프로그램 〈위드〉의 초반 시청률은 저조한 2~4% 안팎을 기록했다.

뱀파이어 왕국은 당사자가 아니라면 가 볼 수 없으니 흥미가 떨어진다는 게 이유였다.

프로그램 〈위드〉의 시청자 게시판에는 악플러들만 넘쳐 났다. 검치 들의 단순한 행동들이 시트콤을 보는 것처럼 유쾌했기 때문이다.

음식을 준비하고 먹을 때마다 엄청난 양의 식재료들이 사라지는데 구경하는 재미가 있었다. 명태를 자라탕으로 속여서 먹이는 대목도 유치하지만 즐거움을 주었다.

그렇게 3회가 지날 때까지 시청률은 답보 상태를 유지했다.

KMC미디어 내부 시청률 순위에서도 바닥에서 3위 안에 드는 최악의 상황이었다.

그리고 프로그램 〈위드〉와 관련된 연출부, 기획실 직원들은 일제히 경위서를 작성해야만 했다.

존경하는 국장님께.
유저들의 흥미도를 미처 고려하지 못한…….
(중략)
…하지만 다양한 방송 편성 시도는 궁극적으로 방송국에도 도움이 되리라 보며…….

이것이 일반적인 연출자들의 경위서.

강 부장의 경위서는 달랐다.

친애하는 국장님께!
얼마 전에 사모님께 장미꽃을 보내 드렸는데 무척 기뻐…….
(중략)
…내내 평안하시기를 바라며, 언제 골프라도 한번 치러 가실 수 있다면…….

사회인으로서의 수준을 보여 주는 경위서였다.

강 부장이 애쓴 덕도 있었지만, 국장도 위드의 광팬이라서 시청률에는 연연하지 않았다.

"원숭이도 나무에서 떨어질 수 있는 법이니, 실패도 있을 수 있겠지."

방송국에서는 초반의 과도했던 기대를 어느 정도 접었다.

그런데 세이룬의 퀘스트가 끝나 갈 무렵부터 시청률이 5.5% 대로 상승했다.

검치 부대의 전투 실력, 위드의 정성을 다한 요리와 재봉, 대장장이 기술, 다른 일행의 활약이 그때그때 부각되며 시청률이 오른 것이다.

진짜 뱀파이어 왕국 토둠을 볼 수 있다는 기대감도 한몫을 했으리라.

그즈음에 위드가 진행하는 토둠의 퀘스트도 끝이 났다.

기획실, 연출부 모두 조마조마하게 지켜보았던 난이도 A급 퀘스트!

믿을 수 없게도 오합지졸로만 여겼던 그들이 연수 합격과 불굴의 투지를 보여 주며 성공시켰다.

방송국에서는 그날 회식을 열었다.

"만세!"

"이것으로 한동안은 마음 편히 살 수 있겠군."

"실시간으로 진행되는 퀘스트가 이렇게 조마조마하다니 말이야."

연출부 직원들은 묵은 체증이 풀린 듯이 후련한 얼굴이었다.

지금의 시청률이 바닥인 것은 사실이다.

그 때문에 광고도 다 팔리지 않았다. 회당 2시간짜리 편성으로 잡았던 계획도 포기할 수밖에 없어서 매주 1시간씩만 방송을 하고 있다.

하지만 앞으로 토둠에서의 모험, 방송국에서도 절대 불가능하다고 보았던 퀘스트들을 해결해 나가는 장면들이 방송된다면 시청률은 오를 것으로 기대되었다.

⊰꽃⊱

뱀파이어 왕국 토둠.

휴양을 즐기는 뱀파이어들이 있는 세이룬과는 달리, 화려하고 번잡한 도시였다.

흑마법 강습소, 지하 유물 판매처, 신선한 피를 언제든 마실 수 있는 매일 흡혈장 등. 뱀파이어들의 특성에 맞는 가게들이 많았다.

"유니콘의 부러진 날개 사라."

"페가수스 뿔도 판다."

"갓 잡은 양의 피. 어린 뱀파이어들에게는 먹을 만할걸."

검은 망토를 둘러쓰고 있는 뱀파이어 상인들.

그들이 오만하게 장사를 하는 것도 토둠을 구경하는 묘미의 하나였다.

마판이 시세를 확인해 보고는 눈을 빛냈다.

"대체로 재료 아이템과 잡템의 가격이 싼 편이로군요."

유니콘과 페가수스 들과의 전투가 끝난 지 얼마 되지 않은 시점이었다.

놈들에게서 나오는 잡다한 물품들은 가격이 저렴했고, 예술품, 세공품, 보석 들이 비싼 가격에 팔렸다.

마판은 보유하고 있던 모든 양탄자와 모피, 보석 들을 꺼내놓았다.

"이렇게 많은 보석들을 팔겠다고? 원하는 뱀파이어들이 많으니 물량은 다 소화되겠군. 우리 토둠을 위해 힘을 써 준 인간이니 특별히 비싸게 사 주지."

마판은 흥정을 해서 보유하고 있던 물량을 전부 팔아 치웠다. 막대한 시세 차익을 거둔 것은 물론이고, 빈 마차는 돌아갈 때를 대비해 재료 아이템, 잡템으로 채웠다.

상인에게는 정말로 짜릿하기 짝이 없는 순간이었다.

"으하하하하!"

마판이 통쾌하게 웃는 사이에, 위드도 숨어서 회심의 미소를 흘리고 있었다.

추후 모라타에서 납부하게 될 세금!

'아마 모라타에 다른 상인들, 혹은 모험가들이 납부해 놓은 세금도 많이 있겠지.'

모라타에 돌아갈 날이 은근히 기대되었다.

토둠에는 엄청난 양의 퀘스트들이 기다리고 있었다.

뱀파이어들의 숫자가 워낙 많았기 때문에 쉬운 F급의 난이도를 가진 퀘스트에서부터 심지어는 B급까지도 간단히 받을 수 있었다.

다른 누구도 받은 적이 없는 퀘스트들이 널려 있는 황금의 땅이었다.

"우리와 같이 싸웠던 인간이군. 요즘 동쪽이 심상치 않아. 우리가 잠들어 있는 사이 무슨 일이 있었던 걸까? 조사해 주면 좋겠군."

몇 마디 말만 나눠도 간단히 내놓는 퀘스트들이 C급이나 B급의 난이도!

다른 사람들은 토둠에 올 수도 없으므로 완벽한 퀘스트 독점이었다.

"그럼 무슨 일인지 알아보도록 하죠."

일행 그리고 검치 들은 퀘스트를 받아들였다.

위드도 의뢰를 수행하려고 했다.

"동쪽의 일들을 상세히 조사하고 돌아오겠습니다."

그런데 뱀파이어가 고개를 젓는 것이었다.

"자넨 안 돼."

> 퀘스트 수행을 거부당하였습니다.

"네?"

위드는 황당한 상황에 잠시 머뭇거렸다.

명성이나 레벨이 부족해서 퀘스트를 받지 못하는 경우란 흔히 있다. 그런데 페일이나 제피, 심지어는 검치 들까지 받은 퀘스트를 거부당한 것이다.

"자네는 특별히 해 줘야 할 일이 있네."

그 말에 위드의 눈이 반짝반짝 빛났다.

"중요한 일입니까?"

"그럼, 중요한 일이고말고."

다른 동료들은 뱀파이어의 선택을 받지 못했다. 오로지 위드만이 선택되었다.

그렇다는 것은 매우 특별한 퀘스트가 기다리고 있다는 뜻!

순간, 일행은 매우 부러운 표정을 지었다.

"역시 위드 님이구나."

"우리와는 다른… 뭔가가 있는 분이니까."

위드는 일행에게 미안한 표정을 지어 보였다.

하지만 격한 기쁨에 입꼬리가 슬며시 올라가는 것까지 감추지는 못했다!

위드가 뱀파이어에게 신중하게 물었다.

"앞으로 제가 해야 할 모험이 무엇인지요? 그 어떤 힘들고 외로운 일이라 할지라도 저에게 맡겨 주신다면 충실히 이행하겠습니다."

"모험이라니. 그게 아닐세. 자네도 알다시피 지난 전투에서 우리가 사는 도시가 심하게 파손되었어. 거리에 있던 석상들도, 성안에 있던 조각품들도 대부분 파괴되었지."

"……."

갑자기 조각술에 대한 이야기가 나오자 위드는 심하게 불안해졌다.

"내가 간직하고 있던 〈사과를 들고 있는 어린아이〉상도 파손이 되어 버렸지 뭔가. 밤마다 일어나서 제일 먼저 보던 조각품인데……. 그래서 뛰어난 인간 조각사인 자네가 그 조각상을 수리해 줬으면 좋겠어. 당연히 가능하겠지?"

불행히도 그 나쁜 예감은 틀리지 않았다.

띠링!

"……."

위드는 말을 잃었다.

절대로 원치 않는 시기에 직업 퀘스트의 발동!

뱀파이어가 진지하게 물었다.

"매우 뛰어난 경지에 이르도록 조각술을 탐구한 인간으로 알
고 있는데, 조각품에 애정이 없었으면 불가능했을 거야. 그러
니 내 의뢰를 거절하지는 않겠지?"

위드는 당연히 거절하고 싶었다.

"죄송합니다. 예술이란 열정이고 창조입니다. 새로운 창조
에 전념하느라 제 머릿속이 너무 복잡하여 도저히 맡을 수가
없습니다."

다른 의뢰가 없다면 모르지만, 널려 있는 보상 큰 의뢰들을
놔두고 조각품 수리 따위는 하고 싶지 않다는 게 솔직한 심정
이었다.

물론 돈만 많이 준다고 하면 어떤 일이든 받아서 했겠지만
보상으로 유니콘 깃털 3개는 아쉬움이 많았다.

뱀파이어는 적잖게 실망했다.

"그래? 내가 인간을 잘못 본 모양이군."

> 퀘스트를 거부하였습니다.
> 뱀파이어 멧손의 불신을 받게 됩니다.

위드는 눈치를 살살 보며 말했다.

"그럼 저는 조각품 수리 대신에 동쪽의 일을 조사하는 것을 돕겠습니다."

뱀파이어는 다시 고개를 저었다.

"자넨 안 돼."

> 퀘스트 수행을 거부당하였습니다.

다른 동료들은 다 받은 퀘스트를 위드에게만 주지 않는 것이었다.

"조각품 수리도 안 해 주는 인간에게 그런 일을 맡길 수는 없지 않겠나?"

"……."

완전히 난처한 지경에 빠져 버리고 만 상황!

위드가 썩은 표정을 짓고 있을 때, 다른 일행은 배를 잡았다.

"킥킥킥."

"아이고, 웃겨라."

"정말 재밌다. 위드 님이라고 해서 매번 굉장한 퀘스트만 하는 줄 알았는데 저런 경우도 있구나."

제피, 마판, 이리엔, 메이런, 화령, 세에취가 웃고 있었다.

위드는 훗날 앙갚음을 할 수 있도록 그들의 이름을 잘 기억해 두었다.

하지만 지금은 퀘스트가 우선이다.

"사실 생각해 보니 〈사과를 들고 있는 어린아이〉상을 수리하고 싶어졌습니다."

뱀파이어는 퉁명스럽게 거부했다.

"이미 조금 전에 내 조각상의 수리를 거부하지 않았나? 이제 와서 다시 내 조각상을 수리하고 싶다고?"

"예. 예술품을 보는 안목이 뛰어난 멧손 님께서 간직하고 계셨던 조각품이니 충분히 원상태로 돌려놓을 가치가 있지 않겠습니까? 새로운 창조가 중요하긴 하지만, 먼저 멧손 님께서 간직하고 계신 조각품을 보고 싶어졌습니다."

뱀파이어는 헛기침을 했다.

"흠! 그래도 인간, 너처럼 뛰어난 재주가 있는 조각사에게는 하찮은 것에 불과할 텐데."

"예술에, 조각에 좋고 나쁜 것이 어디 있습니까? 모든 조각품은 저에게 있어 돈… 아니, 그 이상이며, 아름다움이고, 고귀한 가치를 가지고 있지요."

"그렇게까지 말해 주니 기분이 조금 풀리는군. 그러면 내 조각품을 수리해 줄 텐가?"

"제가 꼭 하고 싶은 일입니다."

퀘스트를 수락하였습니다.

일행과 검치 들은 퀘스트를 하러 떠났다.

위드가 보상도 시원찮은 퀘스트를 받아들인 데에는 의도가 있었다.

'대충 해 놓고 의뢰를 받아 따라나서야지.'

뱀파이어가 가져온 조각품은 심하게 파손되어 있었다.

소년의 목 부분이 떨어져 나갔고, 사과는 누가 한입 베어 먹은 것처럼 푹 파였다. 몸통이나 다리에도 자잘한 실금들이 가고, 파편들에 맞아서 깨진 곳들이 많았다.

"목은 붙이면 되겠는데… 어린아이치고는 머리가 너무 크군. 오랫동안 그 무게를 지탱하기 위해서는 추가적인 조치가 필요하겠어. 사과는 교체를 하는 편이 낫겠지. 3시간 정도면 끝나겠군."

견적은 금방 나왔다.

작업의 첫 번째 과정으로 위드는 우선 경화제를 밀가루처럼 반죽했다.

사물들, 특히 돌을 접착시킬 때 쓰는 경화제는 건자재 상점이나 조각품 상점에서 흔히 판매한다. 토둠에도 판매하는 곳이 있었고, 자연 상태에서도 획득할 수 있었다.

위드는 조각품을 만들 때에 실수를 하더라도 다시 붙이거나 하지 않았다.

한 통에 2실버나 되는 경화제가 아까웠기 때문!

경화제로 감당할 수 있는 무게에도 제한이 있었다. 그래서 거대 규모의 조각품들을 만들면서부터는 아예 쓸 수도 없었지만, 대충 용도 정도는 알았다.

"우선 머리를 제대로 해 놔야지."

위드는 떨어져 나간 목에 못을 박았다.

땅땅땅!

얼핏 보면 잔인하기 짝이 없는 모습!

하지만 조각품 수리를 위해서는 필수적인 일이었다.

사실 서윤을 조각하면서 내내 죄책감에 휩싸였던 이유도 몸을 조각하던 때의 일 때문이었다.

완성된 조각품을 볼 때는 아름답기 그지없지만 실제로 조각품의 특정 부위들을 만들 때에는 심한 집착을 보이는 변태나 다름없다.

몸매를 섬세하게 표현하기 위해서는 깊은 관찰을 해야 하고, 그 부위를 섬세하게 표현해야 한다. 가슴을 어루만지고, 엉덩이를 보기 좋게 다듬어야 된다.

조각사들, 혹은 예술가들이 사람들이 없는 곳에서 혼자 작업만 하다가 성격이 괴팍하다거나 변태 소리를 듣는 것도 이유가 있는 것이다.

솔직히 위드도 이런 부분에서는 떳떳한 편은 아니었다.

서윤의 얼굴을 조각할 때에는 유독 입술에 공을 들인다. 그리고 가슴과 엉덩이를 조각할 때 괜히 얼굴이 붉게 홍조를 띠었다.

조각품을 만들면서도 가장 즐거운 순간!

위드도 은근히 음흉한 남자였다.

"다 됐다."

위드는 박아 놓은 큼지막한 못에다 경화제를 바르고 머리를 꽂았다.

몸통과 머리가 못으로 연결이 되었으니 웬만해서는 다시 떨어질 일이 없으리라.

"다른 부분들도 어서 손을 봐야지."

소년이 들고 있는 사과는 비슷하게 깎아서 교체했다. 경화제를 바르면 사과의 둥글면서도 탐스러운 곡선이 잘 표현되지 않기 때문이다.

몸통이나 다리에 있는 자잘한 파손 부위는 미끈하게 경화제를 채워 넣는 정도로 끝냈다.

대충 수리해 줄 작정이었지만, 위드의 성격상 한번 손을 대면 완벽하게 끝을 내지 않고서는 직성이 풀리지 않았다.

훌륭하게 수리된 조각품을 본 뱀파이어는 크게 기뻐했다.

"인간! 역시 인간들에게는 우리 뱀파이어들이 갖지 못한 잠재력이 있어."

퀘스트 보상으로 유니콘 깃털 3개도 얻었다.

> 조각품의 완벽한 수리로 뱀파이어 멧손의 신뢰를 받게 되었습니다.

이젠 다시 퀘스트를 하기 위해 가야 하는 상황!

위드는 얼른 의뢰를 받아서 떠나려고 했다.

하지만 그를 기다리고 있는 뱀파이어가 한둘이 아니었다. 어느새 수백이 넘는 뱀파이어들이 주변에 모여든 것이다.

"우리 집에 있는 조각품도 수리가 필요한데 도와줘야겠다, 인간. 보상으로는 15골드를 주지."

"깨진 내 동상을 복원할 수 있을까? 어렵겠지만 복원할 수만 있다면 좋을 텐데……."

"내 성의 성벽에 새겨진 조각들이 뭉개졌어. 빨리 좀 와서 고쳐 줘!"

뱀파이어들이 우르르 와서 조각술의 의뢰를 맡겼다.

위드의 얼굴이 처참하게 구겨졌다.

원하는 전투 의뢰를 뱀파이어들은 주지 않았다.

이미 퀘스트를 해결해 놓은 뱀파이어 멧손도 마찬가지였다.

"내 동족들이 그대의 힘을 매우 필요로 하는군. 위대한 조각술을 보여 주게. 그대 한 사람의 도움으로 토둠의 조각품들이 과거의 화려함을 되찾게 될 거야."

빼도 박도 못하고 조각품 수리를 할 수밖에 없는 상황에 빠지고 만 것이다.

뱀파이어들이 맡기려는 의뢰의 개수는 수백 개가 넘었다.

'저것들을 다 끝내지 못하면 보상이 짭짤한 의뢰들도 받을 수 없어!'

위드는 극단의 노가다를 개시했다.

첫날.

8개의 조각품들을 수리했다.

외관은 구석구석 꼼꼼하게 다듬었고, 전체적인 비율까지 맞췄다. 손상된 부분들은 많아도 고치기는 어렵지 않은 F 난이도의 의뢰들이었다.

둘째 날부터는 난이도가 올랐다.

뱀파이어 1마리가 맡기는 물건들이 여러 개인 경우도 있었고, 재질도 다양했다. 특히 파손이 심한 나무로 만든 조각품을 복구하는 일은 위드라도 힘들었다.

E급의 퀘스트.

"이건 차라리 새로 만들어 주는 편이 낫겠군."

위드는 조각품들의 잔해를 조립해서, 일부는 다시 비슷하게 만들었다. 손재주와 조각술 스킬이 있긴 하지만 그보다는 눈썰미가 많은 도움이 됐다.

토둠을 정찰하면서 그리고 전투를 치르면서 거의 모든 조각품들의 멀쩡한 모습들을 한 번씩 봤다.

전사라면 진열되어 있는 조각품들은 흔한 장식품으로 여기고 지나쳐 버리는 걸로 끝이리라. 하지만 조각사라는 직업을 가진 위드는 꼼꼼하게 보고 기억해 두었다.

'외워 두었다가 나중에 써먹어야지.'

모방을 위한 암기!

그 기억이 조각품들을 복원하는 데 큰 힘이 되었다.

그렇게 사흘이 지났을 때에는 29개의 E급 난이도 퀘스트를 마쳤다.

명성이나 보상은 여전히 형편없는 수준이었다.

"그래도 아직 수리해야 될 조각품들이 많아."

위드는 퀭한 눈으로 의욕을 다졌다.

토둠 전역에 걸쳐 부서진 조각품들의 양이 엄청났다. 길거리를 가다가도 쉽게 발에 차일 정도였다.

레벨을 올리고 아이템 보상이 짭짤한 전투 퀘스트는 하지 못해도, 조각술 퀘스트가 있어서 다행이었다. 위드는 조각품들을 복구하면서 약간이지만 경험치를 얻고 명성과 스킬 레벨도 향상시켰다.

긍정적으로 보니 조각사에게는 꿈만 같은 기회였다.

> 수리를 마쳤습니다.

> 조각술 스킬의 숙련도가 향상되었습니다.

> 명성이 2 올랐습니다.

> 예술 스탯이 1 상승하였습니다.

> 조각품에 대한 이해의 스킬 레벨이 1 상승하였습니다.

위드는 1달간이나 토둠의 조각품 복구에 매달렸다.

널려 있는 조각품 퀘스트들!

보통 조각사들은 놀면서 적당히 설렁설렁 했을 테지만, 위드는 그럴 수가 없었다.

'빨리 끝내 버려야 돼. 그리고 전투를 해야지.'

조각술 퀘스트는 보상이 그리 크진 않았기에 열심히 매달려야 했다. 그러면서도 사소한 조각품 하나라고 해도 흠집 하나 없이 꼼꼼하게 수리를 했다.

칠이 벗겨진 곳에는 새로 칠을 해 주고, 복원이 불가능할 정도로 파손이 심한 경우에는 똑같이 하나를 새로 만들어 줘야 했다.

조각품은 예술품!

만든 조각사의 개성이나 감성이 그대로 묻어나 있었다. 게다가 오래된 예술품들은 역사적인 가치를 가지고 있기에 다시 만드는 건 현명한 판단이 아니다.

웬만큼 까다롭고 복잡한 작업이 아니었지만 위드는 오히려 편했다.

"상당히 색다른 경험이 되는군."

사악하게 생긴 몬스터를 보면, 그 몬스터를 모델로 삼아 조각술을 펼쳐 왔다. 스승도 없이 위드 나름대로의 표현법을 발달시켜 온 셈이다.

손재주를 이용하여 최대한 정밀함을 살리고 사물의 근본에 기반을 둔 표현법!

다른 조각사들이 만들어 놓은 작품들을 똑같이 만들면서 얻는 게 컸다.

"이런 식으로도 조각품을 만들 수 있다니……."

위드도 잘 알지는 못했지만, 몇몇 조각품들에는 주제들이 있었다.

대지, 하늘, 태양을 닮은 여성들을 조각해 낸다. 여성들이 가진 매력을 표현하면서 다른 사물의 특징들을 담아내는 것이다.

절묘하게 어우러지는 아름다움!

조각품들을 복원할 때마다 조각술과 손재주의 숙련도도 올랐다.

"명작이나 대작을 새로 만들 때와는 비교할 수 없는 숙련도지만 쌓이니 제법 되는군."

위드의 조각술 스킬과 손재주는 고급 4레벨!

2개의 스킬 숙련도가 각기 54%, 42%였다.

초기에 조각술을 익힐 때에는 손재주가 굉장히 빠른 속도로 늘었는데, 고급의 과정에 오르니 어지간해서는 늘지 않는다.

"고급 조각술은 그저 손재주만으로는 이루어지지 않는다는 건가?"

위드는 그렇게 추측할 수밖에 없었다.

단지 조각술 하나만으로 손재주를 마스터한다는 것은 매우 어렵다.

손재주 마스터는 아직 어느 누구도 개척하지 못한 영역!

조각품을 만들 때에도, 생산 스킬들을 활용할 때에도, 심지어는 전투를 할 때에도 손재주의 영향은 막대하다.

"손재주만 마스터한다면 적어도 전투 직업들에게 꿀릴 일은 없을 테지."

전투 계열 직업보다 오히려 훨씬 더 강한 공격력을 갖게 될 것이다.

2차 전직을 마친 기사나 전사 들은 체력도 늘어나고 공격력도 훨씬 강해진다. 검치 들만 봐도, 레벨은 낮지만 전투력만큼은 뛰어났다.

위드 역시 약한 편은 아니지만, 전투 능력의 성장 속도만큼은 비교할 데가 없었다.

손재주, 조각품을 만들며 얻은 스탯.

이런 점들을 감안하더라도 검치 들의 전투 효율성에는 비할 바가 아니었다.

생명력과 맷집, 체력부터 뛰어나서 쉬지 않고 싸울 수 있다는 점이 가장 부러웠으니까.

"조각품에 생명 부여, 조각 검술, 조각 파괴술, 조각 변신술. 이런 것들이 있어서 사형들에게 밀리지는 않겠지만……."

결국 위드의 전투 능력 중 상당 부분은 조각술과 관련이 있었다.

캐릭터를 이해하고 성장시키는 능력은 중요하다.

위드는 누구보다도 잡캐의 특성에 맞춰서 최적화된 성장을 했다. 그 덕에 비슷한 레벨 대에서는 적수를 찾기 어려울 정도였다.

낚시로 익힌 생존 기술 덕에 체력과 생명력이 남다르다. 여기에 검 갈기, 방어구 닦기, 다림질 등의 생산직 계열 스킬까지 사용한다면 절대로 보통의 조각사로 볼 수는 없다.

"더 많은 경험을 해야 돼. 안 만들어 본 것들을 만들어 보고 전투도 해야지. 다양한 분야에서 경험을 쌓아야, 모든 분야에 영향을 미치는 손재주의 마스터가 될 수 있어."

그 외에 조각품에 대한 이해 스킬은 정말 빠르게 올랐다.

어느새 300개가 넘는 조각품을 수리했고, 스킬의 레벨은 중급 7레벨이 되었다.

조금만 더 성장시킨다면 고급이 될 수도 있을 것 같았다.

그렇게 되면 꿈에만 그리던 대형 몬스터로도 변신을 할 수 있으리라.

"거대 위드. 나쁘지 않겠군!"

위드는 흡족하게 웃으면서 조각품을 수리하는 손을 분주히 움직였다. 조각 변신술도 잘만 쓴다면 조각술의 부족한 점들을 메우기 좋은 스킬이었으니까.

"푸치히히히히히힛!"

위드가 천박한 웃음을 터트렸다. 오크 카리취의 강하고 거칠 것 없던 시절을 떠올리면서 말이다.

그리고 그 광경을 뱀파이어들은 똑똑히 봤다.

"미쳤군."

"정상이 아냐."

"저 인간의 피는 절대로 마시지 말아야겠어."

베르사 대륙의 시간으로 무려 2달하고 반.

검치 들과 일행은 토둠에 돌아올 때마다 놀랐다.

파괴되었던 조각품들이 멀쩡한 모습으로 바뀌고 있었다. 위드의 노력을 보면서 감탄을 금치 못할 정도였다.

페일은 경건한 마음마저 들었다.

"인간이 아니야. 어쩌면 저렇게 부지런히 일을 할 수 있지? 저렇게 많은 조각품들을 다 수리하는 것은 불가능하다고 여겼는데……"

화령은 눈을 반짝였다.

"정말 무슨 일이든 포기하지 않고 몰두하는 남자가 멋있지."

위드의 끈기와 의지력은 10대 시절부터 이미 형성되었다.

평생의 가치관이 심기는 중요한 시기!

사채업자들로부터 혹독하게 시달리면서 인생을 배웠다.

돈!

독기!

처절함!

세 가지를 빼놓고는 위드를 이야기할 수 없을 정도였다.

그렇게 장장 2달 반에 걸친 수리 끝에 위드는 토둠의 조각품들을 전부 수리했다.

믿기지 않는 공적이었다.

가장 수리하기 어려운 조각품들의 퀘스트 난이도는 B급!

이제 조각술 스킬의 레벨은 고급 4레벨 후반이었고, 손재주도 마찬가지였다. 조각품에 대한 이해 스킬은 중급 9레벨로, 금방 고급을 넘볼 수 있을 정도다.

조각술이 고급 4레벨 중반을 넘을 때부터는 귓가에 신비한 소리도 들렸다.

—나를 조각해 주세요.

—세상에 보이고 싶어요.

—당신이라면 할 수 있을 거예요.

—힘을 내요. 힘을 내!

조각품을 수리할 때마다 환청이 들려온다.

하나의 목소리도 아니고 신비로운 여러 가지의 음성들.

"뱀파이어의 장난인가?"

위드는 그럴 때마다 신경을 곤두세워서 주변을 돌아봤지만 아무도 없었다.

뱀파이어들의 은신술, 특히 밤에 숨어서 돌아다니는 능력은 발군이다.

의심을 버리지 못한 위드는 대낮에 사방이 훤히 보이는 광장에서 조각을 하기도 했다.

―나를… 나를 조각해 주세요.

신비한 목소리는 바로 근처에서 들려오는 것 같았다.

―제발. 저를요. 저의 모습을 조각해 주세요.

예리한 눈을 치켜뜨고 주위를 둘러보았지만 뱀파이어는 보이지 않았다. 대체로 대낮에는 잠드는 습성을 가지고 있으니 이 시간에 나올 까닭도 없다.

하지만 목소리는 바로 곁에서 너무나도 생생하게 속삭이고는 했다.

때론 험악한 음성들도 들렸다.

―어서 날 조각해! 다 죽여 버리겠다. 모두 죽여 버리겠어.

―힘을 갖고 싶나? 그러면 나를 조각해라. 크크크큭. 조각술로 이 세상을 지옥으로 만드는 거야.

메마르고 처절한 남자의 목소리도 들렸다.

―분노하라. 화를 내라. 너를 괴롭히는 모든 것들에게 복수를 해.

위드의 귓가에 수십 개의 음성들이 다투어 들려오면서 귀찮게 굴었다.

"대체 뭘 조각해 달라는 거야?"

들리는 음성들의 정체는 도저히 알 수 없었다.

그들은 자신에 대해서는 조금도 이야기하지 않으면서 어린

아이처럼 조각을 해 달라고 떼를 썼다. 마치 위드가 알아서 조각을 해 주기를 바라는 듯이.

"정말 모르겠네."

위드는 대상을 정하지 않은 채로 조각술을 펼쳤다.

평범한 인간 남자와 여자를 조각했다.

많은 조각품들을 수리하다 보니 안목이 늘어서 걸작 조각품을 만들어 낼 수 있었다.

하지만 정체를 알 수 없는 목소리들은 실망을 드러냈다.

―이게 아니에요.

―저는 이런 모습이 아니랍니다.

―유능한 조각사인 줄 알았는데…….

한동안 다시 귓가에 아무 소리도 들리지 않았다.

그러다가 조각품들을 수리하면 옆에서 속삭이듯이 말을 건네 온다. 자신들을 조각해 달라고!

그런 시달림을 받으면서 위드는 조각품들을 몽땅 수리했다.

퀘스트에 대한 보상으로 기사용 장검, 장갑, 갑옷, 대형 도끼, 잡템 등을 엄청나게 많이 모아 두었다.

어디에 버려 놓아도 끄떡없이 살아남을 것 같은 적응력!

그렇게 토둠의 조각품들을 모두 복구시켜 놓은 조각사가 페일 일행과 검치 들의 앞에 서 있었다.

어딘가 모를 위압감마저 느껴졌다.

'노가다의 황제.'

'신이 내린 노가다꾼.'

메이런이 납득할 수 있다는 듯이 고개를 끄덕였다.

"〈마법의 대륙〉의 위드. 우연이 아니라 이유가 있었어."

너무 큰 목표가 나타났을 때에도, 포기하기보다는 몸을 움직여서 조금씩이라도 해결해 나간다. 그런 노력들이 쌓여서 결국 퀘스트들을 해결해 버리는 것이다.

위드가 후련한 듯이 얘기했다.

"됐습니다. 이제 저도 원정에 따라나서겠습니다."

검치 들은 다른 곳을 쳐다보며 딴청을 피웠다.

페일과 동료들도 서로 눈치만 보았다.

'페일 님, 말하세요.'

'저보다는 화령 님이 나을 것 같은데…….'

'전 몰라요. 위드 님에게 미움받기 싫단 말이에요.'

'그래도 설명은 해 줘야…….'

결국 페일이 나섰다.

"바로 사냥을 가시려고요?"

"예. 준비는 끝났습니다. 토둠에 있으면서 조각품 수리 퀘스트로 얻은 식재료들도 많습니다. 요리할 준비도 되었고요. 숫돌도 많이 모아 놨습니다. 어디서든 싸울 수 있죠."

위드는 토둠에 있으면서 전투에 대한 대비를 단단히 해 놓았다. 그런데 페일이 기대를 깨서 미안하지만 어쩔 수 없다는 듯이 고백했다.

"죄송합니다, 위드 님. 실은 우리도 웬만한 퀘스트들은 다 깨 버려서……."

"……."

위드의 얼굴 표정이 일그러졌다.

페일이 지금껏 봐 온 표정 중에서 가장 썩은 표정!

그럼에도 설명하지 않을 수 없었다.

"난이도 C급, D급 들은 다 했습니다. 사냥터마다 중복된 퀘스트가 있어서 쉽게 달성했죠."

"B급 난이도 퀘스트들이 있을 텐데요?"

"그것도 어지간한 것들은 모두 성공을……."

"……."

"사실 몇 개 못 한 게 있긴 한데요."

"그래요?"

위드의 표정이 급격하게 밝아졌다. 그러나 다시금 우울하게 만드는 페일의 목소리.

"퀘스트 자체가 막혀 버린 경우였습니다. 어긋난 반대쪽 의뢰들을 받아들여서 퀘스트를 못 하게 된 거죠. 그리고 몇 개의 퀘스트는 위험도가 너무 높았습니다. 검치 님들이 너무 많이 죽어서 더 이상은 진행할 수가 없어 포기했습니다."

위드가 없는 동안 그들은 퀘스트에 푹 빠졌다.

뱀파이어의 의뢰라는 점은 꺼림칙하지만, 보상이 짭짤했고 수준 높은 퀘스트들을 맘껏 할 수 있다는 점이 기뻤다.

레벨을 올리기 위해 전투만 하는 것보다는 퀘스트를 같이 수행하는 편이 2배 이상의 효율을 보인다. 퀘스트 경험치, 명성, 보상까지 받을 수 있고, 그들의 활동으로 토둠 뱀파이어들의 영역이 넓어진다.

뱀파이어들과 같이 엮여서 진행하는 퀘스트들은 기본!

소수 종족들과의 교섭 퀘스트도 있었다.

잠에서 깨어나 날로 강성해지는 뱀파이어들의 억압을 피해 다른 터전을 구하려는 소수 종족들.

그들을 위해 안전한 영역을 찾아 주었다. 마판의 퀘스트에는 소수 종족들을 위한 보급 물자 조달 퀘스트까지 있었다.

그렇게 2달 정도 만에 토둠은 새로운 질서를 확립했다.

뱀파이어들이 주류를 이루는 땅!

소수 종족들은 숲이나 동굴에서 평화로운 그들만의 생활을 일구어 간다.

위협적인 몬스터들은 퀘스트로 사냥을 했고, 또 그들이 필요하다는 물건이나 잃어버린 아이들을 찾아 주기도 했다.

토둠의 알짜배기 퀘스트는 거의 다 끝난 셈이다.

퀘스트란 상황이 변함에 따라 끝없이 이어진다.

〈로열 로드〉 최고의 장점.

지금도 퀘스트가 아예 없는 건 아니지만 새 질서가 완전히 확립되다 보니 당장 큰 사건이 일어나진 않는다. F급이나 E급의, 초보자들이나 할 수 있는 정도의 의뢰밖에는 생겨나질 않았다.

뱀파이어 왕국 토둠 자체가 베르사 대륙의 광활함에 비교하면 손바닥만 한 곳이어서 존재하는 퀘스트의 개수에도 한계가 있었다.

위드가 조용히 말했다.

"제가 수리만 하는 동안 그런 좋은 의뢰들을 하셨군요."

"네. 뭐… 그런 셈이죠. 하지만 위드 님도 퀘스트는 많이 하셨잖아요."

위드 또한 명성을 많이 획득해서, 유니콘과 페가수스를 사냥하며 줄어든 과거의 명성을 삼분의 이 정도 복구했고 조각술 스킬도 발전시켰다.

고급 스킬에서는 레벨 하나를 올리기가 정말로 어렵다. 성과로 본다면 적은 편은 아니었다.

그래도 위드는 살살 배가 아팠다.

"어떻게 토둠까지 왔는데, 정작 변변한 의뢰들은 하나도 하지 못하다니……."

아쉬움이 진하게 묻어 나오는 발언에 페일은 변명할 말을 잃었다.

솔직히 그들을 토둠에까지 끌고 온 것은 위드가 맞으니까.

중간에 별별 생고생을 다 하긴 했지만, 그래도 함께 싸워서 난이도 A급의 퀘스트도 성공시켰다.

위드가 발휘했던 영향력은 절대적!

그 당사자를 내팽개쳐 두고 2달 반 동안 퀘스트를 해치웠으니 실망하더라도 어쩔 수 없는 일이었다.

사실 페일도 퀘스트를 진행하면서 그 점이 가장 마음에 걸렸었다.

하지만 퀘스트를 안 하면, 검치 들과 그들은 딱히 할 일이 없었다. 언제 끝날지도 모를 조각품 수리. 그들이 보기에는 영영 끝나지 않을 의뢰의 마무리를 기다리며 한정 없이 놀고만 있을 수는 없었던 것.

그렇게 하나둘씩 퀘스트를 하다 보니 어느덧 정신없이 달려왔다.

위드가 주변을 둘러보다가 검둘치를 불렀다.

"그런데 사형."

"응?"

"사형들의 숫자가 많이 줄어든 것 같습니다."

"그게, 싸우던 와중에… 좀 죽었다."

유니콘과 페가수스의 대혈전이 끝났을 때 남아 있던 검치 들은 174명!

퀘스트를 진행하면서 꾸준히 숫자가 줄어들어서 이제 102명만 남았다.

이들은 검치 들 중에서도 최정예라고 할 수 있었다. 레벨도 가장 높은 축에 들었으며, 검둘치를 비롯한 사범들도 고스란히 살아남았다.

위드는 판단을 내렸다.

'이대로라면 더 이상의 퀘스트를 하는 건 무리야.'

토둠은 뱀파이어들이 지배하는 그리 크지 않은 왕국이다. 그럼에도 퀘스트들이 더 남아 있을 수 있다.

위드의 명성과 친밀도를 높이는 아부 능력이라면 마른 수건을 비틀어 짜듯이 퀘스트를 받아 낼 수도 있으리라. B급이 남아 있을 수 있고, A급도 어딘가 숨어 있을지 몰랐다.

하지만 검치 들이 너무 많이 죽었다.

위드가 없으니 붕대 감기도 안 되고 검 갈기, 방어구 닦기도 불가능했다. 요리의 혜택도 볼 수 없었으니 남은 사람들로서는 최선을 다해서 여기까지 진행해 온 것.

희생이 심했다.

'여기서 그쳐야 돼. 더 이상 사형들이 죽는다면 전력이 너무 줄어든다. 그때는 가장 중요한 곳을 오르지 못하게 되겠지.'

위드는 결정하고 나서, 지금껏 조각품을 수리했던 토둠의 가장 높은 탑을 올려다보았다.

"마지막으로 할 수 있는 일은 하나밖에 없겠군요."

고대인이 지었다는 영웅의 탑!

이름 없는 뱀파이어가 말했던, 중급 수련관이 있다는 장소가 아닌가.

위드의 몸이 뜨거워졌다.

천공의 도시 라비아스에서 다인과 헤어진 이후에 올랐던 초급 수련관!

사자후를 배우고 힘을 50이나 늘릴 수 있었다.

'기초 수련관을 통과했던 사람이 3,800명 정도. 초급 수련관은 400번째로 통과했다. 그 후에 많은 사람들이 수련관을 통과했을 테지.'

검치 들만 해도 대거 초급 수련관을 통과하고 무예인으로 전직을 했다. 베르사 대륙에 있는 유저들이라고 그러지 말라는 법은 없었다.

이미 라비아스도 공개된 마당이니 지금이라면 꽤 많은 숫자가 초급 수련관을 통과했다고 보아야 한다.

'초급 수련관을 몇 명이나 통과했는지는 관심이 없어. 중요한 것은 중급 수련관. 나보다 앞서 있는 사람들을 따라잡아야 된다.'

토둠에서 중급 수련관을 통과하기란 매우 어려울 수밖에 없다. 어떤 시험이 기다리고 있을지는 몰라도, 여기서는 죽으면 그걸로 끝이다. 더 이상 토둠에 머무를 수가 없으니 기회는 오직 한 번!

〈마법의 대륙〉에서 위드는 전쟁의 신이었다. 모든 전투를 승리로 이끌면서 절대적인 존재가 되었다.

그 위드의 끓어오르는 피가 어디로 간 것은 아니었다.

위드가 다시 입을 열었다.

"영웅의 탑을 오르기 전에 꼭 해야 할 일이 있습니다."

결의에 찬 그의 음성은 강한 신념을 드러내고 있었다.

"먼저 잡템의 탑부터 해체해야 됩니다."

"……."

잡템을 산처럼 쌓아서 만든 대형 조각품!

단돈 1쿠퍼짜리 잡템에도 벌벌 떠는 위드가 이것을 잊을 리가 없는 것이다.

TO BE CONTINUED